FVA

Teil I: Wien

What happens to a dream deferred?
Does it dry up
like a raisin in the sun?
Or fester like a sore –
and then run?
Does it stink like rotten meat?
Or crust and sugar over –
like a syrupy sweet?

Maybe it just sags
like a heavy load.

Or does it explode?

Langston Hughes, *Harlem.*
Aus: *Lenox Avenue Mural*

*

Er steht in einem riesigen Raum. Sein Körper fühlt sich winzig an, er betrachtet seine Hände, die aussehen wie Kinderhände, fremd, weit entfernt. Hoch über ihm ein gotisches Kreuzgewölbe, fragil, die Streben wie aus Papier oder hauchdünnem Glas, er fürchtet, jede kleinste Erschütterung könnte es zum Einstürzen bringen, ihm schwindelt, er senkt den Blick. An den Wänden hängen Bilder, viktorianische Gemälde, ist das hier ein Museum oder eine Kathedrale? Sind es Bilder von Feldherren, von Herrschern oder Heiligen? Für Augenblicke glaubt er, gepuderte Perücken und Halskrausen zu sehen, Heiligenscheine und Kreuze, Orden und Uniformen, doch sobald er versucht, etwas zu fixieren, verändert es sich, im nächsten Moment sieht er nur mehr Nackte: Susanna im Bade, die Venus vor dem Spiegel, geschlechtslose, flötenblasende Putten, Satyrn, Faune. Zwischen den Bildern große, halbblinde Fenster, aus vielen kleinen Quadraten bestehend, rohe Backsteinwände, vielleicht ist es eine Fabrik? Eine Gruft? Es ist totenstill, ein panisches Gefühl von Enge überkommt ihn, als wäre er lebendig begraben oder eingemauert wie ein mittelalterlicher Ketzer. Versuchsweise streckt er die Arme aus, hebt ein Bein, schiebt den Fuß nach vorn, setzt ihn ab, hebt das andere Bein, ist erstaunt, dass er sich bewegen kann. Das ist gut, aber jetzt will er hinaus aus dieser Leichenhalle, in der es so beklemmend still ist, nicht einmal seine eigenen Schritte kann er hören. Am Ende des Raumes sieht er ein großes Tor aus dunklem, stumpfem Metall, mit einem mächtigen Riegel davor, den müsste er erst mal aufbekommen, aber das Tor kommt nicht näher, er geht darauf zu, der Abstand bleibt gleich. Ich bin zu langsam, denkt er, warum bin ich so entsetzlich langsam? Seine Beine machen diese sinnlose, pantomimische Übung, die ihn unendlich anstrengt, als watete er durch zähflüssigen Gummi, in den er mit jedem Schritt mehr und mehr einsinkt. Bein heben, Fuß vor, Fuß aufsetzen, anderes Bein heben, warum mache ich das, es bringt mich nirgendwohin, ich komme sowieso nicht raus hier. Er ist völlig erschöpft, möchte sich hinlegen, wo er gerade ist, und schlafen, aber ein unsichtbarer Motor treibt ihn dazu, weiterzugehen, immer weiter, obwohl er kaum noch die Augen offenhalten kann, sie fallen ihm zu, er spürt noch, wie er strauchelt, fällt, aber keinen Aufprall – er schläft.

Er wacht auf in einem Turm ganz aus Glas. Eine Wendeltreppe, unterbrochen von Plattformen, schraubt sich in seiner Mitte aufwärts, wo er sich verjüngt und spitz zuläuft. Dave steht auf der Treppe, die so makellos durchsichtig ist, als hätte er keinen Boden unter den Füßen. Der Turm ist etwa zur Hälfte mit Wasser gefüllt, Menschen hasten die Treppen hinauf, rempeln und schreien sich gegenseitig an. Die Wasseroberfläche liegt ruhig ein paar Stufen unter ihm, doch als er genauer hinsieht, bemerkt er, dass sie stetig steigt. Schon ist sie nur mehr fünf Stufen entfernt, dann vier, drei, und er begreift, warum alle nach oben wollen, doch das wird ihnen nichts nützen, sie werden ertrinken, er selbst wird ertrinken, es gibt keinen Ausgang, kein Fenster, und das Wasser kriecht die Wände hoch. Mit der bloßen Faust versucht er, ein Loch in die Wand zu schlagen, aber das Glas ist zu dick. Er läuft ein paar Stufen hinauf, probiert es noch einmal, schlägt zu, so fest er kann, vergeblich. Warum schmerzt seine Hand nicht nach diesem Schlag? Das ist merkwürdig, aber dieser kleine, subversive Gedanke hat keine Chance gegen die Panik ... Er bräuchte einen Hammer, einen Meißel, irgendeinen spitzen Gegenstand, doch dieser ganze verfluchte Turm besteht aus nichts als Turm, zwecklose Plattformen und eine zwecklose Treppe, die er dennoch hinaufstürmt wie die anderen. Plötzlich entdeckt er einen Lift, ebenfalls aus Glas und ohne Seile, gibt es das schon, Luftkissenlift? Das Wort erscheint ihm lächerlich. Die rettende Kabine schwebt in ihrem gläsernen Schacht und ist offen. Voll euphorischer Hoffnung rennt er hin und steigt ein, die Tür schließt sich, welches Stockwerk, überlegt er, vielleicht gibt es ein Kellergeschoss, einen Bunker, wo sind hier eigentlich die Knöpfe? Mein Gott, es gibt keine. Verzweifelt wartet er, dass der Lift sich von selbst in Bewegung setzt, aber nichts passiert, und schon wieder ist es so still, ist er taub? Die anderen haben sich auf der obersten Plattform zusammengedrängt, er kann sie nicht hören, sieht nur ihre sich öffnenden und schließenden Münder, ihre aufgerissenen Augen und hektischen Bewegungen, das Wasser steigt unaufhaltsam, und er begreift, dass er sich eingeschlossen hat, dass er, vorausgesetzt die Liftkabine ist dicht, als Einziger nicht ertrinken wird, dafür aber ersticken. Wie viel Zeit bleibt ihm? Er versucht, zu rechnen: Wie groß ist der Raum, wie viel Kubikmeter Luft, wie lange kann es dauern, bis sie verbraucht ist, Formeln auf weißem Papier, er denkt, welcher Idiot baut einen Aufzug und vergisst die Knöpfe, welcher Trottel entwirft einen Turm ohne Tür? Es muss einen Notausgang geben, mindestens einen, und das ist sein letzter Gedanke, bevor ihm schwarz wird vor Augen.

*

25. November 2014. Dienstag. Blau.

Dave lag mit geschlossenen Augen auf dem Rücken in seinem Bett und bewegte sich nicht. Er versuchte, nicht einmal zu schlucken. So hatte es in dem Buch gestanden: dass man nach dem Aufwachen ganz still liegen bleiben soll, wenn man versucht, sich an einen Traum zu erinnern, an möglichst viele Details eines Traumes. Außerdem sollte man ganz entspannt bleiben, sich nicht verkrampfen in dem Versuch, sich zu erinnern. Das war der Teil der Sache, mit dem Dave Schwierigkeiten hatte. Wie sollte das gehen? Er wollte unbedingt wissen, was er geträumt hatte, gleichzeitig sollte er es nicht wollen, nicht zu sehr jedenfalls. Wie sehr? Und war es überhaupt eine Frage des Maßes, ein Wert auf einer Skala, wie bei einem Laborbefund, Referenzbereich zwischen 1,7 und 4,3? Das stand nicht in seinem Buch, und es ärgerte ihn, doch er versuchte, jetzt nicht an seinen Ärger zu denken, gar nicht zu denken, sich zu entspannen. Er atmete tief ein und aus, stellte sich eine weiße Fläche hinter seiner Stirn vor, eine unberührte Schneelandschaft in seinem Kopf, in der all seine Gedanken versanken. Fast schlief er wieder ein, und plötzlich sah er diesen Typen vor sich, ein Mann wie ein Kasten, ein Muskelpaket in Ledermontur mit einer Kalaschnikow im Anschlag. Er hatte Dave verfolgt, aber warum? Dieses Etwas in seinen Händen, ein kleines Tier, weich, pelzig, mit bräunlich rotem Fell, es war ganz warm und hatte ein kreisrundes Maul, mit dem es dauernd nach Daves Fingern schnappte, winzige, spitze Zähne, die sich in seine Haut schlugen ... eine ausgestorbene Straße, die er mit diesem Tier entlanggelaufen war, um es zu retten vor dem Kalaschnikow-Mann. Was für ein obskures Lebewesen, dachte Dave, so ein Tier gibt es doch gar nicht, das hatte er schon im Traum gedacht. Er lag da und hörte, wie Janet in der Küche herumfluchte, weil sie den Siebträger schon wieder nicht aus der Kaffeemaschine bekam, hundertmal hat er ihr gezeigt, wie es am besten geht: zuerst den Griff nach links drehen, dann das ganze Ding nach rechts kippen und gleichzeitig nach vorne herausziehen. Er hörte Mel, die im Badezimmer einen Schreikrampf hatte, weil sie offenbar unzufrieden war mit ihrer Frisur, und Nobbs, der unausgesetzt seinen Transformer gegen den Küchentisch drosch, weil er sich nicht so transformierte, wie er sollte. Schließlich ein Würgen in bedenklicher Nähe, möglicherweise direkt vor der

Tür zum Schlafzimmer ... er war schon wieder in dieser gruseligen Kirche gewesen, fiel ihm jetzt ein, aus der er nie hinauskam, und dann in einem gläsernen Turm, in dem er fast erstickt wäre. Immer diese Räume, in denen er gefangen war, ja, Gefängnisse waren das, auch wenn sie nicht so aussahen. Diese Straße ... Dave kannte sie, mit ihren abweisenden, heruntergekommenen Hausfassaden und den ausgebleichten Farben der Fensterläden und Zäune; er war sich sicher, sie schon einmal entlanggelaufen zu sein, aber er wusste nicht, wo und wann.
Seufzend rollte er sich aus dem Bett, griff sich seine Jogginghose vom Boden, zog sie an und ließ sich zurück auf den Bettrand fallen. Seine Füße waren kalt, wie immer. Janet machte sich deshalb lustig über ihn, sie behauptete, das sei eigentlich ein Frauenproblem. Ihre waren warm, immer, sogar nach einem mehrstündigen Spaziergang im Schnee. Das Problem war, dass er Hausschuhe hasste, er ging am liebsten barfuß, das gab ihm ein Gefühl von Freiheit, von Lässigkeit, Hausschuhe waren spießig. Seine Zehen waren kurz und stummelig wie die seiner Mutter, er bewegte sie ein bisschen, bis die Gelenke knacksten, dann stand er auf und ging geräuschlos, sorgsam den schleimigen, gelblich weißen Katzenkotzfleck umrundend, auf nackten Sohlen in die Küche. Niemand nahm Notiz von ihm, Janet machte gerade ein Sandwich für Mel. Dave ging zur Kaffeemaschine, holte mit einem einzigen geübten Griff den Siebträger aus seiner Verankerung, leerte das Sieb aus, füllte es mit frischem Kaffee, nahm zwei Tassen aus dem Schrank und ließ die dicke, cremige Flüssigkeit hineinlaufen, tak, tak, tak machte der Transformer hinter ihm, wenn er auf die Tischkante traf. Dave nahm seine Tasse und setzte sich an den Tisch, mit dem Rücken zu Janet, trank einen Schluck, spürte, wie der heiße Kaffee seine Speiseröhre verbrannte.
Nobbs?

Der Junge ignorierte ihn, schlug weiterhin das Stück Plastik gegen das Holz, sehr konzentriert, als käme es darauf an, es richtig zu tun, in einem ganz bestimmten Winkel, an einer dafür vorgesehenen Stelle, obwohl völlig klar war, dass es keinerlei Effekt hatte.
Hey, Nobbs, wiederholte Dave, langte nach vorne und verstrubbelte ihm die ohnehin schon wirr nach allen Seiten abstehenden rotblonden Haare. Nobbs sah erschrocken auf, sein Blick war für kurze Zeit völlig desorientiert, als müsste er erst herausfinden, aus welcher Richtung die unerwartete Berührung kam.
Nobbs, sagte Dave, was du da machst, bringt nichts.
Sein Sohn sah ihn an, mit den großen, leeren Augen der Verständnislosigkeit, sein kleiner Mund mit Janets dicken Lippen stand ein wenig offen, ein dünner Speichelfaden hing in seinem Mundwinkel. Behutsam nahm Dave ihm den Transformer aus der Hand, wie einem Schlafwandler, den man nicht wecken will.
Schau, sagte Dave, schau genau hin, und während er die Bewegungen ausführte, die den Roboter in ein Raumschiff verwandelten, klapp, klapp, klapp, sah er Nobbs an, dessen Blick jetzt auf Daves Händen, auf dem Roboter klebte und äußerste Konzentration ausdrückte. Dave liebte diesen Blick, seine Eingleisigkeit, für kurze Zeit hatte nichts anderes Platz darin, man konnte absolut sicher sein, dass Nobbs mit seinen Gedanken genau hier war und nirgendwo sonst. Je älter die Kinder, desto seltener wurden diese Momente, irgendwann dachten sie an Eis, an Schokolade, Weihnachtsgeschenke oder ihre Lieblingssendung im Fernsehen. Bei Mel hatte er eine Weile versucht, diesen Augenblick abzupassen, in dem sie aus der Gegenwart rutschte wie aus einem Traum, aber dann vergaß er es, und als es ihm wieder einfiel, saß Mel über ihren Hausaufgaben, kaute an ihren Nägeln, stierte zum Fenster hinaus und dachte an die nächsten Ferien. Spätes-

tens die Schule machte dem flüchtigen Paradies zwischen Zukunft und Vergangenheit den Garaus.
Die Transformation war abgeschlossen. Auf Nobbs' Gesicht breitete sich ein Lächeln aus, das Dave gern für ihn in eine Schachtel gesteckt und verwahrt hätte, damit er es in dreißig Jahren bei Bedarf herausnehmen und tragen könnte wie einen Smoking. Seine erstaunlich große Hand, wie die Pfote eines jungen Hundes, griff nach dem Raumschiff, aber Dave riss den Arm hoch, sodass Nobbs es nicht erreichen konnte, und begann einen Gleitflug über den Küchentisch. Mit eleganten Bewegungen wich er Nobbs' Versuchen aus, es in seinen Besitz zu bringen.
Gib her, forderte Nobbs mit gepresster Stimme, während er um den Tisch hechtete, hör auf, Dad. Dad!
Schließlich ging er auf alle viere, kletterte unter Daves Sessel und kitzelte ihn in den Kniekehlen. Die todsichere Waffe. Und sie wirkte. Dave schlug im Reflex mit dem Fuß aus und erwischte Nobbs hart an der Schulter. Nobbs schrie auf und begann zu weinen, Dave nahm ihn hoch auf seinen Schoß, schlang die Arme um ihn. Tut mir echt leid, Kleiner, sagte er, du weißt doch, wie kitzlig ich hinter den Knien bin, da kann ich für nichts garantieren, sorry. Janet, die sich gerade mit ihrem Kaffee an den Tisch setzte, sagte: Na super. Mel, mit leicht hysterischem Unterton aus dem Bad: Wie spät?, und Janet, mit einem Seitenblick auf die Uhr: Sechsundzwanzig!
Max?, fragte Dave, und Janet schüttelte den Kopf. Eigentlich war es kein richtiges Kopfschütteln, dafür lag nicht genug Energie in dieser müden, kleinen Bewegung, bei der sie noch zusätzlich die Augen schloss vor dem, was sie so resignieren ließ.
Ich seh nach ihm, sagte Dave. Er stellte Nobbs, der sich inzwischen wieder beruhigt hatte, neben sich auf dem Boden ab und drückte ihm das Raumschiff in die Hand.

Wie du meinst, sagte Janet in seinen Rücken hinein, während er die Küche verließ.
Sollte er klopfen? Dave war unentschieden in der Frage, ob er seinen ältesten Sohn als Erwachsenen behandeln sollte, ungeachtet dessen, ob Max sich wie einer verhielt oder nicht. Aber was war schon erwachsenes Verhalten? Verantwortung zu übernehmen für die eigenen Handlungen, ja sicher, aber eine Menge Leute in Daves Alter benahmen sich alles andere als eigenverantwortlich. Janets Bruder zum Beispiel, der für jeden noch so kleinen Fehler, den er beging, irgendeinem Familienmitglied die Schuld gab. Er hatte jeweils bevorzugte Opfer für unterschiedliche Arten von Fehlern, höchst kindisch war das, vielleicht auch nur ganz durchschnittlich eitel und selbstgerecht, in jedem Fall nervig, weshalb Janet den Kontakt zu ihm auf das unumgängliche Minimum beschränkte. Doch hatte das Klopfen an Max' Tür überhaupt etwas mit seinem Erwachsensein zu tun? Eigentlich ging es um das Recht auf Privatsphäre, das nach Daves Meinung auch Kinder haben sollten. Das Problem dabei war, dass Kinder dazu neigten, zu anderen Zeitpunkten und Gelegenheiten von diesem Recht Gebrauch zu machen, als ihren Eltern das vorschwebte, und das wiederum traf auch auf Max zu. Wenn man ihm seine Privatsphäre zugestand, saß er die ganze Nacht vor dem Computer, rauchte einen Joint nach dem anderen und verschlief die Schule. Andererseits war er seit drei Monaten volljährig, wenn er also seine Schullaufbahn nach zwölf Jahren in den Sand setzen und lieber arbeiten gehen wollte, war das seine Entscheidung – ein zynischer Erwachsenengedanke, noch schlimmer, ein Lehrergedanke, denn natürlich wollte Max nicht arbeiten gehen. Er wollte die ganze Nacht zocken, kiffen und tagsüber schlafen. Und abgesehen davon: Wie privat war die Sphäre eigentlich, in der sich Max die meiste Zeit aufhielt? *World of Warcraft* war das meistgespielte Online-Rollenspiel, eine Parallelwelt, in der

sich weltweit über fünf Millionen Menschen tummelten. Dave war nicht besonders paranoid, er war auch kein Verfechter von Verschwörungstheorien, aber was im Netz so alles vor sich ging, verunsicherte ihn doch, auf eine vage, verschwommene Art und Weise, wie eine Wolke, die über seinem Kopf schwebte. Die Cloud. Die Vorstellung von der ungeheuren Menge umherschwirrender Daten machte Dave ganz wirr im Kopf, wie vielstimmiges Bienengesumm, Megabytes, Gigabytes, Terabytes an Daten, Zahlen, die für ihn völlig abstrakt waren. Fotos, Videos, Texte, Musik, Erinnerungen, Pläne, Vor- und Verträge, Mailverkehr, Zeugnisse ganzer Leben wurden in die Cloud geschickt, ein unendlich großer Parkplatz für Dinge, die früher Schränke eingenommen hatten, Büros und Wohnungen voller Kästen und Kommoden, Kellerregale, Kartons und Truhen auf Dachböden, die von den Nachkommen geräumt werden mussten, wenn die Leute starben. Und nun? Würde Max sich genügend für das Leben seines Vaters interessieren, um seinen iCloud-Account zu durchforsten und die Dinge zu archivieren, die ihm wichtig gewesen waren, oder würde er ihn einfach löschen, froh, nichts mehr mit seiner Vergangenheit zu tun haben zu müssen? Immer wieder war Dave überrascht, in welcher Geschwindigkeit sich Gedankengänge in seinem Kopf bildeten, um drei Ecken bogen und sich irgendwo in seinen Gehirnwindungen verloren. Wenn er sie abends aufschrieb – was er seltener tat, als sein Therapeut ihm empfahl –, füllten sie ganze Seiten, doch während er sie dachte, waren sie nicht mehr als ein kurzes Rascheln in seinem Gehirn, als würden dort Insekten zwischen mehreren Lagen Seidenpapier herumlaufen, während er von einem Zimmer ins andere ging.

Dave klopfte, niemand antwortete. Vorsichtig öffnete er die Tür, als beträte er einen verbotenen Raum. Die vertraute Mischung aus oft getragenen Turnschuhen, Gras, kaltem Fastfood und dem speziellen Geruch, den nur Max verströmte, schon seit er ganz klein war, stieg Dave in die Nase. Sein erster Blick galt jedoch nicht Max, sondern dem Computerbildschirm. Wann immer er in dieses Zimmer kam, fing er Daves Aufmerksamkeit ein, obwohl ihn die Ästhetik der fantastischen Landschaften in *World of Warcraft* mit ihren viel zu grellen Farben und der überladene Stil der Charaktere an jene Art Comics erinnerte, die er noch nie gemocht hatte: glatzköpfige Helden mit bis ins Groteske übertriebener Muskelausstattung, Untote, in deren leeren Augenhöhlen neongrünes Licht unheilvoll leuchtete, pupillenlose Frauen, stets prallbusig und mit langem, wehendem Haar, Monster, deren Gebiss einem überdimensionalen prähistorischen Tier glich, von einer Hässlichkeit, wie sie nur die menschliche Fantasie hervorbringen konnte. Er regte sich außerdem über die offensichtlichen Anleihen auf, die das Spiel bei Tolkiens *Herr der Ringe* nahm. Dave liebte die Trilogie des britischen Autors und hatte Max, als er ungefähr zehn Jahre alt war, in einem langen österreichischen Winter alle drei Bände zur Gänze vorgelesen. Die Bilder von Mittelerde, Elben und Orks, die Dave im Kopf hatte, glichen weder denen der Verfilmung von Peter Jackson noch in irgendeiner Weise dem World-of-Warcraft-Universum. Er fühlte sich gestört von all diesen Versuchen, etwas, das dazu gedacht war, es sich vorzustellen, in für jeden gleiche, sichtbare Bilder zu übersetzen. Er hatte mit Max mehr als einmal darüber diskutiert. Max war überzeugt, die neuen technischen Möglichkeiten digitaler Grafik und Animation erweiterten und beflügelten die Fantasie der Menschen. Dave widersprach ihm leidenschaftlich und argumentierte, die menschliche Vorstellung übersteige immer das Dargestellte, da sie das gesamte Spektrum sinnlicher Wahrnehmung mit einschließe. Bildern gegenüber, auch bewegten, sei man zudem immer nur Beobachter, in der eigenen Fantasie jedoch Akteur. Max wies darauf hin, dass gerade ein Spiel wie *WoW* einen zum Akteur in einer Fantasiewelt machte. Das sei aber nicht die eigene, konterte Dave, sondern die der Game-Designer. Max zuckte die Achseln und meinte, das sei ihm egal, er fände sie geil. Das Achselzucken machte Dave ganz mutlos, und als Reaktion darauf beharrte er umso mehr auf seiner Meinung, Fantasie sei etwas Individuelles und Spiele wie *WoW* führten zu einer Gleichschaltung und Verarmung der Vorstellungskraft. Während Max auf seinem Handy herumtippte, erklärte Dave, die Fantasie sei wie ein Muskel, der verkümmere, wenn man ihn nicht benutze, und sie sei der einzige Ort, an dem man die Freiheit habe, sich ohne Konsequenzen über Normen und Anforderungen unserer Gesellschaft hinwegzusetzen, während *WoW* ihre leistungsorientierten Werte verherrliche: Stärke, Überlegenheit, Erfolgsdrang, den Kampf um Macht und Ruhm.

Max blickte von seinem Handy auf und sah ihn mitleidig an. Wovon redest du überhaupt, Dad?, fragte er. Du hast doch keine Ahnung.

Das war, bevor Max endgültig in einem weißen Nebel von Marihuanarauch nach Azeroth verschwand.

Max lag fast quer in seinem Bett auf dem Bauch, in Boxershorts, die Decke war auf den Boden gerutscht. Nichts deutete darauf hin, dass er lebendig war. Jedes Mal, wenn er Max beim Schlafen zuschaute, musste er an Max als Baby denken, an seine von süßer Muttermilch aufgeblasenen Backen, die noch nicht ausgebildeten Gesichtszüge, in denen dennoch alles schon enthalten war: das Schelmische, Unbändige, Zornige und gleichzeitig Empfindliche, Dünnhäutige, unbedingt Mitfühlende, als wäre er mit Antennen auf die Welt gekommen, die ihn jede kleinste Regung in seinem Umfeld aufspüren ließen. Schon mit einem halben Jahr hatte Max zu weinen angefangen, sobald jemand im selben Raum offensichtlich traurig war. Und von klein auf hatte er diesen tiefen Schlaf gehabt, einer Ohnmacht gleich, als reiste er in eine völlig andere Welt, sobald sich sein Wachbewusstsein verabschiedete. Max behauptete hartnäckig, niemals zu träumen. Dave belehrte ihn, dass jeder Mensch allnächtlich träume, nur die Erinnerung daran sei ganz unterschiedlich stark ausgeprägt. Sagt wer?, fragte Max mit jener großspurigen Geringschätzung gegenüber allen nicht selbst empirisch gewonnenen Erkenntnissen, die nur Pubertierende zustande bringen.

Als Dave sich auf die Bettkante setzte, erinnerte er sich, wie er damals, in dem schockartigen Zustand nach der Geburt seines ersten Kindes, die die Welt für immer veränderte, nachts heimlich in Max' Zimmer geschlichen war und auf seine kleine Brust gestarrt hatte, um zu sehen, ob er noch atmete. Auch jetzt war er nicht sicher. Er rüttelte Max an der Schulter. Max? Keine Reaktion. Festerer Griff, stärkeres Rütteln. Max, hörst du mich? Offenbar nicht. Wo war er bloß? Dave stand auf, ging zum Fenster, zog die Vorhänge auf (was Max nie tat, auch tagsüber nicht) und öffnete das Fenster. Die feuchte Novemberluft kroch ins Zimmer. Max, sagte Dave laut, steh auf. Er drehte das Deckenlicht an, drei sehr helle Spots, die Max ebenfalls niemals anmachte. Du musst in die Schule, sagte Dave noch lauter. Max zuckte im Schlaf, drehte sein Gesicht zur anderen Seite und schlief weiter. Dave ging zum Computer, rief YouTube auf, wählte einen Song, drehte die Boxen auf volle Lautstärke.

May I have your attention please?
May I have your attention please?
Will the real Slim Shady please stand up?
I repeat, will the real Slim Shady please stand up?
We're gonna have a problem here.

Etwas kam durch die Luft gesegelt, genau auf Daves Kopf zu. Er duckte sich, und das Wurfgeschoss knallte ungebremst ge-

gen die Wand hinter ihm – die Verpackung eines McDonald's-Burgers, in der sich leider noch die Reste eines Big Mac befanden, die jetzt an der Wand klebten: bräunliche Fleischkrümel, durchweichte Brötchenteile, Salatfetzen, Ketchup.
Sag mal, hast du sie noch alle?, brüllte Dave.
Max fischte mit einer sehr langsamen, trägen Bewegung nach seiner Hose, die am Boden neben seinem Bett lag, und holte sein Handy aus der Hosentasche. Er warf einen kurzen Blick darauf und sank augenblicklich wieder zurück in sein Bett.
Dave griff nach der halbvollen Wasserflasche, die am Tisch neben dem Computer stand, ging zum Bett und leerte die Flasche über Max' Gesicht aus. Max schlug mit dem rechten Bein aus und erwischte Dave genau im Schritt. Dave schrie auf.
Genau in diesem Moment erschien Janet in der Tür. Sie sah ihren Ehemann, der zusammengekrümmt dastand und sich mit beiden Händen die Eier hielt, und ihren Sohn, der jetzt wieder aufrecht im Bett saß und dem Wasser aus den Haaren tropfte.

I'm like a head trip to listen to, cause I'm only givin' you
Things you joke about with your friends inside your livin' room
The only difference is I got the balls to say it in front of y' all

Janet ging zum Computer und drehte die Musik ab.
Habt ihr jetzt alle beide den Verstand verloren, sagte sie mit dieser unheilvollen Ruhe in der Stimme, nicht im Ton einer Frage, sondern einer Feststellung. Sie schaute von einem zum anderen, als wären sie Kinder, die sich um ein Spielzeug gerauft hatten.
Ich habe Nachtdienst gehabt, falls es jemanden interessiert, sagte Janet, und egal wer hier wann in die Schule geht oder auch nicht, ICH muss jetzt schlafen.
Sie warf ihnen beiden noch einen warnenden Blick zu (ein

Lehrerinnenblick, dachte Dave) und verließ das Zimmer, den leicht säuerlichen Geruch von Kränkung und einen Hauch kühler Verachtung hinterlassend.
Max und Dave schauten sich ratlos an. Eben noch waren sie Kontrahenten gewesen, nun saßen sie plötzlich im selben Boot, waren Verbündete wider Willen, Janet hatte sie dazu gemacht, in nur zwei Sätzen. Max fuhr sich durch die Haare, Dave stemmte die Hände in die Hüften und blickte zu Boden. Komm schon, Max, sagte er müde, steh einfach auf und zieh dich an.
Wozu?, fragte Max, und dieses kurze Wort erzeugte einen langen Nachhall in Dave, der noch andauerte, nachdem er Nobbs in den Kindergarten gebracht, den Müll entsorgt, die Wäsche in die Waschmaschine und das Frühstücksgeschirr in den Geschirrspüler gestopft hatte, als er in der Küche saß und sich die Minuten durch die feinporige Stille fraßen, die der Schlaf seiner Frau und der Schlaf seines Sohnes über das Haus legten wie Schaumstoff, wie Watte, wie der Schnee, nach dem es an manchen Tagen schon roch, der bald kommen würde. Dieses *Wozu* breitete sich aus zwischen den zwei völlig unterschiedlichen Arten von Schlaf, Janets erschöpftem, gerechtem Dienst-an-der-Menschheit-Schlaf und Max' marihuanaschwerer Verweigerungsohnmacht, es kroch in die Ecken und Winkel seines Gehirns und vernichtete auf seinem Weg alle sinnvollen Gedanken und Argumente wie ein großer, effizienter Müllschlucker. Zurück blieb eine graue amorphe Masse, die rasch und unaufhaltsam die Form von Anschuldigungen und allerlei wütenden Gedanken über Janet annahm. Wer hier wann in die Schule geht oder auch nicht ... Immer wieder staunte Dave über Janets Fähigkeit, Dinge gleichzeitig vage und vorwurfsvoll zu formulieren, Sätze hinzuwerfen, die alles Mögliche heißen konnten und dennoch mit so vielen kleinen Pfeilen ausgestattet waren, dass sie einen auf jeden Fall trafen. Heute war Dienstag, und er hatte frei, jeden

Dienstag hatte er frei, wann würde sie sich das endlich merken? Er wurde das Gefühl nicht los, dass sie es sich gar nicht merken wollte, als wäre es zu unwichtig, um ihr wertvolles Gedächtnis damit zu belasten, oder zur Strafe. Als wäre es seine Schuld, dass sie seine Anstellung auf eine halbe Lehrverpflichtung gekürzt hatten. Und diese Fallen, in die er immer wieder tappte, zum Beispiel wenn er ihr – auf Aufforderung! – von seinem Tag erzählte und sie dann mit diesem demonstrativ resignierten Blick ins Leere verkündete: Irgendwas mache ich falsch. Als wäre sein Leben eine Art Vergnügungspark, zwölf Wochenstunden Musikunterricht in einem durchschnittlichen Wiener Gymnasium mit durchschnittlich uninteressierten Schülern und durchschnittlich frustrierten Kollegen; die Durchschnittlichkeit hauste in Daves Leben wie ein nach billigem Fusel stinkender, hoffnungsloser Penner in einer U-Bahn-Station. Und das Schlimmste war, dass Janet das wusste, und dennoch so tat, als ginge es ihm prächtig, während sie das arme Schwein war, das Leuten Krebsgeschwüre so groß wie Pfirsiche aus den Bäuchen operieren musste, wissend, dass sie höchstwahrscheinlich dennoch sterben würden. Das war der Punkt, an dem Daves Wut in sich zusammenfiel. In keinem möglichen Leben, das er sich vorstellen konnte, wäre er psychisch imstande, ihren Job zu machen, aber, Herrgott noch mal, sie hatte ihn sich schließlich ausgesucht, oder? Sie hatte das gewollt, unbedingt, sich durch dieses beinharte Studium gekämpft, hatte all die Konkurrenz und die Intrigen in den Spitälern weggesteckt, und das alles, um Menschen am offenen Herzen operieren zu dürfen. Lange Zeit hatte er sie dafür bewundert, oh, wie sehr hatte sie ihm imponiert, die zielstrebige, starke, pragmatische Janet mit der Einer-muss-es-doch-tun-Mentalität, seine stählerne Frau mit den ganz und gar unsterilen Lippen und den weißen Brüsten unter dem weißen Mantel. Wenn er Arzt wäre und mit ihr zusammenarbeiten müsste, wäre sie genau der

Typ, mit dem er seine Frau betrügen würde. Sofort nistete sich dieser Gedanke in Daves Gehirn ein und vermehrte sich durch Zellteilung. Wann hatten sie zum letzten Mal Sex gehabt, vor drei Monaten? Das war nach dem Abendessen bei Will und Lin, Freunde aus der Schulzeit, die sie selten sahen und mit denen sie nicht viel gemeinsam hatten, außer den Erinnerungen an eine Zeit, in der noch keiner von ihnen auch nur die geringste Ahnung hatte, wer er war und wohin er gehen würde, in der alles möglich schien und jeder neue Tag einen plötzlichen Richtungswechsel mit sich bringen konnte, eine überraschende Wendung. Im Gegensatz zu Dave und Janet waren die beiden erst nach dem Studium ein Paar geworden, als sie bereits emsig an ihren Karrieren irgendwo im mittleren Management bastelten, da war keine Zeit für Kinder. Und während Dave und Janet sich zwischen einem trotzenden Kleinkind, einem Baby, das niemals schlief, Janets Turnus, Daves erster voller Lehrverpflichtung, wechselnden Babysittern und ihrem permanenten schlechten Gewissen zerrieben, verlor sich der Kontakt. Jeder Kontakt verlor sich. Der Alltag war ein täglicher Kampf, einer, bei dem man auch nachts seine Rüstung nicht ablegen durfte. Denn mit einem Angriff war immer zu rechnen, auch mitten im tiefsten Erschöpfungsschlaf konnte ein Kind aufwachen und schreien, weil es zahnte oder Blähungen hatte oder Ohrenschmerzen oder einen schlechten Traum, oft wusste man ja nicht, warum sie schrien, meistens wusste man es nicht. Nach der Reihe zückte man die zur Verfügung stehenden Waffen – Teefläschchen, homöopathische Kügelchen, Zahngels, Ohrentropfen, Schnuller –, um sich weniger hilflos zu fühlen oder die Hilflosigkeit dieses winzigen Wesens nicht so stark zu spüren. Gleich wird es besser, flüstert man ihnen zu, du wirst sehen, alles wird gut, flüstert man sich selbst zu in der Dunkelheit, während man auf und ab geht, auf und ab und auf und ab. Dave um Mitternacht, um zwei, um vier, Janet um eins, um

drei und nochmals um fünf, sie schienen niemals gleichzeitig wach zu sein in dieser Zeit, schon gar nicht gleichzeitig zu schlafen. Während sie sich tagsüber durch die Tunnel zweier Lichtjahre voneinander entfernter Welten kämpften, mutierten sie in den Nächten zu einem zweiköpfigen, vierarmigen, vierbeinigen Wesen, das sich niemals ganz entspannen durfte – Sex war in dieser Zeit ohnehin kein Thema.
Daves Gedanken wanderten zurück zu dem Abend bei Will und Lin. Die Suppe war dünn gewesen, sie waren mit den meisten Themen durch, bevor sie mit der Vorspeise fertig waren: die Arbeit, über die keiner reden wollte, die Probleme mit den Kindern, die Will und Lin nicht kannten, und die neuesten Kinofilme, die er und Janet nicht kannten. Und politisch, das wussten sie alle seit dem letzten Abendessen voriges Jahr, waren sie verschiedener Meinung. Das Hauptgericht bestand also aus den Anekdoten von damals, als sie sich zumindest durch die Tatsache verbunden fühlten, dass sie alle vier nicht in dem Land geboren worden waren, in dem sie zur Schule gingen: die hübsche, zierliche Lin mit dem asiatischen Augenschnitt und einer Aura von Unnahbarkeit; Will mit seiner ohnehin nur melangefarbenen Haut, an einer Wiener Schule damals trotzdem ein Exot; die blonde, sportliche Janet, von der alle wussten, dass sie ursprünglich aus Kalifornien kam, ein Land, das sie nur aus Filmen und Fernsehserien kannten; und Dave, dieser unauffällige, zurückhaltende Typ mit der schlaksigen Gestalt und den großen braunen Augen, von dem niemand wusste, dass er aus New York City stammte, auch wenn er erst sechs war, als er nach Wien kam. Es gab wahrscheinlich ein paar Leute in der Klasse, die nicht einmal seinen ganzen Namen kannten. Dave wer? Aber die Mädchen mochten ihn. Er sah gut aus, jedoch auf eine unaufdringliche Art, die sie nicht sofort an all die anderen denken ließ, denen er auch gefiel. Also quatschten sie ihn an, bei ihm trauten sie sich. Man kam leicht mit ihm ins Ge-

spräch. Er sagte nie nein. Natürlich kam es zu Eifersüchteleien, von denen Dave allerdings nichts mitbekam, er wäre völlig überrascht gewesen, wenn er gewusst hätte, was sich da im Hintergrund abspielte. Seine Naivität in diesen Dingen war ganz und gar glaubhaft und machte ihn auf eine seltsame Art unantastbar. Das wiederum faszinierte Lin und verführte sie zu einem ihrer ganz seltenen Versuche, bei einem Jungen zu landen, der jedoch katastrophal schiefging, denn sie hatte sich so ziemlich den Einzigen ausgesucht, der nicht auf sie stand. Lins meterdicke Schutzschicht schreckte Dave ab, für ihn fühlte sie sich an wie Eis, hart, spiegelglatt und glänzend, eine Oberfläche, von der er abrutschte, sobald er sie berührte. Dennoch ließ er sich verführen zu dieser Berührung, sieben Minuten im Himmel, die nach anderthalb Minuten endeten, als Lin aus der Abstellkammer und ins Freie stürmte, mit hochrotem Kopf, begleitet von hämischem Gelächter und bösen Kommentaren von Neidern beiderlei Geschlechts. Natürlich schlossen alle daraus, dass Dave die Sache vergeigt hatte, konnte er nicht küssen oder was? Dave war das relativ egal, er küsste nicht zum ersten Mal, und er wusste bereits, dass er es konnte, seit jener regnerischen Nacht im Frühjahr, in der es überall nach aufgeweichter Erde gerochen hatte. Er war viel zu spät nach Hause gekommen und auf dem Heimweg diesem Mädchen begegnet, die auf derselben Etage wohnte und in seinen pubertären Fantasien eine gewisse Rolle spielte, obwohl oder weil er noch nie mit ihr gesprochen hatte. Es war weit nach Mitternacht, als Dave in seine Straße einbog und den obligatorischen Kontrollblick nach oben warf, zum dritten Stock, viertes Fenster von links. War es dunkel, war alles gut, und er konnte sich, jedes Geräusch vermeidend wie ein Dieb, unbemerkt in die Wohnung und in sein Zimmer stehlen. War es erleuchtet, wusste er, dass seine Mutter wach war, in der Küche vor einem Martini bianco saß und auf ihn wartete. Es folgten Vorwürfe, was er ihr für Sorgen bereitet habe, die Aufzählung all der Dinge, die ihm hätten zustoßen können, nicht selten begleitet von Tränen. Dave fürchtete diese Tränen wie kaum etwas sonst, der Anblick seiner kleinen, feingliedrigen und dennoch sehnigen Mutter, die in den Auseinandersetzungen mit ihrem Mann eine erstaunliche Zähigkeit an den Tag legte, wie sie bei diesen nächtlichen Begegnungen jegliche Kontur verlor, sich noch kleiner machte, sodass Dave sich viel größer fühlte, als er war. Er sah sich durch ihre Augen, und was er sah, gefiel ihm nicht: der kleine Junge, der aus Angst vor seinen Albträumen zu seiner Mutter ins Bett gekrochen war, im Körper seines Vaters. Das war nicht er – das eine nicht mehr, das andere noch nicht und hoffentlich niemals. Auf keinen Fall wollte er aussehen wie sein Vater, er verabscheute alles an dessen narzisstischem Machismo, den sorgfältig getrimmten Bart, das streng zurückgekämmte Haar, seine trainierten Brustmuskeln, die Anzüge, die protzige Uhr an seinem Handgelenk. Dave pflegte schon damals einen androgynen Stil, gleichermaßen als Protest gegen die Lebensweise seines Vaters wie auch gegen die äußerliche Ähnlichkeit mit ihm. Praktischerweise ließen sich dieselben Merkmale leicht umdeuten: Die ererbten markanten Wangenknochen wirkten umrahmt von Daves halblangem Haar durchaus weiblich, das unnötigerweise rasierte, glatte Kinn machte denselben Mund weich und nachgiebig, und wenn man so einen Glennard'schen Körper nicht trainierte, war er genau betrachtet leptosom. In den 1980ern war das bei Teenagern in, und auch dem Nachbarmädchen muss es gefallen haben, sonst wäre sie vermutlich in dieser Nacht nicht neben Dave auf der Straße stehen geblieben, anstatt einfach weiterzugehen und im Haus zu verschwinden. Er hatte hinter sich Schritte gehört, sich aber nicht umgedreht, und plötzlich war sie neben ihm, grüßte nicht, sagte nichts, sondern stand einfach nur da. Sie schauten gemeinsam zu dem erleuchteten Küchenfenster hinauf, und er hatte das Gefühl, sie wusste genau, worum es ging. Obwohl sie einander nicht berührten, spürte er deutlich die Wärme ihres Körpers, nahm ihren Geruch wahr, Haarshampoo und Räucherstäbchen. Um den Moment hinauszuzögern und aus Verlegenheit, kramte er seine Zigaretten aus der Jackentasche, zündete zwei an und gab ihr eine, sie nahm sie, ohne ihn anzusehen. Sie rauchten schweigend, irgendwann hielt er es nicht mehr aus und fragte: Auch zu spät dran? Sie zuckte die Achseln. Ist egal, sagte sie, interessiert keinen. Dave verspürte jähen Neid und verstand gleichzeitig, wie daneben das war, weil in ihrer Stimme so viel Resignation lag. Sie traten ihre Zigaretten aus und gingen zum Haus, er sperrte auf und ließ ihr den Vortritt, fand sich lächerlich dabei. Er ging hinter ihr die Treppen hinauf und versuchte, nicht auf ihre Beine zu starren, die in ausgebleichten Röhrenjeans steckten. Im vierten Stock gingen sie den Gang entlang, er blieb vor seiner Haustür stehen, sie wohnte ganz hinten in der letzten Wohnung, vor der immer ein Haufen Schuhe verschiedener Größen, Kinderspielzeug und ein paar traurige, halb vertrocknete Pflanzen standen. Sie war schon ein paar Schritte weiter gegangen, er konnte sich nicht entscheiden, ob er Ciao oder Tschüs oder Gute Nacht sagen sollte, als hinge weiß Gott was davon ab, und dachte schon, sie würden sich grußlos trennen, da drehte sie sich plötzlich um, kam zurück und küsste ihn. Es lag so eine Entschlossenheit in der Art, wie sie ihm ihre Hand um den Hals legte, seinen Kopf zu sich herunterzog und ihren Mund auf seinen drückte, dass da gar kein Raum war für Nervosität oder Angst, zu versagen. Also ergab er sich der Situation, und als sie ihren Mund öffnete, fühlte es sich selbstverständlich an, es auch zu tun. Er war erstaunt. Es war leicht. Es war wunderbar. Er hatte etwas entdeckt, das er konnte, ohne es gelernt zu haben. Damals und vielleicht sogar bis heute war er daran gewöhnt, dass er alles, was er konnte, hatte lernen, sich mehr oder weniger mühsam hatte erarbeiten müssen. Die Mühsal lag nicht so sehr darin, dass ihm die Dinge besonders schwerfielen, sondern der Sinn und Zweck, den es haben sollte, sich etwas anzueignen, für ihn nicht erkennbar war, und das betraf nicht nur das Wurzelziehen oder die chemische Analyse von Alkohol. Er erinnerte sich an die Beharrlichkeit, mit der sein Freund Aaron bei ihnen im Hof mit dem Tennisschläger Bälle gegen die Hausmauer gedroschen hatte, um seinen Aufschlag zu verbessern, zuweilen angefeuert von Daves Vater, der nicht aufhören konnte, sich demonstrativ über Aarons Ehrgeiz zu begeistern. Dave hingegen verstand nicht, was ihn antrieb. Und er war geneigt, seiner Mutter zu glauben – nur in diesem einen Fall! –, die gern erzählte, dass er so spät, nämlich erst mit achtzehn Monaten, zu laufen begonnen hatte, weil er schlicht keinen Grund dafür sah, wenn er sich auch anders fortbewegen konnte. Was gut genug war für Katzen und Hunde, die ja augenscheinlich wunderbar zurechtkamen, war auch gut genug für ihn. Warum sollte er riskieren, auf die Nase zu fallen?

Die große Ausnahme: das Gitarrespielen. Und obwohl er auch hier, wie beim Küssen, ein Naturtalent war, ging es natürlich nicht ohne Ehrgeiz, auch wenn Dave selbst seine Motivation, hartnäckig Akkordfolgen und Läufe zu üben, nie als solchen empfand und keinesfalls so bezeichnet hätte. Es war eine Selbstverständlichkeit, weil es notwendig war, so wie es notwendig war, den Mund zu öffnen, wenn man sich küssen wollte, und auch wenn Gitarrespielen technisch unvergleichlich schwieriger war, erzeugte es einen ganz ähnlichen Zustand in Dave: die Freude daran, etwas zu wagen und nicht daran zu zweifeln, dass es sich lohnte.

Also konzentrierte er sich in den kommenden Jahren aufs Küssen und Gitarrespielen. Er bewältigte die Schule mit dem Minimum an Aufwand, der nötig war, um sich seinen Vater vom Leib zu halten, der das Gitarrespielen für unnütz hielt, weil damit kein Geld zu machen war. Das Küssen hielt er geheim, da sich seine Mutter viel zu sehr dafür interessierte, wen er küsste, auch in der Schule machte er kein großes Aufheben darum. Später, auf der Musik-Uni, hatte er für einige Zeit den ihm unerklärlichen Ruf eines Heartbreaker. Unerklärlich deshalb, weil er eine Begabung dafür hatte, sich unglücklich zu verlieben, während andere unglücklich verliebt waren in ihn und sich genau wegen dieses gemeinsamen, wenn auch nicht aufeinander bezogenen Seelenzustands von ihm angezogen fühlten. Auch zu ihnen sagte er nicht nein, er traf sich mit diesen Frauen, küsste sie, er ging mit ihnen ins Bett, und es dauerte, bis sie begriffen, dass er nicht dort war, wo sie ihn glaubten. Es dauerte, weil er nicht unbeteiligt wirkte oder gleichgültig oder lieblos, als ginge es ihm nur um Sex. Und es ging ihm nicht nur um Sex. Er liebte das Gefühl, etwas zu können, ohne sich dafür anstrengen zu müssen.

Nur Janet begriff sofort.

Von Anfang an war es ihm ein Rätsel, warum sich dieses energische, homogene, durch und durch lebenstüchtige Wesen, das keine Unsicherheiten, keinen Wankelmut zu kennen schien, nicht einmal darüber, ob sie an ihrem freien Tag einen Radausflug unternehmen oder lieber ins Kino gehen wollte, ausgerechnet in ihn verliebt hatte. In der Schule hatte sie trotz ihres sehr attraktiven Äußeren seines Wissens nie einen festen Freund gehabt, oder sie hatte ihn mit der ihr eigenen Konsequenz geheim gehalten. Sie erschien allein auf Partys, trank nicht, tanzte und ging wieder. Sie hingen zwar hin und wieder gemeinsam mit Will und Lin auf dem Schulhof herum oder im Café, aber als männliches Wesen, da war sich Dave absolut sicher, existierte er für sie nicht, diesbezüglich lebten sie auf zwei verschiedenen Planeten. Er sah ihr allerdings gern beim Tanzen zu, er sah sie überhaupt gerne an, so wie man ein Kunstwerk betrachtet oder ein besonders schönes Gebäude, das man jedoch nicht betreten kann, weil es nicht öffentlich zugänglich ist.

Als Janet etwa ein Jahr nachdem sie mit der Schule fertig waren, in dem kleinen versifften Club auftauchte, wo Dave mit ein paar eher zufällig zusammengewürfelten Musikern einen mittelmäßigen R.E.M.-Verschnitt spielte, dachte er nur: Sie interessiert sich für Rockmusik? Und als sie nach dem Gig zu ihm kam, ihm ein Bier in die Hand drückte und sagte, es hätte ihr gefallen, er spiele gut, hatte er zum ersten Mal dieses Verwechslungsgefühl. Und es ließ ihn nicht los, als sie ihn um seine Telefonnummer bat, ihn am nächsten Tag anrief, sich mit ihm verabredete, als er neben ihr im Kino saß und plötzlich ihre Hand auf seinem Oberschenkel spürte, und auch nicht, als sie mit ihm schlief. Deshalb, und nur deshalb, weil er dachte, das Ganze sei ein fataler Irrtum, als habe man auf der Geburtenstation fahrlässig zwei Säuglinge vertauscht, traf er sich danach weiterhin mit Ada, die süß war und ihn anhimmelte und deren Hände immer leicht feucht waren vor lauter Aufregung, wenn sie ihn anfasste, während die von Janet heiß und trocken waren, ihre Berührungen wie Wüstensand auf seiner Haut. Er wusste nicht, wie sie es rausgefunden hatte, aber es vergingen keine drei Wochen, bis er eines Morgens, nachdem er bei Ada übernachtet hatte, nach Hause kam und einen unter der Tür durchgeschobenen Zettel mit einer Nachricht von Janet fand:

Don't mess with me. You'll regret it.

Er zweifelte keine Sekunde daran, und das nicht nur, weil die Nachricht in ihrer gemeinsamen Muttersprache verfasst war. Er pinnte das aus einem Notizblock gerissene Stück Papier auf das Bord im Vorzimmer, griff zum Telefon und rief Ada an. Freundlich und einfühlsam erklärte er ihr, dass er sie nicht verletzen wolle und sich deshalb nicht mehr mit ihr

treffen könne, hörte geduldig ihrem Weinen zu, sagte ihr, wie lieb und hübsch sie sei und dass sie jemanden verdient habe, der sie mehr zu schätzen wüsste, legte schließlich auf, ging ins Bad und sah in den Spiegel. Was sah Janet in ihm? Was konnte sie dazu bewogen haben, diese Nachricht zu schreiben, und warum reagierte er so? Warum verzehrte er sich nicht auf diese hoffnungslose Art nach Janet, die er gewohnt war, und konnte sich dennoch, nach so kurzer Zeit, nicht mehr vorstellen, ohne sie auszukommen?
Er beschloss, dass es sich um Liebe handeln musste.

Die Geschichte mit Ada und dem Zettel hatte er schließlich bei Will und Lin zum Besten gegeben, zu später Stunde, unter dem Einfluss mehrerer Gin Tonics und der allgemeinen sentimentalen Stimmung. Lin fand sie *cute*, Janet verdrehte die Augen, lehnte sich dennoch an Dave und legte ihren Kopf auf seine Schulter, was er an jedem anderen Abend ihrer Müdigkeit zugeschrieben hätte und nicht einer romantischen Anwandlung. Aber in dieser Atmosphäre der Vergangenheitsglorifizierung und vor dem Hintergrund seiner wieder einmal anrollenden Depression war er bereit, das, was er mühsam gelernt hatte, als Realität hinzunehmen, im Alkoholnebel verschwinden zu lassen und diese Geste als Ausdruck dessen zu empfinden, was immer sie damals in seine Arme getrieben haben mochte. Und vielleicht war Janet an diesem Abend ebenfalls auf der Suche danach, denn sie schob ihm auch noch die Hand unters Hemd, betastete dann seine Wirbelsäule wie bei einer Untersuchung, als wüsste sie nicht genau, was sie sonst tun sollte, und griff schließlich mit einer jähen, ungeschickten Bewegung in seine Hose, nach seinem Hintern. Dave verfluchte die enge Jeans, die er aus Eitelkeit angezogen hatte, schon im Taxi hatten sie beide ihre Hände überall und murmelten sich schmutzige Sachen ins Ohr. Der Sex selber war dann kurz und heftig, als wären auch ihre Körper wieder in die Pubertät zurückgefallen, brachte dennoch eine Erleichterung, die über die körperliche hinausging und eine Weile anhielt, weil sie ein Stückchen Hoffnung freisetzte, jene Resthoffnung, die sie beide in einem Depot eingeschlossen hatten, um sie nicht zu schnell zu verbrauchen. Doch nach ein paar Tagen, ein paar Wochen, unwichtigen Streits über unwichtige Dinge fühlte es sich genau so an: als hätten sie die verbliebenen kärglichen Bodenschätze ihrer Beziehung leichtfertig für sieben Minuten im Himmel, wenn es denn so viele waren, verpulvert. Die Erleichterung wich einer bleiernen Schwere, die auf Daves Schultern lag wie ein totes Tier, schon beim Aufstehen, auf dem Weg zur Schule, während er in einer Klasse stand und den Quintenzirkel erklärte, obwohl niemand ihm zuhörte, im Kindergarten, wenn er Nobbs in der Garderobe sitzen sah, wie er auf ihn wartete, seinen Transformer mit beiden Händen umklammernd, und auch jetzt, während er dasaß und auf den Stapel Papier vor ihm starrte, die Musiktests der 7A, die er korrigieren sollte. Und da war es wieder, das kurze Wort, ausgesprochen von seinem achtzehnjährigen Sohn, who got the balls to say it: Wozu?

*

Ein großer Park, uralte Bäume mit ausladenden Kronen. Es ist stürmisch, die Äste biegen sich bis zum Boden, Blätter flattern durch die Luft wie kleine Vögel. Das Rauschen des Windes ist mächtig, begräbt alle anderen Geräusche unter sich. Dave steigt eine langgezogene Treppe hinauf, flache, abgetretene Steinstufen, die immer mehr werden unter seinen Füßen, als produzierte er sie durch seine eigenen Schritte. Jedes Mal, wenn er glaubt, nur noch drei, vier Stufen vor sich zu haben, vervielfältigen sie sich vor seinen Augen. Schneller und schneller steigt er bergan, beginnt zu laufen, zu springen, nimmt mehrere Stufen auf einmal. Es erscheint ihm ganz logisch, er muss nur diese irre Treppe austricksen, wenn er schnell genug ist, wird er oben ankommen. Sein Atem wird kürzer, er muss tiefer atmen, mehr Luft holen, sein Keuchen ist laut wie der Sturm, das Blut pocht in seinen Adern, sein Brustkorb ist ein großer, kräftiger Blasebalg, der sich mehr und mehr aufbläht bei jedem Atemzug, mit jedem Sprung, und plötzlich wird er hochgehoben mitten in der Bewegung seiner fast zum Spagat gegrätschten Beine – vom Wind? Von seinem Atem? –, ein euphorischer Moment der vollkommenen Schwerelosigkeit, befreit vom Gewicht seines Körpers, dann schwinden ihm die Sinne.

Auf dem Rücken liegend kommt er wieder zu sich, bläuliche Wolkenfetzen hängen über ihm wie Wäschestücke vor einem trübgrauen Himmel. Er steht auf, sieht sich um: Derselbe Park, nur die Treppe ist weg. Statt ihrer eine weitläufige Wiese, auf einer Seite Wald, auf der anderen eine hohe Hecke, in einiger Entfernung ein einzelner, gewaltiger Baum. Darunter knien ein paar Gestalten auf dem Boden, über etwas gebeugt, das Dave nicht sehen kann. Vorsichtig nähert er sich, bis er die Knienden erkennt: seinen Vater, Max und Tante Gloria, die mit bloßen Händen in der Erde graben. Merkwürdig, Gloria ist doch voriges Jahr gestorben ... Dave versucht sich zu erinnern, woran, aber es fällt ihm nicht ein. Als er nur noch zwei, drei Meter von ihnen entfernt ist, entdeckt er die Leiche. Kopf und Oberkörper sind bereits mit Erde bedeckt, die Max mit seinen Handflächen festklopft, die Beine der Toten stehen von den Knien abwärts unter einem beigen Trenchcoat hervor, steif und nackt, die Füße stecken in ebenfalls beigen Schuhen mit hohen Absätzen. Gloria müht sich damit ab, mehr Erde unter der Leiche hervorzugraben, sein Vater schaufelt den unteren Teil des leblosen Körpers damit zu. Voller Vorwurf sieht er Dave an, sagt verärgert: Jetzt hilf uns doch, siehst du nicht, dass wir Hilfe brauchen? Auch Max blickt zu ihm auf, in seinen Augen klafft ein Abgrund. Gloria schüttelt den Kopf und murmelt vor sich hin: Welcher Schwachkopf bringt jemanden um und gibt sich so wenig Mühe, die Leiche zu vergraben, und genau in dem Moment wird Dave klar, dass er diese Frau umgebracht hat. Er weiß nicht, wer sie ist, aber er ist für ihren Tod verantwortlich, und niemand hat die leiseste Ahnung davon, weder seine Tante noch sein Vater und auch Max nicht – vor allem nicht Max. Obwohl er es nicht mit Absicht getan hat, wird er niemals einer Menschenseele davon erzählen können, und ihn überfällt entsetzliches, unermessliches Grauen, nicht so sehr wegen der Toten, sondern angesichts dieses nicht mitteilbaren Geheimnisses. Am ganzen Körper zitternd, wendet er sich ab und beginnt zu laufen, auf den Wald zu, er sieht dicht aus und dunkel, dort will er sich verstecken, mit beiden Armen teilt er die Äste, die ihm dennoch ins Gesicht schlagen, ihm die Haut zerkratzen, er spürt den Schmerz, er schmeckt Blut, dann Salz, und er merkt, dass er weint, das Weinen schnürt ihm den Hals zu, bis er keine Luft mehr bekommt und alle Konturen verschwimmen, verschwinden.

*

30. November 2014. Sonntag. Weiß.

Dave erwachte mit einem Schrei. Er griff sich an den Hals und stellte fest, dass er nass war. Sein ganzes Gesicht war nass, er musste im Schlaf geweint haben. Ein röchelnder Seufzer kam aus seiner Kehle, sein Mund war ausgetrocknet. Er tastete nach dem Wasserglas auf dem Nachttisch und leerte es in einem Zug. Das Fenster stand offen, Janet hatte es vermutlich geöffnet, als sie aufgestanden war. Der Himmel war blassblau, mit ein paar sehr weißen, schlierigen Wolken, die rasch dahinzogen, die hereinströmende Luft war mild. Schon seit Tagen war es unnatürlich warm, der aus Süden kommende Wind trug eine tückische, weil falsche Ahnung von Spätsommer und einen leichten Geruch nach Rauch ins Zimmer. Hamid, sein Nachbar und Freund, rauchte jeden Morgen auf dem Balkon seine erste Zigarette, ein wiederkehrender Angriff auf Daves ohnehin nicht sehr ausgeprägte Willensstärke. Vor 827 Tagen hatte er aufgehört zu rauchen. Dave hatte gern geraucht, aber Janet, die anlässlich ihrer ersten Schwangerschaft einen sauberen Schnitt gemacht und danach nie wieder eine Zigarette angerührt hatte, nörgelte permanent an ihm herum wegen seiner Raucherei, und irgendwann konnte er das einfach nicht mehr ertragen. Es war ihm schwergefallen, aufzuhören, ihm fehlte Janets eiserne Konsequenz, er verfügte nicht über das geeignete Skalpell, Gewohnheiten aus seinem Alltag zu entfernen wie einen entzündeten Blinddarm. Deshalb hatte er begonnen, die Tage zu zählen, und nun konnte er es nicht mehr lassen. Es half ihm, er klammerte sich an das stetige Ansteigen dieser Zahl. Die Idee stammte aus einem Buch mit dem Titel *Endlich rauchfrei!*, das ihm Janet vor drei Jahren zu Weihnachten geschenkt hatte. Der Autor behauptete, jedes Ende sei zugleich ein Anfang, und stellte seinen Lesern ein in allen Farben leuchtendes neues Lebensgefühl in Aussicht. Dave fand jedes Ende an sich beunruhigend und hegte den Verdacht, er sollte hier mit unlauteren Mitteln über einen Verlust hinweggetröstet werden. Die Hoffnung, dass sich aus dem Häufchen Asche, über dem er gerade heulte, etwas Überraschendes, Funkelndes entwickeln könnte, schien ihm reichlich naiv. Was sich aus der Asche seiner letzten Zigarette tatsächlich entwickelte, waren zehn Kilo nagelneues Fettgewebe, das sich um seine Körpermitte legte, ein Schwimmreifen, der nicht verhinderte, dass er in einem Meer von Selbstmitleid ertrank. Er hasste sich für dieses Selbstmitleid, und jetzt weinte er auch noch im Schlaf. Und warum? Über seinen lächerlichen Tränen, seinem Durst und der Gier nach einer Zigarette hatte er den Traum vergessen, der ihn zum Weinen gebracht hatte. Er widerstand der Versuchung, aufzuspringen, sich einen Kaffee zu machen, nach seiner Familie zu suchen, dieses seltsame Gefüge, das mit jedem Tag ein Stück ungreifbarer wurde, jeder in seiner eigenen abgeschlossenen Welt. Gerne hätte er sich jetzt an Nobbs' Bett gesetzt, in dem er sicher nicht mehr lag, und ihn gefragt, wie er geschlafen hatte, obwohl Nobbs mit dieser Frage vermutlich gar nichts hätte anfangen können, weil er einfach schlief oder eben nicht, weil es gut oder schlecht schlafen für ihn noch nicht gab. Lohnender wäre es gewesen, ihn zu fragen, was er geträumt hatte, eine Frage, die zu stellen man sich bei Nobbs allerdings gut überlegen musste, denn für die Antwort brauchte man Zeit. Nobbs schilderte seine Träume mit einer Genauigkeit und Ausführlichkeit, um die Dave ihn beneidete. Er erzählte sie außerdem so, dass man sich oft nicht sicher war, ob es sich wirklich um Träume handelte. Er sagte Dinge wie: Und dann habe ich keine Lust mehr gehabt, den Fischen beim Spielen zuzuschauen, und bin in das andere Zimmer gegangen, wo die Eisenbahn war. Man konnte meinen, er berichtete von einem Besuch bei einem Freund, der ein Aquarium und eine Kleinbahn besaß. Und selbst wenn der Inhalt seiner Träume ganz offensichtlich nicht der Wachrealität entstammte, er geflügelte Giraffen sah, Hunde, die auf zwei Beinen herumliefen und sprechen konnten, oder Wesen, die so, wie er sie beschrieb, mit überhaupt nichts vergleichbar waren, wirkte das Erzählte aus seinem Mund so selbstverständlich wie ein Spaziergang durch den Zoo. Wahrscheinlich unterschied er noch nicht klar zwischen Wachen und Träumen, den zwei Wirklichkeiten, in die der Mensch hineingeboren wird, den zwei Seiten der Bewusstseinsmünze,

Kopf oder Zahl, Tag oder Nacht, schlafend oder wach, gelebt oder geträumt, der Mensch war in der Dualität gefangen, aber Nobbs noch nicht. Noch nicht ganz. Seit er zu seinem fünften Geburtstag den Transformer geschenkt bekommen hatte, träumte er wiederholt von einem sprechenden Roboter, dem er den Namen Ben gegeben hatte und mit dem er offenbar kommunizierte. Das war neu. Bis vor einem halben Jahr hatte Dave den Eindruck gehabt, Nobbs sähe das, was in seinen Träumen passierte, wie einen Film, der vor seinen Augen ablief oder wie in einer Ausstellung, durch die er spazierte, er selbst war nur Zuschauer, Betrachter. Aber nun gab es Ben. Nobbs sagte, Ben komme aus einer anderen Galaxis, sein Raumschiff sei kaputtgegangen und auf einen kalten, unbewohnten Planeten gefallen. Ben sei ganz allein dort, er habe Heimweh und Nobbs müsse ihm helfen, sein Raumschiff zu reparieren. Dafür habe Ben versprochen, ihn zu einem Ausflug in seine Heimat mitzunehmen. Natürlich gab es Erklärungsmöglichkeiten: Abgesehen von dem Transformer, der seine Fantasie angeregt haben mochte, hatte Nobbs im letzten Jahr sowohl *WALL-E* als auch *E. T.* gesehen. Er hatte jedoch auch viele andere Filme gesehen, die sich nicht um gestrandete außerirdische Lebensformen und verwaiste Roboter drehten, und in seiner Spielzeugsammlung fanden sich auch Piratenschiffe und U-Boote. Obwohl Dave selbst als Junge glühender Star-Wars-Fan gewesen war und die Alien-Filme bis heute zu seinen Lieblingsfilmen zählten, fragte er sich, warum Nobbs' Herz besonders für die in der Unendlichkeit des Alls Verlorengegangenen schlug, fremd, einsam, *2000 light years from home.*
Noch immer im Bett liegend, versuchte er nicht mehr, sich an seinen Traum zu erinnern, sondern an Max, als er in Nobbs' Alter gewesen war. Er dachte an diesen energiegeladenen Jungen, der ihm äußerlich so sehr glich, mit seinen dunklen Haaren und den noch dunkleren Augen, aus denen immer

etwas Spitzbübisches hervorlugte, der im Schmerz und im Zorn eine Intensität entwickeln konnte, die einen unweigerlich mitriss und es schwer machte, ihn zu trösten oder zu beruhigen. Im Vergleich zu ihm wirkte Nobbs wie Winnie-the-Pooh über dem Honigtopf. Max hatte früh begonnen, labyrinthische Konstruktionen aus Lego zu bauen, war dabei oft an seinem Ehrgeiz gescheitert, wollte nicht, dass Dave ihm half, bekam Wutanfälle, verzweifelte, warf sich Janet weinend in die Arme. Schon in der Sandkiste hatte er großangelegte, komplizierte Tunnelsysteme gegraben, mit dem Ausdruck übermenschlicher Anstrengung im Gesicht, die an Verbissenheit grenzte. Das Bild eines fernen Nachmittags tauchte auf, der Park im Frühsommer, die große Linde, deren Blüten der Wind durch die Luft trieb, Eltern, die in der Wiese saßen und picknickten, herumlaufende, kreischende Kinder und Max, mit zusammengepressten Lippen, schwitzend, die Arme bis zum Ellenbogen im Schlamm. Er hatte sein T-Shirt ausgezogen, und die Haut auf seinem Rücken begann sich bereits zu röten, Dave befürchtete einen Sonnenbrand und rief ihn. Erst beim dritten oder vierten Mal hob Max den Kopf und sah sich um, als wäre er völlig überrascht, seinen Namen zu hören. Dave machte ausladende Winkbewegungen mit beiden Armen, Max' Augen irrten umher und fanden ihn. Und Dave erinnerte sich an diesen kurzen Moment, als er vor dem Blick seines Sohnes erschrak, weil er ihm nicht wie der Blick eines Kindes vorkam, weil er zu tief war, zu schwer, von Dingen erzählte, die ein Kind nicht kennen sollte, nicht kennen durfte, und in diesem Augenblick kam sein Traum zurück. Max' auf ihn gerichtete Augen, seine Hände in der Erde ... Daves Herz stolperte, er setzte sich abrupt im Bett auf. Der Park, sein Vater, Gloria, die Leiche, alles war auf einmal wieder da. Diese beigefarbenen Pumps, besaß Janet nicht so ein Paar? Und diese schrecklich starren, nackten Frauenbeine. Nicht Janets Beine, dazu waren sie zu gerade gewesen und zu mager, die wächserne Haut mühsam über die Knochen gespannt ... Dave schlug entschlossen die Decke zurück, stieg aus dem Bett, schnappte sich seinen Block und den Bleistift vom Nachttisch und ging in die Küche. Die Wohnung war leer und still, nur aus Max' Zimmer drangen gedämpft Explosionsgeräusche.

1. Dezember 2014. Montag. Rot.

Ihre Tante Gloria, begann Morrison, nachdem Dave seinen Traum erzählt hatte, schlug die Beine übereinander und ließ sich ein bisschen weiter in seinen Fauteuil hineinrutschen, als wäre er im Kino und die Werbung gerade zu Ende, was hatten Sie für ein Verhältnis zu ihr? Sie haben bisher kaum von ihr erzählt.

Dr. Ludwig Freudenmann, den Dave jedoch bereits seit seiner ersten Therapiesitzung Morrison nannte, weil er aussah wie Van Morrison auf dem Albumcover von *Keep it Simple* und weil Dave unmöglich zu einem Therapeuten gehen konnte, den er Freudenmann nennen musste, war ein älterer Herr mit leicht eingefallenen Wangen, weichem Mund und scharfem Blick. Ein eigentümlicher Gegensatz, der sich in seiner Kleidung fortsetzte: gut geschnittene Anzüge und Hemden, die immer verknittert waren. Dass Freudenmann seine Umbenennung anstandslos akzeptiert hatte, war einer der Gründe, warum Dave bei ihm geblieben war.

Ist das wichtig?, fragte Dave.

Der Traumregisseur handelt nicht zufällig, sagte Morrison. Diese Frau ist in einem Traum aufgetaucht, in dem Sie jemanden umgebracht haben, oder zumindest glaubten, es getan zu haben. Ja, ich gehe davon aus, dass sie eine Bedeutung hat.

Dave seufzte. Tante Gloria war die Schwester meines Vaters, zwei Jahre älter als er. Sie war eine schöne Frau und eine kalte Person. Wenn sie mit mir gesprochen hat, was zum Glück nicht so häufig der Fall war, hatte ich immer das Gefühl, jemand würde mir einen Kübel Eiswasser über den Kopf schütten.
Sie mochten sie also nicht?
Nein.
Und diese Abneigung beruhte auf Gegenseitigkeit?
Ja. Wie mein Vater war Gloria der Meinung, ich sei ... schwach, ein Blindgänger, schon als ich klein war. Ihr Blick war immer eine Mischung aus Überraschung und Entrüstung, als wäre ich eine ständige Zumutung für ihre Augen, ihre Person, ihre Überzeugungen. Sie hatte kräftige Hände, mit langen Fingern, an denen sie mehrere Ringe mit großen Steinen trug. Oft hielt sie ein Handgelenk mit der anderen Hand umklammert – Dave wiederholte unwillkürlich die erinnerte Geste, drückte zu, bis es schmerzte –, als müsste sie sich ständig davon abhalten, die Quelle der permanenten Beleidigung durch ihre Umwelt auf der Stelle mit einem gezielten Faustschlag zu erledigen, egal, ob diese Quelle ich war oder meine Mutter, die sie auch nicht leiden konnte. Gloria hielt sie für nicht würdig, an der Seite ihres erlauchten Bruders zu leben, sie hat meinen Vater vergöttert und nahm es ihm bis zum Schluss übel, dass er mit Mutter und mir nach Wien gegangen war, das sie provinziell und verstaubt fand. Sie selbst blieb in New York, sogar als kaum jemand von ihrer Familie mehr dort lebte und sie sterbenskrank wurde. Ich erinnere mich an ihren ersten Besuch hier, ich muss ungefähr sieben gewesen sein. Gloria mäkelte die ganze Zeit am Essen herum, das meine Mutter gekocht hatte, und obwohl ich eigentlich nicht hungrig war, aß ich wie ein Scheunendrescher, um ihr zu beweisen, dass das Essen gut war. Beim Dessert wurde mir schlecht, und zwar so plötzlich, dass ich nicht anders konnte,

als in meine Stoffserviette zu kotzen. Glorias einziger, angewiderter Kommentar war: How disgusting. Und zu meiner Mutter gewandt: Didn't you teach him some table manners? Wie sich später herausstellte, hatte ich mir eine Magen-Darm-Grippe eingefangen.
Morrison nickte, als könnte er sich persönlich daran erinnern.
Wie alt war Ihre Tante in dem Traum?, fragte er.
Hm. Dave runzelte die Stirn, er versuchte, sich an Glorias Gesicht zu erinnern, aber es gelang ihm nicht. Schon im Traum, während sie kopfschüttelnd in der Erde grub, war es seltsam verschwommen gewesen, er ersetzte es in seiner Vorstellung durch das der Gloria aus seiner Kindheit, das in seinem Kopf ein wenig der jungen Liz Taylor glich, dann, weil das nicht zu passen schien, durch das von vielen feinen Linien durchzogene, dünnhäutige aus seiner letzten Erinnerung an sie. Plötzlich fiel ihm ein, dass er im Traum nicht gewusst hatte, woran sie gestorben war, nämlich an den Folgen derselben Erkrankung, unter der auch sein Vater litt: einer koronaren Herzkrankheit.
Woran denken Sie jetzt, Dave?
Morrisons sonore, samtige Stimme kam aus dem Off. Man konnte sich ihr nur schwer entziehen.
Ich weiß es nicht, sagte Dave.
Sie wissen nicht, woran Sie denken?
Nein. Ich meine, ich erinnere mich nicht, wie alt sie war, ich habe ihr Gesicht nicht so genau gesehen, im Traum.
Sie schwiegen eine Weile. Dave betrachtete das Bild an der Wand hinter Morrison. Es war ziemlich groß und in gedeckten Farben gehalten, Abstufungen von Grau, Blau, Beige, Braun, die in mehreren durchscheinenden Schichten aufgetragen waren. Dave hatte das Bild anfangs vollkommen abstrakt wahrgenommen, Linien und Flächen, die eher zufällig oder nach rein formalen Gesichtspunkten aufeinander-

trafen, sich kreuzten, überlagerten und in Kombination mit den Farben eine gewisse Stimmung vermittelten, eine sanfte Traurigkeit, eine traurige Weite. Doch inzwischen hatte Dave begonnen, in dem Bild die verschiedensten Dinge zu sehen, ungefähr so, wie die Wolken sich ständig verändernde Formen bilden, wenn man in den Himmel schaut. Er sah Gesichter oder Teile von ihnen, Augen, Münder oder ganze Körper, Tiere, Pflanzen oder auch Gegenstände, Häuser, Berge, Landschaften, in jeder Sitzung etwas anderes. Schon mehrmals hatte er sich dabei ertappt, wie er dort auf der Leinwand nach Antworten suchte auf Morrisons Fragen oder seine eigenen, und auch jetzt hielt er unwillkürlich Ausschau nach Glorias Zügen, in der von einem etwas intensiveren Farbspiel bewegten linken unteren Ecke des Bildes. Doch wer ihm dort entgegenstarrte, war Max.
Warum Max?, fragte Dave laut. Was hatte er dort zu suchen?
Wie immer, wenn er eine Frage stellte, wartete Morrison ab, ob er sie sich selbst beantworten würde. Jedoch führte das bei Dave eher dazu, dass sich seine Fragen vermehrten wie Motten im Küchenschrank.
Ich meine, wer immer diese verfluchte Leiche ist und ob ich diese Person umgebracht habe oder nicht – Max hat nichts damit zu tun!
Sie zweifeln daran?, fragte Morrison.
Woran?
Dass Sie sie umgebracht haben. Im Traum waren Sie völlig sicher.
Ja. Aber jetzt erscheint es mir doch einigermaßen dubios, dass ich nicht wusste, wer sie war. Normalerweise weiß man das, wenn man es tatsächlich getan hat.
Morrison legte die Fingerspitzen beider Hände aneinander, eine Geste, die Dave als typische Therapeutengeste empfand, obwohl Morrison der einzige Therapeut war, den er je aufgesucht hatte.

Gesetzt den Fall, Sie hätten wirklich jemanden getötet – dann wäre das doch eine Sache, die Max betreffen würde, meinen Sie nicht?
Ja, sicher, gab Dave unwillig zu. Sein Vater wäre dann ein Mörder.
Morrison nickte. Dave fühlte sich wie ein braver Schüler.
Und, weiter?, fragte er, doch Morrison schwieg.
Das ist doch unlogisch, sagte Dave, ich meine, wenn man es so betrachtet, hätten auch Mel und Nobbs dabei gewesen sein müssen, oder?
Hätten Sie die beiden gerne dabeigehabt?, fragte Morrison.
Nein! Auf keinen Fall, sind Sie verrückt? Nobbs wird in vier Wochen sechs, und Mel fällt in Ohnmacht, wenn sich jemand in den Finger schneidet, glauben Sie, ich würde sie zur heimlichen Beseitigung einer Leiche mitnehmen?
Morrison schüttelte den Kopf. Nein, Dave, sagte er sanft, ich halte Sie für einen guten, fürsorglichen Vater. Aber ist es nicht interessant, dass in Ihrem Traum Max, Ihr Vater und seine Schwester heimlich, wie Sie sagen, eine Leiche beseitigen wollten, für die Sie glaubten, verantwortlich zu sein?
Dave starrte Morrison an. Warum hörte es sich immer ganz anders an, wenn dieser Mann seine Worte wiederholte, mehr oder weniger so, wie er selbst sie ihm erzählt hatte? Irgendetwas in seinem Kopf verschwamm, die Windgeräusche aus dem Park kamen zurück, rauschten in seinen Ohren, auf dem Bild hinter Morrison sah er Wolkenfetzen, das Grau der Steinstufen. Er hatte das Bedürfnis, tief ein- und auszuatmen, er schloss die Augen und tat es, holte immer mehr Luft, seine Lungen füllten sich bis in die letzten Spitzen, er erinnerte sich an das Gefühl des Schwebens, diesen Moment, in dem jede Schwere von ihm abgefallen, alle Last von seinem Körper gewichen war. Doch nun spürte er einen stechenden Schmerz in seiner Brust, so wie früher manchmal, als er noch geraucht hatte, morgens bei der ersten Zigarette nach dem

Aufstehen, so wie er ihn immer noch hin und wieder spürte, mehr als zwei Jahre nachdem er aufgehört hatte. Dieser Schmerz machte ihm Angst, er versuchte, an ihm vorbeizuatmen, öffnete die Augen und blickte in Morrisons ruhiges, konzentriertes Gesicht.

Warum habe ich das Bewusstsein verloren, fragte Dave, auf der Treppe, genau als ich die Schwerkraft überwunden hatte und zu schweben anfing?

Halten Sie das für bedeutsam?

Sie etwa nicht?

Morrison wiegte den Kopf. Ich denke, dass Sie in diesem Park genau das zu sehen bekommen haben, was Sie sehen sollten.

Dave schüttelte den Kopf und betrachtete seine Hände, die schlaff in seinem Schoß lagen.

Aber es war ein so wunderbares Gefühl, ohne Gewicht zu sein, sagte er schließlich. Diese Leichtigkeit.

Morrison lächelte. Bewahren Sie es in sich auf. Und schreiben Sie über das Thema Heimlichkeit. Alles, was Ihnen dazu einfällt.

4. Dezember 2014. Donnerstag. Orange.

Drei Tage hatte er gebraucht, um seinen Widerstand zu überwinden. Warum sollte er über Heimlichkeit schreiben? Er hatte keine Affäre oder eine bizarre sexuelle Obsession, der er heimlich nachgehen musste, er spielte nicht, und sein Alkoholismus hielt sich in gesellschaftlich sanktionierten Grenzen. Doch Morrison hatte immer einen guten Grund, ihm derlei Aufgaben zu stellen. In diesem Fall hatte Dave während der letzten Sitzung angeblich gesagt, sein Vater, Gloria und Max hätten die Leiche in seinem Traum *heimlich* beseitigen wollen. Er konnte sich nicht daran erinnern, ging aber

davon aus, dass es stimmte. Morrison hörte ihm ja viel genauer zu als er sich selbst, dafür bezahlte er ihn.
Gestern war ihm dann während des Rasierens eine Szene mit seinem Vater eingefallen. Dave musste ungefähr elf gewesen sein, er hatte verschlafen und war viel zu spät dran für die Schule. Seinen Vater glaubte er im Bett, normalerweise stand er erst später auf und ging gegen neun ins Büro. Im Vorzimmer auf dem Boden hockend zog Dave hastig seine Schuhe an, als sein Vater völlig unerwartet zur Tür hereinkam. Er sah ganz anders aus als sonst, unordentlich, ohne Krawatte, sein Hemd stand offen bis zur Brust, sodass man sein Unterhemd sehen konnte, sein Anzug war zerknittert. Das Haar fiel ihm in Strähnen über die Ohren und ins Gesicht, als er Dave sah, kämmte er es in einer raschen, erschrockenen Geste mit fünf Fingern nach hinten. Die beiden starrten sich an, es war eine dieser kleinen Ewigkeiten, in denen man gelähmt beobachtete, wie etwas, das davor ganz gewesen war, Risse bekam und auseinanderbrach. Dave hörte seine Mutter in der Küche mit dem Frühstücksgeschirr klappern, Geräusche aus einer anderen Galaxie, im Vorzimmer war es unangenehm still. Die Gesichtszüge seines Vaters verfinsterten sich, seine Stirn legte sich in Falten, sein Mund wurde schmal und hart, er bewegte sich auf Dave zu und streckte seine Hand nach ihm aus, alles schien in Zeitlupe abzulaufen. Dann packte er ihn jäh am Oberarm und riss ihn hoch. Was machst du hier noch, zischte er, schon wieder zu spät? Was glaubst du, wozu ich dich in die Schule schicke, zum Faulenzen? Er schubste Dave Richtung Tür. Mach, dass du weiterkommst, sagte er, dann begann er, seine Schuhe auszuziehen. Und Dave? Er fragte nicht: Woher kommst du um halb acht Uhr morgens, er sagte nicht: Du schickst mich nicht zur Schule, das macht Mama, er sagte nicht: Lass mich los, du tust mir weh, nein, das alles sagte er nicht. Er bückte sich, hob seinen Rucksack auf und ging. Bevor er die Tür hinter sich schloss, hörte er noch ein-

mal die Stimme seines Vaters: Aus dir wird nie was! Er sagte es etwas lauter, damit Dave es auch sicher hörte.
Er hatte lange nicht an diese Szene gedacht, obwohl sie den Zeitpunkt markierte, seit dem er sicher wusste, dass sein Vater seine Mutter betrog. Nicht dass es ihn wirklich überrascht hätte. In den Tagen danach waren ihm all die kleinen Irritationen und Ungereimtheiten eingefallen, die er nie hatte einordnen können und die sich nun als hässliche Details eines Bildes zeigten, das sich vor seinen Augen wie von selbst zusammenfügte: die Kondome in der Badezimmerschublade, in der das Rasierzeug aufbewahrt wurde, und die Antibabypille auf dem Nachttisch seiner Mutter; der fremde Geruch an den Kleidern, den sein Vater manchmal mit in die Wohnung brachte, eine Mischung aus schwerem Parfum und Zigarettenrauch; die verschwollenen, geröteten Augen seiner Mutter, die sie auf eine chronische Bindehautentzündung schob; die wiederkehrenden Telefonate, bei denen sein Vater mit einer ganz anderen Stimme sprach als sonst, sie erinnerte an das Baklava, das er so gerne aß und oft vom Naschmarkt mitbrachte, süßlich, klebrig, ölig. Dave begann, sich vor seinem Vater zu ekeln. Davor hatte er sich nur vor ihm gefürchtet.
Das wirklich Überraschende an diesem Morgen waren für ihn zwei Entdeckungen, die er im selben Moment machte und die sowohl das Bild, das er bis dahin von seinen Eltern gehabt hatte, als auch seine von Märchen und Walt Disney geprägten Begriffe von Gut und Böse ins Wanken brachten: dass sein Vater offenbar nicht einmal den Versuch unternahm, seine Affären vor seiner Frau geheim zu halten, womit er unmissverständlich seine ganze Verachtung ihr gegenüber ausdrückte, und dass seine Eltern ihm gegenüber in unbegreiflicher Einigkeit dennoch so taten, als wäre alles in Ordnung. Sie hatten ihn beide belogen.

12. Dezember 2014. Freitag. Violett.

Dave saß auf dem Dach und zupfte gedankenverloren auf seiner Gitarre herum. Unten auf der Straße ging eine Frau mit ihrem Hund spazieren, die Frau dick, der Hund mager, als würde sie ihm alles wegessen. Es war ein grauer Tag, die Straße noch nass vom Regen, der in der Nacht gefallen war, langsam und leise, viele Stunden lang, Dave war wachgelegen und hatte ihm zugehört.

Ein großer, schlaksiger Junge schlurfte um die Ecke, die Mütze tief ins Gesicht gezogen, Kopf und Schultern vornüberhängend, der Rucksack auf seinem Rücken fast leer, dennoch drückte sein Gang eine bleierne Schwere aus, das Widerstreben, mit dem sich seine Beine vorwärtsbewegten, deprimierte Dave. Dieser Junge könnte Max sein, dachte er, oder er selbst.

Seine Finger fanden eine Akkordfolge, die ihm bekannt vorkam. Der Schornstein, auf dem er saß, war feucht, sein Hintern kalt. Das Wetter passte zu seiner Stimmung und dämpfte die Wucht der Depression ein wenig ab. Hätte die Sonne von einem wolkenlosen, stechend blauen Himmel geschienen, wären die Konturen schärfer gewesen, die Schatten schwärzer. Dieses verwaschene Dunkelgrau, das über allem lag und nicht nur auf ihm, war ihm lieber.

Er dachte an das Telefongespräch mit Max' Schuldirektor gestern Vormittag. Er hätte es wissen müssen. Den ganzen Herbst hatte er damit gerechnet und sich gewundert, dass Ruhe herrschte, und dann, genau als er dachte, vor Weihnachten würde nichts mehr passieren, kam der Anruf. Natürlich an einem Donnerstag, einem scheußlichen orangen Donnerstag. Dave hasste Donnerstage, unter anderem deshalb, weil sie orange waren, und er hasste die Tatsache, dass er die Wochentage nicht anders sehen konnte als in den immer gleichen Farben, seit er sieben Jahre alt war und seine Mutter beschlossen hatte, er müsste endlich aufhören, die Namen der Wochentage zu vertauschen. Sie hatte dieses Buch gekauft, das jedem Tag der Woche eine Doppelseite widmete, die jeweils mit einer Farbe unterlegt war. Montag: rot, Dienstag: blau, Mittwoch: gelb, und so weiter. Der deutsche Name des Tages stand in fetten Großbuchstaben quer über der rechten Seite, während auf der linken beliebige Szenen aus dem Leben eines Kindes dargestellt waren, an die Dave nicht mehr die leiseste Erinnerung hatte. Aber die Farben hatten sich dauerhaft eingebrannt, ein Screen Burn auf seinem inneren Bildschirm. Ob er am Telefon einen Arzttermin vereinbarte oder den Stundenplan durchging, die Farben der Tage poppten in seinem Gehirn auf wie bunte Luftballons auf einem Kindergeburtstag, es war einfach lächerlich. Es ärgerte ihn maßlos. Er war einer Gehirnwäsche unterzogen worden, in diesem Alter sollte das verboten sein.

Donnerstag also. Der Anruf kam um kurz vor neun, er stand im Lehrerzimmer mit einem Stapel Kopien für die 6B unter dem Arm, auf denen die Akkordfolge von Cohens *Hallelujah* in Symbolen notiert war, darunter zwei Zeilen leerer Notenlinien, die mindestens bei der Hälfte der Schüler auch leer bleiben würden. Schriftliche Stundenwiederholung im musikalischen Zweig. Das Handy vibrierte in seiner Hosentasche, eine unbekannte Nummer.

Glennard?

Direktion Elyseum, Hofbauer hier. Begrüße Sie, Herr Kollege.

Dave hasste es, wenn sie ihn *Herr Kollege* nannten. Die Lehrer seiner Kinder waren nicht seine Kollegen, sie waren natürliche Feinde. Und Hofbauer war nicht mal Max' Lehrer, er war sein Schuldirektor, also verschleierte er mit dieser Anrede auch noch die hierarchische Hackordnung, dieser Schleimer.

Guten Tag, sagte Dave möglichst geschäftsmäßig, seinen sich schlagartig zusammenkrampfenden Magen mühsam ignorierend. Was kann ich für Sie tun?

Hofbauer gab ein künstliches Hüsteln von sich. Wissen Sie, sagte er, es geht hier nicht um mich. Die Frage ist nicht, was Sie für mich, sondern was Sie für Ihren Sohn tun können. Oder vielleicht, was wir gemeinsam für ihn tun können.
Heuchler. Als würdest du irgendwas für Max tun wollen, dachte Dave, als würde ich irgendwas mit dir gemeinsam tun wollen. Er schwieg. Das hatte sich in solchen Situationen bewährt, es wurde als Betroffenheit ausgelegt.
Wissen Sie, begann Hofbauer erneut mit derselben Floskel, eine Menge junger Menschen würde sich glücklich schätzen, unsere Schule besuchen zu dürfen. Ich muss jedes Jahr mehrere Dutzend Bewerber ablehnen, weil sie unseren Anforderungen nicht entsprechen.
Oder weil sich ihre Eltern das Schulgeld nicht leisten können, dachte Dave. *Junge Menschen*, das klang katholisch und faschistoid zugleich.
Wieder das Hüsteln. Ich weiß, wie schwierig es ist, junge Menschen richtig zu führen, ich war ja selbst fünfundzwanzig Jahre lang Lehrer, wie Sie wissen, und Vater bin ich auch, drei Töchter, alle schon verheiratet.
Was für eine Tragödie, dachte Dave, die armen Mädels. Er schwieg weiter.
Aber wie ich höre, sind Sie ein guter Lehrer, man schätzt Sie. Hofbauers Ton war jetzt jovial.
Wer?, dachte Dave, von wem hörst du das, und warum höre ich was anderes? Jede Schule ist eine Schlangengrube.
Aber das ist ja oft so, fuhr Hofbauer fort, wie sagt man doch: Der Schuster hat die schlechtesten Schuhe. Er lachte über das, was er für einen Scherz hielt, Dave wurde langsam, aber sicher schlecht.
Der langen Rede kurzer Sinn, Glennard: Wenn Sie Ihren Sohn nicht zur Räson bringen, wird er durchfallen. Wie es aussieht, kann er in mindestens vier Fächern nicht beurteilt werden, weil er zu viele Fehlstunden hat.

Hofbauers Ton hatte sich geändert. Die Schonzeit war zu Ende, jetzt wurde geschossen.
Die Lehrer beschweren sich. Er ist nie da. Und wenn er da ist, schläft er. Oder steht rauchend auf dem Schulhof. Er war ja mal ein hervorragender Schüler, aber von diesem Ruf kann er nicht ewig zehren. Und ich kann nicht wahllos jedes Lehrerkind protegieren, verstehen Sie, sonst komme ich ins Gerede.
Ich verstehe, sagte Dave. Ich verstehe genau, dachte er, es geht um deinen beschissenen Ruf, und um nichts sonst. Am allerwenigsten um Max.
Na sehen Sie, sagte Hofbauer, nun wieder leutselig. Es wäre doch zu schade, wenn er sich jetzt in jugendlicher Dummheit für immer seine Zukunft ruiniert. Wissen Sie, es geht mir doch immer um die jungen Menschen.
Ich weiß, würgte Dave heraus. Du öliger, ekelhafter, opportunistischer Schwätzer, dachte er, gleich muss ich kotzen!
Ich wusste, wir würden uns verstehen, Herr Kollege, dröhnte Hofbauer. Hauen Sie auf den Tisch, Glennard, Jugendliche brauchen eine, äh, starke Hand, so sagt man, nicht wahr? Sein Lachen war echt, offenbar fand er sich tatsächlich lustig.
Ich spreche mit ihm, sagte Dave.
Tun Sie das, und vergessen Sie nicht, Maßnahmen zu setzen. Ohne Maßnahmen ist jedes Gespräch sinnlos, glauben Sie mir!
Dieses hier auf jeden Fall, dachte Dave, aber wie alles andere, was er in den letzten fünf Minuten gedacht hatte, sagte er es nicht. Stattdessen ballte er die Faust, so fest er konnte, schob zwischen seinen Zähnen etwas von nächster Stunde und schriftlicher Wiederholung hervor und verabschiedete sich mit letzter Kraft. Dann rannte er mitsamt den Hallelujah-Kopien auf die nächste Schülertoilette und übergab sich.

Eine junge Frau kam die Straße entlang, sie schob einen Buggy, in dem ein Kleinkind schlief. Aufgrund der Ausbeulung ihres

Mantels hätte man meinen können, sie sei schon wieder schwanger, aber Dave wusste es besser: Darunter verbarg sich ein Baby in einer Trage. Die Frau war eher groß, doch auch sie ging leicht gebeugt wie der Junge vorhin, sie schien sich mit den Armen an den Griffen des Buggys abzustützen, um nicht vornüberzukippen. Das Bild erinnerte Dave an Janet vor fünfzehn Jahren, und es überfiel ihn eine völlig unangebrachte Sentimentalität, vermischt mit verspätetem Mitgefühl, für das er damals einfach nicht die Energie gehabt hatte, was ihm jetzt leidtat und der herzerweichenden Mischung auch noch ein dumpfes Schuldgefühl hinzufügte. Warum hatten sie eigentlich so früh Kinder gekriegt? Das waren ja keine Unfälle gewesen. Sie waren sich von Anfang an einig gewesen, dass sie Kinder wollten, also hatten sie eins gekriegt. Dann wollten sie ein Geschwisterkind, das nicht allzu viel jünger war, damit die beiden miteinander spielen konnten, was Max und Mel nur selten getan hatten. Und als Mel im letzten Volksschuljahr war, sagte Janet: Wenn wir noch eins wollen, müssen wir es jetzt tun, sonst bin ich zu alt. Doch niemand hatte je gesagt: Lass uns warten, bis ... vielleicht weil sie nicht gewusst hätten, wie dieser Satz enden sollte. Bis wir älter sind, reifer, fertig mit unserer Ausbildung, fertig miteinander, mit uns selbst? Hatten sie Angst gehabt, später nicht mehr den Mut aufzubringen?

Aber man weiß ja nicht, wie viel Mut es braucht, um Kinder zu kriegen, bevor man welche hat.

Max war jedenfalls nicht zu Hause gewesen, als Dave aus der Schule kam, und er ließ sich den ganzen restlichen Tag nicht blicken. Er musste von Hofbauers Anruf gewusst oder zumindest etwas geahnt haben, vermutlich war er die Folge eines Vorfalls gewesen, der das Fass (Hofbauer ähnelte optisch durchaus einem solchem) zum Überlaufen gebracht hatte. Kurz hatte er überlegt, Max' Klassenvorstand anzurufen, diesen Armleuchter, aber dann war gerade rechtzeitig das Wort mit den vier Buchstaben und dem Fragezeichen dahinter in seinem Kopf aufgeleuchtet wie die Neonschrift über einem Ein-Euro-Shop. Es war vorbei. Selbst wenn Dave noch einen Funken Vertrauen in Schulen, Lehrer oder seine eigene Autorität gehabt hätte, war es vorbei. Over and out, unwiderruflich. Was immer die Möglichkeiten gewesen wären, Max so zu beeinflussen, dass er das Ruder noch einmal herumriss und es durchzog, sie lagen im Konjunktiv und in der Vergangenheit, falls sie überhaupt je existiert hatten. Nicht dass dieser Zweifel Dave getröstet oder ihm das Gefühl des Versagens genommen hätte. Die Schuld einer Unterlassungssünde lastete schwer auf ihm und ließ ihn täglich ein kleines Stückchen schrumpfen, es war ein Wunder, dass ihm seine Kleider nicht zu groß wurden. Überhaupt schien die Abteilung Schuld in seinem Ministerium für innere Angelegenheiten ständig zu wachsen. Berge von Akten türmten sich dort, die niemals abgearbeitet werden konnten. Dave hatte nicht den Eindruck, dass dort überhaupt je gearbeitet wurde. Das Büro stand offen, war aber unbesetzt, jeder konnte einfach hineingehen und seinen Müll dort deponieren. Er hörte schon, was Morrison dazu sagen würde: Warum lassen Sie das zu, Dave? Meinen Sie nicht, dass es Ihre Entscheidung ist, wofür Sie Verantwortung übernehmen?

Sieht nicht so aus, dachte Dave.

Sehr spät, weit nach Mitternacht, hatte er gehört, wie sich ein Schlüssel im Schloss der Wohnungstür drehte, das Geklimper der restlichen Schlüssel auf dem Bund vermeidend, *A Sound Like Someone Trying Not to Make a Sound.* Wieder und wieder hatte er seinen Kindern Irvings Geschichte vorgelesen, natürlich wussten sie, wie es ging. Doch während Max leise und behutsam die Tür öffnete und mit heruntergedrückter Klinke wieder schloss, durch den Flur schlich und dieses Ritual an der Tür zu seinem Zimmer wiederholte, musste Dave auch an sich selbst denken, wie vorsichtig er das Zimmer des schlafenden Max betrat, auch wenn er ihn eigentlich wecken wollte oder sollte. Er dachte an Janet, wenn sie am Wochenende morgens um sieben aus dem Nachtdienst kam, geräuschlos wie eine Katze das Schlafzimmer betrat und sich so neben ihn ins Bett legte, dass er möglichst nichts davon mitbekam, während Dave so tat, als schliefe er. Er dachte an Mel, wenn sie – ausschließlich in Nächten, in denen Janet im Spital war – weit nach Mitternacht nach Hause kam, und an das vorsichtige Tapsen von Nobbs' nackten Füßen, die darauf trainiert waren, auf dem Weg zu Daves Bettseite seine Mutter nicht zu wecken. Sie alle machten Geräusche wie einer, der versucht, kein Geräusch zu machen.

Und dann hatte er es getan. Er hatte Janet aufgeweckt, mitten in der Nacht und hatte ihr von dem Anruf erzählt, in der verrückten Hoffnung, er könnte einfach mit ihr darüber reden, in der schützenden Dunkelheit seine Ängste mit ihr teilen, seine wütende Hilflosigkeit, die Gefühle von Schuld und Scham und Versagen. Jetzt, vom Schornstein aus im trüben Licht des Tages betrachtet, erschien es ihm tatsächlich verrückt, und er konnte nicht mehr nachvollziehen, wie er die Realität so sehr hatte ausblenden können.

Janet liebte ihre Kinder, aber sie forderte von ihnen Leistung, da gab es keine Diskussion. Sie kam aus einer Familie sehr erfolgreicher, angesehener Ärzte und Wissenschaftler, stellte extrem hohe Ansprüche an sich selbst und war vollkommen unfähig, sich vorzustellen, dass irgendjemand diese Ansprüche nicht erfüllen konnte oder womöglich gar nicht hatte, wie Dave zum Beispiel. Vor kurzem war er zum ersten Mal auf den Gedanken gekommen, sie könnte sich genau deshalb in ihn verliebt haben, aus der Sehnsucht heraus, ihr Sonnensystem zu verlassen, sich mit einem Außerirdischen zu paaren, der keine Ahnung hatte, welche Regeln auf ihrem Planeten herrschten. Allerdings hatte sie nicht bedacht, dass dabei eventuell kleine Außerirdische herauskommen würden,

oder zumindest eine Spezies, die die Gene des Bewohners einer weit entfernten Galaxis zu einem gewissen Anteil in sich trug.
Bei Max war das lange Zeit nicht erkennbar gewesen. Obwohl er Dave so ähnlich sah, schien er hundertprozentig ein Sternberg zu sein – zielgerichtet, ehrgeizig, nicht leicht abzulenken und dennoch fast fanatisch um andere besorgt. Anders als Mel, die sich außer in Mathe, ihr Steckenpferd, für ihre guten Noten anstrengen musste, lernte Max leicht, ohne sich für irgendein Fach speziell zu interessieren, und war schnell unterfordert. Jahrelang war er Klassenbester, brillierte im Sport und engagierte sich gegen Ungerechtigkeiten und Missstände an der Schule. Janet starb vor Stolz und steckte ihn trotz Daves Protest mit vierzehn in eine private Eliteschule.
Das hier ist nicht Amerika, sagte er zu Janet, wir müssen unsere Kinder nicht auf eine Privatschule schicken, damit sie eine gute Ausbildung bekommen. Wir leben in einem Sozialstaat.
Jaja, alle Menschen sind gleich, höhnte Janet mit beißendem Spott in der Stimme.
Vor dem Gesetz, ja, so halbwegs, sagte Dave, unabhängig von Geschlecht, Herkunft und Religion, was für ein Glück. In einem sozialen Bildungssystem geht es um gleiche Chancen, Janet, nicht um die Leugnung individueller Talente.
Aber die werden geleugnet, entgegnete Janet hitzig, oder zumindest ignoriert. Weil es den Lehrern zu anstrengend ist, sie zu fördern. Weil sie zu gleichgültig sind, um sie überhaupt wahrzunehmen. Weil sie Leute sind, die selbst nicht genügend Talent oder Ehrgeiz hatten, was anderes zu machen als ein beschissenes Lehramt.
So wie ich?, fragte Dave.
Hör auf damit, schnappte Janet, das ist was anderes, und das weißt du.
Weiß ich das?, fragte Dave.

Von da an ging es nur noch bergab, es war ein Riesenstreit, einer der ganz großen ihrer Ehe. Er hatte ebenfalls nachts im Bett stattgefunden, und es war ihm ein Rätsel, wie er letzte Nacht nicht an ihn hatte denken können, bevor er Janet aufweckte. Die Parallelität der Situationen fiel ihm erst auf, als Nobbs, dessen Zimmer ihrem Schlafzimmer am nächsten lag, in der Tür stand, weil sie ihn mit ihrem Gekeife geweckt hatten. Diese beiden Nächte waren der Anfangs- und der Endpunkt einer Kurve, in deren Verlauf etwas mit Max passiert war, das Janet nicht verstand und wofür sie Dave verantwortlich machte. Sie konnte ihm außerdem nicht verzeihen, dass er sie genau in diesem Streit vor vier Jahren auf die Gefahr hingewiesen und damit recht behalten hatte. Bis dahin war Max in der Schule der King gewesen. Im Elyseum war er einer von vielen kleinen Königen, und er musste plötzlich kämpfen, um sich unter ihnen zu behaupten. Das machte ihn wütend, und in den ersten beiden Jahren nahm er den Kampf mit der ihm eigenen Sturheit auf, die Dave suspekt war, Max aber nach wie vor gute Noten einbrachte. Doch mit der Zeit ging ihm die Luft aus, und es stellte sich heraus, dass sein Ehrgeiz Grenzen hatte oder von anderer Art war als Janets. Wie ihr gefiel es ihm, gut zu sein, aber er wollte sich nicht allzu sehr dafür anstrengen müssen, und darin ähnelte er Dave. Möglich, dass die Pubertät diesen Zug erst zum Vorschein gebracht hatte, jedenfalls veränderte er sich. Er wurde immer unzufriedener und verlor schließlich seinen Antrieb, wie ein Fahrzeug, dessen Motor heißgelaufen war. Vielleicht begann er sich zu fragen, wofür er diesen ganzen Aufwand überhaupt betrieb. Dave konnte das verstehen. Janet empfand es als persönliche Niederlage und schob es Dave in die Schuhe.

He's just like you!, schleuderte sie ihm entgegen, um vier Uhr früh, am Ende einer langen Tirade, in deren Verlauf sie ihm vorwarf, dass er ihr erst jetzt von Hofbauers Anruf erzählte, dass er Max noch nicht zur Rede gestellt hatte, dass er die

letzten zwei Jahre nichts gegen dessen schulischen Abstieg unternommen hatte, dass er als männliches Vorbild für Max nichts taugte. Und dann dieser Satz, herausgebrüllt wie ein verwundetes Tier.
Dave starrte sie an. Sie stand mit zerzausten Haaren vor dem Bett, das Nachthemd war ihr auf einer Seite über die Schulter gerutscht und gab die weiße Rundung ihrer Schulter frei, am Ansatz zur Achsel sah er drei kleine Falten, die er zum ersten Mal wahrnahm, eine Vogelspur im Schnee.
Tja, sagte er langsam, ihre gemeinsame Muttersprache verweigernd, in die Janet verfiel, wenn sie stritten, wenn das so schrecklich ist, dann hättest du dir vielleicht einen anderen Vater für deine Kinder suchen sollen. Du hast gewusst, wer ich bin.
Hab ich das?, fragte sie. Dann, nach einem Moment der Stille, in der sie einander anstarrten, aber nicht sahen, hörten sie ein Knarren, und Nobbs verschlafene Gestalt erschien in der Tür. Janet schüttelte ruckartig den Kopf, als erwachte sie aus einer Trance.
Ich wecke ihn, sagte sie, jetzt, und ging aus dem Zimmer.
Aber ich bin doch schon wach, sagte Nobbs verwirrt.

Dave auf seinem Schornstein war über seinen düsteren Gedanken bei Dylan angekommen. *The highway is for gamblers, better use your sense / Take what you have gathered from coincidence ...* Unten auf der Straße bewegte sich eine Horde von Mädchen in Mels Alter Richtung Straßenbahnstation, sie alberten herum, zeigten sich gegenseitig etwas auf ihren Handys, lachten laut. Dave kamen sie vor wie ein Schwarm ahnungsloser bunter Fische, die in den Regenlacken herumschwammen. War er je in seinem Leben so unbefangen gewesen? Er fragte sich, ob er Janet letzte Nacht davon hätte abhalten sollen, den letzten Rest ihrer Beziehung zu Max kaputt zu machen, indem sie ihn um vier Uhr morgens aus dem Bett brüllte und ihm un-

ter anderem vorhielt, sein Verhalten wäre bei seiner Intelligenz eine Schande. Eine Schande, Janet? Wäre er weniger träge, weniger passiv, weniger süchtig nach Harmonie und Sex gewesen, hätte er sich vor vier Jahren gegen sie durchsetzen und verhindern können, dass Max auf diese bekloppte Schule ging? Und hätte Max sich dadurch anders entwickelt?
Zu viele Konjunktive in seinem Leben.

*

Dave setzt sich auf. Vor ihm erstreckt sich ein langer, schwach beleuchteter Gang mit kahlen Wänden und vielen abgehenden Türen. Warum ist er nicht in seinem Bett? Das hier ist ein düsterer Ort, er hat das deutliche Gefühl drohender Gefahr. Er hört wütende Stimmen, die Befehle brüllen, erstickte Schreie, Wimmern. Wenn er hier sitzen bleibt, ist er geliefert, so viel ist klar. Schon ist er auf den Beinen und rennt um sein Leben. Hinter ihm hört er, wie die Türen geöffnet werden, eine nach der andern, das Geräusch schwerer Stiefel. Keuchend hastet Dave den Gang entlang, der nicht und nicht endet, auf dem Boden sind Leuchtstreifen angebracht wie im Flugzeug, aber wo ist der Notausgang? Die Schritte hinter ihm werden mehr, eine ganze Armee verfolgt ihn, er braucht eine Waffe, eine, die sie nicht haben, ein Laserschwert, lange wird er nicht mehr durchhalten. Noch immer tauchen zu beiden Seiten Türen auf, doch keine von ihnen darf er öffnen, das wäre sein Tod. Ganz kurz, nur einen Augenblick lang, blitzt ein *Na und?* in ihm auf, der Wunsch, sich dem Feind zu ergeben, da erscheint eine Falltür direkt vor ihm. Im Laufen beugt er sich hinunter, zieht am Griff und springt. Er hört noch das Geschrei seiner Verfolger während des Sprungs, dann kracht die Falltür über ihm zu, und es ist still.

Er befindet sich am oberen Absatz einer kurzen Treppe, Stufen aus dunklem Holz mit aufwendig geschnitztem Geländer. Unter ihm liegt ein Raum im Halbdunkel, es braucht eine Weile, bis er Genaueres erkennt: ein altmodisches Kinderbett mit wuchtigem Betthaupt, ein Kleiderschrank, ein kleiner Schreibtisch, ein Bücherregal; über allem liegt eine dicke Staubschicht. Zögernd streicht er über das Geländer, wischt sich die Hand an der Hose ab und geht langsam die Treppe hinunter. Neben dem Regal findet er einen Lichtschalter, er drückt ihn, doch es bleibt dunkel. Noch drei- oder viermal versucht er es, vergeblich. Auf dem Schreibtisch liegen ein paar Schulhefte und Bücher, er geht hinüber, macht die alte Tischlampe mit dem grünen Glasschirm an, doch auch sie funktioniert nicht. Dave setzt sich, nimmt eines der Hefte zur Hand, hält es sich knapp vor die Augen. *James Glennard* steht da in ungelenker Kinderschrift, darunter: *German Grammar*. Als er das Heft öffnen will, regt sich etwas hinter ihm, er wendet sich um und sieht seinen Vater auf der Treppe stehen, in einem Damenpelzmantel, mit seinem Borsalino auf dem Kopf. Dave geht auf ihn zu, doch sein Vater gebietet ihm mit erhobenem Arm Einhalt, es ist, als prallte er gegen eine Wand. Hilflos hält er seinem Vater das Schulheft hin, er möchte etwas sagen, öffnet den Mund, aber es kommt kein Ton heraus, mit seinen Lippen formt er Worte, die er selbst nicht hört. Sein Vater bleibt unbewegt und starrt ihn an, sein Gesicht eine Maske, eine eingefrorene Fratze. Dave fühlt sich aufs äußerste abgestoßen und kann dennoch den Blick nicht abwenden, er möchte weg hier, aber wo ist der Ausgang? Er sieht sich um und realisiert, dass der Raum keine Tür hat und kein Fenster, es ist die ewige Nacht, in der er mit seinem Vater gefangen ist, und aller Staub wird zu Schnee, eine Schicht aus weißen Kristallen, die rasch dicker wird, die Temperatur im Zimmer fällt. Immer noch hält er das Heft in der Hand, die klamm wird vor Kälte, er wischt die Eiskristalle vom Einband. *Dave Glennard* steht auf dem Namensschild, hat er sich vorhin verlesen? Er öffnet das Heft, ein vielstimmiges, ohrenbetäubendes Kreischen erfüllt die Luft, und aus den Seiten schwirren ... was sind das, Vögel? Insekten? Nein, es sind winzige weibliche Wesen, nackt, mit glänzender Haut, die rasend schnell mit den Armen flattern, als wären es Flügel, mit Brüsten wie Nagelköpfe, sie fliegen auf ihn zu, um ihn herum und direkt in sein Gesicht. Dave lässt das Heft fallen und hebt schützend die Arme, er hört hämisches Gelächter, das ihm vertraut ist, so vertraut. Er fällt in sich zusammen, implodiert, das ist seine einzige Chance, er muss sich klein machen, immer kleiner und kleiner, bis er einfach verschwindet, seine Kleider, seine Haut, seinen ganzen Körper zurücklassend wie eine unnütze Hülle.

*

13. Dezember 2014. Samstag. Beige.

Es gab Tage, an denen es gerade so ging. Nicht gut, aber es ging. Natürlich niemals an einem Donnerstag, auch selten an einem Dienstag, obwohl ihm das Jeansblau dieses Tages eigentlich sympathisch war, und Montage waren eine Erfindung aus der Hölle, aber es gab wahrscheinlich eine Menge Leute, die das so sahen. Wenn es gerade so ging, war es meistens Mittwoch, ein gelber Tag. Dave mochte Gelb, und er mochte Mittwoche, obwohl sich dieser deutsche Plural idiotisch und falsch anhörte. Vielleicht lag es daran, dass der Mittwoch eigentlich kein Tag war, auch nicht so hieß wie einer, er war eben die Mitte der Woche, die Balance zwischen den Tagen, wie der Punkt auf einer Wippschaukel, an dem die Gewichte zu beiden Seiten einander die Waage hielten.

Dort fühlte sich Dave sicherer als sonst, weniger ausgesetzt als ganz oben, wo seine Beine hilflos in der Luft baumelten und er nicht wusste, wann es wieder bergab ging oder ganz unten, wo er oft nicht die Kraft fand, sich vom Boden abzustoßen. In diesem Schwebezustand konnte er ohne größere Probleme morgens aufstehen, sich anziehen, Nobbs versorgen, nicht mit Janet streiten, in die Schule gehen, ein paar belanglose Worte mit seinen Kollegen wechseln und seinen Schülern ein annehmbarer Lehrer sein, mit anderen Worten: Er konnte das große schwarze Ungeheuer für ein paar Stunden in den Keller sperren und die Welt glauben lassen, es ginge ihm gut.
Und dann gab es die anderen Tage. Die nach den Nächten, in denen er aus Angst vor dem Schlaf stundenlang apathisch vor dem Fernseher saß oder stocksteif in seinem Bett wachlag, bis er schließlich doch einschlief und sich in Albträumen wälzte, aus denen er schweißgebadet, am ganzen Körper zitternd, schreiend oder weinend erwachte, mit dem Ungeheuer direkt auf seiner Brust, das ihn aus leeren Augen anstierte und ihn nicht aufstehen ließ.
Es gab auch andere Zeiten. Solche, in denen das Ungeheuer freiwillig in den Keller ging, sich dort auf die große Kiste mit dem ganzen alten Gerümpel setzte und ein Schläfchen hielt. Ein paar Wochen, manchmal sogar Monate, meistens die, in denen es draußen warm war und die Bäume grün – zu viel Sonne bekam ihm nicht. Dave erinnerte sich auch an früher, als es noch kein großes schwarzes Ungeheuer gegeben hatte, sondern nur ein kleines graues Tierchen mit traurigen Augen, das ihn manchmal besuchen kam, sich auf seinen Schoß setzte und sich streicheln ließ. Dann wurden seine Besuche häufiger, und Dave merkte lange nicht, wie es wuchs und wuchs und immer dunkler wurde. Du bist immer so düster, Dad, sagte Mel irgendwann zu ihm, kannst du dich nicht einfach mal freuen? Und da stellte er fest, dass er es nicht konnte,

nicht mehr. Sich freuen, einfach mal. Er fühlte Erleichterung, wenn etwas nicht eintrat, das er befürchtet hatte. Oder Genugtuung, wenn es irgendwo auf der Welt ausnahmsweise mal gerecht zuging, seiner Meinung nach. Aber Freude? Am ehesten schaffte das Nobbs. Wenn ihm etwas gelang oder er ein Eis am Stiel bekam oder manchmal auch ganz ohne ersichtlichen Grund, breitete er die Arme aus, hüpfte auf und ab, drehte sich im Kreis und sang dazu yeahyeahyeahyeahyeah! Dave konnte förmlich sehen, wie Funken unter seinen hüpfenden Füßen in alle Richtungen wegstoben, und von Zeit zu Zeit sprangen ein paar dieser Funken auf ihn über. Nobbs' Hüpfen erinnerte ihn an sein signalrotes Kinderfahrrad, mit dem er im Central Park im Kreis gefahren war, bis ihm schwindelig wurde, an den hellen Klang der Klingel. Es erinnerte ihn an die blitzenden Chromteile seiner ersten E-Gitarre, an das Vibrieren, das der Sound beim Overdrive in seinem Becken ausgelöst hatte, an den warmen, weichen Mund des Nachbarmädchens, an den Geschmack von frischem Fruchtkaugummi.
Er versuchte, jetzt an diesen Mund zu denken, an ihre Zunge und den kleinen, knackigen Hintern, den er nie nackt gesehen, aber unter ihrer Jeans gespürt hatte, als seine Hand dort lag, aber das Ungeheuer erlaubte es nicht. Es saß nicht nur auf seiner Brust, es saß auf seinen Gedanken und kontrollierte sie, lenkte sie auf diesen wahnwitzigen Traum, in dem er vor einer mordlustigen Armee hatte fliehen müssen und sein Vater aufgetaucht war, um ihn abzuweisen und dann auszulachen, in diesem Zimmer, in dem alle Lichtschalter kaputt waren, und wem hatte dieses blöde Schulheft nun eigentlich gehört? Noch einmal sah er die Insektenfrauen auf sich zufliegen, er schloss die Augen, wollte am liebsten seine Augäpfel nach innen drehen und gar nichts mehr sehen. Gott sei Dank war heute Samstag, und er musste nicht in die Schule, musste sich nicht krankmelden. Aber leider

bedeutete Samstag auch, dass er Morrison nicht anrufen konnte. *Am Wochenende nur in Notfällen.* War das hier ein Notfall? Nein. Es war nur das große schwarze Ungeheuer, Dave kannte es ja schon. Zumindest bisher hatte es ihn nicht umgebracht, auch wenn der Druck, den es auf seine Brust ausübte, sich gerade so anfühlte, als würde langsam, aber sicher sämtliche Luft aus ihm herausgepresst, bis nichts mehr übrig war und ein erneutes Einatmen absolut unmöglich. Vielleicht lag das auch an dem anderen Ungeheuer, nicht schwarz, sondern etwas Undefinierbares zwischen Rost und schmutzigem Ocker, nicht groß, sondern gedrungen, dennoch unfassbar schwer, weil unfassbar dick. Der greise Familienkater mit den Verdauungsproblemen hatte soeben auf Dave Platz genommen und präsentierte sich ihm mit trübem Blick aus halbblinden Augen als seine fleischgewordene Depression.

Gimli, runter mit dir, sagte Dave. Leider war der Kater auch so gut wie taub. Er schnurrte und gähnte Dave an. Sein Mundgeruch war dermaßen abscheulich, dass Dave sich in einem Reflex aufsetzte, Gimli krallte sich in seine Brust, um sich festzuhalten.

Du Mistvieh, schrie Dave vor Schmerz, zerrte den Kater mit beiden Händen von sich weg und trug ihn mit ausgestreckten Armen aus dem Schlafzimmer.

Wenigstens war er jetzt aus dem Bett.

Er wollte in Nobbs' Zimmer, um ihn zu fragen, ob er schon gefrühstückt hatte, da fiel ihm ein, dass Janet ausnahmsweise mit ihm zum Fußball gegangen war. Die Küche war verwaist, er machte sich einen Kaffee und klopfte dann bei Max. Zu seiner Überraschung kam sofort ein *Wer stört?* von drinnen, Dave öffnete die Tür. Max saß vor dem Computer, zu Daves Überraschung spielte er jedoch nicht, sondern starrte auf einen Wikipedia-Eintrag.

Was machst du da?, fragte Dave.

Na was schon, knurrte Max. Er hatte fürchterliche Laune, das roch man, stärker als jeden Joint.
Dave setzte sich aufs Sofa, schob mit den Füßen das Chaos auf dem Couchtisch ein wenig zur Seite und legte seine Füße ab. Er trank seinen Kaffee und schwieg. Nach ein paar Minuten drehte Max sich zu ihm um.
Ist irgendwas?, fragte er.
Dave schüttelte den Kopf.
Ist dir langweilig?
Vielleicht, sagte Dave.
Max seufzte. Es ist so sinnlos, sagte er mit einer müden Geste in Richtung Bildschirm.
Was genau?, fragte Dave.
WARUM?
Max griff sich mit beiden Händen an den Kopf, als wollte er ihn vor dem schulischen Wahnsinn schützen. Warum soll ich einen Text schreiben über ein Buch, das ich nicht gelesen habe, das mich nicht im mindesten interessiert, das mit mir nichts zu tun hat, genau gar nichts!
Worum geht's?
Max nahm das kleine gelbe Reclam-Büchlein, das neben dem Computer lag, und hielt es Dave hin. Es war Kafkas *Verwandlung*.
Ich meine, das war doch ein Psycho, dieser Kafka, ereiferte sich Max, wie kommt man denn sonst auf so was?
Dave nahm ihm das Buch aus der Hand. Na ja, sagte er, du läufst einen Großteil deiner Zeit als Ork durch eine virtuelle, erfundene Welt. Nicht, dass ich damit sagen will, du bist ein Psycho ...
Aber das ist doch nur ein Spiel, Dad, und ich weiß das. Und alle anderen, die es spielen, auch.
Bist du sicher?
Max winkte unwirsch ab.
Was ist mit *Herr der Ringe*?, fragte Dave, oder *Harry Potter*? Da verwandeln sich doch auch Menschen in Tiere.

Das sind Zauberer, Dad, und keine beknackten Tuchhändler, was soll das überhaupt sein, ein Tuchhändler? In *Herr der Ringe* gibt es Hobbits und Elben, es ist Fantasy. Aber dieser Kafka meint das anscheinend ernst. Und diese Story! Ich meine, der Typ macht einen Job, der ihn tierisch nervt, um seine Eltern und seine Schwester zu finanzieren, während sie auf der faulen Haut liegen, das würd ich ja schon mal nie machen ...
Stimmt, sagte Dave, du machst es lieber umgekehrt.
... und dann stellt sich heraus, dass sie nur auf der Kohle draufsitzen und ihm nichts davon gesagt haben. Wie asozial ist das denn? Und dann wacht er als Insekt auf, und seine einzige Sorge ist, dass er nicht rechtzeitig zur Arbeit kommt? Warum haut er nicht so schnell wie möglich ab?
Sperren die ihn nicht ein?, fragte Dave. Es war fünfundzwanzig Jahre her, seit er diesen klassischen Schulstoff gelesen hatte.
Keine Ahnung, sagte Max. Ich hab's versucht zu lesen, ehrlich, aber ich bin eingeschlafen. Es ist saulangweilig.
Daves Handy klingelte in der Küche. Er bewegte sich nicht, blieb einfach sitzen, sah Max zu, wie er lustlos in dem Wikipedia-Eintrag auf und ab scrollte.

May I have your attention please?
May I have your attention please?

Dad, willst du dir nicht endlich mal einen neuen Klingelton zulegen?
Eigentlich nicht, sagte Dave.
Er stand auf und ging zur Tür. Dann drehte er sich noch einmal um und lehnte sich in den Türrahmen.
Max?
Hm.
Warum machst du das überhaupt?
Was?

Das Telefon verstummte.
Ich meine, sagte Dave in die Stille hinein, wenn du es so sinnlos findest, warum machst du es dann? Du könntest auch einfach drauf pfeifen und dir einen Job suchen. Dann könntest du ausziehen, und keiner könnte dir mehr vorschreiben, was du zu tun und zu lassen hast.
Max sah ihn an, als hätte er ihm vorgeschlagen, Raubmörder zu werden.
Wenn Mom dich hören könnte, würde sie dich umbringen, sagte er.
Kann sie aber nicht, sagte Dave, sie ist nicht hier. Und dich kann sie auch nicht hören. Also, warum?
Max' Augen irrten umher, dann senkte er den Kopf, die Schultern sackten nach vorn, sein ganzer Oberkörper sank in sich zusammen. Diese Körperhaltung zog Dave die Schuhe aus, er hätte heulen können. Wie viel Resignation konnte man in achtzehn Jahren ansammeln? Wie viel in dreiundvierzig?
Ich weiß nicht, sagte Max. Es wär wohl einfach besser, ich mache die Schule fertig. Aber wahrscheinlich ist es eh zu spät.
Was sollte Dave darauf sagen? Er drehte sich um, ging in die Küche und schaute auf sein Handy. Er kannte die Nummer, es war das Krankenhaus. Aber es war nicht Janets Station, und sie hatte heute frei.

Dieses Grün. Dieses uneindeutige, an wirklich schlechtes Essen erinnernde, nach Desinfektionsmittel riechende, chirurgische, deprimierende Grün. Dave hatte sich schon oft gefragt, was passieren würde, wenn man die Böden und Fliesen in Krankenhäusern, die Operationskittel und -häubchen und die Mundschutzmasken in, zum Beispiel, Zitronengelb halten würde oder in Flieder. Gab es Studien, die besagten, dass sich das schädlich auf die Gesundheit der Patienten auswirkte oder die Leistung des Personals beeinträchtigte? Er sah ja ein, dass bestimmte Farben nicht in Frage kamen, Rot zum Beispiel weckte hier vermutlich keine amourösen Assoziationen, und Schwarz kam vielleicht nicht so designmäßig rüber wie an anderen Orten, aber diese Farbe von erbrochenem Pistazieneis war einfach so widerwärtig, dass man davon nur krank werden konnte. Zum Glück hatte keiner der Wochentage in seinem Kinderbuch diese Farbe gehabt. Dave war bereits übel, noch bevor er auf der Intensivstation ankam. Wie Janet das tagaus, tagein aushielt, war ihm schleierhaft.

Er wartete ewig auf einen Lift, der nicht abwärtsfuhr und nicht brechend voll war mit Besuchern, Ärzten, Krankenschwestern, Operationsgehilfen, Putzpersonal oder Betten – gab es nicht eigene Bettenaufzüge? Was tat man hier eigentlich, wenn man es wirklich eilig hatte? Er beobachtete die Ärzte, wie sie sich untereinander begrüßten, als lebten sie in einer großen WG, belauschte ihre Gespräche, dieses vertrauliche und gleichzeitig unverbindliche Geplänkel über Wochenendausflüge, Urlaubspläne, Fitnesscenter, bevorzugte Laufstrecken, die nachlassende Kaffeequalität bei Starbucks und die letzte Folge von *Breaking Bad*, bevor sie sich auf ihren leisen Gummisohlen davonmachten, um Schläuche in Körperöffnungen zu stecken, an Eingeweiden herumzuschnippseln und Angehörigen mitzuteilen, dass ihr Vater/Bruder/Onkel/Cousin das nächste Weihnachten nicht mehr erleben würde. Dave dachte darüber nach, warum auf den Gängen, in den Aulas und Konferenzzimmern von Schulen ein ganz anderer Ton herrschte, warum Lehrer niemals diese stets leicht sexuell aufgeladene Belanglosigkeit aufbrachten, warum sie, auch nachdem sie ihre Klassen verlassen hatten, nicht aufhören konnten, ständig ihre pädagogische Gutmenschlichkeit unter Beweis zu stellen, ihre Autorität zu verteidigen, mit anderen Worten: Lehrer zu sein. Und selbst die wenigen richtigen Freundschaften wurden mit der verschämten Heimlichkeit von Affären gepflegt, als wären sie unmoralisch und passten nicht zur Vorbildfunktion. Vielleicht lag es daran, dass Lehrer, ob sie wollten oder nicht, das System bedienen mussten und den Zwiespalt, in dem sie sich dadurch permanent befanden, vor sich selbst, ihren Schülern und voreinander verbergen mussten. Natürlich wusste Dave, dass auch Ärzte in Krankenhäusern immer wieder in Konflikte zwischen dem System und dem Wohl der Patienten gerieten, aber letztendlich ging es um krank oder gesund, tot oder lebendig. Sie hatten ein Gelöbnis abgelegt. Wenn es hart auf hart kam, und das kam es oft, standen sie in gewisser Weise über oder außerhalb des Systems, und das gewährte ihnen, so schien es Dave, eine relative Freiheit. Vielleicht war das auch alles Bullshit, und er versuchte nur, eine rationale Erklärung für seinen Neid zu finden und sich von dem abzulenken, was ihn zehn Stockwerke höher erwartete. Er war froh, dass er auf seinem Weg nach oben keinem von Janets Kollegen begegnete, den er kannte.

Dave war noch nie auf einer Intensivstation gewesen. Seine Mutter hatte es vorgezogen, schnell und plötzlich zu sterben. Das Krankenzimmer erinnerte ihn an Szenerien aus Science-Fiction-Filmen, in denen Menschen geklont oder abartigen Experimenten unterzogen wurden. Es war so vollgestopft mit elektronischen Geräten, Kabeln, Ständern mit Infusionsflaschen und Schläuchen, dass der Kopf seines Vaters dazwischen winzig wirkte, wie eine zusammengeschrumpelte Frucht, seine Arme zwei dünne, geknickte Zweige über der Bettdecke. So klein hatte er ihn noch nie gesehen – das war sein erster Gedanke, und er schämte sich dafür. Er hatte das Gefühl, dass er etwas anderes denken sollte, dass er bestürzt sein, Mitleid und Bedauern empfinden sollte, aber was er wirklich empfand, war Überraschung über die Fragilität dieses Körpers. Zögernd blieb er an der Tür stehen, in sicherer Entfernung, bis ihm auffiel, dass er die Hände vor dem

Schritt verschränkt hielt, eine Haltung, von der er sicher war, sie noch nie in seinem Leben eingenommen zu haben, die eine Ehrfurcht ausdrückte, die nicht seinem Vater galt, sondern der Situation. Man kannte sie aus Filmen, aus dem Fernsehen, und dann stand man auf einmal da und verhielt sich so, nach vorgegebenen Mustern, weil man nicht wusste, was man sonst tun sollte. Entschlossen löste er seine Hände voneinander, zwang sich, zum Bett zu gehen, sich einen Stuhl heranzuziehen, sich zu setzen, auch das wie Regieanweisungen, die er auswendig gelernt hatte. Er konzentrierte sich auf das Gesicht seines Vaters, versuchte, darin etwas wiederzuerkennen, betrachtete die wie im Schlaf geschlossenen Augenlider. Hatte er seinen Vater je schlafend gesehen? Er konnte sich nicht erinnern. Die blutleeren Lippen, die Dave früher immer ein wenig zu rot erschienen waren, die leicht aufgedunsenen Wangen mit den hängenden Backen, die kaum noch etwas gemein hatten mit den scharfen Konturen des kantigen Gesichts von einst: Dieser Mann war ihm fremd. Er fühlte eine Distanz, die ihn nicht erleichterte, die schlimmer war als Ekel, schwerer wog als Furcht. Wann war sie entstanden? Wann hatte er beschlossen, dass es besser war, gar keine Beziehung zu seinem Vater zu haben, als sich ständig um eine zu bemühen, die sie beide nicht haben wollten? Und hatte er das überhaupt beschlossen, oder war es vielmehr ein über die Jahre fortschreitendes Erlahmen eines Automatismus gewesen, der ihn dazu veranlasst hatte, ihm alles Gute zum Geburtstag zu wünschen, ohne auch nur eine Ahnung zu haben, was dieses Gute für seinen Vater sein könnte, ihm Dinge zu schenken, über die sich zu freuen er vorgeben musste, und sich bei Familienessen völlig sinnloserweise nach seinem Befinden zu erkundigen. Hauptsächlich hatte er das für seine Mutter getan, um ihr das Gefühl zu geben, sie wären das, was sie sich unter einer Familie vorstellte. Selbst nach ihrem Tod brachte er es lange nicht übers Herz, dieses Theater zu beenden. Damals tauchte sie vermehrt in seinen Träumen auf, wenn er seinen Vater einige Wochen nicht anrief, oft nur als ein im leeren Raum schwebendes, körperloses Gesicht, dessen Ausdruck zwischen Traurigkeit und Vorwurf changierte. Doch mit der Zeit gewöhnte sich Dave an dieses Bild, es wurde zu einer Requisite seiner Nachtwelt und zwang ihn nicht mehr dazu, Telefonate und Begegnungen mit einem Mann durchzustehen, der ihm jedes einzelne Mal unverhohlen zu verstehen gab, wie wenig er von ihm hielt. Dave begann, sich von ihm fernzuhalten. Niemand protestierte. Janet und Mel waren froh, seine Anzüglichkeiten nicht mehr ertragen zu müssen, und Max war von Anfang an intelligent und sensibel genug gewesen, das überschwängliche Lob seines Großvaters angesichts guter schulischer Leistungen als das zu durchschauen, was es war: der Versuch, ihn für seine Zwecke zu missbrauchen. Ausgerechnet Nobbs, der erst zwei war, als der Kontakt abriss, hatte eine Zeit lang nach seinem Opa gefragt. Er sagte Opa und nicht Grandpa wie Max und Mel, Dave glaubte, dass er einfach das Wort mochte. Vielleicht hatte Nobbs auch den richtigen Abstand, der dem Rest der Familie fehlte, nicht zu verwechseln mit der Entfernung, die Dave erzwungen hatte und die im Grunde genommen das Ergebnis eines Selbstbetrugs war.

Er wandte den Blick ab und beobachtete die leuchtgrüne, zitternde Kurve der Herztätigkeit auf dem Monitor, diese hauchfeine Linie, die seinen Vater mit dem Leben verband, fast wäre sie gerissen. Es beruhigte seine Gedanken, ihr zu folgen, ihren technisch überwachten regelmäßigen Ausschlägen, er lehnte sein Bewusstsein an diese Kurve, lauschte dem Piepton des Überwachungsgeräts. Eine große Müdigkeit überkam ihn, er hätte jetzt auch gerne ein Krankenhausbett gehabt und ein paar Maschinen, die sich zuverlässig um seine Körperfunktionen sorgten. Was für eine lächerliche Vorstellung, dachte Dave, und doch sah er an sich hinunter, um zu überprüfen, ob mit seinem Körper alles stimmte, er befühlte das Material der grässlichen grünen Schürze, die er vor Betreten der Station hatte überziehen müssen, betrachtete seine Hände. Hatten sie die korrekte Größe, gehörten sie überhaupt zu ihm? Und was war das plötzlich für ein Licht? Sein Blick wanderte zum Fenster, draußen dämmerte es, die Sonne quetschte ihre letzten senfgelben Strahlen durch einen schmalen Spalt zwischen einer langgezogenen dunkelvioletten Wolkenbank und dem Kahlenberg. Dave hörte den Verkehr auf dem Gürtel als fernes Rauschen, oder war es eine der Maschinen, ein Pumpgeräusch, der Atem oder das Blut seines Vaters, sein eigenes? Ihn fror, wurde hier nicht geheizt? Es war schließlich Winter! Ein zu eng geschnallter Gurt drückte seine Brust zusammen, er musste an den ausgeleierten, mangelhaft durchbluteten Herzmuskel seines Vaters denken, an das abgestorbene Gewebe, das dafür sorgte, dass sein Herz aus dem Rhythmus fiel. Schlug seines im richtigen? Dave legte sich zwei Finger an den Hals, um seinen Puls zu fühlen, spürte aber nichts, er hielt sich die Ohren zu, um seinen Herzschlag zu hören, doch da war nur statisches Rauschen. Vielleicht sollte man ihn wirklich schleunigst an eine dieser Maschinen hängen, er hatte Probleme mit dem Atmen, warum war die Luft hier so erbärmlich in diesem klimatisierten Scheißgebäude, wo man kein Fenster öffnen konnte? Wenn er nicht ersticken wollte, musste er raus hier, und zwar sofort. Er sprang auf, rannte aus dem Zimmer auf den Gang hinaus, riss sich die Schürze vom Leib und verließ die Station. Im Lift zog er auch noch sein Hemd aus, das ihn einengte, die befremdeten Blicke der anderen waren ihm gleichgültig, er stürmte die Gänge entlang, durch die Lobby und hinaus auf die Straße. Dort stand er, im Unterhemd, und holte tief Luft. Der Feierabendverkehr brauste vierspurig an ihm vorbei, die Digitalanzeige am Abgang zur U-Bahn zeigte drei Grad unter null, aber kalt war ihm nicht mehr.

Dave, sagte Morrison mit vor Überraschung gehobenen Augenbrauen, nachdem Dave schon geglaubt hatte, er sei nicht zu Hause oder würde ihm nicht öffnen. Er kaute an irgendetwas, offenbar hatte Dave ihn beim Essen gestört, was ihm unangenehm war, aber er war nicht in der Verfassung, sich zu entschuldigen. Konkret brachte er gar nichts heraus.
Morrison kaute in Ruhe fertig und musterte währenddessen eingehend Daves Gesicht.
Geht es Ihnen nicht gut, Dave?, fragte er, als er hinuntergeschluckt hatte. Ist etwas passiert?
Dave spähte an Morrison vorbei in die Wohnung, um herauszufinden, ob er allein war. Er konnte niemanden sehen, aber es war ja auch nicht zu erwarten, dass wer immer mit ihm beim Essen saß, ihm ins Vorzimmer folgen würde, um zu sehen, wer so indiskret war, unangemeldet an einem Samstagabend aufzukreuzen.
Morrison folgte seinem Blick. Sie haben Glück, sagte er schmunzelnd, meine Frau ist nicht zu Hause. Aber wenn Sie nicht bald etwas sagen, mache ich die Tür wieder zu und genieße meine Ruhe.
Morrisons Anblick und seine Stimme entspannten Dave ein wenig.
Mein Vater, sagte er, dann brach er wieder ab.
Ja? Was ist mit Ihrem Vater?
Er liegt auf der Intensivstation.
Das tut mir sehr leid, sagte Morrison. Er sah Dave weiterhin aufmerksam an und wartete ein wenig. Dann deutete er auf seinen Oberkörper. Warum tragen Sie nur ein Unterhemd, bei diesen Temperaturen?
Dave sah an sich hinunter. Er hatte vollkommen vergessen, dass er kein Hemd trug, auch keine Jacke, das Hemd hielt er zusammengeknüllt in seiner rechten Hand. Mein Gott, sagte er, ich habe meine Jacke im Spital gelassen, da ist meine Geld-

börse drin, meine Schlüssel und mein Telefon, ich muss sofort zurück.
Nein, das müssen Sie nicht, sagte Morrison bestimmt. Niemand wird Ihnen auf der Intensivstation etwas klauen. Gehen Sie bitte hinüber zum Praxiseingang, ich bin in ein paar Minuten da. Und ziehen Sie ihr Hemd an, sonst erkälten Sie sich noch.

Dave fand es merkwürdig, zu einer nicht vereinbarten Zeit hier zu sitzen. Die Stimmung im Raum war vollkommen anders als sonst, eine beige Samstagsatmosphäre, selbst die Bücher in den dunklen Holzregalen, die an Werktagen wie bebrillte Intellektuelle wirkten, strahlten eine Art wochenendmäßiger Entspannung aus, als hätte man sie mit einer Packung Chips und einem Bier vor dem Fernseher ertappt. Gleichzeitig wirkte die Praxis verwaist wie eine Wohnung, wenn man aus dem Urlaub kam. Es roch leicht nach gebratenem Fisch. Von oberhalb kam leises Gemurmel, Geschirrgeklapper, hin und wieder Gelächter, noch nie hatte Dave aus dieser Wohnung Geräusche gehört, normalerweise war es still hier.
Dave wusste nicht, wie er sitzen sollte. Er probierte verschiedene Körperhaltungen aus, setzte sich einmal in die rechte, dann in die linke Ecke des Sofas, entschied sich schließlich für die Mitte, wo er seinen Hintern am vordersten Rand platzierte, die Beine zu beiden Seiten geöffnet, die Hände dazwischen herabhängend, und weil ihm das komisch vorkam, verschränkte er sie vor dem Schritt, schon wieder.
Vorhin, im Krankenhaus, begann Dave, am Bett meines Vaters ... es war wie in einem Traum.
Morrison nickte.
Nein, nein, nicht so, wie Sie glauben.
Was glaube ich denn?, fragte Morrison.
Ich meine, es war nicht wie in einer dieser absurden Situatio-

nen, wo man denkt: Das kann doch nicht wahr sein, ich glaube, ich träume. Es war ... so wirklich und unwirklich zugleich ... überwirklich, eben wie im Traum. Ich habe mich gefühlt wie in einem meiner Albträume, auch körperlich, diese Zustände, wo meine Extremitäten mir ganz fremd vorkommen und ich keine Luft mehr kriege, ich konnte meinen Puls nicht finden, und das Licht war so seltsam, erst war mir kalt und dann heiß, und dann habe ich anscheinend überhaupt kein Temperaturempfinden mehr gehabt ... davor habe ich auf den Monitor geschaut, wo die Herzfrequenz angezeigt wird, eine ganze Weile, ich habe diese Kurve hypnotisiert, oder sie mich, und dann bin ich furchtbar müde geworden, vielleicht bin ich ja tatsächlich eingenickt und habe geträumt. Ich kann's echt nicht sagen.
Ist das wichtig?, fragte Morrison.
Also, wenn mein Körper und meine Sinneswahrnehmungen nicht mehr richtig funktionieren, macht mir das Angst. Da wüsste ich dann gern, ob ich wach bin oder nicht.
Verständlich, sagte Morrison, aber wissen Sie, das passiert nicht nur im Traum. Wenn wir Dinge erleben, die uns psychisch überfordern, die wir im Moment nicht verarbeiten können, kann es sein, dass sich Bewusstsein und Körperempfindung vorübergehend voneinander trennen. Das kann sehr beunruhigend sein, aber es ist auch eine Schutzfunktion. Es schützt uns bis zu einem gewissen Grad vor der deutlichen Wahrnehmung dessen, was uns unmittelbar überfordert.
Sie meinen, ich ziehe die Angst, zu ersticken, etwas anderem vor, das noch schlimmer wäre? Das ist doch lächerlich!
Diese Angst hat es Ihnen ermöglicht, das Krankenzimmer Ihres Vaters zu verlassen.
Ich hasse Krankenzimmer, sagte Dave.
Haben Sie schlechte Erfahrungen gemacht, als Patient?
Meine Mutter hat mich eine Zeit lang dauernd zu irgendwelchen Untersuchungen geschleppt. Das war, warten Sie ...

in meinem zweiten Jahr am Gymnasium, ich muss ungefähr elf gewesen sein, vielleicht auch schon zwölf. Ich war im Jahr davor sehr schnell gewachsen, ziemlich groß war ich und spindeldürr. Beim Sport fiel ich zwei- oder dreimal in Ohnmacht, was wahrscheinlich normal war, aber meine Mutter flippte immer gleich aus, wenn ich irgendwas hatte, damals glaubte sie, es wäre Diabetes oder weiß Gott was. Und dann kamen diese ... Abwesenheiten.

Abwesenheiten?

Dave konnte förmlich sehen, wie Morrisons Augen vor Interesse aufleuchteten, sein ganzes Gesicht sich belebte. Mitunter war er versucht, irgendetwas zu erfinden, um diese Reaktion hervorzurufen.

Ja. Ich driftete weg, im Unterricht oder zu Hause am Tisch, beim Abendessen. Irgendjemand redete mich an, und ich reagierte einfach nicht.

Irgendjemand? Es spielte keine Rolle, wer es war?

Meine Eltern oder Lehrer oder Leute aus meiner Klasse, es machte keinen Unterschied. Und danach wusste ich nichts davon. Ich merkte selber nicht, dass ich weg war.

Hat Sie das beängstigt?

Eigentlich nicht. Mir fehlte ja sonst nichts, es ging mir gut. Aber Sie können sich vorstellen, was meine Mutter dachte. Sie ging immer vom Schlimmsten aus, und solche Absenzen können ein Symptom von Epilepsie sein. Ich landete stationär im Krankenhaus, drei Tage lang, ich glaube, es gibt kein diagnostisches Verfahren, dem ich nicht unterzogen wurde. Das Schlimmste war das Schlafentzugs-EEG. Ich durfte vierundzwanzig Stunden nicht schlafen, und meine Mutter bewegte sich in der gesamten Zeit nicht aus dem Zimmer, außer wenn sie aufs Klo musste.

Sie fühlten sich überwacht?

Ich wurde überwacht, das war ja der Sinn der Sache.

Ich meine, von Ihrer Mutter, präzisierte Morrison.

Ja, ich auch!, sagte Dave. Sie wollte alles über mich wissen, mich immer im Blick haben, am liebsten wollte sie in mein Gehirn hineinschauen, und damals hatte sie die Gelegenheit dazu.
Und, was hat sie erfahren?
Nichts, sagte Dave, gar nichts. Es stellte sich heraus, dass ich völlig gesund war.
Wie hat Ihre Mutter darauf reagiert?
Auf mich wirkte sie ... fast ein wenig enttäuscht, auch wenn sie nach außen hin die erleichterte, glückliche Mutter spielte.
Morrison sah ihn unverwandt an und schwieg.
Dave fühlte sich unbehaglich, dieses Hemd, das er da anhatte, saß einfach zu eng, war es beim Waschen eingelaufen? Er sprang auf und begann, auf und ab zu gehen, doch die Strecke zwischen Morrisons Schreibtisch und der Tür war zu kurz, das Gefühl des Eingeengtseins blieb.
Vergessen Sie nicht zu atmen, sagte Morrison.
Ich atme doch, sagte Dave aggressiv, sehen Sie das nicht? Er blieb stehen und deutete auf seine Brust. Bitte, hier. Er atmete ein paarmal hörbar aus und ein, seine Brust hob und senkte sich.
Das ist gut, sagte Morrison. Atmen Sie so tief wie möglich.
Komm mir jetzt bloß nicht so, dachte Dave, am liebsten hätte er Morrison aus seinem bequemen Fauteuil hochgezogen und ihm ins Gesicht geschlagen.
Sagen Sie mir nicht, wie ich zu atmen habe, verdammt noch mal, sagte Dave laut, hören Sie auf, mich zu bevormunden!
Morrison stand auf und setzte sich auf den leeren Stuhl an der Stirnseite des Raumes.
Es ist aber gut für dich, wenn du tief atmest, sagte er mit etwas höherer Stimme, es ist wichtig, tief zu atmen. Wenn du zu flach atmest, gelangt nicht genügend Sauerstoff in deinen Körper, das kann alle möglichen schrecklichen Folgen haben ...

Ich weiß selbst, was gut für mich ist, sagte Dave noch lauter.
... aber vielleicht kannst du ja auch gar nicht tief genug atmen, womöglich bekommst du nicht genügend Luft, ist das so, bist du kurzatmig? Hast du Schmerzen im Brustkorb, Erstickungsgefühle?
Ja, ich ersticke, brüllte Dave, ich ersticke an dir! Du schnürst mir die Luft ab, hör endlich auf damit!
Schwer atmend ließ er sich auf das Sofa fallen und schloss die Augen. Seine Brust fühlte sich dreimal so groß an wie sonst, ein Wunder, dass er das Hemd nicht gesprengt hatte, er griff zur Kontrolle nach den Knöpfen, aber alles war an seinem Platz. Er war völlig erschöpft.
Wie geht es Ihnen jetzt, Dave?, fragte Morrison, der wieder in seinen Fauteuil übersiedelt war.
Ich bin müde, unendlich müde.
Kein Wunder, das war ein sehr anstrengender Tag für Sie. Fahren Sie nach Hause, und ruhen Sie sich aus. Und wenn möglich, schreiben Sie bis zu unserer nächsten Stunde über diese Absenzen. Alles, woran Sie sich im Zusammenhang damit erinnern.
Er begleitete Dave in den Vorraum.
Warten Sie, ich borge Ihnen eine Jacke.
Während Morrison in einem Schrank herumkramte, sah Dave zum Fenster hinaus in den Vorgarten. Es hatte zu schneien begonnen. In dem Lichtquadrat, das durch den Schatten des Fensterkreuzes geteilt wurde, flirrten feine, dichte Flocken, wie Sägemehl, auf der Rasenfläche dahinter hatte sich eine dünne weiße Schicht gebildet, die im Dunkeln leuchtete. Plötzlich stand dort jemand, mit dem Rücken zum Fenster, eine Frau mit schmaler Taille und sehr geraden Beinen, ihre kastanienbraunen Haare waren zum Zopf gebunden, und in einer Hand hielt sie eine Tasche, die zu groß für sie wirkte, einen altmodischen Arztkoffer aus braunem Leder,

wie ihn Dave zum letzten Mal als Kind gesehen hatte, bei dem New Yorker Hausarzt seiner Eltern. Was machte diese Frau da draußen in Morrisons Garten, an einem Samstagabend? War seine Frau am Ende auch Ärztin und kam gerade von einem Hausbesuch? Aber etwas irritierte ihn an der Gestalt, und als er genauer hinsah, wurde ihm klar, dass sie leicht unscharf war, oder war sie erst so geworden, als er begonnen hatte, sie zu fixieren? Je mehr er sich auf ihre Konturen konzentrierte, desto undeutlicher wurden sie. Er fuhr sich mit der Hand über die Augen.

Dave? Hören Sie mich, Dave?

Die Stimme kam von weit her. Dave fror und zog dankbar die Jacke an, die ihm Morrison hinhielt. Sein Blick suchte ihn, Dave wich ihm aus.

Möchten Sie vielleicht, dass ich Ihnen ein Taxi rufe?

Nein nein, es geht schon, sagte Dave, danke. Er sah nochmals zum Fenster. Die Gestalt war verschwunden.

Erst als er in der Straßenbahn saß und durch die Spiegelung seines blassen Gesichts in der Fensterscheibe hinausschaute auf die immer weißer werdenden Autos und Gehsteige, die an ihm vorbeizogen, fiel ihm plötzlich ein, was die Frau auf dem Rasen vor Morrisons Haus getragen hatte: einen beigen Trenchcoat.

Auf ihre Schuhe hatte er nicht geachtet.

14. Dezember 2014. Sonntag. Weiß.

Es war drei Uhr nachts. Dave lag im Wohnzimmer auf dem Sofa und sah fern, oder zumindest tat er so. Wenn er auf einen Bildschirm schaute, auf dem sich etwas bewegte, fiel es nicht so auf, dass er eigentlich ins Leere starrte. Nicht dass es irgendjemanden interessiert hätte: Janet hatte Nachtdienst,

Max saß vor dem Computer, und Mel war mit Freunden unterwegs, seit er sie nach seinem Bier mit Hamid abgelöst hatte, um Nobbs' Schlaf zu bewachen. Genau genommen war es nicht nur ein Bier gewesen, sondern vier. Oder fünf. Vielleicht sogar sechs, er wusste es nicht mehr genau, weil sie auch ein paar Wodka dazu getrunken hatten. Und er hatte geraucht. Hamid sagte oft, er sei nur noch in Wien, weil es die letzte Stadt sei, wo man in Lokalen noch rauchen dürfe, und weil es politisch keine Alternative gäbe. Hamid stammte aus Damaskus, lebte seit zwölf Jahren hier und beobachtete den Rechtsruck und die wachsende Ausländerfeindlichkeit in Europa mit Besorgnis. Eine Rückkehr in seine Heimat war keine Option. Er arbeitete als Medizintechniker, unter anderem im selben Krankenhaus wie Janet. So hatten sie sich kennengelernt, und als die Wohnung neben ihnen frei geworden war, hatte Janet dafür gesorgt, dass Hamid, der gerade auf der Suche war, sie bekam.
Dave flehte ihn eine halbe Stunde lang um eine Zigarette an, und schließlich gab Hamid nach.
Ich bin ja nicht deine Mama, sagte er.
Schade, sagte Dave.
Die Zigarette tat so gut, dass er sich ernsthaft fragte, wie er die letzten 835 Tage hatte verbringen können, ohne sich in diesen kleinen Nebel zu hüllen, in dem sich sein limbisches System so schön entspannen konnte. Und er fühlte sich befreit von dieser Zählerei, von der er schon gedacht hatte, dass sie ihn für immer verfolgen würde, wie die Farben der Wochentage, eine weitere Gehirnwäsche, allerdings eine, die er sich selbst verordnet hatte. Sollte er wieder aufhören wollen, konnte er erneut bei 0 beginnen, 0 war eine schöne Zahl, fand Dave, die Zahl vor dem Zählen, nicht plus und nicht minus. Die 0 war leicht, wog nichts, sie erzeugte in Dave das Bild einer sanften Dünenlandschaft, in der sich sein Bewusstsein ausruhen konnte, allerdings nie für lange. Jetzt zum Beispiel

fraßen sich die Fernsehbilder in diese Landschaft und verlangten nach seiner Aufmerksamkeit.
Zu sehen waren Bilder von Männern in orangen Overalls, deren Hände und Füße an Bretter gekettet waren, Männer mit schwarzen Plastiksäcken über dem Kopf, fast nackt, mit schweren Blessuren am ganzen Körper, die offensichtlich nicht mehr selbstständig gehen konnten und von Soldaten in US-Uniformen durch die Gegend gezerrt wurden, Männer, die in winzige Käfige gesperrt waren oder die gefesselt mit dem Kopf schräg abwärts lagen, über ihnen ein Mann, der ihnen mit einer großen Gießkanne Wasser in das mit einem Tuch bedeckte Gesicht schüttete. Bilder von Gefängnissen, schmutzigen Gängen mit abgeschlagenen Zellentüren, von doppelt und dreifach umzäunten Lagern, meist überbelichtete, stets unscharfe Bilder in ausgeblichenen Farben, wie in einem alten Amateurporno. Dave fragte sich, wie diese Bilder auf ihn wirken würden, hätten sie die aufdringliche Qualität von Magazinfotos und Werbeplakaten: CIA-Folteropfer und ihre Peiniger in makellosen Kontrasten von Licht und Schatten, Haut und Wunden farboptimiert, Guantanamo Bay in fantastischer Perspektive vor einem sattblauen Himmel wie in einer Architekturzeitschrift, würde ihn das weniger verstören oder noch mehr? Würde es eine größere Distanz schaffen oder diese verringern? Es war einfach unmöglich, einen Platz zu finden für diese Bilder, einen Ort in ihm, wo er sie ablegen, einordnen konnte, von dem aus sie nicht jederzeit seinen Geist angreifen, in seine Träume eindringen und ihn malträtieren konnten, weil er ihnen nichts entgegenzusetzen hatte, nicht wusste, was sie bedeuteten, weil sie sich jeder Erklärung entzogen.
Morrison hatte ihm oft gesagt, nächtliches Fernsehen sei schlecht für Albträumer. Doch im Moment war er zu betrunken, um zu lesen, und zu aufgewühlt, um zu schlafen, also griff er nach der Fernbedienung. In Zeitlupe fliegendes Frauen-

haar. Eine Schießerei auf einer belebten Straße. Eine Diskussionsrunde aus lauter glatzköpfigen Männern. Eine ebenfalls glatzköpfige Frau in hautengem Latexanzug, die in ein Mikrofon sang. Blutrotes Ketchup, das sich, wiederum in Zeitlupe, auf einen Haufen quietschgelber Pommes frites ergoss. Schließlich blieb er bei einer Szene hängen, in der ein Mann auf einem Krankenhausbett lag, an seinem Kopf und im Gesicht wurden gerade eine Menge Elektroden angebracht, freiwillig, wie Dave inständig hoffte. Ihm wurde leicht übel, als die Kamera auf einen neben dem Bett stehenden Bildschirm schwenkte und die Kurven einer Gehirntätigkeit auf weißem Papier zeigte. Er wollte schon weiterzappen, doch dann kam ein unerwarteter Schnitt zu einer spektakulären Landschaft, über der die Kamera aus Vogelperspektive dahinglitt: schroffe Berghänge, tiefe Schluchten, weite, grüne Täler, mäandernde Flussläufe, ein türkisblauer See. Kanada? Neuseeland? Dave drehte den Ton lauter:

... die Schwerkraft außer Kraft gesetzt. Im Traum sind Körper nicht den physikalischen Gesetzen unterworfen, an die sie im Wachzustand gebunden sind, daher ist eine der beliebtesten Beschäftigungen von Klarträumern das Schweben und Fliegen.

Es folgte ein Interview mit einem Mann, der als Schlaf- und Traumforscher vorgestellt wurde. Er war weit jenseits der sechzig, fast weißhaarig, doch seine schwimmbadblauen Augen blitzten vor Neugier und Übermut. Dave setzte sich im Sofa auf, drehte noch ein wenig lauter. Ob das Klarträumen, auch luzides Träumen genannt, abseits von Spaß und Abenteuer einen Sinn und Zweck habe, wurde er gefragt. Der Forscher lächelte nachsichtig. Selbstverständlich, sagte er, auch wenn er betonen wolle, dass seiner Meinung nach Spaß und Abenteuer Grund genug wären, diese Art des Träumens zu betreiben. Davon abgesehen werde es in der Reha nach bestimmten Operationen und von Sportlern zu Trainings-

zwecken angewendet, da es möglich sei, gezielt Bewegungsabläufe zu üben, der Effekt auf den Wachzustand sei erwiesen. Außerdem sei es die wirksamste Methode, Albträume zu bekämpfen, da das Bewusstsein über den Traumzustand den angsteinflößenden Figuren bereits viel von ihrer Bedrohlichkeit nähme und die Erkenntnis der Entscheidungsfreiheit im Traum eine positive Beeinflussung der Situationen und ihrer Dynamik ermögliche. Schließlich berge das Klarträumen die Chance, mit dem Bewusstsein in das eigene Unbewusste vorzudringen und so entscheidende Dinge über sich selbst zu erfahren. Es eigne sich also auch als Instrument zur Lösung innerer Konflikte, so mancher psychischer Probleme und zur Persönlichkeitsentwicklung.
Dave schweifte ab. Er dachte an seine Albträume der letzten Wochen, an seine Verfolger, den Kalaschnikow-Mann, die Armee, die ihn diesen Gang entlanggejagt hatte, das Eingesperrtsein, an das Gefühl, zu ersticken, jemanden retten zu müssen, er dachte an das kleine, pelzige Tier mit den spitzen Zähnen, das unterirdische Zimmer, seinen Vater im Damenpelzmantel, die Leiche im Park. Natürlich wusste er im Wachzustand, dass all das nur in seinem eigenen Gehirn stattfand, was ihn allerdings keineswegs beruhigte, sondern in ihm das Bild eines irren Homunkulus erzeugte, der in den Windungen seines Cortex herumkroch und dieses ganze düstere Theater inszenierte. Morrison nannte ihn den Traumregisseur und unterstellte ihm, eine gewisse Absicht zu verfolgen: etwas bislang Verborgenes sichtbar zu machen, dem Unbewussten ein Geständnis abzuringen über seine Befindlichkeiten, seine Wünsche und Ängste, in einer bildhaften Sprache, die das Bewusstsein erst entschlüsseln musste, was Dave als mühsames Unterfangen empfand. Die meisten seiner Träume kamen ihm reichlich verworren vor in ihrer mit sinnlosen Details überladenen, oftmals gewalttätigen, masochistischen Fantasie. Das Entscheidende jedoch war: Während

des Träumens erschien ihm seine Innenwelt als eine Außenwelt, die ihn bedrohte, der er ausgeliefert war, hilflos, ohnmächtig. Es lag also auf der Hand, welche Vorteile es barg, sich im Traum der Tatsache bewusst zu sein, dass sein Körper ruhig im Bett lag und schlief, während sein Geist sich in einer Art persönlichem Kinofilm bewegte, dessen Handlung er, wie dieser Traumguru im Fernsehen behauptete, nach Lust und Laune gestalten konnte. Dave hatte das allerdings bisher für esoterischen Mumpitz gehalten, etwas für Ex-Hippies, die in ihrer Jugend zu viel Castaneda gelesen und halluzinogene Drogen eingeworfen hatten. Plötzlich fiel ihm ein, dass er als Kind in der Zeit, bevor sie Central Park West verließen, einen Traum gehabt hatte, in dem er aus seinem Bett aufstand, die Wohnung verließ, die Treppen hinunterging, die menschenleere Straße überquerte und auf die große Ulme kletterte, deren Krone er vom Fenster seines Zimmers aus sehen konnte. Jener Baum, den er tagsüber stundenlang beobachtete, wegen der Vögel, die in den Himmel aufstiegen oder landeten und im dichten Blätterwerk verschwanden. Er dachte, wenn er nur so weit hinaufkäme, könnte er mit ihnen fliegen. In den wenigen unbeobachteten Momenten, wenn seine Mutter jemanden im Park traf und sich unterhielt, hatte er es versucht, aber der Stamm war bis in große Höhe astlos, und die zerfurchte Rinde bröselte unter seinen Füßen und Händen weg, sobald er sich darin festkrallte. Im Traum jedoch hantelte er sich mühelos aufwärts – ein euphorisches Gefühl, diese Fertigkeit zu besitzen, die magnetische Kraft zu spüren, mit der ihn der Stamm an sich zog, ihn fast einsaugte, den herben Geruch nach Holz, Moos und Flechten zu riechen und das intensiv grüne Leuchten des Blattwerks über sich zu sehen, dort, wo es von der Straßenlaterne beleuchtet wurde. Seine Wahrnehmung war klar und deutlich, alles schien ihm absolut real, er wunderte sich über nichts, dachte nur: Ich wusste, dass ich es kann! Und als er ganz oben angekommen war, breitete er die Arme aus und flog über den Park, die nächtlich schwarzen Wasserflächen, die schlafenden Enten, den Kopf zwischen die Flügel gesteckt, den verlassen wirkenden Zoo, die steinernen Brückchen, Bethesda Fountain, der von hier oben aussah wie eine Stocktorte, Alice auf ihrem riesigen Pilz, für immer flankiert von Mad Hatter und dem Kaninchen ... Er flog mal höher, mal tiefer, nur den Park verließ er nicht, denn die Häuser ängstigten ihn. Als er genug hatte, ließ er die Arme sinken, machte sich schwer und sank sachte zu Boden. Er landete vor der Ulme, ging nach Hause und legte sich wieder in sein Bett. Am nächsten Morgen erzählte er seiner Mutter, er sei letzte Nacht auf die große Ulme geklettert, er könne das jetzt und wolle mit ihr in den Park, um es ihr vorzuführen, jetzt gleich. Vorsichtshalber erwähnte er nicht, dass er auch fliegen konnte, denn er vermutete, dass seine Mutter ihm das nicht erlauben würde – er würde sie damit überraschen. Sie sah ihn an, als hätte er ihr gestanden, einen Süßigkeitenladen ausgeraubt zu haben, und er glaubte schon, sie würde ihm jeden Versuch untersagen, auf welchen Baum auch immer zu klettern. Doch dann änderte sich ihr Gesichtsausdruck, sie nahm ihre Tasche und ihn an die Hand und ging ohne weitere Warnungen mit ihm in den Park. Es war ein warmer Frühsommertag, die Wiesen und Wege waren belebt von Touristen, Joggern, Radfahrern, spielenden Kindern, es sah so ganz anders aus als bei Daves nächtlichem Ausflug. Noch lange nach der abgrundtiefen Enttäuschung, seinen blamablen, plumpen Anstrengungen, sich an diesem Vormittag wenigstens ein Stück weit den Stamm hochzuziehen, begleitet von abfälligem Gejohle einiger älterer Jungs, und nachdem der Schmerz in seinen Handflächen vom Schrammen über die Furchen und aufgeworfenen Kanten der Rinde und das Gefühl rotglühender Scham abgeklungen war, hoffte er in einem abgelegenen Winkel seiner Seele, es handle sich um eine nächtliche Fähigkeit, und in gewisser Weise war es das ja auch. Doch die Erklärung seiner Mutter, er habe geträumt, empfand er als Beleidigung, eine Geschichte, die man kleinen Kindern erzählt, wie die vom Weihnachtsmann, an den er nie wirklich geglaubt hatte. Er konnte sich doch erinnern, wie er aus dem Bett geklettert und durch die dunkle Wohnung gegangen war!

Inzwischen wurde auf dem Bildschirm eine Frau interviewt, die berichtete, sie habe jahrelang Albträume gehabt, in denen sie gewürgt wurde, perfiderweise immer auf verschiedene Arten und von unterschiedlichen Traumfiguren. Nachdem sie einige Wochen das Klarträumen geübt hatte, kam ihr eines Nachts während eines solchen Traumes die Erkenntnis, dass der Mann, der ihr an den Kragen wollte – es war ihr ehemaliger Mathematiklehrer –, vor Jahren gestorben war. Sie führte daraufhin eine Realitätsprüfung durch, die ihren Verdacht bestätigte, sich in einem Traum zu befinden. Du kannst mich nicht erwürgen, sagte sie zu ihm, du bist amtlich tot, und zwar schon eine ganze Weile, du musst längst zu Staub zerfallen sein. Dann tippte sie ihn mit dem Finger an, und seine Gestalt löste sich mit einer Art Seufzen zu einer Staubwolke auf, von der sie zwar einen grässlichen Hustenanfall bekam, der sie schließlich weckte, aber sie hatte ihren Gegner besiegt. Realitätsprüfung? Dave hatte das Gefühl, dringend eine nötig zu haben.

*

Er geht die 8th Avenue entlang, quer durch Chelsea, vorbei an der Penn Station Richtung Times Square. Es ist heiß, wie es nur in New York heiß ist, eine materialisierte, statische Hitze, die Luft wie schweißgetränkte Frotteetücher, die bewegungslos in den Straßenschluchten hängen. Der Atem geht schwer, die Menschen schauen gequält aneinander vorbei, während sie sich vorwärtskämpfen zum nächsten klimatisierten Raum. Dave ist hochgradig nervös. Er ist unterwegs in eines der Theater, um etwas abzuliefern, das er nicht hat, aber er hat keine Wahl: Er muss dorthin! Ein Freund, den er länger nicht gesehen hat, kommt ihm entgegen, begrüßt ihn freudig und überredet ihn, mit ihm etwas trinken zu gehen; erst jetzt merkt Dave, wie durstig er ist, seine Kehle ist völlig ausgetrocknet. Trotz der Hitze setzt sein Freund sich an einen Tisch draußen vor ein Café, Dave würde lieber hineingehen, sagt aber nichts, obwohl es ihn ärgert. Der Kellner kommt und stellt ihm ein Getränk vor die Nase, das er nicht bestellt hat, wirft seinem Freund einen verschwörerischen Blick zu, Dave wird misstrauisch. Was wird hier gespielt? Sein Magen zieht sich zusammen, er sollte längst im Theater sein, was ist das für ein Freund, der versucht, ihn von etwas so Wichtigem abzuhalten, wieso weiß er seinen Namen nicht? Ist er ein Konkurrent? Wenn er nur wüsste, worum es geht! Eben noch hat er es gewusst, doch er hat es vergessen, so wie man einen Namen vergisst oder eine Adresse, eine Hausnummer, welches Theater ist es noch gleich, wo er hin muss, er erinnert sich nicht mehr, es ist weg ... nein, es ist da, aber hinter einem Vorhang, in einem toten Winkel ... das Getränk, sie haben ihm irgendwas in das Getränk getan! Die Flüssigkeit hat eine abstoßende Farbe, ein kränkliches Grün, sie sieht giftig aus. Dave schiebt das Glas ein Stück weg, ihm ist schlecht von diesem Drogencocktail und weil er so wütend ist. Es ist ein jäher heftiger Zorn, der ihn mit plötzlicher Klarheit den Mann auf der anderen Seite des Tisches, den er für einen Freund gehalten hat, als Fremden erkennen lässt, eine scharf umrissene Erkenntnis, die sich aus dem Nebel in seinem Kopf herausschält. Er hat diesen Menschen, der ihn jetzt spöttisch angrinst, noch nie zuvor gesehen, er lebt nicht mehr in New York, arbeitet nicht hier, es gibt nichts, das er irgendwo abliefern müsste. Und in diesem Moment explodiert der Buchladen schräg gegenüber, Tausende Bücher fliegen durch die Luft, in Slow Motion, Papiervögel über der 8th Avenue. Kurz darauf zerbirst das Gebäude nebenan, Betontrümmer, zersplittertes Holz, gespaltene Ziegel, Schrauben, Kunststoffpartikel, Metallteile, Glasscherben glitzern im Sonnenlicht, das immer dunstiger wird, sich verdüstert durch Rauch, Schutt und Staub, Tastaturen, Sessellehnen, Lampenschirme, Bildschirme, Sofakissen, Tischbeine, Pfannen, Platinen, Zivilisationsmoleküle tanzen über der Straße, die sich aufwölbt, die Autos hochschleudert wie Spielzeug; knapp aufeinander folgend weitere Detonationen, die den gesamten Straßenzug zerlegen, in völliger Geräuschlosigkeit, wie Dave überrascht bemerkt, auch Schreie sind keine zu hören, kein Weinen, keine Sirenen, nur dieser langsame Tanz der Zerstörung, durch den einzelne Textilfetzen wehen, Vorhänge, Bettlaken, Kleidungsstücke, Geister ihrer Besitzer, vor sich hergetrieben vom Sturm der Vernichtung. Dave ist befremdet, empfindet jedoch keinerlei Furcht, er denkt nicht eine Sekunde an Flucht. Fasziniert sitzt er da und beobachtet das Geschehen, von dem er kein Teil ist, er würde gerne diese zeitlupenhafte Auflösung bis an ihr Ende verfolgen. Er möchte wissen, wie es weitergeht, wenn alle Gebäude explodiert sind, es keine Straßen mehr gibt, keine Fahrzeuge, ihm fällt auf, dass er keine Verletzten sieht, überhaupt keine Menschen, außer dem Fremden, den er fast vergessen hat, dessen Blick ihn durchdringt, den er nicht zu erwidern wagt, ein heftiges Ziehen im Nacken katapultiert ihn rücklings aus der Szenerie, direkt ins Nichts.

*

17. Dezember 2014. Mittwoch. Gelb.

Dave und Nobbs lagen nebeneinander auf dem Rücken in Nobbs' Bett und sahen hinauf zum Himmel. Dave erinnerte sich, wie er im Sommer vor Nobbs' Geburt den Plafond über dem Bett ultramarinblau gestrichen und gemeinsam mit Mel, die unbedingt helfen wollte, das sogenannte Musikzimmer in ein Zimmer für ihren kleinen Bruder zu verwandeln, die selbstleuchtenden Sterne aufgeklebt hatte. Die Sterne waren Mels Idee gewesen. Ursprünglich wollten sie richtige, detailgetreue Sternbilder kleben und benutzten eine Sternkarte als Vorlage, aber dann verloren sie sich in Mustern und Formen und erfanden neue: das Schaf, die Giraffe, der Elefantenzahn, der Kürbiskopf. Aus der Wasserschlange machten sie eine Spaghetti und aus dem Großen Wagen ein Zelt. Sie lachten viel und fuhren zwischendurch nochmals in den Spielzeugladen, um mehr Sterne zu kaufen. Das Ergebnis war diese seltsame galaktische Wiese voll wildwuchernder Himmelskörper, unter der Nobbs nun allnächtlich schlief, und während Dave darüber nachdachte, wann er zuletzt einen ganzen Nachmittag mit Mel verbracht hatte, entdeckte er eine Sternformation, die ihm noch nie aufgefallen war oder die sich ihm bisher noch nicht als solche gezeigt hatte. Er war sicher, dass Mel und er damals keine Rakete im Sinn gehabt hatten, aber nun erschien ihm, als hätten sie sie minutiös geplant – die Spitze, der stromlinienförmige Korpus, die Flossen am Ende, alles war da.

Hey, Nobbs, siehst du das? Ist ja irre.

Was denn, Dad?

Die Rakete, da rechts von der Giraffe, die hab ich noch nie bemerkt, du?

Ach die, na klar. Die nehm ich immer, wenn ich Ben besuchen will.

Wie?

Na ja, ich liege im Bett und denke, ich will zu Ben, und dann schaue ich die Rakete ganz lange an, und plötzlich bin ich drin und fliege.
Echt? So richtig, im All?
Wo denn sonst, sagte Nobbs.
Kannst du rausschauen aus der Rakete?, fragte Dave aufgeregt, siehst du die Erde oder andere Sterne?
Ganz viele, sagte Nobbs, noch viel mehr als da oben über meinem Bett, und sie sind nicht über mir, sondern rund um mich rum. Aber die Erde sehe ich nicht.
Und dann?
Dann lande ich und steige aus, und da ist Ben und sein kaputtes Raumschiff, und wir basteln dran rum.
Warum könnt ihr nicht mit deiner Rakete zu ihm nach Hause fliegen?
Ist zu weit, sagte Nobbs, so weit kommen wir nicht mit meinem Ding.
Verstehe.
Sie schwiegen, Nobbs summte eine Melodie vor sich hin.
Nobbs?
Ja, Dad.
Wenn du bei Ben bist, weißt du dann, dass du träumst?
Klar, ich bin doch nicht blöd.
Hab ich nicht behauptet, sagte Dave. Ich meine doch nur, dass du zwar jetzt, wo du wach bist, weißt, dass es Ben und sein Raumschiff und die Rakete und den fremden Planeten nur im Traum gibt, dass sie nicht echt sind, aber ...
Sie sind echt, unterbrach ihn Nobbs.
Nein, du träumst sie nur.
Aber ich kann alles ganz genau sehen, beharrte Nobbs, Bens Raumschiff ist rot, und meine Rakete ist silbern und glänzt ganz schön, und der fremde Planet ist voller Sand, aber der Sand ist nicht wie der am Strand in Italien, er ist schwarz und kalt, weil es scheint ja keine Sonne dort, und Meer gibt es

auch keins, überhaupt kein Wasser. Und es riecht wie im Keller.
Im Keller?
Ja, wo du unsere Sachen hintust, die uns zu klein geworden sind, und die Eislaufschuhe und die Inlineskates. Da riecht es so ... unterirdisch. Auf dem Planeten riecht es genauso. Komisch, wo er doch so hoch oben in der Luft ist. Ben sagt, auf seinem Planeten riecht es besser.
Und während du mit Ben redest, weißt du, dass du in einem Traum bist?, fragte Dave noch einmal.
Ja, sicher. Ich sag dann manchmal zu Ben, dass ich jetzt wieder zurückfliege, weil ich in den Kindergarten muss. Er ist dann traurig, aber ich versprech ihm, dass ich wiederkomme. Er tut mir leid, weil er keine Freunde hat auf dem fremden Planeten. Deshalb muss ich ihm helfen mit seinem Raumschiff.
Glaubst du, Ben träumt auch?
Was? Nobbs drehte den Kopf und sah Dave verwirrt an.
Na, wenn Ben in deinem Traum ist und er echt ist, vielleicht träumt Ben ja auch, und zwar von dir.
Dave konnte sehen, dass Nobbs scharf nachdachte, er kräuselte dabei leicht die Nase und fing vor lauter Konzentration an, ein wenig nach innen zu schielen.
Ja, sagte er schließlich und nickte langsam wie ein alter, weiser Mann. Aber solange er nicht nach Hause kann, wacht er nicht auf.

Dave und Janet lagen nebeneinander auf dem Rücken in ihrem gemeinsamen Bett und starrten zur Decke. Sie hatten gerade das gehabt, was Dave als Verzweiflungssex bezeichnete – die sexuelle Interaktion zweier Menschen, die es so nötig hatten, dass sie bereit waren, über die Wut und Verachtung, die sie füreinander empfanden, für kurze Zeit hinwegzusehen. Der Zustand danach ähnelte einem Kater: die körperliche Schwäche, die depressive Stimmung, die Reue. Dazu die Sprachlosigkeit, die sich in den vierzig Zentimetern zwischen ihnen ausbreitete. Dave versuchte, sich zu erinnern, wann der Sex zwischen ihnen so geworden war, ob es diese eine Nummer, diesen Moment gegeben hatte, als ihn ihr Geruch nicht mehr automatisch erregt, sich sein Körper nicht wie früher bei jeder Berührung vollgesogen hatte mit Janet Janet Janet. Als ihre Brüste zu Titten wurden, die eben geil waren, weil es schöne Titten waren, aber nicht länger die schönsten der Welt, Paradiesäpfel, Pannacotta-Hügel und was er ihnen sonst noch für alberne Namen gegeben hatte. Wann hatte er zum ersten Mal an eine andere Frau gedacht, während er mit Janet schlief, an diese junge langbeinige Aushilfslehrerin zum Beispiel oder an die dunkeläugige Frau, die eine Zeit lang jedes Mal nach seiner Sitzung bei Morrison im Wartezimmer gesessen war? Er fragte sich, ob es vielleicht eine allmähliche Ermüdung war, ob Nähe ermüdete, ausleierte wie ein Gummiband, das zu lange überdehnt worden war und so Entfernung schuf, schlaffe, spannungslose Distanz, die nicht dazu aufforderte, sie zu überwinden. Natürlich konnte man auch den Streitereien die Schuld geben, nach denen sie in entgegengesetzte Richtungen vom Schlachtfeld flüchteten, um sich in geschützten Winkeln ihrer selbst zu verstecken. Das war Janets Argumentation gewesen, als Dave bei einem Geplänkel vor einigen Wochen ihr brachliegendes Sexleben beklagt hatte, aber er glaubte nicht daran. Zu gut wusste er um seine eigene Unlust, die ihn phasenweise überkam, die ihn fast noch mehr quälte als die unerfüllte Lust, die ihn verunsicherte, für die er sich schämte, über die er mit niemandem sprechen konnte, außer mit Morrison. Zu einem Teil schrieb er sie seinen Depressionen zu, zum anderen seinen Albträumen und den damit verbundenen Schlafproblemen. Doch beides reichte ihm als Erklärung nicht aus. Er hasste es, mit Janet zu streiten, weil er sich danach fast immer mit Schuldgefühlen herumschlug, aber währenddessen fühlte er sich lebendig. Was sein Verlangen tötete, waren nicht die offenen Kämpfe, es waren die endlosen Tunnel der Tage, in denen sich Blicke und Gesten, Wegblicken und Abwenden, Halbgesagtes und Nichtgehörtes und niemals Geäußertes ablagerten wie graubraune Schlacken, die ihn schwer und dumpf machten und die Lust, jede Lust, unter sich begruben.

Dave drehte den Kopf. Janet lag da, als wäre sie gestorben.

Jay?

Mhm, machte Janet, ohne zu blinzeln, ohne sich zu bewegen.

Was denkst du?

Ich denke nicht, sagte Janet, ich bin tot.

Das dachte ich mir.

Schweigen.

Dave schaute wieder zur Decke.

Ich hab letzte Nacht von New York geträumt, sagte er.

Schweigen.

Ich hab lange nicht von New York geträumt. Aber heut Nacht war ich dort, in Midtown, auf der 8th Avenue. Es war entsetzlich heiß, und ich sollte irgendwas in ein Theater bringen, aber ich hatte es nicht, das war –

Dave, bitte!

Janet setzte sich abrupt auf und sah auf ihn hinunter.

Ich bin tot, schon vergessen? Ich kann mir jetzt nicht deine Träume anhören, okay? Nobbs quatscht mich sowieso dauernd zu mit dem Zeug. Du weißt doch: Ich interessiere mich nicht für Träume, ich finde sie langweilig.

Glaubst du denn gar nicht an ihre tiefere Bedeutung?

Was gibt es da zu glauben? Es ist die Verdauung des Gehirns. Sie tippte sich mit dem Finger an die Stirn. Ich interessiere mich ja auch nicht für die Darmperistaltik, außer sie ist gestört.

Tja, vielleicht ist ja meine Gehirnperistaltik gestört, und ich

habe deshalb Albträume. Was meinst du, kann man so was operieren?
Mit einem Seufzen ließ sich Janet wieder auf den Rücken fallen, hob die Hände zum verbauten Himmel. Wie lange bist du jetzt mit mir verheiratet? Ich werde nie verstehen, warum du bestimmte Dinge nicht einfach lassen kannst. Gerade war alles so schön, so angenehm friedlich. Resigniert ließ sie die Arme wieder sinken, zog sich die Decke bis zum Hals wie Nobbs, wenn er wirklich müde war.
Dave drehte sich zu Janet, stützte den Kopf in seine Hand und sah in ihr übermüdetes Gesicht. Er fuhr mit einem Finger die Falte entlang, die von der Nase zu ihrem Mundwinkel führte, die nun immer da war, auch wenn sie nicht lächelte. Dave wünschte, sie würde öfter lächeln, er wünschte, er könnte sie zum Lächeln bringen und sie würde für sie beide lächeln.
War es das?, fragte er, und schon während er es fragte, wusste er, dass es falsch war, eine Frage geboren aus dem giftigen, klebrigen Gemisch aus tiefem Selbstzweifel und kindlicher Sehnsucht nach Bestätigung, die nur unbefriedigt bleiben konnte. Aber er war unfähig, sich zu stoppen.
Was?, fragte Janet, sie hatte die Augen wieder geschlossen und driftete schon Richtung Schlaf.
Ich meine vorhin – war es schön für dich?
Er hätte sich am liebsten geohrfeigt, aber jetzt war es zu spät.
Janet machte die Augen wieder auf und sah ihn an, mit einem Blick, der ihn nackter machte als nackt, ihn zwischen die Rippen traf und von dem er später, als er wach neben seiner schlafenden Frau lag, das Gefühl hatte, er würde ihn nie wieder los.

18. Dezember 2014. Donnerstag. Orange.

Seit einer halben Stunde saß er am Küchentisch und fixierte das leere Blatt. Er war geistig abwesend, so viel war sicher. In seiner Zeit als Schüler am Gymnasium kam das häufig vor, auch wenn es nicht so wirkte. Er hatte das wirklich draufgehabt: Kopf in die Hand gestützt, interessierter Blick in Richtung Lehrer, auf die Tafel oder ins Buch, hin und wieder etwas ins Heft kritzeln. Nur dass es keine Notizen zum Unterricht waren, die er zu Papier brachte, sondern kleine Zeichnungen, wie man sie beim Telefonieren macht – Kringel, Spiralen, Kuben, Pyramiden, Pfeile, Sterne, Fische und Vögel, gerne auch Augen und Ohren, besonders Ohren faszinierten ihn. Er mochte ihre Form, die ihn an ein zum Schlafen zusammengerolltes Tier erinnerte, einen Hund oder eine Katze. Auch die großen Unterschiede, die Ohren aufweisen konnten, fand er bemerkenswert. Manche Ohrmuscheln waren fast rund, hatten eine nahezu perfekte Schneckenform, andere waren oval wie Miesmuscheln, langgezogen, mit Ohrläppchen wie kleine Schuhlöffel. Es gab dünnwandige Ohren, durch die das Licht hindurchschien und all die feinen Äderchen sichtbar machte, und es gab die dickfleischigen, die ihn an irgendwelche Teile beim Fleischhauer denken ließen, die er niemals essen würde. Mels Ohrmuschel sah aus wie ein umgekehrtes Herz, dessen Enden nicht zum Spitz zusammenliefen, sondern sich, nach oben offen, in ihrem Gehörgang verloren. Ihre Ohrläppchen waren kleine, sanfte Ausbuchtungen, wie die Laschen von Gummiringen für Einmachgläser. Als Kind war er überzeugt, dass es etwas mit der Form der Ohren zu tun haben musste, ob jemand ein Gehör für Musik hatte oder nicht. Noch heute schaute er sich gerne Ohren an, wenn ihm langweilig war, im Bus oder in der U-Bahn, es war unauffällig, die Leute fühlten sich offenbar nicht beobachtet, wenn man ihnen auf die Ohren starrte. Es war also der ideale Zeitvertreib für öde, endlose Schulstunden gewesen. Schon möglich, dass er da manchmal ein bisschen wegkippte und nicht gleich reagierte, wenn ihn jemand anquatschte. Allerdings passierte es auch zu Hause, während des Essens, seltener, wenn er mit Freunden zusammensaß. Seine Erinnerung setzte immer dort ein, wo die Anwesenden bereits ihre laufenden Tätigkeiten unterbrochen hatten – die Lehrer den Unterricht, die Schüler ihre vorgetäuschte Mitarbeit, seine Eltern das Essen, seine Freunde ihre Gespräche – und alle Blicke auf ihn gerichtet waren. Irritierte, forschende, verstörte, besorgte Blicke. Zornige, im Falle seines Vaters und einiger Lehrer, die sich ignoriert fühlten – eine Lehrerkrankheit. Jemand zu Hause? Das fragten seine Freunde, aber er hörte es nicht. Sie bewegten ihre Hände vor seinen Augen, auch das ohne Effekt. Berührung war das Einzige, was zu ihm durchdrang: die Hand seiner Mutter auf seinem Unterarm, ein freundschaftlicher Boxschlag in die Seite und, wie seine erste richtige Freundin wenig überraschend herausfand, ein Griff in den Schritt. Was sie weit mehr erstaunte, war etwas, das ihm selbst sehr peinlich war, auch wenn es außer Conny zum Glück niemand je bemerkte: Fast immer, wenn er von Gott weiß wo wieder in die Wirklichkeit zurückkehrte, die er mit den anderen gemeinsam bewohnte, hatte er einen Ständer. Noch heute bedauerte er, dass er nie bewusst erlebte, wie es dazu kam. In gewisser Weise waren diese Absenzen wie Träume, an die er sich nicht erinnern konnte. Er träumte mit offenen Augen, aber ohne etwas zu sehen, blind und ohne Gedächtnis. Es gab in ihm keinerlei Empfindung, die er diesen Abwesenheiten hätte zuordnen können, er wusste ja nicht, dass er weg gewesen war. Der Neurologe im Krankenhaus fragte ihn, ob er sich an den Tagen, an denen es passierte, besonders müde fühle, ob er Kopfschmerzen habe oder sein Sehvermögen beeinträchtigt sei, aber nichts davon war der Fall. Für ihn war alles normal, bis zu dem Zeitpunkt, wo jemand ihn anfasste und ein Licht in seinem Kopf anging, von dem er nicht registriert hatte, dass es ausgemacht worden war. Ja, er fand es auch spooky, aber auf eine andere Art als seine Mutter. Er war ziemlich überzeugt, dass er nicht krank war, doch es bestärkte seinen leisen Verdacht, anders zu sein – nicht so, wie eben jeder sich von jedem unterscheidet, sondern grundlegend anders, auf den Rest der Menschheit bezogen. Erde an Dave? war der nicht wahnsinnig originelle Lieblingsspruch seiner Klassenkollegen, schon bevor es mit den Absenzen losging, aber es waren diese Ausfälle in der Wahrnehmung seiner Umgebung, die ihn schließlich denken ließen: Von welchem Planeten komme ich eigentlich?

Dave stand im Vorzimmer vor dem Spiegel, ging in die Knie und sprang hoch, mit aller Kraft. Einmal, zweimal und zur Sicherheit noch ein drittes Mal. War er länger als gewöhnlich in der Luft geblieben? Nein. Er drehte sich einmal um sich selbst. Drehte sich das Zimmer ohne ihn weiter? Es sah nicht so aus. Er legte die Handfläche an die Wand neben ihm. Sie gab nicht nach, seine Hand sank nicht ein. Auf dem Einkaufszettel an der Pinnwand stand: Eier, Milch, Müsli, Geschirrspülmittel, Katzenfutter. Er sah weg und noch einmal hin: Eier, Milch, Müsli, Geschirrspülmittel, Katzenfutter, nichts hatte sich verändert. Wo war er vor zehn Minuten gewesen? In der Küche. Vor einer Stunde? Auf dem Dach. Und davor hatte er Nobbs ins Bett gebracht. Es war eindeutig: Er befand sich nicht in einem Traum. Fünf- bis zehnmal am Tag sollte er laut seinem neuen Buch über das Klarträumen diese Art der Realitätsprüfung durchführen und sich dabei die kritische Frage stellen: *Träum ich oder wach ich?* Die Frage an sich war ihm vertraut, schon oft hatte er seinen Bewusstseinszustand angezweifelt, nicht nur im Krankenzimmer seines Vaters. Doch nie gezielt und regelmäßig, um die Frage so im Bewusstsein zu verankern, dass er auch im Traum auf die

Idee kam, die Umgebung und die eigene Wahrnehmung zu überprüfen. In den letzten Tagen hatte er zudem sehr aufmerksam in seinem Traumtagebuch gelesen, es auf merkwürdige Begebenheiten, bizarre Details, paradoxe Gedanken und ungewöhnliche Gefühlsregungen untersucht, die sich eindeutig von der Wachrealität unterschieden und die Tendenz hatten, immer wieder aufzutauchen. Er fand eine Menge solcher Traumzeichen und fragte sich, warum ihn manche davon bisher nicht zu der Erkenntnis geführt hatten, dass er träumte. Inzwischen müsste er doch misstrauisch werden, wenn er sich in einem Raum ohne Türen und Fenster befand oder von schwer bewaffneten Unbekannten verfolgt wurde! Doch bisher war er zu sehr mit seinen Emotionen beschäftigt gewesen, vor allem mit seiner Angst. Nur in diesem einen Traum war es anders gewesen. Etwas von seinem Wachbewusstsein war in den Traum gelangt und hatte ihm gesagt, dass hier etwas faul war, dass er schon lange nicht mehr in New York lebte, dass er diesen Mann nicht kannte. War deshalb die ganze Straße in die Luft geflogen, als wäre sie eine Kulisse aus Pappmaché – weil er begriffen hatte, dass sie nur eine Kulisse war? Doch war der Stoff, aus dem sie gebaut war, nicht Pappmaché, sondern die graue Substanz seines Gehirns.

*

Dave stapft durch den Schlamm, mit großen, ausladenden Schritten. Die Sohlen seiner Gummistiefel saugen sich bei jedem Schritt an dem feinen Schlick fest, um sich dann mit einem Schmatzen wieder davon zu lösen, es ist das einzige Geräusch, merkwürdig laut in der Stille, die rundherum herrscht, nur manchmal glaubt er, noch anderes zu hören: ein Klicken hier, ein Klacken da, er ist sich nicht sicher.

Vor ihm, vielleicht fünfhundert Meter entfernt, sieht er ein altes Backsteingebäude. Völlig schief steht es in der Landschaft, zu einem guten Drittel im Schlamm versunken, dort will er hin. Es irritiert ihn nicht, dass es im Versinken begriffen ist, er weiß, dass er dort etwas zu tun hat, etwas finden wird, das er braucht. Klick, da war es wieder, ohne jeden Zweifel. Er bleibt stehen, wartet, horcht. Klack. Da – eine Muschel, die sich kurz geöffnet und sofort wieder geschlossen hat, im Bruchteil einer Sekunde, wo ist sie jetzt? Er wendet sich um, sieht seine eigenen Fußspuren wie die eines plumpen, behäbigen Tieres. Wenn ihm jemand folgen will, wird er keine Probleme haben, aber wer sollte das sein, in dieser gottverlassenen Gegend? Wo ist er eigentlich? Unbeirrt stapft er weiter auf das Gebäude zu, klick, schon wieder eine Muschel, gleich neben seinem rechten Fuß, er fasst hin, aber zu spät. Jetzt ist er auf der Hut, er lauert, die Augen auf den Boden geheftet, den Blick unfokussiert, sodass er jede Bewegung im Umkreis sofort wahrnimmt. Klack klack klack, gleich drei Muscheln auf einmal öffnen sich direkt vor ihm, das ist unfair, er weiß nicht, wo er zuerst hingreifen soll, und schon sind sie wieder verschwunden. Mit beiden Händen gräbt er im Schlick, der sich anfühlt wie flüssiges Porzellan, seine Finger mit einer hauchdünnen Schicht überzieht, die haften bleibt, wenn er etwas findet und untersucht – einen Stein, ein Stück Holz, eine Glasscherbe, aber keine Muschel. Es gefällt ihm, in der Masse herumzuwühlen, den kühlen Schlamm durch seine Finger gleiten zu lassen, zwischen seinen Händen zu reiben, er verliert sich in dieser feinkörnigen, fast cremigen Konsistenz. Als er wieder aufsieht, ist das Gebäude verschwunden und er ist am Meer ... Rockaway Beach, es ist Sommer, er ist vier Jahre alt und steht bis zu den Knien im Wasser, mit Lester, dem Schaf, im Arm, seinem Lieblingsstofftier, das er unbedingt an den Strand hatte mitnehmen wollen, trotz der Warnungen seiner Mutter. Die Wellen rollen heran, eine nach der anderen, wie immer dicker werdende Würste, die irgendwann platzen und zu vielen kleinen schmutzig weißen Schafen zerbersten, die eilig auf ihn zu- und um seine Beine herumlaufen, Dave hüpft über sie, in sie hinein, weicht ihnen aus, Schauer der Kälte und des Vergnügens bereiten ihm Gänsehaut, ein wenig fürchtet er sich auch. Dann diese eine, große Welle, die ihn überrollt, ihm die Füße wegreißt, das salzige Wasser in seinem Mund, seinen Ohren und Augen, die brennen und tränen, die weichen Oberarme seiner Mutter, die sich um ihn schlingen, ihn aus dem Wasser ziehen, ihn halten und trösten, ein kurzer Trost, der sich rasch verdunkelt, als er gewahr wird, dass Lester weg ist, Lester, das Schaf, sein einziger Freund, sein Gefährte ... *Goodbye Pork Pie Hat, goodbye, goodbye ...*

*

19. Dezember 2014. Freitag. Violett.

Damn!, dachte Dave schon im Aufwachen, verdammt, verdammt, verdammt. Ich Idiot. Ein Gebäude, das im Schlamm versinkt, okay, aber die Rockaways? Ich bin nicht mehr vier, das hätte mir doch auffallen müssen! Die Traurigkeit von damals steckte ihm dennoch in allen Knochen. Lester, das Schaf. Wie lange hatte er nicht mehr daran gedacht? Und dann hatte sein Gehirn diese Assoziation produziert – zwischen Lester, dem Schaf, und Lester, dem Jazzmusiker, den man nie ohne seinen Hut sah, der aussah wie eine Fleischpastete. Charles Mingus schrieb *Goodbye Pork Pie Hat*, als Young starb. Dave liebte dieses Stück.

Er setzte sich auf, fuhr sich mit beiden Händen mehrfach übers Gesicht, wie um sich seiner eigenen Existenz in der Gegenwart zu versichern und den Traum abzustreifen. Ein ziemlich realistischer Traum, der letzte Teil jedenfalls, ein Erinnerungstraum. Das war selten und fast noch unheimlicher als alle Albträume. Er hinterließ in Dave eine körperliche Einsamkeit, als stünde er unter einem weiten Himmel in einer verlassenen Landschaft ohne Farben. Der Traum hatte etwas aus ihm herausgesaugt, er fühlte sich dünn und wackelig, gleichzeitig kam er sich mehr als lächerlich vor. Ein dreiundvierzigjähriger Mann, Vater dreier Kinder, der vierundachtzig Kilo auf die Waage brachte und aus der Fassung geriet, weil er nachts von einem ertrunkenen Stofftier träumte, das er als Kleinkind verloren hatte. Ärgerlich schlug Dave die Bettdecke zur Seite und stand auf.

Als er Mel in der Küche stehen sah, zuckte er zusammen, er hatte nicht damit gerechnet, jemandem zu begegnen. Sie lehnte mit einem Glas Orangensaft in der Hand am Kühlschrank, starrte ins Leere und schien ihn nicht wahrzunehmen. Ihre Haare, die sie erst vor ein paar Tagen streichholzkurz hatte schneiden lassen, standen in alle Richtungen ab, die neue Frisur unterstrich ihre hohen Wangenknochen und das längliche Gesicht. Sie sah fremd aus, fand Dave.

Ist es nicht ein bisschen spät?, fragte er, während er sich an der Kaffeemaschine zu schaffen machte.

Wofür?, fragte Mel zurück, ohne ihren Blick von dem zu lösen, was in ihrem Kopf vorging.

Schule?, schlug Dave vor.

Hm. Mel schaute in ihr Glas, schwenkte es im Kreis, um das Fruchtfleisch aufzuschütteln, das sich am Boden abgesetzt hatte. Mal sehen: erste und zweite Stunde Turnen – sie machte eine träge Handbewegung, mit der sie etwas Imaginäres über ihre linke Schulter warf –, dann Bio, wird vertreten, schon seit sechs Wochen, weil die Blaha in der Klapse ist oder so. Danach Mathe, ultralangweilig, wir machen zum zehnten Mal denselben Stoff, weil ihn keiner kapiert außer mir, dann noch

eine Freistunde und Musik. Völlig unnötig, da heute hinzugehen, ehrlich.
Wie sieht's mit deinen Fehlstunden aus? Ich hoffe, du hast das im Griff.
Mel gab ein Schnauben von sich, ein charakteristisches Mel-Geräusch, das sie sich angewöhnt hatte, als sie ungefähr drei war, stieß sich vom Kühlschrank ab, pflanzte sich vor ihm auf und sah ihm direkt ins Gesicht. Ihre Augen funkelten, zwischen ihren Augenbrauen war eine feine, steile Falte erschienen. Dave dachte flüchtig daran, wie sie in zwanzig Jahren aussehen würde, und kam sich monströs vor.
Ich glaube, du verwechselst mich mit Max, oder nein, warte mal – sie kniff die Augen zusammen und runzelte die Stirn, als müsste sie scharf nachdenken –, jetzt weiß ich es: mit dir! Wie viele Fehlstunden hast du eigentlich? Du bist öfter im Krankenstand als in der Schule. Heute zum Beispiel, hättest du nicht Unterricht in der 8B? Maturiert dort niemand in Musik? Komisch eigentlich, bei einem Lehrer, der jede zweite Woche nicht da ist.
Du übertreibst maßlos, sagte Dave.
Ach ja? Und was machst du dann an einem Montagvormittag im Billroth?
Die Frage ist: Was machst *du* an einem Montagvormittag im Billroth?, fragte Dave.
Ich war nicht im Billroth, sagte Mel unheilvoll leise, das hättest du doch gemerkt. Ich bin da vorbeigegangen, auf dem Weg zum Bus, und hab dich gesehen, du bist am Fenster gesessen und hast Zeitung gelesen, um zehn Uhr vormittags.
Auf dem Weg von wo zum Bus?, fragte Dave.
Mel explodierte. Du bist unglaublich, echt! Du hast null Vertrauen in mich, aber ich soll auf dich hören, auf einen Typen mit Bierbauch, der nicht mal seinen Zwölf-Stunden-Job auf die Reihe kriegt?
Hör auf, so mit mir zu reden, sagte Dave. Wie jeder Lehrer

arbeite ich viel mehr als die Stunden, die ich in der Klasse stehe, das ist euch Schülern einfach nicht klar. Und ich habe keinen Bierbauch, sondern ich habe zugenommen, weil ich das Rauchen aufgegeben habe. Das ist eine Folge der Stoffwechselumstellung, und bevor du dich darüber aufregst, solltest du auch schleunigst wieder aufhören. Du bist zu jung dafür.

Das ist so unfair, keifte Mel. Hast du Max schon mal gesagt, er soll das Kiffen lassen?

Max ist achtzehn, sagte Dave.

Und deshalb kann man ihm nicht mehr die Meinung sagen, oder was?

Ich habe ihm meine Meinung gesagt, vor ein paar Tagen erst.

So? Und die wäre?

Dave sah zum Fenster hinaus. Ich habe ihm gesagt, wenn ihn die Schule so sehr nervt, soll er sich einen Job suchen.

Mel starrte ihn an wie einen Außerirdischen. Nicht zu fassen, sagte sie tonlos. Kopfschüttelnd wandte sie sich ab und verließ die Küche.

Mel?

Sie blieb in der Tür stehen, drehte sich jedoch nicht zu ihm um.

Ich war beim Arzt. Letzten Montag, ich hatte einen Arzttermin.

Whatever, Dad, sagte Mel und ging.

Dave sah ihr nach mit diesem auszehrenden Bedauern in der Brust, das man nur seinen eigenen Kindern gegenüber empfindet, eine ganz spezifische Kombination aus bedingungsloser Liebe, nagenden Schuldgefühlen und äußerster Hilflosigkeit. Er fühlte sich noch fragiler, noch einsamer als nach seinem Traum.

Erst später, als er in der Badewanne lag und mit einem Finger die Schlieren neu arrangierte, die der sich zersetzende Schaum auf der Wasseroberfläche hinterließ, kam ihm ein

Gedanke: Woher wusste Mel so genau, dass er am Freitag die 8B unterrichtete? An einer Schule, die sie nicht besuchte?

Dave saß in der Straßenbahnlinie 43. Der Wagen war einer von den ganz neuen Garnituren mit den enorm hässlichen, schreiend roten Plastiksitzen und den grellgelben Haltestangen, die Farbkombination schmerzte in den Augen. Leicht wehmütig dachte Dave an das sanfte Rehbraun, die imitierte Holzfurniermaserung und das dezente Grau der früheren Ausstattung. Seit wann gab es eigentlich nur mehr diese neuen Wagen, wann waren die alten verschwunden? Es war ihm entgangen. Wie lange saß er schon in dieser Straßenbahn? Etwa zehn Minuten, schätzte er. Wo war er vor einer halben Stunde gewesen? Zu Hause. Und davor? In der Schule. Nur zu genau erinnerte er sich an alle nervtötenden Details der Konferenz, die Pichler aus einem Grund, der sich Dave nicht offenbarte, fünf Tage vor Weihnachten einberufen hatte. Es war um einen Vorfall in der 7C gegangen, der mit dem Konsum von Marihuana auf dem Schulgelände zu tun hatte. Dave wusste, dass die Oberstufenschüler hinter dem Sportplatz kifften. Er konnte sich nicht vorstellen, dass es jemanden gab, der das noch nicht bemerkt hatte, und verstand deshalb nicht, warum diese Tatsache plötzlich eine Konferenz nach sich zog. Hier geht es nicht um ein bisschen Alkohol, hatte Lauermann gesagt, sondern um einen illegalen Tatbestand. Der Ruf unserer Schule steht auf dem Spiel, verehrte Kollegen, wir wollen nicht als Drogenschule abgestempelt werden, da sind wir uns sicher einig. Wir müssen also an einem Strang ziehen und vor allem wachsam sein, äußerste Wachsamkeit ist das Wichtigste!
Ein Mann mittleren Alters auf dem Sitz schräg gegenüber drehte ständig seinen Kopf hin und her, als versuchte er, nach beiden Seiten gleichzeitig aus dem Fenster zu schauen, was den Eindruck einer andauernden, heftigen Verneinung machte.

Da bei jeder Bewegung seine etwas zu locker sitzende Schirmkappe verrutschte, musste er sie alle paar Sekunden neu zurechtrücken. Eine fassförmige Frau mit einem Scotchterrier unter dem Arm stieg zu, steuerte zielstrebig den Sitz für Schwangere und Gebrechliche an und platzierte dort den Hund, sie selbst blieb stehen, bei jeder Kurve bedrohlich schwankend. Dave hatte Angst um den Hund. Ein haarloser, offensichtlich betrunkener Junge – Dave fand, er sah aus wie ein zu groß geratenes Baby, aber vermutlich war er über zwanzig – torkelte an der Fassfrau vorbei und murmelte vor sich hin. Direkt neben Dave blieb er stehen und verkündete laut: Alles nehmens uns weg, und wir ham nix, gar nix hamma, wir können verrecken! Sein Blick irrte unruhig umher und blieb auf Dave hängen: Krepieren kömma, verstehst?

Nein, sagte Dave. Wer nimmt dir was weg?

Na, die scheiß Ausländer. Weißt eh, die ... er fiel auf die Knie und imitierte die muslimische Gebetshaltung.

Wen meinst du?, fragte Dave. Ägypter, Marokkaner, Libanesen, Türken, Kurden, Iraner, Palästinenser, Indonesier, Syrer, Afghanen, Pakistani, Inder?

Der Betrunkene stand unter erheblichen Schwierigkeiten wieder auf und wedelte mit seiner fleischigen Hand gefährlich nah vor Daves Gesicht herum.

Alles dasselbe Gsindl. Bei ihnen daheim schlagen sie sich die Schädeln ein, und dann kommens zu uns und vergewaltigen unsere Weiber.

Dave verspürte den heftigen Impuls, den Typen zu ohrfeigen, aber er beherrschte sich.

Hat dich je ein Ausländer beklaut oder deiner Freundin was angetan?

Der Junge stierte ihn aus seinen wasserblauen Augen eine Weile ausdruckslos an und winkte dann ab.

Wirst scho sehen, sagte er, nahm kurz Haltung an, hob die Hand zum Hitlergruß und schlurfte in den hinteren Teil des

Wagens, einen bestialischen Gestank nach alkoholischer Gärung hinterlassend.
Die Frau, die Dave direkt gegenübersaß, hatte während der ganzen Szene nicht von ihrer Zeitung aufgesehen. Dave las die Schlagzeile:
Rätsel um Blut-Banane aus Wiener Markt: Seltsame Verfärbung in Frucht lässt Facebook-Seite überkochen.
Dave schaute aus dem Fenster, um herauszufinden, wo er war, doch die vorüberziehenden Häuser und Geschäfte sahen fremd aus.
Träum ich oder wach ich?
Er hatte seine Station verpasst.

Diese Situation aus ihrem Traum: Etwas liefern zu müssen, das Sie nicht haben, und die damit verbundene Angst, den Erwartungen nicht zu entsprechen – kennen Sie dieses Gefühl?
Morrison stellte diese Frage, während er Dave und sich selbst Tee einschenkte, in dem kleinen Schwedenofen in der Ecke neben dem Sofa fraß sich ein Feuer knisternd in die hellen Holzscheite.
Machen Sie Witze?, fragte Dave. Ich habe meine ganze Kindheit und Jugend damit verbracht, Erwartungen nicht zu erfüllen. Eigentlich mein ganzes Leben, wenn ich genauer darüber nachdenke.
Ihr ganzes Leben?
Zuerst war es mein Vater, dessen Ansprüchen ich nicht genügte, jetzt ist es Janet.
Wissen Sie, welche Ansprüche Ihre Frau an Sie hat?
Sicher, sagte Dave. Sie hätte gerne so einen hotshot mit zwei Doktortiteln und einer blendenden Karriere, sportlich, diszipliniert und optimistisch ...
Hat Sie das gesagt?, fragte Morrison.
Das muss Sie gar nicht. Es reicht, wenn sie mir am Frühstücks-

tisch gegenübersitzt und mich ansieht. Oder mich eben nicht ansieht.
Sie schließen aus Janets Körperhaltung beim Frühstücken auf ihre Vorstellung von einem Ehemann, der ihren Wünschen entspricht?
Ich schließe aus ihrer gesamten Haltung darauf, dass ich nicht ihren Wünschen entspreche, und zwar nicht nur beim Frühstück.
Morrison lehnte sich mit seiner Tasse in seinem Stuhl zurück und blies auf die dampfende Oberfläche des Tees.
Einmal angenommen, Sie wären ein Mann mit zwei Doktortiteln und einer, wie Sie es bezeichnen, blendenden Karriere – wer würde sich dann um die Kinder kümmern? Wer würde Nobbs in den Kindergarten bringen, ihn wieder abholen, mit ihm auf den Spielplatz gehen, Mels Hausaufgaben kontrollieren et cetera.
Mel braucht niemanden, der ihre Hausaufgaben kontrolliert. Sie würde jeden auffressen, der das auch nur versuchte.
Morrison schmunzelte. Gut, aber was ist mit Nobbs?
Er hätte eine Nanny, wie Janet selbst als Kind. Eine, die sie anweisen könnte, genau das zu tun, was sie für richtig hält. Manchmal glaube ich, das wäre ihr lieber. Schließlich ist sie der Meinung, dass ich die Sache schon mit Max verbockt habe. Das hat sie sogar gesagt.
Was genau hat sie gesagt?
Neulich nachts, in einem Streit, hat sie mir an den Kopf geworfen, dass ich schuld bin an Max' schulischem Absturz, weil ich kein brauchbares männliches Vorbild für ihn abgebe.
Morrisons Stirn legte sich in noch mehr Falten als sonst.
Das muss sehr verletzend für Sie gewesen sein. Vor allem, wenn man bedenkt, was Sie alles für Ihre Kinder getan haben und tun.
Dave zuckte die Achseln und sah auf seine Füße. An der rechten Socke entdeckte er ein Loch, sein großer Zeh lugte daraus

hervor, er hatte es nicht bemerkt, als er sich heute Morgen angezogen hatte. Er verspürte den Impuls, die Socke so zurechtzuzupfen, dass man es nicht sah, aber es war ihm zu peinlich.
Wissen Sie, sagte er, als Max und Mel noch klein waren, war ich stolz darauf, ein aktiver Vater zu sein, einer, der Windeln wechselte und seine Kinder im Tragetuch herumtrug. Frauen sprachen mich darauf an, im Supermarkt oder beim Kinderarzt, auch im Kindergarten und in der Schule hatte ich die Sympathien der Mütter, weil ich es war, der zu den Elternabenden ging. Aber jetzt ... er griff nun doch nach dem Socken und versteckte seinen armen nackten Zeh.
Aber jetzt?, fragte Morrison. Beenden Sie Ihren Satz, Dave.
Doch Dave zuckte nur erneut die Achseln. Sein Schweigen breitete sich im Raum aus, draußen wurde es dunkel, und die Bäume vor dem Fenster verschmolzen langsam mit dem Himmel.
Lassen Sie uns noch einmal zurückgehen zu Ihrem Traum, sagte Morrison. Da war dieser Freund ...
Er war kein Freund, unterbrach ihn Dave, plötzlich wieder aus seiner Lethargie erwachend, er war ein Fremder!
Aber zunächst hielten Sie ihn für einen Freund, Sie freuten sich sogar, ihn zu sehen. Und dann ärgerten Sie sich, weil er einen Platz draußen vor dem Café gewählt hat, während Sie lieber hineingehen wollten, wo es kühler und angenehmer gewesen wäre. Und schließlich – Morrison griff zu seiner Mitschrift des Traumes auf dem kleinen Tischchen neben sich – schließlich glaubten Sie, der Freund kollaboriere mit dem Kellner und hätte Ihnen einen Drogencocktail bestellt, der Sie davon abhalten sollte, rechtzeitig in das Theater zu kommen. Sie glaubten, er sei ein Konkurrent ...
Ja, aber dann begriff ich, dass er kein Konkurrent sein kann, weil ich ihn gar nicht kenne, weil ich nicht in New York arbeite, also auch nichts abliefern muss, das war genial! Ich

glaube, das hatte mit dieser Dokumentation zu tun, die ich direkt davor im Fernsehen gesehen hatte.
Was für eine Dokumentation?, fragte Morrison.
Über luzides Träumen. Das ist, wenn man sich dessen bewusst ist, dass man sich in einem Traum befindet und ihn beeinflussen kann.
Ich weiß, was luzides Träumen ist, sagte Morrison.
Im Ernst? Warum in aller Welt haben Sie mir nie vorgeschlagen, es zu versuchen? Ich meine, wo es doch die beste Methode zu sein scheint, mit Albträumen fertigzuwerden.
Weil ich nicht überzeugt bin, dass es die beste Methode ist, mit Albträumen fertigzuwerden, sagte Morrison schlicht.
Versteh ich nicht, sagte Dave. Dieser New-York-Traum war doch schon das beste Beispiel dafür, auch wenn es noch kein richtiger Klartraum war, sondern ein präluzider Traum – so steht das in dem Buch, das ich mir besorgt habe. Sehr spannend. Jedenfalls, dieser Traum hätte das Zeug gehabt, einer meiner typischen Albträume zu werden, aber dann ist mein Bewusstsein ein kleines bisschen erwacht, mir wurde klar, dass da was nicht stimmt, und peng! ist die ganze Szenerie explodiert. Und ich hatte überhaupt keine Angst dabei, ich hätte noch stundenlang zuschauen können, wie der ganze Schwachsinn in die Luft fliegt.
Morrison nestelte an einem seiner Fingernägel herum.
Es ist schön, dass sich Ihr Traum nicht zu einem Albtraum entwickelt hat und Sie keine Angst empfunden haben. Sie sollten das unbedingt als Fortschritt sehen. Aber wissen Sie, was mich interessiert?
Was?
Sie sagten, dass Ihnen schlecht wurde – vor Wut. Können Sie sagen, was genau Sie so zornig gemacht hat?
Dave ließ sich seufzend in die Sofakissen zurückfallen.
Großer Gott, warum müssen wir eigentlich immer über diese negativen Emotionen reden?, fragte er. Ich denke, ich bin hier,

um die loszuwerden, oder nicht? Jetzt berichte ich einmal von einem positiven Erlebnis, und Sie finden darin genau das eine negative Gefühl.
Sie empfinden Zorn als negativ?
Sie etwa nicht? Finden Sie es angenehm, sich über jemanden zu ärgern?
Natürlich nicht. Aber Aggression an sich ist eine vollkommen natürliche und gesunde Regung, solange man sie nicht unterdrückt. Nur bekommen wir meist genau das in unserer Kindheit beigebracht. Wir lernen, dass es nicht in Ordnung ist, aggressiv zu sein.
Na also, dann ist es doch ein gutes Zeichen, dass ich im Traum wütend war!
Aber warum?, insistierte Morrison. Und haben Sie Ihre Wut ausgedrückt, der Person gegenüber, die sie verursacht hat? Oder haben Sie vielmehr mit dieser Energie Ihre ganze Umgebung explodieren lassen – die Straße, auf der Sie selbst saßen? In der Stadt, in der Sie die ersten sechs Jahre Ihres Lebens verbracht haben?
Dave fühlte eine große Schwäche in sich aufsteigen, als würde ein rasch wirkendes Narkotikum in sein Zentralnervensystem geträufelt, das seine Muskeln in Gelee und seine Knochen in Gummi verwandelte. Hinter seiner Stirn waberte grauer, undurchdringlicher Nebel, eine Verzagtheit ergriff von ihm Besitz, die es ihm unmöglich erscheinen ließ, auch nur den Arm zu heben. Sein Blick versank in einer tristen, graubraunen Schlammlandschaft auf dem Bild hinter Morrison, dessen Stimme jetzt von weit her an Daves Ohren drang.
In unserer letzten Sitzung, als Sie direkt aus dem Spital hierherkamen, waren Sie auch wütend. Erinnern Sie sich? Sie drückten Ihren Ärger über das Kontrollbedürfnis Ihrer Mutter aus. Ihre Worte waren ... er kniff die Augen zusammen, dachte kurz nach ... ach ja: Ich ersticke an dir, du schnürst mir die Luft ab.

Warum reden wir hier überhaupt von meiner Mutter?, ereiferte sich Dave. Ohne sie wäre ich wahrscheinlich heroinsüchtig geworden oder so. Es liegt an meinem Vater, dass ich mit Mitte vierzig ein depressiver Loser bin. Er war das Arschloch.
Sie haben letzte Woche angefangen, über Ihre Mutter zu sprechen, ich habe das Thema nur aufgegriffen. Offenbar war es Ihnen ein Anliegen. Warum? Eine interessante Frage.
Finden Sie? Dave stand auf und zückte seine Brieftasche, um die Stunde zu bezahlen.
Wie geht es übrigens Ihrem Vater?, fragte Morrison, während er das Geld entgegennahm. Sie haben gar nichts erwähnt.
Ich habe keine Ahnung, sagte Dave.

Die Straßenbahn fuhr genau in dem Augenblick an, als er sie erreicht hatte und auf den Türöffner drücken wollte. Völlig außer Atem stieß er einen Fluch zwischen den Zähnen hervor und reckte die Faust in Richtung Fahrerkabine. Typisch, murmelte er, eine hübsche junge Frau hättest du noch reingelassen. Es war ein empfindlich kalter, feuchter Abend, also beschloss er, zu Fuß zu gehen, anstatt sich an der Station den Arsch abzufrieren. Raschen Schrittes ging er die weihnachtlich beleuchtete Döblinger Hauptstraße entlang, die Hände tief in den Manteltaschen vergraben, vorbei an den Punschständen, die sich inzwischen auch hier breitgemacht hatten wie die Pickel auf Mels Gesicht. Aus den Lautsprechern der Hütten säuselte süßliche Musik, genauso ekelhaft und klebrig wie das Gebräu, das sie ausschenkten. An den Stehtischchen davor aufgebrezelte Döblingerinnen in falschen oder echten Pelzen und teuren Stiefeln, die Männer trugen aus Eitelkeit keine Mützen, mussten daher mehr trinken, um sich warmzuhalten, und lachten zu laut. Über allem lag diese leicht hysterische Atmosphäre, die Dave in der Vorweihnachtszeit so schrecklich auf die Nerven ging. Es war ihm ein ewiges Rätsel, warum alle auf dieses Ereignis hinfieberten, als erwarteten sie tatsächlich die Ankunft des großen Retters, dabei gab es wie immer nur eine Menge familiären Stress sowie übermäßiges Essen und Trinken. Danach fielen alle in eine Art Endzeitagonie, aus der sie pünktlich zu Silvester erwachten, um noch mehr zu essen und sich so gründlich zu besaufen, dass sie die ganze Misere vergessen und sich einreden konnten, im neuen Jahr würde alles anders. Letztes Jahr, als Weihnachten besonders günstig fiel und die Ferien der Kinder bereits am 20. Dezember begannen, hatte er vorgeschlagen, sofort wegzufahren und die Festtage woanders zu verbringen, in der Karibik zum Beispiel. Mel hatte ihn daraufhin als Grinch bezeichnet, und Nobbs, der vorgab, noch an den Weihnachtsmann zu glauben, hatte Sorge bekundet, sie würden ihn verpassen und müssten ihre Geschenke später von der Post abholen, so wie die Spielsachen, die sie hin und wieder im Internet bestellten. Aber vielleicht, so spann er seinen Gedanken weiter, hatte ja auch der Weihnachtsmann eine Webseite, dann könnte man bei ihm online bestellen und die Geschenke in die Karibik schicken lassen. Es war das letzte Mal gewesen, dass Dave Max Tränen lachen sah. Im Übrigen, meinte Max, habe er nichts gegen Weihnachten in der Karibik, er plädiere für Jamaika.

Es hatte zu schneien begonnen, feste kristalline Flocken, die auf Daves Mantel hängen blieben und auf der Haut brannten. Dave ärgerte sich über Morrison. Warum waren Therapeuten nur immer so auf das Leiden ihrer Patienten fixiert? Obwohl er dieser Zunft ganz allgemein misstrauisch gegenüberstand, ging Dave in Morrisons Fall davon aus, dass er den Heilungsprozess nicht vorsätzlich bremste, um länger Geld an ihm zu verdienen. Aber schließlich war auch er nur ein Mensch und hing an gewissen Überzeugungen, über die er sich nicht so leicht hinwegsetzen konnte. Dave glaubte nicht an eine absolute Neutralität, weder von Staaten noch von Menschen, egal in welcher Position sie sich befanden.

In dem Buch des Traumforschers stand, es sei hilfreich, sich vor dem Einschlafen vorzunehmen, wovon man träumen wollte. Die Karibik zum Beispiel wäre gar nicht schlecht, dachte Dave. The West Indies. Wärme und Sonnenschein, das ist gut gegen Depressionen. Und das Meer natürlich. Er war vier Jahre alt gewesen, als seine Eltern mit ihm einen Urlaub auf St. Lucia verbrachten. Warum hatte er nicht davon geträumt, anstatt von diesem Unglückstag am Rockaway Beach? Die Erinnerung an weißen Sand, haushohe Palmen und seine lächelnde Mutter in einem türkisblauen Badeanzug auf dem Deck eines Motorbootes, das weiße Gischtwolken hinter sich herzog, gehörte zu den glücklichsten seiner Kindheit. Sogar sein Vater war ungewöhnlich nett zu ihm gewesen. Dave durfte auf seinem Schoß sitzen und mit ihm gemeinsam das Steuerrad halten. Das Gefühl, groß zu sein, wie ein Erwachsener ein Fahrzeug zu lenken, erfüllte Dave mit Stolz, und die Beschleunigung ließ seinen Hintern herrlich kribbeln, wie auf dem Karussell im Central Park, nur viel stärker, denn dieses Boot fuhr nicht im Kreis, es sauste mit rasender Geschwindigkeit übers Meer. Jedes Mal, wenn sich der Bug hob und kurz darauf wieder hart aufs Wasser schlug, schrie er vor Begeisterung. Das war toll: so laut schreien zu können, wie er wollte, ohne dass es jemand hörte, der Lärm des Motors verschluckte alles. Dave grinste in sich hinein. Seine schlechte Laune wegen Weihnachten und auch sein Ärger auf Morrison waren verflogen. Er stellte sich vor, wie er in der nächsten Sitzung von seinem Karibiktraum erzählte und sich Morrison bei dem Versuch, in diesem einen verschlüsselten Hinweis auf traumatische Kindheitserlebnisse zu erkennen, die Zähne ausbiss. Das machte ihn fast fröhlich. Auf den letzten zweihundert Metern baute er unauffällig ein paar Sprünge ein, um zu überprüfen, ob er auch sicher nicht träumte.

Als er in seine Straße einbog, stand Hamid vor dem Haus,

kehrte eine dicke Schneeschicht von seinem Auto und schimpfte leise vor sich hin.
Hey, Alter, begrüßte ihn Dave. Scheißwetter, was?
Hamid sah auf. Na, du siehst ja aus, als hättest du gerade ein Flugticket in die Karibik gewonnen.
Dave lachte auf.
Träum ich oder wach ich?
Er beugte sich über die Motorhaube, schrieb mit dem Finger *Fuck Christmas* auf die beschneite Windschutzscheibe, klopfte Hamid auf die Schulter und wünschte ihm einen schönen Abend.

Ich habe heute mit Sailer gesprochen, sagte Janet beim Abendessen.
Wer ist Sailer?, fragte Dave.
Janet sah ihn ungläubig an. Der Arzt, der deinen Vater im Krankenhaus behandelt hat, sagte sie in einem Ton, als würde sie einem begriffsstutzigen Kind etwas zum hundertsten Mal erklären.
Behandelt hat?
Geht es Opa wieder gut?, fragte Nobbs.
Ja, mein Schatz. Er ist seit gestern wieder zu Hause.
Im Ernst? Dave schaufelte sich noch eine Portion Lasagne auf seinen Teller und schüttelte den Kopf. Haben die zu wenig Betten auf der Station?
Was erwartest du?, fragte Janet. Er hat fünf Stents, bekommt die richtigen Medikamente, viel mehr kann man im Moment nicht machen. Um den Rest muss er sich selbst kümmern. Sailer hat ihm ins Gewissen geredet: nicht rauchen, nicht trinken, Bewegung, aber kein anstrengender Sport, Entspannungsübungen, cholesterinarme Ernährung.
Dave lachte.
Du findest das lustig?
Ja. Er lachte weiter.

Du bist ein Monster, sagte Janet.
Was? Wir sprechen von James Glennard, ich glaube, du kennst ihn. Kannst du ihn dir ohne Zigarre und Whiskeyglas vorstellen, beim Meditieren oder einem gemütlichen Spaziergang nach dem Verzehr von Grünkernlaibchen?
Wieder lachte Dave. Max lachte mit.
Tja, sagte Janet mit einem strafenden Seitenblick auf Max, er ist dein Vater, nicht meiner. Ich dachte, es interessiert dich, dass er wieder zu Hause ist. Vielleicht wäre es gut, wenn du ihn mal besuchst, mit ihm redest.
Ja, sicher. Weil das immer so gut funktioniert hat.
An wem das wohl lag, sagte Mel in ihren Teller.
Was ist eigentlich los, fragte Dave aufgebracht. Ihr beiden habt ihn nie leiden können, und jetzt plötzlich bin ich das Monster? Nur weil ich nicht dauernd hinrenne und ihn bemitleide, weil er mit einer längst diagnostizierten Herzkrankheit lebt wie ein dreißigjähriger Dandy und jetzt die Rechnung dafür kassiert hat?
Wieso habt ihr Opa nicht leiden können?, fragte Nobbs.
Das stimmt doch gar nicht, sagte Janet zu ihm. Möchtest du noch Lasagne?

*

Tretboot?
Das Gesicht des Mannes unter dem zerschlissenen Strohhut ist von einem leicht angegrauten Bart umrahmt und doch unbestimmbaren Alters. Er wirkt gelangweilt, schaukelt auf einem klapprigen, erbärmlich knarzenden Stuhl langsam vor und zurück, vor und zurück. Hinter ihm ein alter Holzsteg mit bemoosten Pfählen, die Boote sind abgeschabt, der Anstrich ausgeblichen. Über dem graugrünen Wasser des Sees

türmen sich dicke Wolkenhaufen, es ist windstill. Außer dem Bootsvermieter ist kein Mensch zu sehen.
Glauben Sie, das Wetter hält?, fragt Dave.
Der Mann wiegt seinen Kopf. Wer weiß das schon. Manchmal hält es, manchmal nicht.
Es ist doch Ihr See, sagt Dave, Sie sollten es also wissen.
Mein See? Ein leises Lachen lässt den Bart des Mannes sachte zittern wie Schilfgras. Der See lebt, er gehört sich selbst. Sie gehören doch auch sich selbst, oder nicht?
Er linst Dave unter seiner Hutkrempe hervor listig an.
Ich ... ich weiß nicht. Dave fühlt sich auf unangenehme Weise von diesem Blick durchschaut, er kommt sich klein und dumm vor, gleichzeitig regt sich in ihm ein Widerstand gegen dieses Gefühl, er wird ärgerlich. Dieser Typ hält sich wohl für unglaublich weise! Dave hat keine Lust, sich weiter mit ihm zu unterhalten. Was ist das überhaupt für ein See hier? Wo war er vor einer halben Stunde? Vor zwei Stunden, vor drei? Er erinnert sich an nichts als an diesen öden See, an dem er nicht sein will, schon gar nicht mit einem selbst ernannten Guru. Er will auch kein Tretboot, sondern ein Motorboot, ein schnelles, schnittiges, und jetzt erinnert er sich: das Karibische Meer! Er ist am falschen Ort, schließlich hat er ein Ticket in die Karibik gewonnen, er muss sich beeilen, darf seinen Flug nicht verpassen. Als er den Bootsmann fragen will, wie man am schnellsten zum Flughafen kommt, ist er verschwunden. Dave flucht leise. An der Stelle, wo er gesessen ist, steht eine Staffelei mit einem naturgetreuen Bild des Sees und seiner Uferlandschaft, der Boote und ihres Besitzers, in groben, pastosen Strichen auf die Leinwand gebannt, für immer stumm. Er will sich schon umdrehen und gehen, da entdeckt er am Boden neben der Staffelei einen aufgeklappten Farbkasten, einige Pinsel in verschiedenen Stärken, ein einstmals weißer, zusammengeknüllter Stofflappen, eine Farbmischpalette. Die Farben in den kleinen,

rechteckigen Tiegelchen leuchten wie verrückt, ultramarinblau, kobaltblau, karmesinrot, zinnoberrot, kadmiumgelb, smaragdgrün. Die Namen dieser Farben gehen Dave durch den Kopf, er fühlt sich angezogen von diesem Farbkasten, der ihn an etwas erinnert, er geht hin und bückt sich hinunter – es ist sein alter Schulmalkasten, stark gebraucht und bekleckert, der Deckel völlig verbeult. Dave empfindet Mitleid mit dem Kasten, eine Verlassenheit geht von ihm aus, wie lange wurde er wohl nicht mehr benutzt? Behutsam nimmt er einen der Pinsel zur Hand, taucht ihn in tiefes Blau, steht auf und will ihn über die Leinwand führen, doch die Staffelei hat sich in ein Segelboot verwandelt, der Ständer ist zum Mast geworden, die Leinwand zum Segel. Ich kann nicht segeln, denkt Dave, was soll ich mit einem Segelboot? Erneut steigt Wut in ihm auf – nichts klappt hier so, wie er will! Mit wilden Strichen beginnt er, das Blau direkt auf den See im Hintergrund zu pinseln, das augenblicklich nach allen Seiten ausläuft, in Wellen, die sich über die ganze Wasserfläche ausbreiten, sie in ein Meer verwandeln und Daves Ärger in Euphorie. Er wählt ein lichteres Blau, übermalt das gegenüberliegende Ufer, tupft weiße, bauschige Wolken darauf und Schaumkronen auf die Wellenberge. Mit einem Schrei wirft er den Pinsel weg, reißt das Segel vom Mast des Bootes, knüllt es zusammen und schleudert es in den Himmel, wo es zu einer weiteren Wolke wird. Dann bricht er den Mast ab, biegt daraus mühelos ein Lenkrad, springt in das Boot und gibt Gas. Die Beschleunigung drückt ihn rückwärts in den Sitz, er schießt hinaus auf die offene See, die Gischt spritzt ihm ins Gesicht, ein rauschhaftes Glücksgefühl überflutet ihn. Dann, plötzlich, ist es Nacht, der Himmel so schwarz wie das Wasser unter ihm, sternlos, kein Mond leuchtet ihm, er kann nicht sehen, wohin er fährt, aber er spürt, dass er sich in schwindelerregendem Tempo auf etwas zubewegt, das vor ihm in der Dunkelheit liegt. Wie zur Hölle kann er dieses Boot bremsen?

Er reißt das Lenkrad herum, nimmt die Hand vom Gashebel, aber das Boot reagiert nicht. Eine vertraute Panik erfasst ihn, sein Herz rast, doch ein Teil von ihm wehrt sich: Nein, er wird nicht mit diesem unseligen Gefährt an einem unsichtbaren Hindernis zerschellen. Langsam und breitbeinig steht er auf, presst die Lippen fest zusammen, lässt das Lenkrad los und springt. Und noch im Sprung, im Bruchteil dieser endlosen Sekunde, bevor er in die Schwärze eintaucht und die Wellen über ihm zusammenschlagen, hört er eine Stimme, einen Hilferuf, dünn und ängstlich, er kennt diese Stimme, die nach ihm ruft. Dad? Wo bist du? Komm zurück, Dad! Dad?

*

Nobbs? Ich bin da, Nobbs, hier bin ich!

Ich weiß, sagte Nobbs, ich kann dich sehen.

Der Junge stand an seinem Bett und sah leicht verwirrt auf ihn hinunter. Dave seufzte erleichtert und setzte sich auf.

Sorry, Kleiner, ich hab geträumt.

Von mir?

Ja, auch. Aber ich hab dich nicht gesehen, nur gehört. Du hast nach mir gerufen.

Hab ich nicht. Ich wollte nur schauen, ob du schon wach bist.

Im Traum, meine ich.

Ach so. Nobbs kletterte zu Dave ins Bett und legte sich neben ihn auf den Rücken. Dave schob seinen Arm unter Nobbs' Nacken und drückte den warmen kleinen Körper mit den ererbten kalten Füßen an sich.

Es funktioniert nicht, sagte Nobbs.

Was funktioniert nicht?

Dave brauchte einen Moment, bis er realisierte, dass Nobbs nicht von seinem Traum sprach.

Bens Raumschiff. Wir können es nicht reparieren.
Warum? Was ist das Problem?
Ich weiß es nicht, sagte Nobbs. Ich kenne mich ja nicht aus mit Raumschiffen. Ben kennt sich aus, aber er weiß auch nicht, woran es liegt. Wir schrauben die ganze Zeit dran herum, Ben sagt mir, was ich tun soll, hauptsächlich halte ich irgendwelche Teile oder gebe ihm das Werkzeug, das er braucht. Es macht Spaß, weil er mir dabei Geschichten von seinem Planeten erzählt, wie es dort aussieht und von den Tieren und so. Aber jedes Mal, wenn er glaubt, er hat es geschafft, und versucht zu starten, gibt es nur so ein Geräusch – du weißt schon, wie wenn unser Auto nicht anspringt, weil es zu kalt ist. Und dann wird Ben so traurig, und ich werde auch traurig, und dann wache ich auf.
Daves Herz zog sich zusammen. Er wusste, er sollte jetzt tröstende Worte finden, ihm die allzeit bereitstehende, simple Alles-wird-gut-Erwachsenenlüge erzählen, doch gleichzeitig spürte er deutlich, wie Nobbs' kindliche Trauer am Boden unter seinen Füßen zerrte. Wie sollte er ihm eine Sicherheit geben, die er selbst nicht besaß?
Vielleicht solltet ihr es per Anhalter versuchen, schlug er vor. Ich habe mal ein Buch gelesen, in dem zwei Freunde das gemacht haben, um auf einen anderen Planeten zu kommen.
Hat es geklappt?, fragte Nobbs etwas misstrauisch.
Ja, kann man so sagen.
Aber das ist unlogisch, sagte Nobbs. Wie soll denn ein Raumschiff von oben sehen, dass wir unsere Daumen raushalten. Die sind doch viel zu klein.
In dem Buch hatten sie eine Art elektronischen Daumen, der Signale in den Weltraum abgibt. Vielleicht könnt ihr euch so was basteln, Ben und du.
Nobbs schwieg und bohrte gedankenverloren in der Nase. Plötzlich sprang er auf und rannte aus dem Zimmer.

Nobbs?
Keine Antwort.

22. Dezember 2014. Montag. Rot.

Im Nachhinein war Dave überzeugt, dass sie es sich genau überlegt hatte. Er hielt es sogar für möglich, dass sie einen Dienst getauscht hatte, um diese rührende Nummer abziehen zu können.
Lass uns doch alle gemeinsam den Weihnachtsbaum kaufen gehen, hatte sie zu ihm gesagt, als sie morgens aus dem Nachtdienst gekommen und verdächtig gut gelaunt in der Küche herumgestanden war, anstatt wie sonst mit Opfermine ein Sandwich für Mel zu schmieren, dabei einen Kaffee in sich hineinzuleeren und dann ins Bett zu verschwinden. Janet war der einzige Mensch, der Kaffee brauchte, um schlafen zu können.
Nun standen sie alle fünf etwas verloren bei fünfzehn Grad plus in einem Wald toter Tannen und versuchten zu entscheiden, welcher Baum der richtige war. Wie schon in den letzten Jahren um diese Zeit war der Schnee durch einen plötzlichen Föhnwind am Wochenende weggeschmolzen, zusammen mit Daves guten Vorsätzen, das Rauchen wieder sein zu lassen. Er steckte sich eine an und schaute in den wolkenlosen Himmel, schirmte seine Augen mit einer Hand gegen die grelle Sonne ab. Aus versteckten Lautsprechern schmetterte Mariah Carey unbekümmert ihren beklemmenden Wunschzettel: *All I want for Christmas is you.* Die ganze Szenerie erinnerte an Weihnachten in Kalifornien. Vielleicht fühlte sich Janet an ihre Kindheit erinnert und war deshalb ein wenig sentimental gestimmt. Eine kleine Wärme für sie flammte in ihm auf. Er betrachtete sie unauffällig von der Seite. Dieser schwarze

Blazer stand ihr gut, seit wann hatte sie den? Dave konnte sich nicht erinnern, ihn schon mal an ihr gesehen zu haben. Er betonte ihre maskulinen Züge, die sie trotz ihres recht großen Busens zweifellos hatte und die mit den Jahren immer stärker hervorgetreten waren. Das Alter hatte aus der Hülle eines Cheerleaders etwas Herbes herausgeschält, das in ihrem Wesen lag und deshalb stimmiger wirkte.

Der da, schlug Mel vor, der ist irgendwie süß.

Zu klein, urteilte Janet. Wenn der in unserem Wohnzimmer steht, sieht er aus wie ein unterernährtes Kind.

Was ist mit dem da? Dave zeigte auf ein Exemplar, das ihm in seiner Wesenhaftigkeit gefiel. Für ihn mussten Bäume Charakter haben. Ich finde, der passt zu uns, fügte er hinzu.

Mel zeigte ihm den Vogel. Du meinst: windschief und zerrupft wie ein krankes Huhn?

Max verdrehte die Augen. Er hatte sich ohnehin nur von seinem Computer losgerissen, weil Nobbs ihn förmlich angebettelt hatte, mitzukommen.

Leute, nervt mich nicht zu sehr mit diesem Baum, okay? Er steht genau zwei Wochen in unserer Wohnung und wandert dann auf den Müll. Er sah sich beiläufig um.

Nehmt doch einfach den hier.

Max wies mit einer Geste auf den Baum links von ihm, als würde er ihnen eine Respektsperson vorstellen.

Der ist nicht zu klein und nicht zu groß, kerzengerade, symmetrisch gewachsen, wie aus dem Bilderbuch. Nur ganz oben ist er ein bisschen kahl. Wie du, Dad. Max grinste, und Dave boxte ihm in den Oberarm.

Wo ist Nobbs?, fragte Mel.

Scheiße, sagte Dave.

Keiner von ihnen hatte bemerkt, dass er verschwunden war.

Beruhig dich, sagte Janet. Sicher ist er nur vorne beim Spielzeugladen. Geht ihr beiden mal schauen?

Max und Mel machten sich auf den Weg.

Janet ging zwischen den Bäumen herum wie eine leutselige Herrscherin zwischen ihren Untertanen, Dave machte das Gefolge.
Du machst dir keine Sorgen?, fragte er.
Zwei Tage vor Weihnachten in einer Einkaufspassage, die er kennt wie seine Westentasche? Nein.
Sie befühlte die Äste einer riesigen Tanne, ein wahres Monster.
Ich glaube, ich habe ihn gefunden, sagte sie. Mit anmutig zur Seite geneigtem Kopf betrachtete sie wohlgefällig den Auserwählten. Der wird auch deinem Vater gefallen.
Sie ließ diesen kleinen Satz beiläufig fallen und sah sich nach dem Verkäufer der Weihnachtsbäume um.
Excuse me? Dave verfiel ins Amerikanische, wenn er überrumpelt wurde.
Janet gab vor, ihn nicht gehört zu haben, und bewegte sich in Richtung der kleinen Holzhütte, wo man die Bäume bezahlte.
Dave packte sie am Oberarm und zwang sie, stehen zu bleiben.
Kannst du das bitte wiederholen?
Janet sah ihn nicht an, zupfte lächelnd da und dort an dem Weihnachtsbaum herum, als arrangierte sie ein Blumenbouquet, doch hinter dem Lächeln spürte Dave eine in schnellen, kleinen Amplituden oszillierende Nervosität, wie bei einem aufgeregten Tier. Das verwirrte ihn.
Ich sagte, dieser schöne Baum wird auch deinem Vater gefallen, meinst du nicht?
Was soll das heißen?, fragte Dave. Woher soll ich wissen, was für beschissene Bäume meinem Vater gefallen oder nicht? Warum sollte mich das überhaupt interessieren?
Janet ließ vom Weihnachtsbaum und vom Lächeln ab und drehte sich frontal zu Dave.
Ich habe ihn eingeladen.
Was? Wozu?

Zum Weihnachtsessen.
Du hast ihn angerufen und ihn zum Weihnachtsessen eingeladen? Dave schrie es fast, einige Leute drehten sich nach ihnen um.
Nein, sagte Janet, er hat mich angerufen. Er wollte wissen, wie es den Kindern geht.
Wie es den Kindern geht?
Bist du taub?, fragte Janet. Schrei nicht so.
Ich fass es nicht. Bist du nicht auf die Idee gekommen, mich vorher zu fragen, ob mir das recht ist? Er ist schließlich mein Vater, wie du neulich ganz richtig festgestellt hast. Ich rufe ja auch nicht deinen Bruder an und biete ihm über deinen Kopf hinweg an, mit uns Weihnachten zu verbringen.
Dein Vater ist ein kranker Mann, Dave.
Ach ja. Vielleicht sollte ich auch mal krank werden, so richtig krank, nicht bloß ein bisschen depressiv. Möglicherweise könntest du dann auch für mich so etwas wie Einfühlungsvermögen entwickeln.
Jetzt wird's lächerlich, sagte Janet.
Klar. Immer, wenn es um mich geht, blockst du ab.
Mel war neben Janet aufgetaucht, Dave konnte nicht genau sagen, wann.
Worüber streitet ihr euch?, fragte sie munter und sah gespannt von einem zum anderen, als hätte soeben die neueste Folge ihrer Lieblingsfernsehserie begonnen.
Janet schüttelte unmerklich den Kopf. Ich kaufe jetzt diesen Baum, sagte sie.
Habt ihr Nobbs gefunden?, fragte Dave, nachdem sie gegangen war.
Jaja, er ist noch mit Max bei den Lego-Raumschiffen. Aber lenk jetzt nicht ab, Dad. Worum ging's?
Mom hat Grandpa zum Weihnachtsessen eingeladen.
Ach das, sagte Mel. Weiß ich schon. Sie hat befürchtet, dass du dich schrecklich darüber aufregst.

Sie ging um den Baum herum, den Janet ausgesucht hatte. Der ist echt riesig, bemerkte sie anerkennend. Grandpa findet ihn sicher toll.

23. Dezember 2014. Dienstag. Blau.

Die hinlänglich erprobte, gut eingespielte Feindseligkeit zwischen Dave und Janet, die regelmäßig vor Weihnachten einen zusätzlichen Drive bekam, als wäre der eigentliche Zweck des Festes, ihr Beziehungsdrama aufzuführen, eskalierte durch das, was Max Vatergate nannte, zum Kalten Krieg. Sie machten dem Paradoxon dieser Kriegsform alle Ehre: Wettrüsten, um den Atomkrieg zu vermeiden, von dem sie beide wussten, dass niemand ihn überleben würde. Janet nahm sich frei, etwas, das sie um diese Zeit zuletzt getan hatte, als ihr eigener Vater im Sterben lag, also vor zehn Jahren. Es war Dave ein Rätsel, wie sie es angestellt hatte, so kurzfristig Urlaub zu bekommen, aber vielleicht hatte sie ja alles von langer Hand geplant und ihm nichts davon gesagt. Wie auch immer: Es war offensichtlich, dass sie die Kontrolle über die internen Vorgänge im Staate Glennard-Sternberg an sich reißen wollte.
Dave erwachte aus einem verworrenen Traum, dessen Details schlagartig im Schmalz von Bing Crosbys Stimme versanken. *I'm dreaming of a white Christmas / Just like the ones I used to know ...* Dave hielt sich reflexartig die Ohren zu, doch es war zu spät, jegliche Erinnerung war unwiederbringlich verloren. Zu allem Überfluss stieg ihm ein süßlicher Duft in die Nase und löste ein mit vermehrtem Speichelfluss verbundenes Knurren seines leeren Magens aus. Er spürte, wie seine zurzeit ständig latent vorhandene Gereiztheit binnen Sekunden von null auf hundert kochte, sprang auf und riss das Fenster auf. Die Sonne schien erneut von einem wolkenlosen Himmel. Dave

schlüpfte in seine Jeans und ging in die Küche. Janet hatte sich eine Schürze umgebunden und stach gemeinsam mit Nobbs Kekse aus einer großen Teigplatte. In den letzten fünfzehn Jahren war das sein Job gewesen, er hätte nicht gedacht, dass Janet überhaupt wusste, wie man einen Teig knetete. Doch hier stand sie und hantierte mit Keksausstechern, als wären es chirurgische Instrumente. Nobbs wühlte gerade suchend in der Dose mit den Formen herum. Als er Dave bemerkte, kam er begeistert auf ihn zugerannt.

Dad, rief er, schau mal, Mom und ich backen Kekse.

Das sehe ich, sagte Dave und hasste sich für seinen bissigen Unterton.

Wir haben schon Herzen gemacht und Engel und Elche und Sterne und Monde. Und einen großen Weihnachtsmann. Er nahm Daves Hand und zerrte ihn zur Anrichte, wo die bereits fertigen Kekse zum Auskühlen ausgebreitet lagen.

Wo sind die Raketen?, fragte Dave.

Nobbs brauchte einen Augenblick, um zu begreifen, und Janet sagte sofort: Wieso Raketen, bist du irre? Wir waren uns einig, dass wir den Kindern kein Kriegsspielzeug kaufen und jetzt willst du Kekse in Raketenform?

Ich rede ja nicht von Mittelstreckenraketen, sagte Dave.

Jaaaa, Raketen, jauchzte Nobbs, bei dem inzwischen der Groschen gefallen war, die bring ich dann Ben mit!

Wer ist Ben?, fragte Janet. Ist das der Neue aus dem Kindergarten?

Dave und Nobbs lachten.

Janet blickte von der Teigplatte auf, und Dave sah für einen winzigen Moment eine Verletztheit in ihrem Gesicht aufblitzen, ein blankes Stück Metall, auf das ein Lichtstrahl fiel, dort, wo der Lack abblätterte. Er fühlte Genugtuung und gleich darauf Scham, doch die Genugtuung war stärker.

Ben ist mein Freund, sagte Nobbs, aber nicht aus dem Kindergarten. Er lebt nicht hier.

Was heißt das: Er lebt nicht hier?
Dave war klug genug, zu schweigen. Das hier arbeitete von selbst, und es arbeitete für ihn.
Er lebt auf einem anderen Planeten, erklärte Nobbs.
Janet warf Dave einen fragenden Blick zu, doch er wandte sich ab, griff nach Janets Handy und würgte endlich Bing Crosby ab. Er konnte nicht umhin, zu bemerken, dass Nobbs seine Informationen, für ihn völlig untypisch, in kleinen Portionen preisgab. Doch Janet hatte eine Mission, sie musste verlorenes Gebiet zurückerobern, also blieb sie hartnäckig.
Hast du von ihm geträumt?, fragte sie in einem bemüht selbstverständlichen Ton.
Ja, sagte Nobbs. Mehr nicht. Er wusste genau, dass er hier vom feindlichen Lager verhört wurde. Dave gab vor, sich mit den Playlists auf Janets Telefon zu beschäftigen.
Schon öfters?
Ja. Nobbs spielte mit einer Fischform herum, wahrscheinlich dachte er darüber nach, wie man einen Fisch zu einer Rakete umfunktionieren konnte.
Na denn, sagte Janet schließlich mit angestrengter Munterkeit, dann eben Raketen, und Dave erkannte an ihrer Stimme, dass auch sie begriffen hatte: Nobbs hatte gelernt, ihr gegenüber bestimmte Dinge für sich zu behalten. Sie selbst hatte es ihm beigebracht, doch zufrieden machte sie das nicht.
Dave ging hinüber zu Max, dessen Tür ungewohnterweise offen stand. Mel lag auf dem Sofa und drückte auf ihrem Handy herum, Max spielte *Counter-Strike*.
Irgendjemand, der mit mir den Baum schmücken möchte?
Mel sah auf. Wieso macht das nicht Mom, wie sonst immer?, fragte sie.
Weil sie mit Nobbs Kekse bäckt, sagte Dave.
Mel schüttelte den Kopf. Ihr benehmt euch komisch. Noch komischer als sonst.
Es herrscht Krieg, falls du das noch nicht bemerkt hast, mel-

dete sich Max aus dem Hintergrund und fuhr fort, Gänge entlangzulaufen und alles totzuschießen, was sich darin bewegte.
Ein komischer Krieg, stellte Mel fest.
Dave überging diesen Teil der Unterhaltung geflissentlich. Was ist jetzt mit dem Baum? Wenn ich dieses Monster alleine behängen muss, bin ich zu Silvester noch nicht fertig.
Mel seufzte und schälte sich aus den Kissen wie eine rheumatische Hundertjährige. Wie ist das eigentlich, fragte sie, muss ich Grandpa was schenken?
Also ich schenk ihm nichts, sagte Dave.
Schon klar. Aber das ist was anderes.
Wieso?
Ach Dad, sagte Mel und bedachte ihn mit diesem mitleidigen Blick, den sie für besonders hoffnungslose Fälle im Repertoire hatte. Lass uns einfach den blöden Baum schmücken, okay?

Janet war offenbar entschlossen, den Weg, den sie mit der Wahl der Riesentanne eingeschlagen hatte, bis zum bitteren Ende zu gehen. Sie kaufte so viel zu essen ein, dass selbst der amerikanisch dimensionierte Kühlschrank, auf dessen Kauf sie vor einigen Jahren bestanden hatte, nicht ausreichte, um zumindest die verderblichen Lebensmittel zu beherbergen, und sie die Sachen teilweise auf den äußeren Fensterbrettern parken musste. Leider entsprach die Temperatur dort keineswegs jener, die organischen Verbindungen Haltbarkeit verlieh, das Gemüse sah innerhalb weniger Stunden einigermaßen schlaff aus, der Käse sonderte das in ihm enthaltene Fett ab wie Menschen Schweiß, und über den Weintrauben versammelte sich eine Horde glückseliger Obstfliegen. Aber sie hatte keine Wahl: Sie hatte bereits die Inneneinrichtung des Kühlschranks umbauen müssen, um den furchterregenden Truthahn olympischen Ausmaßes unterzubringen, von dem Dave

nicht ganz sicher war, ob er überhaupt ins Backrohr passte, aber das war ja nicht sein Problem. Hauptsache, es war genug Alkohol eingekühlt.
Dave sah zu, wie Janet sich zwischen den Essensbergen abplagte, Kochbücher wälzte und Food blogs konsultierte. Sie hätte ihn fragen, ihn um Hilfe bitten können, doch die CIA konnte ja schlecht beim KGB anrufen und sagen: Hi, Jungs, irgendwie wissen wir gerade nicht so richtig weiter, könnt ihr uns vielleicht ein paar Tipps geben? Dave hätte ihr sagen können, dass sie sich übernahm. Janet konnte kochen, aber sie war völlig ungeübt. Seit Jahren hatte sie nichts mehr anderes zubereitet als einfache Pasta und Salate. Er war der Koch, nicht der geborene, aber der durch die tägliche Anforderung gewordene. Eine Familie zu bekochen, deren Mitglieder oft zu unterschiedlichen Zeiten aßen, mit Kindern, die in bestimmten Phasen gewisse Dinge gar nicht oder ausschließlich oder nur in festgelegten Kombinationen aßen, war eine Schule in Logistik und Flexibilität, die Dave jedem Manager empfehlen konnte. Janet war bereits überfordert, wenn einer Rührei und der andere Spiegelei zum Frühstück wollte. Doch nun hatte sie sich in den Kopf gesetzt, das perfekte Weihnachtsessen für sechs Personen auf den Tisch zu bringen, und das, wie es aussah, ohne jegliche Hilfe. Sie versuchte nicht einmal, Mel und Max einzuspannen, obwohl sie sonst die Meinung vertrat, die beiden sollten mehr im Haushalt mithelfen, und Dave vorwarf, dass er sie diesbezüglich zu wenig in die Pflicht nahm. Sie hatte sich die Schürze umgebunden, die sie Dave vor Jahren zum Geburtstag geschenkt hatte, auf der W. C. Fields zitiert wurde: *I cook with wine – sometimes I even add it to the food.* Sie bemühte sich redlich, Fields gerecht zu werden. Um vier Uhr nachmittags schenkte sie sich das dritte Glas Chardonnay ein, während sie in einer Art Waschtrog eine Marinade für den Truthahn anrührte. Dave genehmigte sich ebenfalls ein Achtel, holte seine Gitarre, setzte sich

an die Bar und begann zu spielen. Eine Weile improvisierte er über ein einfaches Bluesschema, ließ sich von dort in jazzigere Gefilde treiben, mäanderte zwischen ein paar schrägen Akkorden herum und landete schließlich bei Tom Waits. Die ganze Zeit über behielt er Janet im Blick, folgte ihr mit den Augen. Sie hasste Waits. Er wartete auf eine genervte Reaktion von ihr, eine abfällige Bemerkung, versteckte Bösartigkeit oder offene Wut, aber Janet ließ sich nicht hinreißen. Sie rührte, schwitzte, bekam rote Flecken im Gesicht und hielt den Mund. Da erst begriff Dave, wie ernst es Janet war mit diesem Krieg, und im selben Moment verlor er jegliches Interesse daran. Er hatte keine Ahnung, wem Janet was beweisen wollte: seinem Vater, dass sie nicht nur eine hervorragende Chirurgin, sondern auch die perfekte Hausfrau sein konnte? Ihren Kindern, dass sie eine gute Mutter war? Ihm, dass es nichts von Wert gab, was er konnte und sie nicht? Dass er ein herzloser Mensch und undankbarer Sohn war? (Aber wofür, außer seiner Zeugung, sollte er seinem Vater eigentlich dankbar sein, und war das tatsächlich ein Grund zur Dankbarkeit?) Er hatte schon in der Vergangenheit Feste mit seinem Vater durchgestanden, er würde es auch diesmal überleben, vor allem, wenn Janet sich so ins Zeug legte. Er würde sie und die Kinder machen lassen und sich im Hintergrund halten, das konnte er gut. Von dieser wohltuenden Gleichgültigkeit besänftigt, stellte er die Gitarre in die Ecke, verließ die Küche und schloss behutsam die Tür hinter sich.

Er ging ins Bad, um sich die Hände zu waschen, und sah in den Spiegel. Die Auswirkungen seiner schlechten Verfassung der letzten Wochen waren deutlich an seinem Gesicht abzulesen: die Haut fahl vom andauernden Schlafmangel, unter den Augen bläuliche Schatten, die Falten zwischen seinen Augenbrauen zwei tiefe traurige Täler. In der Hoffnung, sich damit ein wenig Frische zu verleihen, spritzte er sich kaltes Wasser ins Gesicht und baute bei dieser Gelegenheit gleich

eine Realitätsprüfung ein: Er ließ noch mehr Wasser in seine hohlen Hände laufen und warf es in die Luft, um zu sehen, wie die Schwerkraft ihre Wirkung tat. In den letzten Tagen hatte er sich ein paar neue Methoden ausgedacht, anhand derer er erkennen konnte, ob er wach war oder nicht. Es langweilte ihn, immer dieselben Tests durchzuführen. Zum Beispiel ließ er Gegenstände fallen, die nicht kaputtgehen konnten: eine Packung Zigaretten, sein Feuerzeug, einen Schuh, einen Kaffeelöffel, seinen Schlüsselbund. Er fing an, Gefallen daran zu finden, zumindest solange ihm niemand zusah. Manchmal hatte er das Gefühl, wenn er die Dinge nur auf die richtige Art losließe, ganz beiläufig, ohne willentliche Anstrengung und gleichzeitig hochkonzentriert, würden sie nicht oder langsamer zu Boden fallen, sachte durch die Luft schwebend wie flaumige Vogelfedern. Vermutlich war das der Zustand, von dem in seinem neuen Traumbuch stand, dass man ihn trainieren müsse, um direkt vom Wachzustand in den Klartraum zu gelangen – hellwacher Geist bei tief entspanntem Körper.
Die Technik, das Bewusstsein beim Einschlafen aufrechtzuerhalten, kam ursprünglich aus dem Traumyoga, das wiederum eine spirituelle Disziplin innerhalb des tibetischen Buddhismus darstellte. Studien hatten bewiesen, dass Menschen, die regelmäßig meditierten, öfter und leichter luzide träumten. Dave hatte mit Meditation nie etwas am Hut gehabt, und die in dem Buch geschilderte Methode, bei der man eine Lotusblüte in seiner Kehle visualisierte, aus ihr eine Flamme aufsteigen ließ und schließlich mit diesem Bild verschmolz, war ihm eindeutig zu blumig. Doch wenn er ohne jede Anspannung oder einen Gedanken an irgendetwas anderes den Rasierpinsel in seiner Hand fixierte, während er sich aus dem Wachzustand löste, konnte er möglicherweise die Tür zu einem Traum sein, ebenso gut wie jedes andere Objekt oder der Vorsatz, etwas Bestimmtes träumen zu wollen.

Seit dem Bootstraum hatte er über verschiedenen Wunschszenarien für seinen nächsten Versuch gebrütet, sich aber zu nichts entschließen können. Fliegen, aber wohin? Sex, aber mit wem? Vergangene Nacht war er hundertmal wach geworden, dazwischen ständig durch eine fremde Stadt gelaufen, fremde Straßen mit fremden Häusern und Menschen, eigentlich war das Einzige, woran er sich deutlich erinnern konnte, dieses Gefühl des Fremdseins, alles andere versank sofort nach dem Aufwachen in einem Nebel bleierner Müdigkeit. Doch kaum wieder eingeschlafen, war er am selben Ort gewesen, wie eine Spielfigur, von einer großen Hand willkürlich aus dem Spiel genommen und wieder hineingesetzt. Wessen Hand? Welches Spiel? Von Klarheit keine Spur.
Dave starrte immer noch den Rasierpinsel an. Der Gedanke, er könnte ein Portal in eine Traumwelt sein, kam ihm plötzlich grotesk und lächerlich vor. Also stellte er ihn wieder ins Regal, holte seine Gitarre aus der Küche und ging hinauf aufs Dach. Es war das ideale Wetter für seinen Lieblingsplatz, den stillgelegten alten Schornstein, im Sommer brannte einem die Sonne dort schnell das Gehirn aus dem Schädel. Er hatte ihn kurz nach Nobbs' Geburt für sich entdeckt, als er wie immer auf dem Dachboden die Wäsche aufhängte. Die Dachluke stand offen und gab den Blick auf ein Stück winterlich klaren Himmel frei. Einer plötzlichen Eingebung folgend, schob Dave den Hocker darunter, auf den er normalerweise den Wäschekorb stellte, und kletterte von dort aus aufs Dach. Die Aussicht über die Dächer, die Baumkronen und die Weite des Himmels ließen ihn aufatmen. In der Wohnung gab es keinen Ort mehr, an dem er ungestört war, also suchte er den Schornstein immer öfter auf, um sich zurückzuziehen, eine Zigarette zu rauchen, in die Luft zu schauen und ein wenig Gitarre zu spielen.
Er schlug die ersten Akkorde von *The fool on the hill* an. Die Beatles hatten ihn immer glücklich gemacht, sie erinnerten

ihn an eine Zeit, in der alles möglich schien, obwohl sie ihm als Dreizehnjähriger auch das Gefühl gegeben hatten, zwanzig Jahre zu spät geboren zu sein. Die Swinging Sixties wären damals genau sein Ding gewesen. Heute jedoch fühlte er sich eher wie ein fool on the roof, also kehrte er zu Tom Waits zurück. Janet sagte, seine Musik sei depressiv. Dave fand sie tröstlich, oft sogar witzig, eine Meinungsverschiedenheit, die er zugegebenermaßen nicht nur mit Janet hatte und die sich nicht auf Tom Waits beschränkte. Es gab eine Menge Musik, die andere zu melancholisch, zu düster oder einfach nur traurig fanden, während sie ihm das seltene und wunderbare Gefühl gab, in Frieden mit sich zu sein. Er lehnte sich an die sanft über einem unsichtbaren Abgrund schwingenden Akkorde von Nick Drakes Gitarre, das zutiefst seelenvolle Tremolo der Stimme von Billie Holiday oder die merkwürdig heitere Gelassenheit, die Mr. E in seine Verse über die Spielarten des menschlichen Wahnsinns legte, und fand einen Ort in sich selbst, der vielleicht am ehesten mit dem Zentrum eines Tornados vergleichbar war, die Ruhe im Auge des Sturms. Von dort aus konnte er auf sein Leben schauen, ohne einen Schwindelanfall zu bekommen. Sein Herzschlag beruhigte sich. Er war in dieser Musik zu Hause.

Hey little bird, fly away home
Your house is on fire, your children are alone

Pling, machte die E-Saite. Dave erschrak, war aber nicht überrascht: Es war eine Weile her, seit er sie gewechselt hatte. Er drehte den Wirbel, fädelte sie aus, rollte sie um drei seiner Finger, steckte sie in seine Hosentasche und vergaß sie für den Rest des Tages. Doch nachts, als er sich auszog, fiel sie vor ihm auf den Boden wie ein Fundstück aus einer anderen Welt, er hob sie auf und legte sie auf den Nachttisch. Janet schlief längst, sie lag auf dem Rücken und schnarchte leise, auf ihrer rechten Wange klebte etwas, das Dave nach eingehender Begutachtung als eingetrockneten Teig identifizierte. Nachdem er sich eine gute Stunde im Bett hin und her gewälzt hatte, ohne in den Schlaf zu finden, machte er die Nachttischlampe wieder an und nahm die Gitarrensaite zur Hand. Er entrollte sie und ließ sie durch seine Finger gleiten. Eine Stahlsaite, dünn wie Garn, und doch hielt sie jahrelang dieser ungeheuren Spannung stand, entwickelte erst unter dieser ihre sirrenden, flirrenden, schneidenden, heulenden, kreischenden, fantastischen Töne. Dave dachte an David Gilmore, mit dem ihn so viel mehr verband als nur die Initialen. Ganze Nachmittage war er in seiner Pubertät auf dem Bett gelegen, die Augen geschlossen, und war Gilmores Gitarre ins Universum gefolgt, auf die dunkle Seite des Mondes. Er hatte lange nicht Pink Floyd gehört, aber jetzt war diese Musik mit einem Mal wieder da, und Roger Waters Stimme sang in seinem Kopf, erst zart und undeutlich, dann klarer, als verbände ihn die Saite in seiner Hand mit den Tönen, als balancierte er auf ihr in eine vergangene Welt, die ihn rief. *The lunatic is in my head* ... das Bild des Hochseilartisten Philippe Petit tauchte in ihm auf, wie er mit der Leichtigkeit eines Tänzers über ein Drahtseil lief, als gäbe es keine Schwerkraft, ohne jeden Gedanken an den unter ihm liegenden vierhundert Meter tiefen Abgrund zwischen den Zwillingstürmen des World Trade Center. To reach the clouds ...

*

Dave steht am äußersten Rand eines Erdspalts, ein Canyon aus rötlichem Stein, dessen Tiefe im Dunkeln liegt. Auf der anderen Seite erstreckt sich ein kahles Hochplateau. Weit entfernt, am Horizont, die schimmernde Skyline einer Stadt in sanftem Blau. Sie macht ihn sehnsüchtig, diese Stadt, zieht ihn körperlich an, so stark, dass er das Gefühl hat, mit einem einzigen großen Schritt den Canyon überqueren zu können. Doch er fürchtet auch, zu fallen, wagt den Schritt nicht, kann sich nicht entschließen. Lange steht er so da, ewig, wie ihm scheint, während seine Angst vor der Tiefe und die Sehnsucht an ihm zerren und die Skyline der Stadt nach und nach mit dem Himmel verschmilzt. Dave fürchtet, dass sie sich auflöst, unwiederbringlich verloren ist, dass er nie mehr dorthin kann. Er schließt die Augen, um die Stadt nicht mehr sehen zu müssen, und plötzlich dringt Musik an sein Ohr, eine Stimme, sie weht herüber von der anderen Seite, leise erst, dann immer lauter: *The lunatic is in my head / The lunatic is in my head* ... und als erwachte er aus einem undeutlichen Traum, taucht in Daves Gehirn eine Erinnerung auf – die gerissene E-Saite, Philippe Petit auf dem Seil und die Musik in seinem Kopf. *There's someone in my head but it's not me* ... Er weiß, er liegt im Bett und schläft, die Gitarrensaite immer noch in seiner Hand, das hier ist ein Traum, sein Traum. Die Saite ist sein Seil, sein Halt, er öffnet die Augen, holt aus und wirft sie über den Abgrund, mit einem Sirren fliegt sie in hohem Bogen über ihn hinweg und verhakt sich am gegenüberliegenden Rand der Schlucht, spannt sich zitternd, beruhigt sich, liegt metallisch glänzend vor ihm. Jede Angst ist von ihm gewichen, er atmet tief ein und aus, setzt einen Fuß auf das Seil, dann den anderen, es trägt ihn, nichts kann ihm geschehen. Eine knisternde elektrische Ladung springt von der Saite auf ihn über und pflanzt sich im Bruchteil einer Sekunde in ihm fort, über seine Füße in die Beine, das Becken, den Rumpf bis in seinen Kopf, wo sie ein großes Rad antreibt, das spiralförmig Farben gebiert, die sein Gesichtsfeld ausfüllen, das gesamte Spektrum des Prismas in ungekannter Intensität. Und er wird eingesogen von dieser Spirale, fliegt hinein in einen rotierenden Tunnel aus Ultramarin, Indigo, Purpur, Magenta und Musik, losgelöst von der Schwerkraft der Erde, vom Gewicht seines Körpers. Im Flug dreht er sich langsam um die eigene Achse wie eine große Schraube, bewegt sich zu auf ein Zentrum, das seine Gedanken unwiderstehlich anzieht, der Punkt, an dem alles zusammenläuft, die Schaltstelle in seinem Gehirn. Dann hört er ein Knacksen, wie man es manchmal hören kann, wenn ein Blitz in unmittelbarer Nähe einschlägt, und als wäre der Stromkreis seiner Wahrnehmung kurzgeschlossen worden, ist es plötzlich dunkel um ihn.

*

24. Dezember 2014. Mittwoch. Gelb.

Er schlug die Augen auf. Die Gitarrensaite mit der Linken umklammert, lag er auf dem Rücken in seinem Bett, in derselben Haltung, in der er eingeschlafen war. Er fischte sein Handy vom Nachttisch, das Display zeigte 02:34. Das bedeutete, er musste direkt vom Wachzustand in den Traum geglitten sein. Seine Erinnerung war glasklar, er wusste, dass er nichts vergessen hatte. Das Erwachen seines Bewusstseins im Traum machte ihn euphorisch, aber dann war etwas geschehen ... Das plötzliche Ende seines Traums war ihm unverständlich, dieser Filmriss. Von Müdigkeit war keine Spur, im Gegenteil, er hatte das Gefühl, noch nie in seinem Leben so wach gewesen zu sein. Er stand auf, nahm Block und Stift vom Nachttisch und ging in die Küche. Auf dem Weg dorthin sah er unter Max' Tür einen Lichtstreifen, hörte im Vorbeigehen seine Stimme dumpf und leise ins Headset sprechen: ... bringt nichts, Leute, das bringt überhaupt nichts, ist 'ne Nummer zu groß für uns, wir ziehen ab hier ... Die Küche sah aus wie ein Schlachtfeld, auf dem niemand gewonnen hatte.

Ein Apple Pie von der Größe eines Wagenrades – wo hatte sie nur diese Form her? – thronte auf dem Herd und sah ein bisschen verbrannt aus. Gimli lag mitten auf dem Tisch, blinzelte Dave an, gähnte und verbreitete seinen an die Verwesung alles Lebenden erinnernden Odem. Dave schob ihn und alles, was sonst noch im Weg war, zur Seite, setzte sich und brachte seinen ersten luziden Traum zu Papier. Er war aufgewühlt. Wenn er nur wüsste, wie er es angestellt hatte! Jedenfalls hatte er keinerlei Realitätsprüfungen durchgeführt. Es war die Musik gewesen, die sein Bewusstsein geweckt hatte, erst durch sie hatte er das deutliche Bild vor sich gesehen, wie er im Bett lag und schlief, mit der E-Saite in seiner Hand. Noch nie zuvor hatte er Musik so gehört wie in diesem Traum. Als wären die alten Floyd mitsamt ihrem bombastischen Equipment in seinem Kopf herumgestanden und hätten live *The Dark Side of the Moon* gespielt. Auch die Farben hatten eine ganz andere Leuchtkraft gehabt als im Wachzustand. Am interessantesten jedoch fand er die Wahrnehmung, in seinem eigenen Kopf unterwegs zu sein, als er durch den Tunnel flog. Und sein Flug hatte ein Ziel gehabt, aber welches? Er hatte keine Ahnung, und genau das war vermutlich das Problem, der Grund, warum in seinem Gehirn schließlich der Strom ausgefallen war. Er wusste nicht, wohin er wollte, ihm fehlte der Plan! Kein Wunder, dass der Traumregisseur seinen Stuhl zusammengeklappt und den Kameramann nach Hause geschickt hatte. Kommen Sie wieder, wenn Sie eine ordentliche Story haben, Glennard!
Er strich das *Glennard* wieder aus und schrieb *Dave* daneben. Trotz seiner Abneigung seinem Vater und dessen Familie gegenüber hatte Dave, als Janet und er heirateten, in einem Anfall jugendlich-männlichen Stolzes und wohl auch ein wenig seiner Mutter zuliebe seinen Namen behalten. Janet hatte sich damals für den Doppelnamen entschieden und war überraschenderweise dafür gewesen, dass ihre Kinder seinen

Namen bekamen. So hätte alles seine Ordnung, meinte sie, und die Leute würden sich auskennen. Dave war es völlig egal gewesen, ob die Leute sich auskannten, doch gefiel ihm die Vorstellung, dass seine Kinder seinen Namen tragen würden. Heute bedeutete ihm das nichts mehr, der Name Glennard lastete auf ihm, und er warf sich vor, dieses Gewicht auf seine Kinder übertragen zu haben, anstatt die Chance zu ergreifen und den Namen mitsamt seinen Konnotationen ein für alle Mal loszuwerden. Es war ihm bewusst, dass dies ein recht magisches Denken war, und natürlich hatte auch der Name Sternberg sein spezifisches Gewicht, aber eines, das in Daves Augen Stabilität verlieh, Haltung, Toleranz, Integrität und eine gewisse Selbstverständlichkeit, die nicht anmaßend und ignorant, sondern lässig wirkte. Der Name seines Vaters hingegen war ein Sack Getreide auf den Schultern eines geschundenen Sklaven in Fußketten, der sich bei sengender Mittagssonne über eine Plantage in West Virginia schleppte. Die Glennards waren mit der Mayflower nach Amerika gekommen, wie sein Vater immer stolz betont hatte, doch Dave wusste zu gut, was das bedeutete: Sie waren Kolonialisten gewesen, Sklavenhalter, Militaristen, Großgrundbesitzer und später Immobilienspekulanten. An ihren Händen klebte Blut, Unterdrückung und Ausbeutung war stets ihr Geschäft gewesen, eine reizende Sippe, wirklich. Inzwischen hatte sie sich nahezu vollständig selbst eliminiert, was Dave als evolutionär folgerichtige Entwicklung empfand, ihn aber nicht von der Last befreite, von ihr abzustammen und ihr tatsächliches Aussterben mit seiner eigenen Fortpflanzung verhindert zu haben. Dave kannte ein paar Leute, deren Vorfahren Nazis gewesen waren. Er glaubte ungefähr zu wissen, wie sie sich fühlten.

Und dann hatte sein Vater eine Jüdin geheiratet, deren Eltern 1939 mit ihrer zweijährigen Tochter aus Wien geflohen waren, und hatte sich bei ihnen als Vertreter der großen Befreiernation aufgespielt, dabei war er natürlich glühender Republikaner und in Wahrheit nach wie vor Rassist. Mehr als einmal hatte Dave mit seinem Vater darüber gestritten, bevor er beschlossen hatte, sich mit ihm auf keinerlei politische Diskussionen mehr einzulassen. Es freute Dave noch im Nachhinein, dass das Business seines Vaters in den 1970ern so gründlich einbrach, dass ihm fast nichts anderes übrigblieb, als endlich dem lang gehegten, dringenden Wunsch seiner Frau nachzugeben, nach dem Tod ihrer Mutter in ihre Geburtsstadt zurückzukehren. Doch von ihren Verwandten hier lebte niemand mehr, die jüdische Community in Wien misstraute berechtigterweise Männern wie James Glennard und behandelte ihren Mann mit distanzierter Höflichkeit. Mathilda Glennard fühlte sich zerrissen, nicht weniger entwurzelt als in New York und genauso einsam. Dort wie da hatte sie nie in die Gesellschaft der Gattinnen hineingefunden. Mit Dave an der Hand machte sie lange Spaziergänge durch den zweiten Bezirk, wo sie die ersten zwei Jahre ihres Lebens verbracht hatte, schaute in die Fenster der Altbauwohnungen mit ihren hohen weißen Stuckdecken, wo große Familien an langen Tischen saßen, aßen, redeten und lachten. Am Karmelitermarkt kaufte sie koscheres Fleisch, obwohl sie nie wirklich gläubig gewesen war, und kehrte dann mit ihrem einzigen Sohn zurück in ihre Wohnung in der Gymnasiumstraße mit den dunklen Möbeln, schweren Vorhängen und Lederfauteuils, den Trophäen toter Tiere, die sein Vater auf Safaris erlegt hatte. Wenn er nach Hause kam, zog er sich mit einem Scotch und einer Zigarre ins Herrenzimmer zurück, während sie in ihrer weißen dänischen Küche das Abendessen zubereitete, das sie später mehr oder weniger schweigend einnahmen. Ihr einziger Trost war ihre Violine, die zu spielen sie in ihrer Kindheit gelernt hatte und die sie nur zur Hand nahm, wenn ihr Mann nicht zu Hause war. Sie spielte gerne Bach, Vivaldi und Haydn, als Jugendliche war sie Mitglied eines Kammermusikensembles gewesen, und nach Abschluss der Highschool hatte sie sogar an der Julliard studiert. Wahrscheinlich hätte sie sich danach erfolgreich bei einem der besseren Orchester bewerben können, doch als sie ihren Mann kennenlernte, gab er ihr zu verstehen, dass eine Ehefrau, die als Musikerin Konzertreisen zu absolvieren hatte, nicht seinen Vorstellungen entsprach. Also legte sie die Violine in ihren mit blauem Samt ausgekleideten Koffer und verstaute sie unter ihrem Ehebett. Dort entdeckte sie Dave, als er fünf Jahre alt war. Er war fasziniert von der Form des Instruments, dem dunklen, polierten Holz, legte sein Auge an eines der f-Löcher, um in sein Inneres zu spähen, und versuchte unter Anleitung seiner Mutter, den Bogen über die Saiten zu führen, während sie ihm die viel zu große Violine unter das Kinn hielt. Der Klang, der dabei herauskam, war grässlich, und das änderte sich auch nicht, als seine Mutter ihm nach dem Umzug der Familie nach Wien eine Kindergeige besorgte und einen Lehrer organisierte, der ihm ein paar Stunden gab. Frustriert von seinem Gekratze, gab er schnell auf, drängte seine Mutter jedoch immer wieder dazu, ihm etwas vorzuspielen, und brachte so die Musik zurück in ihr Leben. An manchen Abenden, wenn sein Vater sich nach dem Essen umzog und nach Aftershave duftend aus dem Haus ging, um sich, wie er sagte, mit Geschäftsfreunden zu treffen, ließ sie sich von Dave breitschlagen und holte das Instrument hervor. Für Dave war es zum Teil eine Finte, um länger aufbleiben zu dürfen, aber er liebte auch den Klang der Violine. Zwar machte ihn die Musik, die seine Mutter spielte, zuweilen auf unbestimmte Art traurig, doch er musste sie nur ansehen, während er zuhörte, vom Ehebett aus, in dem er sonst nichts verloren hatte und unter dem sie immer noch ihr Instrument aufbewahrte, und die Traurigkeit war wie weggeblasen – nicht nur jene, die von der Musik ausging, sondern auch jede andere, die sich unbemerkt in seiner jungen Seele eingenistet hatte. Denn in diesem Moment war aus dem Gesicht seiner Mutter alles Schwere, Bekümmerte, Melancholische, das ihre Züge sonst prägte, verschwunden. Sie stand in ihrem Schlafzimmer mit einem Ausdruck entrückter Glückseligkeit. Ihr Körper erwachte zum Leben, wenn sie sich im Einklang mit Melodie und Rhythmus bewegte, ihre Augen bekamen einen hellen Glanz, es schien eine ganz andere Frau zu sein, die da spielte, größer, schöner, leidenschaftlicher und vor allem glücklicher.

Dave saß immer noch in der Küche. Wie war er mit seinen Gedanken hierhingeraten? Er hatte sehr lange nicht mehr an seine Geige spielende Mutter gedacht. Das Bild hinterließ etwas in ihm, das mit dem Wort Wehmut nur unzulänglich beschrieben werden konnte, ein nicht näher lokalisierbares Ziehen in seinem Körper. Inzwischen war es fast halb fünf, draußen herrschte nach wie vor undurchdringliche Finsternis. Er stand auf, holte seine Zigaretten vom Schrank, öffnete das Fenster und zündete sich eine an. Ans Fensterbrett gelehnt rauchte er, sog mit dem Rauch die so gar nicht winterliche Luft ein, die sich dennoch seit dem Nachmittag verändert hatte, klammer und feuchter geworden war, und während er hinausschaute in das kahle Geäst des Nussbaums, fiel ihm die Frau wieder ein, die er in Morrisons Vorgarten gesehen hatte. War sie tatsächlich da gewesen, oder hatte er sie halluziniert? Er wusste nicht, was ihn mehr beunruhigen würde. Doch ganz gleich, ob real oder ein Produkt seiner Fantasie: Wer war sie? Und warum hatte sie den gleichen Trenchcoat getragen wie die Leiche aus seinem Traum? Waren die beiden ein und dieselbe Person? Er war fasziniert von dieser Figur, aber es ging auch etwas Unheimliches und gleichzeitig Tieftrauriges von ihr aus, und das nicht nur, weil sie ihm bei ihrer ersten Begegnung als Leiche erschienen war. Ein leichter Wind kam auf, der Himmel war bedeckt, und Dave hörte erste Tropfen auf das Blech der Regenrinne klatschen. Der falsche Frühling war vorbei. Er holte die Lebensmittel vom äußeren Fensterbrett, verstaute sie zwischen den Doppelfenstern und beschloss, es doch noch mit ein paar Stunden Schlaf zu versuchen. Im Flur blieb er stehen und horchte. Max zockte anscheinend immer noch, und auch aus Mels Zimmer kamen Fernsehgeräusche. Seit die Ferien begonnen hatten, war sie wieder mal dem Serienfieber anheimgefallen. *Game of Thrones* hieß das neueste Suchtmittel. Machtspiele, Intrigen, Mord und Totschlag in einer ans Mittelalter angelehnten Fantasiewelt. *When you play the Game of Thrones, you win or you die.*

Dave fühlte sich auf einmal sehr müde. Doch als er im Bett lag und sein Bewusstsein im Begriff war, sich in wechselnden Bildern seiner Kindheit zu verlieren, tippte ihm Nobbs auf den Oberarm. Dave schrak auf.

Was ist, Kleiner?

Nobbs' Knopfaugen leuchteten ziemlich wach in der Dunkelheit des Zimmers.

Ich kann nicht schlafen.

Wieso das denn?

Weiß nicht. Ich hab die ganze Zeit versucht, Ben zu besuchen, weil ich ihm doch die Raketenkekse bringen wollte, aber es hat nicht geklappt, ich hab lauter blödes Zeug geträumt und bin dauernd aufgewacht, und irgendwann bin ich nicht mehr eingeschlafen.

Er klang ziemlich weinerlich.

Dave seufzte. Na komm, Kleiner, sagte er und lüpfte die Decke. Nobbs krabbelte ins Bett und kuschelte sich an ihn, den Kopf in seiner Achselhöhle. Da lagen sie nun und warteten auf den Schlaf.

Es war die Nacht vor Weihnachten, eine der längsten des Jahres, und außer Janet schien niemand in dieser Familie zu schlafen.

Folgende Gegenstände wechselten am Weihnachtsabend 2014 in der Familie Sternberg-Glennard im Schatten einer dreieinhalb Meter hohen Tanne ihre Besitzer:
Die Buntstiftzeichnung einer Rakete (Nobbs an Dave)
Das Lego-Raumschiff Jedi Scout Fighter aus der Star-Wars-Serie mit Doppel-Cockpit-Fluchtkapsel (Dave an Nobbs)
Ein Gutschein im Wert von € 100,– für eine Mitgliedschaft im Fitnessstudio Manhattan (Janet an Dave)
Ein Onlinegutschein im Wert von € 100,– für einen Einkauf bei Victoria's Secret (Dave an Janet)
Die Buntstiftzeichnung eines Raumschiffes (Nobbs an Max)
Der Obi-Wan's Jedi Inceptor aus der Lego-Star-Wars-Serie, mit Obi-Wan-Kenobi-Minifigur und Astromechdroiden vom Typ R4-P17 (Max und Mel an Nobbs)
Eine iTunes-Gutscheinkarte im Wert von € 75,– (Dave an Mel)
Eine Limited Edition der Herr-der-Ringe-Filmtrilogie in der DVD-Schmuckbox mit neuem Making-of-Material (Dave an Max)
Eine Gesamtausgabe aller Alien-Filme in der DVD-Schmuckbox mit neuem Making-of-Material (Max und Mel an Dave)
Eine Buntstiftzeichnung des Sternenhimmels über seinem Bett (Nobbs an Mel)
Ein Paar Laufschuhe der Marke Nike, Größe 43 (Janet an Max)
Ein Gutschein im Wert von € 70,– für einen Wellnesstag in der Therme Wien (Max und Mel an Janet)
Ein Onlinegutschein im Wert von € 150,– für einen Einkauf bei Topshop (Janet an Mel)
Die Buntstiftzeichnung eines Roboters (Nobbs an James)
Das neueste Modell eines portablen Blutdruckmessgerätes (Janet an James)
Eine Magnumflasche Champagner der Marke Veuve Clicquot, Jahrgang sowieso, Special Christmas Edition (James an Janet, Dave, Max, Mel und Nobbs)

Du weißt, dass Nobbs noch nicht trinken darf, sagte Dave zu seinem Vater, als Janet das Geschenkpapier mit dem Aufdruck einer teuren Vinothek in der Innenstadt von der goldglitzernden Champagnerbox entfernt hatte.
James lachte, als hätte Dave einen Witz gemacht. Er sah nicht gut aus: das Gesicht ungesund gerötet, insgesamt aufgedunsen, die Wangen dennoch eingefallen. Im Verlauf des Abends hatte er mehrmals Anfälle von Atemnot, die er hinter einem großen Stofftaschentuch als Niesattacken zu kaschieren versuchte.
Und du solltest eigentlich auch nicht trinken, bemerkte Janet.
Deshalb hab ich ja auch den guten Scotch zu Hause gelassen, erwiderte James mit einer neckischen Geste seines Zeigefingers Richtung Janet. Weil ich wusste, der Feind beobachtet mich hier.
Die Ärzte meinen es doch gut mit dir, sagte Janet in diesem begütigenden Tonfall, den Dave nur an ihr hörte, wenn sie mit Patienten sprach. Ich meine es gut mit dir, fügte sie hinzu. Das war ein ernsthafter Warnschuss, nächstes Mal könnte das weniger gut ausgehen.
Ich weiß, Sweetheart, I know, nuschelte James und tätschelte Janet den Hintern, als sie an ihm vorbeiging, um Gläser zu holen.
Dave war zu diesem Zeitpunkt nahe daran, sich zu übergeben. Er hatte zu viel Truthahn gegessen, den Janet entgegen seinen Erwartungen perfekt hingekriegt hatte, was ihn in einer dunklen Ecke seiner selbst wurmte. Außerdem hatte er ungefähr siebenundfünfzig ätzende Bemerkungen hinuntergeschluckt und mit einer entsprechenden Menge Chardonnay nachgespült.
Aber weißt du, griff James das Thema noch einmal auf, nachdem Janet aus der Küche zurück war, wenn ich auf alles verzichte, was angeblich ungesund für mich ist, sterbe ich an

Langeweile. Das Leben, das die Ärzte für mich im Sinn haben, macht keinen Spaß. Da kann ich mich gleich ins Grab legen, bei lebendigem Leib.
Auch Janet hatte bereits Schlagseite, wie Dave zufrieden feststellte, weshalb sie bei ihrem Lieblingsthema Gesundheit diesmal nicht die übliche Verve aufbrachte.
Wirst du dann ein Geist, Opa?, fragte Nobbs, der am Boden saß und die Doppel-Cockpit-Fluchtkapsel zusammenbaute. Dave war überrascht, dass er dem Gespräch der Erwachsenen überhaupt zugehört hatte.
Wieder lachte James. Nein, mein Kleiner, nur böse Menschen werden zu Geistern.
Was für ein Schwachsinn, sagte Dave. Nenn ihn nicht *mein Kleiner*, dachte er zornig, dazu hast du nicht das Recht!
Es gibt keine Geister, mein Schatz, sagte Janet, das hab ich dir doch schon erklärt.
Aber Opa sagt was anderes, stellte Nobbs sachlich fest, ohne von seiner Fluchtkapsel aufzusehen.
Dave konnte erkennen, wie Janets ärztliche Gutmenschlichkeit seinem Vater gegenüber leichte Risse bekam.
Dann sind sie eben verschiedener Meinung, sagte Mel vom Sofa her und fuhr fort, Selfies von ihrem grimassierenden Gesicht zu machen und per Snapchat zu versenden. Du kannst glauben, was du willst.
Wo ist eigentlich dein Sohn?, fragte James, zu Dave gewandt.
Hier bin ich, meldete sich Nobbs, und zeigte auf wie in der Schule, in die er noch gar nicht ging.
Dich meine ich doch nicht, Kleiner, sagte James, als wäre Nobbs nur eine Art Entwurf, aus der sich die potentiell wertvolle Spezies Sohn erst entwickeln musste. Dave nahm sich vor, Nobbs ab sofort nicht mehr Kleiner zu nennen.
Max spielt bestimmt Computer, erklärte Nobbs unbekümmert seinem Großvater.
Und das lässt du zu?, fragte James. Am Weihnachtsabend?

Hast du nicht den Mumm, ihm beizubringen, wie man sich in Gesellschaft zu verhalten hat?
Er fragte nicht: Und das lasst *ihr* zu?, und er sah dabei auch nicht Janet an, sondern nur seinen eigenen Sohn. Sein Blick ließ keinen Zweifel daran, dass Dave sich in seinen Augen nie zu einem Vertreter besagter wertvoller Spezies entwickelt hatte.
Dave spürte deutlich, wie alles Hinuntergeschluckte auf einmal in ihm hochkam, doch er wollte seinem Vater nicht die Genugtuung verschaffen, die Contenance zu verlieren. Den ganzen Abend hatte er seinen Provokationen widerstanden, er würde nicht kurz vor der Ziellinie aufgeben. Er sah weg und ballte seine linke Hand hinter dem Rücken zur Faust.
Wenn du der Meinung bist, dass er sich so danebenbenimmt, warum sagst du es ihm nicht selbst?, fragte er kalt, und im selben Moment wusste er, dass er einen Fehler gemacht hatte, einen nicht wiedergutzumachenden Fehler. Er hatte sich beherrscht, und dennoch war er seinem Vater ins Netz gegangen.
James Glennard erhob sich schwer atmend und machte sich auf den Weg zu Max' Zimmer, in dem er, soweit Dave sich erinnern konnte, noch nie gewesen war. Janet, Mel und er sahen sich ratlos an, dann begann Janet, das herumliegende Geschenkpapier und die Bänder einzusammeln, Mel stopfte gedankenverloren noch ein Stück Apple Pie in sich hinein, und Dave schenkte sich völlig unnötigerweise ein weiteres Glas Chardonnay ein.

Nachdem sein Vater endlich nach Hause gegangen war, rauchte Dave am Küchenfenster drei Zigaretten hintereinander, verfrachtete Nobbs ins Bett und klopfte dann bei Max.
Wenn's sein muss, kam es von drinnen.
Dave öffnete die Tür einen Spaltbreit und steckte seinen Kopf hindurch. Kann ich reinkommen?
Sagte ich doch schon.

Natürlich spielte er *WoW*, Dave hätte darauf wetten können. Ein Abend, wie geschaffen für den geordneten Rückzug in eine Fantasiewelt. Er zog sich einen Stuhl heran, setzte sich neben Max und schaute ihm schweigend zu.
Spielst du heute alleine?, fragte Dave nach einer Weile.
Ja, die anderen sind alle noch mit Weihnachten beschäftigt. Also queste ich nur so ein bisschen rum, erledige ein paar Trolle und so weiter.
Verstehe.
In Wahrheit verstand Dave gar nichts, er sah nur eine ziemlich exzentrisch aussehende Figur herumlaufen und mit einem blau leuchtenden Schwert durch die Gegend fuchteln.
Was wollte Grandpa von dir?
Max zuckte die Achseln. Er hat mich nach der Schule gefragt.
Dave nickte. Was hast du ihm erzählt?
Was soll ich ihm schon erzählt haben. Ich hab ihm gesagt, dass es gerade nicht so gut läuft.
Das Leuchtschwert ging auf eine klobige Gestalt mit einem weiß schimmernden Brustpanzer und einem fluoreszierenden Kreis um die Füße nieder, Zahlen in verschiedenen Farben stiegen vom Kampfschauplatz auf.
Wie hat er reagiert?
Was soll das werden, fragte Max, so eine Art Verhör? Hat Mom dich geschickt?
Nein, ich will nur wissen, ob er dir irgendwelchen Scheiß reingedrückt hat.
Quest completed, sagte eine mechanisch klingende Stimme, Max öffnete ein Pop-up-Fenster und klickte darin herum.
Er hat mich gefragt, was ich mit meinem Leben anfangen will, sagte er, als er fertig war.
Er hat – was?
Na ja, er wollte wissen, was ich erreichen will, wie ich meine Zukunft sehe. Wo willst du hin, Junge, du musst doch ein Ziel haben ... du weißt ja, wie er redet.

Dave nickte erneut.
Und, was hast du gesagt?
Dass ich es noch nicht wüsste.
Klar, ist doch normal.
Max' Avatar war dabei, seine nächste Aufgabe zu erfüllen. *Ihre* nächste Aufgabe, wie Dave inzwischen ein wenig überrascht bemerkt hatte. Ceridwen, eine Blutelfe mit langem blauschwarzem Haar und spitzen, fast nadelförmigen Ohren.
Aber ich fand die Frage gut, sagte Max, als Dave schon aufstehen wollte, weil er dachte, die Unterhaltung sei beendet. Hat mir noch nie jemand gestellt. Also, jedenfalls nicht so.
Dave hatte das unglaublich realistische Gefühl, jemand hätte ihm einen Schwall kaltes Wasser über den Kopf geleert, und für einen Augenblick blitzte das Bild des Morgens in ihm auf, an dem er genau das bei Max getan hatte. War ihm wirklich nichts Besseres eingefallen? Mit einem Schlag war er völlig nüchtern und gleichzeitig unendlich müde. Kaum leichter als sein Vater, stemmte er sich aus dem Sessel und ging zur Tür.
Er hat mir was geschenkt.
Dave erstarrte, unfähig, etwas zu sagen oder sich umzudrehen. Er hörte, wie Max den Spielstand sicherte und eine Schreibtischschublade aufzog. Dann stand er auf und kam zu ihm, unterwegs machte er sogar das Deckenlicht an. In der Hand hielt er eine schmale, flache Schatulle, bezogen mit glattem, ein wenig abgegriffenem Leder in der Farbe von altem Rum. Er öffnete sie vorsichtig, als wäre etwas Lebendiges darin – so, wie er früher die Streichholzschachteln geöffnet hatte, in denen er im Park gefangene Hirschkäfer oder Raupen aufbewahrte. Doch in der Schatulle, eingebettet in Samt wie Mathilda Glennards Violine, lag eine Uhr. Nicht irgendeine Uhr, sondern eine originale Rolex GMT-Master, Baujahr 1954, mit einem Armband aus massivem 24-Karat-Gold und einer Lünette rund um das Ziffernblatt, auf der mittels eines vierten Zeigers eine zweite Zeitzone angezeigt

werden konnte. Dave kannte sie gut. Seine ganze Kindheit hindurch hatte sein Vater sie am Handgelenk getragen, und so, wie er vorhin seine eigene Hand gesehen hatte, wie sie die Plastikflasche über Max' Gesicht ausgoss, sah er nun die seines Vaters, wie sie auf ihn zuflog, flach und schnell, direkt in Daves Gesicht, auf eine Wange, dann auf die andere, mit dem Handrücken, einmal, zweimal, dreimal, sein Kopf ein Pingpongball, der goldene Glanz der Uhr tanzte vor seinen Augen hin und her wie das kalte Schimmern eines Schwerts.

Urschön, oder?, fragte Max, als wollte er sich versichern, dass sie ihm gefallen durfte. Ist doch total nett von ihm, sie mir zu schenken. Er hat sie schon von seinem Vater geschenkt bekommen, hat er gesagt.

Ja, ich weiß, sagte Dave, mühsam die Worte formend. Sie ist ... sehr alt.

Sehr wertvoll, hatte er eigentlich sagen wollen, aber die Worte waren anders aus seinem Mund gekommen. Er fühlte sich doppelt so alt wie die Uhr. Unbeholfen legte er einen Arm um Max' Schulter, drückte sie kurz, dann ging er grußlos aus dem Zimmer.

27. Dezember 2014. Samstag. Beige.

Die letzten Tage waren der emotionale Tiefpunkt des fast vergangenen Jahres gewesen, er hatte die meiste Zeit in dumpfer Agonie vor dem Fernseher verbracht, zum Teil in Gesellschaft von Nobbs, der leichtes Spiel hatte, ihn zum Konsum endloser Folgen von *SpongeBob* zu überreden. Trotz seiner chronischen Müdigkeit hatte er wieder Probleme mit dem Schlafen. Nachdem er stundenlang düsteren Gedankengängen gefolgt war, die sich labyrinthisch immer wieder auf denselben Punkt zubewegten, war er vorletzte Nacht an den Medizinschrank gegangen und hatte die angebrochene Packung Citalopram herausgesucht, ein Antidepressivum, das er sich letzten Winter auf Janets Empfehlung von einem Psychiater hatte verschreiben lassen. Damals war er verzweifelt genug gewesen, es auch wirklich einzunehmen. Eigentlich lehnte er solche Medikamente ab. Ihre Wirkung kam ihm vor, als übermalte man den Schrei von Edward Munch mit einer lieblichen Landschaftsszenerie aus dem 19. Jahrhundert. Der Schrei war immer noch da, nur konnte man ihn nicht mehr sehen. Und doch hatte man das unerklärliche Gefühl, dass dies nicht das Originalbild war. Er hatte diese Tabletten gehasst, jeden Tag ein Stück mehr. Er hasste sie, weil sie wirkten. Weil sie in seinem Gehirn herumpfuschten und er sich nicht dagegen wehren konnte, weil sie seine Träume auffraßen, ihn stumpf machten, weil er von ihnen noch mehr zunahm. Die einzig positive Konsequenz dieser Episode bestand darin, dass er sich schließlich einen Therapeuten suchte. Es dauerte eine Weile, bis er einen fand, den er ertrug. Zuerst geriet er an eine Frau, deren Parfum ihm Brechreiz verursachte, dann an einen jungen, gut aussehenden Kerl, in dessen energiegeladener, optimistischer Aura sich Dave gleich noch viel elender fühlte. Morrisons verknitterte Gelassenheit dagegen löste bei Dave einen Pfropfen, der wochenlang in seinem Hals gesteckt hatte oder vielleicht noch viel länger, er redete die gesamte erste Stunde durch, und als er fertig war, sagte Morrison: Wenn Sie möchten, kommen Sie nächste Woche wieder. Und hören Sie auf, sich wegen dieser Tabletten zu quälen. Wenn Sie eine solche Abneigung gegen sie haben, glaube ich nicht, dass sie Ihnen helfen werden. Dave hätte ihn beinahe umarmt.

Nun lagen sie auf seinem Nachttisch, und Dave beäugte sie immer wieder aus dem Augenwinkel, ohne sie anzurühren. Der Anblick beruhigte ihn etwa so wie die Reißleine eines Fallschirms.

Er saß am großen Tisch im Wohnzimmer, auf dem ein Chaos aus verschiedenfarbigem Papier, mehreren Sorten Klebstoff, Tesarollen in unterschiedlichen Stärken, Filzstiften, Markern, Scheren, Stanley-Messern und einem ausufernden Sortiment an Süßigkeiten in ungeöffneten Packungen herrschte. Vor ihm lag ein Blatt Papier im Format A3, auf dem er seit geraumer Weile herumkritzelte. Er musste eine Schnitzeljagd für Nobbs' Geburtstagsparty vorbereiten, solange Mel mit ihm eislaufen war. Dave nahm einen Bogen blitzblaues Papier und einen schwarzen Filzstift zur Hand und zeichnete mit schnellen Strichen ein Segelschiff, das in groben Zügen dem Modell ähnelte, das auf der obersten Etage eines kleinen Regals stand, in dem jene kuriose Sammlung aus Strandgut, mehr oder weniger kitschigen Souvenirs und mehr oder weniger elaborierten Erzeugnissen der Kinder aufbewahrt wurde, die sich in den Wohnungen der meisten Familien findet. Dann faltete er das Papier mehrmals, ging ins Bad und steckte es in Nobbs' Zahnputzbecher. Den nächsten Hinweis würde er natürlich nicht direkt im Schiff platzieren, das wäre zu einfach. Das Schiff transportierte Dave unversehens an die Küste von Cornwall, an einen klaren, windigen Tag im Juni, als Max knapp zwei und Janet noch nicht wieder schwanger gewesen war. Er sah dieses sympathische, gut aussehende Paar, ein wenig müde und erschöpft, unfassbar jung und grundlos optimistisch, wie sie mit ihrem kleinen Jungen in der salzigen Luft den Weg hoch über den schroffen Felsen von Land's End entlanggeweht wurden. Max in seinem Buggy, eingepackt in eine Decke, streckte den Arm aus und zeigte aufs Meer. Schiff, sagte er, zum ersten Mal in seinem Leben und in den Tagen darauf noch unzählige Male, das neue Wort wie ein Mantra, die Erforschung eines Klangs, eines noch unbekannten Geschmacks im Mund. Und seine stolzen Eltern, angerührt von der Magie des kindlichen Spracherwerbs, dieser Welteroberung ihres Sohnes, konnten nicht widerstehen, als er in

dem kleinen Souvenirshop in St. Ives genau auf dieses Schiff zeigte, das vor nunmehr sechzehn Jahren in ihrer Wohnung gestrandet war.
Dave kehrte zurück an den Wohnzimmertisch. Er wählte diesmal ein Papier in Grün, ein frisches Gelbgrün wie die jungen Triebe der Kastanien im Frühling, eine schöne Farbe, fand Dave. Schade, dass keiner der Wochentage in seinem Kinderbuch grün gewesen war. Stattdessen Cordhosenbeige, Müllwagenorange, päpstliches Violett. Wieder einmal ärgerte er sich über diese unnötige Konditionierung. Hätte zum Beispiel der Donnerstag so ein Frühlingsgrün gehabt, wäre Daves Verhältnis zu diesem Tag heute ein völlig anderes, und er müsste nicht jedes Mal, wenn er an einem Donnerstag die Augen aufschlug, gegen dieses grässliche Orange ankämpfen oder aber kampflos zulassen, dass es die triste Atmosphäre eines Wohnwagens aus den Siebzigern über ihn warf. Während er die Umrisse der Zimmerpflanzen skizzierte, die ihre kleine Veranda immer mehr in einen Dschungel verwandelten, fragte sich Dave, ob eine Umprogrammierung möglich war. Wenn er sich eine Art immerwährenden Kalender bastelte, der nur aus sieben verschiedenen Blättern in von ihm gewählten Farben bestand, mit den Namen der Wochentage in fetten Lettern darauf, und er diesen Kalender in der Küche aufhängte, wo er ihn täglich sah – wie lange würde es dauern, bis die neuen Farben die alten in seinem Kopf ersetzten? Genauso lange, wie sie Zeit gehabt hatten, sich dort einzunisten?
Dave faltete das Papier zu einem kleinen Vogel und hängte ihn an die Stehlampe in Nobbs' Zimmer. Sehr elegant, weil sichtbar und doch unauffällig. Langsam fand er wieder in die Sache hinein. Er sah nach oben zum Sternenhimmel über Nobbs' Bett, ging in die Küche, holte Silberpapier und fing an, eine kleine Rakete zu basteln. Während er den Korpus aus Papier formte und beklebte, überlegte er, wie es wäre, einen

silbernen Tag zu haben, einen, der glänzte und das Licht reflektierte. Der Samstag müsste es sein, der erste Tag des Wochenendes, auf den er schon ab dem Donnerstag zufliegen konnte, angezogen von seinem silbrigen Schimmern. Und dann hatte er die Idee: Vielleicht konnte er sich diese neuen Farben erträumen, immer für den jeweils nächsten Tag, Träume in Grün, Purpur, Meerblau, Silber. Es musste möglich sein, schließlich war er vor kurzem durch einen Farbtunnel geflogen! Er würde sich einen Bogen Papier in der gewünschten Farbe mit ins Bett nehmen und es zum Einschlafen lange ansehen, als würde er in einem Buch lesen, dessen Geschichte er dann weiterträumte. Unwillkürlich musste er lächeln, er fühlte sich wie ein Kind, dem ein geniales neues Spiel eingefallen war. Als die Rakete fertig war, trug er sie in die Veranda und klemmte sie zwischen die Zweige des Ficus benjamina. Dann schnitt er einen Stern aus goldenem Buntpapier aus und versah ihn mit einem dicken schwarzen Pfeil. In Nobbs' Zimmer stieg er auf einen Stuhl und klebte den Stern mit doppelseitigem Klebeband mitten in die Raketenformation. Der Pfeil zeigte genau in Richtung Spielzeugschrank. Dave holte die Süßigkeiten, stopfte sie allesamt in Nobbs' Fußballbeutel und verstaute ihn hinter einer Schachtel mit Matchboxautos, gerade rechtzeitig, bevor Nobbs und Mel zur Tür hereinkamen.

Abends, nachdem er die Verwüstungen eines Kindergeburtstags beseitigt und den noch aufgedrehten, aber hundemüden Nobbs ins Bett gebracht hatte, stieg er trotz des relativ kalten und feuchten Wetters aufs Dach. Er trug eine Daunenjacke und hatte eine Isomatte dabei, die er über den Schornstein legte. Rauchend saß er da und dachte über eine geeignete Farbe für den Sonntag nach. In seinem Kinderbuch war er weiß gewesen, weiß wie Schnee, geschälter Reis und Janets Hochzeitskleid. In weiten Teilen Asiens war es die Farbe der

Trauer. Dave konnte das nachvollziehen. Weiß stand für die Unschuld, die man verlor, es symbolisierte Leere, Sterbende sahen weißes Licht. Manche fanden es wohltuend und spirituell, er fand es deprimierend. In weißen Kleidungsstücken fühlte er sich nackt, außerdem dachte er sofort an Flecken. Janet trug gern weiß, nicht nur bei der Arbeit, und es stand ihr auch, es passte zu ihrer Aura der Makellosigkeit, die ihn gleichzeitig anzog und abstieß und ihn so in einer bestimmten Umlaufbahn hielt, die zu verlassen kaum möglich schien, ohne eine kosmische Katastrophe zu verursachen.
Seine Gedanken wanderten zu seinem letzten Traum. Er dachte an das Prisma auf dem Plattencover von *The Dark Side of the Moon*, an den weißen Lichtstrahl, der von ihm gebrochen und in Spektralfarben zerlegt wurde. Erst jetzt, Tage später, wurde ihm bewusst, dass er sich während seines Fluges durch den Tunnel auf dieses Prisma zubewegt hatte. Wäre er weitergeflogen, hätte er es durchdrungen und wäre in einem Prozess physikalisch-alchimistischer Verwandlung selbst zu vielfarbigem Licht geworden? Doch sein Gehirn hatte einen Kurzschluss produziert. Wenn Dave darüber nachdachte, tat es das öfter, auch im Wachzustand. Irgendetwas war zu viel oder zu wenig, Strom, Spannung, Widerstand, Schaltungen, und es wurde dunkel um ihn, farblos, weder schwarz noch weiß noch irgendetwas dazwischen. Schwarz wäre okay, er hatte nichts gegen Schwarz. Im Gegenteil, er fand es heimelig, beruhigend. In Schwarz fühlte er sich aufgehoben, es absorbierte alle Farben und trug sie in sich, ohne dass jemand sie sah. Es war eine gemütliche Höhle, wie der Sonntag, an dem er sich zurückziehen konnte, umgeben nur von den Mitbewohnern seiner Innenwelt. Ein schwarzer Tag, das war für die meisten Menschen ein Unglückstag, an dem alles schiefging. Für ihn würde es einer sein, an dem er das Gefühl hatte, eine gewisse, überschaubare Entscheidungsfreiheit zu haben, halbwegs kontrollieren zu können, was geschah.

*

Eine weite baumlose Schneelandschaft, flach, so weit das Auge reicht. Auch der Himmel ist weiß, ohne Schattierungen, der Horizont kaum erkennbar, ein dünner Bleistiftstrich auf weißem Papier. Die Landschaft macht ihn traurig, er fühlt sich körperlos, wie ein Geist. Er schaut hinunter auf seine nackten Füße, die nicht einsinken beim Gehen, keine Spuren hinterlassen. Seine Hände sind riesige Schaufeln, er legt sie auf seine Brust, um sich zu schützen, doch die Trauer nimmt zu. Das liegt an dem vielen Weiß ... In Schwarz wollte er träumen, wegen des Sonntags, und jetzt geht er durch eine Schneewüste. Was ist der Unterschied zwischen Dunkelheit und Schwärze? Er kann hier nicht nachdenken, in diesem ewigen Winter, als wäre sein Gehirn eingefroren. Nebel fällt ein, rollt über die Ebene auf ihn zu, beginnt ihn einzuhüllen. Rasch dreht er eine Pirouette, wie auf dem Eis. Er blickt auf und sieht eine Gestalt, die sich durch den Schnee schleppt, eine Frau mit glattem blondem Haar, lose zusammengebunden, in einem langen weißen Kleid. Sie bewegt sich nicht auf ihn zu, auch nicht weg von ihm, sie quert sein Blickfeld von links nach rechts, ziellos. Ihr Kleid ist zerrissen, einst war es edel und festlich, doch das ist lange her, jetzt hängt es in Fetzen an ihr herunter wie sich ablösende Bandagen einer Mumie. Auch sie ist traurig, Dave kann ihr Gesicht nicht erkennen, aber er spürt ihre Trauer wie eine sanfte Brise, die zu ihm herüberweht. Sie löst ein starkes, schmerzhaftes Verlangen in ihm aus, er möchte ihr folgen, doch sie entschwindet im Schnee, als würde sie in das Bild hineingehen, aus dem sie gekommen ist. Wieder dreht sich Dave entschlossen um sich selbst, einmal und noch einmal. Direkt vor ihm steht ein Monolith, schwarzer Stein, poliert, glänzend, ein dunkler Spiegel. Er neigt den Kopf weit nach hinten, und doch sieht er sein Ende nicht. Irgendwo dort oben verschwindet er im Weiß, doch das Weiß will er nicht mehr sehen. Sachte berührt er den Stein mit der flachen Hand, zu seiner Überraschung ist er warm. Seine Oberfläche pulsiert in einem bestimmten Rhythmus, als hätte er ein Herz. Dave fühlt eine überwältigende, fast sexuelle Anziehung, eine sonderbare Erregung ergreift von ihm Besitz, durchströmt ihn, er breitet die Arme aus, lehnt zärtlich eine Wange, dann seinen gesamten Körper an den Stein und sinkt in seine Schwärze, die ihn umhüllt wie Samt, ein Meer aus Nacht und flüssiger Geborgenheit.

*

5. Jänner 2015. Montag. Azurblau.

Es funktioniert, verkündete Dave mit einem triumphierenden Lächeln, kaum, dass er auf dem Sofa Platz genommen hatte.
Was funktioniert?, fragte Morrison.
Das luzide Träumen. Inzwischen weiß ich nicht nur, dass ich in einem Traum bin, sondern ich kann ihn auch beeinflussen. Wenn ich mir am Abend vornehme, etwas Bestimmtes zu träumen, erinnere ich mich im Traum daran und komme schon allein dadurch zu klarem Bewusstsein. Außerdem kann ich Gegenstände als Portale benutzen. Wenn ich sie vor dem Einschlafen lange ansehe, geleiten sie mich direkt vom Wachzustand in einen Traum, der mit ihnen in Verbindung steht. Mein Körper schläft ein, aber mein Bewusstsein bleibt wach, verstehen Sie, zumindest der Teil, der sich mit dem jeweiligen Gegenstand beschäftigt. Es hält sich quasi an ihm fest und rutscht mir dadurch nicht einfach weg.
Beängstigt Sie diese Vorstellung, fragte Morrison, dass Ihnen Ihr Bewusstsein wegrutscht?

Das ist keine Vorstellung, das ist eine Erfahrung. So war es früher, wenn ich einschlief. Und dann landete ich in einem verrückten Albtraum, den ich für real hielt, und fühlte mich allem, was darin passierte, hilflos ausgeliefert.

Ist das eine Erfahrung, die Sie aus Ihrem realen Leben kennen: sich hilflos ausgeliefert zu fühlen?

Wie gut, dass Sie mich daran erinnern, fast hätte ich es vergessen, sagte Dave sarkastisch, und dann, mit verändertem, aufgebrachtem Ton: Genau das ist ja der Punkt! Deshalb versuche ich, wenigstens in meinen Träumen die Zügel in die Hand zu nehmen. Und wenn ich es dort lange genug trainiere, kann ich vielleicht mein verkorkstes Betriebssystem durch ein neues, besseres ersetzen.

Was machen Sie dann mit dem alten?, erkundigte sich Morrison, als wäre er ein Gebrauchtwagenhändler, der sich für die eventuell noch brauchbaren Ersatzteile eines alten Autos interessierte.

Uninstall, sagte Dave.

Könnte dabei nicht Wertvolles verloren gehen, Erinnerungen zum Beispiel?

Es gibt Dinge, die würde ich nur zu gerne vergessen.

Zum Beispiel?

Diesen Weihnachtsabend, zum Beispiel.

So schlimm?

Mein Vater war da.

Sie haben ihn eingeladen? Geht es ihm besser?

Er ist seit drei Wochen wieder zu Hause. Und nicht ich habe ihn eingeladen, sondern Janet, und zwar, ohne mich zu fragen.

Warum, meinen Sie, hat sie das getan?

Keine Ahnung, um mir eins auszuwischen?

Glauben Sie das wirklich?

Ach, sagte Dave unwirsch, sie hat eben diesen Ärztetick: Sobald jemand krank ist, ist er arm und bedauernswert, und

man muss nett zu ihm sein, auch wenn er ein altes Ekel ist. Sie würde zu einem Serienkiller nett sein, wenn er Krebs hätte.
Darauf hat sie immerhin einen Eid abgelegt, sagte Morrison.
Auf die ärztliche Hilfe, ja, erwiderte Dave, aber nicht auf das Nettsein. Außerdem glaube ich doch, dass es sie auch gereizt hat, weil sie wusste, ich würde es furchtbar finden, mit meinem Vater Weihnachten zu feiern.
Genau das könnte jedenfalls der Grund gewesen sein, warum sie es davor nicht mit Ihnen besprochen hat, gab Morrison zu bedenken. Ihre Frau befürchtete, dass Sie Nein sagen würden. Sie befand sich in einem inneren Konflikt: zwischen der beruflich bedingten Loyalität, die sie Kranken gegenüber empfindet, und ihrer Loyalität Ihnen gegenüber. Sie hat ihn auf nicht sehr erwachsene Art und Weise gelöst, und ich verstehe gut, dass Sie sich ignoriert und übergangen gefühlt haben. Aber wenn Sie an Janet denken: Finden Sie nicht, ihr Konflikt an sich ist nachvollziehbar?
Wollen Sie sie jetzt verteidigen?
Nein, sagte Morrison bestimmt. Ich möchte Sie einladen, die Sache von einem anderen Blickwinkel aus zu betrachten. Zum Beispiel von einem, der Ihnen Janet nicht als Feind erscheinen lässt und Ihnen andere Möglichkeiten des Umgangs mit ihr zeigt.
Was hätte ich denn tun sollen? Meinen Vater anrufen und ihn wieder ausladen? Mit welcher Begründung? Es tut mir wirklich leid, aber ich hasse dich und möchte auf gar keinen Fall Weihnachten mit dir verbringen?
Morrison schwieg. Es war eine ganz spezifische Art des Schweigens, in dem das, was Dave gerade gesagt hatte, ein überaus deutliches, nicht enden wollendes Echo in ihm erzeugte. Er kannte es schon.
Was?, fragte er.
Ich finde Ihren letzten Satz bemerkenswert, sagte Morrison

und sah Dave aus seinen wasserblauen Augen an. Vielleicht möchten Sie ihn wiederholen.
Wozu soll das gut sein?, sagte Dave störrisch. Ich weiß, was ich gesagt habe.
Sie haben zwei sehr unterschiedliche, einander nahezu ausschließende Empfindungen Ihrem Vater gegenüber ausgedrückt. Ich frage mich, wie sich diese Ambivalenz für Sie anfühlt.
Was für eine Ambivalenz? Mein Vater ist ein selbstgerechter, eitler, egozentrischer Despot, ein emotionaler Krüppel, und ich hätte wirklich gern darauf verzichtet, mit ihm Weihnachten zu feiern, was ja auch kein Problem gewesen wäre, hätte ich nicht eine Frau, die mir in den Rücken fällt.
Sie hätten mit ihr reden können, vielleicht hätten Sie gemeinsam eine Lösung gefunden – man hätte die Einladung zeitlich eingrenzen oder auf den nächsten Tag verlegen können, sie in einen gemeinsamen Restaurantbesuch umwandeln oder in eine Einladung zu Kaffee und Kuchen.
Wenn ich es nicht besser wüsste, sagte Dave, würde ich glauben, Sie sind nicht verheiratet.
Morrison ließ ein kleines Lachen hören.
Dave setzte sich auf dem Sofa neu zurecht, lehnte sich zurück und schlug die Beine übereinander.
Eigentlich wollte ich Ihnen was ganz anderes erzählen, begann er. Wissen Sie, dass heute ein azurblauer Tag ist?
Morrison sah zum Fenster, durch das man einen typischen Wiener Jännerhimmel bewundern konnte, der wie eine trübe Suppe über den Dächern hing.
Für mich sieht er ziemlich grau aus, sagte er.
Aber ich habe beschlossen, dass der Montag azurblau sein sollte wie der Himmel über dem Meer. Bisher war er rot, aber so ein hässliches, totes Rot, wie eingetrocknetes Blut.
Ach, die Sache mit dem Kinderbuch.
Genau. Eine Woche lang fiel mir partout nichts ein, was ich

träumen wollte, und dann, während ich für Nobbs' Geburtstag mit farbigem Papier herumbastelte, kam mir die Idee, die Farben der Wochentage in meinem Kopf zu verändern. Ich dachte zuerst daran, einen Bogen Papier in der neuen Farbe, die ich mir für den nächsten Tag ausgesucht hatte, mit ins Bett zu nehmen, aber dann stellte ich fest, dass das gar nicht nötig war. Es reichte, mir die Farbe beim Einschlafen intensiv vorzustellen, um von ihr zu träumen. Oder in ihr. Manchmal träumte ich zu Beginn auch die alte Farbe aus dem Buch, aber ich konnte sie immer verwandeln. Es gibt Techniken, wissen Sie, mit denen man in eine neue Traumszene gelangt.
Ihnen fiel nichts ein, was Sie träumen wollten?, erkundigte sich Morrison.
Ja, das hat mich fertiggemacht. Wenn man lernen will, seine Träume zu steuern, sollte man einen Plan haben. Aber eine Zeit lang war ich einfach total blockiert. Ich konnte mir nichts vorstellen, was ich mir wirklich zu träumen gewünscht hätte.
Und in dieser Zeit hatten Sie keine spontanen Träume?
Nein. Jedenfalls keine, an die ich mich erinnern könnte.
Irritiert Sie das?
Meine spontanen Träume der letzten Monate waren zum Großteil Albträume, also nein, eigentlich nicht.
Morrison nahm seine Teetasse von dem kleinen Tischchen, umschloss sie mit beiden Händen, trank aber nicht, sondern schaute konzentriert in die Tasse.
Stellen Sie sich vor, Sie hätten noch einen einzigen Traum. Eine einzige Nacht, die letzte Ihres Lebens. Was würde Sie gerne träumen?
Dave schaute ins Feuer im Ofen, das im Laufe der Sitzung zu einem leise vor sich hin glimmenden Gluthaufen heruntergebrannt war, aus dem nur noch hin und wieder einzelne Flammen emporzüngelten wie schüchterne Finger. Eine Stille breitete sich im Raum aus, ganz anders als das Schweigen

vorhin, eine ruhigere, leicht wehmütige, staubige Stille, in der nun Bilder aufzusteigen begannen: die letzte Nacht in seinem alten Kinderbett auf der Upper West Side. Sein letzter Schultag. Seine letzte Nacht mit Janet vor ihrer Hochzeit. Maria Schneider in *Ultimo Tango a Parigi*, wie sie Marlon Brando in einem Lokal unter dem Tisch betrunken einen runterholt. Der letzte Tag vor Max' Geburt. Das letzte Gespräch mit seiner Mutter. Da Vincis Abendmahl. Seine letzte Zigarette vor dem Aufhören. Letzte Worte, letzte Dinge. Wie viele Träume trennten ihn von seiner letzten Nacht? Würde er wissen, dass es seine letzte war?

Morrison warf einen Blick auf die Uhr und öffnete den Mund, um etwas zu sagen.

Jaja, ich weiß schon, sagte Dave. Ich soll darüber schreiben.

Aber er hatte keine Lust, zu schreiben, schon gar nicht über etwas so Hypothetisches und weit Entferntes wie den letzten Traum seines Lebens. Er wollte nicht einmal darüber nachdenken. Eben hatte er zum ersten Mal einen Traum bewusst miterlebt, er stand am Anfang von etwas, warum sollte er jetzt an das Ende denken? Und wer sagte überhaupt, dass das Träumen mit dem Sterben endete? Vielleicht war der Tod ein einziger langer Traum, aus dem man niemals erwachte. Dave musste an eine Passage aus dem Buch des Traumforschers denken, in der er von seiner ersten Begegnung mit dem tibetischen Lama erzählt, der ihn mit dem Traumyoga bekannt machte. Der Mann konnte kaum Englisch, und sein Vortrag wurde von unkontrollierten Lachsalven unterbrochen. Immer wieder deutete er auf eine Person, einen Gegenstand oder, mit einer allgemeineren Geste, auf die gesamte Umgebung und sagte: This ... dream!, gefolgt von weiterem Gelächter. So versuchte er, einem bunt zusammengewürfelten Grüppchen Amerikaner unter der Sonne von Big Sur seine Botschaft zu vermitteln: dass man im Grunde alle Erlebnisse und Erfahrungen als Träume betrachten konnte und sich darum bemühen sollte, eine ununterbrochene Kontinuität des Bewusstseins zwischen Wach- und Traumzustand zu wahren. *Everything is made from dreams*, sang schon Tom Waits. Außerdem war Dave auf einer neuen Mission: Er wollte diese Frau wiedersehen, die Frau in Weiß. Er würde ihr ein anderes Kleid anziehen, ein rotes vielleicht, magentafarben wie der Freitag, der neue Freitag, oder lieber ein schwarzes? Ja, Schwarz würde ihr stehen, zu ihren blonden Haaren und der hellen Haut ... er verlor sich ein wenig in der Vorstellung, während er wieder einmal im allerletzten Moment Tests korrigierte. Sie war schön gewesen, auf eine dunkle Art, obwohl sie ihm weiß in Weiß erschienen war. Trotz ihrer spürbaren Traurigkeit hatte sie etwas Erotisches ausgestrahlt, etwas Kaputtes, aber sehr Anziehendes. Dave spürte, wie sich das Blut in seiner Lendengegend sammelte. Schon in den letzten Tagen war er immer wieder bei alltäglichen Verrichtungen in Fantasien abgedriftet. Nach dem sexuellen Koma der letzten Monate fand er das grundsätzlich begrüßenswert, auch wenn Janet und er sich seit dem Weihnachtsdesaster wieder einmal in dieses unschöne Patt manövriert hatten, das darin bestand, so zu tun, als hätten sie überhaupt keine Bedürfnisse, um sich vor dem anderen nur ja keine Blöße zu geben. Dieser Zustand war anstrengend, denn man musste wachsam sein, durfte sich nicht gehenlassen. Eine unbedachte Berührung, eine Hand am falschen Ort, ein vermeidbares Streifen von nackter Haut, ein unnötiges Anlehnen, ein kurzer unkontrollierter Blick, und man hatte verloren. Nach einer Zeit gewöhnte man sich daran, man entwickelte Übung. Es war eine Art Fitnessparcour. Der Muskel, den man damit trainierte, war der Stolz, bei Dave schon immer weniger ausgeprägt als bei Janet. Doch diesmal war er fest entschlossen, keine Schwäche zu zeigen. Zu gut wusste er, was darauf folgte, zu tief war der Fall in den Sumpf der Selbstverachtung, zu groß

Janets Triumph, den sie sich schön langsam, Stufe für Stufe, auf der Zunge zergehen lassen würde: Von der Phase des Hinhaltens, die das Austeilen kleiner Häppchen von Zärtlichkeit ebenso beinhaltete wie die strenge, nicht vorhersehbare Zurückweisung der Annäherungsversuche, zu denen er sich dadurch irrtümlich hinreißen ließ, über ihre leicht genervten Zugeständnisse in Form einseitiger Pettingsessions, bei denen er sich fühlte wie ein nervöser Teenager, bis zum schließlich doch stattfindenden Sex, zu dem sich Janet herabließ, als müsste sie sich dazu überwinden, und der unweigerlich nach Mitleid schmeckte. Im Anschluss versäumte Janet niemals, darauf hinzuweisen, wie müde sie eigentlich gewesen sei und was für ein mörderischer Arbeitstag ihr bevorstünde, ein Nachspiel wie ein Dessert, das man nicht bestellt hatte und nach dem einem endgültig schlecht war. Auf einer sehr abstrakten Ebene bewunderte Dave fast, wie Janet es schaffte, rund um einen an sich lustvollen Akt wie den Geschlechtsverkehr so viele negative Gefühle in ihm zu erzeugen: unerwidertes Verlangen, Unterlegenheit, Abhängigkeit, Ohnmacht, Scham und dann auch noch Schuld. Manchmal fragte er sich, ob sich das alles lohnte für ein bisschen ficken. Im Moment lautete die Antwort: nein. Er würde sich nicht erniedrigen für ein paar Augenblicke der Endorphinausschüttung, die vorübergehend einen Schmerz betäubte, ihn aber nicht dauerhaft beseitigte, sondern hinterher umso deutlicher spürbar machte. Er war an Schmerz gewöhnt. Im Allgemeinen war es besser, ihn auf einem gewissen Level zu halten, als sich einem ständigen Auf und Ab auszusetzen.

Dave überflog ein paar weitere Tests, machte halbherzig Anmerkungen neben dem haarsträubenden Unsinn, den die Tochter eines Parlamentariers, die in seiner derzeitigen Maturaklasse saß, über die Formbegriffe in der Pop- und Rockmusik verzapft hatte. Ihr Vater hatte sich kürzlich von seiner Frau bei einer Affäre ertappen lassen, jetzt tobte ein Rosenkrieg, der von den Medien genüsslich ausgeschlachtet wurde. Dave nahm an, dass Männer ihre Frauen unter anderem in genau jenen festgefahrenen, ausweglosen Situationen betrogen, in denen er sich mit Janet seit geraumer Weile befand. Sein Problem war: Er konnte es nicht. Zugegeben, die Gelegenheiten waren nicht üppig, doch sie waren vorhanden. Eine Schule war vielleicht kein Krankenhaus (obwohl der Vergleich Dave auf anderer Ebene durchaus passend erschien), und er gehörte nicht zu den Lehrern, in die sich Schülerinnen höherer Klassen regelmäßig verliebten (was ihm nur recht war), aber von Zeit zu Zeit tauchten junge, frischgebackene Lehrerinnen auf, die als Karenzvertretung oder als Springerinnen für erkrankte Lehrer arbeiteten und ihm erstaunlicherweise trotz seines neuerdings ein wenig schütter werdenden Haupthaares und des unseligen Wulstes um seine Mitte auf den Gängen gewisse Blicke zuwarfen oder ihn vor dem Konferenzzimmer anquatschten, weil sie angeblich ihre Kopierkarte verlegt hatten. Sie trugen hautenge Jeans wie die Oberstufenschülerinnen und an warmen Tagen Trägershirts, und ja, es machte ihn an. Er borgte ihnen seine Kopierkarte, lud sie auf Automatenkaffee in der Aula ein und flirtete mit ihnen auf der Weihnachtsfeier oder auf einem Schulfest, doch sobald sie ihm näherkamen, wich er aus. Es hatte ein paar heikle Momente gegeben, eine Handvoll heißer Augenblicke, aber nie mehr. Eine unsichtbare Barriere hinderte ihn daran, weiterzugehen, eine Lichtschranke, von der er nicht wusste, wer sie installiert hatte und wann. War es Janet gewesen, ihre vor über zwanzig Jahren unter der Tür seines Studentenzimmers hindurchgeschobene Botschaft? *Don't mess with me. You'll regret it.* Beruhte seine Treue auf einer vagen Drohung? Wünschte er sich, diese Schranke existierte nicht, oder war er insgeheim froh, dass es sie gab, weil sie ihn der Entscheidung enthob, ob er seine Frau betrügen sollte oder nicht? Doch obwohl dieser scheinbare Vorteil seinem Naturell entgegenkam – er traf ungern Entscheidungen, vor allem nicht solche von unvorhersehbarer Tragweite –, irritierte ihn plötzlich etwas daran. Nachdem er jahrelang nicht weiter darüber nachgedacht hatte, die Barriere als selbstverständlich, moralisch bedingt und irgendwie natürlich hingenommen hatte, fühlte er sich nun in dem Raum dahinter eingesperrt und manipuliert. Er spürte sie als etwas Fremdes, das ihm vor langer Zeit eingepflanzt worden war, ein Störsender, der penetrant monotone Signale abgab und jene, die aus seinem Inneren kamen, überlagerte, sobald er versuchte, in sich hineinzuhören. *Wollte* er Janet betrügen? Er wollte Sex haben, ohne die schwierigen Implikationen, die Sex in seiner Ehe, vielleicht in allen Ehen, phasenweise mit sich brachte. Aber wollte er diesen Sex tatsächlich mit jemandem anderen haben als mit Janet? Oder verlagerte er sein Begehren nur deshalb auf junge Lehrerinnen, weil er praktisch nichts über sie wusste und sie nichts von ihm, weil sie seine Lust unbelastet von Beziehungsproblemen aller Art beflügeln konnten, noch dazu ausschließlich in seiner Fantasie? Wenn er mit Janet wieder so schlafen könnte wie in ihrer ersten gemeinsamen Zeit, auf jene absolute, verschlingende, monströse, das Universum ins Nichts stürzende Art, die ihn, vollgesogen mit Nektar und Ambrosia, in seliger, vollkommener Bedürfnislosigkeit zurückließ, stünden all diese Fragen überhaupt nicht zur Debatte. Doch genau das schien völlig unmöglich, als wären sie damals andere Menschen gewesen.

Seine Gedanken wanderten wieder zu der Frau aus seinem Traum, seiner Traumfrau. Dave musste grinsen über die Zweideutigkeit des Begriffs, mit dem er bisher nie etwas hatte anfangen können. Was sollte das sein, eine Traumfrau? Im Gegensatz zu vielen anderen Männern hatte er nie einen ganz bestimmten Typ Frau bevorzugt, seine Freundinnen waren ganz unterschiedlich gewesen, sowohl vom Aussehen her als auch in ihrem Temperament und Charakter. Die

Traumfrau war ihm immer als Schablone erschienen. In ihren Umrissen musste sie gewissen, vorgefertigten Formen entsprechen, den Rest konnte man dann nach Belieben auf sie projizieren, zumindest solange man frisch verliebt war. Doch wenn man den Begriff wörtlich nahm, entfaltete er eine völlig neue Bedeutung und ergab plötzlich Sinn, in einem einfachen kausalen Zusammenhang. Traumfiguren waren laut seinem Buch in jedem Fall Teil der eigenen Persönlichkeit. Selbst wenn man es im Traum mit real existierenden Personen zu tun hatte, repräsentierten sie auch die Rolle, die sie im Leben des Träumers spielten, die Gefühle, die sie in ihm auslösten. Er konnte sich also ruhigen Gewissens auf seine Traumfrau einlassen, denn er betrog Janet ja streng genommen nicht, außer mit sich selbst. Es war ein genialer Ausweg aus seinem Dilemma, und nach seinem Erfolg mit den Farben der Wochentage war er überzeugt, dass er eventuell auftauchende Lichtschranken schon irgendwie austricksen würde. Er sah aus dem Fenster. Feiner, fluseliger Jännerschnee fiel leise vom hellgrauen Himmel wie ein Gruß der Frau in Weiß. Sei nicht traurig, dachte Dave. Ich komme zu dir, bald. Ich werde dich in Schwarz hüllen, in wärmendes, wunderbares Schwarz, damit du nicht mehr frieren musst. Ich werde den Schnee schmelzen lassen, nur für dich. Und dann werde ich dich ausziehen und dich von deiner Traurigkeit befreien. Uns beide.

Doch irritierenderweise träumte Dave in den darauffolgenden Tagen gar nicht, oder jedenfalls fehlte ihm jegliche Erinnerung daran. Zunächst dachte er, es läge am Alkohol, von dem er seit Weihnachten mehr konsumierte als sonst, also ließ er ihn weg. Er baute mehr Realitätsprüfungen ein als bisher, bediente sich dabei sogar einer Methode aus dem Traumbuch, die er bisher zu idiotisch gefunden hatte, um sie zu praktizieren, und die darin bestand, die Übung an eine sich

im Alltag häufig wiederholende Verrichtung zu knüpfen: den Gang auf die Toilette, das Waschen der Hände, den Blick in den Spiegel. Er machte vor dem Einschlafen die empfohlenen körperlichen Entspannungsübungen und konzentrierte seinen Geist auf das Bild der Frau und den Wunsch, sie wiederzusehen. Einmal versuchte er es sogar mit der Visualisierung der leuchtenden Lotusblüte in seiner Kehle, nur um irgendwann hochzuschrecken und festzustellen, dass er wieder einmal an einem Punkt, der sich hartnäckig seiner Beobachtung entzog, einfach über den Rand seines Bewusstseins in einen Abgrund gekippt war, der zweifelsfrei als Schlaf zu bezeichnen war, aus dem er aber keineswegs erholt, sondern mit bleiernen Gliedern erwachte, erschöpft wie ein Minenarbeiter, der nach einer Zwölf-Stunden-Schicht aus dem Bergwerk kam. Dieses Muster wiederholte sich mehrmals pro Nacht, wobei er immer länger brauchte, um wieder einzuschlafen, zum einen, weil er sich über sich selbst ärgerte, zum anderen, weil ihn seine Traumlosigkeit ängstigte. Diese Art von Schlaf war wie der Tod. Er fürchtete, nicht mehr aufzuwachen. Viele Menschen fanden, das sei die schönste Art, zu sterben. Für Dave war es der ultimative Albtraum. Natürlich wollte auch er nicht unter Schmerzen sterben, aber er wollte es dennoch bewusst miterleben. Er wollte nicht einschlafen in dem Glauben, am nächsten Tag aufzuwachen und dazwischen einfach verloren gehen wie ein Brief auf dem Postweg.
Seine Stimmung sank von Tag zu Tag. Hatte er seine eben erst erworbene Fähigkeit zum Klarträumen verloren? Waren seine bisherigen Erlebnisse die Zufallstreffer eines Anfängers gewesen? Wenn er nicht träumen konnte, wollte er auch nicht mehr schlafen, also kehrte er zum Fernsehen zurück. Nächtelang lag er auf dem Sofa und starrte auf den Bildschirm. In Libyen wuchs der Einfluss der Dschihadisten, die libysche Regierung griff vor der Hafenstadt Darna einen griechischen Tanker an, weil sie darauf Islamisten vermutete. Für die Ver-

seuchung des Nigerdeltas zahlte der Ölkonzern Shell im Rahmen einer außergerichtlichen Einigung fünfunddreißig Millionen Pfund. Die islamistische Terrormiliz Boko Haram zerstörte in Nigeria elf Ortschaften, Hunderte Menschen wurden getötet, Tausende waren auf der Flucht. Bei einem Anschlag auf die Redaktion des französischen Satiremagazins Charlie Hebdo starben zwölf Personen, zwanzig weitere wurden verletzt, Frankreich rief die höchste Terrorwarnstufe aus. Australien gewann das Eröffnungsspiel der 16. Fußball-Asienmeisterschaft gegen Kuwait. Bei einem Anschlag auf eine schiitische Moschee nahe Islamabad wurden mindestens sieben Personen getötet, fünfzehn verletzt. Das US-Raumfahrtunternehmen Space X scheiterte mit dem Versuch, eine Trägerrakete nach dem Start zur Wiedernutzung auf einer schwimmenden Plattform im Atlantik aufzufangen, da die Landung darauf zu hart erfolgte. All diese Informationen prasselten auf Dave ein, der keine Regenhaut trug, sondern einen Mantel aus unendlicher Müdigkeit, der sich vollsaugte und immer schwerer und schwerer wurde. Und unter dem Mantel war er nackt, und unter der nackten Haut, unter seinen trägen, geschwollenen Lidern und schlaffen Muskeln flatterten seine Nerven wie Kolibris auf Koks, in einer überdrehten, gehetzten Frequenz. Nach einer Woche wünschte er sich beinahe seine Albträume zurück. Doch die paar Stunden, die er tatsächlich schlief, waren ein unstrukturiertes Nichts, das sich anfühlte, als wäre er innerlich erblindet. Wieder einmal musste er sich krankmelden, weil er einfach zu müde war, um zu unterrichten. Sein praktischer Arzt verschrieb ihm Schlaftabletten, für die er nicht einmal das Rezept einlöste. Er hatte Angst, durchzudrehen. Und er fühlte sich einsam, so einsam wie vielleicht noch nie zuvor in seinem Leben. Es war nicht jene Art von Einsamkeit, die ihm seit seiner Kindheit vertraut war, dieser Kokon, der ihm Schutz bot, sein Heimatplanet, wo er zwar eine spezielle

Funkverbindung benötigte, um mit anderen in Kontakt zu treten, einen Weltempfänger, dessen Empfangsqualität großen Schwankungen unterlag, doch bisher hatte er das in Ordnung gefunden. Er war froh gewesen, wenn niemand so genau mitbekam, wie es ihm wirklich ging. Nun wünschte er sich, jemand würde es bemerken und mit ihm darüber reden. Jemand außer Morrison, den er dafür bezahlte und der diese Woche außerdem auf einer Tagung war. Auch Janet war auf einer Tagung. Überhaupt waren alle rund um ihn unglaublich beschäftigt. Max startete einen letzten Versuch, das Schuljahr doch noch zu schaffen, hatte seinen Grasvorrat außer Haus gebracht, büffelte nahezu ohne Unterbrechung und war so schlecht gelaunt, dass man am besten darauf verzichtete, das Wort an ihn zu richten. Mel war wenig zu Hause, und wenn sie da war, trainierte sie wie eine Verrückte für einen Mathematikwettbewerb, bei dem besonders begabte Schülerinnen ein vollfinanziertes Auslandsjahr gewinnen konnten. Und Nobbs ... was war eigentlich mit Nobbs los? Seit seinem Geburtstag war er merkwürdig still, fast einsilbig. Dave hatte ihn zwei- oder dreimal nach Ben gefragt, jedoch nicht mehr als ein Achselzucken zur Antwort bekommen. Vor drei Tagen hatte er mitten während des abendlichen Zähneputzens innegehalten und verkündet: Ich glaube, Ben ist nach Hause geflogen. Er ahmte mit der freien Hand ein Raumschiff nach, das Richtung Himmel flog. Allein, fügte er hinzu, nachdem er den rosa Schaum, der angeblich nach Himbeeren schmeckte, ausgespuckt hatte.
Du glaubst, er hat sein Wort gebrochen?, fragte Dave.
Was? Nobbs schaute ihn verwirrt an. Er kannte die Redewendung noch nicht.
Du meinst, er hat sein Raumschiff allein repariert und ist heimgeflogen, ohne dich mitzunehmen, obwohl er es versprochen hat?
Nobbs zuckte die Achseln und antwortete nicht.

Obwohl oder weil er nicht traurig wirkte und in Gesellschaft seiner Freunde quirlig war wie immer, beunruhigte Dave die neue Zurückgezogenheit, die Nobbs zu Hause an den Tag legte. Er war immer so offen und mitteilsam gewesen, hatte Dave eingeweiht in seine kindlichen Gedankenwelten. Lag es an ihm? Konnte es sein, dass Nobbs spürte, dass mit seinem Vater etwas nicht stimmte? Oder war es eine normale Entwicklungsphase, eine der vielen, in deren Verlauf er sich von seinen Eltern ablöste und als eigenständige Person begriff? Dave hoffte es inständig, bemühte sich aber zur Sicherheit in Nobbs' Gegenwart darum, heiter und ausgeglichen zu wirken, ein Schmierentheater, das Nobbs natürlich instinktiv durchschaute.
Wieso pfeifst du plötzlich so viel, Dad?, fragte er irgendwann, während sie in der Küche beim Frühstück saßen.
Ich?, fragte Dave zurück, obwohl niemand anderer im Raum war.
Ja, du. Sonst pfeifst du nie so viel.
Na ja, ich bin eben fröhlich, sagte Dave, dachte an die letzte Nacht, die olympischen Ringe unter seinen Augen und daran, dass er seinen Sohn bisher noch nie wissentlich angelogen hatte.
Nobbs sah Dave über seine Cornflakes hinweg mit forschendem Blick an. Dann warst du noch nie so fröhlich?
Hmmmmmm, machte Dave. Was sollte er dazu sagen, ohne den Rest seiner Glaubwürdigkeit zu verlieren?
Vielleicht mache ich es ja, damit ich fröhlich werde.
Nobbs schüttelte den Kopf, während er seine Schüssel mit Milch füllte. Versteh ich nicht. Bist du nun fröhlich oder nicht?
Ich weiß es nicht, Kleiner.
Du bist komisch, Dad, sagte Nobbs.
Ich weiß, sagte Dave.
Das war ihre längste Unterhaltung dieser Tage.

Am selben Abend ging er mit Hamid ins Blaustern.
Bei den ersten beiden Bieren unterhielten sie sich über den Terror in Paris. Hamid setzte Dave seine Meinung über den Dschihad in Europa auseinander, eine wirre Mischung aus Verschwörungstheorien und politisch-geschichtlichen Betrachtungen, denen Dave nicht ganz folgen konnte. Gerade deshalb fiel ihm umso mehr auf, wie nervös und fahrig Hamid wirkte.
Natürlich war auch Dave schockiert und beunruhigt von den Ereignissen, obwohl er wie immer Schwierigkeiten mit der Berichterstattung und der unterschiedlichen Gewichtung von Mord durch Krieg und Terror in den Medien hatte, je nachdem, in welchem Teil der Welt er stattfand. Er verstand schon, dass das Attentat auf Charlie Hebdo auch ein symbolischer Angriff auf die Pressefreiheit und damit auf zentrale demokratische Werte war, dennoch stieß er sich an Schlagzeilen wie: *Anschlag von Paris trifft Europa direkt ins Mark*. Wenn Boko Haram Hunderte Männer, Frauen und Kinder niedermetzelte, traf ihn das mindestens so sehr ins Mark, warum nicht auch Europa? Doch Nigeria war eben weit weg und, noch wichtiger, kein Teil der westlichen Welt. Dave war kein besonders politischer Mensch, auch weil er vieles in der Politik nicht verstand. Er interessierte sich wohl für das, was in der Welt vor sich ging, doch sein Problem war, abgesehen von der ungeheuren Komplexität der Zusammenhänge, dass er sich zu sehr davon berühren ließ. Weder schaffte er es, die Geschehnisse zu selektieren, noch sie mit der Distanz zu betrachten, die nötig war, um nicht den Verstand zu verlieren. Deshalb verdrängte er sie über große Strecken hinweg. Er bildete sich keineswegs ein, mit diesem Problem allein zu sein. Nur verloren viele ihre permanente Verdrängung aus den Augen. So lange, bis etwas in ihrer Nähe geschah, das sie unmittelbar betraf.
Dave konnte verstehen, dass Hamid der islamistische Terror noch auf andere Art naheging als ihm. Er war in den 1970ern

unter der Herrschaft Assads in einem relativ liberalen Damaskus aufgewachsen, in dem Verschleierung kaum zu sehen war. Seine Eltern waren gebildete, freidenkende Muslims gewesen, die 1982 beim Massaker von Hama, wo sie Verwandte besuchten, ums Leben kamen. Hamid war damals zwölf. Seine Eltern hatten ihn und seine zwei noch sehr kleinen Brüder bei der Schwester seiner Mutter in Damaskus gelassen. Tante und Onkel nahmen die drei Kinder bei sich auf und kümmerten sich um sie. Hamid begrub seinen Kummer, indem er besonders eifrig lernte, nach der Schule studierte er an der staatlichen Universität Maschinenbau und jobbte nebenher unter anderem als Marktverkäufer, Kellner, Taxifahrer und Hotelboy. Er sparte jede Lira, die er nicht zum unmittelbaren Überleben benötigte, denn er hatte ein Ziel, und das hieß Deutschland. Er hatte gehört, dass dort Ingenieure gesucht wurden. Zunächst landete er in Chemnitz, wo er rasch Deutsch lernte und zwei Jahre arbeitete. Nachdem die Firma finanziell unter Druck geriet und er gekündigt wurde, bekam er die Gelegenheit, eine Weiterbildung zum Medizintechniker zu absolvieren. Sein nächster Job führte ihn nach Berlin. Dort verliebte er sich zu seinem eigenen Erstaunen in einen Mann, mit dem er eine heimliche Beziehung hatte, bis die Sache in seiner muslimischen Community durchsickerte und er ernsthafte Probleme bekam, über die er nicht näher sprach, die ihn aber dazu bewogen, möglichst weit wegzuziehen, ohne eine neue Sprache lernen zu müssen. So landete er 2002 in Wien. Er war nie wieder in Syrien gewesen, hatte aber Kontakt zu seiner Familie gehalten und immer wieder Geld geschickt. Als der Bürgerkrieg begann, wollten seine betagten Zieheltern, die kommen sahen, was kommen würde, dass seine beiden Brüder mit ihren Frauen und Kindern nach Österreich emigrierten, bevor es zu spät wäre. Hamid sollte ihnen dabei helfen. Doch dann verschwand einer der beiden Brüder spurlos, von einem Tag auf den anderen. Der andere musste daraufhin die verlassene Ehefrau und deren Kinder versorgen und fühlte sich einer Auswanderung nicht mehr gewachsen. Er versuchte, seinen Bruder wiederzufinden, stellte Nachforschungen an. Nur drei Monate später verschwand auch er. Geschichten wie diese gaben Dave das Gefühl, er hätte nicht das Recht, irgendeinen Umstand seines Lebens als Problem zu bezeichnen, und schon gar nicht, sich bei Hamid darüber auszuheulen. Doch Hamid hatte ihm immer wieder beteuert, wie wichtig es für ihn sei, von ganz stinknormalen Problemen zu hören. Und natürlich musste auch Hamid verdrängen, was in seiner Heimat vor sich ging und was mit seinen Brüdern passiert sein konnte. Doch genau das fiel ihm angesichts der jüngsten Ereignisse schwerer als sonst. Mit dem Terror war ihm seine Familiengeschichte nach Europa gefolgt.

Dave saß auf seinem Barhocker und versuchte angestrengt, ihm zuzuhören, aber langsam wurde er betrunken. Schon spürte er diese gewisse Schwere, die mit dem Alkohol in sein Nervensystem tröpfelte und es verlässlich irgendwann lahmlegen würde. Doch er hatte noch etwas auf dem Herzen.

Hamid, unterbrach er seinen Freund, glaubst du, Janet betrügt mich?

Gedankenverloren zündete sich Hamid eine Zigarette an, bot auch Dave eine an und gab ihm Feuer.

Keine Ahnung, Alter. Läuft was schief bei euch?

Dave winkte ab. Glaubst du, sie würde es tun, wenn sie die Gelegenheit dazu hätte?

Sie sieht gut aus, diagnostizierte Hamid gnadenlos, und sie arbeitet in einem Spital. Sie hat jederzeit die Gelegenheit dazu.

Ja, ich weiß. Aber davon abgesehen: Hältst du sie für fähig, es tatsächlich zu tun?

Ich halte jeden für fähig, es zu tun, sagte Hamid. Monogamie ist eine religiöse Idee. Religionen haben immer wieder versucht, die natürlichen Bedürfnisse der Menschen zu unter-

drücken, einer der Gründe, warum sie sich so gut als Vehikel für Machtinteressen eignen.
Du hältst es für ein natürliches Bedürfnis, seinen Ehepartner zu betrügen?
Ich halte Sex für ein natürliches Bedürfnis.
Aber warum kann ich es dann nicht!
Was – ficken?
Mit irgendjemand anderem als mit Janet, ja.
Also eigentlich willst du sie betrügen? Du verwirrst mich.
Ich will Sex haben. Und Janet und ich haben bestenfalls alle drei Monate welchen, wenn überhaupt. Aber jedes Mal, wenn mich so eine jüngere Lehrerin anmacht und ich die Möglichkeit hätte, kneife ich. Es geht einfach nicht. Weißt du, als hätte mich jemand dagegen programmiert, wie in *Clockwork Orange*. Also, mir wird zwar nicht übel, wenn ich an Sex denke, aber sobald mir jemand außer Janet körperlich zu nahe kommt, krieg ich Schweißausbrüche und Herzrasen und muss mich verpissen. Und ich habe mich gefragt, ob es Janet auch so geht oder ob sie längst eine Affäre hat mit irgendeinem gut aussehenden Arzt, mit dem sie im Nachtdienst zwischen den OPs eine Nummer schiebt.
Die brauchen keinen Nachtdienst dafür, warf Hamid ein, die machen das auch am Tag.
Na wunderbar, sagte Dave, du hast es echt drauf, mich zu trösten.
Hör zu, sagte Hamid, ich kenn mich nicht aus mit der Ehe, wie du weißt. Aber wenn du herausfinden willst, ob Janet dich betrügt, dann frag sie doch einfach.
Als ob sie mir die Wahrheit sagen würde!
Du glaubst, sie würde dir ins Gesicht lügen?
Ich weiß nicht mal, ob ich es wirklich wissen will.
Warum fragst du mich dann, ob ich glaube, dass sie es tut?
Weil du es auch nicht weißt.
Zum ersten Mal an diesem Abend lachte Hamid und schüt-

telte den Kopf. Ich versteh dich nicht, Alter. Was ist los mit dir?
Sagte ich dir doch: Ich habe zu wenig Sex.
Soll ich dir ein bisschen Gras besorgen? Das senkt die Hemmschwelle.
Gar keine schlechte Idee, sagte Dave. Ist verdammt lange her, dass ich gekifft habe.
Ich kiffe auch nicht mehr so viel wie früher. Aber zum Runterkommen und zum Ficken gibt es nichts Besseres.
Whatever works, sagte Dave.

13. Jänner 2015. Dienstag. Feuerrot.

Der Schnee war schon wieder geschmolzen, bevor er noch richtig lag. Im Radio hatten sie gesagt, es sei der wärmste Jänner seit vierzig Jahren. Woher wussten sie das, bevor er vorbei war? Dieser Winter war wie ein sich ständig wiederholender Coitus interruptus – ein Vergleich, den ihm wohl sein sexueller Notstand aufzwang. Jedenfalls brauchte er weder Isomatte noch Daunenjacke, um gemütlich auf dem Schornstein zu sitzen. Die Nacht war überdies windstill, was gut war, da es ihm das reibungslose Drehen eines Joints ermöglichte, ohne dass ihm der ganze Krempel davonflog. Er war ein wenig aus der Übung, aber schließlich brachte er etwas zustande, das seinen Zweck erfüllen würde. Der erste Zug brachte längst vergangene Erinnerungen zurück: heimliches Kiffen am geöffneten Fenster des Schulklos (heute undenkbar), grundloses, unterdrücktes Gekicher im darauffolgenden Nachmittagsunterricht, lange Abende bei seinem Freund Jonathan, an denen in erlauchter Runde wenig gesprochen und viel Musik gehört wurde. Er beobachtete den weißen Rauch, der in psychedelischen Kringeln langsam aus seinem

Mund quoll, und erinnerte sich, wie er die Wirkung von Marihuana auf das Lustempfinden entdeckt hatte. Das Mädchen hieß Lucy und hatte elfenbeinfarbene Haut, die elektrische Signale abgab, wenn er sie berührte. Er kannte Sex bereits und war es gewohnt, dass sich seine gesamte Lust in seinem Schwanz konzentrierte, direkt und drängend auf das Ziel der Entladung zusteuerte, um beim Orgasmus in seinem Kopf zu explodieren. Er kannte auch die damit verbundene Nervosität, den moralischen Vorbehalt, seine Lust zu zeigen, die Angst, zu früh zu kommen oder dem Mädchen wehzutun. Doch was gegen Ende der Geburtstagsparty eines Freundes auf dem weichen Teppich im Arbeitszimmer seines Vaters passierte, war anders. Die Erregung war überall in seinem Körper, seine Haut vibrierte und verschmolz mit Lucys, wenn sie sich an ihn schmiegte. Er traute sich Dinge, die er sich bisher nur beim Onanieren vorgestellt hatte, und das Überraschende war: Sie schien es zu mögen. Und er hatte keine Eile. Er verlor sich in Berührungen, in der Beschaffenheit ihrer Haut, ihrem speziellen Geruch und ihrer gemeinsamen Lust und dieses Sichverlieren machte ihm keine Angst, es war reine Wonne und Seligkeit, wie er sie bis dahin nicht gekannt hatte.

Seine Zeitreise in die Nacht mit Lucy hatte Dave einen Ständer beschert. Er lächelte vor sich hin. Seine Gehirnwindungen entspannten sich, als wären sie Muskeln, seine Gedanken mäanderten durch sie hindurch wie ein gemächlicher Fluss. Er dachte an Frauen, mit denen er geschlafen hatte, sah wechselnde Szenen vor sich wie in einem Filmtrailer, lebendige, sich bewegende Bilder, die keiner Chronologie folgten, sondern einer visuellen Assoziationskette, entlang derer sich seine Erinnerung auffaltete, die Landkarte seines Liebeslebens. Er war überrascht. Bis auf einen völlig vernachlässigbaren Ausrutscher, der auch schon lange her war, hatte er seit zwanzig Jahren mit keiner anderen Frau Sex gehabt als mit Janet.

Und doch waren so viele Details aus der Zeit davor in seinem Gedächtnis gespeichert, von denen er geglaubt hatte, die Janet-Bombe hätte sie ausgelöscht. Aber sie waren noch da, und irgendwo in ihrer Zellstruktur, zwischen den Erinnerungsmolekülen, war er selbst, zwischen Lucys weißen Schenkeln und Connys Zuckerhutbrüsten, Marions immer aufgesprungenen Lippen und Adas feuchten Händen war der Dave, der er einmal gewesen war, waren seine Träume von einer Band, die seine eigenen Songs spielen würde, von einem professionell produzierten Album, einem Leben in Tourbussen, einem begeisterten Publikum, das ihm zu Füßen lag; naive Träume voller Enthusiasmus und Selbstüberschätzung. In Wahrheit war er nie der Bandleader-Typ gewesen, hatte stets daran gezweifelt, ob seine Fähigkeiten als Gitarrist ausreichen würden, um als Musiker überleben zu können. Einmal nach einem Gig fragte ihn der Keyboarder einer Band, die gerade international bekannt wurde, ob er bei ihnen spielen wolle, sie hätten sich mit ihrem bisherigen Gitarristen überworfen und seien auf der Suche. Er schenkte Dave ihr bejubeltes Debutalbum und schrieb seine Telefonnummer auf das Booklet. Dave war geschmeichelt und aufgeregt, hörte das Album in den darauffolgenden Tagen unzählige Male und rief nie an. Hätte er es getan, wie wäre sein Leben verlaufen? Wäre er jetzt verheiratet, hätte er Kinder? Dave kannte diese Konjunktivspiele. Sie waren sinnlos und beängstigend, und doch verfiel er ihnen immer wieder. Sich zum Beispiel vorzustellen, seine Kinder existierten nicht, hatte etwas Bodenloses, als öffnete sich unter ihm eine Falltür und er stürzte selbst in die Ursuppe des Formlosen, die aus unerfindlichen Gründen bestimmte Menschen, Dinge und Ereignisse hervorbrachte und andere nicht.
Etwas wehmütig stellte er fest, dass sich sein Ständer verabschiedet hatte. Er hätte jetzt gerne seine Gitarre dabeigehabt, war aber zu träge, um hinunterzugehen und sie zu holen.

Außerdem wusste er, dass er bekifft schlecht spielte. Es machte zwar Spaß, und man war immer der festen Überzeugung, dass man gerade die genialsten Einfälle seines Lebens hatte (eine Beurteilung, die der nüchternen Betrachtung selten standhielt), aber die Koordination war definitiv beeinträchtigt, und das würde ihn im Moment nur frustrieren. Warum zum Teufel dachte er jetzt über Musik nach anstatt über Sex? Das Innere seines Mundes fühlte sich an wie die Wüste Gobi, er musste also doch hinunter.
In der Küche trank er vor der Spüle stehend ungefähr einen halben Liter Wasser, dann untersuchte er die Süßigkeitenvorräte. Große Hoffnungen machte er sich nicht, in einer fünfköpfigen Familie waren Süßigkeiten heiße Ware. Er fand eine fast leere Keksdose, in der zwei einsame Cookies ihr Dasein fristeten und einen Snickers-Riegel, den jemand angebissen und dann wieder in die Verpackung zurückgesteckt hatte, wohl schon vor etwas längerer Zeit. Als er den zweiten Keks in sich hineinstopfte, entdeckte er aus dem Augenwinkel seine Gitarre, die seit dem Tag vor Weihnachten, als die E-Saite gerissen war, in der Ecke neben der Anrichte stand, Dave hatte sie schlicht dort vergessen. Die Gitarre sah ihn vorwurfsvoll an. Zum Glück hatte sie Gimli, der gerne in dieser Ecke lag, nicht umgeworfen. Er ging hin, nahm sie in die Hand und betrachtete sie. Es war ein schönes Stück, eine Ovation Pinnacle aus den 1990ern, eine Rarität. Als er vor Nobbs' Geburt aus Platzgründen gezwungen war, einen Großteil seines musikalischen Equipments abzustoßen, und entscheiden musste, welches seiner Instrumente er behalten wollte, fiel seine Wahl auf diese halbakustische Westerngitarre. Er liebte ihren unverwechselbaren, vollen Klang, den andere Gitarren und auch die neueren Ovation-Modelle einfach nicht hatten. Er strich liebevoll über die massive Fichtendecke, fuhr mit dem Finger die Konturen nach. Es war ein müdes Klischee, dass sie weiblich waren, dennoch stimmte es. Dave holte eine neue E-Saite

aus dem Schrank im Wohnzimmer, in dem die verbliebenen Utensilien Platz finden mussten – ein paar Effektgeräte, Kabel, Saiten, Plektrons, ein Minimischpult und eine alte Vierspurtonbandmaschine, die er aus purer Sentimentalität aufbewahrte –, zog sie auf, stimmte die Gitarre und begann zu spielen, ganz leise, um niemanden zu wecken. Das gewölbte Rückenteil, eine weitere Besonderheit der Ovation, schmiegte sich an seinen Bauch. Er neigte den Kopf, brachte sein linkes Ohr näher an den Korpus, seine Finger nahmen Kontakt auf mit den Saiten. Ziellos trieb er entlang sanft fließender Melodielinien und loser Akkordfolgen dahin, ohne zu suchen, ohne etwas festzuhalten oder sich von Ähnlichkeiten mit Bekanntem in die Falle locken zu lassen. Die Gitarre sprach mit ihm, und er antwortete, es war ein Dialog in Tönen, sie verstanden einander, und nach und nach wurden sie eins, das Instrument Teil seines Körpers, der Resonanzraum seines Innersten. Er fühlte sich frei, ganz bei sich, gleichzeitig fast nicht mehr wie eine Person mit festen Grenzen. Und plötzlich war da ein Satz in seinem Kopf:

Freedom is where he can be
The one beyond the quest for meaning

Er sang ihn, diesen Satz, und seine Finger folgten einer Melodie, fanden die richtigen Harmonien, spannen sie weiter:

It is on top of the elm tree
Where he can trust the ways of dreaming

Daves Stimme brach, er hatte so lange nicht mehr gesungen, dass sie ihm ganz fremd war. Er räusperte sich, wiederholte die Akkordfolge, summte die Melodie, doch plötzlich kam sie ihm banal vor, der Text unerträglich naiv, wie aus einem esoterischen Wandkalender. Die Akkorde variierend versuchte er, wieder zu seiner Improvisation zurückzukehren, doch es gelang ihm nicht mehr, die alberne kleine Songline hatte sich in seinem Ohr festgekrallt wie eine Zecke und ließ sich nicht abschütteln. Von wegen Freiheit. Lächerlich. Wie war er bloß darauf gekommen? Es gab Millionen Songs über Freiheit, einige der ganz großen Würfe handelten davon: Dylans *Chimes of freedom*, *Me and Bobby McGee* von Janis Joplin, und der fünfminütige Mantragesang, mit dem sich Richie Havens in Woodstock unsterblich gemacht hatte. Doch seither war viel Zeit vergangen, und der Begriff war fast so heikel wie Liebe. Ihn heute noch zu besingen, ohne unecht oder pathetisch zu wirken, schafften nur ganz wenige. Frustriert stellte Dave die Gitarre wieder in die Ecke, dann überlegte er es sich anders, trug sie ins Wohnzimmer, verstaute sie in ihrem Koffer und schob sie unter den Schrank. Er fühlte sich körperlich ausgelaugt, seine Glieder waren schwer und zogen ihn unaufhaltsam in die Horizontale. Seit Ewigkeiten ging er das erste Mal vor Mitternacht ins Bett. Im Einschlafen sah er eine Ebene, die sich nach und nach vor ihm ausdehnte, nackte, rötliche Erde, ausgetrocknet und aufgebrochen, durchzogen von Rissen und Spalten zwischen Erdschollen, Dave sprang von einer zur nächsten, rettende Inseln, die immer weiter auseinandertrieben, kaum noch zu erreichen waren. Er nahm allen Schwung, den er aufbringen konnte, einen Augenblick lang hing er mitten im Sprung bewegungslos in der Luft, als hätte jemand den Film angehalten, dann blickte er abwärts und fiel.

*

Ein heftiges Zucken schüttelt seinen Körper, er schreckt hoch und öffnet die Augen. Ist er aus dem Bett gefallen? Es ist dämmrig, er tastet nach dem Lichtschalter und macht die

Nachttischlampe an, doch die Glühbirne ist offenbar kaputt. Eine dicke Daunendecke wölbt sich über ihm wie ein Zelt. Er befühlt sein Gesicht, seine Haut ist glatt und zart. Vorsichtig richtet er sich auf, er kann kaum etwas erkennen, nur schemenhaft das Fußende des Bettes. Seine kleine Hand schlägt die Decke zurück, und er schwingt seine Beine aus dem Bett, seine Füße erreichen den Boden nicht, baumeln in der Luft, zwei zarte, flossenähnliche Gebilde, die in der Dunkelheit des Zimmers bleich leuchten. Er schiebt seinen Hintern nach vorne an den Bettrand und rutscht hinunter. Der Boden ist kalt, er tritt von einem Fuß auf den anderen, reibt sich die Arme. Was ist das für ein Pyjama, den er da trägt? Das hier ist nicht sein Schlafzimmer. Schritt für Schritt tappt er durch den Raum, tastet sich an den Gegenständen entlang, deren Konturen langsam deutlicher werden: ein Bücherregal, ein Kleiderschrank, ein kleiner Schreibtisch, alte Stücke aus dunklem Holz, eine Tischlampe mit Glasschirm. Er dreht sich um und sieht eine Treppe, die gegenüber dem Bett aufwärtsführt. Ein merkwürdiges Gefühl überkommt ihn wie eine vergessen geglaubte Erinnerung, ein Nebel lichtet sich in seinem Kopf: Er war schon einmal hier, er kennt diesen Raum. Das letzte Mal hat er ihn genau über diese Treppe betreten, alles war ganz staubig gewesen ... Er wendet sich wieder der Lampe zu, reibt mit dem Ärmel seines Pyjamas über den Schirm, und er beginnt zu leuchten, erhellt sanft das Zimmer. Jemand muss hier Staub gewischt haben, die Möbel sind frisch poliert und glänzen, das ist gut, denn der Staub hat sich damals in Schnee verwandelt, ganz kalt ist es geworden ... Dave setzt sich an den Schreibtisch. Wo sind seine Schulhefte? Er muss seine Hausaufgaben machen, sonst bekommt er Ärger mit seinem Vater ... Sein Vater ist auch hier gewesen, hinter ihm auf der Treppe ist er gestanden, in einem Mantel, der eigentlich seiner Mutter gehört. Doch seine Mutter ist tot, Dave hat diesen Mantel zusammen mit ihren anderen Kleidern zur

Caritas gebracht, und er muss auch keine Hausaufgaben machen, nie wieder. Das hier ist ein Traum. Dave steht auf und geht zum Kleiderschrank, er will diesen lächerlichen Pyjama loswerden, doch in den Regalen findet er wiederum nur alte Kleider seiner Mutter, von Motten zerfressen und einen muffigen Geruch nach Alter und Krankheit verströmend, das macht ihn ärgerlich. Warum haben sie die Sachen in einen Schrank gestopft und dort vergammeln lassen? Bedürftige sollten sie bekommen, so hätte es seine Mutter gewollt. Dann lächelt er über sich selbst, dreht eine elegante Pirouette, sieht an sich hinunter und nickt zufrieden. Seine Füße und Beine haben wieder die richtige Größe, er trägt seine Lieblingsjeans, Sneakers und einen schwarzen Rolli. Im Zimmer ist es taghell, die Sonne fällt in flachen Strahlen durchs Fenster neben dem Bett, Dave geht hin und öffnet es. Der Himmel ist klar, von einem überirdischen Blau, wie Gletschereis. Die mächtige Krone der Ulme ist kahl, und jeder kleinste Ast hebt sich gestochen scharf vom Hintergrund ab. Central Park West ist leergefegt wie am Neujahrsmorgen, keine Autos, keine Menschen, die Luft ist kalt, sie riecht nach Schnee und nach New York. Dave lehnt sich weit aus dem Fenster und saugt sie ein, bis seine Lungen fast bersten, er breitet die Arme aus und gleitet hinaus ins Freie, hoch über die Straße hinweg und auf die Ulme zu, er spürt seine Bewegungen wie große Flügelschläge in seinen Schultern, auf und ab, auf und ab, bis er sachte auf einem der obersten Äste landet. Dort hockt er still und schaut hinunter in den Park, der verlassen daliegt, um ihn herum sitzen ein paar große Krähen und starren ihn an. Dave fühlt sich einsam. Wie gerne würde er jetzt jemanden umarmen – die Frau aus seinem letzten Traum, sie wollte er treffen! Soll er losfliegen, sie suchen? Er wirft einen Blick hinüber zum Haus, eine unbestimmte Sehnsucht überkommt ihn, nach diesem Zimmer, nach dem Geruch von altem Holz, dem Knistern der Bettdecke und dem kühlen Laken. Doch dort, am offenen Fenster, steht seine Mutter, jung und blass, in einem schwarzen Kleid, ihr helles Haar fließt über das Fensterbrett die Fassade hinunter bis auf die Straße, über den Gehsteig, die Fahrbahn und in den Park hinein, schlingt sich den Baum hoch. Sie streckt verzweifelt ihre Arme nach ihm aus und ruft etwas, der Wind trägt den Ruf an sein Ohr, obwohl sie weit weg ist, doch er will ihn nicht hören, er steckt den Kopf zwischen die Flügel, dort kann er denken. Du bist tot, denkt er, du bist tot, du kannst mich nicht mehr rufen, nicht die Arme nach mir ausstrecken, das hier ist ein Traum. Und mit einem Mal verschwindet alles rund um ihn, die Krähen, der Baum, der Park, die Straße, das Haus und seine Mutter am Fenster. Wo ist er? Es ist vollständig dunkel, er hat keinerlei Gefühl für seinen Körper. Aber er hört etwas, ganz leise. Eine Stimme, Gitarrentöne. Er konzentriert sich darauf, ist nichts als Gehör, wird zur Membran, die der Klang zum Schwingen bringt.

Freedom is where he can be
The one beyond the quest for meaning

Was er hört, macht ihn glücklich, auf eine sehr einfache Art, wie eine große Portion Schokoladenpudding, wenn er Lust auf Süßes hat, es befriedigt ihn zutiefst.

It is on top of the elm tree
Where he can trust the ways of dreaming

Und er weiß, er schläft, er träumt, und das Träumen ist Musik.

*

14. Jänner 2015. Mittwoch. Gelb.

Der frühe Morgen war die einsamste Tageszeit. Der ganz frühe Morgen, wenn es im Sommer gerade hell wurde und die ersten Vögel vereinzelt gegen den Schlaf anzwitscherten, wenn im Winter noch alles still war und er aus einem intensiven Traum erwachte. Dave tastete nach dem Handy, es war 04:39 und der Himmel vor dem Fenster noch schwarz. Neben ihm lag Janet wie tot zwischen den Laken, ihr Körper ein verlassenes Haus. Sie schlief immer auf dem Rücken, bewegte sich kaum während der Nacht, als würde sie, wenn sie ins Bett ging, einen Schalter ausmachen. Wie Max behauptete sie, niemals zu träumen. Dave betrachtete ihr Gesicht, aus dem sich jeder Ausdruck zurückgezogen hatte. Doch irgendwo da drin musste sie sein, so tief unten in ihrem privaten Kanalsystem, dass sie nach dem Aufwachen keinerlei Erinnerung mehr daran hatte, so wie man nichts von der Zeit vor der Geburt wusste. Wann war sie nach Hause gekommen? Dave hatte es nicht bemerkt. Er wusste nicht einmal, wo diese Tagung stattgefunden hatte.
In seinem Kopf spulte sich in endloser Wiederholung die Melodie von gestern Abend ab, vier Textzeilen, unterlegt mit den immer gleichen vier Akkorden, die Scheibe hatte einen Sprung. Im Traum hatte ihn die Musik glücklich gemacht, Dave erinnerte sich an dieses Glück wie an etwas Schönes aus seiner Kindheit, Karussell fahren, Muscheln sammeln am Rockaway Beach, der Geruch von frisch gebackenem Apfelkuchen. Er erinnerte sich auch an die Einsamkeit, in seiner Kindheit und in seinem Traum, auf dem Baum, an seine Sehnsucht, jemanden zu umarmen, umarmt zu werden. Was war das für ein Zimmer, von dem er in letzter Zeit immer wieder träumte? Sein Kinderzimmer am Central Park hatte ganz anders ausgesehen. Seine Mutter hatte es, ebenso wie die Küche, hell und modern im skandinavischen Stil der 1970er

eingerichtet, ein stiller Protest gegen den von seinem Vater bevorzugten Großwildjägerstil, den sie nur in diesen beiden Räumen ausleben konnte, weil er sich dort kaum aufhielt. Sie mochte glatte weiße Flächen, schlichte Formen und Stoffe von Josef Frank. Dave fand es immer ein bisschen zu steril. Wenn gerade aufgeräumt und frisch geputzt war (und das war es meistens, denn seine Mutter legte überaus viel Wert auf Sauberkeit und Ordnung), konnte man leicht den Eindruck gewinnen, man sei im Schauraum eines Möbelhauses und in Wirklichkeit wohne hier gar niemand. Doch das Zimmer aus seinem Traum war gemütlich, ein wenig altmodisch, aber heimelig. Obwohl es beim ersten Mal schließlich doch wieder zum Schauplatz eines Albtraums wurde, war es zuerst ein Zufluchtsort gewesen, zu dem seine Verfolger keinen Zugang hatten. Die Stille, die Dunkelheit hatten ihm das Gefühl vermittelt, sicher zu sein, selbst der Staub hatte etwas Beschützendes gehabt, bevor er sich in Schnee verwandelte. Diesmal hatte es keinen Staub gegeben, seine Mutter hätte ihre Freude gehabt. Seine Mutter, deren alte Kleider er im Schrank gefunden hatte, als er bereits wusste, dass er träumte, die an seinem Fenster aufgetaucht war … und wieder war es ihm nicht gelungen, seine Traumfrau zu treffen!

Dave stemmt sich hoch und hievte sich mühsam aus dem Bett, mit demselben Unwillen, den er schon in der Volksschule morgens beim Aufstehen empfunden hatte. Er war nie gern zur Schule gegangen, wie war er nur auf die perverse Idee gekommen, Lehrer zu werden? Genau betrachtet war es weniger eine Idee gewesen als ein Ausweichmanöver, später eine Notlösung.

Er ging ins Bad und begutachtete seine Augen: Sie waren immer noch gerötet, die Lider leicht angeschwollen. Einer der Gründe, warum er vor vielen Jahren mit dem Kiffen aufgehört hatte, war der, dass man es ihm so sehr ansah. Während des Zähneputzens memorierte er im Geist seinen heutigen Stundenplan: erste Stunde in der 7A, die Hälfte der Klasse würde erst zur zweiten Stunde erscheinen. Dann eine Fünfte, wo die Kids so mit ihrer Pubertät beschäftigt waren, dass sie ihn kaum bemerkten. Eine Freistunde, zu lang, um sie im Konferenzzimmer zu verbringen, zu kurz, um etwas Vernünftiges mit ihr anzufangen. Schließlich eine Doppelstunde in der 8B, seine Klasse mit musikalischem Schwerpunkt, wo niemand in seinem Fach maturierte, wie Mel ihm vor kurzem unter die Nase gerieben hatte. Das war sein Mittwoch, der gelbe Mittwoch, bisher sein Lieblingstag. Doch seit er die Farben der anderen Tage geändert hatte, stach er nicht mehr so heraus. Der feuerrote Dienstag machte ihm Konkurrenz, der frühlingsgrüne Donnerstag, fast tat er ihm leid. Auch die anderen Tage taten ihm leid, weil sie ihre alten Farben hatten abgeben müssen wie tausendmal gewaschene T-Shirts, nicht mehr schön, aber vertraut. Nun mussten sie alle in ihren neuen, farbenfrohen Kostümchen aufmarschieren, weil er es so gewollt hatte, herausgeputzt wie Kinderstars in einer Talentshow.

Dave steckte die Zahnbürste zurück in ihre Halterung, sah in den Spiegel und sagte laut: Du spinnst, ehrlich.

Was hab ich jetzt schon wieder gemacht, fragte Max, der gerade hinter ihm auftauchte.

Nichts, sagte Dave, ich hab nicht dich gemeint.

Max sah sich im Badezimmer um, runzelte die Stirn, spritzte sich Wasser ins Gesicht und verschwand wieder. Dave traf ihn in der Küche an der Kaffeemaschine.

Wieso bist du überhaupt schon wach um diese Uhrzeit?, fragte er.

Max zuckte die Schultern. Kann nicht mehr schlafen.

Bist du krank?

Nein, sagte Max. Das ist immer so, wenn ich eine Weile viel gekifft habe und dann aufhöre.

Er nahm seine Kaffeetasse und setzte sich an den Tisch.

Und, zahlt es sich wenigstens aus?, fragte Dave, während er das Sieb ausleerte und frischen Kaffee einfüllte.
Was meinst du, fragte Max, obwohl Dave das Gefühl hatte, dass Max genau wusste, was er meinte.
Na, das Schuljahr. Wie sieht's aus, meinst du, du schaffst es noch?
Wieder das Schulterzucken. Es war ein ganz spezielles Schulterzucken, eine Max-Geste, ureigener Ausdruck seines individuellen Seins und der Weigerung, seine Umgebung allzu genau darüber zu informieren.
Auch Daves Kaffee war fertig, er setzte sich Max gegenüber. Eine Weile saßen sie so, bliesen auf ihren heißen Kaffee, tranken und schwiegen. Es herrschte eine angenehme Ruhe in der frühmorgendlichen Küche, das wortlose Einverständnis der Schlaflosen. Irgendwann sagte Max: Du hast rote, verschwollene Augen, weißt du das?
Ja, sagte Dave.

Ich habe vor ein paar Wochen eine Frau gesehen, begann Dave, nachdem er schon vor einer ganzen Weile auf dem alten Ledersofa in Morrisons Praxis Platz genommen und seither geschwiegen hatte, weil er nicht wusste, welchen der vielen in seinem Kopf durcheinandertreibenden Gedanken er laut aussprechen sollte. In einem Traum, fügte er beiläufig hinzu. Sie ging über eine weite Schneelandschaft und trug ein langes weißes Kleid, als käme sie von ihrer eigenen Hochzeit, aber das Kleid war zerrissen, hing in Fetzen an ihr herunter. Ich mag Weiß als Farbe eigentlich nicht ...
Können Sie sagen, warum?, fragte Morrison, weil Dave nicht weitersprach, sich wieder in seinen kreisenden Gedanken verlor.
Es macht mich traurig, sagte Dave, und ich finde es beklemmend, steril, es erinnert mich an Ärzte und Krankenhäuser und ...

Das Bild der weißen New Yorker Küche tauchte in ihm auf, aber er wollte jetzt nicht darüber reden, sich nicht schon wieder vom Thema abbringen lassen.
Jedenfalls fand ich diese Frau unglaublich anziehend, sie hat mich ... Es erregt mich, an sie zu denken, und ich denke oft an sie. Eine Zeit lang war es ja so, dass mich gar nichts erregt hat, ich war zu deprimiert, um geil zu sein, aber das hat sich geändert.
Ein starkes Lebenszeichen, warf Morrison ein, freuen Sie sich darüber?
Na ja, einerseits schon. Wie Sie sagen – es ist ein Lebenszeichen. Ich begehre, also bin ich, oder so ähnlich.
Morrison lachte.
Auf der anderen Seite, fuhr Dave fort, sind Janet und ich so weit weg von einem funktionierenden Sexualleben wie von einem Beitritt zu den Zeugen Jehovas.
Was für ein Vergleich, sagte Morrison.
Tut nichts zur Sache, würgte ihn Dave ein wenig unwirsch ab. Fakt ist, ich kriege wieder einen Ständer, weiß aber nicht, wohin mit ihm. Also habe ich mir vorgenommen, diese Frau wiederzutreffen, im Traum. Verstehen Sie, so wie ich mir vorgenommen habe, mit dem Motorboot über das Karibische Meer zu fahren oder die Farbe der Wochentage in meinem Kopf zu verändern. Aber wissen Sie, was passiert ist?
Morrison sah ihn fragend an. War sein Blick ein wenig belustigt, oder bildete sich Dave das nur ein?
Ich habe gar nichts mehr geträumt, weder von der Frau noch sonst was, und zwar seit über einer Woche, trotz Realitätsprüfungen und Entspannungsübungen und Visualisierungen und was nicht alles. Es hat mich völlig fertiggemacht. Ich wollte dann überhaupt nicht mehr schlafen, wozu auch?
Um danach erholt zu sein?, schlug Morrison vor.
Dave schnaubte. Von wegen erholt – völlig erschöpft war ich jedes Mal nach dem Aufwachen. Also hab ich's irgendwann

aufgegeben mit dem Schlafen, hab wieder nächtelang ferngesehen.
Krankenstand?
Dave nickte.
Morrison setzte sich in seinem Fauteuil von einer Ecke in die andere, schlug die Beine übereinander und verschränkte die Hände über dem Knie.
Woher, glauben Sie, kommt Ihr schlechtes Verhältnis zum Schlaf?
Ich habe kein schlechtes Verhältnis zum Schlaf, sagte Dave. Ich habe ein schlechtes Verhältnis zu Albträumen und Ohnmacht. Wenn Sie so viele Nächte auf der Flucht gewesen wären wie ich, gelähmt, halb erstickt, in lebensbedrohlichen Situationen, wenn Sie so oft fast umgebracht worden wären, hätten Sie auch keine Freude am Schlafen.
Ihre wiederkehrenden Angstträume sind diesbezüglich ein wichtiges Thema, keine Frage. Aber ich habe den Eindruck, dass es da noch etwas anderes gibt, was Sie vom Schlafen abhält. Immerhin haben Sie erfreulicherweise schon seit einigen Wochen keine schlimmen Träume mehr, und dennoch sind Sie erneut schlaflos.
Ich hasse es, mich nicht an meine Träume zu erinnern, sagte Dave mit Verve, es ist schrecklich, einzuschlafen und in dieses Nichts zu fallen, das nach dem Aufwachen nicht mehr ist als ein Loch im Bewusstsein.
Das meinten Sie also mit Ohnmacht.
Ist doch eine, oder? Ich bin am Leben, merke es aber nicht.
Subjektiv gesehen ja. Physiologisch und vom psychischen Geschehen her gibt es allerdings gewaltige Unterschiede zwischen Schlaf und Ohnmacht. Der markanteste: Einen Bewusstlosen können Sie nicht wecken, einen Schlafenden schon.
Sehr schön, sagte Dave bissig, und was genau bringt mir das? Janet ist gestern Nacht von einer Tagung nach Hause gekom-

men und hat mich nicht mal geweckt, um mir Hallo zu sagen.
Hätten Sie sich gewünscht, von ihr geweckt zu werden?
Immerhin sind wir verheiratet, sagte Dave, und sie war eine Woche weg. Wäre es da nicht normal, dass sie mich begrüßt?
Morrison hob beide Augenbrauen. Oh, Sie würden sich wundern, was Menschen für normal halten und was nicht. Wenn Sie so viele Tage in diesem Sessel verbracht hätten wie ich ...
Er brach ab, verscheuchte den begonnenen Satz mit einer Handbewegung, sah zur Decke und legte die Fingerspitzen beider Hände aneinander, und plötzlich wusste Dave, warum er es tat, was diese Geste bedeutete: Auch in Morrisons Kopf lief eine Vielzahl von Gedanken gleichzeitig ab, auch er musste sich konzentrieren, um am Ball zu bleiben. Das war auf eine ganz eigene Art tröstlich.
Wissen Sie, sagte Morrison, das Einzige, was zählt, ist Ihr Wunsch. Es spielt keine Rolle, was die Norm ist. Wenn Sie sich wünschen, Ihre Frau möge Sie wecken, wenn sie nach Hause kommt, und Sie begrüßen ...
Ich wünsche mir, sie möge mich wecken und mir einen blasen, sagte Dave.
... dann formt dieser Wunsch Ihre Erwartung. Und wenn diese Erwartung nicht erfüllt wird, sind Sie enttäuscht und frustriert.
Natürlich bin ich enttäuscht und frustriert, sagte Dave laut, sprang auf und begann, im Zimmer auf und ab zu gehen. Meine Ehe ist eine Katastrophe, meine Sexualität liegt brach, und was ich in meinem Job tue, ist so unnütz, dass sich nicht einmal mein Direktor beschwert, wenn ich zum dritten Mal in zwei Monaten im Krankenstand bin. Wenn meine Kinder nicht wären ... Er blieb am Fenster stehen und schaute hinaus in den grauen, lauwarmen Jänner.
Wenn Ihre Kinder nicht wären, was dann?, fragte Morrison in seinen Rücken hinein.

Doch Dave antwortete nicht. Er drehte sich um, trottete zum Sofa zurück und setzte sich wieder, starrte vor sich auf den Boden.

Letzte Nacht hatte ich dann doch wieder einen Traum. Ich war in einem Zimmer, von dem ich schon einmal geträumt habe, das aber in Wirklichkeit nicht existiert. Ein Kinderzimmer mit lauter antiken Möbeln. Am Anfang waren auch meine Hände und Füße so klein und meine Beine so kurz wie bei einem Kind. Doch dann erkannte ich das Zimmer wieder, und mir wurde klar, dass ich träume. Im ersten Traum gab es keine Türen und Fenster, doch diesmal ging das Zimmer auf den Central Park, es war genau der Blick aus meinem Fenster in New York, ich habe es geöffnet und bin hinübergeflogen zur großen Ulme, das hab ich schon einmal geträumt, als wir noch dort gewohnt haben. Als ich dann in der Baumkrone saß, habe mich einsam gefühlt und mich daran erinnert, dass ich diese Frau aus dem anderen Traum treffen wollte, die Frau im weißen Kleid. Ich wollte weiterfliegen und sie suchen, aber da stand plötzlich meine Mutter drüben am Fenster des Zimmers, sie streckte ihre Arme nach mir aus und rief mich.

Dave schüttelte den Kopf und gab ein resigniertes Geräusch von sich.

Tja, Doktor Freud, so ist das mit mir und den Frauen. Nicht schwer zu deuten, was?

Finden Sie?, fragte Morrison.

Sehen wir mal: Ich habe in meiner Ehe unerfüllte sexuelle Wünsche, also träume ich von einer Frau, die mich anzieht, mit der ich jedoch nicht schlafen kann, da es offenbar sogar im Traum zu verboten ist. Stattdessen träume ich von meiner Mutter, von der ich vermutlich nie losgekommen bin. Es muss langweilig sein, mir zuzuhören.

Wollen wir die Plätze tauschen?, fragte Morrison.

Was? Warum?

Morrison stand auf, trat einen Schritt zur Seite und machte eine einladende Geste in Richtung seines Fauteuils. Unsicher stand Dave auf, ging hinüber und setzte sich. Morrison nahm auf dem Sofa Platz und nahm eine Haltung ein, die Dave unschwer als eine erkennen konnte, die er selbst oft einnahm: ganz vorne an der Kante sitzend, die Beine geöffnet, die Ellenbogen auf den Knien, die Hände verschränkt.
Er fühlte sich eigenartig in Morrisons Sessel, als wäre er zu klein für ihn.
Sehr bequem, sagte er aus Verlegenheit und befühlte mit den Fingern den zerschlissenen, bordeauxroten Samt der Armlehnen.
Ich werde jetzt ein paar Sätze sagen, und Sie lassen sie einfach auf sich wirken, in Ordnung?
Dave nickte. Er fühlte sich unbehaglich, aber er war auch neugierig.
Morrison schloss die Augen, ließ sich ein paar Momente Zeit, bevor er zu sprechen begann.
Ich möchte Janet nahe sein, aber ich habe auch Angst davor.
Er schwieg, der Satz breitete sich im Raum zwischen ihnen aus.
Ich habe Angst, die Kontrolle über meine Gefühle zu verlieren.
Dave spürte, wie sich ein Korsett um seinen Brustkorb legte, sein Atem kürzer und flacher wurde.
Wenn ich die Kontrolle verliere, fühle ich mich ohnmächtig. Ich kann nicht mehr entscheiden, was mit mir passiert.
Das Korsett wurde enger, drückte ihm die Rippen zusammen. Von innen schlug sein Herz wild dagegen.
Wenn mir jemand nahe ist, kann er mit mir machen, was er will. Ich bin machtlos.
Dave sprang auf. Das reicht!, sagte er.
Morrison nickte und stand ebenfalls auf, sie kehrten an ihre

angestammten Plätze zurück. Dave ließ sich mit einem tiefen Seufzer in das Sofa fallen.
Vielleicht möchten Sie sich hinlegen, sagte Morrison.
Dave machte es sich bequem, streckte die Beine aus und schob sich ein Kissen unter den Kopf. Er schaute hinauf zur Decke, entdeckte einen Riss, der sich von einem gelblichen Fleck über der Stuckleiste die Wand hinunterzog und den er noch nie bemerkt hatte. Das Korsett war weg, sein Herz hatte sich wieder beruhigt.
Schließen Sie die Augen, sagte Morrison, und konzentrieren Sie sich auf ihren Körper. Was spüren Sie?
Dave ließ seine Lider zufallen und entspannte sich. Immer wenn Morrison ihn bat, ihm seine Körpergefühle zu beschreiben, sah er das Bild seiner Organe vor sich, wie sie mehr oder weniger geordnet in seinem Rumpf lagen, und nahm sie dadurch viel intensiver wahr als sonst. Doch nun hatte er die irritierende Empfindung, er sei nichts als eine Ansammlung von Flüssigkeit. Der Mensch bestand zu sechzig Prozent aus Wasser, fünfundachtzig durch zehn mal sechs, einundfünfzig Kilo Wasser, das war schwer. Er war schwer. Aber wo waren die restlichen vierzig Prozent, Knochen, Muskeln, Sehnen, Fettgewebe? Hatten sie sich mitsamt seinen Organen aufgelöst in einer toxischen Lösung, die ihn langsam von innen heraus zerstörte? Und wo um Himmels willen war seine Haut, die ihn zusammenhielt und verhinderte, dass die ganze Flüssigkeit aus ihm herauslief und er sich in einem einzigen großen Schwall über Morrisons Sofa ergoss?
Ich spüre mich nicht, sagte Dave. Ich ... spüre meine Grenzen nicht. Ich weiß nicht, wo ich aufhöre.

Trotz eines feinen Nieselregens ging er den ganzen Weg bis zur U-Bahn-Station zu Fuß. Morrison hatte ihn zwar in den letzten zehn Minuten mittels Atem- und Konzentrationsübungen in seinen Körper zurückgebracht, aber er brauchte

die Bewegung, um sich seiner zu vergewissern. Als er schließlich in der warmen, dampfenden Luft der Bahn saß, fühlte er fast so etwas wie Glück über seine materielle Existenz, als hätte er gerade einen schweren Unfall überlebt. Nicht einmal der Wulst über seinem Hosenbund störte ihn, allerdings war der auch kleiner geworden, seit er wieder zu rauchen angefangen hatte.
Er dachte über die Sitzung nach. Morrison hatte ihm auf seine Bitte hin die Sätze aufgeschrieben und mitgegeben, der zusammengefaltete A4-Zettel steckte nun in der Innentasche seiner Jacke. Dave hatte nicht den Mut, ihn herauszuholen, aber er versuchte, sich die Sätze ins Gedächtnis zu rufen.
Ich möchte Janet näher sein.
Ja, das stimmte. Nur hatte er nicht die leiseste Ahnung, wie er das anstellen sollte. Sie schien ihn immer auf Abstand zu halten – und sie entschied, wie groß dieser Abstand war. Er hatte sich im Lauf ihrer Ehe so sehr daran gewöhnt, dass es ihm gar nicht mehr aufgefallen war. Doch nun hatte sich etwas in ihm verschoben, und er bemerkte Dinge, die ihm lange Zeit entgangen waren. Gesten, so klein, dass sie die Wahrnehmungsschwelle normalerweise nicht passierten, Blicke wie eine Empfangsstörung am Telefon, eine kurze elektrische Stille, man fragt: Hallo?, und der andere sagt: Ja, ich bin noch da, und doch war die Leitung für einen Moment tot gewesen, und man wusste nicht, ob man etwas versäumt hatte. Er hörte winzige Veränderungen in Janets Ton, in ihrer Stimmlage, die ihn verunsicherten, ihn davon abhielten, etwas Bestimmtes zu sagen oder sie zu berühren. Dann wiederum zweifelte er an all diesen Wahrnehmungen und fragte sich, ob sie nicht nur ein Filter waren, eine Brille, die abzunehmen er nicht imstande war.
Ich habe Angst, die Kontrolle zu verlieren.
Auch das war richtig, obwohl er sich gleichzeitig danach sehnte. Wie gerne wollte er sich einfach gehenlassen, sich

Janet anvertrauen oder auch jemandem anderen. Aber selbst Hamid ließ er nur zu einem kleinen Teil an seinen Wünschen, Ängsten und Sehnsüchten teilhaben. Er fand sie zu banal und uninteressant, um seine Umgebung damit zu behelligen, und Janet hatte ihm ja oft genug zu verstehen gegeben, dass sie genau dieser Meinung war. Also spielte er lieber seine kleine, verzichtbare Nebenrolle in dieser Welt, die man ebenso gut aus dem Skript streichen konnte, ohne dass es auffiel. Er war ein Komparse in seinem eigenen Leben.

Wie war noch der nächste Satz gewesen?

Wenn ich die Kontrolle verliere, kann ich nicht mehr entscheiden, was passiert.

Eine Binsenweisheit, dachte Dave. Das lag doch auf der Hand! Entweder er hatte die Dinge unter Kontrolle, dann hatte er die Freiheit, zu entscheiden. Oder er ließ alles einfach laufen, dann war er ausgeliefert, doch genau auf diesem Weg, so schien ihm, war er in der Sackgasse gelandet, in der er sich nun befand. Morrison selbst betonte immer, es ginge um Wahlmöglichkeiten und es sei ein Ziel des therapeutischen Prozesses, sein Leben selbst gestalten zu können.

Dave versuchte, sich an den letzten Satz zu erinnern, oder waren es noch zwei gewesen? Er wusste es nicht mehr. Er war müde und hungrig und begann über Essen nachzudenken. Doch aus dem Essen wurde nichts, denn als er in seine Gasse einbog, sah er einen Rettungswagen mit Blaulicht vor dem Haus stehen und daneben Janet, die mit einem der Sanitäter sprach. Ihr Gesicht war weiß wie Schnee im Kontrast zu ihrem schwarzen Blazer. Sofort wurde ihm eiskalt, sein Puls beschleunigte auf hundertachtzig. Und während ihm in rasender Folge sämtliche Horrorszenarien durch den Kopf schossen, die seine von irrationalen Ängsten angetriebene Fantasie je darüber produziert hatte, was seinen Kindern zustoßen könnte, schob sich zwischen diese Bilder für einen kurzen Augenblick das der Leiche im Park, wie ein Foto, das irrtümlich falsch eingeordnet worden war. Ein subversiver Teil seines Gehirns, der im herrschenden Ausnahmezustand unbeobachtet war, hatte es in das Album mit dem Titel *Tote und verstümmelte Kinder* geschmuggelt, und auf irgendeine grausige Weise, die er nicht hätte begründen können, machte das Sinn.

Nobbs' Gesicht leuchtete wie ein kleiner weißer Mond in dem halbdunklen Krankenzimmer. Er hatte nicht nur Janets Mund, sondern auch ihre Haut geerbt. Im Sommer musste man ihn mit sehr viel Sonnencreme mit hohem Schutzfaktor einschmieren, während er zappelnd in der Badehose vor einem stand, die Spritzpistole in der Hand, ungeduldig, sich mit Geheul in die Schlacht zu stürzen. Der Gips an seinem rechten Arm hob sich kaum von der Farbe seiner Schulter ab. Er schlief, auf dem Rücken liegend und den Kopf zur Seite gedreht wie ein Baby, das er schon längst nicht mehr war. Dennoch kam Dave alles an ihm noch immer so klein vor, dass es ihn wunderte, wie all die Organe in ihn hineinpassten. Wie man so ein Ärmchen eingipsen konnte. Wie die vielen Windungen seines Gehirns, das täglich Millionen neuer Vernetzungen bildete, in diesem armen kleinen Kürbis Platz fanden, in dem nun alles durcheinandergeschüttelt war von einem Sturz aus zwei Meter Höhe. Doch er hatte Glück gehabt, einen Schutzengel oder wie immer man diese unverständlich agierende Instanz nannte, die manche Menschen in bestimmten Momenten beschützte und andere nicht. Falls es sie überhaupt gab und es sich bei Leben und Tod nicht, wie Dave insgeheim befürchtete, um eine mehr oder weniger beliebige Abfolge monströser Zufälle handelte. Die Ärzte hatten Namen für das Glück, Codes, die Janet ihm verdeutscht hatte. *Status post Sturz: SHT mit leichter Commotio cerebri und V.l.c. am Hinterkopf (25 mm), laut Begleitperson Bewusstseinsverlust < 5 Min., retrograde Amnesie, leichte Kopfschmerzen, keine Übelkeit, kein Er-*

brechen. Röntgen des Schädels und der Halswirbelsäule unauffällig. Schwellung des linken Handgelenks ohne Hämatom, Schmerzen bei Belastung und Bewegung. Röntgen zeigt distale Radiusfraktur, nicht disloziert.

Warum war er bloß auf diese Leiter gestiegen? Dass er sie in sein Zimmer gezerrt hatte, war erstaunlich genug, wobei sie nicht schwer war, eine Haushaltsleiter aus Aluminium, dennoch groß und unhandlich. Allerdings war sie im Wohnzimmer gestanden, direkt an Nobbs' Zimmertür gelehnt, weil Dave gestern den Weihnachtsbaum abgeräumt und sie danach nicht gleich an ihrem üblichen Platz in der Abstellkammer neben der Küche verstaut hatte. Das war das Erste, was Janet ihm an den Kopf warf, nachdem Nobbs eingeschlafen war. Sie standen vor seinem Krankenzimmer, Mel und Max waren gerade gegangen, um Kaffee zu holen, und Janet fiel über ihn her, sobald sie um die Ecke verschwunden waren. Was hast du dir nur dabei gedacht?, herrschte sie ihn an. Die Leiter einfach dort stehen zu lassen, unfassbar!

Konnte ich wissen, dass er dieses Riesending in sein Zimmer schleppt?, entrüstete sich Dave. Was wollte er überhaupt da oben?

Keine Ahnung, sagte Janet unwirsch. Du hast ihn gehört, er weiß es nicht mehr.

Manchmal kommen die verlorenen Erinnerungen nach einer Zeit wieder, sagte Dave.

Ja, mal sehen. Jetzt hoffen wir mal, dass er über Nacht stabil bleibt. Im Schädelröntgen war ja nichts zu sehen ... für ein CT ist er wirklich noch zu klein ...

Kannst du bitte nicht über ihn sprechen wie über einen deiner Patienten?

Du kannst verdammt froh sein, dass ich hier Ärztin bin, rief Janet hitzig, sonst hätte er Stunden gewartet und wir auch, und das in völliger Ungewissheit, was mit unserem Sohn los ist.

Ich habe nicht gesagt, begann Dave, dann unterbrach er sich selbst. Weißt du was? Ich finde es unglaublich, dass du mir die Sache mit der Leiter vorwirfst. Überleg mal, wer zu Hause war, während das Ganze passiert ist, du oder ich?
Eine Schwester kam aus dem Stützpunkt gerauscht, doch als sie Janet erkannte, verzichtete sie darauf, sie wegen der Lautstärke ihrer Unterhaltung zurechtzuweisen, und tat so, als müsste sie die Teevorräte auf dem Servierwagen überprüfen.
Max und Mel näherten sich von der anderen Seite des Ganges, jeder mit zwei Kaffeebechern in der Hand.
Man kann euch schon im Lift hören, sagte Max, und mit einem Blick durch den Türspalt auf den schlafenden Nobbs: Seid ihr sicher, dass er nicht wieder ohnmächtig ist?
Mel rammte ihm ihren Ellenbogen in die Rippen.
Es ist wirklich sinnlos, euch darüber zu streiten, wer schuld ist, sagte sie zu Dave und Janet, als wären sie Kinder. Es war ein Unfall. Der Arm wächst wieder zusammen, der Kopf ist ganz geblieben, und Nobbs hat noch alle Tassen im Schrank. Und vielleicht ist es ganz gut, dass er nicht mehr weiß, wie es passiert ist und was er eigentlich da oben ... sie brach mitten im Satz ab und ihre Augen wurden groß.
Was?, fragte Dave.
Der Sternenhimmel, sagte sie. Bestimmt wollte er irgendwas bei den Sternen.
Die Frage ist, was genau er wollte, sinnierte Max, ins Leere schauend.
Ist doch egal, das ändert jetzt auch nichts mehr, sagte Janet.
Für dich nicht, sagte Dave. Es war ein kleiner, gemeiner Satz, wie ein sauberer chirurgischer Schnitt. Drei Worte, in denen so viel bitterer Vorwurf steckte, dass ihr Nachhall einen brennenden Schmerz verursachte. Janet sah Dave einen Augenblick lang mit offenem Mund an, ihr Ausdruck wechselte in schneller Folge von Verblüffung zu Kränkung zu Abscheu, und sie konnte nichts davon verbergen. Zu blank lagen ihre

Nerven, als dass sie die übliche Kontrolle über ihre Gesichtszüge hätte aufrechterhalten können, die für ihren Beruf so lebensnotwendig war. Max und Mel standen da und schauten auf ihre Schuhe, Mel schüttelte den Kopf, sagte aber nichts mehr. Janet kramte in ihrer Tasche nach dem Autoschlüssel, murmelte: Muss ins Bett, habe seit dreißig Stunden nicht mehr geschlafen, und ging, ihre beiden fast erwachsenen Kinder trotteten hinter ihr her wie Fünfjährige.

Nobbs' Mund zuckte im Schlaf. Der Verband, der verhindern sollte, dass die Beule auf seinem Hinterkopf größer wurde, als sie ohnehin schon war, und die Nähte wieder aufplatzten, gab ihm das Aussehen eines Piloten aus den 1930er Jahren. Dave beobachtete, wie sich seine Augen hinter den geschlossenen Lidern hin- und herbewegten, ein sicheres Zeichen dafür, dass Nobbs sich im REM-Schlaf befand. Er träumte. Dave hätte alles dafür gegeben, zu wissen, was. Jemandem beim Träumen zuzusehen war, als hielte man an einem Haus Wache, dessen Bewohner auf Reisen war. Er musste daran denken, wie er vor ein paar Wochen mit Nobbs über seine Ben-Träume geredet hatte. Nobbs wusste, wenn er in einem Traum war – für Kinder nichts Ungewöhnliches, Klarträumen war eine der Fähigkeiten, die Kinder häufig spontan hatten und die sie später einbüßten, im Tausch gegen andere, ohne darüber entscheiden zu können. Dave überlegte: Wenn er selbst wusste, dass er träumte und Nobbs ebenfalls zum selben Zeitpunkt, konnten sie sich dann im Traum begegnen? War es möglich, sich zu verabreden, voneinander träumend gemeinsam einen Ort aufzusuchen, etwas Bestimmtes zu tun, zum Beispiel Bens Raumschiff zu reparieren? Ihm fiel ein, wie Nobbs in der Nacht vor Weihnachten an seinem Bett aufgetaucht war, verzweifelt, weil er es nicht geschafft hatte, Ben zu finden. Verblasste seine Gabe bereits? War es ihm seither noch einmal gelungen, von Ben zu träumen, oder war seine

Zurückgezogenheit Ausdruck seines Kummers darüber gewesen, dass es ihm nicht mehr gelang? Dave fühlte sich schlecht, weil er ihn nicht mehr danach gefragt hatte, zu sehr mit sich selbst beschäftigt gewesen war. Hatte Nobbs die Sterne vom Himmel holen wollen, die die Rakete bildeten, damit er nicht mehr daran denken musste? Wollte er sie in eine andere Form bringen oder ihnen einfach nur näher sein? Etwas für ihn Bedeutendes war in ihm vorgegangen, und Dave hatte keine Ahnung davon, das ertrug er schlecht. Bisher war er überzeugt gewesen, alles Wichtige über Nobbs zu wissen, nun aber erkannte er, dass er sich einer Illusion hingegeben hatte. Wenn er genauer darüber nachdachte, war es von vornherein eine Anmaßung gewesen. Bis sie in die Schule kamen, lebten Kinder in einer magischen Welt und hatten eine weitaus blühendere Fantasie als Erwachsene, es war also naiv, sich einzubilden, man kenne ihr Innenleben. Es war naiv, zu glauben, man kenne irgendjemandes Innenleben.

Dave verspürte den Impuls, Nobbs zu berühren, um die Entfernung, die er plötzlich empfand, zu überwinden. Doch er hatte Angst, ihn zu wecken, aus seinem Traum zu reißen. Er war selbst ziemlich müde, das schummrige Licht, die trockene Heizungsluft und der Geruch, eine Mischung aus Desinfektionsmitteln, Medizinschrank und ewig gekochtem Gemüse, drückten auf seine Stimmung und bereiteten ihm Kopfschmerzen, am liebsten hätte er sich zu Nobbs ins Bett gelegt. Mit zwei Fingern massierte er seine Schläfen, dann ging er hinaus auf den Gang, um sich etwas zu trinken zu holen. Doch die Thermoskannen waren alle leer, gaben nur ein röchelndes Geräusch von sich, wenn man den Druckknopf betätigte. Die Tür zum Schwesternzimmer stand offen, Dave lehnte sich in den Türrahmen. Die Nachtschwester saß am Schreibtisch und trug etwas in Tabellen ein. Sie war jung, hatte glattes kastanienbraunes Haar und ein markantes Profil, viel mehr konnte Dave aus dieser Entfernung nicht er-

kennen. Als er klopfte, hob sie den Kopf und lächelte ihn an, ihr Lächeln war offen und echt, hatte nichts Professionelles. Dave merkte, wie gut ihm ein solches Lächeln tat.
Brauchen Sie etwas?, fragte die Schwester, und ihre Stimme war eine Fortsetzung des Lächelns, sie schickte eine warme Welle durch seinen Körper, sein Nacken entspannte sich.
Ich hätte gerne etwas zu trinken, sagte er, aber es ist alles aus.
Das tut mir leid, sagte sie und stand sofort auf. Ich kann Ihnen frischen Tee machen.
Das wäre nett, sagte Dave. Tee ist wunderbar.
Sie sind wunderbar, wollte er sagen, konnte sich aber gerade noch davon abhalten. Er stand immer noch an der Tür, die Schwester machte sich jetzt an der Spüle zu schaffen, füllte den Wasserkocher auf, schaltete ihn an, hantierte mit Teepackungen, fragte: schwarz, Früchte oder Kräuter?, und Dave sagte: Schwarz, bitte. Während sie darauf warteten, dass das Wasser kochte, kam sie zu ihm herüber und fragte: Sie sind Noahs Vater, nicht wahr?
Ja, sagte Dave. Er blickte in ihre fast kugelrunden espressofarbenen Augen, in denen im selben Augenblick Erkennen aufblitzte, in dem auch ihm schlagartig bewusst wurde, dass er sie kannte.
Und Sie sind eine Klientin von Dr. Freudenmann.
Rasch drehte sie den Kopf zur Seite, schaute zu Boden. Nicht mehr, sagte sie. Aber ja, ich war eine Zeit lang bei ihm.
Es war ihr peinlich, und das wiederum war Dave unangenehm. Er wollte etwas Nettes sagen, das ihr die Scham nahm und der Situation das Prekäre.
Schade, sagte er, und als ihm klar wurde, dass das gleich auf mehrere Arten missverständlich war: Ich meine, es war immer schön, Sie zu sehen, wenn ich aus der Sitzung kam.
Jetzt lachte sie. Mein Gott, was für ein Lachen. Sie sah ihn wieder an, nicht frontal, sondern leicht von der Seite und von

unten, was ein wenig kokett wirkte, obwohl sie überhaupt nicht der Typ dafür war.

Noah hat Glück, sagte sie.

Ich weiß, sagte Dave, es hätte ihm ... Er wandte sich ab und schloss die Augen. Warum mussten ihm ausgerechnet jetzt die Tränen kommen? Er drückte sie mit Daumen und Zeigefinger zurück in die Augenhöhlen. Was passierte dort mit ihnen? Wurden sie von den Drüsen, die sie abgesondert hatten, wieder absorbiert oder sickerten sie in sein Gehirn, marinierten es mit dem Salz seiner Traurigkeit?

Er riss sich zusammen und steckte beide Hände in die Hosentaschen, eine Geste, die ihm Sicherheit gab. Es hätte viel schlimmer kommen können, sagte er.

Ja, sagte die Schwester, aber das meinte ich nicht.

Sie stand recht nah bei ihm, Dave begann ihre Körperwärme zu spüren, und er nahm ihren Duft wahr, feuchtes Gras und Baumharz, ein enormer Kontrast zu den klinischen Gerüchen rundherum. Das Wasser sprudelte laut, dann schaltete sich der Kocher ab, und die nächtliche Stille der Kinderstation legte sich über sie. Dave war froh, dass seine Hände gut verstaut waren.

Sie machte eine Geste, als wollte sie sich von etwas befreien, und schaute ihm dann direkt in die Augen.

Er hat Glück, einen Vater zu haben, der sich um ihn sorgt, sagte sie, der die ganze Nacht an seinem Krankenbett sitzt und ... sie stockte, suchte nach den richtigen Worten ... der sich um seine Probleme kümmert.

Wieder spürte er, wie ihm Tränen in die Augen stiegen, gleichzeitig war er so verlegen, dass er schnell irgendetwas tun oder sagen musste.

Haben Sie andere Erfahrungen gemacht?, fragte er und hätte die Frage am liebsten sofort wieder eingesaugt und hinuntergeschluckt. Abrupt drehte sie sich um und ging zurück zur Spüle, holte eine Tasse aus einem der Schränke, hängte den

Teebeutel hinein und goss das Wasser auf, jede ihrer Bewegungen war entschlossen und abweisend. Sie brachte ihm den Tee und sagte: Milch und Zucker finden Sie draußen auf dem Servierwagen. Sagen Sie bitte Bescheid, wenn Noah aufwacht.

Dave stand da, mit der Tasse in der Hand, und fühlte sich furchtbar, wie ein Kind, das ein Spielzeug kaputt gemacht hat, das es sich sehr gewünscht und gerade erst zum Geburtstag bekommen hat.

Es ... es tut mir leid, stammelte er, ich wollte nicht ... ich wollte Ihnen nicht zu nahe treten.

Schon gut, sagte sie und setzte sich wieder an den Schreibtisch, machen Sie sich keine Gedanken. Sie sind müde und haben einen schweren Tag gehabt.

Dave nickte und ging aus dem Zimmer. An der Tür drehte er sich noch einmal um.

Danke, sagte er.

Keine Ursache. Ich habe es so gemeint.

Sie neigte den Kopf und widmete sich wieder ihren Tabellen.

*

Regen. Dichter, heftiger Regen wie Millionen Schnüre aus Wasser, die Himmel und Erde verbinden, tosendes Rauschen. Dave stolpert durch den Wald, tritt auf Wurzeln, rutscht von ihnen ab, weicht den Baumstämmen aus, die er im Nebel nur undeutlich erkennt. Er rennt, so schnell es die erbärmliche Sicht und seine Füße erlauben, sein eigenes Keuchen ist das einzige Geräusch außer dem Regen. Am Boden sieht er da und dort bizarre Gewächse mit großen, glänzenden Blättern und Blüten in giftigen Farben, sonst ist alles grau in grau. Seine Füße schmerzen, er hat das Gefühl, ein Riese auf Zwer-

genbeinen zu sein. Sie sind hinter ihm her, lautlos, doch er weiß, sie sind da. Er spürt ihre Kälte wie einen Eisberg im Rücken, sie durchdringt seinen schweren Mantel mit Leichtigkeit, er friert, als wäre er nackt bis auf die Knochen wie sie, hautlos, ohne Fleisch. Was wollt ihr von mir, warum verfolgt ihr mich? Er sollte sich umdrehen, den Kampf aufnehmen, aber er wagt es nicht. Zu schwach fühlt er sich auf seinen kurzen Beinen, den kleinen Füßen, und ihm ist so entsetzlich kalt. Gleich wird er stürzen, und sie werden über ihn herfallen, sie wollen seine Haut und sein Fleisch, die Toten wollen sein Leben, und dass sie tot sind, nützt ihm nichts, denn er hat Angst, kaltblaue, absorbierende Angst. Er würde jetzt gerne ein Gebet sprechen, doch ihm fällt keines ein – alles, was ihm in den Sinn kommt, ist eine Textzeile: *Well, I've seen them buried in a sheltered place in this town / They tell you that this rain can sting, and look down* ... A sheltered place, das ist es, was er braucht! Einen Unterschlupf, einen Zufluchtsort ... Er spürt ein Kribbeln, das in seinen Beinen beginnt, die Wirbelsäule hinaufwandert und sich rasch im ganzen Körper ausbreitet. Es wird hell in seinem Kopf, er hebt den Blick und sieht in einiger Entfernung eine Tür aus schäbigen, halb vermorschten Holzlatten, eingelassen in einen laubbedeckten Erdhügel, er streckt den Arm aus und greift nach der Türschnalle, und obwohl sie noch weit weg ist, erreicht er sie ohne Schwierigkeiten, die Tür öffnet sich, und der Raum zieht ihn hinein in seine schützende Dunkelheit.
Er weiß sofort, wo er ist. Das Bett, der Schrank, der Schreibtisch, die Lampe, die Treppe ... kaum zu glauben, dass er schon wieder hier ist, doch er ist mehr als erleichtert. Sein Mantel tropft vom Saum und aus den Ärmeln, ein kleines, harmloses Plopp Plopp Plopp in der Stille. Er zieht ihn aus, öffnet das Fenster und hängt ihn zum Trocknen über das Fensterbrett. Es ist ein warmer, sonniger Nachmittag, der Verkehr rauscht über Central Park West, im Park Menschen

mit ihren Hunden, Jogger, Radfahrer, spielende Kinder, ein paar Jugendliche, die mit einem Basketball dribbeln. Doch Dave interessieren die Menschen nicht, ihn interessiert, dass er durch eine Tür gekommen ist, die letztes Mal noch nicht da war, von innen sieht sie aus wie eine gewöhnliche Altbautür, die weiße Lackierung vergilbt und teilweise abgeschlagen. Ihn friert immer noch ein wenig, auch sein Hemd ist feucht geworden. Er will sich aus dem Schrank ein trockenes holen, doch der Schrank ist leer bis auf eine kleine graue Pappschachtel mit einem Gummiring drum herum, die einsam in einem der Regale liegt. In ihr findet er zwischen einem Knäuel weiterer verschiedenfarbiger Gummiringe ein einzelnes Plektron, das er schon lange gesucht hat, ein mattschwarzes, bedruckt mit einem Prisma, durch das ein Lichtstrahl fällt und von ihm gebrochen wird. Er steckt es in seine Hosentasche, geht zum Schreibtisch und reibt mit einem Zipfel seines Hemdes über den grünen Glasschirm, der das Zimmer in ein aquariumartiges Licht taucht, er lächelt über die Selbstverständlichkeit, mit der er die Lampe auf diese Weise angemacht hat. Schräg gegenüber führt die Treppe aufwärts zur Falltür. Ob da oben immer noch der lange Gang ist mit den vielen Türen? Schon will er hinaufsteigen und nachsehen, doch er wird angezogen von einem Schimmern an der Wand neben der Treppe, die Lichtreflexion eines Sonnenstrahls ... es ist eine Türklinke aus poliertem Messing, zierlich, verspielt. Mit einem ausgestreckten Finger fährt er ihre Schnörkel entlang, sie beginnt sich zu bewegen, schlingt sich wie ein Tentakel um seine Hand, es ist nicht unangenehm, eher verführerisch. Er schaut hinter sich, als könnte ihn jemand beobachten, dann lehnt er sich gegen die Wand, lässt sich hineinsinken wie in ein weiches Bett.

Das Bett ist eines von vielen in einem großen Schlafsaal, der ihn an ein Lazarett erinnert, doch stehen sie nicht an der Wand aufgereiht, sondern kreuz und quer im Raum. Alle

außer seinem haben Betthimmel aus weißen Tüchern, die herabgelassen sind.
Neben ihm liegt eine Frau. Sie ist nackt, ihre Haut glänzt bronzefarben im dämmrigen Licht, das durch ein kleines Fenster von weit oben in den Raum fällt. Die Frau lächelt ihn an, er kennt dieses Lächeln und auch ihre Augen. Er berührt die Lippen der schönen Schwester, die warm und trocken sind, will sie küssen, diesen Körper sofort an sich drücken, ihn besitzen, doch sie hält seine Hand fest, senkt den Blick und zwingt auch den seinen abwärts, über ihren erstaunlich langen Hals, die vollen Brüste, die Erhebung ihres Bauches, er denkt, es ist ein erotisches Spiel, das den Genuss steigern soll, betrachtet ihre runden Hüften und das kleine, haarlose Dreieck ihrer Scham, er kann sich kaum noch beherrschen. Doch dann sieht er noch etwas: Ihr fehlt ein Bein. Es ist kein Stummel wie nach einer Amputation, vielmehr hört ihr Körper auf der rechten Seite einfach auf, unterhalb der Hüfte, und obwohl keine Narbe zu sehen ist, keine Wunde, kein wildes Fleisch oder sonst etwas, das eklig oder abstoßend wäre, obwohl es eher so ist, als wäre ein Teil von ihr durch einen magischen Trick unsichtbar, überfällt ihn Grauen – jene Art Grauen, das man empfindet, wenn man mit Unmenschlichkeit konfrontiert wird, er muss an Folter denken, an Misshandlung, Mitleid und bodenlose Trauer überschwemmen ihn. Er möchte sie trösten und hat das Gefühl, ebenso viel Trost zu brauchen. Das Bedürfnis nach einer Umarmung ist fast unerträglich groß, als er seine Hand losmacht, nach ihr greift, sie in den Arm nimmt, sein Bein dorthin schiebt, wo ihres sein sollte, nimm es, du kannst es haben, ich brauche es nicht mehr.
Ich bin bei dir, und du bist bei mir.
Und plötzlich ist seine Erregung wieder da, drängend, überwältigend, er ist jetzt in ihr, sie umhüllt ihn, nimmt ihn auf in ihre Tiefe. Er spürt, dass er gleich kommen wird, blickt

hoch in ihr Gesicht, es ist ganz nass, verschwimmt wie eine Spiegelung in bewegtem Wasser, und mit einem Stöhnen, das von den kahlen Wänden widerhallt, verflüssigt sich sein Körper und wird fortgespült von einer Woge aus Lust und Leid.

*

17. Jänner 2015. Samstag. Silber.

Als er die Augen aufschlug, sah Janet auf ihn hinunter, aus einem seltsamen Winkel, sodass er ein paar Momente brauchte, um sich zu orientieren. Sie kniete aufrecht neben ihm im Bett, den Kopf leicht zur Seite geneigt und über ihn gebeugt, ihr Mund dort, wo seine Augen waren und umgekehrt. Forschend betrachtete sie sein Gesicht wie ein Studienobjekt, von dem sie nicht sicher war, ob es interessant war oder nicht.

Was machst du da?, fragte er. Die Erinnerung an seinen eben geträumten Traum war äußerst lebhaft, weshalb es ihm ziemlich unangenehm war, auf diese ungewohnte und direkte Art von seiner Frau inspiziert zu werden. Verstohlen griff er unter der Decke nach seinem Schwanz und hoffte, dass er dabei nicht rot wurde. Es war alles ziemlich klebrig da unten.

Du hast gestöhnt, stellte Janet fest, ihre Position beibehaltend. Dave wünschte, ihr Gesicht würde wenigstens nicht auf dem Kopf stehen.

Tut mir leid, sagte er, du weißt ja, ich träume oft schlecht.

Das klang aber nicht so.

Wie – so?

Als würdest du etwas Schreckliches oder Furchteinflößendes träumen. Jemand, der einen Albtraum hat, stöhnt anders.

Dave stützte sich auf seine Ellenbogen, um Janets Blick nicht ganz so ausgeliefert zu sein.
Was willst du eigentlich von mir, sagte er, ich bin gerade erst aufgewacht.
Ich möchte wissen, was du geträumt hast, insistierte Janet ungerührt.
Dave brachte mit Mühe die Andeutung eines Lachens zustande.
Das ist ein Witz, oder? Seit Jahren erklärst du mir, dass du meine Träume langweilig findest, und plötzlich interessierst du dich für sie? Weil ich gestöhnt habe?
Ich finde nicht speziell deine Träume langweilig, sondern die anderer Leute ganz allgemein, erklärte Janet. Und ich interessiere mich nur für den Traum, den du gerade eben gehabt hast.
Dave schnaubte, stieg aus dem Bett und zog sich, sorgsam die Spuren seines feuchten Traums verbergend, seine Jogginghose an. Weißt du was, ich habe keine Ahnung mehr, was ich geträumt habe, denn du hast jede Erinnerung mit deinem lächerlichen Verhör vertrieben.
Zum Glück stand er mit dem Rücken zu ihr, so kam ihm die Lüge leichter über die Lippen.
Das glaube ich nicht, sagte Janet ruhig. Ich glaube, du hast einen Sextraum gehabt. Ich möchte wissen, mit wem.
Dave erstarrte innerlich. Er fühlte sich auf idiotische Weise ertappt, als wäre seine Mutter ins Zimmer geplatzt, während er onanierte, und einen Augenblick später flammte Wut in ihm auf, simple, starke, ungebremste Wut. Er drehte sich um.
Ich kann es nicht glauben, rief er. Seit zwanzig Jahren bin ich dir treu, obwohl du mich oft wochenlang, monatelang nicht ranlässt, und dann bist du eifersüchtig auf eine Frau in einem Traum? Are you out of your mind?
Janet hob die Augenbrauen. Es stimmt also, sagte sie, ihre Stimme klang eher überrascht als gekränkt oder ärgerlich,

was Dave verwirrte und ihm das Gefühl gab, seine Faust ins Leere geschlagen zu haben. Auch sie stand auf, blieb eine Weile unschlüssig vor dem Bett stehen und setzte sich dann wieder auf den Bettrand. Dave musterte ihren Rücken in dem hellgrauen Sportshirt, das sie in letzter Zeit gerne zum Schlafen trug, ihre sehr gerade Haltung und die sonderbar kleinen knochigen Schulterköpfe, die, wie sie ihm einmal erklärt hatte, einer erhöhten Luxationsgefahr ausgesetzt waren. Er wusste nicht, was er tun oder sagen sollte, wie sie es immer wieder schafften, innerhalb weniger Minuten und Sätze in einem Raum zu landen, in dem jede weitere Bewegung, jedes zusätzliche Wort unmöglich schien. Seine Füße waren am Boden angeklebt und seine Zunge am Gaumen. In der Mühe, mit der sich Janet vom Bettrand hochdrückte, als wäre sie achtzig, drückte sich die ganze Enge aus, in der sie gefangen waren. Langsam ging sie zur Tür, legte ihre Hand auf die Klinke, hielt dort inne und sagte: Weißt du eigentlich, wie schwer es ist, einen depressiven Menschen zu lieben?
Dann erst ging sie hinaus.

Dave lief und lief und lief. Es war lange her, dass er das letzte Mal gelaufen war – noch etwas, woran das große schwarze Ungeheuer ihn hinderte –, und er spürte jetzt schon, was er morgen für einen Muskelkater haben würde, doch er konnte unmöglich stehen bleiben. Sofort würden seine Sohlen auf der Straße festkleben, und die Szene mit Janet würde sich erneut in seinem Kopf abspulen und ihn in den Wahnsinn treiben. An sich war er nicht besonders sportlich, Sport war etwas, das in die Welt seines Vaters gehörte und nicht in seine. Niemals würde er wie Hamid oder Will oder einige seiner Kollegen in ein Fitnessstudio gehen, und wenn ihm Janet noch hundert Gutscheine schenkte. Doch in Momenten emotionaler Überforderung, wenn ihn seine Gefühle aufzufressen drohten, sobald er still saß und Angst hatte, verrückt zu werden, musste er laufen. Er achtete nicht darauf, wohin, sondern rannte einfach drauflos, ließ sich von seinem Körper vorwärtstreiben. Durch die ständige Bewegung drehten sich seine Gedanken weniger leicht im Kreis, seine Beine zwangen sie dazu, eine Richtung einzuschlagen, irgendeine, Hauptsache, sie fuhren nicht Karussell. Es war ihm auch gleichgültig, dass es regnete, obwohl ihn der Regen auf unangenehme Weise an den ersten Teil seines Traumes erinnerte, in dem er sich von Toten verfolgt geglaubt hatte. Die zwei Dinge, von denen er seit Nobbs' Unfall träumte: Tod und Sex. Jede einzelne Nacht, inzwischen die dritte in Folge. Dass er es nach seiner Begegnung mit der Krankenschwester, die früher Morrisons Klientin gewesen war, geschafft hatte, von Sex zu träumen – Sex mit ihr! –, hatte ihn gemeinsam mit der Tatsache, dass Nobbs wieder zu Hause war, sich rasch erholte und ihm außer der Erinnerung an fünf Minuten seines Lebens nichts zu fehlen schien, zunächst fast in Euphorie versetzt. Er hatte sich am nächsten Abend und auch gestern vorgenommen, das Erlebnis zu wiederholen, und es war ihm beide Male gelungen, in sein Traumzimmer zu gelangen und von dort in den mysteriösen Schlafsaal. Ob in den anderen Betten hinter den weißen Vorhängen noch mehr Frauen auf ihn warteten? Doch selbst wenn dem so war, wusste er nicht, ob er es fertigbrächte, seine Krankenschwester zu betrügen, andere Frauen neben ihr zuzulassen. Dieser Gedankengang hatte etwas äußerst Absurdes, wenn man bedachte, dass es sich um Traumfiguren handelte, mit denen er nach Belieben verfahren konnte, ohne in der Wachrealität irgendwelche Konsequenzen befürchten zu müssen. Doch der Umstand, dass der schönen Schwester immer etwas fehlte, zuletzt ein Bein, in der Nacht davor eine Hand und beim ersten Mal ein Ohr, dass sie offensichtlich Schreckliches erlebt hatte und bei all ihrer Schönheit beschnitten, ihrer Ganzheit beraubt war, band ihn auf eigentümliche Weise an sie. Und obgleich es ihm bisher nicht gelungen war, die Erinnerung an ihre Versehrtheit von einem Traum zum anderen wachzuhalten, und ihn jedes Mal, wenn er sie entdeckte, dasselbe Entsetzen überkam, hatte er die vage Vermutung, dass genau diese Versehrtheit einen Teil der Anziehung ausmachte, die diese Frau auf ihn ausübte, nicht nur im Traum, sondern auch in dieser einen Nacht im Krankenhaus und schon in Morrisons Wartezimmer. Es war nicht ihr Gebrechen, das ihn erregte, vielmehr war es die Fragilität, die es ihr verlieh, und das Mitgefühl, das diese in ihm auslöste und in Verbindung mit ihrer Schönheit und erotischen Ausstrahlung seinem Begehren Bahn brach. Nichtsdestotrotz blieb es bizarr. Das Bild seiner Traumfrau kam ihm in den Sinn, er hatte seit Tagen nicht mehr an sie gedacht. Das zerfetzte Kleid, die Aura von Traurigkeit und Wehmut, die sie umgeben hatte ... Was machte Frauen so attraktiv für ihn, die offensichtlich in der ein oder anderen Weise gebrochen waren? Während der Regen langsam durch seine Kleider drang und sich darunter auf seiner Haut ein dünner, dampfender Schweißfilm bildete, fragte er sich, ob es nur das berühmte ganz Andere war, das ihn nach all den Ehejahren reizte, jemand, der nicht wie Janet diese patente, sportliche Gesundheit ausstrahlte, eine durch und durch lebenstaugliche Tüchtigkeit, die ihn als Zwanzigjährigen sehr angezogen hatte, inzwischen jedoch aufs äußerste enervierte, nicht nur, weil Janet sie als ständigen Vorwurf an ihn vor sich hertrug. Sie weckte in ihm den Verdacht, dass das nicht alles sein konnte, dass hinter oder unter dieser auf die Energieerhaltung ausgerichteten Person jemand war, den sie ihm vorenthielt. Diese unendliche Müdigkeit, mit der sie vorhin auf der Bettkante gesessen, mit der sie aufgestanden und zur Tür gegangen war ... Glaubte sie wirklich, er betrog sie? Noch nie, nicht ein einziges Mal im Lauf ihrer gesamten Beziehung, war er auf die Idee gekommen, dass sich Janet deswegen Sorgen machen könnte. Mit dem Zettel damals hatte sie klargemacht, dass sie es nicht tolerieren würde, und damit, so hatte Dave gedacht, war das Thema für sie erledigt. Seither war er es gewesen, der in regelmäßigen Abständen befürchtet hatte, sie schliefe mit jemandem anderen. Wegen der gut aussehenden Ärzte. Wegen des Rauchens. Wegen seiner Gewichtszunahme. Wegen seines fehlenden beruflichen Ehrgeizes. Wegen seiner Depressionen. Und da war er, der Satz, der ihn nach einer Phase der völligen Lähmung hinaus auf die Straße in diesen scheußlichen Regen getrieben hatte: Weißt du eigentlich, wie schwer es ist, einen depressiven Menschen zu lieben? Ein Satz wie ein Bombenangriff, vorhin, als Janet ihn ausgesprochen hatte, und auch jetzt, wo er ihn erinnerte, eine Streubombe in einem Wohngebiet, die alles in Schutt und Asche legte. Er lief noch ein wenig schneller, als könnte er ihnen so entkommen, den kleinen, tödlichen Gedankensplittern, oder wenigstens den auf ihn herabprasselnden Regentropfen, die seine Mütze durchnässten, ihm die Stirn hinunterliefen, seine Augenbrauen durchweichten, von den Wimpern auf die Wangen tropften und vor den Menschen, die ihm auf der Straße entgegenkamen, verbargen, dass er weinte.

Als er nach Hause kam, saß Nobbs im Vorzimmer auf dem Boden und weinte ebenfalls. Dave hatte sich wieder halbwegs beruhigt, doch der Anblick seines heulenden Sohnes griff ihn mehr an als sonst. Nobbs weinte selten, für ein Kind. Das Verwirrende war, dass er es zu Gelegenheiten, bei denen man es erwartete, oft nicht tat – etwa wenn er im Park hinfiel und sich das Knie aufschlug oder ein Spielzeug kaputtging, das er geliebt hatte – und manchmal, wenn es um etwas ging, was einem völlig harmlos vorkam, in Tränen ausbrach.
Was ist los, Kleiner?, fragte Dave, hob ihn hoch und nahm ihn in den Arm. Mein Gott, dachte er, wie schwer er geworden ist. Ich sollte wirklich aufhören, ihn Kleiner zu nennen.

Du bist nass, schniefte Nobbs, drückte sich dennoch an ihn.
Es regnet draußen, sagte Dave. Was ist passiert?
Mom sagt, ich darf nicht in die Wanne. Wegen dem Gips.
Hm. Er darf eben nicht nass werden, sonst löst er sich auf, weißt du?
Ja, weiß ich, sagte Nobbs und zog einen solchen Flunsch, dass Dave fast lachen musste. Auf der nach oben gewölbten Oberlippe sammelte sich Rotz.
Du dürftest ihn eben nicht untertauchen, sagte Dave, und Mom hat wahrscheinlich Angst, dass du das beim Spielen vergisst. Wo ist sie überhaupt?
Sitzt vor dem Fernseher.
Das war überraschend. Janet sah nicht fern, oder fast nie. Sie betrachtete es als Zeitverschwendung, worin Dave ihr grundsätzlich recht gab, was ihn aber nicht daran hinderte, trotzdem fernzusehen, denn er hatte ja viel mehr Zeit zu verschwenden als sie. Nächte, in denen sie schlief, operierte oder einen Arzt vögelte. Stunden, die so langsam vergingen, dass er manchmal gerne Gewichte an die Zeiger der Küchenuhr hängen wollte. Für ihn war Fernsehen eine Überlebensstrategie.
Weißt du was?, sagte Dave. Ich komm mit und pass auf, dass du den Gipsarm nicht untertauchst. Und zur Sicherheit wickeln wir ihn in einen Plastiksack.
Du kommst mit in die Wanne?, fragte Nobbs ungläubig. Es war lange her, dass Dave mit ihm gebadet hatte, damals war er fast noch ein Baby gewesen.
Ja. Ich bin doch sowieso schon nass.
Jetzt lachte Nobbs, und dieses Lachen machte Dave auf eine Art glücklich, von der er das Gefühl hatte, dass sie nicht ganz richtig war. Er hätte es nicht erklären können, aber irgendetwas an diesem Glück bereitete ihm ein schlechtes Gewissen, etwa so, wie er es als Kind gehabt hatte, wenn er verbotenerweise zu viele Süßigkeiten in sich hineingestopft hatte.

Nobbs liebte es, in der Badewanne zu sitzen, es gehörte zu seinem täglichen Abendritual. Wenn es etwas gab, das ihn ähnlich faszinierte wie das Weltall, dann war es Wasser und alle physikalischen Phänomene, die damit in Zusammenhang standen. Schon als er noch viel kleiner war, konnte er sich ewig damit beschäftigen, verschiedene Behälter mit der Öffnung nach unten ins Wasser zu tauchen, sodass darunter ein Vakuum entstand, und sie dann langsam zu kippen. Die aufsteigende Luftblase und das Geräusch begeisterten ihn über alles. Schiffe waren seine Lieblingsobjekte gewesen, bevor er Raumfahrzeuge entdeckte, besonders U-Boote hatten es ihm angetan. Dave hatte ihm vor zwei Jahren ein fernsteuerbares Mini-U-Boot geschenkt. Janet meinte, er hätte es sich selbst geschenkt, Nobbs sei noch zu klein dafür und es würde nicht lange leben. Doch Nobbs war geschickt und lernte schnell, das Ding so zu navigieren, dass es nicht ständig gegen die Wand der Wanne krachte. Doch für das U-Boot war heute nicht genug Platz, wenn sie zusammen baden wollten, also kramten sie in der Lade mit dem Badespielzeug herum und entschieden sich schließlich für zwei alte Playmobilmodelle: einen schon etwas mitgenommenen Frachter samt Kapitän und zwei Matrosen, mit dem schon Max gespielt hatte, und ein kleines Motorboot mit einem Pärchen plus Kind in Badebekleidung.
Welches spielst du?, fragte Dave.
Ich will den Frachter, sagte Nobbs.
Passt, ich wollte sowieso lieber das Motorboot.
Während Dave den Frachter festhielt, quetschte Nobbs einhändig den Kapitän in seine Kabine und klemmte ihn ans Steuerrad.
Alle Mann an Bord!, rief er. Anker lichten!
Er stellte die beiden Matrosen ans Heck des Schiffes, wo sich die Winden befanden, und machte ein Geräusch, das den Einzug der Ankerkette imitieren sollte. Immer wieder wun-

derte sich Dave, woher seine Kinder manche Dinge wussten: Wie der Einzug einer Ankerkette klang, zum Beispiel.
Nobbs tuckerte los. Tktktktktktktktk.
Was hast du geladen?, fragte Dave.
Bananen und Bomben.
Wieso Bomben?
Na, wenn jemand kommt und mir meine Bananen wegnehmen will.
Wer?
Du, zum Beispiel. Ihr macht einen Ausflug und habt vergessen, was zu essen mitzunehmen. Also wollt ihr meine Bananen. Na los.
Dave bestückte sein Boot mit der Mutter-Vater-Kind-Familie und startete den Motor. Brrrrrrrrrrrrrrrrmmmmmm.
Hilfeeeeeeeeee!, schrie Nobbs. Feind in Sicht!
Dave näherte sich mit dem Motorboot dem Frachter und rammte ihn. Dann ließ er den armen Familienvater das fremde Schiff entern.
Bananen her!, schnauzte er und zielte auf einen der Matrosen, als hätte er eine Waffe.
Raus mit den Bomben, brüllte Nobbs. Sie wollen unsere Bananen! Hektisch ließ er abwechselnd seine beiden Matrosen herumrennen, den Laderaum öffnen und imaginäre Munition hervorholen.
Stooooooooop! Dave griff blitzschnell nach Nobbs eingegipstem Arm, gerade noch rechtzeitig, bevor Nobbs in der Hitze des Gefechtes seine beiden Matrosen gleichzeitig Bomben nach seinen Widersachern werfen lassen und dabei seinen Gipsarm ins Wasser tauchen konnte.
Nobbs sah ihn verwirrt an.
Oups, sagte er dann.
Genau, sagte Dave.
Die Luft war raus aus dem Spiel.
Wir könnten verhandeln, schlug Dave vor.

Das ist langweilig, maulte Nobbs.
Wieso? Ihr kommt mitsamt euren Bananen zu uns an Bord, und wir machen eine Spritztour mit dem Motorboot.
Na gut, sagte Nobbs.
Kapitän und Matrosen erklommen das Boot. Es wurde ein bisschen eng an Bord, aber wenn die Frau und das Kind auf dem Schoß eines Matrosen saßen, reichte der Platz für alle.
Und los geht's, rief Dave und gab Gas. Das Boot sauste in Achterschleifen zwischen ihnen hin und her, Nobbs machte den Sound. Plötzlich musste Dave an seinen Traum denken, seinen Kleinbubentraum, in dem er in einem Motorboot über das Karibische Meer gefahren war. Dann jedoch war es dunkel geworden, und er wäre beinahe gegen einen Felsen geknallt oder was immer es war, jedenfalls war es ihm gelungen, kurz davor abzuspringen, und während er sprang, hatte er Nobbs' Stimme gehört, die verzweifelt nach ihm rief ...
Dad, was machst du?
Dave hatte nicht mehr aufgepasst, und die halbe Belegschaft purzelte vom Boot.
Mann über Bord, schrie Nobbs, und wieder wollte er mit beiden Händen die Ertrinkenden retten. Diesmal tauchte er sogar seinen Ellenbogen ein Stück ins Wasser, weil Dave nicht schnell genug reagierte.
Okay, sagte Dave, das reicht. Unter Nobbs' schwachem Protest fischte er beide Boote und alle Figuren außer dem Vater und dem Kind aus dem Wasser und deponierte sie im Waschbecken. Stattdessen holte er zwei Zahnputzbecher und zwei Steine aus der Sammlung, die sich im Laufe der Jahre auf dem langen Bord unterhalb des Spiegels gebildet hatte und nach jedem Urlaub ein wenig größer wurde, zum Leidwesen von Mel und Janet, die sich darüber beschwerten, dass dort nicht mehr genügend Platz für ihre Kosmetika sei.
Erinnerst du dich? Früher hast du so gern Taucherglocke gespielt.

Ja, sagte Nobbs, da war ich noch klein.
Aber ich finde es immer noch spannend, sagte Dave. Guck mal. Wenn ich den Becher über das Mäxchen stülpe und den Becher ganz gerade nach unten bis zum Boden drücke und dann noch den Stein drauflege, damit er nicht gleich wieder hochkommt, dann ist unter dem Becher Luft, und das Mäxchen kann unter Wasser atmen.
Wie lange?, fragte Nobbs.
Bis die Luft verbraucht ist.
Aber er isst doch die Luft nicht.
Nein, aber der Sauerstoff wird weniger, und irgendwann kann man nicht mehr atmen und erstickt. Aber es dauert viel länger, als wenn man die Luft einfach nur anhält, so wie du, wenn du im Schwimmbad untertauchst.
Ist Sauerstoff sauer?
Äh ...
Woher weißt du, dass da drunter Luft ist? Man kann es nicht sehen.
Aber man sieht die Luftblasen, wenn man den Becher kippt. Das hat dir immer am besten gefallen, damals. Als du noch klein warst. Dave grinste.
Nobbs nahm das andere Mäxchen, den Vater, und installierte seine eigene Taucherglocke. Dann nickte er zufrieden und schaute eine Weile versonnen auf die beiden Becher, die zwischen ihren Beinen auf dem Boden der Wanne ruhten.
Nobbs?
Keine Antwort.
Nobbsi?
Keine Reaktion.
Hallo? Noah?
Dave sah seinen Sohn genauer an. Nichts deutete darauf hin, dass er geistig anwesend war. Er saß da, den Blick auf die Wasseroberfläche gerichtet, doch es wirkte nicht so, als nähme er irgendetwas wahr. Entweder er sah gar nichts oder

durch alles hindurch. Sein Mund stand leicht offen, wie er es öfter tat, wenn er in ein Spiel versunken war, doch nun spielte er nicht, er war mit nichts beschäftigt, war weder konzentriert noch abgelenkt. Er war einfach nicht da. Eine sehr sonderbare Empfindung breitete sich in Dave aus, etwas, das sich gleichzeitig wie eine Assoziation und ihr Gegenteil anfühlte, als legte man ein Bild über ein zweites, identisches, und stellte fest, dass sie nicht aufeinanderpassten. Das Badewasser war ausgekühlt, er fror. Es war zu still im Raum, die Stille einer nahezu greifbaren Abwesenheit.

Dave lehnte sich ein wenig nach vorn, streckte langsam den Arm aus und berührte Nobbs zuerst am Arm, dann legte er ihm die Hand auf den Kopf. Nobbs blinzelte und lächelte ihn an, ein wenig verschlafen, als wäre er eben aufgewacht.

Alles in Ordnung?, fragt Dave.

Nobbs nickte. Ich will raus, mir ist kalt.

Dave hob ihn aus der Wanne, wickelte ihn in ein Handtuch und rubbelte ihn trocken.

Sag mal, kannst du dich wirklich nicht erinnern, was du auf der großen Leiter wolltest?

Nobbs schaute angestrengt zur Decke, griff sich an den Penis und zog ihn lang.

Ich versuch's die ganze Zeit, sagte er, und ich weiß auch noch, dass ich mit dem neuen Jedi-Raumschiff gespielt hab. Aber dann – zack ... er ließ seinen Penis los und machte eine Geste, als würde er etwas in die Luft werfen ... als wär ich eingeschlafen. Als hätt ich geschlafen, aber nicht geträumt.

Hast du denn seither geträumt?

Nobbs schüttelte den Kopf.

Dave fuhr fort, ihn zu rubbeln, obwohl er längst trocken war.

Mel glaubt, du wolltest etwas mit den Sternen über deinem Bett machen. Vielleicht bei der Rakete?

Nobbs zuckte die Achseln.

Hast du noch mal von Ben geträumt? Ich meine, seit Weihnachten?
Wieder schüttelte er den Kopf. Er sah sehr verloren aus, a little man who fell to earth.
Ich glaube, Ben ist tot, sagte er dann.

Als Dave ihn ins Bett gebracht hatte, saß Janet immer noch vor dem Fernseher. Auf dem Weg in die Küche sah er sie durch die halb offene Wohnzimmertür. Sie lag nicht auf dem Sofa, sondern kauerte in dem komischen Stoffsessel, dessen Sitzfläche so stark nach hinten abfiel, dass man mit dem Hintern fast den Boden berührte und einem die Schenkel automatisch am Oberkörper klebten. Sie hatte die Arme um die Knie geschlungen, ihre Hände umklammerten die Ellenbogen, als wäre sie eine lose Ansammlung unverbundener Gliedmaßen, die sie auf diese Weise zusammenhalten musste. Zu ihren Füßen lag Gimli, ergeben wie ein Hund. Manchmal hatte Dave das Gefühl, der alte Kater war das einzige lebende Wesen, das wirklich Zugang zu ihr hatte. Warum ausgerechnet ein ständig furzendes Tier mit Todesatem das Herz seiner Frau erobert hatte, war ihm ein Rätsel. Im Fernsehen lief eine Gartensendung. Janet gärtnerte nicht. Er war sich ziemlich sicher, dass sie nicht zusah, auch wenn sie auf den Bildschirm starrte. Ihr Blick schien leer, aber auf eine andere Art als bei Nobbs vorhin. Dave hatte den Eindruck, dass er sehr wohl auf etwas gerichtet war, das jedoch nur sie sehen konnte, ein Ort, von dem sonst niemand wusste. Ein Ort in ihr. Der Gedanke versetzte ihm einen Stich in der Herzgegend, und er wandte sich unwillkürlich ab. Aus Max' Zimmer drangen Stimmen und der heuartige, leicht scharfe Geruch von Marihuana. Wenigstens roch es nicht nach verbrannten alten Socken, so wie das Zeug, das er von Hamid bekommen hatte. War es mit Max' guten Vorsätzen schon wieder vorbei, oder wollte er einfach mal wieder zwölf Stunden durchschlafen?

Eine Weile blieb er im Vorzimmer stehen, nahm die Schwingungen auf, die hier zusammenliefen, und er glaubte zu spüren, wie der Boden unter ihm leicht schwankte, als wäre die Wohnung ein Schiff am offenen Meer. Und er hatte die düstere Vorahnung, dass auf diesem Schiff gleich mehrere Leute demnächst über Bord gehen würden, wenn der Seegang sich nicht beruhigte. Oder es krachte in voller Fahrt gegen einen Felsen.

20. Jänner 2015. Dienstag. Feuerrot.

Meine Frau liebt mich nicht mehr.
Dave spie diesen Satz auf Morrisons fadenscheinigen Perserteppich, nachdem er ihm tagelang im Magen gelegen hatte wie ein großes Stück unverdautes verdorbenes Fleisch.
Morrison runzelte die Stirn in einer Mischung aus Bedauern und Unglauben.
Hat sie das gesagt?
Dave kaute auf seiner Unterlippe herum. Es fiel ihm schwer, den Satz auszusprechen.
Sie hat gesagt, es ist unmöglich, einen depressiven Menschen zu lieben.
Wie kam es dazu?
Dave seufzte. Ich hatte einen Sextraum. Also, eigentlich mehrere – jede Nacht, seit Nobbs' Unfall.
Nobbs hatte einen Unfall? Geht es ihm gut?
Ja, alles okay so weit, sagte Dave und schilderte in aller Kürze den Hergang. Das war ein Teil der Therapie, den er nervig fand: Morrison über irgendwelche Ereignisse aus seinem Leben Bericht erstatten zu müssen, nur damit er auf dem Laufenden war und seinen Gedanken und Gefühlen folgen konnte. Der einzige Vorteil an der Sache war, dass Dave auf

diese Weise die Kontrolle darüber hatte, was er Morrison erzählte. Er konnte zum Beispiel für sich behalten, dass die schöne Nachtschwester im Krankenhaus, mit der Dave seither Traumsex hatte, einst seine Klientin gewesen war. Er glaubte zwar nicht, dass es Regeln gab, die so etwas verboten, aber es war Dave trotzdem lieber so. Relativ freimütig erzählte er hingegen von den erotischen Begegnungen selbst, er war diesbezüglich entspannt in Morrisons Gegenwart, obwohl er sonst nicht der Typ Mann war, der viel und leicht darüber redete. Es überraschte ihn selbst, doch es beschäftigte ihn nicht im geringsten, ob Morrison von seinen Erlebnissen möglicherweise angeturnt oder auch angewidert sein könnte.

Und wie kommt nun Ihre Frau ins Spiel?, fragte Morrison irgendwann.

Sie hat mir zugesehen, während einem dieser Träume. Ich habe anscheinend laut gestöhnt. Natürlich hat sie gewusst, was los war. Sie wollte wissen, mit wem ich im Traum geschlafen hätte.

Haben Sie es ihr gesagt?

Nein, natürlich nicht. Ich bin ausgeflippt, habe ihr vorgeworfen, dass sie mich oft monatelang abweist.

Das war nicht ganz fair, oder?

Nein, sagte Dave, es war beschissen ...

... aber verständlich, beendete Morrison seinen Satz. Sie waren in Bedrängnis, und das kurz nach dem Aufwachen aus einem intensiven Traum. Außerdem gehören Träume zur Privatsphäre, und Janet ist ungebeten in Ihre eingedrungen. Doch was, glauben Sie, hat Janet dazu bewogen, Ihnen daraufhin zu sagen, es sei unmöglich, einen depressiven Menschen zu lieben?

Keine Ahnung! Vermutlich hat sie einfach zurückgeschossen, wollte mir wehtun, nachdem ich ihr wehgetan hatte.

Das ist die Oberfläche, ja, sagte Morrison, das Offensichtliche. Aber wäre es nicht möglich, dass es darunter einen Subtext gibt, eine Botschaft, die sie Ihnen vermitteln wollte?

Dave tauchte in das Bild an der Wand hinter Morrison. Er spazierte an der Kante einer eisblauen Fläche entlang, bog nach links in eine graue Regenwelt ein, kletterte die kaum sichtbaren, frei schwebenden Sprossen einer Leiter nach oben, stürzte in einen Haufen schwarzbrauner Holzscheite im rechten untersten Eck, flog von dort den Bildrand entlang wieder hinauf bis zu einer großen Fläche, die auf den ersten Blick einfach nur weiß zu sein schien, doch wenn man genauer hinsah, aus unzähligen feinen Farbabstufungen zusammengesetzt war. Dave verlor sich in diesen unterschiedlichen Weißtönen, drang immer weiter ein in die von ihnen erzeugte Struktur. Die Stille im Raum umfing ihn wie ein für die Jahreszeit perfekter Mantel, nicht zu dünn und nicht zu dick, eine Umhüllung, die nicht einengte und kein unnötiges Gewicht hatte. Er wurde ruhig, wurde ein Teil der Stille, des Raumes, des Bildes, der weiß-weißen Fläche. Und dann sah er sie. Inmitten dieses Schneegestöbers aus Farbflecken schleppte sie sich vorwärts, die Fetzen ihres Kleides flatterten hinter ihr her über die Ebene, ihre Haare würden einmal so aussehen, in zwanzig Jahren oder in dreißig. Wie auf einem 3D-Bild wuchs ihm ihre Gestalt immer mehr entgegen, ihr Gesicht im Profil, die gerade Nase, die aufgewölbten Lippen, das ihm zugewandte Auge mit der unübersehbaren Traurigkeit darin.

Was sehen Sie, fragte Morrison vom anderen Ende der Welt.

Janet, flüsterte Dave. Sie ist die Frau aus meinem Traum.

Wie bitte?

Daves Blick kehrte langsam zu Morrison zurück, der ehrlich überrascht aussah.

Nicht die, mit der ich geschlafen habe, sondern die, mit der ich schlafen wollte, die ich so lange versucht habe, wiederzutreffen. Die Frau in dem zerrissenen Hochzeitskleid.

Morrison lächelte leise.

Ich habe sie nicht erkannt, sagte Dave. Ich habe von meiner Frau geträumt und habe sie nicht erkannt.
Haben Sie eine Idee, warum?
Dave schüttelte den Kopf. Ich ... nein. Ich kann es gar nicht glauben. Meine Traumfrau, so habe ich sie genannt, als ich noch nicht wusste, dass es Janet war.
Nun, sagte Morrison, betrachten Sie es doch einmal so: Sie sind mit Ihrer Traumfrau verheiratet. Das kann nicht jeder von sich behaupten.
Aber wieso konnte ich sie dann nicht treffen, als ich es mir so sehr wünschte, warum konnte ich nicht mit ihr Traumsex haben? Und warum war sie in dem Traum so traurig?
Sie war traurig? Das hatten Sie gar nicht erwähnt.
Ja, und sie war zu Tode erschöpft, als wäre sie schon seit Stunden durch diese trostlose Landschaft gelaufen.
Die Schneelandschaft, nicht wahr? Und sie trug ein weißes Kleid. Sie sagten, dass die Farbe Weiß Sie traurig mache. Möglicherweise war es die Traurigkeit, die Sie so anzog und eine Verbindung zu ihr herstellte. Und als Sie in dem Baum saßen, fühlten Sie sich einsam und hatten Sehnsucht nach ihr.
Aber das macht doch keinen Sinn, sagte Dave, Traurigkeit macht einen doch nicht geil!
Nein, sagte Morrison. Aber Kontakt macht geil.

Es war fast ein Uhr nachts, als Dave den Wohnungsschlüssel im Schloss umdrehte, so leise wie möglich. Er hatte am nächsten Tag gleich zwei Feststellungsprüfungen zu halten, noch dazu in der ersten Stunde, aber nach dieser Sitzung bei Morrison hatte er einfach nicht nach Hause gehen können. In letzter Sekunde hatte er seinen Vorsatz, noch am selben Abend etwas über die Sitzung zu schreiben und dann ins Bett zu gehen, über Bord geworfen, war am Treppenabsatz nach rechts statt nach links abgebogen und hatte bei Hamid ge-

klingelt. Er brauchte dringend ein Versteck, das ihn vor seinen eigenen Gedanken rettete, mit denen er sonst alleine in der Küche gesessen wäre, vor einem leeren Blatt Papier.
Dave war nicht oft in Hamids Wohnung, obwohl sie Nachbarn waren. Selbst wenn Janet ihn einlud, lehnte Hamid meistens dankend ab oder blieb nur kurz mit der Begründung, er wolle nicht stören. Dave glaubte, dass die familiäre Situation etwas in ihm wachrief, wovon er sich lieber fernhielt. Hamid lebte allein, hatte aber hin und wieder Männerbesuch, was Dave meist daran hinderte, abends spontan bei ihm vorbeizuschauen. Also rief er ihn an, und sie verabredeten sich im Billroth oder im Blaustern. Interessanterweise traf auch Janet ihre beste Freundin immer außer Haus. Sie telefonierte nicht mal mit ihr, wenn sie daheim war. Wenn nicht in regelmäßigen Abständen der Name Gaby in dem großen Wochenkalender im Vorzimmer aufgetaucht wäre, wüsste Dave gar nicht, dass sie existierte. Sie war ebenfalls Ärztin, im selben Krankenhaus wie Janet, jedoch auf einer anderen Station, Dave hatte vergessen, auf welcher. Er hatte sie nicht mehr als zwei- oder dreimal getroffen, das erste Mal vor Jahren in der Lobby des Spitals, als er Janet von der Arbeit abgeholt hatte, und dann bei der einzigen Ärzteparty, zu der sich Dave in den Jahren seiner Ehe hatte mitschleppen lassen. Sie war ihm nicht unsympathisch gewesen, eine hübsche, etwas magere, ausgezehrt wirkende Frau mit vielen dunklen Locken und einem warmen Lächeln, doch die Erinnerung an diesen nicht enden wollenden Abend jagte ihm noch heute kalte Schauer über den Rücken. Er war mit seinem Bier in der Hand in der neuen Wohnung eines frisch gekürten Primars herumgestanden, die aussah wie eine Arztpraxis (tatsächlich hatte Dave zunächst geglaubt, es sei seine Praxis), hatte versucht, keine Flecken zu machen, so zu tun, als wüsste er, wovon die anderen redeten, und an den richtigen Stellen zu lachen. Dave hatte sich damals nicht nur geschworen, nie

wieder auf eine solche Party zu gehen, sondern auch Janet niemals darum zu bitten, ihn auf eine Weihnachtsfeier oder ein Schulfest zu begleiten. Seither waren ihrer beider Privatleben außerhalb der Familie, abgesehen von den jährlichen Abendessen mit Will und Lin, ohne Berührungspunkte.

Hamid öffnete ihm in Unterhemd und Boxershorts. Zu Daves Überraschung war er gerade damit beschäftigt, *Counter-Strike* zu spielen. Dave hatte nicht gewusst, dass Hamid zockte, vor allem dieses Spiel, bei dem er nie sicher war, was er davon halten sollte. Er selbst hatte als Teenager bei Freunden am Nintendo ein bisschen *Super Mario* gespielt und später hatte er sich eine Zeit lang in *Tetris* verkrochen, aber er war nie ein Gamer gewesen. Computer benutzte er für die Schule, zum Schreiben von E-Mails und zum Musikhören. Zu seinem zwölften Geburtstag schenkte er Max aus purer Sentimentalität den *Star Wars Episode 1 Racer* (was vielleicht ein Fehler gewesen war) und fand es anfangs selbst ganz lustig, mit einem Podracer durch die Gegend zu düsen, allerdings nie für lange. Spätestens nach einer halben Stunde fand er es anstrengend und stressig. Schon von daher war es ihm ein Rätsel, wie man Stunden damit verbringen konnte, durch unübersichtliches Gelände zu laufen und andere abzuknallen, bevor man selbst abgeknallt wurde. Seine Nerven würden das nicht mitmachen. Warum tat man sich das an? Er fragte Hamid.

Es entspannt, sagte Hamid schlicht.

Es tut bitte was?

Es gibt nicht viel, wobei ich komplett abschalten kann, aber *Counter-Strike* gehört dazu. Oder glaubst du, ich habe noch Zeit, darüber nachzudenken, ob ich bei der Wartung einer Herz-Lungen-Maschine ein paar Stunden vorher auch wirklich nichts vergessen habe, während ich jede Sekunde aufpassen muss, woher meine Gegner kommen?

Das leuchtete Dave ein. Er vergaß leicht, dass nicht nur Janet, sondern auch Hamid eine Arbeit machte, von deren Qualität menschliches Leben abhing. Gab es diese Spiele, weil die Menschen sie tatsächlich brauchten? Hatte sich die moderne Unterhaltungsindustrie als logische Konsequenz einer Welt entwickelt, in der der Mensch so viel Macht und Kontrolle über das Leben erlangt hatte, dass ihn die Verantwortung permanent überforderte und er etwas erfand, das ihn davon ablenkte?

Außerdem macht es einfach Spaß, fügte Hamid hinzu. Weißt du, man kommuniziert ja mit den anderen beim Spielen, das ist eine richtige Community. Und ich bin abends oft einfach zu fertig, um noch rauszugehen und unter Leute zu kommen.

Verstehe, sagte Dave. Und du glaubst nicht, dass es junge Typen gibt, die durch Ego-Shooter auf schräge Ideen kommen, dass sie Gewalt fördern?

Unsinn, sagte Hamid. Die müssen schon vorher schräg drauf sein, damit sie das auf blöde Ideen bringt. Und dafür wiederum brauchen sie keinen Ego-Shooter. Es reicht, wenn sie den Fernseher aufdrehen.

Er griff nach der Fernbedienung. Als hätte er eine PowerPoint-Präsentation zum Thema vorbereitet, erschien auf dem Bildschirm eine weite Straßenkreuzung, auf der teils uniformierte, teils in Zivil gekleidete Männer herumliefen und mit Maschinenpistolen und Sturmgewehren aufeinander schossen, im Hintergrund brennende Autos, schreiende Menschen, Leichen. Ein Kommentator erklärte die Umstände. Es ging um den Drogenkrieg in Mexiko: die Polizei gegen Kartelle, Kartelle gegen feindliche Kartelle. Seit 2006 waren geschätzte hundertdreißigtausend Menschen in diesem Krieg gestorben, die meisten davon Zivilisten.

Bitte sehr, da hast du's, sagte Hamid. Und das ist noch nicht mal ein Actionfilm.

Okay, I got it. Dave ließ sich neben Hamid ins Sofa fallen. Können wir umschalten?

Hamid überließ ihm die Fernbedienung und begann einen Joint zu drehen. Dave zappte eine Weile ziellos durch die Kanäle, bis ihn Robert De Niros paranoider Blick in den Rückspiegel eines New Yorker Taxis einfing, das den regennassen nächtlichen Broadway entlangfuhr, seine somnambule Stimme aus dem Off: *Whores, skunk pussies, buggers, queens, fairies, dopers, junkies, sick, venal* ... Im Hintergrund die unheilvollen, langgezogenen Bläserarrangements über einem Bass, der sich durch einen düsteren Hallraum schleppt, von einem trägen Jazzschlagzeug mühsam vor sich hergetrieben ... *Someday a real rain will come and wash all this scum off the streets* ... Es war lange her, dass er *Taxi Driver* gesehen hatte, irgendwann Mitte der Neunziger, gegen Ende seiner Uni-Zeit. Damals war er hauptsächlich von Bernard Herrmanns genialem Soundtrack fasziniert gewesen und von der Darstellung eines New York, das schon damals so nicht mehr existiert hatte, ein New York knapp vor dem Blackout, vor AIDS, vor Koch, eine dreckige, gefährliche, obszöne, hochkriminelle Stadt, die kurz vor dem Bankrott stand. Das New York, in dem er die ersten sechs Jahre seines Lebens verbracht hatte, ein Kleinkind, das keine Ahnung von Drogen oder Prostitution hatte und in einer abgeschotteten Welt an der Upper West Side aufwuchs. Dennoch spürte er es, sah es durch die Fensterscheiben der Taxis, die seine Mutter mit ihm nahm, um zu Katz's Delicatessen oder in die Morgan Library zu kommen ... *I take people to the Bronx, Brooklyn, I take 'em to Harlem, I don't care. Don't make no difference to me* ... Niemals ging sie mit ihm nach Einbruch der Dunkelheit in die Gegend um den Times Square oder die Lower East Side unterhalb der Houston Street, und all die Jahre setzte sie keinen Fuß über die 110th Street. Doch er wusste, was dort vorging, nicht in Form von Tatsachen, nicht mit dem Kopf, sondern mit einem Sinn, der über die Wahrnehmungen seiner fünf Sinne hinausging, durch den er etwas aufnahm, ohne es einordnen zu können.

Die Gebäude verströmten es, die Menschen auf der Straße atmeten es aus, es stieg hoch aus den dampfenden Kanälen und setzte sich in ihm fest, in den Poren seiner Haut, den Muskelfasern, den Kapillaren seiner Organe, in seinen Ganglien. Auch jetzt konnte er es fühlen, und es berührte ihn. Die Figur des Vietnamveteranen Travis Bickle jedoch sah er völlig anders als vor zwanzig Jahren. Damals hatte er den Typen irgendwie cool gefunden, was vielleicht auch am jungen De Niro gelegen haben mochte. Was er jetzt in ihm erkannte, war ein einsamer Schlafloser ohne jedes Ziel, der nach und nach den Bezug zur Realität verlor und dessen Leben sich in einen Albtraum verwandelte ... *Loneliness has followed me my whole life, everywhere. In bars, in cars, sidewalks, stores, everywhere. There's no escape. I'm God's lonely man* ... Sein letzter Rettungsanker war eine schöne blonde Frau, die aussah wie der personifizierte amerikanische Traum. Betsy fragte Travis, warum sie mit ihm auf einen Kaffee gehen sollte ... *I saw in your eyes and I saw the way you carried yourself that you're not a happy person* ... Ich glaub, der verwechselt da was, sagte Hamid. Sie scheint ziemlich okay zu sein, aber er ist total im Eimer, oder? Dave antwortete nicht. Er war viel zu beschäftigt mit dem, was in ihm vorging. Travis und Betsy saßen inzwischen in einem Coffee Shop am Columbus Circle, wo er manchmal eine heiße Schokolade und einen Muffin bekommen hatte, wenn seine Mutter noch etwas einkaufen musste und er schon hungrig war. Er fragte sich, ob es ihn noch gab. Während Travis in seiner Absteige mit einer Pistole auf den Fernseher zielte, sich immer tiefer in seine Projektionen verstrickte, war Dave, als würden unterschiedliche Teile seines Inneren wild durcheinandergeschüttelt. Doch sie waren nicht mischbar, bildeten nichts Homogenes. Sie blieben Teile, die einen wirren Tanz aufführten.
Hamid döste zwischendurch weg, Travis' Schießübungen vor dem Spiegel weckten ihn wieder.

Ach du Scheiße, sagte er. Wusst ich's doch. Bringt er sie um?
Nein.
Den Typen, mit dem sie arbeitet?
Nein.
O Gott, hoffentlich nicht die arme kleine Nutte!
Wie kommst du denn darauf? Die versucht er doch zu retten.
Was weiß ich, was im Kopf von so seinem Verrückten vor sich geht, sagte Hamid. Wahrscheinlich schießt er sich irgendwann selbst 'ne Kugel in den Kopf. Weißt du, was?
Was, fragte Dave, der eigentlich lieber nicht geredet hätte, aber nicht unhöflich sein wollte.
Heute wäre der Typ ein Selbstmordattentäter. Klassischer Kandidat: keine Ausbildung, kein richtiger Beruf, keine Frau, keine Familie, keine echten Freunde. Einsam, frustriert und moralisch angewidert von der Gesellschaft. Das ist wie das Anforderungsprofil in der Jobausschreibung für einen IS-Kämpfer.
Ich glaube nicht, dass jemand wie Travis Bickle sich für eine religiöse Idee opfern würde, sagte Dave.
Wieso? Dieser Travis begeistert sich doch auch für einen Senator, von dessen politischem Programm er keinen Schimmer hat. Er hat von Politik allgemein nicht die geringste Ahnung, aber das spielt keine Rolle. Genauso, wie die Religion für die meisten Attentäter keine Rolle spielt, oder zumindest keine große, glaub mir.
... Here is a man who would not take it anymore. A man who stood up against the scum, the cunts, the dogs, the filth, the shit ...
Hamid deutete mit dem Zeigefinger auf den Bildschirm. Genau das ist es! Selbsternannte Rächer, die ihren ganzen aufgestauten Frust auf die Außenwelt projizieren, und dann brauchen sie nur noch jemanden, der ihnen eine paar Parolen in den Mund legt und sie mit Sprengstoff versorgt.
Travis Bickle schoss auf Iris Steensmas Zuhälter, der Showdown begann.

Mein Gott, sagte Hamid, das ist ja fast wie bei Tarantino.
Fast, sagte Dave.

Im Vorzimmer war es still und dunkel, bis auf den üblichen Lichtstreifen unter Max' Tür. Janet war im Nachtdienst, und Mel hatte Nobbs ins Bett gebracht, bevor sie, wie ein Zettel auf der Kommode ihn informierte, gegangen war, um wieder einmal auswärts zu übernachten. Dave vermutete inzwischen, dass Mel einen festen Freund hatte und damit ähnlich diskret umging wie er selbst in diesem Alter. Das Einzige, was nicht ganz dazu passte, war ihr verbissenes Training für diesen Wettbewerb. Warum wollte sie ins Ausland, wenn sie sich gerade hier verliebt hatte?
Er klopfte bei Max, aber es kam keine Antwort. Vorsichtig öffnete er die Tür einen Spaltbreit und spähte ins Zimmer. Max saß mit geschlossenen Augen zurückgelehnt in seinem Schreibtischstuhl, Füße auf dem Tisch, Kopfhörer auf den Ohren, offenbar hörte er Musik. Zwischen Zeige- und Mittelfinger seiner linken Hand rauchte ein eben entzündeter Joint vor sich hin. Dave hatte das unangenehme Gefühl, Zeuge eines intimen Moments zu sein, und wollte sich unbemerkt wieder zurückziehen, doch da schlug Max die Augen auf und sah ihn. Dad, sagte er und streifte die Kopfhörer ab. Ist was nicht in Ordnung?
Das war neu: diese Fragen, die sie einander stellten, seit Nobbs von der Leiter gefallen war. Alles okay? Ist was passiert?
Nein, nein, alles bestens.
Nobbs schläft, sagte Max, und dann, nach einem komischen kleinen Moment, in dem er sich nicht wieder die Kopfhörer aufsetzte und Dave nicht einfach ging: Komm rein, wenn du willst. Seine Stimme war weich, und er sprach ein wenig schleppend, vermutlich war das nicht sein erster Joint heute. Dave setzte sich auf den zweiten Sessel und legte ebenfalls die

Füße auf den Tisch. Aus den Kopfhörern drangen leise Gitarrenakkorde.
Was hörst du?, fragte Dave.
Max drehte die Lautstärke auf dem Computer runter, bevor er die Boxen anmachte und sich ausstöpselte. Die leicht blecherne, durch die Schwebung des Chorus ein wenig verstimmt wirkende Gitarre Justin Vernons und das fragile Falsett seiner Kopfstimme im Wechsel mit der Eindringlichkeit seiner tieferen Lagen füllte den Raum.
Skinny love, echt jetzt?
Max zuckte die Schultern. Doch heute sah Dave durch diese Geste hindurch, Max' Gesicht war ein weit geöffnetes Fenster.
Möchtest du darüber reden?, fragte er mit gerade so viel Ironie in der Stimme, dass Max sein Angebot nicht vor lauter Peinlichkeit sofort ausschlagen musste.
Max' dunkle, schmale Augen fixierten seine, dann beugte er sich vor und reichte Dave den Joint. Als er ihn nahm, zuckte Max' rechter Mundwinkel, nur kurz, aber Dave sah es.
Alles geht den Bach runter, sagte Max und lehnte sich wieder zurück.
Was?
Alles. Ich hab's verbockt. Die Matura kann ich vergessen und ... den Rest auch.
Den Rest?
Na ja, du kannst es dir denken, oder?
Unglücklich verliebt?
Sie ... hat sich für wen anderen entschieden.
Das ist hart, sagte Dave. I've been there.
Ja?
Dave nickte. Aber es gab einen anderen, und es war ihre Entscheidung. Da hast du doch nichts verbockt, oder?
Doch, hab ich. Glaub mir.
Dave verzichtete darauf, nachzufragen. Zu gut kannte er die

Tortur der Selbstzerfleischung, als dass er den Ausdruck auf Max' Gesicht nicht erkannt hätte.

Max zog die oberste Schreibtischschublade auf, holte die Uhr seines Großvaters heraus und wog sie in seiner Hand.

Ich werd sie ihm zurückgeben, sagte er.

Warum?

Er hat all diese Sachen gesagt, als er sie mir geschenkt hat: dass ich ein Glennard bin und eine Menge Erfolg haben könnte, wenn ich mich anstrenge, so wie meine Vorfahren. Dass ich das schaffen könnte. Er hat an mich geglaubt.

Er hat dich bestochen, sagte Dave. Und er hat versucht, dir eine Verpflichtung aufzuladen, nur aufgrund deiner Familienzugehörigkeit. Das hat er schon früher versucht, nur bist du da noch nicht drauf reingefallen. Was ist los mit dir, Max?

Und da war es wieder, das andere Schulterzucken, bei dem Max zuklappte wie eine Muschel. Er spielte mit der Uhr herum, ließ sie durch seine Finger gleiten.

Weißt du, was?, sagte er nach einer Weile. Ich wüsste nicht mal, wofür ich Erfolg haben sollte. Ich meine, ordentlich Kohle zu verdienen ist schon okay, aber was nützt mir das, wenn der dritte Weltkrieg ausbricht? Die Polkappen schmelzen wie Eiswürfel im Glas, da draußen laufen Wahnsinnige herum, erschießen Unschuldige oder sprengen sich selber in die Luft, und im Mittelmeer ertrinken haufenweise Flüchtlinge. Was soll das werden?

Dave wusste nicht, was er darauf antworten sollte. Er hatte keine Ahnung gehabt, dass Max diese Dinge beschäftigten, obwohl er es nicht weiter verwunderlich fand.

Das meintest du also mit: Alles geht den Bach runter?

Auch.

Sie schwiegen, Justin Vernon sang. Dave spürte, wie eine Welle von schlechtem Gewissen auf ihn zurollte. Er war zu sehr mit seinen eigenen Problemen beschäftigt gewesen, um zu bemerken, dass sein Sohn sich Sorgen um seine Zukunft machte. Weder hatte er ihn bei seinem Versuch unterstützt, die Schule fertig zu machen, noch ihn wirklich dazu ermutigt, seinen eigenen Weg zu gehen. Sein Kampf gegen Janets Wertvorstellungen und der Hass auf seinen Vater waren ihm wichtiger gewesen.

Und der Zug für die Matura ist wirklich abgefahren?, fragte Dave. Bist du sicher, dass da nichts mehr zu machen ist?

Max nickte. Ich müsste die Klasse wiederholen, sagte er. Aber das schaffe ich nicht, no way. Ich würde durchdrehen.

Dave seufzte. Weiß Janet es schon?

Nein.

Soll ich mit ihr reden?

Max zog die Augenbrauen hoch und warf ihm einen Blick zu, als hätte er ihm vorgeschlagen, nackt einkaufen zu gehen. Lieber nicht, sagte er höflich.

*

Der Himmel ist schwer, dicke Wolken in Schwefelgelb, Stahlblau, Anthrazit, Blasslila. Dave beobachtet, wie der Wind ihre Formen ständig verändert, auflöst, neu erschafft, eine Gestalt geht in die andere über, ein Ohr wird zum Baum wird zum Turm wird zum Adler wird zum Kopf mit Hakennase wird zur Karnevalsmaske wird zum Auge, ein endloses fantastisches Morphing, er könnte stundenlang zusehen, sich darin verlieren ... er senkt den Blick und stellt fest, dass er bis über die Knöchel im Schlamm steckt. Wo sind die Muscheln? Weit und breit keine zu sehen. Aber das alte Gebäude ist da, genauso windschief wie beim letzten Mal. Merkwürdig, dass es in der Zwischenzeit nicht weiter im Schlamm versunken ist ... ach nein, es ist ja ein Traum, sein Traum, er hat auf ihn gewartet. Mühsam zieht er einen Fuß aus der zähflüssigen

Masse, macht einen Schritt und noch einen, es geht vorwärts, immerhin. Das Gebäude ist ganz verwittert, die Backsteine halb zerfressen vom unwirtlichen Wetter, wer weiß, was es hier regnet. Dave fühlt sich wie ein Fischer an der Nordsee, in seinen Gummistiefeln und dem Parka, aber auch ein bisschen wie ein alter Penner. Wenigstens hat er einen Unterschlupf, auch wenn er von außen ziemlich verlottert wirkt, statt Fenstern gähnende Löcher oder in bizarren Mustern gesprungene Scheiben, wie Spinnweben. Er geht um das Haus herum, findet weder Tür noch Tor, ein Haus ohne Eingang, wieder einmal. Seufzend lehnt er sich gegen das alte Mauerwerk, es gibt nach, zerbröselt wie Sand, schließt sich geräuschlos hinter ihm.

Im Raum ist nichts und niemand außer einem Stuhl und einem kleinen vorsintflutlichen Fernseher auf einer alten Kommode, aus der die Schubladen herausgefallen sind. Dave hebt sie nacheinander auf und versucht, sie wieder hineinzuschieben, aber sie passen nicht, sind entweder zu breit oder zu hoch oder beides. Ärgerlich schleudert er die Schubladen von sich, sie zerfallen zu Staub, den der Wind in großen grauen Wolken davonweht. Dave macht den Fernseher an und setzt sich auf den Stuhl. Auf dem Bildschirm erscheint Richard Nixon und hält eine Rede, der Ton knistert und knackst wie auf einer alten Schallplatte, das Bild ist unscharf.

People react to fear, not love. They don't teach that in Sunday school, but it's true.

Is it?, fragt Dave. Er zielt mit dem Zeigefinger auf den Bildschirm. Peng.

Ein Mann im Raumanzug macht sich an einem Raumschiff zu schaffen, das aussieht wie ein Sternkreuzer aus *Star Wars.* Die Umgebung erinnert an den Mond – kaltes Licht, eine steinige, von Kratern übersäte Oberfläche, aschgrau mit ein paar bläulichen Flecken, wie Hämatome von interstellaren Kollisionen, rundherum die Dunkelheit des Alls. Der Mann werkelt mit überdimensionalem Chirurgenbesteck, das er aus einer Art Kapsel zutage fördert, am Heck des Schiffes herum, probiert eines nach dem anderen aus, lässt es dann los, und es schwebt davon. Er sieht plump und hilflos aus, der arme Trottel, wie er da steht und die ganzen Werkzeuge um ihn herumfliegen. Plötzlich taucht im Hintergrund eine Horde Kampfdroiden mit übel aussehenden Waffen auf und beginnt, das Raumschiff zu beschießen. Nein nein nein, das könnt ihr doch nicht machen, ruft Dave und springt auf, der Typ versucht, sein Schiff zu reparieren, und ihr schießt es einfach ab? Ein Droide stakst auf den Mann im Raumanzug zu, richtet seine Waffe auf ihn, Dave streckt Arm und Zeigefinger aus. Peng.

Eine Frau läuft durch das nächtliche Manhattan, die Kamera folgt ihr von hinten. Die Straßen sind menschenleer, sie ist auf der Flucht und ganz allein. Dave versucht, Straßenschilder zu erkennen, den Häusern nach zu schließen muss es irgendwo im Village sein. Ihr Rücken ist schmal, die Arme und Hände sind nicht zu sehen, als hielte sie etwas vor ihrem Körper fest. Sie trägt helle Pumps, völlig ungeeignet zum Laufen, die dunklen Haare sind zum Zopf gebunden, aus dem sich mehrere Strähnen gelöst haben. Warum flüchtet sie und vor wem? Dave will ihr Gesicht sehen und das ihres Verfolgers, kann die Kamera nicht mal die Perspektive wechseln? Der Anblick der Flüchtenden macht ihn fürchterlich nervös, als wäre er selbst der Verfolgte. Er versucht, ruhig sitzen zu bleiben und zu atmen, das Atmen ist das Wichtigste, wenn er sich entspannen will, er hat das geübt. Einatmen: eins zwei, ausatmen: eins zwei, ein: eins zwei drei, aus: eins zwei drei, er konzentriert sich ganz und gar auf die Frau, schau mich an, ich will dich sehen, ich will wissen, wer du bist. Nein, ich habe keine Angst, und du solltest auch keine haben, denn das hier ist ein Traum, du bist in meinem Traum, und ich werde nicht zulassen, dass dir etwas geschieht. Er hört ihr Keuchen und bemerkt erst jetzt, dass dieser Film bisher ohne Ton gelaufen ist, einatmen: eins zwei drei vier, ihm wird ein wenig schwindelig, das Bild beginnt zu verschwimmen, schnell bewegt er die Augen hin und her, um nicht aufzuwachen, komm schon, lange halte ich das nicht mehr durch. Musik blendet sich ein wie in einem Hollywoodstreifen an einer dramatischen Stelle, Bläser im Crescendo, doch es ist der falsche Soundtrack, Dave versucht, nicht auf ihn zu hören, sich nicht ablenken zu lassen. Und endlich dreht sie sich um, sieht ihn an mit schreckensstarrem Ausdruck, der Mund verzerrt in Panik, in ihren Augen maßlose, abgrundtiefe Angst. Das Bild friert ein, der Traum bleibt stehen. Dave beugt sich vor. Er kennt dieses Gesicht und kennt es nicht. Es ist ihm vertraut, aber etwas daran stimmt nicht, und dieses Etwas legt sich über das Vertraute, verbirgt gerade so viel, dass er es nicht identifizieren kann, obwohl es durchscheint. Es macht ihn ganz wirr im Kopf, ein Nebel beginnt sich über seine Augen zu legen, er wehrt sich, wischt ihn mit einer ungeduldigen Geste weg ... was hält sie da umklammert? Es ist ein alter Arztkoffer, den hat er schon mal gesehen, auch den Mantel, den sie trägt, ein Trenchcoat, beige. Und mit einem Mal weiß er, was ihm an diesem Gesicht so bekannt vorkommt, schlagartig wird es sichtbar wie die zweite Figur in einem Kippbild. Dann fällt das Bild aus.

*

22. Jänner 2015. Donnerstag. Frühlingsgrün.

Es war fünf Uhr morgens. Dave saß am Küchentisch und starrte auf eine leere Seite seines Blocks. Er wollte schreiben, er sehnte sich danach, das Chaos in seinem Inneren einfach auf ein Blatt Papier zu leeren wie den Inhalt eines Mülleimers. Dann konnte er es vielleicht ordnen, sortieren und die unbrauchbaren Dinge in die richtigen Recyclingcontainer entsorgen: Papier, Kompost, Glas, Metall, Plastik, Sondermüll. Aber woher sollte er wissen, ob er sie noch brauchen würde oder nicht, was sie überhaupt bedeuteten, solange sie einen aus Tausenden Kleinstteilen bestehenden Haufen bildeten, der organisches Material enthielt, das raschen Zersetzungsprozessen unterworfen war und nach Verwesung roch, und hochgiftiges anorganisches Zeug mit einer Halbwertszeit von drei Millionen Jahren. Dave graute es davor, in diesen Haufen hineinzugreifen. Doch er steckte ohnehin längst bis zu den Ellenbogen drin, ob er schrieb oder nicht. Er warf den Stift hin und legte resigniert die Stirn auf das Papier. Vielleicht würde das, was sich dahinter abspielte, von selbst herausfließen. Oder er würde wieder einschlafen, weil ihn allein der Gedanke ans Schreiben müde machte. Doch er musste etwas loswerden von dem ganzen Wust in seinem Kopf, sonst würde es bald vollständig von ihm Besitz ergreifen, ihn überfluten. Mühsam stemmte er sich hoch, nahm den Stift wieder zur Hand.

Die Leiche im Park,

schrieb er und unterstrich die Wörter zweimal.

Die Leiche im Park = die Frau in Morrisons Vorgarten = die Flüchtende in den Straßen von Greenwich Village.

Heute Nacht hatte er zum ersten Mal ihr Gesicht gesehen. Ein schönes Gesicht, jung und alt zugleich, die Schönheit überlagert von Angst und Schrecken. Es war, als hätte er jemanden, den er mal gut gekannt hatte, nach langer Zeit wiedergetroffen und hätte Schwierigkeiten gehabt, ihn zu erkennen. Sie zu erkennen. Ihn in ihr. Vielleicht verwirrte es ihn deshalb so, weil Furcht eine Regung war, die er an seinem Vater nie wahrgenommen hatte. Aber auch die Erscheinung an sich war rätselhaft: sein Vater als Frau? Gloria hatte kaum

Ähnlichkeiten mit ihm gehabt, sie hatte die Züge seiner Großmutter geerbt. Dave hatte wenige, aber umso eindrücklichere Erinnerungen an Grace Glennard. Gloria war ein Ekel gewesen, ihre Mutter jedoch furchterregend. Er erinnerte sich nicht, sie auch nur ein einziges Mal lächeln gesehen zu haben, ihr schmallippiger Mund wirkte, als wäre er dazu nicht imstande. Sie war groß und dünn, und alles an ihr wirkte kantig, Dave vermied es instinktiv, ihr körperlich nahe zu kommen. Zum Glück fand sie es kaum der Mühe wert, sich mit ihm zu befassen. Sie traf sich meist mit seinem Vater allein, zum Tee im Waldorf Astoria. Jeden Sonntag gingen sie gemeinsam mit Gloria in die First Church of Christ und anschließend zum Lunch, eine Tradition, auf der seine Großmutter bestand und von der Daves Mutter als Jüdin selbstverständlich ausgeschlossen war. Das machte den Sonntagvormittag für sie und Dave zu einer sehr gemütlichen Angelegenheit. Sie frühstückten zusammen in seinem Bett und hörten dabei auf dem kleinen tragbaren Radiorekorder Gershwin und Billie Holiday, die sein Vater einmal in Daves Anwesenheit als spook hooker bezeichnet hatte. Als er fragte, was damit gemeint war, sagte seine Mutter, sein Dad hätte Spaß gemacht und Holiday mit einem schaurigen, alten Kahn verglichen. Er erinnerte sich an weiße, schnell ziehende Wolken vor dem Fenster, den warmen mütterlichen Körper im Nachthemd, die nackten Füße, die sie unter der Decke aneinanderrieben, und das Spiel mit den endlosen deutsch-österreichisch-jiddischen Wortketten: Gabel – Luster – Ramsch – Schlamassel – Lipizzaner – Rappel – Larifari – i-Tüpferl – Lastwagen – Narrenkastl – Lausbub – Birnbaum – meschugge – Ezzes. Dave liebte den Klang dieser Wörter, die sich im Mund anfühlten wie bunte Murmeln. Danach gingen sie zum Teich im Central Park und fütterten die Enten, bevor sie ein Café auf der Upper East Side aufsuchten, das Sachertorte servierte.

Insgesamt hatten die Rosenfelds und die Glennards nicht mehr miteinander zu tun als unbedingt nötig, und das unbedingt Nötige hatte sich mit der Hochzeit seiner Eltern im Grunde erledigt. Eigentlich erstaunlich, dass niemand ernsthaft versucht hatte, sie zu verhindern, nicht einmal seine schreckliche Großmutter, obwohl sie keinen Hehl daraus machte, dass sie ihre Schwiegertochter für gänzlich unpassend hielt. Doch Dave vermutete, dass sein Vater trotz ihres strengen Regiments auch eine gewisse Macht über sie hatte, denn er war ihr Liebling, ihr ein und alles, und er konnte schon immer sehr überzeugend sein. Unglaublich, wie er Max in weniger als einer halben Stunde diese ganze Scheiße eingepflanzt hatte!

Mathilda war es, so glaubte Dave, nur recht, dass sie von den Glennards weitgehend ignoriert wurde. Jeden Freitagabend ging sie mit ihm zu ihren Eltern zum Schabbes-Mahl, bis ihre Mutter überraschend und schnell an akuter Leukämie starb. Wie sich danach herausstellte, hatte ihr um einiges älterer Mann seit Jahren ein Verhältnis mit der Haushälterin gehabt, was zum Bruch zwischen ihm und Mathilda führte. Das tat Dave leid, denn er hatte ihn gemocht und er war sein einziger Großvater. Der andere war im Koreakrieg gefallen. Alles, was Dave von ihm kannte, war ein Foto in der Uniform eines Marineoffiziers, auf dem er viel jünger aussah, als er gewesen sein konnte, und mit siegessicherem Lächeln für die Kamera posierte. Eine Zeit lang hatte Dave ihn für seinen Vater gehalten, weil sich die beiden so ähnlich sahen.

Und dann gab es noch Bill, den Bruder seines Vaters. Nachdem James in das Immobiliengeschäft seines Onkels Jack eingestiegen war, fühlte sich Bill wohl dazu berufen, die Nachfolge seines Vaters anzutreten, und ging freiwillig nach Vietnam. Doch anstatt dort den Heldentod zu sterben, verlor er ein Bein und sein Augenlicht und kehrte als Kriegsversehrter nach Hause zurück. Er war unverheiratet gewesen und

hatte keine andere Wahl, als wieder bei seiner Mutter einzuziehen. Selbstverständlich stellte sie eine Frau an, die ihn pflegte, eine junge, stämmige Mexikanerin, die unempfindlich war sowohl gegen die herablassende Art und die Schikanen der Hausherrin als auch die Bösartigkeiten, mit denen Onkel Bill sie triezte, gegen seine schrecklichen Launen. Mathilda erzählte, er sei ein lieber Kerl gewesen vor Vietnam, einer, der gerne lachte, ein wenig naiv, aber herzlich. Dave konnte sich das beim besten Willen nicht vorstellen. Bei den wenigen Besuchen in der riesigen labyrinthischen Wohnung, die für ihn die Atmosphäre eines Geisterschlosses hatte und wo er sich nie traute, aufs Klo zu gehen, weil er überzeugt war, dass ihn dort ein rachsüchtiger Untoter abmurksen würde, saß Bill während der ganzen Zeit in einer Ecke des Salons und gab in unregelmäßigen Abständen völlig zusammenhanglos allerlei düstere Betrachtungen und Prophezeiungen von sich wie der Chor in einer griechischen Tragödie. We are going down, this country is going down. We don't deserve better. We killed, we were killed, like rats. Nobody cares. It will happen again. Like rats. Kill, kill, kill ... in dem Stil. Es war ein weiterer Grund, warum Mathilda nicht allzu begeistert davon war, zu den Glennards zu gehen. Dave gruselte es vor seinem fehlenden Bein, genauer gesagt vor der Stelle, an der das abgeschnittene Hosenbein zusammengenäht war, vor den Narben in seinem Gesicht und vor seinen wässrig-trüben, blicklosen Augen, von denen er trotzdem den Eindruck hatte, dass sie ihn sahen. Er hatte das unangenehme Gefühl, durchleuchtet zu werden, wie beim Röntgen.
Das Schreiben hatte in Dave einige Erinnerungen zutage gefördert, ihm jedoch zu keiner Erkenntnis darüber verholfen, wieso sein träumendes Gehirn diese rätselhafte Figur produzierte. Es gab keine Frau in seiner Familie, die aussah wie sein Vater, jedenfalls keine, die Dave kannte. Stand sie für einen weiblichen Anteil seiner selbst? Die Vorstellung einer aus

verschiedenen Teilen oder Schichten zusammengesetzten Psyche war ihm schon immer ein wenig suspekt gewesen. Weiblich und männlich, Es, Ich und Über-Ich ... Er sah Ildefonso-Würfel vor sich, heller Nougat, dunkler Nougat, oder Stocktorten, und obwohl er Ildefonso und Stocktorten mochte, erschien ihm das ganze Knäuel aus Wünschen und Ängsten, Befindlichkeiten, Motivationen und ihren Wechselwirkungen schlicht zu komplex, um es in Modelle einzuordnen. Zudem erfordert eine solche Einordnung eine Isolierung der einzelnen Teile. Das erinnerte ihn an Vorgänge in einem chemischen Labor oder auch an einen chirurgischen Eingriff. Morrison behauptete, die Psyche selbst nähme solche Eingriffe vor, indem sie unangenehme Erfahrungen, die schwer oder gar nicht verarbeitet werden konnten, verdrängte und die damit in Zusammenhang stehenden Gefühle abspaltete. Das erzeugte in Dave das Bild eines halb zerstörten Puzzles, dessen weggebrochene Teile wild in der Gegend verstreut lagen. Das Traumbuch empfahl, man sollte mit Traumfiguren in Kontakt treten, sie fragen, wer sie waren, was sie von einem wollten. Wenn nur nicht der Fernseher in seinem Kopf genau im falschen Moment den Geist aufgegeben hätte! Explosion, Stromausfall, Filmriss – wann immer sich Daves Bewusstsein im Traum breitmachte, passierte etwas in der Art. Es war, als säße irgendwo ein Saboteur vor einem Schaltpult, der mit allen Mitteln zu verhindern versuchte, dass Dave ... ja, was eigentlich? Dass er die Geschehnisse nach seinem Willen steuerte, etwas Bestimmtes herausfand? Da es im Traum keine Außenwelt gab, musste er davon ausgehen, dass dieser Guerillakämpfer sich in ihm drin befand. Guerillas waren schwer zu fassen. Sie bewegten sich sicher durch unwegsames Gelände, wo sich sonst keiner zurechtfand, versteckten sich im Gebirge, in unterirdischen Höhlen, sie waren die meiste Zeit unsichtbar, und dann – zack! – schlugen sie zu. Fand in Daves Kopf eine Invasion statt, ohne dass er davon wusste?

Vielleicht war auch alles anders, und sein Kopf war ein Großraumbüro voller überforderter oder gelangweilter Mitarbeiter, die, während er schlief, ein irrwitziges Computerspiel spielten. Interessante Vorstellung: seine Träume als Online-Rollenspiel für sein Gehirn. Wenn er genauer darüber nachdachte, glichen seine Träume jedoch eher einem dieser Adventure Games, in denen man Wochen damit zubrachte, immer wieder dieselben Orte in einer weitverzweigten Welt aufzusuchen, von denen man nicht wusste, wie sie zusammenhingen, und sich mit der Lösung hochkomplexer Rätsel abmühte, um einer Geschichte auf den Grund zu gehen, in dem Fall seiner eigenen. Doch sobald es so aussah, als käme er endlich einen Schritt weiter, drehte der Boss den Server ab.
Das Problem dabei war: Er war nicht der Boss.

26. Jänner 2015. Montag. Azurblau.

Sie hatten alle drei ein fürchterliches Wochenende hinter sich, in dessen Verlauf Dave mit Janet und Janet mit Max gestritten hatte, weil sie ihn dazu überreden wollte, das Schuljahr zu wiederholen, und zwar bevor und nachdem sie einen Sechsundzwanzig-Stunden-Dienst absolviert hatte. Als sie aus dem Krankenhaus zurückkehrte, stand Dave gerade im Bad. Sie kam herein, ging wortlos zum Medizinschrank, griff gezielt nach einer Medikamentenpackung, drückte eine hellblaue Tablette heraus und spülte sie mit einem Schluck Wasser aus dem Zahnputzbecher hinunter.
Kopfweh?, fragte Dave.
Janet schüttelte den Kopf und verließ das Bad, die Schachtel ließ sie untypischerweise einfach auf der Ablage neben dem Waschbecken liegen. Dave nahm sie zur Hand, zog die Packungsbeilage heraus und las:

Halicon 0,25 mg Tabletten
Wirkstoff: Triazolam
Halicon ist ein Schlafmittel und eignet sich zur vorübergehenden Behandlung von schweren Schlafstörungen. Es hilft Ihnen, schneller einzuschlafen. Die Schlafdauer wird verlängert, Sie wachen in der Nacht seltener auf. Dies alles führt zu einer insgesamt verbesserten Qualität des Schlafes.

Dave setzte sich auf den Badewannenrand und starrte den Zettel an. Schwere Schlafstörungen? Seit Jahren beneidete Dave Janet um ihren ruhigen Schlaf, um ihre Fähigkeit, sich in jeder Lebenslage hinzulegen und innerhalb von fünf Minuten in jenen seligen Zustand zu fallen, der das Wachbewusstsein ausschaltete und bei ihr so verlässlich zu funktionieren schien wie Herzschlag oder Atmung. Verlässlich wie ein Medikament, dachte er jetzt, und gleich darauf fiel ihm ihre Traumlosigkeit ein, die nicht ungewöhnlich war bei Leuten, die regelmäßig Schlafmittel einnahmen. Waren sie auch der Grund, warum Janet vor dem Schlafengehen Kaffee trinken konnte? Einundzwanzig Jahre, und er wusste nichts. Zwar hatte er schon immer eine Kluft empfunden zwischen der körperlichen Nähe in einer Ehe – und damit meinte er nicht Sex, sondern das simple Teilen von Wohnraum, Bett, Badezimmer, Küche, Sofa, das permanente Kreuzen der Energiefelder – und der Unfassbarkeit einer anderen Seele. Doch die Kenntnis der wiederkehrenden alltäglichen Gewohnheiten seiner Frau hatte ihm eine Vertrautheit suggeriert, die nun ganz plötzlich wegbrach wie ein altes Haus, das über Nacht abgerissen worden war, eine Baulücke hinterlassend, die ihm auf irritierende Weise das Gefühl gab, das Haus hätte niemals existiert. Bevor diese Irritation bis auf den Grund seines Inneren sinken konnte, stieß er sich vom Badewannenrand ab und ging in die Küche, wo er Janet an der Kaffeemaschine vermutete, doch die Küche war leer, die Maschine

kalt. Der Raum strahlte eine trostlose Verlassenheit aus. Er ging weiter ins Schlafzimmer. Janet lag bereits im Bett, ihre Kleider hatte sie auf den Boden fallen und dort liegen lassen, anstatt sie wie üblich sorgsam gefaltet über den stummen Diener zu hängen: ihre schwarze Stoffhose, die cremefarbene Bluse, ihr BH mit den gekreuzten Trägern, die bundlosen Socken. Alles lag in einem Haufen auf dem Teppich und wirkte armselig, wie vernachlässigte Kinder. Janet selbst war nackt, wie er an ihren weißen Schultern sehen konnte, die sich kaum von der Bettwäsche abhoben, offenbar war es ihr sogar zu mühsam gewesen, ihr Nachthemd anzuziehen. Ihr Körper schien irgendwie verdreht, als wäre sie während des Versuchs, eine bequeme Position zu finden, eingeschlafen. Aber sie schlief nicht. Sie lag da mit geöffneten Augen und so starrem Blick, dass Dave erschrak.
Janet?
Sie blieb reglos, richtete nur ihre Augen auf ihn – als Zeichen, dass sie ihn gehört hatte. Dave setzte sich an den Bettrand und hob die Packungsbeilage in seiner Hand hoch, ließ sie wieder sinken, sah sie fragend an.
Einige Augenblicke lang erwiderte Janet seinen Blick, die kleinen gelben tortenstückförmigen Einschlüsse in ihrer hellen türkisgrünen Iris leuchteten für kurze Zeit in einem Sonnenstrahl auf, den eine Reflexion in einem seltenen Winkel ins Zimmer schickte. Dann wandte sie sich ab, von ihm und seinen unausgesprochenen Fragen, rollte sich auf die andere Seite, sah zum Fenster hinaus, wo sich die Krone des alten Nussbaumes im Wind wiegte. Bald würde sie an das Dach des Nachbarhauses stoßen und beschnitten werden müssen. Dave liebte diese weitverzweigte, ausladende Baumkrone, die bizarren Formen ihrer vielen Arme und Finger, wie sie nach dem Himmel griffen, das Knacken der Äste, das die Stille füllte zwischen ihm und seiner Frau, die an diesem Morgen nicht unheilvoll war oder beklemmend, sondern ratlos und

leer wie ein ausgeräumter Tresor nach einem Diebstahl, und genau in dieser Leere und Ratlosigkeit saßen sie nun mit Max in Direktor Hofbauers Büro, unfähig, irgendetwas aufzunehmen oder von sich zu geben, zu Tode erschöpft.

Dave betrachtete den Briefbeschwerer aus Keramik in Form eines Hundes auf dem wuchtigen Schreibtisch. Er kannte sich nicht aus mit Hunden, fand aber, dass dieser eine verblüffende Ähnlichkeit mit seinem Besitzer hatte. Das Objekt war von einer außergewöhnlichen Hässlichkeit, die selbst ihn, der sich nicht viel aus Design machte, schmerzte. Neben dem Hund stand ein kaum geschmackvollerer Fotorahmen mit pseudobarocken Schnörkeln, womöglich echt vergoldet, was ihn keineswegs schöner machte. Das Foto zeigte drei junge Frauen, mutmaßlich Hofbauers Töchter, die vielleicht ganz hübsch gewesen wären ohne das ganz und gar künstliche Lächeln und diese gewisse Kombination aus Frisur, Make-up und Kleidung, die sie zehn Kilometer gegen den Wind als Mitglieder einer reichen, privilegierten Oberschicht auswiesen. Hatten sie sich nur für das Foto so aufgebrezelt, oder liefen sie immer so herum?

Hofbauers Stimme war ein monotones Geleier im Hintergrund, sie erinnerte Dave an einen Pastor bei einer Begräbnisfeier. Die Tote, die beklagt wurde, war Max' Schullaufbahn. Dave war ausgestiegen, als Hofbauer begonnen hatte, die Berühmtheiten aufzuzählen, die das Elyseum hervorgebracht hatte. Max saß neben ihm, zusammengesunken in einem der lederbezogenen altdeutschen Stühle, Dave war überzeugt, dass er ebenso wenig zuhörte wie er selbst. Zu Max' linker Seite saß Janet, sehr aufrecht, ein Bein über das andere geschlagen, die Hände im Schoß aufeinandergelegt, als wollte eine die andere beschützen.

Hofbauer lehnte sich über den Schreibtisch in Janets Richtung, sein elitärer Schmerbauch verschwand unter der Tischkante.

Ihr Sohn ist außerordentlich intelligent und begabt, sagte er in verschwörerischem Ton zu ihr, als wären Max und Dave gar nicht im Raum, und er ist einer der Jüngsten in seiner Klasse. Es wäre also kein Problem für ihn, die Klasse zu wiederholen, es würde niemandem auffallen, dass er eine Ehrenrunde gedreht hat ...

Na wunderbar, dachte Dave, das größte Problem ist also keins. Wir sind erleichtert.

... und er könnte das nächste halbe Jahr nutzen, um nachzulernen, was er versäumt hat.

Mit einem zufriedenen Lächeln über seinen perfekten Plan lehnte er sich wieder in seinem Thron zurück, griff nach dem teuer aussehenden Kugelschreiber, mit dem er vorhin, als die Glennards zur Tür hereingekommen waren, Zeugnisse unterzeichnet hatte, und drehte ihn zwischen den fleischigen Fingern.

Wissen Sie, ich mache ein solches Angebot nicht oft. Und es hat einige Lehrer im Kollegium gegeben, die Zweifel an meiner Entscheidung geäußert haben ...

Wichtig zu wissen, dachte Dave. Das motiviert Max sicher.

... schließlich sind unentschuldigte Absenzen, die ein gewisses Maß überschreiten, ein schweres disziplinäres Vergehen, das normalerweise den Schulverweis zur Folge hat.

Er machte eine wohlgewählte Pause, um seiner Aussage das nötige Gewicht zu verleihen.

Aber ich habe mich entschlossen, Ihrem Sohn noch eine letzte Chance zu geben. Ich habe gehört, er hat sich zuletzt wieder bemüht, leider zu spät.

Ich habe gehört, Ihrer Schule geht es finanziell nicht so gut, dachte Dave. Fast tausend Euro Schulgeld pro Monat für Inländer, da zahlt es sich schon aus, jemanden noch ein Jahr mitzuschleppen, für Ausländer sogar tausendvierhundert, daher die Kampagne für Ausländerfreundlichkeit, nein, keine syrischen Flüchtlinge natürlich, die könnten sich das ja zum Glück gar nicht leisten.

Zum ersten Mal, seit sie hier waren, sah Hofbauer Max an. Das muss eine herbe Enttäuschung für Sie gewesen sein, sagte er zu ihm.
Max zuckte die Achseln, was sonst.
Eigentlich habe ich damit gerechnet, bekannte er dann gleichmütig.
Hofbauer wies mit der ausgestreckten Hand auf ihn und wandte sich wieder an Janet.
Wie ich schon sagte: eine außergewöhnliche Intelligenz. Dazu gehört nämlich eine realistische Selbsteinschätzung, wissen Sie? Lassen Sie nicht zu, dass er seine Begabung einfach wegwirft!
Janet löste sich mühsam aus ihrer Starre, indem sie ihre Beine andersherum übereinanderschlug.
Ich danke Ihnen für Ihr Verständnis und Ihr großzügiges Angebot, sagte sie. Wir werden das alles eingehend besprechen.
Wie brachte sie nur solche Sätze zustande?
Tun Sie das, sagte Hofbauer und erhob sich, auch Janet stand auf. Aber lassen Sie sich nicht zu viel Zeit. Er streckte Janet die Hand entgegen.
Es ist Max' Entscheidung, sagte Dave.
Hofbauer ließ seine Hand wieder sinken und sah Dave an, als wäre er ein lästiges Insekt.
Er ist volljährig, fuhr Dave fort, und es ist seine Zukunft, nicht unsere. Ich kann und möchte ihn nicht zu etwas zwingen, wovon er selbst nicht überzeugt ist.
Hofbauer seufzte und senkte den Blick.

Im Auto sagte niemand etwas. Janet hatte Dave gebeten, zu fahren, was selten vorkam. Sie selbst saß auf dem Beifahrersitz in derselben Haltung wie in Hofbauers Büro, als fiele ihr keine andere mehr ein. Dave navigierte den Audi durch den montäglichen Berufsverkehr wie ein Raumschiff durch eine ferne Galaxis. Die drängelnden, hupenden Autos, die blinkenden Ampeln, die kreuzenden Straßenbahnen, die Fußgänger, die vor ihm über den Zebrastreifen hasteten, all das wirkte fremd und sehr weit weg. Er empfand eine unendliche Distanz zu sich selbst und zu allem, was ihn umgab, eine krasse Disharmonie zwischen einer unversehrten, funktionalen Oberfläche und dem fortschreitenden Verfall darunter.

An einer roten Ampel ließ Dave das Fenster herunter, weil er das Gefühl hatte, zu wenig Luft zu bekommen. Es war wieder kalt geworden, die Luft war scharf und schneidend, am Himmel dicke Wolken, vollgepumpt mit Schnee. Dave wünschte, er würde bald kommen, er sehnte sich nach einem richtigen Schneesturm, einem Ostküstenblizzard, der alles lahmlegte, die Straßen leerfegte, die Menschen in ihre Behausungen einschloss und die grelle Welt gnädig in leises, trauriges Weiß hüllte.

Teil II: New York

I remember, my father once said that if you ever wanted to look at someone's soul, you'd have to ask to look at their dreams. And that would allow you to have mercy for those who swim in bigger shit than your own.

Axel Blackmar in: *Arizona Dream* by Emir Kusturica

*

Einatmen: eins zwei drei vier. Ausatmen: eins zwei drei vier. Sein Atem geht schwer, er rasselt und blubbert, als würde er Wasser durch einen halb verstopften Schlauch saugen. Ein: eins zwei drei vier, warum atmet er durch einen Schlauch? Er kann nicht richtig sehen, wo er ist, alles ist verschwommen. Aus: eins zwei drei vier, es ist anstrengend, das kommt vermutlich von der dünnen Luft hier oben. Vielleicht gibt es einen Druckverlust in der Kabine, und er braucht eine Sauerstoffmaske? Um sich seiner selbst zu vergewissern, fasst er sich mit beiden Händen ins Gesicht, befühlt seine Haut, die sich kalt und trocken anfühlt, die Wangenknochen, die Lippen, die Nase ... er versucht, endlich das Bild scharfzustellen, aber er sieht nur farbige Flecken, Kreise, Muster. Energisch streicht er mit den Fingern über seine Lider, dann öffnet er die Augen, so weit er kann. Der Raum, in dem er sich befindet, ist ganz weiß, die plötzliche Helligkeit blendet ihn. Auf einem Podest in der Mitte liegt sein Vater in einem Bett und atmet durch einen Schlauch. Sein Atem geht schwer, er rasselt und blubbert, das Geräusch ist grauenhaft. Dave sieht sich um, doch bis auf das Bett ist der Raum vollkommen leer. Der Schlauch windet sich über die Bettdecke hinunter auf den Boden, wo er sich verknotet und verheddert hat. Dave kniet sich hin und entwirrt ihn, glättet die Knicke, um den ungehinderten Durchfluss zu sichern, wo führt dieser Schlauch hin, wo ist das Beatmungsgerät? Ist das hier überhaupt ein Krankenhaus? Er folgt dem Schlauch, ein lächerliches Utensil aus einem Spielzeugarztkoffer, wie soll sein Vater durch so etwas atmen? Auf der gegenüberliegenden Seite des Bettes verschwindet er wie ein Kabel in einem ausgefrästen Loch in der Wand. Wo ist die Tür? Natürlich, es gibt keine. Er träumt also, das erklärt einiges ... Der Raum ist kein Krankenzimmer, jetzt ist er sich dessen sicher, doch irgendwo muss es ein

Gerät geben, das seinen Vater mit Atemluft versorgt, dort muss er hin. Er legt eine Hand flach an die Wand, überträgt ihr ein wenig Gewicht. Als sie einsinkt, macht er einen Schritt nach vorn und lässt seinen Körper folgen. Es ist eine bizarre Empfindung damit verbunden, nicht so, als wäre Materie nicht vorhanden, sondern als würde er sie in der Bewegung auflösen, eine Bewegung seines Geistes, nicht seines Körpers. Und doch spürt er ein Kribbeln, als würde ein eingeschlafener Fuß wieder durchblutet, aber es ist nicht sein Fuß, es ist sein Gehirn. Das Denken will ihn aus dem Traum ziehen, die Anzeichen sind ihm bereits vertraut: ein Ziehen ihm Nacken, das Verschwimmen des Bildes. Schnell bewegt er die Augen hin und her, findet sich wieder in einem Treppenhaus, das ihm seltsam vertraut ist. Es wirkt ein wenig heruntergekommen, der Anstrich da und dort abgeblättert, Teile der Bodenfliesen herausgebrochen, das Holzgeländer dunkel und wurmstichig. Ein Lift in einem vergitterten Schacht, die Kabine ist hier, er müsste nur einsteigen ... Aufzüge in Träumen, denkt Dave, keine gute Idee, doch er muss in den Keller, so schnell wie möglich. Er folgt dem Schlauch, der über die Treppen abwärtsführt, immer der Wand entlang. Absatz für Absatz läuft er hinunter, hastet, springt, hält nicht an in den einzelnen Stockwerken, er fliegt förmlich über den Stufen dahin, berührt kaum noch den Boden, ein berauschendes Gefühl, wie nach der Schule ... er wusste doch, dass er dieses Treppenhaus kennt! Die letzte Stunde ist vorbei, und er kann gar nicht schnell genug rauskommen aus diesem Gefängnis, drei Stockwerke bis zur Freiheit, aber das hier sind viel mehr, dreißig oder dreihundert, kein Haus kann so hoch sein, verdammt noch mal. Plötzlich ist er nicht mehr sicher, ob diese Treppe abwärts- oder aufwärtsführt. Es ist eine sowohl körperliche als auch optische Unsicherheit, seine Beine heben und senken sich, aber ob er hinauf- oder hinunterläuft, ist nicht klar, sein Eindruck ändert sich ständig, als bewegte er sich in einem dreidimensionalen Vexierbild, einer unmöglichen Figur. Er müsste das Ganze von oben sehen, um die Täuschung zu entlarven, und noch während er das denkt, wird er hochgezogen wie an einer Schnur, er rudert mit Armen und Beinen, die Treppe entfernt sich, wird kleiner und kleiner unter ihm, als würde eine Kamera aus einem Bild herauszoomen.

Dann steht er mit Janet in einer Galerie, an den Wänden hängen Zeichnungen ihrer Kinder. Janet trägt ihren weißen Arztmantel und schreitet die Bilder ab, mit einem Zeigestab in der Hand. Sie hebt ihn und deutet damit auf eine von Nobbs' Raketen, die quer zum Bild fliegt, sie ist silbern, und aus dem Fenster schauen zwei Gestalten, die lachen und winken. Darunter ist ein Teil der Erdkugel zu sehen.

Siehst du es?, fragt Janet.

Was?

Doch Janet antwortet nicht, macht nur ein ernstes, bedeutungsvolles Gesicht und winkt ihn näher.

Dave sieht sich die Rakete ganz genau an. Nobbs zeichnet sie immer gleich: die spitze Schnauze, die Flossen, die Landekapsel, die Triebwerke. Und das große seitliche Fenster, das echte Raketen gar nicht haben. Dave betrachtet die Gesichter der beiden Raumfahrer. Der eine hat eine rotblonde Igelfrisur und Sommersprossen – ganz eindeutig Nobbs. Und der andere? Ben kann es nicht sein, denn er hat ein ganz und gar menschliches Gesicht, länglich, mit Bartstoppeln, schräg gestellten Augen und wirrem Haarschopf, es kommt ihm bekannt vor. Angestrengt versucht er, eine Erinnerung zu greifen, doch sie bleibt vage, entgleitet ihm ständig. Dann hört er etwas, ein Flattern, Flügelschläge. Er blickt hoch zum Himmel, über ihm spannt sich eine dicke weiße Wolkendecke, aus der sich Hunderte Vögel auf ihn herabstürzen. Sie geben durchdringende, hohe Schreie von sich, umkreisen ihn, lassen sich auf ihm nieder, auf seinen Schultern, seinen Armen, seinem Kopf. Dave beginnt wild um sich zu schlagen, doch dann hört er einen anderen Schrei: den eines Menschen. Ist es Janet? Er hält inne in der Bewegung, konzentriert sich auf diesen Laut, um ihn zu orten, und alles außer dem Schrei verschwindet.

*

28. März 2015. Samstag. Silber.

War er es, der geschrien hatte? Ein Blick auf seine Sitznachbarin, eine junge Asiatin mit kurzen, weißblond gefärbten Haaren, verschaffte ihm Klarheit: Sie hielt sich die rechte Schulter, ihre Züge waren verzerrt in einer Mischung aus Schreck, Schmerz und Entrüstung. Offenbar hatte er sie in seinem Kampf gegen die Vögel erwischt.
I'm so sorry, sagte Dave, are you alright?
What's wrong with you?, fragte die Frau, während sie ihre Schulter rieb. First you are talking to yourself the whole time and then you hit me all out of the blue?
I was talking to myself?, fragte Dave.
Oh crap, that's all you're interested in, right? What did I say in my sleep, please tell me so I can understand myself. Sie verdrehte die Augen und lehnte sich in die andere Ecke ihres Sitzes, um sich vor weiteren Angriffen ihres psychopathischen, langweiligen Nachbarn zu schützen.
I apologize, sagte Dave, again. Can I get you some ice or anything?
Better stay where you are.
I didn't mean to hit you, or anyone. I was dreaming.
I bet. Ihr Ton war frech. Beim zweiten Hinsehen war sie noch jünger, als Dave zunächst angenommen hatte, höchstens neunzehn, schätzte er.

I'm quite a vivid dreamer, fügte er hinzu.

Don't tell me about it. Sie holte ihre Kopfhörer aus der Tasche des Vordersitzes und stöpselte sich vorbeugend die Ohren zu. Dann widmete sie sich der Musikauswahl auf ihrem Handy.

Dave nahm sein Notizbuch zur Hand. Er wollte etwas über seinen Traum schreiben, doch er blieb bei dem Bild seines Vaters hängen, der durch einen Schlauch atmete, sofort hatte er dieses grässliche Röcheln in den Ohren. Schnell klappte er das Buch wieder zu und stopfte es zu den Sicherheitsinformationen der Fluglinie. Er dachte an James' letzte Operation vor vier Wochen und wie knapp er sie überlebt hatte. Zwei Bypässe auf einmal, in seinem Zustand, das war kein Spaziergang. Die Prognose war schlecht, vor allem weil er völlig uneinsichtig war, was seinen Lebenswandel anging. Diesmal hatte Dave sogar versucht, mit ihm darüber zu reden, ihn gedrängt, endlich auf die Ärzte zu hören, das Trinken und Rauchen aufzugeben. Ihn auf Viagra anzusprechen hatte er nicht über sich gebracht, aber das ganze Gespräch war ohnehin sinnlos. Sein Vater hatte nicht nur seine Mahnung ignoriert, sondern auch noch die Chuzpe besessen, Dave auf seinen eigenen Tabak- und Alkoholkonsum anzusprechen. Der Hang dazu sei bei den Glennards erblich, behauptete er, wie die koronare Herzkrankheit. Und als Dave das als Unsinn bezeichnete und ihn fragte, ob er denn keine anderen Freuden im Leben habe, redete er sich auf sein schweres Schicksal heraus: der Niedergang seiner Firma in Amerika, der Verlust seiner Heimat, der frühe Tod seiner Frau. Diese Heuchelei ärgerte Dave so sehr, dass er fürchtete, ausfällig zu werden und einen Streit vom Zaun zu brechen. Er wechselte das Thema und fragte ihn nach Bill. James reagierte überrascht, offenbar war ihm der Gedanke, Dave könnte sich für seinen letzten lebenden Verwandten in Amerika interessieren, nie gekommen. Auch sein eigenes Interesse an ihm schien nicht allzu

groß zu sein, denn wie sich herausstellte, hielt er keinen regelmäßigen Kontakt zu seinem Bruder. Dave regte sich darüber auf, und sie gerieten erst recht aneinander. James verteidigte sich mit dem Hinweis auf Bills schwierigen Charakter und das großzügige Gehalt, das er Rosita bezahlte, die sich seit seiner Rückkehr aus Vietnam um ihn kümmerte.
Natürlich, sagte Dave an dieser Stelle trocken. Mit Geld kann man sich sogar den eigenen Bruder vom Leib halten.
Dann erinnerte er sich, dass sein Vater vor einer Woche operiert worden war und dabei fast gestorben wäre, und verzichtete darauf, das Thema zu vertiefen. Stattdessen fasste er sich ein Herz und fragte ihn, ob es in der Familie Glennard eine Frau gäbe, die ihm sehr ähnlich sah. Vielleicht die Schwester von Daves Großvater oder eine ihrer Töchter? Vielleicht täuschte sich Dave, aber James ließ sich seinem Empfinden nach ein wenig zu lange Zeit mit seiner Antwort. Alles, was er schließlich sagte, war: Ich hatte nur Cousins.

Dave lehnte seinen Kopf zurück und schloss die Augen. Es würde eine lange Reise werden. Da seine Entscheidung so kurzfristig gewesen war, hatte er nehmen müssen, was noch verfügbar war und was er sich leisten konnte: von Wien nach London, dort fünf Stunden Aufenthalt – zu wenig für einen lohnenden Ausflug in die Stadt, zu viel, um auf einem Flughafen herumzuhängen –, dann weitere sieben Stunden bis New York. Er war um fünf Uhr früh aufgestanden, nach etwa vier Stunden Schlaf, weshalb er sofort wieder eingenickt war, noch bevor sie die volle Flughöhe erreicht hatten. Schon am Gate hatte er vor sich hin gedöst. In den vergangenen Wochen hatte er viel Zeit mit Warten verbracht: auf Ärzte, Untersuchungsergebnisse, seine Frau, auf den Schlaf, das Ende einer Nacht, eines Tages. Das Warten war ihm mehr und mehr zu einem natürlichen Zustand geworden. Die Zeit verstrich, bis etwas Bestimmtes passierte, das war ihr einziger

Zweck. Sie war ein Hohlraum, in dem Dave leicht das Gefühl für seine körperliche und geistige Anwesenheit an einem Ort abhandenkam. Er kippte in sich selbst, und die Außenwelt verschwand. Die merkwürdige Ironie, dass er sich nun, da er im Traum meist Klarheit über seinen Bewusstseinszustand hatte, im Wachen seiner so unsicher war, entging Dave nicht und beschäftigte ihn. Morrison sagte, Dave suche in seinen Traumwelten neuerdings Schutz vor der ihn zunehmend überfordernden Realität seines gegenwärtigen Lebens. Doch selbst wenn er keine richtigen Angstträume mehr hatte, stellte er sich unter Schutz etwas anderes vor als eine persönliche Neuinszenierung von Hitchcocks *Die Vögel*.

Verstohlen betrachtete er das Gesicht seiner Sitznachbarin. Ihre Haut hatte die Farbe einer geschälten Birne und war so unfassbar glatt und makellos, dass Dave den Impuls verspürte, sie anzufassen, um zu überprüfen, ob sie echt war. Sie hatte die Augen geschlossen und schien entspannt, was er angesichts der Musik, die sie hörte – den nach außen dringenden Frequenzresten nach zu schließen Speed Metal –, bemerkenswert fand. Er überlegte, was er selbst hören könnte, um sich zu entspannen, eine Zeit lang gar nichts zu denken, seinen Geist an eine Melodie zu hängen wie eine Gondel an ein Seil und ihn entlang eines Rhythmus zu Tal zu lassen. Die Tindersticks, entschied er, eigneten sich hervorragend für eine solche Gondelfahrt, Staples' melancholisches Timbre, das stets hinter dem rauchgeschwängerten Vorhang eines britischen Puffs hervorzukommen schien. Zum ersten Mal seit Wochen empfand Dave so etwas wie Wohlbefinden. Es war ihm unverständlich, wie Menschen ohne den Trost auskommen konnten, den ihm Musik in allen Lebenslagen so zuverlässig zu spenden vermochte. Er hatte keine Ahnung, was vor ihm lag, in einem Akt komplizierter Überwindung hatte er sich losgerissen vom Mast eines sinkenden Schiffes und sich selbst über Bord geworfen. Ein Rettungsboot gab es nicht,

also musste er schwimmen. Ob seine Kraft bis zum rettenden Ufer reichte, würde sich erst herausstellen, für den Moment jedoch war er befreit von seinem trostlosen beruflichen Alltag, von der Konfrontation mit seinem kranken Vater, seiner desolaten Ehe und deren Auswirkungen auf sein Familienleben. Er konnte in einem Flugzeug sitzen, auf die Wolkendecke unter ihm schauen und Tindersticks hören, es erschien ihm wie der Himmel auf Erden.
Die Stewardess kam und bot Getränke an. Dave legte mit größter Vorsicht eine Hand auf den Arm seiner Nachbarin, um sie darauf aufmerksam zu machen. Sie erschrak trotzdem, schlug aus und erwischte ihn an der Backe. Dave zeigte erklärend auf die Stewardess, das Mädchen zog die Stöpsel aus ihren Ohren, sagte: Jesus!, und orderte eine Cola, ohne sich zu entschuldigen. Er selbst bestellte Bier. Aus einer Laune heraus hob er die Flasche und sagte: Cheers!, mehr zu sich selbst als zu dem Mädchen, doch zu seiner Überraschung erwiderte sie seine Geste. Sie trank einen Schluck, dann seufzte sie.
Flying sucks, sagte sie.
Being stuck in an airplane for hours, yes, sagte Dave, that sucks.
Er dachte an das Fliegen im Traum, eine Erfahrung, die die Aeronautik und ihre Erfindungen, so erstaunlich sie auch waren, wie einen schwerfälligen Versuch der Nachahmung wirken ließ. Jedoch machte er nicht den Fehler, seine Träume noch einmal zu erwähnen. Ohnehin fühlte er sich nicht nach ausgedehnterer Kommunikation. Er war froh, dass sie jetzt quitt waren, was die körperlichen Angriffe betraf, und den Rest des Fluges hoffentlich in friedlicher Koexistenz über sich ergehen lassen konnten.

In Heathrow beschloss Dave, es sei Zeit für eine New York Times, also besorgte er sich eine Ausgabe und setzte sich in

ein Lokal, das wie ein original englisches Pub wirken sollte, jedoch wie alle anderen Lokale rundherum die Künstlichkeit von Flughafengastronomie ausstrahlte. Dave liebte druckfrische Zeitungen. Die makellose Glätte und der Geruch nach Papier und Farbe weckten in ihm eine kindliche Neugier auf den Inhalt und die irrationale Hoffnung, er könnte ihm etwas sensationell Neues offenbaren.
Er begann seine Lektüre mit den Todesanzeigen. Es war eine Angewohnheit aus der Zeit, als seine Mutter starb. Sie hatte diese Anzeigen gerne gelesen und öfter erwähnt, dass sie Wert auf eine solche legte, wenn es einmal so weit sei, eine schöne in der richtigen Zeitung. Dave wusste, wenn er die Sache seinem Vater überließ, würde etwas Protziges, Aufgesetztes, unerträglich Pathetisches dabei herauskommen, das seinen Geltungsdrang befriedigte, etwas, das seine Mutter ganz sicher nicht schön gefunden hätte und das weder ihrem Leben noch ihrem Wesen gerecht wurde. Da er selbst jedoch die schwarz gerahmten Kästen bis dahin einfach überblättert hatte, war Dave einigermaßen hilflos bezüglich Form und Formulierung, also studierte er in den Tagen nach dem Tod seiner Mutter deren Wortwahl und grafischen Aufbau, eine Beschäftigung, die ihm half, den Schock zu verarbeiten und ihn von der beängstigenden Leere abzulenken, die sich in seinem Inneren breitmachte. Er wollte es schlicht und wenn möglich, ohne seinen Vater und sich selbst mit Wir zu umschreiben. Schließlich wählte er eine Passage aus einem Gedicht von Rilke, den seine Mutter sehr geliebt hatte, und begnügte sich, was die Familie betraf, mit einer nüchternen Aufzählung:
Es trauern James E. Glennard, Ehemann, Dave Glennard, Sohn, Max und Melanie Glennard, Enkel.
Nobbs hatte seine Großmutter nie kennengelernt. Das schmerzte Dave, für beide. Sie war im Alter von siebzig Jahren an den unmittelbaren Folgen eines Gehirnschlags gestorben,

kurz bevor Janet zum letzten Mal schwanger wurde. Die zeitliche Nähe und die Abfolge der beiden Ereignisse kam Dave vor wie ein kosmischer Irrtum. Solange seine Mutter gelebt hatte, war seine an Mitgliedern und Zusammenhalt insgesamt arme Sippe irgendwie doch eine gewesen. Es hatte regelmäßige Besuche gegeben, Max und Mel hatten eine Beziehung zu ihr gehabt. Sein Vater war deren leidige Begleiterscheinung gewesen, nach ihrem Tod wurde er unerträglich, und alles fiel auseinander.

Als er einen ersten Blick auf die Death Notices der Times warf, glaubte er, seine eben erwachte Erinnerung habe ihm einen Streich gespielt und er habe sich verlesen:

Rosenfeld, Leonor

stand da in fettgedruckten Buchstaben unter einem Kreuz. Doch er hatte sich nicht geirrt. Eine Frau mit dem Mädchennamen seiner Mutter, geboren in Argentinien, war der Anzeige zufolge friedvoll im Kreise ihrer Angehörigen verstorben:

She came to New York to raise a family with her devoted husband Henry. She will be deeply missed by her husband, her children Jessica, Diego, and Julia, her daughter-in-law Heidi, her grandchildren, and by all those she touched with her generous spirit and bright smile.

Natürlich wusste Dave, dass Rosenfeld ein häufiger Nachname vieler vor und nach Ausbruch des Krieges aus Europa emigrierter Familien war, dennoch erschien ihm die Koinzidenz gespenstisch. Es hatte ihm leidgetan, dass niemand mit dem Namen Rosenfeld in der Todesanzeige seiner Mutter vermerkt werden konnte, mit Ausnahme ihrer selbst. Sie war, wie Dave, ein Einzelkind gewesen, ihre Eltern gestorben und die in Österreich zurückgebliebenen Verwandten allesamt in Konzentrationslagern umgekommen. Die Namen und kurz zusammengefassten Lebenswege von Emigranten, denen in Amerika ein langes Leben mit mehreren Kindern und Enkelkindern beschert worden war, fanden sich auf den folgenden

Seiten: Goldberg, Oppenheimer, Katz, Solomon. Sie hatten im Fortdauern und Wachsen ihrer Familie einen Trost gefunden, der Mathilda Glennard einzig durch Dave und zwei seiner Kinder zuteilgeworden war, und das nur für eine relativ kurze Zeitspanne. Vielleicht hatte er es so eilig gehabt mit dem Kinderkriegen, weil er damit nicht nur seine eigene Sehnsucht nach Geborgenheit durch familiären Zusammenhalt befriedigen musste.

Dave fiel auf, dass sich in amerikanischen Todesanzeigen viel mehr persönliche Dinge über die Toten fanden als in europäischen:

Her great joys came from unconditionally loving her family and playing golf. She was Scarsdale Golf Club Champion in 1992!

konnte man über Leonor Rosenfeld lesen, und über Harry Oppenheimer, der genau wie Daves Mutter 1939 mit seinen Eltern vor den Nazis geflohen war und viele Verwandte im Holocaust verloren hatte, erfuhr man nicht nur von seinem Militärdienst in Japan und auf den Philippinen während des Zweiten Weltkriegs, seiner Wandlung vom praktizierenden Juden zum Atheisten und vom Aufbau eines Fleischimperiums in Manhattan, sondern darüber hinaus:

Mr. Oppenheimer was an avid swimmer and scuba diver. He visited many of the seven underwater wonders of the world with his son. Oppenheimer enjoyed the ocean and regularly lifted weights until his 85th birthday.

Vielleicht hätte Dave etwas über die Liebe seiner Mutter zur Musik und ihre Ambitionen als Violinistin schreiben sollen? Im Nachhinein war es ihm ein Rätsel, warum er damals nicht auf die Idee gekommen war. Es war ein wichtiger Teil ihrer Persönlichkeit, wenn auch nicht ihres Lebens gewesen, und er hätte seinem Vater genau für diese Diskrepanz, für die er ihn verantwortlich machte, eins auswischen können:

Mathilda was devoted to music, from Bach to Gershwin to Billie Holiday. She learned to play the violin as a child and later studied at

Julliard. She could have made a career as a professional Violinist if her not so devoted husband hadn't forced her to stop.
Aber eine Todesanzeige war kein Denkzettel und sollte auch keiner sein.
Entschlossen überblätterte Dave einen Artikel über die Militärgerichtsverfahren gegen den Chefplaner der 9/11-Angriffe und seine Komplizen in Guantanamo Bay sowie einen Bericht über die letzten Terroranschläge des IS in Tunesien. In drei Stunden musste er wieder in ein Flugzeug steigen, er konnte sich jetzt keine Panikattacke leisten. Das Flugzeug würde ihn nach New York bringen, in die Stadt, in der er geboren worden war und seine frühe Kindheit verbracht hatte, in der, wie er nun in den Lokalmeldungen las, vor zwei Tagen eine Gasexplosion drei Häuser im East Village in einen Trümmerhaufen verwandelt hatte, zwei junge Männer bei einer Sauftour im West Village mit falschen Zwanzig-Dollar-Noten bezahlt hatten und jugendliche Obdachlose ihre E-Mails im Apple Store checkten und die Nächte in vierundzwanzig Stunden geöffneten McDonald's-Filialen verbrachten. Schon oft hatte sich Dave gefragt, was aus ihm geworden wäre, wenn seine Eltern nicht entschieden hätten, nach Wien zu übersiedeln, oder wenn er nach der Schule beschlossen hätte, zurückzugehen. Er war amerikanischer Staatsbürger, es wäre also kein Problem gewesen. Als er die Schule abgeschlossen hatte, bot ihm sein Vater an, ihn auf eine seiner regelmäßigen Reisen nach New York mitzunehmen, die er sonst alleine unternahm. Er verkaufte ihm die Sache als Maturageschenk, daher konnte Dave schlecht Nein sagen. Wie er beim ersten Abendessen feststellen musste, hatte ihn sein Vater mitgeschleppt, um ihn außerhalb des Einflussbereichs seiner Frau zu einem Studium in New York zu überreden. Das Dinner fand in einem noblen Restaurant irgendwo oberhalb der 60th Street statt, Dave hatte sich in einen Anzug zwängen und eine Krawatte umbinden müssen, was ihn an sich schon

ärgerte. Nach dem Essen wurden sie in ein mit schweren Ledersesseln ausgestattetes exklusives Hinterzimmer gebeten, in dem ein künstliches Kaminfeuer loderte. Eine junge Frau mit einem ziemlich ausladenden Dekolleté brachte Zigarren, Dave hätte lieber einen Joint gehabt. Ein Kellner schob einen Servierwagen voller Whiskey herein, und dann ging es los. Ob er eigentlich wisse, was für ein Privileg es sei, amerikanischer Staatsbürger zu sein, das Recht zu haben, im fortschrittlichsten und mächtigsten Land der Welt aus und ein gehen zu können, wie es ihm beliebte? Dave machte den Mund auf, um etwas über die von seinem Vater benutzten Superlative zu sagen, aber wie üblich kam er nicht zu Wort. Er habe immer noch seine Verbindungen, auch wenn er nur noch wenige Geschäfte hier mache, und bei bestimmten Colleges könne er durchaus nachhelfen, wenn Dave dorthin wolle, ohne die erforderlichen Voraussetzungen zu erfüllen.

Wieso ging sein Vater automatisch davon aus, dass dem so war? Der Hemdkragen würgte ihn, sein Ärger wuchs.

Natürlich wollte sein Vater, dass er Wirtschaft studierte. Dies sei der Zeitpunkt, Kurs auf eine erfolgreiche Zukunft zu nehmen, den Weg eines echten Glennard zu gehen, um das Leben führen zu können, das einem Mitglied dieser Familie angemessen war. Während er einen Whiskey nach dem anderen kippte, fuhr sein Vater fort, denselben Mist von sich zu geben, den er fünfundzwanzig Jahre später an einem Weihnachtsabend über Max ausleeren sollte. Doch Daves Abneigung gegen den Mann, der ihm und, soweit er wusste, nur ihm, seine Gene weitergegeben hatte, war damals schon so groß, dass es ganz einfach war: Sein Vater wollte etwas, also wollte er es nicht, konnte es nicht. Vermutlich hätte er das Geld nehmen und eine Weile so tun können, als studiere er, während er seiner eigenen Wege ging, aber das verbat ihm sein Stolz. Wären sein Widerstand und sein Hass nicht so groß und blind gewesen, hätte er auch auf eigene Faust nach New York zurückkehren, sich einen Job suchen und Musik machen können, sich einer Band anschließen oder selbst eine gründen ... Er sah den achtzehnjährigen Dave vor sich, ein schlaksiger Junge, der an einem heißen Abend Anfang Juli mit offenem Hemd am Central Park entlangging, die Krawatte in der Tasche seines Jacketts, das er ausgezogen und über seine rechte Schulter geworfen hatte. Nachdem er seinem Vater die rhetorische Frage gestellt hatte, ob er sich je Gedanken darüber gemacht habe, was sein Sohn eigentlich mit seinem Leben anfangen wolle, hatte er das Lokal verlassen, ohne eine Antwort abzuwarten. Er ging schnell, obwohl er schwitzte, würdigte das Haus, in dem er einmal zu Hause gewesen war, keines Blickes. Das Unterhemd klebte ihm am Rücken, die Worte seines Vaters saßen ihm im Nacken und trieben ihn vorwärts; er wollte sie endlich hinter sich lassen, zusammen mit der Upper West Side. Er passierte das Dakota Building, das Museum of Natural History, das er oft mit seiner Mutter besucht hatte, und das El Dorado mit seinen Zwillingstürmen. Ohne irgendetwas davon zu beachten, ging er immer weiter, mit großen Schritten, in einem gleichmäßigen Rhythmus, der ihm das Gefühl gab, vorwärtszukommen, nicht nur auf dieser Straße, und der zu dem Rap-Song passte, der ihm durch den Kopf ging:

Don't push me 'cause I'm close to the edge
I'm tryin' not to loose my head

Er war volljährig, hatte die Schule abgeschlossen. Sein Vater hatte ihm nichts mehr zu sagen, er konnte tun, was er wollte. Dave Glennard hatte überlebt, allen Versuchen zum Trotz, ihn zu jemand anderem zu machen, als er war. Eine trotzige Euphorie ergriff von ihm Besitz, durchflutete ihn mit Adrenalin. An der nordwestlichen Ecke des Central Parks hielt er sich rechts und ging den Adam Clayton Powell Jr. Boulevard hinauf. Kaum zu glauben, dass dieselbe Straße nur fünfzehn Blocks südlich des Parks eine pulsierende Ader war, die durch den Times Square lief, dieser glitzernde, grell beleuchtete Bauchnabel Amerikas, ja der gesamten westlichen Welt. Hier oben war Dave noch nie gewesen, Harlem war für ihn eine Legende aus Musik und Martin Luther King. Doch je weiter er nach Norden kam, umso mehr ähnelte es dem, was Grandmaster Flash in *The Message* beschrieb: Die Fassaden der Häuser waren heruntergekommen, Fensterscheiben waren zerbrochen oder eingeschlagen, manche davon notdürftig durch Folien ersetzt, die Rollläden vieler Geschäfte offensichtlich dauerhaft heruntergelassen. Müll lag auf den Straßen, Gruppen von Jugendlichen lungerten herum, scharten sich da und dort um eine boom box und rauchten alles, was man in eine Zigarette drehen konnte, an den Ecken wurde Gott weiß was vertickt. Mädchen, die jünger waren als er, standen in grellbunten, gefährlich kurzen Röcken am Straßenrand, alte Männer saßen apathisch auf den Stufen der Hauseingänge. Eine Frau in einer grotesken Kombination zerlumpter Klamotten wühlte in einem Mistkübel herum. Langsam wurde Dave bewusst, dass er der einzige Weiße hier war und einen sichtlich teuren Anzug trug. Er begann sich nicht nur ungemütlich zu fühlen, sondern auch einfach schlecht. Was für ein Recht hatte er, sich über einen Vater zu beschweren, der ihm ein Studium an einer amerikanischen Eliteuniversität anbot, etwas, das für die Kids hier vollkommen unerreichbar war? Wenn man einen von denen fragte, was sie einmal werden wollten, würden sie vermutlich antworten: zwanzig. Sein Protest kam ihm kindisch und lächerlich vor. Eben noch hatte ihn der Gedanke, tun und lassen zu können, was er wollte, beflügelt, doch in Wahrheit hatte er keine Ahnung, was er wollte. Er hatte vage Fantasien von Bandromantik, Bilder von sich selbst auf einer großen Bühne. Doch wie sollte er dorthin kommen? Er war ja kein Wunderkind oder etwas in der

Art, nur ein verwöhntes, privilegiertes Oberschichtbubi, das ganz passabel Gitarre spielte.

Jemand wollte ihm Crack verkaufen, er ignorierte ihn und ging schneller. Ein paar junge Typen machten ihn an, zupften an seinem Anzug.

Hey, white bread, got some dead presidents? Wanna bang a hot cunt?

Dave lief jetzt fast, hielt Ausschau nach einer U-Bahn-Station. Hinter ihm Gelächter.

Gonna piss your pants, pussy?

An der nächsten großen Kreuzung fand er einen Abgang zur Subway, zwei Stufen auf einmal nehmend, hastete er hinunter. Am Ende der Treppe lag ein Mann zusammengerollt am Boden. Dave blieb stehen und beugte sich zu ihm hinunter.

Are you okay? Can I help you?

Keine Reaktion. Er drehte den Mann auf den Rücken. Ein beißender Gestank nach Urin stieg auf und bereitete Dave Übelkeit. Dennoch griff er nach dem Handgelenk des Bewusstlosen und fühlte seinen Puls, er war kaum zu finden, so schwach und langsam ging er. Dave kniete sich auf den Boden und schickte sich an, ihn zu beatmen.

Wanna catch some really bad infections?, fragte eine Stimme, die sich nach einer Million Jahre rauchen anhörte. Er sah hoch in ein sehr dunkles, sehr faltiges Gesicht. Dave hatte gar nicht darüber nachgedacht. Verwirrt suchte er in seinem Jackett nach einem Taschentuch, das er als Schutz benutzen konnte, fand aber keines.

Maybe we should call an ambulance, stammelte Dave.

Der alte Mann schüttelte nur den Kopf. Go home, kid, sagte er, just go home. This is no good street for you.

But we have to do something, sagte Dave. If nobody rescues him, he'll gonna die.

Der alte Mann hatte immer noch die Hand auf seiner Schulter

und sah ihn mit einer Mischung aus Mitleid, Überraschung und Bedauern an.
Some people here don't wanna be rescued anymore, you know?

Dave faltete die Zeitung zusammen, in die er die letzte halbe Stunde mehr hineingestarrt hatte, als zu lesen, und brach zu seinem Gate auf. Er mochte Gates, auch Bahnsteige, Hafenpiers, Busstationen. Transiträume. Man war nicht hier und nicht dort, wartete auf etwas, von dem man sicher wusste, dass es kommen würde und wann, sonst hatte man nichts zu tun. Das entspannte Dave ungemein. Unterwegs dachte er noch an seinen Spaziergang durch Harlem 1990, an die jüngere, wütendere, nicht mehr und nicht weniger unsichere Version seiner selbst, er verspürte eine väterliche Sympathie für diesen Jungen, der damals im selben Alter gewesen war wie Max heute und ihm in seiner bildlichen Erinnerung noch viel ähnlicher sah als in Wirklichkeit. Er dachte auch daran, wie überrascht er war, als er das nächste und bislang letzte Mal nach New York kam, gemeinsam mit Max und Mel und der schwangeren Janet, wie sehr sich die Stadt in den achtzehn Jahren verändert hatte. Nicht nur die hippe Lower East Side, auch Harlem und sogar die South Bronx waren zu vergleichsweise sicheren, sauberen Wohnvierteln geworden. Häuser waren renoviert und neu gebaut, Grünflächen erneuert, Läden wiedereröffnet worden, und Filialen großer Kaufhausketten hatten sich angesiedelt. Eines Nachmittags bummelten sie die 125th Street entlang, weil sie Karten für die berühmte Amateur Night im Apollo Theater gekauft hatten. Die Kinder waren aufgedreht und zeigten begeistert auf bunte Murals, tanzten zu einer auf der Straße stattfindenden Percussionsession, linsten neugierig in Barbershops und Friseurläden, die braided hairstyles anpriesen, und probierten an einem Stand lachend Hip-Hop-Caps und viel zu große, verspiegelte

Sonnenbrillen an, als wären sie in einem Freiluftmuseum für schwarze Kultur. Doch Dave konnte die Bilder von damals nicht vergessen.
Am Gate ging er die Sitzreihen entlang auf der Suche nach einer sympathischen Person, neben die er sich setzen konnte. Auch wenn er nicht vorhatte, ein Gespräch zu beginnen, zog er es trotzdem vor, sich in einer Aura aufzuhalten, die ihm angenehm war, wie in der Straßenbahn oder im Bus. In Wien nahmen die meisten Leute lieber auf einem einzelnen oder neben einem leeren Sitz Platz, weil sie nicht riskieren wollten, neben jemandem zu sitzen, der stank, ihnen die Wörter aus ihrer Zeitung klaute, die Nachrichten auf ihrem Handy mitlas oder sie womöglich ansprach. In New York hingegen hatte er ein Verhalten beobachtet, das anderen Kriterien folgte, das Prinzip des Anschließens beispielsweise oder die Nähe zum Ausgang, mal abgesehen davon, dass es in der Subway gar keine Einzelsitze gab. Dave saß nicht gern allein, aber er brauchte einen Nachbarn oder noch lieber eine Nachbarin, die ihm das Gefühl eines gegenseitigen Einverständnisses gab, die wortlose Akzeptanz der zeitlich begrenzten Nähe. Er war da sehr empfindlich, ein abweisender Blick genügte, um ihn auf Abstand zu halten. Im Zweifelsfall blieb er lieber stehen. Manchmal wollte er nicht so abhängig sein von Gesichtern und Mienen, dann schaute er den Leuten auf die Schuhe. High Heels und auf Hochglanz polierte Anzugschuhe fielen von vornherein aus, ebenso wie Springerstiefel und alles, was sonst noch tendenziell nach grobem Machtgehabe aussah. Sneakers jedoch erhöhten die Wahrscheinlichkeit, in halbwegs annehmbarer Gesellschaft zu landen. Die, vor denen er jetzt stehen blieb, waren knöchelhohe weiße Converse mit den gezeichneten Konterfeis der Gorillaz darauf. Solche hätte Dave auch gerne gehabt, obwohl er sich zu alt fühlte, um Fanartikel zu tragen. Er hob den Blick und sah in das Gesicht der blonden Asiatin.

Seriously?, fragte sie. What are you, an airport stalker?
No, sagte Dave, just a passenger on flight BA 113 from London to New York. May I sit down here?
Das Mädchen machte eine Geste, die wohl so etwas bedeutete wie: Dies ist ein freies Land, ich kann dich also nicht daran hindern. Obwohl sie keineswegs einladend wirkte, setzte er sich. Es war die Vertrautheit, die für Dave ausschlaggebend war, die Tatsache, dass sie bereits einen ganzen Flug lang nebeneinandergesessen waren. Eine Weile starrte er in die Luft, ohne etwas zu tun oder zu denken. Dann zog er seine Bordkarte heraus und wandte sich an seine Reisegefährtin wider Willen, die damit beschäftigt war, auf ihrem Handy virtuelle Früchte mit einem Schwert zu zerschnipseln.
Hey, sagte er, we could check our seats on the plane, and if I happen to sit next to you, I could ask around if somebody is willing to swap places.
Don't be ridiculous, sagte sie, ohne von ihrem Handy aufzuschauen.
But I may fall asleep again, gab Dave zu bedenken, and I may dream weird things.
At least you don't snore.
I don't?
Sie schüttelte den Kopf und fuhr fort, digitalen Obstsalat zu erzeugen und Bomben abzuwehren, die sie daran hindern wollten. Dave spürte, dass er den Impuls unterdrücken musste, jetzt einfach weiterzureden, ihr zu erzählen, dass Mel auch gern *Fruit Ninja* spielte, etwas über die Gorillaz zu sagen oder wenigstens über das Wetter. Er sah hinaus aufs Flugfeld. Es war ein milchiger Frühlingstag, in Wien hatte es morgens am Fenster noch Eisblumen gegeben, als er nach dem Aufstehen in der Küche seinen ersten Kaffee trank, während alle anderen noch schliefen. Die Stille, in der die Erinnerungen an Grießbrei, durchwachte Nächte, Schulaufgaben, Aufräumdiskussionen, Streits und Gelächter, Heimlichkeiten hinter

verschlossenen Türen, gestohlene Stunden der Ruhe und die Intimität unzähliger gemeinsamer Mahlzeiten nachhallte, die ein sogenanntes Familienleben ergaben, war ein Magnetfeld, von dem er physisch gespürt hatte, dass er es verließ, als die Haustür hinter ihm zufiel. Er hatte sich gewaltsam losreißen müssen, doch mit jeder Flugmeile lockerte sich der Griff im Nacken ein wenig, mit der sein Lebenshaus ihn festhielt. Und hier saß er, auf halbem Weg in seine Vergangenheit oder seine Zukunft, neben einem Mädchen, das etwa so alt war wie sein Sohn. Er schaute nochmals auf ihre Füße.
Nice shoes, sagte er.
Sie blickte auf und – irrte er sich? – zeigte den Anflug eines Lächelns.
Thanks, sagte sie.
Eine Bombe beendete ihr Spiel.

Das Flugzeug lag ruhig in der Luft und surrte vor sich hin, der Flügel des Blechvogels glänzte silbern in der Sonne. Es war immer noch Samstag, ein langer, silberner Tag. Der Platz neben ihm war zu seiner Erleichterung leer geblieben, er hatte sein Notizbuch, sein Handy und die Zeitung dort hingelegt, um sie griffbereit zu haben, aber im Moment war ihm weder nach Lesen noch nach Musikhören zumute, und schreiben wollte er schon gar nicht. Lieber wollte er zum Fenster hinausschauen, an das Weltall und die Unendlichkeit denken und beobachten, wie sein Verstand daran scheiterte. Er fühlte sich leicht. Konnte er nicht für immer hier oben bleiben, wo sich das ewig blaue Firmament über ihm wölbte und eine Decke aus dicken weißen Wattebauschen die Welt verbarg?
Hi!
Sie tauchte im Gang neben seiner Sitzreihe auf wie ein Springteufelchen aus seiner Box.
You doing okay?

I'm good, thanks, sagte Dave und wunderte sich, dass sie ihn ansprach.
No more bad dreams?
Nope.
Sie sah den Gang hinauf und hinunter, als wollte sie überprüfen, ob sie jemand beobachtete, zeigte dann auf den Sitz neben ihm.
This seat right next to you is free, right?
Yep.
I wonder, sagte sie, brach ab, griff sich in einer typischen Verlegenheitsgeste in die Haare und verwuschelte sie. Would you mind if I join you here?
Dave sah sie einigermaßen perplex an.
You sure? I can't promise –
My neighbor, unterbrach sie ihn. He's fat. He smells. And he's snoring.
You really got bad luck on this trip, huh?
Always, sagte sie und verdrehte die Augen. I'm drawing the freaks of the world.
Thank you very much.
Oh, come on, don't be touchy.
You're welcome, sagte Dave.

Ein paar Minuten später verstaute sie ihren Rucksack, dessen Material Dave an gewisse Latexartikel aus dem Sexshop denken ließ, unter dem Vordersitz und machte es sich neben ihm bequem. Sie schob sich einen Kaugummi in den Mund, dessen intensiv fruchtiger Geruch sich sofort stark ausbreitete und Dave unweigerlich an seinen ersten Kuss im elterlichen Stiegenhaus erinnerte. Noch so eine Konditionierung: Seit dreißig Jahren musste er an dieses Mädchen denken, wenn er Fruchtkaugummi roch. Beide Assoziationen kamen äußerst ungelegen, er trat die Flucht nach vorne an.
What are you doing in New York?, fragte er.

Sie zuckte mit den Schultern. Dave übersetzte die Geste mit: Nur weil ich mich neben dich gesetzt habe, heißt das noch lange nicht, dass ich mit dir rede. Doch gerade, als er dachte, es käme tatsächlich nichts mehr, und sich den Kulturteil der Times zu Gemüte führen wollte, sagte sie:
I live there.
All along?
Sie schüttelte den Kopf. Again. Since two years ago.
Dave wartete ein wenig, bevor er seine nächste Frage stellte, damit es weniger nach Verhör klang.
And what did you do in Vienna?
Visiting my parents.
Wieder Schweigen. Es war eigenartig. Sie hätte ja auch etwas sagen können wie: None of your business und sich unter ihre Kopfhörer flüchten, stattdessen warf sie ihm diese kleinen Informationsbrocken hin wie Brotkrumen für einen hungrigen Vogel. Dave bemühte sich, sie nicht allzu gierig aufzupicken.
So we could talk in German as well?, fragte er.
Wieder das Schulterzucken. Es erinnerte Dave sehr an Max.
Or do you prefer to continue in English?
Mir egal, sagte sie, solange wir uns nicht siezen müssen. Siezen finde ich ätzend.
Ihr Deutsch war so akzentfrei wie ihr Englisch.
Ich finde Siezen manchmal ganz praktisch, wenn mir Leute unsympathisch sind, sagte Dave.
Es dauerte ein paar Sekunden, bevor sie beide zu lachen anfingen. Ihr Lachen stand in enormem Gegensatz zu ihrer stacheligen Art, als würden kleine flauschige Küken aus einem Krokodilei schlüpfen. Es ließ sie noch jünger wirken.
Wie alt bist du?, fragte Dave.
Alt genug, um zu wissen, dass du ein Weirdo bist, aber kein gefährlicher.
Thank you very much.
You're welcome, sagte sie hoheitsvoll.

Sie war vor einer Woche einundzwanzig geworden und freute sich darauf, nun endlich auch in Amerika trinken und in Clubs gehen zu dürfen. An ihre Geburtsstadt Peking hatte sie praktisch keine Erinnerungen, da ihre Eltern, wie sie erzählte, aus politischen Gründen das Land verlassen hatten, als sie zwei Jahre alt war. In New York blieben sie, bis sie zehn war, dann gingen sie nach Wien, wo ihr Vater seither bei der UNO arbeitete. Sie interessierte sich früh für Musik und begann, Klavier zu spielen. Ihre Eltern hörten sowohl Klassik als auch Jazz und nahmen ihre Tochter kurz vor dem Umzug nach Wien mit auf ein Konzert der jungen Harfenistin Joanna Newsom. Das Instrument, Newsoms ungewöhnliche Art, es zu spielen, und ihre eindringliche Stimme, irgendwo zwischen trotzig-naivem Kind, trauriger Elfe und schrillbunter Comicfigur, hinterließen tiefen Eindruck bei ihr. In Wien angekommen, lag sie ihren Eltern so lange in den Ohren, bis sie Harfenunterricht bekam und bald darauf ihre erste eigene Harfe. Sie besuchte das Musikgymnasium und nach ihrem Abschluss ging sie zurück nach New York, um am Harp Department der Julliard zu studieren. Sie sagte, sie habe sich in Wien nie wirklich zu Hause gefühlt, und fragte Dave nach seinem Verhältnis zur Stadt. Er stellte fest, dass diese Frage nicht leicht zu beantworten war. Da er den größten Teil seines Lebens dort verbracht hatte, empfand er sie wohl als Heimat im biografischen Sinn des Wortes – der Ort, an dem er zur Schule gegangen war, studiert, sich verliebt und geheiratet hatte, an dem er Vater geworden war und seit zwanzig Jahren seinen Beruf ausübte. Dennoch erinnerte er sich gut an das Gefühl des Nicht-Dazugehörens, das ihm noch bis in seine Zeit am Gymnasium gefolgt war wie ein formloser Schatten. Die Stadt selbst schien hingegen zu ihm zu passen: die leise Melancholie, die Langsamkeit, das Gewicht der Geschichte, das einen immer schön am Boden hielt, nicht so leicht abheben ließ. Ob er das mochte? Schwer zu sagen. Viel-

leicht war es wie mit der Beziehung zum eigenen Namen: Man suchte ihn sich nicht aus, doch selbst wenn man ihn scheußlich fand, identifizierte man sich mit ihm. Er sprach diesen Gedanken laut aus. Sie schüttelte den Kopf.
Ich habe mich nie mit meinem Namen identifiziert, sagte sie. Deshalb habe ich ihn auch geändert.
Offiziell?
Sie nickte. Man kann alles ändern. Den Namen, den Beruf, die Stadt, in der man lebt ...
... die Persönlichkeit?
Nein, die nicht. Ihr muss man alles anpassen.
Dave fühlte sich plötzlich sehr alt. Um vom Thema abzulenken, fragte er nach der Musik, die sie am Flug nach London gehört hatte.
Anthrax. Speed Metal aus New York, erklärte sie.
Find ich schräg, dass du so was hörst.
Warum? Nur weil ich gerne Harfe spiele, heißt das noch lange nicht, dass ich nur Klassik oder Folk höre. Ich finde in fast jeder Musikrichtung etwas, das ich mag.
Was gefällt dir an Metal?
Er macht mich sanfter.
Wie bitte?
Ja, das ist für die meisten schwer zu verstehen. Sie fuhr sich erneut durch die Haare, hielt sich an einem Büschel fest. Es ist so: Ich bin ziemlich oft zornig. Einfach so, ohne besonderen Anlass. Da ist so eine Wut in mir, und wenn die an die Oberfläche kommt, muss ich schnell was dagegen machen, sonst tue ich Leuten weh oder vermassle mir was, weil ich dann total ätzend werde. Und die zwei Sachen, die helfen, sind Harfe spielen oder Metal hören.
Hast du eine Ahnung, woher deine Wut kommt?
Ich glaube, mit der bin ich einfach geboren. Ich stelle sie mir als kleinen pulsierenden Feuerball vor, der in meinem Bauch ist, ungefähr hier. Sie zeigte auf ihren Solarplexus. Dann

plötzlich schaute sie fast erschrocken drein, als würde ihr eben bewusst, dass sie einem fremden, viel älteren Mann etwas recht Intimes über sich erzählte.
Wenn ich wütend bin, sagte Dave, höre ich gerne Queens of the Stone Age. Die frühen Sachen.
Sie rümpfte die Nase.
Zu schwerfällig, sagte sie. Du solltest es mal mit Anthrax versuchen, ehrlich.
Mach ich, versprach Dave.
Sie tauschten noch ein paar Musiktipps aus, wobei Dave schmerzlich bewusst wurde, dass er in den letzten Jahren kaum Neues gehört hatte. Den restlichen Flug sprachen sie wenig. Dave war froh, dass sie ihn nicht nach seinem Leben gefragt hatte, ihre jugendliche Egozentrik kam ihm entgegen. Sie ermöglichte ihm, sich unbemerkt ein wenig an ihre Anwesenheit zu lehnen auf dieser Reise. Er versuchte, nicht zu viel daran zu denken, was ihn erwartete. Die meiste Zeit döste er vor sich hin, ohne wirklich zu schlafen, eine Art bewusstseinsmäßiger Limbus, durch den Bilder von New York zogen, angereichert mit kuriosen Details: der Central Park mit Halloween-Lampions in den Bäumen, die sich ständig verwandelnde Gesichter hatten, die Staten Island Ferry mit einem Mast und riesigem Segel, Kaninchen auf dem Times Square, bedeutungsloser Unfug. Er rief sich die Gesichter seiner Kinder in Erinnerung und betrachtete eine Weile das seiner Reisegefährtin, die mit selbstvergessener Hingabe neben ihm schlief, nur hin und wieder zuckte ein Mundwinkel, eine Augenbraue im Traum. Jemand hat mal gesagt, es sei unmöglich, jemanden zu hassen, den man schlafen gesehen hat.
Der Inbegriff der Wehrlosigkeit: ein träumender Mensch.

29. März 2015. Sonntag. Schwarz.

Der Geruch: das Salz des East River, das Metall der Brücke, Backstein, der Dampf aus den Kanälen, die Abwärme der Subway, mexikanische Take-aways, Kaffee, Abgase, Müll und darüber, darunter, ganz zart, ein Blumenduft.
Der Sound: vielstimmiges Sprachengewirr, das Schnaufen der Busse, das Rumpeln der Subway, Polizeisirenen, heiseres Lachen, Musik, Musik und noch mehr Musik, Fahrradklingeln, Autos, startende Flugzeuge, landende Flugzeuge und darüber, darunter, das Schreien des beginnenden Frühlings.
Dave lehnte mit einem Kaffeebecher in der Hand an der Ecke Flushing Avenue und Broadway an einem Pfeiler der U-Bahn-Brücke, die ein Stück weiter Richtung Manhattan in die Williamsburg Bridge mündete, und beobachtete das Treiben. Ein junger Latino stapelte Mangos an seinem Obststand zu einer großen Pyramide. Ein paar Mütter mit Kinderwagen wühlten nebenan in den Grabbelkisten einer Kidstown-Filiale. Der Besitzer des Blumenladens schräg gegenüber arrangierte Tulpen, Rosen, Lilien in Plastikvasen vor seinem Geschäft. Ein Menschenstrom ergoss sich von der J-Train-Plattform die Treppen herunter. Zwei schwarze Jungs boten direkt am Aufgang Sonnenbrillen auf einer Holzkiste an, sie hatten eine boom box dabei, aus der Hip-Hop röhrte; der eine rappte mit, der andere tanzte, keiner kümmerte sich um die Sonnenbrillen. Ein Fahrradbote kollidierte fast mit einem aus der Station scherenden Bus, beide bremsten gerade noch rechtzeitig, der Fahrer lehnte sich aus dem Busfenster und grüßte den Boten, als ob sie einander kannten, die beiden scherzten kurz miteinander, bevor sie weiterfuhren. Ein paar Leute, die neben Dave an der Ampel standen, diskutierten darüber, wer dem anderen den Vortritt hätte lassen müssen. Die Mangopyramide brach zusammen, der Verkäufer fluchte laut,

Früchte rollten auf den Gehsteig, die Mütter sammelten sie auf. Der Blumenhändler verhandelte jetzt mit einer voluminösen Frau in einem Mantel mit Leopardenmuster, der sie wie ein wohlgenährtes Raubtier aussehen ließ, über den Preis für einen großen Rosenstrauß in Knallpink. Ein blasses Mädchen mit einem weißen Pudel auf dem Arm verschwand im benachbarten Tattooshop. Daves Augen kehrten genau in dem Moment zum Sonnenbrillenstand zurück, als ein höchstens zehnjähriger Junge eine Brille klaute. Doch nicht nur er hatte es gesehen. Ein Typ im Anzug hechtete dem Knaben hinterher, der versuchte, sich in der Menge dünnzumachen, erwischte ihn am Hemd und hielt ihm an Ort und Stelle eine Standpauke. Dann nahm er ihm die Brille ab und brachte sie an den Stand zurück. Die zwei Verkäufer, die inzwischen mit ihrer Performance Publikum angezogen und daher nichts mitbekommen hatten, bedankten sich überschwänglich und wollten dem Mann die Brille schenken, doch er lehnte höflich ab. Er sah nicht aus, als würde er billige Sonnenbrillen von Straßenverkäufern tragen. Er wirkte überhaupt nicht, als käme er aus dieser Gegend, die sich aus Latinos, jungem Hipstervolk und Künstlern zusammensetzte, die vor einigen Jahren auf der Suche nach günstigeren Mieten für Lofts und Ateliers in ehemaligen Fabrikgebäuden aus dem mittlerweile unbezahlbaren Williamsburg nach Bushwick weitergezogen waren. Die steigenden Mietpreise waren ihnen gefolgt wie treue Hunde. Trotzdem hatte Dave hier ein relativ günstiges Ein-Zimmer-Apartment unter dem Dach eines prewar building gefunden und über die Internetplattform Airbnb gemietet. Er kannte Brooklyn hauptsächlich aus Romanen und Songs, während seiner Kindheit am Central Park West hatte er den East River selten überquert, abgesehen von ihren Ausflügen zum Rockaway Beach. Ein einziges Mal waren sie irgendwo in Brooklyn Heights gewesen, als seine Mutter ihn zu einem Besuch bei einem alten Freund mitgenommen hatte, einem emeritierten Universitätsprofessor für Biologie, Kollege seines Großvaters am Hunter College. Die lichtarme, aber gemütliche Wohnung im Erdgeschoss eines klassischen Brownstone war mit schweren Möbeln aus dunklem Holz eingerichtet und vollgestopft mit Büchern, in denen Dave herumblätterte, während seine Mutter Tee trank und sich unterhielt.

Doch Bushwick war nicht das typische Brownstone-Brooklyn. Es gab viele ehemalige Fabrikgebäude und alte Häuser jeder Größe, Sorte und Farbe, es war eine bunte Promenadenmischung, wie seine Bewohner. Und es war nicht Manhattan. Dave konnte sich hier ein bisschen wie ein Tourist fühlen, die Erinnerung fiel nicht sofort über ihn her, wenn er aus dem Haus trat. Von hier aus konnte er sich den Orten seiner Kindheit langsam nähern und sich wieder von ihnen entfernen, sobald es ihm zu viel wurde.

Er stieß sich von seinem Pfeiler ab und ging die Treppen hinauf zur Subway, eine neue Erfahrung – er war es gewohnt, dass der Weg zu den Zügen immer abwärtsführte, in den Untergrund. Der L Train wäre näher zu seiner Wohnung gewesen, doch dann wäre er am Union Square oder an der 8th Avenue ausgestiegen, gefährliches Terrain. Er wollte seinen ersten Ausflug auf die Insel seiner Vergangenheit ganz unten im Süden beginnen, am Battery Park. Unterwegs warf er seinen Kaffeebecher in den Müll und stöpselte sich die Kopfhörer in die Ohren, doch als er oben auf der Plattform ankam, stand da ein Musiker mit einem Kontrabass, barfuß und im Anzug. Er spielte und sang mit so sichtbarer Verve, dass Dave ihn unbedingt hören wollte, also machte er die Musik wieder aus. Der Mann hatte keine Begleitung, kein Playback, und dennoch war es, als groovte eine ganze Band, die Akustik in der Station war genial. Dave überkam eine mächtige Sehnsucht nach seiner Gitarre, zu gerne hätte er sich zu dem Bassisten auf den Bahnsteig gestellt und mit ihm

gejammt. Getraut hätte er sich das allerdings nicht. Der Typ war richtig gut, sicher spielte er in mehreren Bands und machte das hier nur zum Spaß. Zwar hatte Dave seine Gitarre mit nach New York genommen, doch nur, um für sich im stillen Kämmerchen zu spielen.
The next J Train is now arriving on the Manhattan-bound track. Please stand clear of the platform edge.
Die Stimme aus dem Lautsprecher riss ihn aus dem Flow der Musik, des Rhythmus, fast tat es ihm leid, dass der Zug schon kam. Kurz überlegte er, den nächsten abzuwarten, dann stieg er doch ein und wankte zu einem freien Sitzplatz zwischen einem Mädchen mit vielen dünnen Zöpfen und goldenen Sneakers und einem bebrillten langhaarigen Mann mittleren Alters, der ein wenig mitgenommen aussah. Als Dave sich setzte, entfuhr ihm ein Seufzer.
Tough morning?, fragte sein Sitznachbar.
I guess, antwortete Dave vage.
Tell me about it. Der Mann nickte und zeigte ein kleines Lächeln. Dave fürchtete, er würde jetzt seine Lebensgeschichte oder zumindest die der vergangenen Nacht vor ihm ausbreiten, doch das tat er nicht. Stattdessen holte er eine Tüte mit Nüssen aus der Tasche seines Parkas, öffnete sie und hielt sie Dave hin.
Good for the nerves, sagte er.
Dave hatte noch nichts gegessen und bediente sich dankbar. Die restliche Fahrt knabberten sie in schweigender Eintracht an den Nüssen wie die Eichhörnchen. Kurz vor dem Bowery Stop stand der Mann auf.
It's getting better in spring, sagte er zu Dave, bevor er ausstieg. It always does. Er hob die Hand zum Gruß, dann wurde er von der Menge auf den Bahnsteig gespült und war weg.
Dave stieg an der Chambers Street um, nahm die 5 und kam am Bowling Green an die Oberfläche. Die Sonne beschien die Szenerie mit jener blendenden Helligkeit, die die Menschen

im Frühjahr die Augen zusammenkneifen lässt, während sie die blassen Gesichter gierig Richtung Himmel recken. Die Luft war noch kühl, aber nicht mehr scharf, die Brise, die vom Meer herüberwehte, hatte nichts mehr von der Bösartigkeit der Winde, die winters durch die Avenues fegten und einem wie Messer in die Haut schnitten. Alles strömte in den Park, Dave ließ sich mitreißen von der Atmosphäre der Erleichterung: Man hatte die große Kälte überstanden, wieder einmal siegte das Licht über die Dunkelheit. Die Verkäufer bauten ihre Stände auf, an denen sie Souvenirs und Ansichtskarten anboten, ein paar Jugendliche hielten einen Breakdance-Wettbewerb ab, ein Vietnamese saß auf einer Parkbank und fiedelte weitgehend unbeachtet auf einer asiatischen Kniegeige vor sich hin. Paare gingen händchenhaltend spazieren, Touristen standen am Ticketverkauf für die Liberty Island Ferry an. Dave war nie dort gewesen. Seine Mutter sagte immer, sie sehe keinen Sinn darin, sich ewig anzustellen und sich auf ein Boot zu zwängen, um etwas zu sehen, das man auch aus der Entfernung ohne Probleme erkennen konnte, in seiner Gesamtheit sogar besser als aus der Nähe. Und Aussichtspunkte gäbe es genug andere. Später erfuhr Dave, dass seine Mutter prinzipiell kein Schiff bestieg, überhaupt kein Gefährt, das sich übers Wasser bewegte. Als Zweijährige hatte sie erlebt, wie das völlig überfüllte Schiff, das sie und ihre Eltern von Lissabon nach New York brachte, in ein Unwetter geriet. Es hatte keine ernsthafte Gefahr bestanden, aber die Umstände der gesamten Flucht und die Atmosphäre der geballten Angst mehrerer hundert Menschen gruben sich tief in die Seele des kleinen Mädchens.

Dave ging ein Stück die Promenade am Wasser entlang Richtung East River, setzte sich auf eine Bank und beobachtete die Möwen, die über dem Wasser kreisten und sich abwechselnd auf den hölzernen Pollern niederließen wie Galionsfiguren, die sich fast schwarz gegen den lichtblauen Himmel abzeichneten. Zwischen den Pfählen hindurch winkte die Lady mit ihrer Fackel. Er dachte an seine Mutter auf der Flucht vor den Nazis, an ihre kindliche Furcht, an seine Großeltern, für die die Statue ein Symbol ihres Überlebens wurde. Das war es, was Freiheit für sie bedeutete. Was war sie für ihn? Ein Tag, an dem er nicht in die Schule musste, schlafen zu können, wenn ihm danach war, keine chemischen Stimmungsaufheller nehmen zu müssen, ein bisschen in seinen Träumen herumzupfuschen. Er kam sich armselig vor, als würde er mit seinem Leben die Familie seiner Mutter entwürdigen, den Kampf der vielen, die ihn verloren, und der wenigen, die ihn gewonnen hatten, falls man überhaupt von einem Sieg sprechen konnte. Es hatte nur zwei Generationen gebraucht, um eine Familie von Universitätsprofessoren und politisch engagierten Intellektuellen auf eine verzichtbare Existenz wie seine schrumpfen zu lassen. Seine Kinder sah er kaum als Nachfahren dieser einst weitverzweigten Sippe, vielleicht, weil sie so vollkommen ausgestorben war. Max und Mel wussten wenig über deren Geschichte, niemand hatte je darüber geredet, der Holocaust war für sie Schulstoff. Sie kamen ihm vor wie diese wurzellosen Pflanzen, die auf Bäumen wuchsen, weit entfernt vom Erdboden. Es gab zwar noch Janets Familie, doch die war verstreut über die ganze Welt, getrieben von der Jagd nach der besten Forschungsstelle, den renommiertesten wissenschaftlichen Instituten, den elitärsten Universitäten. Ihre Vorfahren begannen nach dem Scheitern der Märzrevolution aus Deutschland zu emigrieren, weil sie als Juden wegen der diskriminierenden Gesetze keinen Zugang zu verantwortungsvollen, höheren Positionen hatten. In Amerika erblühten die Sternbergs zu dem in jeder Hinsicht prosperierenden Clan, der sie noch heute waren. Als Hitler an die Macht kam, verhalfen sie den letzten in Deutschland verbliebenen Mitgliedern der Familie zur Ausreise. Sie nahmen sie in ihrem Haus auf, brachten sie mit den

richtigen Leuten in Kontakt, nutzten ihren Einfluss und ihre Positionen, um ihnen die Möglichkeit zu geben, auf ihrem Gebiet weiterzuarbeiten. Janets Vater hatte in seiner Brautrede zu ihrer Hochzeit minutiös aufgezählt, wen sie alles unterstützt und gefördert hatten und was für wichtige Entdeckungen und Entwicklungen daraus entstanden waren. Nie hatte er so starkes, unmittelbares Mitgefühl mit seiner Mutter, ihren Eltern und deren umgekommenen Verwandten empfunden wie in diesem Moment, als er begriff, dass der Lauf der Geschichte ungerecht und gleichgültig war gegenüber den Menschen, ihren Wünschen und Träumen, Mühen und Motiven. Und er fühlte eine brennende Scham, die er sich nicht erklären konnte, die sich aber noch steigerte, als sein Vater später am Abend im Zustand fortgeschrittener Trunkenheit aufstand und den versammelten Hochzeitsgästen erklärte, dass der Bräutigam gar nicht auf der Welt wäre, wenn nicht die Vereinigten Staaten von Amerika den vor dem Nationalsozialismus Flüchtenden großzügig ihre Türen geöffnet hätten. In Anbetracht der weitreichenden Restriktionen und absurden Schikanen von Seiten der amerikanischen Behörden, mit denen die Asylsuchenden damals zu kämpfen hatten, war das eine so dreiste Aussage, dass Dave am liebsten im Boden versunken wäre. Die Distanziertheit, mit der die Sternbergs James schon zuvor begegnet waren, weil sie ihn für einen ungehobelten Goi hielten, dessen Familie vermutlich nur durch Skrupellosigkeit zu Geld gekommen war – eine Einschätzung, die im Wesentlichen der Realität entsprach –, verwandelte sich in kühle Verachtung. Mathilda saß neben ihrem Mann wie eine Geisel und wirkte so verloren, so einsam, dass Dave sie am liebsten weggebracht hätte, an einen Ort, an dem sie sich angenommen und geborgen fühlen konnte. Dann erkannte er, dass es einen solchen Ort für seine Mutter nicht gab.
Sein Magen knurrte vernehmlich, also holte er sich von einem

der kleinen Pavillons ein Sandwich und kehrte damit zu seiner Bank zurück. Während er aß, dachte er darüber nach, dass er Angst gehabt hatte, hier in New York schlagartig von seiner Vergangenheit eingeholt zu werden, ironischerweise jedoch zuerst bei einer prekären Erinnerung aus seiner Zeit in Wien gelandet war. Die Hochzeit war Janets Idee gewesen. Dave wollte sie sehr wohl heiraten, aber seinetwegen hätten sie einfach mit Will und Lin als Trauzeugen aufs Standesamt und danach auf ein Schnitzel gehen können. Die Vorstellung, seine Eltern sowie Tante Gloria und deren Mann mit etwa dreißig Mitgliedern der Familie Sternberg, darunter Janets unerträglicher Bruder und seine hysterische Frau, an einen Tisch zu bringen, war ihm von Anfang an ein Albtraum gewesen. Doch Janet wollte das ganze Paket: weißes Kleid, Stocktorte, geschmückte Tafel, Musik, Tanz, eine große Hochzeitsgesellschaft. Sie wollte ihren Brautstrauß werfen und mit Reis beworfen werden, sie wollte diese Fotos, auf denen man sich später gar nicht mehr wiedererkennt, und obwohl sie sich darauf einigen konnten, nach keinem religiösen Ritus zu heiraten, wollte sie am Arm ihres Vaters die Reihen der Gäste entlangschreiten. Sie wollte die perfekte Hochzeit und bekam sie. Die Überheblichkeit ihres Vaters war sie gewohnt, und als James seine geschichtlich-politischen Unkorrektheiten von sich gab, verschwand sie aufs Klo. Ihr fiel nicht auf, dass es Dave mit fortschreitendem Abend immer schlechter ging, und auch nicht, dass ihre Familie die ihres Mannes schnitt. Auf den Fotos sah sie aus wie Julia Roberts und lächelte, als wäre sie die glücklichste Frau auf der Welt. Dave stand oder saß neben ihr wie ein Bräutigam-Double und sah aus wie Dave.

Über das Bild von Janet als Braut schob sich ein anderes: das ihres blassen, abgearbeiteten Gesichts vor seiner Abreise. Die dunklen, grünlichen Schatten unter ihren Augen, deren Blau einmal so intensiv gewesen war, als hätten sie sich ein Stück

Himmel geklaut. Nun schienen sie ausgebleicht vom genauen Schauen, vom jahrelangen Blicken ins Innere des menschlichen Organismus – Venen und Arterien, Nerven und Muskeln, Sehnen und Gewebe. Müde und betrübt sahen sie ihn an durch die neue Brille, an die er sich nicht gewöhnen konnte, eine dieser schmalen eckigen, die jetzt so in waren und ihrem Gesicht Gewalt antat, es durchstrich wie einen Fehler. Er wollte sie ihr abnehmen und seine Frau küssen, doch er wusste nicht, wie, erinnerte sich nicht, welche Bewegungen dafür nötig waren. Die letzten Monate hatten dieses Wissen aus ihm herausgeprügelt, aus ihnen beiden. Es hatte ihn völlig überrascht, dass Janet ihm anbot, ihn zum Flughafen zu bringen, als sie vom Nachtdienst nach Hause kam. Er wollte schon reflexartig Nein sagen, aus der Gewohnheit heraus, alles abzulehnen, was er nicht lebensnotwendig von ihr brauchte, in dem Bewusstsein, dafür bezahlen zu müssen. Doch dann kam Nobbs in die Küche, komplett angezogen, wozu man ihn sonst eine Weile überreden musste, hüpfte um den Tisch herum und sagte: Dad, wir müssen los, sonst verpasst du dein Flugzeug, bevor er sich Dave ganz plötzlich in die Arme warf und anfing zu heulen. Dave nahm ihn hoch und drückte ihn an sich, während in ihm die Überzeugung, dass er tun musste, was er im Begriff war zu tun, innerhalb von Sekunden jegliche Bedeutung verlor.

Ich komm ja wieder, Kleiner, sagte er, bald, und über seine kleine Schulter hinweg sah er Janet, die starr dastand, als hätte sie ihren Körper vergessen, und er sah ihren Ausdruck, erkannte ihn, weil er ihm so vertraut war: Zweifel. Und da sagte er ja, bitte bring mich hin, ebenso reflexartig, wie er es zuvor hatte ablehnen wollen, obwohl ihm ihr fehlendes Vertrauen über alle Maßen wehtat, er niemals verstehen würde, wie sie auch nur eine Sekunde glauben konnte, er ließe seine Kinder im Stich. Aber etwas an diesem Zweifel weckte auch Mitleid in ihm, er machte sie nackt, und Dave verspürte das dringende Bedürfnis, diese Nacktheit zu bedecken, für sie und für ihn. Er wusste, sie wollte nicht, dass er sie so sah, also wollte er sie nicht so sehen. Jahrelang hatte er sich gewünscht, sie möge irgendeine Art von Unsicherheit zeigen, Zeichen ins Wanken geratener Festigkeit, Spuren von Zwiespältigkeit, doch wonach er sich gesehnt hatte, war eine Offenbarung aus freien Stücken, nicht die gewaltsame Demontage, deren Ergebnis nun in ihrem Gesicht stand. Es war Nobbs, der das Gebäude zum Einstürzen gebracht hatte, der kleine, süße Nobbs. Dave kannte sie gut, die ungeheuerliche Macht, die nur Kinder über ihre Eltern hatten, eine Art Superkraft, die sie befähigte, ein Vielfaches ihres eigenen Gewichts zu bewegen, wie Ameisen, und deren mitunter furchtbare Wirkung in unverständlichem Gegensatz zu ihrer Unschuld stand, ihrer unleugbaren Absichtslosigkeit.

Es wurde eine ungeschickte Umarmung, mit der sie sich voneinander verabschiedeten, Janets Brille, die sie sich nach oben in die Haare geschoben hatte, löste sich und fiel klackernd zu Boden, was ihnen eine Entschuldigung dafür gab, sich rasch wieder voneinander zu lösen. Dave bückte sich, um die Brille aufzuheben, kam sich plötzlich vor wie ein Schuljunge, der versucht, charmant zu sein, setzte sie Janet dann kurz entschlossen auf, wie um ein Bild wiederherzustellen.

Grüß Bill von mir, sagte sie, bevor Dave sich abwandte und durch die Absperrung Richtung Gate ging, statt take care oder safe travels oder was man sonst noch sagt in so einer Situation und sie schon lange nicht mehr zueinander sagten. Es war Janets Art, die Welt wieder ins Lot zu bringen: indem sie Daves Reise als mildtätigen Akt für seinen armen, alten Onkel einordnete, als Samariterfahrt. Bei ihrer einzigen Begegnung mit Bill während des Familienausflugs nach New York vor sieben Jahren hatte er auf sie reagiert, als wäre ihm eine Heilige erschienen. Keine düsteren Tiraden und Unflätigkeiten, stattdessen Komplimente für ihr Äußeres, was auf eine gruselige Art schräg war und die Kinder verwirrte. Janet machte es offensichtlich fertig, dass sie ihm nicht helfen konnte, obwohl sie das doch gewohnt war. Als Rosita kam, unterzog sie sie in der Küche einem regelrechten Verhör über Bills Gesundheitszustand. Rosita beantwortete ihre Fragen mit Gleichmut, doch irgendwann wurde es ihr zu viel. He's fine, Mam, sagte sie. I take him regularly to the doctors, do everything they say. Don't worry. He's in good condition. Tatsächlich sah er gesund aus, nicht mehr untersetzt wie früher und war nicht nur Janet gegenüber viel umgänglicher, als Dave ihn in Erinnerung hatte. Nach ihrem kurzen Besuch damals dachte er darüber nach, ob es sein konnte, dass Bill ohne seine Mutter und seine beiden Geschwister womöglich besser dran war, weil er sein eigenes Schicksal nicht ständig im Spiegel ihrer Unversehrtheit, ihres Erfolgs betrachten musste. Dave fragte sich, womit Bill eigentlich seine Tage verbrachte, warum er nie versucht hatte, eine Art von Arbeit zu finden, die für ihn machbar war, oder noch ein Studium zu beginnen, das ihn interessierte. In den 1970ern waren die Möglichkeiten für Menschen wie ihn vermutlich begrenzt, und Bill war damals zusätzlich zu seinen körperlichen Einschränkungen schwer traumatisiert. Aber seither war viel Zeit vergangen, und auch in den USA hatte sich bestimmt eine Menge geändert auf diesem Gebiet. Wie viel hatte Bill davon mitbekommen? Nahm er Anteil an dem, was in der Welt vor sich ging, und in welchem Ausmaß? Wie oft kam er überhaupt aus dem Haus, hatte er Freunde? Zurück in Wien hatte Dave sich vorgenommen, ihm zu schreiben, ihn nach seinem Leben zu fragen und ihm ein wenig von seinem eigenen zu erzählen, fand es aber schwierig, den richtigen Ton zu finden, um Kontakt aufzunehmen nach all den Jahren – eigentlich zu einem Fremden. Dann kam Nobbs, und Dave vergaß seinen Onkel wieder. Während er weiter durch den Park schlenderte, musste er sich eingestehen, dass er kaum etwas über ihn wusste. Was für ein Recht hatte er, seinen Vater zu verurteilen, weil er keine Beziehung zu seinem Bruder pflegte, wo er doch selbst jahrelang ohne jede Verbindung zu seinem Vater gewesen war? Natürlich hatte ihn Morrison darauf hingewiesen. Und es war Morrison gewesen, der ihn auf die Idee gebracht hatte, nach New York zu fahren und mit Bill zu reden, um endlich mehr über seine Familie zu erfahren. Selbstverständlich nicht direkt, sondern auf seine subtile, aber umso überzeugendere Art, ihn bei bestimmten Themen so lange am Ball zu halten, bis er ins Tor ging.

Wie machen Sie das?, fragte Dave am Ende dieser Sitzung.

Wie mache ich was? Morrison sah ehrlich überrascht aus.

Mich immer wieder dahin zu kriegen, wo ich eigentlich gar nicht hinwollte, dann aber erkenne, dass es genau der richtige Weg ist, um weiterzukommen.

Morrisons Gesicht blieb ernst, nur um seine Augen erschienen die kleinen, zusätzlichen Fältchen, die zu einem Lächeln gehörten.

Ich höre Ihnen zu, sagte er.

Dave stand zwischen den acht großen Steinquadern des East Coast Memorial, in die die Namen der Soldaten eingraviert waren, die während des Zweiten Weltkriegs ihr Leben in den Gewässern des Atlantiks gelassen hatten. Vier zu jeder Seite reihten sie sich entlang einer Achse, die auf die Statue of Liberty ausgerichtet war. Die Sonne schien ihm in den Rücken und warf die Schatten der Steine leicht schräg Richtung Hafen und jeweils ein kleines, quadratisches Stück aufeinander. In einem Krieg sterben. Für die Freiheit sterben. Freiwillig in einen Krieg ziehen. All das war Dave so fern, schien ihm so irreal. Er schritt die Quader einen nach dem anderen ab, las einzelne Namen, *Peckham James, Bukowski Richard, Waite Luther*, wie viele waren das? Es mussten Tausende sein. Er berührte die Buchstaben, fuhr sie mit einem Finger nach, er suchte nach einer Verbindung zu diesen Männern, *who sleep in the American coastal waters of the Atlantic Ocean.* Noch gar nicht so lange schliefen sie dort, ein durchschnittliches Menschenleben lang. Ein einziger natürlicher Zyklus von Geburt und Tod trennte ihn von den Geschehnissen, die seine halbe Familie ausgerottet und dazu geführt hatten, dass James, Richard, Luther und all die anderen seamen, machinists, gunner's mates, firemen ihren letzten Tag im Kampf verbrachten, und er hatte keinen Bezug dazu. Er konnte nicht fühlen, was sie gefühlt hatten: ihren Mut und ihre Angst, den Schmerz und das Grauen, ihre Kameradschaft und die Einsamkeit, Pflichtbewusstsein, Vaterlandsliebe, der Glaube an den Sieg. *In thy hands, oh Lord.* Lag es daran, dass er das alles so schlecht nachvollziehen konnte – weil er nicht glaubte? Sein Verstand scheiterte am Krieg ganz ähnlich wie an der Unendlichkeit. Er konnte auf Informationen beruhende Gedanken zu Kausalketten aneinanderhängen, aber irgendwann kam der Punkt, an dem er sich etwas hätte vorstellen müssen, um der Sache näherzukommen. Genau das funktionierte jedoch nicht. Dave dachte an all die Bücher, die er gelesen, Filme, die er gesehen hatte, in denen Krieg in der ein oder anderen Form geschildert und dargestellt wurde, er dachte auch an die Bilder realer Kampfhandlungen und deren Opfer im Fernsehen. Doch selbst wenn er Ekel und Mitleid empfand und ihm diese Bilder bis in den Schlaf folgten, blieben es Bilder, zweidimensional, fremd, unbegreiflich, als liefe dieser Wahnsinn in einem Paralleluniversum ab, während er aß und schlief, mit Nobbs spielte, mit Janet stritt und gelangweilten Schülern den Unterschied zwischen Dur und Moll erklärte. Die Wand zwischen diesen Universen war hauchdünn und undurchdringlich zugleich.

Dave beobachtete ein junges, unverschämt gut aussehendes Paar, das Hand in Hand durch das Memorial schlenderte wie durch einen Skulpturenpark. Die beiden lachten, alberten herum, küssten sich ausgiebig gegen einen der Steinquader gelehnt, bevor sie ihn als Hintergrund für ein romantisches Selfie benutzten. Dave erschrak. Der Zustand, in dem nichts, einfach gar nichts eine Rolle spielte außerhalb des Raumes, in dem das Lächeln, der Atem, der Duft, die Stimme eines anderen Menschen sich gleich einem unendlichen Strom in den eigenen Energiekreislauf einspeiste und sich in einem alchemistischen Prozess in die einzig mögliche, einzig nötige Nahrung verwandelte ... Natürlich kannte er ihn, diesen Zustand, aber es war so unendlich lange her, dass er ihn erlebt hatte, Äonen, in denen er immer weiter hinausgetrieben war aus dieser paradiesischen Bucht, ohne Ruder, ohne Segel, bis er kein Land mehr sah.

Am Ausgang des Parks saß ein alter Mann und fütterte Tauben. Sie saßen überall auf ihm, als wäre er ein Baum. Dave musste an seinen Traum im Flugzeug nach London denken. Warum war er nicht ruhig geblieben, als die Vögel sich auf ihm niederließen? Als er an dem Taubenmann vorbeiging, hörte er ihn ein Lied summen, ein bekanntes Lied. Die Melodie blieb an Dave haften wie Staub auf einer statisch aufgeladenen Oberfläche. In der Subway dachte er die ganze Zeit darüber nach, woher er sie kannte, und auch den restlichen Tag ließ sie ihn nicht los. Er widerstand der Versuchung, zum Green-Wood Cemetery zu fahren – dazu würde er noch genug Zeit haben, und er wusste, es würde ihn überfordern. Stattdessen machte er einen langen Spaziergang durch den Prospect Park, lag auf der kühlen Wiese, saß auf Parkbänken, sah Familien beim Picknick und Jungs beim Baseballtraining zu, bis die Sonne unterging. Er aß auf dem Heimweg in einem kleinen vietnamesischen Lokal, in dem er der einzige Nichtasiate war, und verbrachte den Abend vor dem Fernseher, in einer Mischung aus Nervosität und Erschöpfung, die weniger vom Jetlag herrührte als von der ungewohnten Frequenz der Stadt. Doch er spürte auch, wie ein Teil von ihm in Resonanz

ging mit dieser Schwingung, ein Teil, der immer da war, ihn im Untergrund begleitete, der in Wien quer zur Schwingungsrichtung lief und dort eine andere Art von Unruhe erzeugte, mit der er viel schlechter zurechtkam. Er sah den Reisebericht einer Frau, die den Amazonas aufwärtsfuhr. Das Schiff glitt gemächlich auf dem mächtigen Strom dahin, in dem Kreaturen wie Anakondas, Kaimane, Piranhas und Haie lebten, doch die Frau versicherte, man müsse sich nur richtig verhalten und sie fühle sich die meiste Zeit sicher. Der Fluss sei wie ein guter Freund, sie habe eine starke Verbindung zu ihm und behandle ihn mit Respekt. Vielleicht, dachte Dave, war New York sein Amazonas, und er konnte auf dem gewaltigen Energiefluss dieser Stadt seiner Vergangenheit entgegengleiten, mit dem Vertrauen, dass sie ihn trug, ihn nicht im Stich ließ, wie ein alter Freund.
Erst spätnachts, kurz bevor er endlich einschlief, im ungewohnt weichen Bett eines gewissen Greg Watson, ein Schlagzeuger, der mit seiner Band auf Tour war, fand er Bruchstücke des Textes zur Melodie: *They're writing songs of love, but not for me / A lucky star's above, but not for me.* Es war einer der ganz großen Hits von George und Ira Gershwin gewesen, einer der Lieblingssongs seiner Mutter. Alle großen Jazzsängerinnen und unzählige Musiker hatten ihn interpretiert. Natürlich bevorzugte Mathilda die Version von Billie Holiday gegenüber allen anderen, und wenn sein Vater nicht zu Hause war, sang sie mit, während des Kochens oder wenn sie aufräumte. Sie versuchte, Holidays einzigartiges Timbre nachzuahmen, ihrer Melodieführung zu folgen. Die Erinnerung an ihre Stimme, eigentlich viel heller als die von Holiday, an ihren träumerischen Gesichtsausdruck und den tänzerischen Hüftschwung, mit dem sie sich dabei bewegte, holte ihre schmale Gestalt ins Dunkel des Zimmers und trug die kritiklose Bewunderung und unbedingte Liebe eines kleinen Jungen für seine Mutter mit sich. *With love to lead the way / I've*

found more clouds of grey ... Das war alles, was ihm von dem Text einfiel, so sehr er auch nachdachte. Was den Alten im Battery Park wohl mit dem Song verband? Dave hätte ihn jetzt gerne gefragt. Er wollte sich zu ihm auf die Bank setzen und unter dem Geflatter der Vögel mit ihm gemeinsam *But not for me* singen, Zeile für Zeile, Strophe für Strophe, bis er jedes einzelne Wort erinnerte. Während er langsam in den Schlaf glitt, sah er Mathilda in einem hellblauen Kleid, das sie gerne getragen hatte, ein Leuchten ging von ihr aus, das immer schwächer wurde, je näher er dem Rand seines Wachbewusstseins kam. Irgendwann verlor das Bild an Farbe, verwandelte sich in eine Schwarz-Weiß-Fotografie, die es vielleicht wirklich gab, in einem Album mit leinenem Einband, in einer Schublade, oder auch nur in seinem Kopf.

*

Dave marschiert. Es ist heiß, die Sonne brennt auf seiner Stirn, dünne Rinnsale von Schweiß rinnen ihm unter der Uniform den Rücken hinunter. Er kann seine eigenen Schritte nicht hören, spürt nur die einförmige Bewegung seiner schmerzenden Füße in schweren Stiefeln, das Geräusch geht unter im donnernden Hufschlag der Masse, unzählige im Gleichschritt stampfende Stiefel, das große Orchester des Marsches. Das Gepäck lastet schwer auf Schultern und Rücken, er ist völlig erschöpft, dennoch geht er weiter und immer weiter, sein Körper ist Teil eines größeren Körpers, der nur funktioniert, wenn er stetig einen Fuß vor den anderen setzt im Rhythmus dieses Organismus, in dem er nach und nach aufgeht, das Gefühl für sich selbst verliert, erleichtert, sich nicht mehr spüren zu müssen, die Taubheit seiner Glieder willkommen heißend. Vor ihm ein Hafen, ein Schiff, des-

sen Laderaum offen steht wie ein riesiger Schlund, bereit, die Masse aufzunehmen. Am Kai winkende Menschen mit Hüten und Taschentüchern, Dave erkennt seine Mutter, neben ihr das Mädchen aus dem Flugzeug, was tut sie hier, und warum trägt sie Iris Steensmas Schlapphut? Das alles ist absurd, seine Mutter ist tot, und er selbst ist kein Soldat, warum sollte er in dieses todbringende Schiff hineinspazieren? Er schert aus, beginnt zu laufen, wirft unterwegs sein Gepäck ab, reißt sich die Uniform vom Leib, schleudert die Stiefel von sich. Die Leute rundherum glotzen, bilden ein Spalier, er ist jetzt vollkommen nackt, aber es ist ihm egal. Keiner kann ihn dazu zwingen, in den Krieg zu ziehen, eine Uniform zu tragen, zu marschieren! Mit bloßen Sohlen läuft er über den glühenden Asphalt wie über Kohlen, ohne die Hitze zu spüren, er ist unberührbar. Er wird sich erheben und über diesen Hafen hinwegfliegen, übers Meer, ohne Ziel. Seine Arme breiten sich ganz selbstverständlich aus, er spürt die Kraft in ihnen, doch etwas hält ihn am Boden, ein Blick aus der Menge, er spürt ihn auf der nackten Haut. Ein unscheinbarer Junge in Jeans mit zerzausten Haaren steht am Ende des Spaliers, die Hände in den Jackentaschen, und fixiert ihn mit großen dunklen Augen. Dave spürt ein seltsames Prickeln in seinem Kopf, als wäre er dort nicht allein.
Geh nicht weg.
Dave hört keine Stimme, doch jemand spricht mit ihm.
Wer bist du?
Kennst du mich nicht?
Die Menge ist verschwunden. Es gibt nur noch dieses Kind, diesen Blick.
Was willst du von mir?
Verlass mich nicht.
Wie kann ich dich verlassen, wenn ich nicht weiß, wer du bist?
Ich bin bei dir, und du bist bei mir.

Dave sieht sich um. Der Kai ist menschenleer, das Schiff ausgelaufen. Das Wasser klatscht in kleinen Wellen gegen das Hafenbecken. Nebel rollt langsam vom Meer Richtung Land, frisst die Sonne, plötzlich ist es kalt und feucht, er friert. Ein Stück entfernt von ihm türmt sich ein großer Haufen Kleider am Boden, er geht hin, um sich etwas anzuziehen, aber es sind wieder nur lauter Uniformen, Overalls aus olivfarbenem Drillich, schweißgetränkt, schlammverkrustet, mit Blut bespritzt, Dave ekelt es heftig. Wo sind all die Menschen, die in diesen Uniformen gesteckt haben? Er dreht sich nach dem mysteriösen Jungen um. Unverändert steht er dort, sieht ihn an mit dieser nervtötenden Eindringlichkeit, die in Dave den kurzen Impuls weckt, ihn zu schlagen, ihm zwischen die Augen zu schießen, ihn auszulöschen, nur, damit er diesen Blick nicht mehr ertragen muss.
Wo sind die anderen?
Weißt du es nicht?
Nein, ich weiß es nicht, sag es mir, verdammt noch mal! Und sieh mich nicht so an!
Dave wird bewusst, dass er auch seine eigene Stimme nicht hört, seinen Mund nicht bewegt, und doch ist er sicher, dass er mit diesem Jungen spricht, der ihm fremd ist und vertraut zugleich. Der Nebel wird dichter, senkt sich rasch herab zwischen Dave und die reglose Gestalt ihm gegenüber, Panik überfällt ihn. Er will nicht, dass sie beide verschwinden in diesem Nebel, er will unbedingt herausfinden, wer dieser Junge ist, und wenn er es aus ihm herausprügeln muss. Mit großer Anstrengung bewegt er sich auf ihn zu, konzentriert sich auf sein Gesicht, behutsam, er darf es nicht zu sehr fixieren, sonst wird er aufwachen, schon droht der Traum ihm zu entgleiten, und die feuchte, salzige Luft trägt eine Melodie an sein Ohr, leise, als käme sie von einem anderen Ufer, die Stimme einer Frau. *He's knocking on a door, but not for me …* Dave versucht, nicht auf die Stimme zu hören, ein Sirenengesang,

der ihn wegzieht, hinaus aufs Meer. Mit aller Gewalt stemmt er sich gegen ihre magnetische Anziehungskraft, geht weiter auf den Jungen zu, dessen Konturen immer mehr verschwimmen, Dave streckt instinktiv die Arme aus, um ihn festzuhalten.
Wer bist du?
Er greift ins Leere. Der Nebel hat ihn vollständig eingehüllt, es gibt keinen Hafen, kein Meer, keine Sirenen, keine Uniformen, nur einen Satz.
I'm God's lonely man.

*

30. März 2015. Montag. Azurblau.

Seit einer Stunde saß Dave am großen Fenster des Cafés und schrieb. Er versuchte, seinen Traum zu entschlüsseln, aber so vieles daran befremdete ihn. Warum träumte er von sich selbst als Soldat? Er war nicht einmal beim Bundesheer gewesen. Zum Glück war er nicht auf dieses Kriegsschiff gegangen! Und dieser Junge, der ihn so angestarrt hatte ... Selbst jetzt, im Licht des Tages, konnte Dave noch seinen durchdringenden Blick spüren. Das Merkwürdigste jedoch war, dass sie beide nicht gesprochen und sich dennoch unterhalten hatten. Warum waren in seinem Kopf Menschen, die er nicht kannte und Dinge sagten, die er nicht verstand? Auch das Schreiben hatte nicht viel mehr erhellt als das Offensichtliche: Wie sich der Satz des Vietnamveteranen Travis Bickle aus *Taxi Driver* in den Traum geschlichen hatte, war kein Mysterium. Aber warum bezeichnete sich ein Kind als God's lonely man? Ihm fiel Nobbs' verlorener Blick ein, als er ihn nach ihrem gemeinsamen Bad auf die Minuten vor seinem Sturz angesprochen hatte. Dort oben auf der Leiter war er ganz allein gewesen, und etwas war in seiner kleinen Seele vor sich gegangen, worauf er selbst keinen Zugriff mehr hatte. Dave schrieb *kleine Seele*, als wäre die Seele etwas, das mit der Zeit wuchs wie Hände oder Füße. Er strich das Wort *kleine* durch und fragte sich, ob das, woran Nobbs sich nicht mehr erinnerte, noch irgendwo in seinem Unbewussten existierte. Die Vorstellung, dass er überhaupt ein solches besaß, war für Dave schwierig – der Gedanke, Nobbs könnte in den paar wenigen, aber prägenden Jahren seines Lebens Dinge erlebt haben, die für ihn so erdrückend waren, dass er sie aus seinem Bewusstsein schieben musste, machte ihn fertig. Damals im Bad hatte Nobbs gesagt, er glaube, Ben sei tot. Das bedeutete, er hatte einen Freund verloren.

Er sah aus dem Fenster. Ein stürmischer Frühlingswind blies langgezogene, wulstige Wolkenreihen über das Azurblau eines hohen Himmels. Fast hatte er vergessen, wie anders das Licht hier war, die Transparenz, die Intensität der Farben, die Klarheit der Konturen. Die Erinnerung daran war da, doch in einer sehr tief liegenden Schicht, in der Dinge anders gespeichert wurden als gewöhnliche Erinnerungen, wie Ablagerungen in Knochen. Es war sein Körper, der sie wachrief, nicht sein Geist, während er durch die Straßen von New York City wanderte. Er war überrascht, was allein der erste Tag hier in ihm wachgerufen hatte. Bei seinem Besuch vor sieben Jahren war ihm die Stadt fremd gewesen. Jetzt vermochte ein Lied die Gestalt seiner Mutter zum Leben zu erwecken, und die Freiheitsstatue erinnerte ihn an seine Großeltern und ihre Flucht, alles war aufgeladen mit Geschichte.

Es war ein guter Tag für den Park. Dave hatte ungewöhnlich lange geschlafen – er hatte es wirklich nötig gehabt. Mit morgendlichem Appetit aß er seine Pancakes, bezahlte und machte sich auf den Weg zum L Train. Am Weg kam er an einem Popup Vintage Store vorbei, der auf einem Tisch vor dem Laden

Schmuck, Accessoires und anderen Kleinkram aus mehreren Jahrzehnten ausgebreitet hatte, an der Hausmauer dahinter hingen diverse T-Shirts mit aufgedruckten Sprüchen. Einer fiel Dave sofort ins Auge: *Jesus died for somebody's sins.* Ziemlich sicher stand auf der Rückseite des Shirts das Ende dieser ersten Textzeile aus Patti Smiths *Gloria*: ... but not mine. Dave musste grinsen. Im Sommer nach der Matura war er mit seiner Gitarre durch Europa getrampt, und als er eines Abends an der Straße Richtung Rimini den Daumen raushielt, nahm ihn ein Mädchen namens Gloria mit, nicht nur nach Rimini, sondern auch zu sich nach Hause. Er hatte die Nächte davor am Strand übernachtet, doch nun sah es nach einem heftigen Gewitter aus, und Gloria in ihrem Cinquecento war sein rettender Engel. Weil ihr Autoradio kaputt war, bot Dave ihr an, zu spielen. Natürlich fiel ihm sofort der Song ein, als sie ihm ihren Namen sagte, er hatte allerdings nur die Them-Version drauf, die er auf Glorias Bitten immer wieder von vorn spielte und sang, während sie unter den sich zusammenrottenden, von der letzten Sonne in Brand gesetzten Gewitterwolken die Küstenstraße entlangbretterten. Später, nachdem sie in ihrem nicht für derlei Aktivitäten vorgesehenen Bett in der winzigen Wohnung ihrer Eltern, die zum Glück nicht zu Hause waren, miteinander geschlafen hatten, legte Gloria auf ihrer Kompaktanlage Patti Smiths Album auf, und sie hörten ihre so völlig andere Interpretation des Songs mit den komplexen Lyrics noch viele Male, bis die Sonne aufging und sich Dave leise aus dem Haus schlich, um niemanden zu wecken. Gloria mochte besonders die Textzeile *Leanin' on my couch she whispers to me and I take the big plunge* ... Dave war stehen geblieben und gab vor, sich für die Sachen auf dem Verkaufstisch zu interessieren, und während er noch an diese Sommernacht vor fünfundzwanzig Jahren dachte, entdeckte er eine Blechdose mit Plektrons, ganz automatisch fing er an, darin herumzukramen. Zwar hatte er längst aufgehört,

sie zu sammeln, aber wenn er an besonderen Orten war, kaufte er eines als Erinnerung, wie andere Leute Souvenirs von Sehenswürdigkeiten. Viel gab es in der Dose nicht zu holen, hauptsächlich Alltagsstücke in gewöhnlichen Farben aus minderwertigem Plastik, aber dann hatte er auf einmal ein mattschwarzes Teil in der Hand. Seine Oberfläche fühlte sich an wie ein vom ewigen Fließen des Wassers glattgewaschener Flusskiesel, Dave rieb es zwischen Daumen und Zeigefinger, dann drehte er es um und sah das Prisma. Es war das Motiv vom Cover des Pink-Floyd-Albums *The Dark Side of the Moon*. Dave hatte genau so eines mal besessen, vor langer Zeit, ein Kumpel hatte es ihm aus London mitgebracht, und er war sehr stolz darauf gewesen. Dann war es eines Tages verschwunden, obwohl er nur zu Hause damit gespielt hatte, aus lauter Angst, es zu verlieren. Merkwürdigerweise hatte er jetzt das Gefühl, es vor nicht allzu langer Zeit irgendwo gesehen zu haben. Vielleicht in dem Musikgeschäft, wo er vor kurzem neue Gitarrensaiten gekauft hatte? Es war, als fiele ihm ein Name nicht ein, der ihm auf der Zunge lag.
Oh, that's a nice one, sagte der große schlaksige Typ mit der Fliegerbrille auf dem Kopf, der die Sachen verkaufte. It's cult, but I give it to you for fifteen bucks.
Dave nahm es, ohne zu handeln, und steckte es in seine Hosentasche. Während er in der Subway saß, durch die Straßen der Upper East Side ging und schließlich auf der Höhe des Guggenheim in den Central Park einbog, spielte er damit herum, hielt es fest, als könnte es unversehens wieder verloren gehen. Er hatte beschlossen, sich dem Haus seiner Kindheit von der anderen Seite des Parks aus zu nähern. An den Zaun gelehnt, der verhinderte, dass Kinder und Betrunkene in das Gewässer mit dem klingenden Namen Jacqueline Kennedy Onassis Reservoir fielen, sah er hinüber zu den Türmen des San Remo, die sich herrschaftlich gegen den blauen Himmel abhoben und deren Spiegelung im von einer Schar

Enten aufgewirbelten Wasser zerlief. Es war eigenartig mit diesen berühmten, hundertmal fotografierten, gefilmten, vervielfältigten Ansichten: Der eigene Blick auf sie schien einem gar nicht mehr zu gehören. Selbst Dave, der immerhin hier aufgewachsen war, spürte, wie er ihn verteidigen musste gegen die Überlagerung, die Abnutzung durch die vielen fremden Blicke, die Postkartenbilder. Als Kind hatte er lange geglaubt, das San Remo sei eine Kirche, wegen der Türme, bis er eines Tages eine Frau mit zwei riesigen Doggen herauskommen sah – er war überzeugt, dass Doggen in Kirchen nicht erlaubt waren. Zur Sicherheit fragte er seine Mutter, die den Kopf zurückwarf und laut lachte. Dave liebte es, wenn er seine Mutter zum Lachen brachte. Es gab ihm ein wunderbares, warmes Gefühl in der Brust, als hätte er heißen, süßen Tee getrunken. Mitunter erfand er irgendwelchen Unsinn, nur um sie lachen zu hören. Mathilda Glennard war ein melancholisches Gemüt, und eins der wenigen Dinge, die sie vorübergehend von ihrer Schwermut befreiten, waren die kindlichen Irrtümer ihres Sohnes, seine zuweilen komischen Versuche, sich die Welt gemäß seiner eigenen Wahrnehmung zu erklären. Dave spürte, wie es eng wurde in seinem Hals. Schnell riss er sich vom Anblick der West-Side-Skyline los, das erste Stück lief er sogar, um sich durch die Bewegung von seiner Wehmut abzulenken, die ihn seit seiner Ankunft in New York verfolgte. Seine Mutter war seit sieben Jahren tot, und der Großteil ihrer Beziehung hatte in Wien stattgefunden, doch hier, im Kerngehäuse des großen Apfels, zwischen dem East River und dem Hudson, hatten sie etwas zurückgelassen, das ihn jetzt unerwartet überfiel.
Im Park war nicht allzu viel los, ein paar Jogger, Mütter mit Kleinkindern, ältere Menschen auf Parkbänken, da und dort Touristen, man erkannte sie an der Art, wie sie ihre Umgebung betrachteten: mit dem Staunen darüber, dass das hier tatsächlich existierte. Die älteren Kinder waren in der Schule,

und die business people würden erst mittags mit ihren takeaway lunches aus den umliegenden Büros strömen und alle Sitzplätze besetzen wie emsige kleine Vögel. Dave hielt sich südwärts, vorbei an der Hinterseite des Metropolitan Museum und am Bootshaus rechts. Er folgte dem Teichufer, beobachtete ein Paar, das sich in einem Ruderboot küsste und sich betatschte in der irrigen Annahme, niemand würde sie sehen. Mit Janet und den Kindern hatte er auch eins gemietet, und während er die Paddel stetig durchs Wasser zog, war er sich vorgekommen wie in einem Film über eine glückliche Familie, in dem gleich etwas Schreckliches geschehen würde. Natürlich waren sie auch an den Strawberry Fields gewesen, sogar Max, sechzehn Jahre nach Lennons Tod geboren, wusste von der Gedenkstätte und bestand darauf. Dave fand wie immer, es konnte keinen Ort geben, der den Bildern in seinem Kopf entsprach. Auch schien ihm der Unterschied zwischen dem verwilderten Grundstück eines Waisenhauses der Heilsarmee in Liverpool und dem sorgfältig bepflanzten, gepflegten Garden of Peace zu groß. Und die Touristen, die sich in einer langen Schlange vor dem kreisrunden, in den Boden eingelassenen IMAGINE-Mosaik anstellten, um sich im Minutentakt davor, dahinter und darauf zu fotografieren, waren für ihn das beste Beispiel für die Absurdität von Gedenkstätten. Einzig das Schild, vor dem er jetzt stand, rührte ihn, ein leicht schief montiertes quadratisches Stück Metall auf einem in die Erde getriebenen Pfosten, von dem die Farbe abblätterte, mit offenbar aus den 1980ern stammender weißer Schrift auf grünem Untergrund, die einen darüber informierte, dass dies kein gewöhnliches Stück Rasen war, sondern eine Kulisse für die Fantasie über die Flucht eines kleinen britischen Jungen in eine eigene Welt fern von seinen kindlichen Kümmernissen: Strawberry Fields. Dave fischte sein Handy aus der Jacke und machte ein Foto, obwohl er wusste, dass darauf nicht zu sehen sein würde, was er wahr-

genommen hatte. Aber es würde ihm helfen, sein inneres Bild zu rekonstruieren.
Der nahe gelegene Parkausgang am Dakota Building war wie eine grüne Grenze. Wenn er sie überschritt, war er im Westsideland. Er spürte Widerstand, Furcht, Sehnsucht. Eine ganze Weile stand er an eine Straßenlaterne gelehnt am Ende des Terrace Drive und schaute über die vor ihm liegende Kreuzung hinein in den Einschnitt der 72nd Street. Er warf einen Blick in den Himmel, als könnte er von dort Hilfe erwarten. Ein Transparent der Central Park Conservancy flatterte über ihm: *Help keep Strawberry Fields forever.* Wenn er noch länger hier stand, würde er mit dem Laternenpfahl verwachsen. Eine Gruppe von Schulkindern in Sportklamotten, nur wenig älter als Nobbs, kam lärmend aus dem Park, ein Mann mit einer Trillerpfeife um den Hals versuchte, sie im Zaum zu halten. Dave beobachtete, wie die Kids hüpfend, schnatternd und lachend an ihm vorbeizogen, und bedauerte mit einem Mal, dass seine eigenen Kinder nicht in New York aufwuchsen, gemeinsam mit Schwarzen und Asiaten und Latinos, mit Menschen aus allen Teilen der Welt. Vielleicht sollte Max aus Wien weggehen und eine Weile hier leben.
Er ergriff die Gelegenheit und ließ sich vom Strom der Schulklasse mitziehen, aus dem Park hinaus. Der Verkehr rauschte den Central Park West hinauf und hinunter, hielt an, als die Ampel auf Rot ging, die Kinder überquerten die Straße Richtung Subway. Die Versuchung, ihnen zu folgen, den A Train downtown zu nehmen, sich im Washington Square Park in die Sonne zu setzen und den Musikern zuzuhören, war ebenso da wie der unbestimmte Drang und die Neugier, die ihn bis hierher geführt hatten und ihn jetzt den Park entlang Richtung Süden zogen. Fünf Blocks trennten ihn von seinem Elternhaus. Er fing an, nach Veränderungen Ausschau zu halten, aber er befand sich hier in einem denkmalgeschützten Historic District, die Gebäude stammten aus dem späten

19. und frühen 20. Jahrhundert, Läden gab es an dieser Straße keine. Das Einzige, was sich hier geändert hatte, waren die Immobilienpreise und die Bewohner. Er dachte an Lennon. Erst als die Nachricht von den tödlichen Schüssen auf den berühmten Musiker um die Welt ging, erfuhr Dave, dass er nur ein paar Blocks entfernt gewohnt hatte. Seine Mutter saß in Wien vor dem Fernseher und verschloss mit der flachen Hand ihren offenen Mund. Dort beließ sie sie, während Bilder von John und Yoko sowie des Attentäters Chapman über den Bildschirm flimmerten. Dave fand es ein bisschen aufregend und schämte sich dafür. Er war acht. Danach begann er, die Musik der Beatles zu hören.
75 Central Park West war ein Neo-Renaissance-Bau aus den 1920er Jahren, ab dem vierten Stock unverputzter Backstein, Dave hatte mit seinen Eltern im fünften gewohnt, direkt unter dem ersten der beiden komischen, zu klein wirkenden Balkone mit den geschwungenen Stützen, die aussahen, als hätte man sie irgendwo in Rom abgetragen und an das Haus geklebt. Das Gleiche galt für die Reliefköpfe auf der Höhe der dritten Etage, die Wappen oder die stilistisch unterschiedlichen Fensterkapitelle, jeweils zwei über vier Fenstern des fünfzehnstöckigen Gebäudes. All diese Schmuckelemente waren für Dave völlig unmotiviert und nach unverständlichen Kriterien angebracht. Natürlich sah er das erst jetzt so, als Kind war es einfach sein Haus, in dem er aus und ein ging, aß und schlief, spielte und träumte. Das Einzige, was er damals bemerkenswert fand, war, dass die Köpfe identisch waren. Er fragte seine Mutter, ob sie alle Zwillinge wären, eine weitere Frage, die ihn in den Genuss ihres Lachens gebracht hatte. Dave sah hinüber zum kupfernen, durch Oxidation grün angelaufenen Vordach, das ihn heute an Otto-Wagner-Bauten in Wien erinnerte. Dort waren sie oft gestanden, wenn es einen Regenguss gab. Mathilda fand es schön, in den Regen zu schauen, besonders im Frühjahr, geschützt unter

dem Dach, während sie das Wasser von ihrem Schirm ablaufen ließ, um keine Lachen in der Lobby zu hinterlassen. Dave mochte es, wenn sich der Regen in den Ecken des Vordaches sammelte und schlanke Säulen bildete, die es mit dem Boden verbanden. Er konnte Mathildas Gestalt dort stehen sehen, in ihrem dunkelblauen Popelinemantel und dem Schirm mit den Achtelnoten darauf, sie war ein wenig außer Atem, lächelte und leckte sich die Mundwinkel, als wollte sie den Regen kosten. Und dann sah er sich selbst neben ihr, in einem ebenso dunkelblauen Anzug, wie er sich nach vorn gebeugt die Wassertropfen aus den Haaren strubbelte, sie kamen gerade von einem späten Lunch bei Katz's, Pastrami Sandwich für Mathilda, Corned Beef für Dave, wie immer. Sie hatten kein Taxi bekommen können, weil es so stark regnete, und mussten schließlich den überfüllten F Train nehmen, am Rockefeller in den B umsteigen und vom Columbus Circle zu Fuß gehen, sein Anzug war durchnässt, weil der Wind den Regen wütend unter ihren Schirm gepeitscht hatte. Dieser Anzug ... er hatte ihn schon ganz vergessen gehabt, damals war er stolz auf ihn gewesen, und seine Mutter hatte ihn gern darin gesehen. Wie ein kleiner Mann siehst du aus, sagte sie. Später rebellierte er gegen Anzüge, fühlte sich eingesperrt darin, weniger in dem Kleidungsstück als in dem Bild seines Vaters, das ihm der Spiegel zurückwarf.

Eigentlich hatte er in die Lobby des Hauses hineingehen wollen, vielleicht ein paar Worte mit dem doorman wechseln, ihn fragen, wer jetzt in ihrem alten Apartment wohnte, doch plötzlich wusste er nicht mehr, warum er das tun sollte. Das Bild war verblasst, er hatte nicht das Gefühl, dass hier noch irgendetwas von dem war, was er mit diesem Haus verband, die Geister seiner Kindheit waren längst ausgezogen, vertrieben worden, es wirkte verlassen und kolonisiert zugleich. Dave empfand einen kurzen Moment der Kränkung, als hätte man ihn hinausgeworfen, auf die Straße gesetzt wie ein einstmals geliebtes, nun aber unerwünschtes Haustier. Er wandte sich ab und ging zurück in den Park, der ihm als Kind so groß erschienen war, eine weite, verschlungene Wildnis mit wesenhaften Baumriesen, die ihm jetzt überraschend klein vorkamen. Welcher davon war jener, an dem er sich Hände und Schienbeine aufgeschürft hatte, mehr als einmal, den er im Traum bezwungen hatte, in dessen Krone er geflogen war? Und waren das hier überhaupt Ulmen? Dave spürte, wie sich in ihm eine tiefe Verunsicherung breitmachte, in der sich Erinnerung und Traum zu einem Muster verwoben, das sich nicht über die Gegenwart legen ließ. Als hätte er seine Kindheit nur geträumt und wäre soeben aufgewacht, mit undeutlichen Bildern im Kopf, auf die er sich nicht verlassen konnte. Er wollte sich an einen Baumstamm lehnen, die Rinde befühlen, fürchtete aber, lächerlich zu wirken, wie ein tree hugger. Stattdessen setzte er sich auf eine Bank nahe dem Kinderspielplatz und beobachtete einen kleinen Jungen, höchstens vier, der auf einer Schaukel saß und mit sich selbst redete. Seine Mutter oder Nanny telefonierte auf der benachbarten Bank. Der Junge streckte und beugte die Beine, lehnte sich vor und zurück, während seine Lippen sich unablässig bewegten, als spräche er eine Beschwörungsformel oder ein Gebet. Herr, lass mich höher schaukeln, höher und immer höher, bis ich in den Himmel fliege und nie wieder von dort zurückkehre. Die Sonne stand inzwischen hoch zwischen den Bäumen, es ging auf Mittag zu, die Bänke begannen sich langsam zu füllen. Warum aßen die Leute in Wien eigentlich nicht in Parks? Es war ja nicht verboten, trotzdem tat es niemand, als wäre es unschicklich oder asozial. Zwei junge hübsche Frauen in tadellosen Businesskostümen nahmen neben ihm Platz, breiteten Servietten über die Bleistiftröcke, packten ihre Superfood-Salate aus und aßen sie mit Plastikgabeln aus schicken Lunchboxen, die sie auf ihren akkurat aneinanderliegenden Schenkeln balancierten, ohne auch nur ein ein-

ziges Mal zu kleckern. Wahrscheinlich fehlte es den Wienern an der notwendigen Geschicklichkeit für diese Art der Ernährung.
Plötzlich entdeckte er auf einer Bank ziemlich genau gegenüber von ihm das Mädchen aus dem Flugzeug, ihre weißblonde Igelfrisur fiel ins Auge. Die Julliard lag nur ein paar Straßen entfernt, dennoch fand Dave ihr neuerliches Aufeinandertreffen nach so kurzer Zeit erstaunlich. Auch sie war mit essen beschäftigt, allerdings weniger elegant als die beiden Damen neben ihm. Ihre Serviette benutzte sie, um ein prall gefülltes Sandwich festzuhalten, aus dem bei jedem Biss Soße zwischen ihren weit auseinander gegrätschten Beinen auf den Boden tropfte, Salatfetzen hingen ihr aus dem Mund. Dave musste grinsen. Kurz entschlossen stand er auf und ging zu ihr hinüber.
May I?, fragte er, bevor er sich setzte.
Sie hatte gerade einen Bissen im Mund und hörte für einen Augenblick auf zu kauen, als sie ihn erkannte, was ihr das Aussehen eines Hamsters gab, den man in der Speisekammer ertappt hatte.
Just to be damn sure, sagte sie, als sie hinuntergeschluckt hatte, you're not stalking me, are you?
No, I swear. Ich habe einfach einen Spaziergang durch den Park gemacht.
Wohnst du hier in der Gegend?, fragte sie.
Nein, erwiderte Dave und blinzelte durch die knospenden Äste über ihnen in die Sonne, aber ich habe mal hier gewohnt, vor sehr langer Zeit.
Es hörte sich an, als wäre er hundert oder käme geradewegs aus dem alten Rom, mit einer Zeitmaschine.
Als Kind?
Dave nickte. Bis ich sechs Jahre alt war.
Direkt hier, am Central Park?
Ja.

Sie hielt das letzte Stück ihres Sandwichs hoch, schnappte nach ihm wie ein Hund und kaute es langsam und gründlich. Dann haben wir ja mehr gemeinsam, als ich dachte, sagte sie dann.
Sieht so aus. Er deutete mit der Hand grob in die Richtung, in der das Lincoln Center lag. Meine Mutter hat an der Julliard Violine studiert.
Echt? Ist sie berühmt?
Sie ist tot.
Oh, tut mir leid. Ich habe vergessen, dass du schon so alt bist.
Danke, jetzt fühle ich mich besser.
Sie lachte ihr flauschiges Lachen.
Hast du auch ein Instrument gelernt?
Ich hatte etwa acht Jahre Gitarrenunterricht und war eine Zeit lang sogar in mehreren Bands aktiv, aber das ist lange her. Jetzt spiele ich nur noch für mich, ab und zu.
Ich spiele immer nur für mich, sagte sie, auch vor Publikum.
Heißt das, die Leute sind dir egal?
Es heißt, ich denke nicht an sie. Ich vergesse sie.
Ist das ... gut? Willst du es so?
Ich kenne es nicht anders. Manchmal denke ich, es wäre schön, die Zuhörer zu spüren – das Gefühl, ihnen etwas zu geben, was ihnen gefällt, sie glücklich macht. Aber wenn ich anfange zu spielen, versinke ich völlig und nehme nichts und niemanden mehr rund um mich wahr außer meinen Mitmusikern. Wirklich mit ihnen zu kommunizieren fällt mir allerdings auch schwer. Deshalb spiele ich am liebsten allein.
Sie leckte ihre Finger ab und wischte sie an ihrer Jeans trocken.
Ich habe immer gern mit anderen Musik gemacht, sagte Dave, und für andere. Da kann ich mich selbst vergessen, nur noch bei den Zuhörern sein und bei den Leuten, mit denen ich zusammenspiele. Ich höre, was sie hören, spüre, was sie spüren.

Wenn ich allein spiele, bin ich in mir gefangen und meinen Ansprüchen ausgeliefert, ich brauche die Ohren der anderen, um mich nicht ständig durch meinen eigenen kritischen Filter zu hören. Deshalb stelle ich mir gern ein Publikum vor, das gar nicht da ist. Das hilft ein bisschen. Ist das weird?
Nicht weirder, als ein vorhandenes komplett auszublenden, oder?
Dave lachte. Er schirmte seine Augen gegen die Sonne ab und ließ seinen Blick über den Spielplatz schweifen. Aber wenn du so versinkst, wie du sagst – weißt du, wo du dann bist?
Keine Ahnung, eben irgendwo in mir drin. Sie schloss die Augen, schwieg eine Weile, summte eine Melodie. Er hielt Ausschau nach dem kleinen Jungen auf der Schaukel, aber er war verschwunden.
Ich bin weg, sagte das Mädchen mit dem offiziell geänderten Namen, den er nicht kannte. Wenn ich spiele, bin ich einfach nicht da. Die Musik ist statt mir da.
Hm. Dave schaute zu Boden, schob mit einer Schuhspitze ein heruntergefallenes Salatblatt hin und her. Und wer spielt dann? Die Musik kann nicht ohne dich da sein.
Sein Magen knurrte. Er stand auf und steckte die Hände in die Hosentaschen.
Ich glaube, du bist in der Musik, sagte er, drehte sich auf dem Absatz um und ging, die Melodie von vorhin pfeifend, Richtung 5th Avenue. Er war noch keine hundert Meter weit gekommen, als sie ihn keuchend einholte.
Wir spielen, sagte sie und kramte einen Stift aus einem Stoffbeutel. Also, ich spiele, und ein paar andere aus meinem Department. Es ist nur so ein kleines Übungskonzert, nichts Besonderes, aber vielleicht ... sie griff nach seiner Hand und schrieb etwas auf den Handrücken, ließ sie dann schnell wieder los und sah ihn unsicher an. Kam die leichte Röte auf ihren Wangen vom Laufen? Sie holte tief Luft. Vielleicht hast du ja Lust zu kommen, sagte sie, ohne ihren Blick abzuwen-

den. Es war sehr lange her, dass jemand ihn so angesehen hatte. Die Zeit dehnte sich erst und schrumpfte dann mit einem Knall wie ein aufgestochener Luftballon, als sie sich ruckartig umdrehte und davonlief.
Dave stand da und sah auf seine linke Hand, berührte sie mit der rechten, fuhr mit dem Finger über die Schrift. Fast erwartete er, dass sie verschwamm oder verblasste, sich verwandelte, aber alles blieb, wie es war. Als er aufschaute, erhaschte er noch einen kurzen Blick auf Iris Changs schmale Gestalt, bevor sich ihr heller Haarschopf zwischen Bäumen und Menschen verlor.

*

Diese Vögel sind eine Plage.
Der Gärtner lungert in einem Regiestuhl herum, die Beine ausgestreckt, die Füße am Baumstamm abgestützt, und sieht hinauf in die grüne Krone, die vor tiefroten Früchten strotzt. Er bewacht sie mit Argusaugen, auf seinem Schoß liegt ein Gewehr.
Schieß mich doch tot, wenn du willst, sagt Dave, das hier ist nur ein Traum.
Der Gärtner lacht. Das würde dir so passen, sagt er.
Was soll das heißen?
Der Gärtner antwortet nicht. Typisch.
Dave hat Lust auf diese Früchte, sie scheinen mehr als reif zu sein. Um an die schönsten heranzukommen, muss er sich strecken, er biegt die Äste zu sich herunter, der Gärtner sieht ihm ungerührt zu, seine Flinte hat jetzt einen Korpus und Saiten, auf denen er beiläufig herumzupft. Der große, dicht belaubte Baum steht vor einer Hecke, rundherum wachsen Gänseblümchen und Löwenzahn. Der Park liegt still da, die

Luft ist erfüllt von Bienengesumm, das Dave leicht schläfrig macht. Er geht ein Stück weg vom Baum und entdeckt einen Einschnitt in der Hecke, einen schmalen Pfad, der einladend aussieht.

Den würde ich nicht nehmen.

Die Stimme des Gärtners ist weich und einschmeichelnd, es ist schwer, sich gegen sie zu wehren, doch er will nicht auf sie hören. Entschlossen tritt er zwischen die grünen, mannshohen Wände. Die Erde unter seinen bloßen Füßen ist angenehm kühl, ein wenig feucht, zu beiden Seiten des Weges wachsen wilde Kräuter, Pilze, blühende Pflanzen, in denen riesige Schmetterlinge sitzen und träge mit den Flügeln schlagen. Es ist schön hier, Dave genießt die Stille, die verträumte Atmosphäre dieses entrückten Ortes. Er könnte ewig so weitergehen, doch ein lautes Krächzen reißt ihn aus seiner friedvollen Stimmung. Große schwarze Vögel ziehen eilig über ihn hinweg, Dave sieht ihnen nach. Vor ihm liegt ein mächtiges schmiedeeisernes Tor mit einer halb verrosteten Türschnalle. Es quietscht grässlich, lässt sich aber mühelos öffnen. Kein Mensch ist zu sehen, dafür steinerne Stelen, in unregelmäßigen Abständen über einen kurzgeschnittenen Rasen verteilt, eine gedrungene Kirche, Rundbogenfenster, ein breiter niedriger Turm, im Hintergrund strohgelbe Felder, die sich bis zum Horizont dehnen. Über der Kirche steht die Sonne, ein leicht verschwommener gelber Ball, das Licht ist milchig und flach, nimmt den Dingen die dritte Dimension. Dave besieht sich die nächstgelegene Stele genauer. Efeu rankt sich an ihr empor, die Inschrift ist halb verwittert, in der Gravur hat sich Sand und Erde gesammelt. Mit einem Finger kratzt er den Schmutz heraus, doch die Buchstaben ergeben keine Wörter, keine Namen. Zögernd bewegt er sich von Stele zu Stele, säubert sie, entfernt Moos, versucht zu lesen, vergeblich – unbekannte Schriftzeichen, eine fremde Sprache, die er nicht versteht. Vielleicht ist in der Kirche je-

mand, der ihm weiterhelfen kann. Vor dem Eingang sitzt ein junges Mädchen mit einem Korb voll roter Rosen auf dem Schoß.
Weißt du, was auf den Grabsteinen steht?, fragt Dave. Ich kann die Schrift nicht lesen.
Das Mädchen nimmt eine Rose aus dem Korb und hält sie ihm hin. Sie hat Iris Changs Gesicht, ihre hellen Augen blicken ihn verwundert an.
Für mich?
Sie nickt.
Dave nimmt die Rose entgegen und riecht an ihr. Der intensive Duft erinnert ihn an etwas, er weiß nicht, woran. Er geht in die Hocke, um mit dem Gesicht des Mädchens auf einer Höhe zu sein.
Kannst du mir vorlesen, was auf den Steinen steht? Bitte, es ist wichtig für mich.
Das Mädchen deutet auf ihren Mund, macht eine hilflose Geste.
Du kannst nicht sprechen?
Wieder nickt sie.
Das tut mir leid.
Es tut ihm wirklich leid, so sehr, dass er ihr gerne seine Stimme geben würde. Er beugt sich vor und öffnet die Lippen, sie tut es ihm gleich. Behutsam berühren sie sich, er verschließt ihren Mund ganz mit seinem und beginnt zu singen, er singt in sie hinein, füllt sie mit allem, was er je sagen wollte, aber nie gesagt hat, mit verborgenen Wünschen und heimlichen Sehnsüchten und unverschämten Fragen, damit sie alles sagen, alles fragen kann. Für ihn.

*

31. März 2015. Dienstag. Feuerrot.

Dave erwachte mit dem befriedigenden Gefühl, sich an alle Details eines Traumes erinnern zu können. In völliger Klarheit standen die Bilder vor ihm, als hätte er eben einen Film gesehen, mit ihm selbst als Hauptdarsteller. Er blieb im Bett liegen und ließ ihn noch einmal vor seinem geistigen Auge ablaufen. Von draußen drangen die Geräusche der Stadt durchs offene Fenster, Schleierwolken flogen wie Fetzen eines zerrissenen weißen Gewands aus durchscheinendem Stoff an ihm vorbei. Irgendwann stand er auf, machte Kaffee, zog sich an, schnappte seine Gitarre und ging mitsamt der dampfenden Tasse aufs Dach. Er musste zum Küchenfenster hinausklettern und die Feuerleiter erklimmen, doch schließlich war er Umständlicheres gewohnt, und hier hatte er einen wesentlich lohnenderen Ausblick als zu Hause von seinem Schornstein aus: Vor ihm lag die bunte Dächerlandschaft Brooklyns, und in einiger Entfernung die berühmteste Skyline der Welt. Den East River konnte er von hier aus nicht sehen, wodurch der Eindruck entstand, Brooklyn wäre der Erdboden, aus dem Manhattan herauswuchs wie ein dichter Wald. Urban Jungle.

Dave improvisierte ein wenig und dachte dabei an Iris Chang. War ihre Art zu spielen die größtmögliche Freiheit – wenn man an nichts und niemanden dachte, man als Person ganz verschwand und nur das übrig blieb, was man spielte? Aber Musik war Kommunikation, und die konnte er sich nicht wegdenken. Selbst wenn er hier alleine mit seiner Gitarre auf dem Dach saß, führte er ein Gespräch: mit sich selbst, mit dem Instrument. Und es gab Leute unter ihm, die ihn unfreiwillig hörten, was ihm zwar ein wenig unangenehm war, aber gleichzeitig gefiel ihm die Vorstellung, jemand könnte sich über die leisen Gitarrenklänge freuen, während er oder sie Fenster putzte, Wäsche bügelte oder für die Schule lernen sollte und sich stattdessen von der heranwehenden Melodie davontragen ließ. Sein erster richtiger Gig kam ihm in den Sinn, auf einem Open Air Festival in der Wiener Arena. An diesem Abend, auf einer großen Bühne stehend, hatte Dave erlebt, wie die Menge unter ihm tanzte, angetrieben von der Synergie aus Rhythmus, Harmonie und Melodie, deren Teil er war. Instinktiv hatte er gespürt, dass dies seine Chance war, dem ewigen Kreisen um sich selbst zu entfliehen. Es war Janet gewesen, die es ihn vergessen ließ. Und es hatte Iris Chang gebraucht, um ihn daran zu erinnern.

Dass sie sich den Namen Iris gegeben hatte, fand Dave schräg. Iris Chang war niemand, der sich nach einer Standardschnittblume benennen würde. Ein Bezug zur griechischen Götterbotin, Personifikation des Regenbogens, Herrin über die Winde, war ebenfalls wenig wahrscheinlich. Hatte ihr einfach der Klang gefallen? Gab es eine Musikerin, mit der sie sich identifizierte? Oder war es tatsächlich denkbar, dass sie *Taxi Driver* gesehen hatte, ein Film, der achtzehn Jahre vor ihrer Geburt ins Kino gekommen war und von einer Welt erzählte, die so gar nicht mehr existierte? Und selbst wenn: Was konnte sie dazu bewogen haben, ausgerechnet den Namen einer minderjährigen Prostituierten anzunehmen? Dave nahm die linke Hand vom Gitarrenhals und schaute auf seinen Handrücken. Er konnte sie anrufen und fragen. Er konnte übermorgen in das Konzert gehen. Oder er konnte den Namen Iris Chang samt der dazugehörigen Telefonnummer und dem Konzerttermin von seinem Handrücken schrubben und aufhören, über ein einundzwanzig Jahre altes Mädchen nachzudenken.

Stattdessen speicherte er ihre Kontaktdaten in seinem Handy und rief danach endlich Rosita an. Er hatte einmal von Wien aus mit ihr gesprochen, um seinen Besuch anzukündigen. Damals hatte er sich eingebildet, alles, was sie sagte, beinhalte den unterschwelligen Vorwurf, er und seine Familie kümmerten sich nicht ausreichend um Bill. Jetzt klang sie freundlich und aufgeräumt, erkundigte sich, ob er eine angenehme Reise gehabt habe und gut angekommen sei, wie es seinem Vater ginge. Sie sprach gut Englisch, doch ihr Akzent hatte sich in den fast vierzig Jahren, seit er sie das erste Mal gesehen hatte, nicht geändert. Sie fuhr fort, ihn Mr. Glennard zu nennen, auch nachdem er sie gebeten hatte, ihn um Himmels willen Dave zu nennen. Sie vereinbarten, dass er am nächsten Tag zum Lunch kommen würde. Falls er mit etwas Einfachem wie Mac & Cheese zufrieden sei, sie müsse vormittags mit Bill zum Arzt und hätte nicht so viel Zeit, zu kochen. Mac & Cheese sei wunderbar, sagte Dave.

Er packte seinen Block ein, ging zu Fuß bis zum Flushing-Avenue-Stopp und nahm den G Train hinunter zum Green-Wood Cemetery. In der Subway blätterte er in seinen Aufzeichnungen der letzten Tage. Wenn er mit ein wenig Abstand in seinen Träumen las, fielen ihm andere Dinge ins Auge als direkt nach dem Aufwachen, wenn er sie niederschrieb, und er konnte Verbindungen herstellen, die ihm bis dahin verborgen geblieben waren. Dieser Gärtner zum Beispiel erinnerte ihn frappant an den Bootsmann aus seinem Karibiktraum, der versucht hatte, Dave ein Tretboot anzudrehen, das er gar nicht wollte. Und dann diese Frage: Sie gehören doch auch sich selbst, oder nicht? Letzte Nacht hatte er mit einem Gewehr einen Baum voller Früchte bewacht, Dave mehr oder weniger suggeriert, er wünsche sich den Tod, und ihn davon abhalten wollen, auf diesen Friedhof zu gehen. Wofür oder für wen stand er? Wer war der Junge im Hafen und wer Nobbs' Begleiter in der Rakete auf der Zeichnung? Zu gerne hätte er jetzt mit Morrison darüber geredet, gleichzeitig fühlte er sich wie diese Leute, die er früher verachtet hatte, weil sie von ihrem Therapeuten abhängig waren. Morrison hatte ihm angeboten, er könne sich telefonisch von New York aus melden und nötigenfalls eine Sitzung via

Skype mit ihm vereinbaren, aber Dave hasste Skype. Früher, als Max und Mel noch jünger gewesen waren und Nobbs fast noch ein Baby, hatten sie auf diesem Weg kommuniziert, wenn Janet auf Fortbildungen oder Kongressen war. Dave saß auf dem Sofa, den Laptop vor sich auf dem Couchtisch, die Kinder wetzten neben, auf und hinter ihm herum, versuchten sich gleichzeitig ins Bild zu drängen, um von ihrer Mutter gesehen zu werden, mit ihr zu reden, während Janet in einem Hotelzimmer im Bett lag, ihr abgespanntes Gesicht beleuchtet vom kalten Licht des Bildschirms, und sich abmühte, ihnen das Gefühl zu geben, sie wäre greifbar. Danach waren die Kinder überdreht und unzufrieden mit allem. Und ihm selbst schien Janet weiter entfernt, als es auf der Erde überhaupt möglich war.
Noch zwei Stopps. Gerade als er den Block zuklappen wollte, hakte sich sein Blick an einem Satz fest:
Ich bin bei dir, und du bist bei mir.
Plötzlich war er sicher, diesen Satz schon früher einmal geträumt zu haben, in einem anderen Traum. Er musste umsteigen, also konnte er nicht mehr weiter zurückblättern und nachschauen. Seine Gedanken wanderten durch seine Träume, als erinnerte er sich an die Stationen einer langen Reise, deren Eindrücke intensiv gewesen waren, nun aber durch das simple Vergehen der Zeit verblasst waren. Sein Blick auf sie glich dem beim Betrachten eines Fotoalbums: Man sah sich selbst und seine Mitreisenden an fremden exotischen Orten, erstaunt, dass man dort tatsächlich gewesen war.

Green-Wood war mittlerweile nicht nur ein Friedhof, sondern gleichzeitig Erholungspark, Ausflugsziel für Familien und Touristenattraktion. Leonard Bernstein, Jean-Michel Basquiat, Bill the Butcher und viele andere berühmte Persönlichkeiten waren hier begraben. Historische Führungen wurden angeboten, es gab Ausstellungen und allerlei kuriose Events, wie zum Beispiel das Death Café, wo sich Leute zu Kaffee und Kuchen trafen und über den Tod diskutierten. Dave sah ein Plakat, auf dem eine *Dead Distillers Trolley Tour to the cemetery's permanent residents with whiskey connections* beworben wurde. Die Toten auf einem Friedhof als ständige Bewohner zu bezeichnen war ungefähr so, als würde man die Patienten einer Palliativstation Gäste nennen, fand Dave, aber vielleicht war er doch zu sehr Europäer, um das zu verstehen.

Jetzt, an einem gewöhnlichen Dienstagvormittag, war der Platz vor dem Eingang jedoch leer, wirkte einsam und verlassen. Auf einem der Steinreliefs oberhalb der Torbögen waren die Worte *Weep Not* zu lesen. Drei neugotische Türme wuchsen in den Himmel, ihre Spitzen wiesen ins Jenseits. Über allem lag das raue, heisere Geschrei der Mönchssittiche, die angeblich eines Tages in den späten 1960ern in einer undeklarierten Kiste aus Argentinien kommend am JFK gelandet und auf nicht restlos geklärte Weise ihrem ungewissen Schicksal entkommen waren. Seither nisteten die grellgrünen, gedrungenen Vögel in den Türmen über dem Friedhofstor und gaben der Szenerie etwas Bizarres. Wie so viele New Yorker hatten diese farbenfrohen Sittiche beschlossen, fern von ihrer Heimat zu leben.

Im Cemetery Office erstand er eine Landkarte, auf der unter anderem zweihundertfünfundzwanzig nennenswerte Grabstätten verzeichnet waren, im Index nach fünf Kategorien sortiert: Morde, Skandale, Prominente, Katastrophen und Hunde. Dave spielte mit dem Gedanken, sich ein paar Gräber berühmter Hunde anzusehen.

Er betrat den Friedhof in der Hoffnung, auf der anderen Seite der Tore ein wenig von der Ruhe zu finden, die Verstorbenen an ihrer letzten Adresse versprochen wurde. Gestern hatte er sich gezwungen gesehen, auf der Webseite findagrave.com den Standort der Gräber seiner Großeltern ausfindig zu machen. Schon als er in Wien Pläne für seine Reise geschmiedet

hatte, war ihm schmerzhaft bewusst geworden, dass es niemanden gab, den er danach fragen konnte.
Der Beschreibung folgend hielt er sich rechts, passierte die Kapelle und die alte Gruft, in der früher die Leichen aufbewahrt wurden, wenn der Boden zu gefroren war, um zu graben. Die Vorstellung der auf ihre Gräber Wartenden hatte ihn seltsam berührt: all die kalten Körper, gefangen in kaltem Stein, bis die Sonne kam und die Erde zum Leben erweckte, damit sie die Toten aufnehmen konnte, sie fürsorglich umhüllen mit ihrer urtümlichen, nach dem Bauch der Welt riechenden Wärme. An einem Teich bog er ab, ging sein Ufer entlang. Wie anders als der Friedhof in seinem Traum war dieser Ort – die grünen Hügel, die knospenden Bäume, die Teiche, in denen sich der lichtblaue Himmel spiegelte. Bei seinem ersten Besuch als Zwölfjähriger war er ihm überhaupt nicht vorgekommen wie ein Friedhof, eher wie das Reich des Elbenkönigs Elrond. Das war beim Begräbnis seines Großvaters gewesen, zu dem er gemeinsam mit seiner Mutter angereist war. Er hatte zuvor noch nie über den Tod nachgedacht. Hier, an diesem unwirklich schönen Ort, erschien er ihm sanft und still. Ein Rabbiner sprach leise und auf Englisch. Die ehemalige Haushälterin stand auf der gegenüberliegenden Seite des Grabes und weinte, sie trug einen seltsamen schwarzen Hut, der sie aussehen ließ wie ein trauriger Rabe. Mathilda weinte nicht, betete nicht und sprach mit niemandem. Sie warf mit unbewegter Miene drei Schaufeln Erde auf den Sarg, dann nahm sie Dave an der Hand und ging mit ihm zur letzten Ruhestätte ihrer Mutter, die kurz vor ihrem Tod verfügt hatte, auf keinen Fall mit ihrem Mann im selben Grab liegen zu wollen. Sie wanderten schweigend durch den Park, der von Blumenduft und Vogelgezwitscher erfüllt war. Dave erinnerte sich an diesen Teich, an die Parkbank unter der großen Weide. Hier war alles so gepflegt, der Verfall wurde ständig abgewischt, weggekehrt, wie ein Belag von der Ober-

fläche poliert, damit man vergaß, dass die Begrabenen darunter stetig zu Staub zerfielen. Was ihn an dem Friedhof in seinem Traum so angezogen hatte, war jedoch das Verwitterte, Uralte, die spürbare Anwesenheit des Todes, des unwiederbringlich Vergangenen, der Zersetzung, der Auflösung.
Dave überquerte eine Straße, ging über eine große Rasenfläche und stieg die Treppen hinunter zu einem weiteren Teich namens Sylvan Water, der gesäumt war von kleinen würfelförmigen Mausoleen und einem säulenbewehrten griechischen Tempel im Miniaturformat, laut Karte die letzte Ruhestätte von Winston Churchills Großvater. Dave setzte sich auf eine Bank, er hatte das Gefühl, etwas auf der Spur zu sein und sich konzentrieren zu müssen, wenn er sie nicht wieder verlieren wollte. Die Puzzlesteine lagen vor ihm ausgebreitet, aber wie gehörten sie zusammen? Ein Friedhof mit Gräbern, dessen Inschriften er nicht entziffern konnte. Ein kleiner Junge, der etwas von ihm wollte, das er nicht verstand. *Verlass mich nicht.* Ein Mädchen vor einer Kirche mit einem Korb voller Rosen und Iris Changs Gesicht. Wieso hatte er geglaubt, sie könne statt seiner die Inschriften lesen, und warum konnte sie nicht sprechen? Eine Aura verzweifelter Einsamkeit war von ihr ausgegangen, wie sie da saß, ganz allein an diesem gottverlassenen Ort inmitten endloser Felder, deshalb wollte er ihr seine Stimme geben. Sie hatte ihm eine Rose geschenkt. Rosen, Felder ... Die Sprache der Träume ist so direkt, dass wir sie oft nicht verstehen, hatte Morrison einmal gesagt. Und hier war er, auf dem Weg zu den Gräbern der Rosenfelds. Ihre Tochter war ein einsamer Mensch gewesen, vielleicht der einsamste, den Dave je gekannt hatte. In einem anderen Traum war er als Vogel in der Krone der Ulme im Central Park gesessen, den Kopf zwischen die Flügel gesteckt, voller Sehnsucht nach dieser Frau, von der er erst später herausfand, dass es Janet war, Janet im zerrissenen weißen Kleid, traurig und ... einsam.

Dave verspürte einen plötzlichen Bewegungsdrang. Der Weg, den er zu nehmen hatte, stieg steil an, und er kam schnell außer Atem. An einem in die Erde eingelassenen, mit Moos bewachsenen Grabstein machte er halt, um zu verschnaufen und durch die Äste der Bäume den New York Harbor zu erspähen. Green-Wood war an einem der höchsten Punkte Brooklyns gebaut worden, dem Battle Hill. Hier hatten im Unabhängigkeitskrieg die Briten die amerikanischen Truppen in die Flucht geschlagen, ein Schlachtfeld also, das zu einem Friedhof wurde, auf eine sehr makabere Art machte das Sinn. Er lief weiter, angetrieben vom Drang, die Rätsel seiner Träume zu entschlüsseln. Ein stummer Trauerzug kam ihm entgegen, der auf ihn unecht wirkte, wie ein Filmset – was immerhin möglich war, damit musste man in New York immer rechnen. An einer Gabelung blieb er stehen und konsultierte nochmals die Karte, er musste fast da sein. Während er zögernd den Weg über die Wiese zu Lot 44700 nahm, wartete er darauf, dass eine Erinnerung an seine Großmutter aufstieg, doch obwohl er sich in Wien erst vor kurzem Mathildas alte Fotoalben angesehen hatte, brachte sein Geist kein stabiles Bild ihres Gesichts zustande. Er fühlte sich wie jemand, der einem Drehbuch folgte, an einer Stelle, deren Setting schrie: Achtung, Drama! Doch nichts war dramatisch, nur befremdlich und verwirrend. Als er schließlich vor Clara Rosenfelds Grab stand, wusste er nicht, was er dort gewollt hatte. Alles, was er empfand, war eine große Leere, grau wie der Grabstein, und ein Gefühl der Deplatziertheit, die ihn linkische Bewegungen machen ließ. Wie sollte er stehen, wie seine Hände halten? Sie vor dem Körper zu verschränken würde nach Gebetshaltung aussehen, hinter dem Rücken nach beobachtender Distanz, sie einfach herunterhängen zu lassen, machte ihn nervös, also steckte er sie in die Hosentaschen. Seine rechte Hand tastete nach dem Plektron wie nach einem Talisman, es fühlte sich gut an, ein Handschmeichler und Schutzobjekt. Er rieb es eine Weile zwischen seinen Fingern, und als wäre es ein magischer Gegenstand, der Erscheinungen produzierte wie Aladins Wunderlampe, tauchte unvermittelt ein Bild in seinem Kopf auf: eine kleine graue Pappschachtel mit einem Knäuel verschiedenfarbiger Gummiringe darin und dazwischen, irrtümlich dort gelandet, das Plektron. Das mattschwarze Plektron mit dem Prisma, genau wie jenes, das er nun mit seiner Faust in der Hosentasche umschloss. Sein Gehirn versuchte fieberhaft, das Bild in die richtige Umgebung zu bringen, schob es so lange hin und her, bis es einrastete: Es war in diesem sonderbaren Zimmer gewesen, von dem er schon mehrmals geträumt hatte, das nicht aussah wie sein New Yorker Kinderzimmer und doch am Central Park West lag. Dort hatte er die Schachtel gefunden, im Kleiderschrank, der keine Kleider enthielt, nicht in diesem Traum. Ein andermal waren da die alten Sachen seiner Mutter gewesen, Kostüme und Mäntel und Blusen, mottenzerfressen, das hatte ihn furchtbar gestört, auch der Geruch, er wollte jetzt nicht an diesen Traum denken, sondern an den anderen, den Schachteltraum, der ihn aus dem Zimmer hinaus und in den Schlafsaal geführt hatte, wo die schöne Schwester auf ihn wartete. Etwas hielt sein Gedächtnis in dieser Traumszene gefangen, es war in ihrem dämmrigen Licht verborgen. Diese Frau hatte ihn erregt, und dann hatte er ihr fehlendes Bein entdeckt. Noch einmal fühlte er das Grauen und das Mitleid, sein Bedürfnis, ihr sein Bein zu geben wie dem stummen Blumenmädchen seine Stimme. Und da war er, der Satz: *Ich bin bei dir, und du bist bei mir.* Er selbst hatte ihn zum ersten Mal gesagt.

Der Grabstein starrte ihn gleichgültig an. Was wusste er von dieser Frau, deren Knochen schon vor Jahren zu Staub zerfallen waren, außer dass sie ihre gesamte Verwandtschaft im Holocaust verloren und durch ihre Entscheidung, zu fliehen, seine Existenz auf diesem Planeten ermöglicht hatte? Ihr

Mann hatte sie jahrelang betrogen, genau wie Daves Vater seine Frau. Anders als Mathilda dürfte ihre Mutter erst sehr spät davon erfahren haben, obwohl es sich bei der Geliebten ihres Mannes um ihre Haushälterin gehandelt hatte. Entweder war Josef Rosenfeld ein Meister der Diskretion und ein sehr geschickter Lügner gewesen oder Clara unfassbar naiv. Hinter jedem länger andauernden Betrug steckten komplizierte Arrangements. Das seiner Eltern hatte er nie verstanden, aber er hatte ja auch ihre Ehe nicht verstanden. Sein Vater war dem Schönheitsideal der frühen Sechzigerjahre gemäß ein äußerst attraktiver Mann gewesen, aber Dave glaubte nicht, dass seine Mutter sich davon hatte blenden lassen. Es musste ein großes Versprechen gewesen sein, das sie in ihm sah, sonst wäre sie nicht bereit gewesen, so viel dafür zu opfern. Hatte es am Ende sogar gehalten, trotz der Affären und der Einsamkeit und der Aufgabe ihres Traums von einer Karriere als Musikerin? Clara Rosenfeld war Lehrerin gewesen, auch in New York hatte sie an einer elementary school unterrichtet. Der Rückschritt ihrer Tochter in ein Dasein als Hausfrau und Mutter musste sie geschmerzt haben, oder spielte das angesichts des Verlusts ihrer Familie und ihrer Heimat gar keine Rolle? Womöglich war der Traum, den sie für ihre Tochter gehabt hatte, einfach nur der, zu überleben. Wie er da stand und darüber nachdachte, begann Dave die feinen Fäden zu fühlen, die hauchdünnen Linien, die ihn mit dieser Frau verbanden, obwohl er sie kaum gekannt hatte und ihre Welt von seiner so weit entfernt und so unvorstellbar schien wie Bens Heimatplanet. Im Fotoalbum seiner Mutter gab es ein Bild von Clara in einem rot-weiß karierten Kleid an einem Strand auf Long Island, mit der kleinen Mathilda am Arm, beide lächelten in die Kamera. Er sah die Fotografie an genau der Stelle, an der sie im Album klebte, auf der linken Seite unter einer Landschaftsaufnahme. Claras Lächeln war angestrengt, eine tapfere Maske, die ihre Ver-

lorenheit nur notdürftig verbarg, es erinnerte Dave an das Blumenmädchen in seinem Traum.
Ein dünner Film hatte sich über den klaren Himmel gelegt und das Licht verändert, es war jetzt dunstig und stülpte sich wie ein Glassturz über den Friedhofshügel, ein kühler Wind wehte vom East River herüber. Widerstrebend ließ Dave das Plektron in seiner Hosentasche los und schloss den Reißverschluss seiner Jacke. Er sah sich um: Die wenigen, die vor einem Grab getrauert hatten, als er kam, waren gegangen, er hatte das Gefühl, der einzige Mensch auf dem ganzen Friedhof zu sein. Für einen kurzen Moment verspürte er den Impuls, sich zu seiner Großmutter ins Grab zu legen, in einem Traum wäre das möglich. Er würde sich in die weiche, vom stetigen Prozess des Werdens und Vergehens erwärmte Erde sinken lassen, wo die Käfer und Würmer und Mikroorganismen dafür sorgten, dass die Dinge ihren natürlichen Lauf nahmen, ohne das sinnlose Für und Wider, mit dem sich die Menschheit tagtäglich beschäftigte. Dort, tief unter dieser Oberfläche, wäre er ganz bei sich, ganz bei ihr.

*

Ein unterirdischer Gang, hie und da schwach beleuchtet von schwindsüchtigen nackten Glühbirnen. Dave läuft leicht gebückt, um nicht mit dem Kopf an die niedrige Decke zu stoßen, rechts, links und wieder rechts, eine ganze Weile geradeaus, Abzweigungen gibt es keine. Es riecht nach feuchtem Mauerwerk und ein wenig nach Erde, wie im Keller zu Hause, vielleicht führt der Gang dorthin? Jedenfalls muss etwas über ihm sein, ein Haus oder ein Feld oder vielleicht ein Friedhof. Er war auf einem Friedhof, vor kurzem erst, die Erinnerung daran ist undeutlich, ein Bild, das sich ständig verändert, überlagert wird von anderen. Er bleibt stehen und legt die Finger an die Schläfen, er muss sich konzentrieren. Eine Landschaft schält sich aus einem verschwommenen Hintergrund heraus, gewinnt an Konturen, Wiesen und Felder in Grün, Braun, Gelb, sanfte Hügel, die in eine weite Ebene auslaufen, Dave ist enttäuscht. Hier ist nichts, das er wiedererkennt. Er findet einen Weg zwischen den Feldern, links, rechts und wieder links, dann ewig geradeaus, sein Blick ist auf den Horizont gerichtet, eine graubraune Linie zwischen Himmel und Erde. Was für eine Ödnis ... irgendwo muss es doch eine Ansiedlung geben, Menschen, die diese Felder bestellen, die Wiesen mähen, er will nicht allein sein in dieser ausgestorbenen Gegend. In New York City leben achteinhalb Millionen Menschen, wieso ist hier keiner, verdammt noch mal? Abrupt bleibt er stehen, der Gedanke hat seine Bewegung gestoppt, als wäre er gegen eine Wand gerannt. Das hier ist ein Traum, diese Landschaft ist in seinem Kopf, er selbst ist in seinem Kopf, der jetzt zu schmerzen beginnt, während das Bild vor seinen Augen verschwimmt, als würde er binnen Sekunden seine Sehkraft verlieren. Gleich wird er aufwachen, aber er will nicht, er will an einen Ort, den er kennt, und mit jemandem sprechen ... Schnell beginnt er sich zu bewegen, rudert mit den Armen, er wehrt sich gegen diese Strömung, die ihn aus einer Bucht hinauszutreiben droht aufs offene Meer. Wellen kommen ihm entgegen, werfen ihn immer wieder zurück, doch er gibt nicht auf, krault, taucht, schwimmt, bis er Grund unter seinen Füßen spürt, sandigen Boden, der wegrutscht bei jedem Schritt, mit dem er durch das seichter werdende Wasser watet. Völlig erschöpft erreicht er den Strand, der sich zu beiden Seiten ausdehnt, über ihm ein durchsichtig-blauer Himmel wie ein vom Wind gebauschtes Segel, ein Flugzeug quert die Jamaica Bay, ein riesiger metallischer Vogel direkt über seinem Kopf, Dave kann ihn fliegen oder abstürzen lassen, noch nie war er sich dessen so bewusst. Fetzen von

Musik dringen an sein Ohr, Reggae aus der Strandbar gegenüber, dort will er hin. Am Weg sieht er Kinder, die Frisbee spielen, er möchte mit ihnen laufen, die leuchtend pinkfarbene Scheibe in die Luft werfen, alles daransetzen, sie zu fangen, den anderen Kindern damit imponieren, doch er ist kein Kind, schon lange nicht mehr. In der Bar spielt eine Band, der Gitarrist kommt ihm bekannt vor. Er setzt sich an die Theke und bestellt Bier, wippt mit dem Fuß zum Rhythmus der Musik. Jemand hievt sich auf den Hocker neben ihm.

Auch hier?

Neben ihm sitzt Iris Chang. Er ist nicht überrascht, eher genervt.

Was tust du hier?, fragt er sie in aggressivem Ton, seine eigene Stimme klingt fremd in seinen Ohren.

Sie zieht die Augenbrauen hoch. Musik hören, genau wie du. Ist das jetzt verboten oder was?

Reggae? Das ist doch überhaupt nicht dein Ding!

Was weißt du schon über mich, sagt sie abweisend. Du hast doch keine Ahnung.

Und warum tauchst du dann ständig in meinen Träumen auf?

Unbeteiligt zuckt sie die Achseln, sieht hinüber zur Band. Woher soll ich das wissen? Es sind doch deine Träume.

Dave spürt Wut in sich hochkochen, rasch und unaufhaltsam, eine rohe, rote Wut. Er hat es satt, sich von oberschlauen Traumfiguren verarschen zu lassen, er hat es satt, an unlösbaren Rätseln herumzukauen, für die ihm entscheidende Informationen fehlen, er hat es so unglaublich satt, in seinem Kopf eingesperrt zu sein. Auf seinen Blick hin zerbirst das Flaschenregal hinter der Theke, Tausende Splitter fliegen durch die Gegend, die im Licht der Scheinwerfer böse glitzern, es befriedigt ihn zutiefst.

Ich würde das nicht tun, wenn ich du wäre, sagt Iris Chang und nippt ungerührt an ihrem Drink.

Ach ja, und warum nicht? Ist es nicht mein Traum, kann ich nicht machen, was ich will?
Die Kaffeemaschine explodiert, es regnet schwarz.
Sicher. Iris spießt in aller Ruhe ein Stück Ananas mit ihrem Strohhalm auf und steckt es in den Mund. Aber glaubst du wirklich, du kannst dein Unbewusstes vernichten, einfach so?
Die Band spielt *One Love*. Ein Verstärker detoniert und hüllt die Musiker in dichten Rauch.
Sehr hübsch, wirklich. Netter Bühneneffekt. Aber weißt du, ich geh jetzt lieber.
Iris rutscht von ihrem Barhocker, kramt in ihrer Tasche herum.
Hier, ich hab was gefunden, am Strand. Ich glaube, es gehört dir.
Sie legt ein weißes Stofftier auf die Theke und verlässt die Bar mühelos durch die Glasscheibe eines geschlossenen Fensters.
Vor ihm sitzt Lester, das Schaf, und starrt ihn aus seinen schwarzen Knopfaugen an. Dann, mit einem ohrenbetäubenden Knall, fliegt die ganze Bar in die Luft.
Goodbye, Pork Pie Hat.

*

1. April 2015. Mittwoch. Gelb.

Dave saß aufrecht im Bett, hielt sich den Kopf mit beiden Händen und rang nach Luft. Mein Gott, er hätte sich fast umgebracht, nein, er hat sich umgebracht, in die Luft gesprengt hat er sich wie ein beschissener Selbstmordattentäter, konnte man im Traum Suizid begehen? Er hatte sich das schon immer gefragt, jetzt hatte er die Antwort geliefert bekommen. So real hatte sich der alles durchdringende, über jede Schwelle flutende Schmerz in seinem Schädel angefühlt, als sein Körper entzweigerissen wurde, sein Geist gewaltsam aus der Umklammerung seiner materiellen Existenz gerissen wurde. Sein Kopf tat immer noch weh, und seine Ohren klingelten, als wäre tatsächlich direkt neben ihm eine Bombe explodiert. Er ließ sich in die Kissen zurückfallen und konnte sich nicht gegen die Erinnerung an diese eine Nacht in den vorletzten Weihnachtsferien wehren, in der er alle sedierenden Tabletten aus dem Medizinschrank gekramt hatte und knapp daran gewesen war, ein für alle Mal Schluss zu machen mit dem großen schwarzen Ungeheuer, dem Gefühl der Nutzlosigkeit und der Mühsal, dieses immer wieder von Neuem überwinden zu müssen. Während Janet mit den Kindern in Kalifornien Verwandte besuchte, lag er rücklings auf dem Wohnzimmerteppich und fragte sich, wie es wäre, tot zu sein. Dave glaubte nicht an die Wiedergeburt, schon gar nicht an ein Leben nach dem Tode. Doch das simple Nichts im Sinne eines Gegenteils von Etwas erschien ihm ebenfalls nicht wahrscheinlich. Es musste also einen Zustand jenseits der möglichen Erfahrungen geben, die man in seinem Körper machen konnte. Aber würde er annehmbarer sein als sein Leben? Es waren die Augen seiner Kinder, die ihn damals im Dunkel des Zimmers festhielten und ihm klarmachten, dass nicht einmal der Suizid eine Möglichkeit für ihn war. Die Erkenntnis jedoch brachte keine Erleichterung, sondern die extremste Empfindung von Unfreiheit, die er je in seinem Leben erfahren hatte.

Dave stand auf, schleppte sich ins Bad und stellte sich unter die Dusche. Dort blieb er für die nächste Viertelstunde, ohne sich zu bewegen, mit geschlossenen Augen, er ließ das heiße Wasser an sich herunterlaufen und versuchte sich zu entspannen, bis er das Gefühl hatte, mit seinem Körper wieder so etwas wie eine Einheit zu bilden. Er griff nach seinem Schwanz,

der durch die feuchte Wärme und den Druck seiner Hand zu einem Ständer wuchs. Ihm fiel ein, dass man eine postmortale Erektion bekam, wenn man sich erhängte. Das war der Moment, in dem er beschloss, Morrison anzurufen.
Er erwischte ihn nicht gleich, aber Morrison rief eine halbe Stunde später zurück und bot ihm sofort eine Sitzung an, sein nächster Klient sei aus Krankheitsgründen ausgefallen. Dave hatte das Gefühl, er befand sich nicht in der richtigen Lage, dieses Angebot wegen irrationaler Aversionen gegen gewisse Formen digitaler Kommunikation ausschlagen zu können.
Nachdem er seinen Traum von letzter Nacht geschildert hatte, wollte Morrison zunächst alles über Iris Chang wissen. Dave erzählte ausführlich von ihrer ersten Begegnung auf dem Flug nach New York, ihrer zufälligen Wiederbegegnung im Central Park, der Einladung zu ihrem Konzert und fühlte sich schließlich bemüßigt, klarzustellen, dass er keinerlei erotisches Interesse an Iris habe.
Morrison lächelte ein pixeliges Lächeln.
Ich bin nicht von der amerikanischen Polizei, Dave, und davon abgesehen: Sagten Sie nicht, Iris sei einundzwanzig?
Ja, sagte Dave. Das heißt, ich bin vierundzwanzig Jahre älter als sie, zudem verheiratet und Vater von drei Kindern.
Sie haben ja nur mit ihr gesprochen, über Dinge, die sie offenbar beide beschäftigen: über die Gefühle beim Musizieren, über das Leben in Wien, in New York, über Wut. Sie dürften einiges gemeinsam haben.
Kann sein. Dave versuchte, hinter Morrison Details des Zimmers zu erkennen, in dem er bereits so viele Stunden verbracht hatte, aber nun saß Morrison nicht in seinem Fauteuil, sondern am Schreibtisch, der Hintergrund war ein ganz anderer. Ihm fehlte das Bild an der Wand.
Es war schon das zweite Mal, dass sie in einem Traum aufgetaucht ist, nein, warten Sie, eigentlich das dritte. Das erste

Mal stand sie neben meiner Mutter, mit dem Schlapphut von Iris Steensma aus *Taxi Driver* auf dem Kopf. Und dann war sie ein Blumenmädchen, das vor einer Kirche saß, neben einem Friedhof. Ich konnte die Inschriften auf den Grabsteinen nicht lesen und habe sie gefragt, ob sie es kann, aber sie war stumm. Sie hat mir eine Rose geschenkt, und ich wollte ihr meine Stimme geben, indem ich sie küsste.
Hat Sie der Kuss erregt?
Nein, überhaupt nicht. Ich hatte Mitleid mit ihr, weil sie nicht sprechen konnte, und ich habe ... gesungen, während ich sie küsste, es war, als würde ich alles in sie hineinsingen, was ich nie ausdrücken konnte, in der Hoffnung, sie würde es für mich tun, oder für uns beide.
Das ist ein sehr intensives Bild, sagte Morrison, lassen Sie es eine Weile auf sich wirken, und schauen Sie, wohin es sie führt.
Dave sah am Laptop vorbei aus dem Fenster. Der Himmel war unverändert, seit er in New York angekommen war, klar und blau mit wenigen unspektakulären Wolken, sein Aufenthalt hier wie ein einziger sehr langer Tag.
Erinnern Sie sich an den Traum mit der Krankenschwester, bei dem mich Janet ertappt hat?, fragte Dave.
Morrison nickte. Wie kommen Sie jetzt darauf?
Ich weiß nicht, ob ich es damals erwähnt habe, aber in diesem Traum tauchte ein Satz auf – ich bin nicht sicher, ob ich ihn gesagt oder nur gedacht habe: *Ich bin bei dir, und du bist bei mir.*
Fehlte der Frau nicht ein Bein?, fragte Morrison.
Genau. Und ich wollte ihr meines geben, so wie Iris oder wer immer das Mädchen war, meine Stimme.
Sie sind nicht sicher, ob es Iris war?
Nein, aber das hat nichts zu sagen. Ich träume oft von Leuten, von denen ich nicht weiß, wer sie sind. So wie dieser Junge. Er stand in dem Hafen, wo ein Kriegsschiff vor Anker lag, auf das ich gehen sollte, ich war Soldat und musste marschieren,

das war grässlich. Doch dann bin ich ausgebrochen aus der Einheit und nackt durch ein Spalier von Menschen gelaufen. Und da stand er und starrte mich an, es war mir äußerst unangenehm.
Wie alt war er?, warf Morrison ein.
Ich weiß nicht, zehn oder elf vielleicht?
Morrison nickte. Fahren Sie fort.
Er hat angefangen, mit mir zu sprechen, aber nur in meinem Kopf, verstehen Sie?
Sie meinen, er hatte keine Stimme, aber Sie konnten ihn trotzdem hören?
Ja, und nicht nur ihn, auch mich selbst. Ohne dass ich den Mund aufgemacht hätte.
Sie waren also so stark mit ihm verbunden, dass Sie kommunizieren konnten, ohne zu sprechen. Morrison sagte es im Ton einer Feststellung, und aus irgendeinem Grund machte das Dave wütend.
Wie kann ich mit ihm verbunden gewesen sein, wenn ich doch keine Ahnung hatte, wer er war?, sagte er ziemlich laut und mit einer plötzlichen großen Geste.
Was hat er denn zu Ihnen gesagt?
Ich solle nicht weggehen, ihn nicht verlassen. Und dann hat er diesen Satz gesagt, den aus dem Sextraum.
Dave verstummte. Er fühlte sich gleichzeitig aufgewühlt und gelähmt, wie ein hochtourig laufender Motor, der plötzlich stecken bleibt.
Ich bin bei dir, und du bist bei mir?, fragte Morrison.
Ja. Aber vermutlich hat es keine besondere Bedeutung.
Wenn Sie sich so genau daran erinnern, vermutlich schon. Vertrauen Sie Ihrer eigenen Wahrnehmung, Dave.
Warum sollte ich meiner Wahrnehmung vertrauen, wenn ich nicht mal die Leute in meinen Träumen erkenne?
Morrison lehnte sich in seinem Stuhl zurück, seine Schultern und sein Hals verschwanden aus dem Bild, was ihm das Aus-

sehen eines Geköpften gab, offenbar hatte er vergessen, dass sie skypten. Mit gerunzelter Stirn blickte er in die Ferne hinter dem Bildschirm.

Versuchen Sie, es einmal anders zu betrachten: Es sind Traumfiguren. Sie müssen nicht real sein. Aber ich denke, es könnte sich lohnen, der Frage nachzugehen, wofür sie stehen, was für Emotionen oder Konflikte sie symbolisieren, welchen Teil Ihrer selbst sie darstellen. Dieser Junge zum Beispiel. Sie sagten, er war elf Jahre alt?

Ungefähr, ja.

Erinnern Sie sich an die Zeit, als Sie selbst in diesem Alter waren, an Ihr Lebensgefühl, an besondere Vorkommnisse?

Dave schaute in die Kamera. Das ist eine Suggestivfrage, sagte er bissig, Sie wissen genau, was damals los war. Ich habe es Ihnen vor ein paar Monaten erzählt.

Das ist richtig, gab Morrison zu, aber es hätte durchaus sein können, dass Sie es wieder vergessen haben oder gerade jetzt nicht daran denken.

Wenn es so gewesen wäre, hätten Sie es mir gesagt?

Ich hätte Ihnen ein wenig auf die Sprünge geholfen.

Dave nickte grimmig. Natürlich, sagte er mit unverhohlenem Sarkasmus. Ich muss ja auf alles selbst draufkommen.

Macht Sie das wütend?

Macht Sie das wütend? Dave äffte Morrisons Stimme nach. Ich mühe mich damit ab, mich selbst zu verstehen, und Sie sitzen da und enthalten mir Dinge vor, die von essentieller Bedeutung wären. Natürlich macht mich das wütend!

Kann ich mir vorstellen, sagte Morrison. Das ist schließlich genau die Situation, die Sie zu Hause erlebt haben, oder nicht?

Dave hatte das beängstigende und gleichzeitig befreiende Gefühl, mit einem schnellen Gefährt über die Kante eines Abgrunds hinauszurasen. Wieder fühlte er den zwingenden Blick aus großen dunklen Augen, der ihn in seinem Traum festgehalten hatte.

Sie glauben ... er brach ab, weil er das Gefühl hatte, nicht gleichzeitig denken und sprechen zu können, ohne dass ihm der Gedanke sofort wieder entglitt ... Sie glauben also, der Junge war ich selbst – der elfjährige Dave?
Morrison antwortete nicht.
Wieder sah Dave aus dem Fenster. Ein Wolkenpferd galoppierte über den Himmel.
Ich wollte weg, nichts wie weg. Wochenlang habe ich jeden Tag, wenn ich von der Schule nach Hause ging, mit dem Gedanken gespielt, abzuhauen. An einer bestimmten Kreuzung links zu gehen anstatt rechts und dann einfach immer weiter, hinaus aus der Stadt. Einmal habe ich sogar mein ganzes Geld aus dem Sparschwein mitgenommen und ein zweites Jausenbrot. Aber ich traute mich nicht, ich hatte ja nicht mal Großeltern, zu denen ich hätte flüchten können, außerdem wollte ich meine Mutter nicht allein lassen. Natürlich war ich auch zu feige, zu meinem Vater zu gehen und etwas zu sagen, dabei war ich so wütend auf ihn, mein Gott, war ich wütend.
So wie in Ihrem Traum heute Nacht?
Dave nickte langsam. Ja, so hat es sich angefühlt. Und gleichzeitig habe ich mich betrogen gefühlt, weil mir etwas vorgespielt worden war, schuldig, weil ich nichts dagegen unternahm, und machtlos, weil ich meiner Mutter nicht helfen konnte. Sie tat mir unendlich leid, ich hätte so gerne etwas für sie getan.
Ihr Ihre Stimme geben zum Beispiel, oder Ihr Bein ...
... dann hätte sie davonlaufen können, ja, oder ihn wenigstens anschreien.
Sie wissen, dass Sie nichts hätten tun können, weil Sie ein Kind waren? Dass Sie nicht verantwortlich waren für den Betrug Ihres Vaters, für die Beziehung Ihrer Eltern, und auch nicht für das Wohlbefinden Ihrer Mutter?
Wusste er das? Ja und nein. Sein Verstand konnte den Gedanken denken, und ein Teil von ihm, jener, der selbst Vater war,

empfand ihn als zutiefst richtig. Doch in anderen Gegenden seiner inneren Landschaft hatten sich Schuld und Ohnmacht über die Jahre eingebrannt wie Fett auf einem Backblech. Es würde dauern, bis sich diese Schicht löste.

Hatten Sie Angst, Mathilda könnte davonlaufen und Sie bei Ihrem Vater zurücklassen?, fragte Morrison.

Nein, sie hätte mich mitgenommen. Außerdem wusste ich genau, dass sie nie den Mut dazu haben würde.

Sie schwiegen. Durch das offene Fenster drang das Heulen einer Polizeisirene.

Können Sie sagen, was Sie jetzt empfinden?, fragte Morrison.

Dave schloss die Augen. Er spürte seinen Körper wie ein großes, zu schweres Vehikel, das an seinem Geist hing wie ein lästiges Anhängsel. Gerne wäre er jetzt zurückgeglitten in seinen Traum, er hätte die Stimme, die von enttäuschter Liebe und Einsamkeit sang, endgültig zurückgeschickt übers Meer. Er hätte sich eine der dreckigen Uniformen angezogen und wäre auf den Jungen zugegangen, hätte ihn in seine Arme geschlossen.

Ich empfinde Mitleid, sagte Dave, aber nicht mit meiner Mutter, sondern mit dem Jungen. Schade, dass ich ihn jetzt nicht umarmen kann.

Sie können, sagte Morrison. Erinnern Sie sich, was er gesagt hat?

Ich bin bei dir, und du bist bei mir.

Nach der Sitzung fühlte sich Dave verloren und dünnhäutig. Auf Morrisons Rat hin versuchte er, die Vorgänge in seinem Inneren während der letzten Stunde schriftlich festzuhalten, doch es gelang ihm nicht. Was ihm eben noch so wahr erschienen war, wirkte auf dem Papier ausgedacht und konstruiert. Auch auf der Gitarre vermochte er nicht, seinen Gefühlszustand auszudrücken. Er räumte in der Wohnung herum, obwohl alles ordentlich war, überlegte, zu Hause anzurufen und ein wenig mit Nobbs zu quatschen, aber dann fiel ihm ein, dass es dort bereits acht Uhr abends war und Nobbs ins Bett musste.

An Nobbs zu denken machte Dave noch ruheloser, also zog er sich Schuhe und Jacke an und ging aus dem Haus. Er hatte kein Ziel, wollte einfach nur in Bewegung sein, den Zustand seines Körpers dem seines Geistes anpassen, die Spannung verringern. Mit Absicht schlug er eine Richtung ein, die er noch nicht kannte, er hatte vor, sich zu verirren, an Orten zu landen, wo er nicht einmal mehr sagen konnte, wo Osten und wo Westen war. Er ging. Er schaute. Er sah. Die perfekte Symmetrie einzelner Blüten auf den Bäumen. Die Schönheit zufälliger Muster in der Staubschicht auf einem parkenden Auto. Den zutiefst nachdenklichen Ausdruck im Gesicht einer jungen Frau arabischer Herkunft mit langem Rock und Kopftuch, die allein auf einer Parkbank saß und sich an ihrem Kaffeebecher festhielt. Die unbändige Neugier eines kleinen Mädchens mit einem Teddybären im Arm vor einem Springbrunnen, das immer wieder so nah ranging, dass es nassgespritzt wurde, und dann quietschend wegrannte. Die müde Mühsal, mit der sich eine beleibte Frau in Fellhausschuhen und Daunenjacke mit je einer schweren Einkaufstasche in jeder Hand aufrecht hielt. Die selige Versunkenheit eines schwarzen Mädchens mit goldglitzernden Kopfhörern auf den Ohren, das an einer Busstation stand und mit geschlossenen Augen vor sich hin sang. Die vom Druck des Schön-und-jung-sein-Müssens befreite Leichtigkeit, mit der eine unscheinbare alte Frau in dunkler Hose und Pullover ihren mageren Körper vor einem Straßenstand zu Soul aus einer boom box bewegte. Die lustvolle Anstrengung in den bunten, wackeligen Buchstaben, die ein Kind mit Kreide auf den Gehsteig gemalt hatte: *Happiness here*. Zum ersten Mal seit sehr langer Zeit hatte er das Gefühl, wirklich zu sehen, was rund um ihn herum vorging, nicht als Beobachter, sondern als Teil des Geschehens. Sein Blick drang ohne Mühe ein in die Dinge, die Menschen, anstatt wie sonst an ihnen abzuprallen und eine enttäuschende Empfindung des Ausgeschlossenseins zu hinterlassen. Und je tiefer er eindrang, umso mehr sah er, als würde jedes Detail ständig ein Vielfaches seiner selbst gebären, sich Auffalten zu einem Mikrokosmos, in dessen Zentrum er sich befand, und dieses Zentrum konnte überall sein, je nachdem, wo er hinschaute – wie auf dem Trip, als er einmal während des Studiums LSD genommen hatte, eine faszinierende Erfahrung, die ihn mitunter heute noch beschäftigte. Aber nun war er vollkommen nüchtern, und während er weiter und immer weiter ging, Menschen auf der Straße grüßte, die er noch nie zuvor gesehen hatte, oder sie einfach nur anlächelte, formierte sich in ihm eine Erkenntnis. Sie kristallisierte sich heraus aus dem, was er zuvor nicht hatte niederschreiben können, die jedoch während seiner Sitzung mit Morrison aus einer undichten Stelle in sein Bewusstsein getröpfelt war: Der quälende Abstand zwischen ihm und der Welt war der Abstand zwischen ihm und sich selbst. Dort, in diesem Niemandsland, war die Entfremdung entstanden, gegenüber seinem eigenen Spiegelbild, dort hatte sie sich breitgemacht und die Verbindung gekappt zu seiner Vergangenheit, zu dem Kind, das er einmal gewesen war, dem unglücklichen, zornigen Teenager, dem werdenden Mann. All das war aus Angst geschehen, aus allen möglichen Ängsten. Angst vor der Wut, in letzter Instanz, davor, sie nicht kontrollieren zu können, als wäre sie ein ungesichertes Maschinengewehr und er ein unberechenbarer Killer. Doch in Wahrheit war er ein potentieller Selbstmörder. Niemals könnte er die Waffe auf jemanden richten wie Travis Bickle. Aber wo sollte man denn hin mit seiner Wut, wenn man niemanden verletzen wollte?

Er fand sich an einer belebten Kreuzung wieder und wusste nicht, wie lange er schon dort stand – über seinen Gedanken

war er aus der intensiven Wahrnehmung der Außenwelt in sich selbst zurückgerutscht. Sein Magen knurrte, er hatte den ganzen Tag noch nichts gegessen, fühlte sich erschöpft wie nach einer Bergbesteigung. Er ging in den nächstbesten Diner, setzte sich an die Bar und bestellte schwarzen Kaffee, Orangensaft und einen Burger. Die Bedienung, eine großbusige Frau in seinem Alter, lächelte ihn breit an. Tough day?, fragte sie, während sie ihm Kaffee einschenkte. Dave nickte nur und trank, dankbar für die heiße Flüssigkeit und die simple Zuwendung. Ja, sein Leben war eine Abfolge von tough days, und er konnte es vor niemandem verbergen, wollte es auch nicht mehr. Er war es unendlich müde, täglich von Neuem eine Fassade aufrechtzuerhalten, nur damit ihn die Leute in Ruhe ließen und sich nicht irritiert fühlten, während sie sich darauf konzentrierten, dass ihnen der Putz nicht von der eigenen Fassade fiel. Er schaute sich in dem Diner um und versuchte sich vorzustellen, was die Menschen, die hier aßen und tranken, für Probleme hatten. Die sehr junge Mutter mit dem Zwillingskinderwagen zum Beispiel, an dem Tisch gleich neben der Bar, die war doch sicher nicht absichtlich schwanger geworden. Ein One-Night-Stand? Eine halbe Vergewaltigung auf einer Party? Hatte ihre mormonische Familie sie dazu gezwungen, die Kinder zu bekommen, musste sie die Schule abbrechen? Hatte sie sich aus Rache dem besten Freund ihres Ex-Freundes in die Arme geworfen, nachdem dieser sie betrogen hatte, und nun wusste sie nicht, wer der Vater war? Dave seufzte und orderte die Rechnung.
Have a nice day, sagte die Kellnerin, nachdem er bezahlt hatte, and keep your head up!
You too, sagte Dave, ähm, I mean ...
I know what you mean, honey. Don't worry.
Als er wieder auf der Straße stand, stellte er fest, dass er tatsächlich nicht wusste, wo Osten und wo Westen war oder wie weit von seiner Wohnung entfernt er sich befand. Doch er

spürte mit großer Deutlichkeit, dass er sich selbst ein kleines Stück näher war als noch vor ein paar Stunden. Diese Nähe war ungewohnt, beängstigend, wärmend, auf eine ihm fremde Art und Weise schön, und obwohl irgendwo in ihm der Reflex pulste, diese Schönheit sofort wieder kaputt zu machen, wollte er sie gleichzeitig beschützen, einen Zaun um sie herumbauen, ein Zäunchen, wie man es um einen kleinen frisch gesetzten Baum errichtet, der hochempfindlich ist gegen äußere Einflüsse. Er musste sie bewahren vor seiner eigenen Zerstörungswut, und dieser Gedanke stellte gerade so viel Distanz her, dass Dave sich entspannt genug fühlte, um nach dem Weg zur nächsten Subway Station zu fragen, nach Hause zu fahren, den Fernseher aufzudrehen, sich von MTV berieseln und in einen verfrühten Schlaf sinken zu lassen, der zu tief war, um zu träumen, und zu seicht, um zu vergessen.

2. April 2015. Donnerstag. Frühlingsgrün.

The young Mr. Glennard! Rosita strahlte ihm entgegen, als wäre sie seine Nanny gewesen und hätte ihn seit seinem Schulabschluss nicht mehr gesehen. What a pleasure, fügte sie hinzu, während sie ihm die Hand schüttelte. Ihr Lächeln war ohne jede Falschheit. Dave konnte ihre Freude nachvollziehen: Seit dem Tod von Gloria (und eigentlich auch schon all die Jahre davor) kümmerte sie sich ganz alleine um Bill, lediglich unterstützt von einer Cousine, die einsprang, wenn Rosita krank wurde. Kein Wunder, dass sie es schätzte, wenn jemand von der Familie vorbeikam.
Rosita nahm ihm die Jacke ab und bot ihm Hausschuhe an, die er dankend ablehnte.
You sure? The floors are quite cold in these old buildings,

don't want you to catch a cold, sagte sie, als wäre sie tatsächlich seine Nanny.

Der Geruch von warmem Käse erfüllte die Wohnung, die sich seit Daves letztem Besuch vor sieben Jahren kaum verändert zu haben schien. Es entbehrte nicht einer gewissen Ironie und war außerdem typisch für James, dass er nach dem Tod seiner Mutter Anfang der 1990er für seinen Bruder dieses Apartment in Hell's Kitchen gekauft hatte, eine Gegend, die lange eine Bastion der armen irisch-amerikanischen Arbeiterklasse gewesen war und damals gerade am Anfang ihrer Gentrifizierung stand. Immobilien waren noch günstig zu haben, aber wer sich in der Branche auskannte, wusste bereits, dass ihr Wert in den kommenden Jahren und Jahrzehnten rapide steigen würde.

Rosita machte eine einladende Geste in Richtung Wohnzimmer, entschuldigte sich und verschwand in der Küche. Dave blieb unschlüssig im Flur stehen, betrachtete die gestreiften Tapeten, olivgrün und weiß, den zusammengeklappten Rollstuhl, der in der Ecke stand, die geschwungene Kommode aus dunklem, poliertem Holz, auf der mehrere Fotos in Rahmen standen, die ihn fatal an die in Hofbauers Büro erinnerten. Er trat näher, um sich die Bilder genauer anzusehen, das letzte Mal hatte er sie geflissentlich ignoriert. In der Mitte prangte ein vom Alter vergilbter Schwarz-Weiß-Abzug, auf dem er die junge Grace Glennard erkannte. Elegant gekleidet wie immer und in sehr aufrechter Haltung saß sie auf einem Art-déco-Stuhl, links von ihr Gloria im Volksschulalter, die ihr wie aus dem Gesicht geschnitten war und einen etwa zweijährigen Jungen auf dem Arm hatte ... Ja, es musste Bill sein, der ihr ebenfalls sehr ähnlich sah. Auf der anderen Seite James, ein wenig jünger als Nobbs, im Anzug und mit tadellos zurückgekämmtem Haar, ein perfekter kleiner Mann, ganz der Sohn seines Vaters, der in seiner hochdekorierten Uniform hinter dem Stuhl stand, die Hand auf

der Schulter seiner Frau. Sein Lächeln war stolz, zuversichtlich und über jeden Zweifel erhaben. Und auch Grace lächelte, zu Daves Überraschung, und es war nicht das angestrengte, minimale Heben der Mundwinkel, das er von ihr kannte und kaum als Lächeln durchgehen konnte. Es wirkte echt, machte ihre Züge nahezu weich, sie sah gelöst aus, glücklich. Und dann entdeckte Dave etwas, das ihn stutzig machte: Grace' Ellenbogen ruhten auf den Stuhllehnen, die Hände hielt sie vor dem Körper verschränkt, besser gesagt über dem Bauch. Und dieser Bauch hatte, wenn man richtig hinsah, eine sehr deutliche Wölbung. Grace war immer gertenschlank gewesen, fast schon hager. Natürlich konnte es sein, dass sie im Zuge der drei Schwangerschaften vorübergehend ein wenig zugelegt hatte ... Dave nahm das Foto von der Kommode und schaute genauer hin. Nein, das sah nicht nach ein paar überzähligen Kilos aus. Immerhin kannte er sich damit aus: Das hier war eine schwangere Frau, fünfter oder sechster Monat, schätzte er, wenn man einrechnete, dass sie bereits mehrmals geboren hatte. Das Problem, das er mit seiner Diagnose hatte, war: Alle ihre Kinder waren auf dem Foto abgebildet.
Rosita kam aus der Küche zurück und stellte sich neben ihn.
Ah, sagte sie, what a beautiful family. Wasn't he cute? Und sie deutete auf den kleinen Bill, der über beide Ohren grinste und dabei eine perfekte Reihe kleiner weißer Zahnperlen entblößte.
Yeah, very cute, bestätigte Dave und dachte an Nobbs, der ebenfalls ein sehr vergnügtes und freundliches Baby gewesen war und auf fast allen Fotos lächelte. Rosita zeigte nun mit dem Finger auf James.
You look exactly like him, you know? Sie nickte bekräftigend.
And like the smart officer, your grandfather.
Yes, I know, sagte Dave resigniert.
Sie winkte ihn erneut in Richtung Wohnzimmer.
Come, come, he's so much looking forward to see ya.

Er folgte Rosita zögernd in den nicht sehr großen, ebenfalls mit dunklen Holzmöbeln eingerichteten, um nicht zu sagen vollgestopften Raum. Einiges aus der alten Wohnung der Glennards auf der Upper West Side war hier gelandet: der massive Tisch, die schnörkelige Anrichte, auch die senffarbenen Samtvorhänge, die mit goldenen Kordeln links und rechts des Fensters zusammengehalten wurden. Durch den Store drang nur wenig Licht herein, weil die Wohnung aus naheliegenden Gründen im Erdgeschoss lag. Bill saß am Fenster in einem Fauteuil, sein Bein auf einem Schemel abgestützt, und hielt ein Smartphone in der Hand. Eine hohe mechanische Stimme sprach in einer Geschwindigkeit, die Dave an ein analoges Tonband erinnerte, das zu schnell abgespult wurde. Bill hob sofort den Kopf, als Dave und Rosita den Raum betraten, die Stimme brabbelte weiter.

... Iran agreed to cut the number of operating centrifuges it has by two-thirds, to five thousand and sixty, all of them first generation, and to cut its current stockpile of low-enriched uranium from around ten thousand kilograms to three hundred for fifteen years ...

Mister Bill, sagte Rosita, your nephew is here.

I know, sagte Bill, stellte die Sprachausgabe seines Handys ab und legte es weg. Seine Stimme klang so, wie Dave sie in Erinnerung hatte – rau, aber für einen Mann nicht tief, eine Kombination, die immer den Eindruck erweckte, etwas griff nicht richtig ineinander, wie bei einem kaputten Getriebe. Bills Haar war inzwischen vollkommen weiß, aber immer noch voll, wie das seines Bruders, nur trug er es kürzer, in einem Bürstenschnitt, der ihm etwas Flottes, Jugendliches verlieh, das an ihm ein wenig unpassend wirkte. Insgesamt sah er jung aus, vor allem im Vergleich zu James. Er war noch schlanker geworden, hatte eine gute Gesichtsfarbe und erstaunlich wenig Falten, die Narben an Stirn und Wangen waren kaum noch sichtbar. Seine starren Augen fixierten Dave.

Er hatte keine Ahnung, wie er seinen Onkel begrüßen sollte. Eine Umarmung erschien kompliziert und auch irgendwie unangemessen, ein Kuss auf die Wange noch mehr, ein Handshake zu formell. Schließlich setzte er sich auf den Stuhl, den Rosita für ihn neben den Fauteuil gestellt hatte, sagte: Hi Bill, good to see you, berührte ihn an der Schulter und drückte sie. Bill fasste mit beiden Händen nach seiner, drückte und schüttelte sie ausgiebig. Er lächelte nicht, aber sein Gesichtsausdruck war erfreut.

Boy, sagte er, und noch einmal: Boy, you came!

Dave nickte. Yeah, sagte er dann, etwas zu spät. How are you doing?

Nein, nein, sagte Bill, wir reden jetzt nicht über diesen alten kaputten Kerl hier. Wie geht es dir? Ich will was über dich hören.

Das hatte Dave befürchtet. Er versuchte, den Ball flach zu halten, erzählte von den Kindern, ohne Max' Schulabsturz zu erwähnen, und von Janet, sorgsam ihre Eheprobleme aussparend. Bill sang eine Lobeshymne auf Janet und erkundigte sich dann nach Daves Job, ein Thema, das Dave nicht unbedingt vertiefen wollte. Zum Glück fiel Bill etwas anderes ein.

War deine Frau nicht schwanger, als ihr das letzte Mal hier wart?

Sofort bekam Dave ein schlechtes Gewissen. Er hatte an alle möglichen Leute Geburtsanzeigen verschickt, nur nicht an Bill.

Stimmt, sagte Dave, als erinnerte er sich selbst gerade erst wieder an die letzte Schwangerschaft seiner Frau. Ein Junge ist es geworden, Noah. Vor ein paar Monaten ist er sechs geworden.

Sechs Jahre, ist das schon so lange her? Glückwunsch, sagte Bill und tätschelte ihm das Knie. Zwei Jungs und ein Mädchen, wie bei uns.

Dave dachte sofort an Grace' gewölbten Bauch auf dem Foto,

doch für die entsprechende Frage war es zu früh. Rosita mit der dampfenden Kasserole kam ihm gerade recht.
Bill griff nach seinen Krücken, die in Reichweite gegen das Fensterbrett gelehnt waren, stand ohne sichtbare Anstrengung auf, ging hinüber zum Tisch, setzte sich seitwärts auf den Stuhl an der Stirnseite, lehnte die Krücken an die Tischkante und drehte sich mit einer routinierten, nahezu eleganten Bewegung gerade. Dave sah ihm zu und begriff in diesem Moment, dass das Zimmer Teil seines Körpers war. Er unterschied nicht zwischen seinen Extremitäten und den in den Raum ragenden Teilen der Möbel. Der Boden, auf dem er sich bewegte, war eine innere Landkarte im Maßstab 1:1, er kannte jeden kleinsten Punkt auf ihr, noch viel genauer als Sehende die Linien, Erhebungen, Pigmentunterschiede, Schatten und Krater im eigenen Gesicht, obwohl sie sich jeden Tag im Spiegel betrachteten. Dave war gleichermaßen fasziniert von der Geschicklichkeit wie von der Selbstverständlichkeit von Bills Umgang mit seinem Körper und seiner Umgebung. Rosita bemerkte es.
Es ist erstaunlich, nicht wahr?, sagte sie, während sie ihm und Bill große Portionen Mac & Cheese auf den Teller häufte. Aber wissen Sie, Mister Bill ist auch was Besonderes. Nicht alle sind so, also ich meine –
Ich weiß, was Sie meinen, sagte Dave rasch. Es war ihm unangenehm, dass sie darüber sprach, unangenehm für Bill, aber was wusste er schon?
Komm essen, Junge. Bill winkte ihn zum Tisch. Das ist kein gewöhnliches Mac & Cheese, so wie du es kennst. Das ist Rositas Geheimrezept, du wirst staunen!
Sie streuen sich also gegenseitig Rosen, dachte Dave, interessant. Er setzte sich auf den Platz rechts von Bill, mit dem Rücken zum Fenster, sagte artig: Thank you for the invitation, enjoy your meal, und begann zu essen. Rosita goss Wasser in ihre Gläser, setzte sich, faltete die Hände und betete

still. Bei den Glennards war immer gebetet worden. Allerdings konnte er sich gut vorstellen, dass Bill nach seinen Erfahrungen in Vietnam vom Glauben abgefallen war. Dave versuchte, ihn während des Essens nicht dauernd anzustarren. Es fiel ihm nicht leicht. Rosita spürte seine Befangenheit, sie begann munter draufloszuplaudern, über das Wetter, den Blizzard im Jänner, die lange Wartezeit beim Arzt am Vormittag, über Bills neues Smartphone, das große Wunderding. Bei diesem Thema sprang Bill an und schilderte minutiös die fantastischen Features seines neuen Telefons. Nach einer Weile wurde es ein bisschen anstrengend, Daves Gedanken schweiften ab. Er begann, darüber nachzudenken, was er Bill alles fragen wollte und wie er es anstellen konnte, dass er sich nicht überrumpelt und verhört fühlte.

Weißt du, sagte Bill, das ist vielleicht langweilig für dich, aber diese neuen Technologien haben mein Leben völlig verändert, wahrscheinlich mehr als deines.

Dave spürte, wie er rot wurde, als wäre er in der Volksschule beim Schwätzen erwischt worden.

Kann ich mir vorstellen, sagte er rasch.

Nein, widersprach Bill, kannst du nicht, aber das ist ja nicht dein Fehler. Allerdings könntest du mir zuhören, dann würdest du was darüber lernen.

Es war nicht direkt unfreundlich, wie er es sagte, dennoch war es der erste Moment, in dem für Dave der alte Bill aus seinen Kindertagen durchblitzte.

Entschuldige, sagte Dave. Ich höre dir ja zu.

Bill aß ein paar Bissen, ohne weiterzusprechen, Dave war nicht sicher, ob er beleidigt war oder nur darüber nachdachte, wo er stehen geblieben war.

Ich erinnere mich noch gut, als dein Vater mir meinen ersten Computer mit Braillezeile gekauft hat, damals in den 1990ern, das war sehr großzügig von ihm, diese Braillezeilen sind nämlich schweineteuer, bis heute.

Braillezeilen?
Ausgabegeräte für das Lesen und Schreiben auf dem Computer in Brailleschrift.
Ist es nicht einfacher, nur mit Sprachausgabe zu arbeiten?
Ich muss zugeben, dass ich sie zunehmend mehr benutze, obwohl sie manchmal einfach ungenau ist. Ich mache ja inzwischen so vieles auf dem Smartphone, genau wie alle anderen Menschen auch. Aber für einige Aufgaben finde ich die Zeile unersetzlich. Ich will auch nicht, dass sie irgendwann verschwindet, weil alles nur mehr über Sprachsteuerung funktioniert, sie ist so was wie ein Kulturgut, weißt du. Für den Computer mussten sie Braille ja zunächst weiterentwickeln, von einer 6-Punkt- zu einer 8-Punkt-Schrift, damit man auch Sonderzeichen darstellen kann ... aber das sagt dir ja gar nichts, weil du die Schrift nicht kennst.
Dave kam sich plötzlich ungebildet vor, so wie er sich in Gegenwart von Leuten fühlte, die mehrere Fremdsprachen konnten.
Bill legte Gabel und Messer mit großer Sorgfalt quer auf seinen leeren Teller und kehrte zu seinem Fauteuil zurück, Dave folgte ihm. Rosita begann, das Geschirr abzuräumen.
Öffne das Fenster, Junge, sagte Bill, zog die Schublade eines kleinen Tischchens neben ihm auf und förderte eine Pfeife, Tabak, einen Stopfer und ein Feuerzeug zutage. Dave zog den Store zur Seite, schob mit einiger Mühe das schwere Fenster hoch und setzte sich. Rosita verließ mit missbilligendem Schnauben das Zimmer.
Sag's nicht deiner Janet, okay?
Dave schüttelte den Kopf. Versprochen, sagte er. Was kümmerte es Bill, ob die Frau seines Neffen, die Tausende Kilometer entfernt lebte, wusste, dass er ab und zu rauchte? Er beobachtete Bills Hände beim Stopfen der Pfeife, die Genauigkeit seiner Finger, die Feinheit ihrer Abstimmung untereinander. Es war, als schaute er durch ein kleines Fenster in

einen Mikrokosmos, wo Objekte und ihre Beziehung zueinander, ihre Entfernung und deren Überwindung anderen Gesetzen folgten. Von draußen drangen die Geräusche vorbeifahrender Autos, Stimmen unterschiedlicher Höhe und Lautstärke, das Klappern von High Heels auf Asphalt und der Geruch nach gebratenem Fleisch herein.

Ich hasse es, sagte Bill, diesen Fleischgeruch. Ich mag es, hier am offenen Fenster zu sitzen und zuzuhören, was auf der Straße vor sich geht, die Kinder, die von der Schule heimgehen und sich gegenseitig piesacken, die Schauspieler, die über ihre nächste Audition reden, und sogar die jungen Typen von der Wall Street, die hierhergezogen sind und in ihre Handys quatschen, als ginge es um Leben und Tod. Aber dieser Gestank nach verbranntem Fleisch ... es ist die Abluft vom Diner am Eck. Wenn der Wind aus der falschen Richtung weht, dann ...

Bist du Vegetarier?

Nicht wirklich. Ich esse zum Beispiel Fleischsuppen und Stews. Alles, was nicht gebraten ist oder gegrillt, ist okay.

Rosita brachte Kaffee, stellte die Tassen auf das kleine Tischchen und verschwand wieder. Ah, das macht es besser. Bill schnupperte an seiner Tasse, nahm einen Schluck, zündete seine Pfeife an und deutete auf den Rauch, der langsam aus seinem Mund quoll.

Das auch. Er grinste. Manchmal ist es ziemlich lästig, eine so empfindliche Nase zu haben.

Kann ich mir vorstellen, wollte Dave schon wieder sagen, verzichtete aber darauf. Er hatte selbst einen ziemlich sensiblen Geruchssinn und litt zuweilen darunter. Eine multiplizierte Version davon stellte er sich tatsächlich sehr unangenehm vor.

Noch schlimmer ist nur der Geruch von Blut, sagte Bill. Er zog nochmals an seiner Pfeife. Und es war eine Menge Blut, glaub mir.

Shit, dachte Dave, ich will hier raus.
Ja, das willst du nicht hören, sagte Bill. Niemand will das hören. Aber ich nehme an, du bist gekommen, um mir Fragen zu stellen. Und wenn du Antworten haben willst, die du auch verstehst, dann musst du da durch. So wie ich durch den Krieg musste und durch alles, was danach kam. Ich weiß, was du denkst. Warum hat er sich freiwillig gemeldet, dieser Idiot? Ich hätte mich auch drücken können, so wie dein Vater. Wir waren ja aus guter Familie, hatten Geld und Verbindungen. Aber du musst bedenken, dass ich sehr früh gegangen bin, Jahre vor der draft lottery.
Lottery?
Das war 1969, als sie schon nicht mehr wussten, wie sie Leute für diesen Wahnsinn rekrutieren sollten. Dreihundertsechsundsechzig Kugeln lagen in einer Glasschüssel beim Selective Service in Washington, eine für jeden Tag des Jahres, inklusive des 29. Februar. Dann wurde gezogen. Zweihundert Geburtsdaten von Männern, die nach Vietnam geschickt wurden, die meisten von ihnen in den Tod. Als ich ging, 1965, war das anders. Meine Kameraden und ich, wir glaubten noch, dieser Krieg hätte einen Sinn und könnte gewonnen werden. Und wieder weiß ich, was du sagen willst: Kein Krieg hat einen Sinn. Heute sehe ich das auch so. Aber ich war der Sohn eines Marine, verstehst du, ich war noch keine zehn, als er in Korea starb. Er war ein wunderbarer Mann. Ich hatte das Gefühl, es ihm schuldig zu sein. Die Reihe war an mir. Vielleicht wollte ich ihn auch rächen, auf meine Art.
Bill machte eine Pause, nahm einen Schluck Kaffee.
Ich habe ihn sehr vermisst, sagte er dann.
Dave sah es, vor allem an Bills Mund, der ausdrucksstärkste Teil seines Gesichts, wo man fast alles ablesen konnte. Die Spannung, mit der er seine Lippen aufeinanderpresste und gleichzeitig ein wenig nach innen zog, sodass sie schmaler wurden, drückte äußerste Traurigkeit aus und gleichzeitig

das Bemühen, sich nicht davon überrollen zu lassen, sie nicht zu offen zu zeigen.
Bill schüttelte den Kopf, wie um das Gefühl zu vertreiben, zündete seine Pfeife neu an.
Du kannst dir das nicht vorstellen. Keiner kann das, der nicht dort war. Das war kein Krieg, in dem man gekämpft hat, um Terrain zu erobern und es zu kontrollieren. Man hat gekämpft, um zu töten. Darauf waren wir trainiert: den Feind zu suchen und zu töten. Manchmal wanderten wir tagelang durch die Wildnis, und alles war still, so still. Und dann ging es von einer Sekunde zur anderen los, Maschinengewehrfeuer von allen Seiten, Handgranaten, Minen, totales Chaos ... du riechst die Explosionen, das Blut, das verbrannte Fleisch ... du siehst aus dem Augenwinkel, wie es einen Kameraden erwischt, aber du kannst dich jetzt nicht darum kümmern ... wenn du in der Schlacht bist, übernimmt dein Training das Ruder, deine Gefühle sind auf Standby. Die kommen erst, wenn es vorbei ist. Du stellst fest, wer fehlt, weißt nicht, sind sie verletzt oder tot. Wie auch immer, du musst noch mal raus aufs Schlachtfeld und sie holen. Du holst sie und begreifst, dass du an ihrer Stelle hättest sein können.
Bill verstummte, fuhr sich mit der Hand über den Mund, kaute an seiner Unterlippe herum. Er legte seine Pfeife weg und verschränkte die Finger im Schoß.
Dann zählten wir die toten Feinde. Ihre Anzahl war unser Erfolg. Doch selbst wenn wir in einer Schlacht aus militärischer Sicht tatsächlich gesiegt hatten, war der Sieg immer zu klein. Wir wussten, niemand würde davon in der Zeitung lesen oder gar in einem Geschichtsbuch. Es würde nicht mehr sein als ein Datum im Protokoll eines verlorenen Krieges. Kein Ruhm für Vietnamveteranen. Im Gegenteil, wir kamen zurück und wurden beschimpft, die Leute sahen in jedem von uns ein Symbol für diesen sinnlosen Krieg und seine

Grausamkeit. Sogar Witwen von Gefallenen bekamen belästigende Anrufe, mitten in der Nacht.
Wieder machte er eine Pause, leckte sich mit der Zunge mehrmals über die Lippen.
Möchtest du vielleicht einen Schluck Wasser?, fragte Dave.
Bill nickte. Dave holte sein Glas vom Tisch und reichte es ihm. Danke, Junge, sagte er, und seine Stimme klang ganz anders als die, mit der er seine Geschichte erzählte. Sie klang erschöpft. Dave hätte ihm gerne erspart, zu Ende zu erzählen, ihm und sich. Bill räusperte sich.
Wir waren am Mekong-Delta stationiert, wo der Vietcong am stärksten war. Gleichzeitig war es das am dichtesten besiedelte Gebiet, wir hatten also viel Kontakt zur Bevölkerung. Das waren arme Bauern, die sich jeden Tag den Arsch aufrissen auf den Reisfeldern. Und dann kamen wir und nahmen ihnen den Reis weg, das war unser Befehl: die Reisvorräte zu finden und zu vernichten, damit sie nicht dem Vietcong in die Hände fielen. Gleichzeitig sollten wir Freundschaft schließen mit den Leuten, sie sollten uns als Befreier sehen. Es war so pervers. Sie waren in der Mitte gefangen, verstehst du. Egal, wem sie halfen, auf welche Seite sie sich schlugen, sie mussten auf jeden Fall dafür büßen. Und trotzdem waren die Leute größtenteils freundlich zu uns. Andererseits konnte es passieren, dass einer von uns auf eine Landmine oder eine Sprengfalle stieg, auf dem vielbegangenen Pfad eines Dorfes. Sie mussten gewusst haben, dass die dort platziert war, sie alle gingen jeden Tag darum herum. Wir verbrachten viel Zeit mit dem Versuch, die Lage von Minen aus den Leuten rauszukriegen. Manchmal gelang es, und manchmal ... er holte Luft, seufzte, räusperte sich ... so ist es passiert. Keine Schlacht. Keine dramatische Geschichte wie so viele andere in diesem Krieg. Einfach nur so eine idiotische booby trap. Sieben Jahre habe ich durchgehalten, und dann ...
Dave wartete, aber es kam nichts mehr. Bill saß da, in sich

zusammengesunken, und schwieg. Die Spannung wich einer seltsamen Leere. Ein Wind war aufgekommen und bewegte den Store, eine plötzliche Böe wehte ihn über das Tischchen, verfing sich und riss Bills Glas zu Boden. Dave zuckte zusammen, als es zerbrach, Bill nicht. Dave bückte sich und klaubte die gröbsten Scherben auf, trug sie in die Küche. Rosita war nirgends zu sehen. Er suchte und fand eine Kehrschaufel und einen kleinen Besen, ging zurück ins Wohnzimmer und kehrte die Splitter auf. Bill schien kaum anwesend. Dave war einerseits erleichtert, dass er offenbar nicht vorhatte, Hergang und Verlauf seiner Verletzung detaillierter zu schildern, doch schien er genau dadurch an einen Ort zu verschwinden, an den Dave ihm nicht folgen konnte. Er musste versuchen, ihn dort wegzuholen.
Bill?
Hm.
Möchtest du vielleicht ein wenig spazieren gehen?
Dave biss sich auf die Lippen. Hätte er es nicht anders sagen können? Aber Bill sagte nur:
Das wäre schön. Würdest du mich ein wenig durch den Park schieben? Für die Krücken bin ich heute zu müde.
Alle Bitterkeit, jeder Zynismus war aus seiner Stimme verschwunden.
Du gehst mit den Krücken spazieren?, fragte Dave.
Natürlich. Ich brauche nur eine gute Begleitung, jemanden, dem ich vertrauen kann, und ebenes Terrain. Ist gut für meine Fitness, und es macht Spaß, sich zu bewegen.
Du siehst wirklich fit aus, sagte Dave.
Ich mache auch täglich meine Übungen, sagte Bill stolz. Und ich gehe einmal die Woche zu einer speziellen Gymnastik. Man darf nicht aufgeben, weißt du, sich nicht gehenlassen. Dann kann man auch mit einem Bein und ohne Sehsinn ganz gut leben. Das musste ich erst begreifen, mit den Jahren. Rosita hat mir viel beigebracht. Ich weiß nicht, wo ich ohne

sie wäre. Und ohne deinen Vater. Ja, ich weiß, er ist eitel, eingebildet und geldgierig, wie unser Onkel, und es war noch um einiges schlimmer, als er jung war. Ich kann mir vorstellen, dass es kein Honiglecken ist, sein Sohn zu sein. Aber er war und ist mir gegenüber sehr großzügig, und Geld hat noch mal eine andere Bedeutung, wenn man mit Behinderungen lebt. Wie geht es ihm denn? Er lässt ja nie was von sich hören.

Es geht ihm nicht gut, sagte Dave. Schon im Winter hatte er einen kleineren Infarkt, und vor einem guten Monat wieder, diesmal hat er zwei Bypässe bekommen. Es war knapp.

Er wird sich umbringen, sagte Bill, dieser Idiot. Entschuldige, aber es macht mich wütend. Weiß Gott, ich bin kein Heiliger, rauche auch gern meine Pfeife oder trink ein Gläschen, aber was James betreibt, ist Selbstmord auf Raten, vor allem bei unserer genetischen Veranlagung. Seit Jahrzehnten geht das jetzt so. Ein Wunder, dass er überhaupt noch lebt!

Bills Stimme war jetzt laut, seine Gesten ausladend, das Gesicht leicht gerötet, wodurch seine Narben wieder stärker hervortraten. Seine Stimmungen wechselten stark innerhalb kurzer Zeit, rasche Oszillationen mit sehr unterschiedlichen Amplituden, manchmal kaum wahrnehmbar, dann wieder unerwartet heftig. Plötzlich begann er zu lachen.

Jetzt sieh dir das an! Kaum zu glauben, dass ich mich über diesen Kerl immer noch so aufregen kann, als wäre ich der kleine Junge, den er getriezt hat und der sich nicht wehren konnte. Und er hat mich oft getriezt, glaub mir.

Das kann ich mir lebhaft vorstellen, sagte Dave, diesmal mit Überzeugung.

Während er Bill die 10th Avenue hinaufschob, sprachen sie nicht. Bill hatte den Kopf leicht zur Seite geneigt, das Kinn ein wenig nach oben gereckt, Dave hatte den Eindruck, er war ganz auf die Wahrnehmung der Umgebung konzentriert.

Er fragte sich, ob an Familienzugehörigkeit automatisch eine Form von Amnestie gebunden war, die ja weder das Urteil noch die Schuld beseitigte, sondern lediglich einen Straferlass bedeutete, von einer Strafe, die unter bestimmten Umständen darin bestehen würde, dass man den Kontakt abbrach, und zwar für immer. Was er bei seinem Vater versucht hatte. Doch sobald Krankheit, Alter und drohender Verfall ins Spiel kamen, ruderte man wieder zurück. Warum? Wollte man nicht riskieren, dass man es eventuell bereute, wenn es zu spät war, oder dass einen die eigenen Kinder allein ließen, wenn man alt und krank war, als moralische Strafe? Vielleicht war es zwischen Geschwistern anders? Das konnte er nicht beurteilen. Er versuchte, sich Max, Mel und Nobbs in zwanzig Jahren vorzustellen, wenn sie erwachsen waren und selbst Familie hatten. Falls sie eine haben würden.
Als sie die 57th Street überquerten, sagte Bill: Lass uns bei Fluffy's Doughnuts holen und mit in den Park nehmen, dann haben wir Proviant.
Es gibt Fluffy's noch?, fragte Dave erstaunt. Mom ist oft mit mir da hingegangen.
Ja, zum Glück! Vieles taucht auf und verschwindet ja in dieser Stadt schneller, als man einen Zehner wechseln kann, aber einige der alten Plätze haben überlebt, und diese Doughnuts sind nun mal die besten!
Ich weiß, sagte Dave träumerisch, Vanille mit Schokoladenglasur, einfach umwerfend.
Bill lachte. Ich bin ja mehr der Purist, sagte er. Zimt und Zucker. Aber Caramel ist auch nicht schlecht.
Am Ende nahmen sie alle drei Sorten und noch einen Coconut dazu. Während sie über den Columbus Circle in den Central Park gingen, erzählte Bill von dem Tag, als Fluffy's eröffnet hatte. 1975 war das gewesen, drei Jahre nachdem er aus Vietnam zurückgekommen war, in Daves Erinnerung hatte es das Café schon immer gegeben. Rosita hatte von der Lokal-

eröffnung gehört, und sie wusste, dass Bill gern Süßes aß. Also ging sie mit ihm hin, den ganzen Weg von der alten Glennard-Wohnung in der 77th hinunter, das waren immerhin zwanzig Blocks. Als Bill in seinen ersten Fluffy's-Doughnut biss, hatte er eine Art Erweckungserlebnis. Er sagte, es sei das erste Mal gewesen, seit er aus Vietnam zurückgekommen war, dass er etwas wirklich genossen habe. Er hatte schon immer gerne gegessen, aber danach wurde Essen zum Zentrum seines Lebens. Die Zeit zwischen den Mahlzeiten verbrachte er damit, auf die nächste zu warten. Er tauchte ein in die Welt des Geschmacks und verlor sich darin, jede einzelne Wahrnehmung spaltete sich auf in immer feinere, für die es keine Bezeichnungen, keine Worte mehr gab. Wenn ihm sein Essen serviert wurde, roch er zunächst lange daran, führte dann Gabel oder Löffel zum Mund, um es nur mit den Lippen, dann nur mit der Zunge zu berühren, bevor er es in den Mund schob und es lange dort behielt. Seine Mutter goutierte dieses Verhalten bei Tisch nicht, schalt ihn unaufhörlich wie ein kleines Kind und verfügte schließlich, er müsse alleine auf seinem Zimmer essen, für Bill mehr Segen als Strafe. Die Gesellschaft von Menschen, sagte er, bedeutete ihm damals nichts, er kam nicht mit ihnen zurecht. Völlig isoliert lebte er in seiner eigenen, düsteren Schattenwelt, taub für alles, was von außen kam, mit Ausnahme der Nahrung. Seine Mutter fand heraus, dass man ihn mit Essen ruhigstellen konnte, also wies sie die Köchin an, ihm Zwischenmahlzeiten zu servieren – vor allem Kuchen, Torten und andere Süßspeisen. Er wurde dick und bekam zusätzliche gesundheitliche Probleme, weil er sich zu wenig bewegte. Dann wurde seine Mutter krank, ihre Kontrolle über das, was in ihrem Haus geschah, ließ nach, und Rosita nahm Stück für Stück das Ruder in die Hand. Sie begann, ihm aus aktuellen Tageszeitungen vorzulesen und ihn zu regelmäßigen, kleinen Spaziergängen ohne Rollstuhl zu überreden. Sie bat Daves Groß-

onkel um Geld für die laufende Neuanschaffung von Büchern in Brailleschrift. Sie reduzierte seine Mahlzeiten und seinen Zuckerkonsum, indem sie der Köchin erklärte, der Arzt habe es angeordnet. Sie machte sich schlau und brachte ihn zur Behindertengymnastik und zu Treffen einer Selbsthilfegruppe. Sie suchte Kontakt zu den noch lebenden Kameraden seiner Kompanie. Bill sagte, sie habe ihm das Leben gerettet und er wisse weder genau, warum er es damals zugelassen noch warum sie es getan habe angesichts dessen, wie er sie in den ersten Jahren behandelt hatte. Doch ab einem gewissen Punkt entwickelte sich wohl so etwas wie Komplizenschaft zwischen ihnen, und der Besuch bei der Eröffnung von Fluffy's markierte ihren Beginn.
Inzwischen waren sie am Teich angekommen. Er war übersät mit Booten, so kurz vor dem Osterwochenende waren eine Menge Touristen unterwegs. Auf den Stufen rund um den Bethesda Fountain saßen sie lückenlos aufgereiht wie Hühner auf der Stange.
Halt dich rechts, sagte Bill. Wenn du nichts dagegen hast, würde ich gerne zu Alice.
Mein zweitliebster Platz im Park, sagte Dave.
Welcher ist dein liebster?
Ach, es gab da mal einen Baum, eine große, alte Ulme in der Nähe unserer alten Wohnung, aber als ich vor ein paar Tagen hier war, habe ich sie nicht mehr gefunden.

Sie packten ihre Doughnuts aus, aßen und seufzten. Dave beobachtete die Kinder, die auf Alice, dem Kaninchen und Mad Hatter herumkletterten. Er war froh, dass sie in den Park gegangen waren, die dunkle Wohnung und die düsteren Kriegsgeschichten hinter sich gelassen hatten. Zu seiner Verwunderung stellte er fest, dass ihm Bills Gesellschaft angenehm war. Er war berührbarer als die meisten Menschen, mit denen er in seinem Alltag zu tun hatte, gleichzeitig weniger involviert in die Geschäftigkeit der Welt und außerordentlich fokussiert auf sein Wohlbefinden, ohne dabei wie früher egoistisch oder rücksichtslos gegenüber anderen zu sein. Auf eine Art schien er zufriedener als viele andere, eine Zufriedenheit, die sich einem nicht erschloss, solange der Blick getrübt war von Dünkel und automatisiertem Mitleid. Dave hatte sich selten gegenüber Außenstehenden zu seiner Depression bekannt, denn wenn er es tat – meist spontan und unter der Einwirkung von Alkohol –, war er ansatzweise mit etwas Ähnlichem konfrontiert und fand es so schrecklich, dass er sich nach Möglichkeit lieber bedeckt hielt. In Bills Gegenwart jedoch konnte er sich entspannen, auf wunderbare Weise befreit von dem Druck, sich mühsam in eine Form pressen und ständig darauf achten zu müssen, dass er nicht herausquoll. Bei Morrison musste er sich zwar auch nicht kontrollieren, dafür aber mit dem, was zutage trat, auseinandersetzen, was weiß Gott nicht immer angenehm war. Mit Bill hier zu sitzen und Doughnuts zu essen war einfach, ein wortloses Einverständnis, auch wenn er nicht wusste, worüber.

In letzter Zeit träume ich oft vom Central Park, sagte er.

Ach, das hab ich früher auch. Bill klang wehmütig.

Früher?

Als ich noch bildhaft geträumt habe.

Es hört auf, wenn man nichts mehr sieht? Dave hatte sich das nie gefragt, doch verspürte er jetzt keine Scheu mehr, Bill eine solche Frage offen zu stellen.

Ja. Wie lange es dauert, ist abhängig davon, in welchem Alter man erblindet. Ich habe noch relativ lange in Bildern geträumt. Damals wünschte ich, es würde aufhören.

Du hast vom Krieg geträumt?

Jede Nacht. Und wenn ich tagsüber einschlief, noch intensiver. Manchmal glaubte ich nach dem Aufwachen, ich wäre noch dort, und schrie nach meinen Kameraden. Nach einer Weile fingen die Farben an zu verblassen, und irgendwann träumte ich nur noch in Schwarz-Weiß. Das war komisch. Ich bin ja noch vor der Ära des Farbfilms aufgewachsen. Es war, als wäre ich wieder ein Kind und säße vor dem Fernseher, und tatsächlich war das die Zeit, in der ich viel von meiner Kindheit geträumt habe, vom Central Park, von Long Island, von meinem Vater, von ... Bill brach ab, und Dave wartete geduldig, bis er aus seinen Erinnerungen zurückkehrte und weitersprach.

Dann wurden die optischen Eindrücke im Traum immer verschwommener, rudimentärer, dafür wurde das Hören und Riechen und Tasten intensiver, genau wie im Wachzustand. Irgendwann waren die Bilder weg. Es war eine Erleichterung, aber auch ein Verlust.

Bill beugte sich vor und streichelte einen Hund, der hergekommen war und sich an Bills Bein rieb.

Weißt du im Traum, dass du träumst?, fragte Dave.

Meistens, sagte Bill, aber erst, seit ich keine Bilder mehr sehe.

Und kannst du sie auch steuern?

Das ist der große Gewinn. Wenn ich will, kann ich jetzt im Winter den Frühling im Park riechen und hören, die Sonne auf der Haut spüren oder Berührungen.

Dave sah, dass er ein wenig rot wurde, und wusste, er hatte das nicht sagen wollen.

Oder ich kann mit Leuten reden, die längst tot sind. Aber das Beste ist: Ich kann mich frei bewegen, ohne auf Hindernisse zu achten, ohne Rollstuhl, ohne Krücken, ich schwebe und fliege, es ist das wunderbarste Gefühl, das ich kenne. Es ist ein Geschenk.

Der Hund hatte sich inzwischen hingebungsvoll auf den Rücken gelegt, Bill kraulte ihm den Bauch.

Ich habe in den letzten Jahren heftig mit Albträumen gekämpft, sagte Dave, als er sicher war, dass Bill nichts mehr dazu sagen wollte.

Warum denn das?, fragte Bill. Du hast doch ein ruhiges Leben gehabt.
Ich war nicht im Krieg, berichtigte Dave. Bill ignorierte diesen Einwurf.
Keine Unfälle, keine schlimmen Krankheiten, zählte er auf, Frau, Kinder, Job ... hast du Geldsorgen, Spielschulden oder so?
Ich spiele nicht, und zumindest Janet verdient wirklich gut.
Habt ihr Eheprobleme?
Ja, schon. Aber ich glaube nicht, dass mir die Albträume machen.
Das war nicht ganz ehrlich, aber Dave hatte jetzt keine Lust, über seine Schwierigkeiten mit Janet zu reden.
Ich träume oft, dass ich irgendwo gefangen bin und nicht rauskann oder von Bewaffneten verfolgt werde. Es ist besser geworden, seit ich gelernt habe, mir im Traum bewusst zu werden, dass ich träume. Ich habe das geübt. Meine Träume haben sich seither verändert. Ich kann sie zumindest teilweise beeinflussen und besser verstehen. Manches jedoch bleibt rätselhaft, zum Beispiel diese Frau, von der ich seit einem halben Jahr wiederholt träume.
Na ja, sagte Bill. Du hast Eheprobleme und träumst von einer anderen Frau, wie rätselhaft ist das? Dafür brauchen wir keinen Psychologen.
Nein, nein, widersprach Dave schnell, nicht so. Als ich das erste Mal von ihr geträumt habe, war sie eine Leiche, und James, Gloria und Max waren dabei, sie einzubuddeln, unter einem Baum in einem Park. Damals konnte ich ihr Gesicht nicht sehen. Das hat sie mir erst in einem späteren Traum gezeigt, da sah ich sie im Fernsehen, wie sie durch die Straßen des West Village lief, irgendwo in der Nähe des Washington Square Park, mit einem Arztkoffer in der Hand. Sie wurde verfolgt, ich weiß nicht, von wem. Ich sah sie nur von hinten.
Du bist zu sehr auf das Sehen fixiert, sagte Bill.

Mag sein. Aber in diesem Traum konnte ich die Frau dazu bewegen, sich umzudrehen, mir ihr Gesicht zu zeigen.
Er hielt kurz inne. Es wühlte ihn auf, Bill davon zu erzählen, und er musste all seinen Mut zusammennehmen.
Sie sah genauso aus wie James, wie eine weibliche Version von ihm. Ich habe lange darüber nachgedacht: Es gab keine Frau in unserer Familie, die aussah wie er. Gloria sah eurer Mutter ähnlich, genau wie du, während James ein Abziehbild eures Vaters ist. Aber vielleicht gibt oder gab es ja irgendeine entferntere Verwandte, von der ich nichts weiß oder an die ich mich nicht mehr erinnere? Ich habe Vater gefragt, aber er konnte oder wollte mir nichts dazu sagen.
Bill schwieg. Er hatte aufgehört, den Hund zu streicheln, der ihn eine Weile flehend anschaute und winselte, bevor er zu seiner Besitzerin auf der benachbarten Bank zurückkehrte. Die Geräusche im Park drängten sich in den Vordergrund: spielende Kinder, Vogelstimmen, Hundegebell, Gelächter. Bill hielt die Hände vor dem Körper verschränkt, krallte sie ineinander, als müsste eine die andere festhalten oder er sich selbst. Seine Lippen presste er so fest zusammen, dass sie fast weiß wurden und man kaum noch etwas von ihnen sah, das Kinn stand dadurch mehr vor als sonst und trug zu Bills Ausdruck bei, eine Mischung aus Kummer, Wut, mühsamer Beherrschung und noch etwas, das Dave schwer deuten konnte.
Bill?
Er nickte. Dann tastete er nach seiner Hosentasche, holte eine flache, stark abgegriffene Brieftasche aus braunem Leder heraus, öffnete sie und entnahm ihr eine kleinformatige Schwarz-Weiß-Fotografie auf mattem, dickem Papier, mit gezacktem Schmuckrand, der ein wenig gelitten hatte im Lauf der Zeit. Bill nestelte eine Weile mit Daumen und Zeigefinger an ihr herum, bevor er sich einen Ruck gab und sie Dave reichte. Zögernd nahm er sie entgegen. Es war kein Wieder-

erkennen. Es war eine Materialisation, nicht nur eines Traumbildes oder einer halluzinatorischen Erscheinung in etwas, das er, wenn auch nur zweidimensional, anfassen konnte. Ein Teil von ihm, einer, der sich sein Leben lang unpassend vorgekommen war, am falschen Platz oder falsch für den Platz, der ihm zugewiesen worden war, fing eine Schwingung auf, deren Wellen eine ungekannte Resonanz in ihm auslösten. Eine Frau lächelte in die Kamera, ihre Wange an Bills, der den Arm um sie gelegt hatte. Dave sah ihr Glück, Bill nahe zu sein, und in ihren Augen nackte Angst. Diese großen dunklen Augen mit der samtbraunen Iris unter den ewig langen Wimpern, mit denen sein Vater seine Mutter und wahrscheinlich all seine Geliebten betört hatte, die Dave in seiner Pubertät einen gewissen Vorteil bei Mädchen verschafft hatten und vermutlich auch Max. Diese Augen strahlten eine Schwere aus, die Dave so vertraut war wie sein eigenes Spiegelbild. Ihr Oberkörper schmiegte sich nicht an Bill, sondern hielt sich angestrengt aufrecht und wirkte dadurch merkwürdig steif, eine erzwungene Haltung, die Verschlossenheit ausdrückte. Bill wirkte neben ihr sorglos, es war gespenstisch, ihn so zu sehen, wie er da vor dem Brunnen im Washington Square Park stand und unbekümmert in die Kamera blinzelte, seine beiden Beine, die in Bermudas steckten und braun gebrannt aus ihnen hervorschauten. Dave musste daran denken, was Mathilda über ihn gesagt hatte – dass er vor Vietnam fröhlich, lieb und ein wenig naiv gewesen war. Doch langsam stieg in ihm der Verdacht auf, dass es möglicherweise nicht nur der Krieg gewesen war, der ihm sein Urvertrauen genommen hatte.
Bill, sagte Dave. Er hatte das Bedürfnis, seinen Namen auszusprechen, als brächte ihn das zurück in die Gegenwart, sie beide. Wer ist sie?
Das, sagte Bill und räusperte sich, weil seine Stimme ganz kratzig war, das ist Kate. Meine kleine Schwester.

What?
Sie kam drei Jahre nach mir, so wie ich drei Jahre nach James kam. Mutter hatte das sorgfältig geplant, so wie alles in ihrem Leben. Nur James war ein wenig zu früh dran, zwischen Gloria und ihm lagen nur zwei Jahre, wie du weißt. Nun ... er massierte seinen Oberschenkel mit beiden Händen ... jedenfalls war sie eine Schönheit, ich meine Kate, schon von klein auf. Gloria war auch sehr hübsch, aber kein Vergleich zu dieser Feinheit der Züge, dieser Anmut und Ausstrahlung, die alle verzauberte.
Es kostete ihn offensichtlich so große Überwindung, über sie zu sprechen, dass Dave sich schuldig fühlte, weil er ihn dazu gebracht hatte, aber hier ging es auch um ihn selbst. Er konnte und wollte Bill nicht stoppen.
Was soll ich sagen, sie war das Nesthäkchen. Mutter staffierte sie aus wie eine kleine Prinzessin, und Vater, dem sie so ähnlich sah, ließ sich dauernd mit ihr auf dem Schoß fotografieren. Er war zärtlich mit ihr, trug sie viel auf dem Arm, schaukelte sie in ihrer Wiege, während er die Zeitung las. Gloria war furchtbar eifersüchtig, obwohl sie acht Jahre älter war. Anfangs ignorierte sie Kate einfach, genau wie James, der sechs war und fand, Babys wären nichts für einen großen Jungen wie ihn. In Wirklichkeit war er natürlich sauer, dass er nicht mehr der Star war, um den sich das ganze Universum drehte. Beide fingen später an, Kate zu piesacken, genau wie mich. Es verlief eine Front zwischen Gloria und James auf der einen Seite und Katie und mir auf der anderen. Für mich war sie der rettende Engel, sie befreite mich aus der Position des Jüngsten, der nichts zu sagen hat, von meiner aussichtslosen Konkurrenz mit James. Sie holte mich weg von diesem Kampfschauplatz und spann mich nach und nach ein in ihre Welt, die immer schon eine ganz andere gewesen war. Katie war nicht wie Gloria und James. Sie hatte ihren eigenen Kopf, wie man so sagt. Sie war irgendwie ... wild und zugleich ver-

träumt, hatte viel Fantasie, konnte gut zeichnen und las gern, Bücher zum Geburtstag wären ihr lieber gewesen als die schicken neuen Kleider, die ihr Mutter schenkte und die sie dann tragen musste, ob sie wollte oder nicht. Schon als sie vier war, lief Katie einfach davon, wenn Mutter oder eine unserer vielen Nannys, die sie im Lauf der Jahre verschliss, sich mit einem Rüschenkleidchen näherte. Und sie lief schnell, war flink, wendig, kletterte auf Bäume. Sie liebte die Natur, der Park war ihr natürliches Habitat.
Bill lachte kurz auf in der Erinnerung.
Weiß Gott, Mutter war ja sehr streng und hatte uns gern unter Kontrolle. Aber Vater sagte zu ihr: Lass sie doch, es ist doch nur der Central Park. Katie liebte ihn über alles, nicht nur dafür. Während der Highschool verbrachten wir ganze Nachmittage hier, Kate kannte viele versteckte Plätze. Wir lagen in der Wiese, lernten, redeten über alles, was uns beschäftigte. Sie las mir aus ihren Büchern vor, Kerouacs *On the Road*, Gedichte von Sylvia Plath und *Das andere Geschlecht*, von dieser Französin, wie hieß sie noch?
Simone de Beauvoir, sagte Dave.
Genau. Bill nickte, tippte sich mit dem Zeigefinger an die Stirn. Da tobte bereits der offene Krieg zwischen ihr und Mutter. Ich habe das alles nicht so richtig verstanden damals, heute ist mir vieles klarer. Aber ich greife vor.
Er seufzte, kratzte sich am Haaransatz, als müsste er den Faden wiederfinden oder die richtigen Worte. Dave war sich nicht sicher, ob er diese Geschichte je irgendjemandem erzählt hatte, außer vielleicht Rosita.
Vaters Tod war für uns alle schlimm, aber für Katie war die eigentliche Katastrophe, dass Mutter beschloss, sie sei zu jung, um davon zu erfahren. Sie rief Gloria, James und mich in ihr Ankleidezimmer, wo wir normalerweise nicht hineindurften. Ich werde nie vergessen, wie sie vor ihrem Frisiertisch saß, elegant gekleidet wie immer, und, ohne uns anzusehen, erklärte,

dass Vater im Dienst für unser Land gestorben wäre. Das war das Einzige, was ich sie je wirklich darüber sagen hörte, sie wiederholte es gebetsmühlenartig: He died in the line of duty, fighting for our country. Sie sagte, wir sollten stolz auf ihn sein und sein Andenken ehren, indem wir zeigten, wie stark und tapfer wir seien, schließlich seien wir alt genug, um uns im Griff zu haben. Es war unheimlich und grausam. Sie unterdrückte ihren Kummer mit aller Macht und wollte auch unseren nicht sehen. Sie wusste wohl, dass sie Katie nicht so einfach verbieten konnte, ihre kindliche Verzweiflung über den Verlust ihres geliebten Vaters auszudrücken. Also nahm sie uns unter Androhung von Strafe das Versprechen ab, Katie nichts von Vaters Tod zu erzählen. Das war der einzige Moment, wo sie sich umdrehte und uns ansah, einen nach dem anderen. Passt auf, dass ihr euch nicht verplappert, sagte sie. Glaubt mir, ihr würdet es bereuen.
Bill schüttelte den Kopf.
Das Einzige, was ich in dieser Sache bitter bereue, ist, dass ich es ihr nicht viel früher gesagt habe. Katie war fünf Jahre alt, als Vater nach Korea ging, sieben, als er fiel, und zehn, als sie es aus mir herausquetschte, da war ich dreizehn und hatte genug revolutionären Mut in mir, um mich nicht länger von Mutters Drohungen einschüchtern zu lassen.
Er schwieg. Dave versuchte, sich vorzustellen, wie es war, alt zu sein und etwas zu bedauern, das man getan hatte, als man fast noch ein Kind gewesen war. Sein eigenes Leben entbehrte einer Dramatik, die einzelnen Handlungen oder Entscheidungen eine solche Wichtigkeit verliehen hätte. Er wusste, dass er dafür dankbar sein sollte, war es aber nicht.
Wie reagierte Kate, als sie es erfuhr?, fragte er.
Sie wusste es schon. Kate war klug und ihrem Alter weit voraus. Beth, unsere damalige Nanny, hatte die Weisung, den Fernseher auszumachen oder den Sender zu wechseln, wenn Nachrichten kamen. Doch Kate hörte sie heimlich in ihrem

kleinen Radio, das sie beim Bett stehen hatte, und sie begann, Zeitungen zu lesen, wo immer welche herumlagen, sie bekam also irgendwann mit, dass der Koreakrieg zu Ende war. Als Kate fragte, wann Vater nach Hause käme, antwortete Mutter, er sei noch damit beschäftigt, den Abzug der Truppen zu beaufsichtigen. Als diese Erklärung nicht mehr glaubhaft schien, behauptete sie, er sei mit seiner Division woandershin beordert worden. Natürlich wollte Kate wissen, wohin, und da sagte Mutter, das sei geheim, auch sie wisse es nicht genau. Selbst wenn diese Lüge weniger fadenscheinig gewesen wäre, hätte ihr Kate zu diesem Zeitpunkt schon nicht mehr geglaubt. Doch sie brauchte natürlich die Bestätigung, und eines Nachmittags gab ich sie ihr. Es war Juni, wir saßen hier im Park in der Wiese, und sie setzte mir zum ich weiß nicht wievielten Mal auseinander, warum sie glaubte, unser Vater sei tot. Sie packte mich an den Schultern und schüttelte mich. Er ist tot, oder? Ich weiß es, er ist tot. Du musst es mir sagen, wenn du es weißt, musst du es mir sagen, ich werde sonst noch verrückt! Komm schon, sag es mir, sie kann dir nichts tun, ich werde ihr sagen, dass ich es selbst herausgefunden habe. Ist ja auch so, ich weiß doch schon lange, dass er tot ist ... und so weiter und so fort.

Bill holte tief Luft, als müsste er sich noch einmal überwinden, seiner Schwester die schreckliche Nachricht zu überbringen.

Also sagte ich es ihr. Sie wurde ganz ruhig und nickte nur, immer wieder nickte sie, sonst passierte nichts. Ich hatte Tränen erwartet oder einen anderen Ausdruck ihres Schmerzes, vielleicht sogar einen Wutausbruch, aber dieses stumme Nicken ... Ich hielt es kaum aus, wusste nicht, was ich tun sollte, ob ich etwas tun konnte, also entschuldigte ich mich. Weil ich es ihr nicht eher erzählt hatte. Da hörte sie endlich auf zu nicken, schüttelte stattdessen den Kopf und nahm meine Hand. Es ist nicht deine Schuld, sagte sie.

Er knetete mit der rechten Hand die Finger seiner Linken.
Sie verzieh mir, aber Mutter hat sie nie verziehen. Die beiden lieferten sich in den Jahren darauf einen beispiellosen Kampf. Kate weigerte sich, weiterhin in die Kirche zu gehen und sich bei gesellschaftlichen Anlässen herausputzen und vorzeigen zu lassen. Sie wollte überhaupt keine Kleider und Röcke mehr tragen, sie wollte Jeans, für Mutter ein Werk des Teufels und kein Kleidungsstück für anständige Mädchen. Kate kündigte an, so lange nicht zur Schule zu gehen, bis sie welche bekam. Und das tat sie. Mutter entzog ihr das Taschengeld, erteilte ihr erst Hausarrest, dann Fernsehverbot, und schließlich nahm sie ihr sogar das geliebte Radio weg, doch Kate blieb hartnäckig. Sie saß zu Hause und las, bis Mutter Beth anwies, ihr Jeans zu kaufen – sie selbst hätte nicht einmal ein Geschäft betreten, in dem es welche gab. Mutter begann, Gloria offen zu bevorzugen. Gloria, die Cheerleaderin, Gloria, die prom queen, Gloria, die immer so christlich tat, dabei hat sie ihre Jungfräulichkeit, wie ich von einem Schulfreund weiß, mit siebzehn auf dem Rücksitz eines Autos verloren. Sie hat sich nie für etwas anderes interessiert, als gut auszusehen, bewundert zu werden und sich gesellschaftlich in den richtigen Kreisen zu bewegen. Sie verkörperte alles, was Kate zutiefst verabscheute, und Mutter machte den Graben zwischen ihnen noch tiefer. Während Gloria nach ihrem Highschool-Abschluss Mutter in die Organisation der DAR folgte –
Der was?
Daughters of the American Revolution, ein konservativer, patriotischer Frauenverein, der sich der Traditionspflege und Wohltätigkeit verschrieben hat. Um Mitglied zu werden, muss man nachweisen, dass man von jemandem abstammt, der direkt an der Erlangung der amerikanischen Unabhängigkeit beteiligt war. Na ja, du kannst es dir vorstellen, die Tea Party ist da ganz dick drin. Mutter organisierte die Veranstaltungen und Gloria wurde ihre Assistentin. Während

sie Dekoration und Speisen für Empfänge und Teegesellschaften auswählte, hörte Kate Bob Dylan, las Mahatma Gandhi und hielt beim Abendessen glühende Reden für die Gleichberechtigung der Frauen und gegen den Krieg.
Wage es nicht, unter meinem Dach das Andenken deines Vaters in den Schmutz zu ziehen!, herrschte Mutter sie an. Ohne den Scheißkrieg gäbe es kein Andenken, das ich in den Schmutz ziehen könnte, sagte Kate hitzig, dann würde er noch leben und hier mit uns am Tisch sitzen! Onkel Jack, der James nach und nach unter seine Fittiche nahm und oft bei uns zu Gast war, lachte Kate einfach aus, und Gloria tat so, als existierte sie gar nicht. Kate nahm Mutters Zurechtweisung insofern wörtlich, als sie immer seltener zu Hause war. Mit sechzehn schloss sie sich Women Strike for Peace an und nahm am ersten großen Protest gegen Atomwaffen teil. Sie rannte mit Peace- und Vote-for-Kennedy-Buttons herum und verteilte sie an der Schule. Das war die Zeit, in der wir uns ein wenig auseinanderentwickelten. Nach meinem Highschool-Abschluss hatte ich begonnen, an der NYU Jura zu studieren, jedoch mit wenig Ehrgeiz und ohne Überzeugung. Ich hatte keinen Plan für mein Leben, fühlte mich verloren. Es schien keinen Platz für mich zu geben neben James, der besser aussah, die hübscheren Freundinnen hatte und schon in der Schule viel erfolgreicher gewesen war. Er war der Liebling meiner Mutter und der Protegé meines Onkels, es war klar, dass er nach dem Studium in sein Business einsteigen würde. Immobilien hatten mich nie interessiert, allerdings fehlte es mir überhaupt an Begeisterung. Ich hatte keinen Traum, außer den, Anerkennung zu bekommen, ansonsten versuchte ich einfach, ein wenig Spaß zu haben, und kümmerte mich nicht allzu viel um den Rest der Welt. Was Kate und mich damals noch verband, war die Sehnsucht nach unserem Vater. Wir vermissten ihn beide, doch zogen wir unterschiedliche Schlüsse daraus. Wie ich später begriff, versuchte

Kate das Übel an der Wurzel zu packen, während ich so naiv war, zu glauben, ich käme Vater näher, wenn ich in seine Fußstapfen trat. Anfang der Sechziger brodelte es überall, Frauen, Friedensaktivisten und die Schwarzen marschierten nach Washington, Martin Luther King hielt seine berühmte Rede – Kate konnte sie auswendig! –, da entwickelte man leicht die Hoffnung, man könnte vielleicht doch von der Straße aus die Welt verändern und den Lauf der Geschichte beeinflussen. Aber es gab auch die Kubakrise, und dann wurde Kennedy erschossen und ... Es schien das Richtige zu sein, mich freiwillig zu melden und nach Vietnam zu gehen. Meine Vorstellungen vom Kommunismus waren, wie ich zugeben muss, ziemlich von Propaganda geprägt und genauso vage wie jene von Indochina. Ich hatte gehört, es sei unerträglich heiß, feucht und voller Moskitos, aber das war mir egal. Das Entscheidende war am Ende, dass ich Freunde hatte, die ebenfalls nach Vietnam wollten, und als mich dann noch meine damalige Freundin verließ ... Wie gesagt, die Jungs, die in diesen Krieg zogen, stammten größtenteils aus armen Familien, sie wurden einberufen und konnten sich nicht wehren, während sich die meisten Studenten zurückstellen ließen, bis sie zu alt waren. Doch manche gingen freiwillig. Jungs aus reichem Haus, denen langweilig war und die von Heldentum träumten. Wir waren alle Idioten.
Wieder schüttelte Bill den Kopf. Sein Mund drückte schwarze, gallige Bitterkeit aus.
Selbstverständlich versuchte Kate, mich davon abzuhalten. Sie war inzwischen ebenfalls an der NYU, studierte Medizin und engagierte sich als Mitglied der Students for a Democratic Society.
Moment mal, sagte Dave, sie studierte Medizin?
Ja. Das einzig sinnvolle Studium, sagte sie. Wobei ich glaube, dass sie zu dieser Zeit mehr im Washington Square Park war als an der Uni. Schon während ihrer Schulzeit hatte sie dort

ganze Nachmittage verbracht und den Folksängern zugehört, aber erst Mitte der Sechziger wurde der Park zunehmend Zentrum der Antikriegsbewegung. Als Katie im April 1965 mit fünfundzwanzigtausend anderen in Washington gegen den Vietnamkrieg demonstrierte, war ich bereits im Training. Bei unserem letzten Treffen stritten wir. Es war an Weihnachten, ich war über die Feiertage nach Hause gekommen, und wir verbrachten viel Zeit miteinander. Ich war schon ein wenig ernüchtert von dem, was ich im letzten halben Jahr bei der Army erlebt hatte, konnte aber nicht mehr zurück und verteidigte meine Entscheidung umso mehr. Kate war frustriert und wütend über die Eskalation des Krieges unter Johnson und die Vergeblichkeit der Proteste. Wir saßen im Café Dante und diskutierten, gegen meinen Willen. Ich hatte sie seit einem halben Jahr nicht mehr gesehen, und obwohl wir so verschiedene Wege gingen, war sie letztlich alles, was ich außer New York, also der Stadt selbst, als zu Hause empfand. Am liebsten wollte ich mit ihr durch den Central Park spazieren und Erinnerungen aufwärmen, an unsere Kindheit, an die Nachmittage, an denen wir von daheim ausgebüxt waren, in Baumkronen hockten und uns Geschichten ausdachten, uns unsere eigene kleine Welt schufen. Stattdessen saß ich Kate gegenüber und sah zu, wie sie Unmengen Kaffee in sich hineinschüttete und eine Zigarette nach der anderen rauchte. Ich rauchte damals auch, alle rauchten, aber Kate aß die Zigaretten, sie aß sie auf und wurde niemals satt. Sie war immer noch wunderschön, aber in ihre Züge war etwas Bitteres eingezogen, das sie auf eine Art noch schöner machte, mich aber mit Sorge erfüllte. Kate war kein Blumenkind, das von freier Liebe träumte, sie glaubte nicht, dass sich die Ungerechtigkeiten dieser Welt in einem Nebel von Marihuanarauch auflösen ließen. Sie war ein zorniger Mensch. Sie glaubte daran, dass man mit ernsthaftem Engagement etwas verändern konnte, wenn man sich nur genug anstrengte – das war vielleicht der Glennard-Anteil in ihr, den ich offenbar nicht geerbt habe, diese Überzeugung, dass das Ergebnis des eigenen Handelns direkt und absolut vom Ausmaß des Bemühens abhängt, das man investiert, mit anderen Worten: von der eigenen Leistung. Und diese Überzeugung war es, an der sie zerbrach. Es war etwas Ungesundes, Selbstzerstörerisches in der Art, wie sie für ihre Ideale eintrat, auch darin, wie sie mich zu überreden versuchte, zu bleiben. Ich weiß noch genau, was sie sagte in diesem letzten Gespräch. Irgendwas mache ich falsch, sagte sie, es muss an meinen Argumenten liegen. Du bist ja nicht blöd oder ein schlechter Mensch. Du siehst es bloß nicht, es ist dein blinder Fleck. Ich muss es nur schaffen, es dir so zu erklären, dass du es verstehst, immerhin habe ich schon Wildfremde überzeugt, und du bist mein Bruder! Ich verstehe es ja, sagte ich, aber da wurde sie erst recht wütend. Nein, nichts verstehst du, sonst würdest du nicht in diesen Scheißkrieg ziehen, der sinnlos Menschenleben kostet, und wofür? Für kapitalistische Interessen, für eine Machtdemonstration. Du bist Kanonenfutter für den amerikanischen Imperialismus, weißt du das? Eine unwichtige Nummer, eine Marionette in einem Kampf, den niemand gewinnen kann. Ich weiß, dass ich unwichtig bin, sagte ich. Aber für mich bist du wichtig, rief sie. Ich will nicht, dass du irgendwo da unten im Dschungel verreckst. Reicht es nicht, dass ich meinen Vater auf diese Weise verloren habe? Er war auch mein Vater, erinnerte ich sie, auch ich habe ihn verloren. Und genau deshalb muss ich gehen. Er hätte es so gewollt. Du meinst, er hätte gewollt, dass sein Sohn auf dieselbe Art stirbt wie er?, fragte sie mich. Ich glaube, dass er dieselbe Tapferkeit von mir erwartet hätte, die er selbst gezeigt hat, antwortete ich. Tapfer, aber tot, schnaubte Kate und zündete sich eine weitere Zigarette an. Sie schwitzte und zitterte, ich hatte plötzlich ein wahnsinnig schlechtes Gewissen, weil ich sie allein ließ, doch ich übersah das Wesentliche: dass sie schon damals ein Drogenproblem hatte.

Bill hielt inne, legte den Kopf in den Nacken, als würde er in den Himmel schauen. Dave tat es ihm nach. Es war nicht mehr derselbe Himmel wie noch vor zwei Stunden.
Kate war mein blinder Fleck. Hätte ich richtig hingeschaut, dann hätte ich es erkannt. Er lachte kurz und freudlos auf. Aber das ist genau, was ich über sie gesagt habe, nicht? Dieser überhöhte Anspruch, diese Selbstüberschätzung. Vielleicht steckt also doch ein Glennard in mir. Heute weiß ich, dass sie depressiv war, mit manischen Phasen, in denen sie lernte wie eine Verrückte, Flugzettel verteilte, an Versammlungen teilnahm, Demos organisierte und kaum schlief. Sie powerte sich total aus, und dann verfiel sie in Depressionen, die sie mit Heroin behandelte. Gegen Schluss entwickelte sie anscheinend zusätzlich eine handfeste Paranoia, was auch damit zusammenhing, dass sie zwei- oder dreimal festgenommen wurde und für ein paar Tage im Gefängnis landete. All das erfuhr ich Jahre später von einer ehemaligen Kommilitonin, mit der sie, wie sich herausstellte, zusammen gewesen war. Es überraschte mich nicht. Ich hatte mich schon während unserer Highschoolzeit gefragt, warum sie nie einen Freund hatte, obwohl sie so wahnsinnig hübsch war. Aber sie verweigerte eben das ganze Spiel zwischen den Geschlechtern, das Zurechtmachen und Daten, die Konkurrenz mit anderen Mädchen. Das kam wohl noch dazu – dass sie lesbisch war. Sie war eine lesbische, feministische Friedensaktivistin, der Albtraum des konservativ-katholischen Amerika, dem unsere Eltern angehörten.
Bill tastete nach Daves Hand und nahm das Foto wieder an sich, steckte es aber nicht ein, sondern fuhr wie vorhin mit einem Finger den gezackten Rand entlang, eine Geste unbeholfener Zärtlichkeit. Er machte eine lange Pause, bevor er aussprach, was Dave bereits wusste, so wie Kate gewusst hatte, dass ihr Vater tot war. Bill, der unfreiwillige Überbringer schlechter Nachrichten.

Sie starb am 13. April 1970 an einer Überdosis Heroin. Niemand schrieb mir. Ich kam 1972 aus Vietnam, da war sie schon zwei Jahre tot. Mutter behauptete, Kate sei an einer komplizierten Tuberkulose gestorben und sie habe mich nicht belasten wollen.
Er drehte das Foto um, fuhr mit dem Finger über die Stelle, an der das Datum notiert war.
Es hat mich fast den Verstand gekostet. Kate hatte solche Angst, dass ich in diesem Krieg umkommen würde, doch am Ende war sie es, die ihn nicht überlebt hat. Deshalb bereue ich, nach Vietnam gegangen zu sein, nicht wegen meines Beins oder meiner Augen.
Du machst dir Vorwürfe?, fragte Dave.
Bill wiegte den Kopf. Es ist schwierig. Ich weiß nicht, ob ich etwas hätte verhindern können. Aber ich habe es nicht mal versucht, im Gegenteil, ich habe auch noch teilgenommen an dem, wogegen sie so sehr gekämpft hat. Und ich habe nicht begriffen, wie schlimm es für sie gewesen sein muss, als ich ging, die Wiederholung ihres kindlichen Traumas. Es war etwa ein halbes Jahr nachdem ich zurück war, als mich ihre Freundin aufsuchte, Mandy. Sie erzählte mir, wie Kate in der Nacht immer wieder schreiend aufgewacht war, weil sie geträumt hatte, ich wäre von einer Explosion zerfetzt worden oder im Maschinengewehrfeuer gefallen, manchmal war es auch Vater, oder mein Gesicht wurde während des Traums zu seinem und umgekehrt. Wenn ich aus Vietnam schrieb, hatte Kate jedes Mal eine Hochphase, in der sie weniger Heroin nahm. Mandy sagte mir auch, dass Kate es absichtlich getan hatte. Sie war fortgeschrittene Medizinstudentin, hatte Zugang zu reinem Heroin und wusste ganz genau, was sie vertrug und wie viel nötig war, um sich umzubringen. Ich wurde damals total wütend und warf Mandy hinaus, es war einfach zu viel für mich. Ein paar Jahre später rief ich sie an und entschuldigte mich. Wir trafen uns noch einmal und redeten

über Kate, einfach nur über ihre Eigenarten, worüber sie gelacht und was sie gerne gegessen hatte und wie sie ihre Nase gekräuselt hatte, wenn sie mit etwas nicht einverstanden war. Wir tauschten unsere Erinnerungen aus, die ja sehr verschieden waren, und so puzzelten wir eine halbwegs vollständige Kate zusammen, für uns beide. Ich bedankte mich für ihre Ehrlichkeit, sie war wichtig gewesen, auch wenn ich sie zunächst nicht ertrug. Noch heute kann ich kaum glauben, dass Mutter mich belogen und damit denselben Fehler gemacht hat wie bei Kate dreiundzwanzig Jahre zuvor. Aber eine heroinsüchtige Tochter durfte eben einfach nicht sein. Laut Mandy hatten Mutter und Kate schon eine ganze Weile keinen Kontakt mehr. Sie bekam Geld und wurde ansonsten totgeschwiegen. James und Gloria spielten brav mit, ihre rebellische Schwester war ihnen ohnehin immer ein wenig peinlich gewesen. Allerdings behaupteten beide später, von dem Heroin nichts gewusst zu haben. Ach ... Bill machte eine müde Handbewegung ... spielt alles keine Rolle mehr.
Für mich schon, sagte Dave.
Bill dachte kurz nach.
Du sagtest, du hast von ihr geträumt? Bist du sicher, dass sie es war?
Absolut sicher. Aber ich verstehe es nicht – sie ist gestorben, bevor ich geboren wurde.
Merkwürdig, sagte Bill. In Vietnam habe ich einmal mit einem alten Mann gesprochen. Er war überzeugt, dass einem im Traum die Geister von Verstorbenen erscheinen, um einem etwas mitzuteilen. Ich glaube ja eigentlich nicht an solche Dinge, aber wer weiß ... Hast du als Kind mal ein Bild von ihr gesehen? Obwohl Mutter ja alles weggegeben hat, was an sie erinnerte. Irgendwann habe ich Rosita gebeten, nach alten Familienfotos zu suchen, vor allem die von Vater und Katie, aber sie hat nichts gefunden. Nur die paar, die jetzt auf meiner Kommode im Vorzimmer stehen.

Ja, die habe ich gesehen, sagte Dave.

Als sie sich im Traum zu dir umgedreht hat und du ihr Gesicht gesehen hast – hat sie da etwas gesagt?

Dave schüttelte traurig den Kopf.

Sie schwiegen. Die Sonne war kurz davor, hinter der Skyline von Central Park West zu verschwinden, und tauchte die Häuser auf der 5th Avenue in orangefarbenes Licht. Die Mütter waren mit ihren Kindern nach Hause gegangen und hatten das Terrain den Hunden und ihren Besitzern überlassen, Spatzen hüpften um sie herum, Jogger mit Kopfhörerstöpseln in den Ohren zogen auf dem Weg an ihnen vorbei. Dave fröstelte. In seinem Kopf waren tausend Dinge, gleichzeitig spürte er, dass es nichts mehr zu sagen gab. Bill wirkte erschöpft.

Ich bring dich heim, sagte Dave.

Bill nickte, dann hielt er ihm das Foto hin.

Es ist das letzte Bild von uns beiden, ein Freund von mir hat es gemacht, bevor ich zur Army ging. Ich habe es mitgenommen nach Vietnam und auch, seit ich zurück bin, immer bei mir getragen, obwohl ich es ja nicht mehr sehen konnte. Inzwischen ist das tatsächliche Bild in mir verblasst. Aber das Glück ist noch da, unser Glück von damals, einander zu haben. Und Katie ist noch da. In mir drin, für immer. Ich brauche das Foto nicht mehr, du kannst es haben.

*

Eine verlassene Straße irgendwo im Village. Die Häuser leuchten orangerot in der Morgensonne, doch der Himmel über ihm ist dunkel wie in tiefster Nacht. Die Gegend ist ihm unheimlich, obwohl er sie kennt. Dave geht die Bleecker Street entlang, ohne Ziel, das Gehen ist es, worauf es ankommt, er darf nur nicht stehen bleiben, dann wird ihm nichts geschehen. Er überquert die 7th Avenue, niemand ist unterwegs, kein einziges Auto, nichts ist gespenstischer als New York ohne Menschen und Verkehr. Steht eine Naturkatastrophe bevor, der schlimmste Hurrikan aller Zeiten? Haben sich alle in ihren Häusern verbarrikadiert, ist die Stadt evakuiert worden? Plötzlich hört er Flugzeuge, ein rasch anschwellendes, ohrenbetäubendes Dröhnen, zu laut, zu schnell für gewöhnliche Passagiermaschinen, es muss ein Kampfgeschwader sein, ein Bombenangriff. Er beginnt zu rennen, überquert die 6th Avenue, biegt links in die MacDougal Street ein, er weiß genau, wo er hinmuss, und jetzt kommen ihm Menschen entgegen, ein regelrechter Strom aus Körpern und Gesichtern, manche kennt er, doch niemand erkennt ihn, weder Hamid noch Gloria noch Max, der Hand in Hand mit Iris Chang die Straße entlanghetzt, sie alle sind auf der Flucht, und er läuft in die falsche Richtung. Ständig stößt er mit jemandem zusammen, entschuldigt sich, sorry I'm sorry excuse me so sorry. Endlich ist er am Washington Square, aus dem Park kommen gerade die letzten Flüchtenden, doch Dave weiß, sie ist noch da, am Brunnen muss sie sein, und da sitzt sie, mit leerem Blick, die Haare lose zum Zopf gebunden, die Hände zwischen den Oberschenkeln, aus den Hosenbeinen ihrer Jeans tropft Wasser, als wäre sie eine Brunnenfigur. Das Donnern der Bomber erfüllt die Luft. Kate, sagt er, Katie, sie kommen, wir müssen weg von hier. Er will sie bei der Hand nehmen und fortziehen, doch ihre Hand ist starr und kalt wie bei einer Toten. Dave befühlt ihr Gesicht, den sanften Schwung ihrer Lippen, den schmalen Nasenrücken, die Haut wie polierter Stein, sie ist eine Skulptur, eine sehr lebensechte Statue. Ihre Augen sind geweitet und drücken Angst, Schmerz, Zorn und Resignation aus, alles auf einmal, oder hintereinander in schnellem Wechsel. Er fasst in ihr Haar und erschrickt, weil es echt ist, dichtes, volles, lebendiges Haar, noch warm von der Sonne, die nicht scheint, ein eigenartiges Zwielicht liegt über dem Park. Ihm wird klar, dass er Kate zurücklassen muss, er will seine Hände aus ihrem Haar ziehen, doch seine Finger verfangen sich ständig in den Strähnen, er wird panisch, reißt ruckartig an ihnen und hat Kates Haarschopf in der Hand, ein weiches, wirres Nest mit verwelkten Blüten und toten Schmetterlingen darin. Hektisch versucht Dave, sie mit den Fingerspitzen herauszupicken, damit er Kate ihre Haare zurückgeben kann, sie sieht furchtbar aus so kahl, als wäre sie nackt, als hätte er ihr die Kleider vom Leib gerissen, doch die toten Insekten und Pflanzenteile werden immer mehr, er findet Käferleichen, vertrocknete Samenkapseln, faulende Blätter, schimmlige Beeren, ein Kosmos verwesender Natur. In seiner Ungeduld macht er eine plötzliche, ungeschickte Bewegung und stößt gegen Kates Kopf, der in Zeitlupe zu Boden fällt und in Tausende Splitter zerbricht, die am Boden aufprallen und wieder in die Luft geschleudert werden, Fragmente tanzen durch die Luft, ein Augapfel, ein Stück Mund, ein Ohr, und Dave bemerkt, dass der Fluglärm aufgehört hat, es gibt überhaupt kein Geräusch mehr, wie in einem schalltoten Raum. Er öffnet den Mund, um zu schreien, aber er weiß, niemand wird ihn hören, nicht einmal er selbst.

*

3. April 2015. Freitag. Magenta.

Dave wachte auf, weil ihm so schlecht war. Er robbte an den Bettrand, beugte sich darüber und kotzte auf den Boden. Danach war es sowohl leichter als auch notwendiger, aufzustehen. Er ging ins Bad, stellte sich unter die Dusche, legte den Kopf in den Nacken und öffnete den Mund. Erst durch das Gefühl nassen Stoffs auf seiner Haut fiel ihm auf, dass er in seinen Klamotten geschlafen hatte. Nachdem er sie umständlich ausgezogen hatte, ließ er sie in der Dusche liegen, ging nackt in die Küche, warf eine Brausetablette in ein Glas Wasser, beobachtete die aufsteigenden Bläschen und den sich bildenden Schaum an der Oberfläche, während sie sich auflöste, und stürzte das Zeug in einem Zug hinunter. Dann machte er sich einen Kaffee von der Stärke eines Ostküstentornados und trank ihn im Stehen am Fenster, während er auf die Straße hinunterschaute und vergeblich versuchte, sich an das Ende des vergangenen Abends zu erinnern. Er stieg ungefähr an der Stelle aus, wo er die fünfundzwanzigjährige blonde Bartenderin einer Dive Bar irgendwo tief im Herzen des East Village hatte überreden wollen, ihn nach ihrer Schicht mit nach Hause zu nehmen. Soviel er wusste, hatte er ihr versprochen, sie nicht anzufassen, und ihr erklärt, er wolle nur auf ihrem Sofa schlafen anstatt allein in seinem Apartment, weil er sich vor dem Geist seiner Tante fürchte, die sich in exakt ihrem Alter mit einer Überdosis Heroin das Leben genommen hatte. Ihr Geist habe die unangenehme Angewohnheit, ihm im Traum zu erscheinen, obwohl oder weil die Tante gestorben war, bevor er, Dave, geboren wurde. Die Bartenderin, deren Name er vergessen hatte, schenkte ihm ungebeten einen weiteren doppelten Whiskey ein und meinte, es gäbe nichts auf der Welt, das Geister aller Art so effizient bekämpfe wie hochprozentiger Alkohol. Danach verschwammen die Bilder. Vielleicht hatte jemand auf der Theke getanzt, vielleicht hatte er irgendeinem alten Saufkopf Kates Geschichte erzählt. Das Nächste, woran er sich klar und mit schmerzhafter Deutlichkeit erinnerte, war der Traum, den er kurz vor dem Aufwachen hatte. Die ausgestorbenen Straßen des Village, der drohende Bombenangriff, die Flüchtenden, Katie am Brunnen. Als Kind hatte Dave eine Phase gehabt, in der er regelrechte Panik entwickelte, es könnte Krieg ausbrechen. Abendessen und Fernsehnachrichten gehörten im Hause Glennard zusammen wie Pommes und Ketchup, jahrelang hatte er es nur langweilig gefunden und sich auf die Werbeeinschaltungen gefreut. Doch als die Sowjetunion in Afghanistan einmarschierte und kurz darauf der erste Golfkrieg begann, flüchtete Dave aufs Klo, sobald darüber berichtet wurde. Dort saß er auf der Muschel und hielt sich sicherheitshalber noch die Ohren zu. Seine Mutter war natürlich bald alarmiert durch dieses absonderliche Verhalten und schleppte ihn zum Arzt, weil ihm als Erklärung nichts Besseres einfiel, als zu behaupten, er bekäme in letzter Zeit häufig während des Abendessens Bauchweh. Das war nicht einmal gelogen, denn die Angst bewirkte tatsächlich, dass sich seine Gedärme krampfartig zusammenzogen. Die Tabletten, die ihm der Arzt verschrieb, halfen dagegen nicht. Er bekam auch Herzklopfen, und wenn er nachts im Bett daran dachte, schnürte es ihm den Hals zu. Und er träumte schlecht, damals schon. Als es unerträglich wurde, sagte er Mathilda schließlich doch die Wahrheit, beim Frühstück im Bett am Sonntagmorgen - diese Tradition führten sie in Wien weiter, bis es Dave zu peinlich wurde, mit seiner Mutter in einem Bett zu liegen. Mathilda lachte ein wenig zu laut und erklärte, diese Kriege seien weit weg und Europa habe damit nichts zu tun, schon gar nicht Österreich, und dann erklärte sie ihm die Sache mit der Neutralität. Sie bezog sich auf zwei verfeindete Banden von Jungs in seiner Schule, die sich auf verschiedene Arten bekriegten. Du hältst dich da raus, oder?, fragte sie. Ja, sagte Dave, obwohl das nicht ganz korrekt war. Er war zwar keiner der Banden richtig beigetreten, weil ihm die dafür notwendigen Rituale und Mutproben zu heftig waren, aber er zahlte einer der beiden regelmäßig eine Art Schutzgeld in Form von Süßigkeiten, die er von seinem Taschengeld finanzierte, damit sie ihn vor der anderen beschützte. Aber das wusste seine Mutter ja nicht. Siehst du, sagte Mathilda, das ist genau, was Österreich tut. Es hält sich raus. Das beruhigte Dave, aber nicht restlos. Weiterhin reagierte er körperlich, wenn er Bilder von Kriegen sah, besonders von Luftangriffen. Als Ende der siebziger, Anfang der achtziger Jahre der Konflikt um die in Europa stationierten Mittelstreckenraketen entbrannte, begriff er gottlob nicht, dass es einer war, ein gefährlicher noch dazu. Er sah die Bilder der Pershings und glaubte, es ginge um Raumfahrt, die ihn fasziniert hatte, genau wie Nobbs. Diese Raketen sahen elegant aus, so schmal und lang, mit ihren schnittigen Flossen und den nadelförmigen Spitzen, die ins Weltall zu weisen schienen. Er hörte die Worte Aufrüstung und Abrüstung und dachte an Ritterrüstungen. Der Zusammenhang zwischen den reich verzierten metallenen Harnischen, die er während eines Schulausflugs auf einer mittelalterlichen Burg bewundert hatte, und den Pershings war ihm allerdings unklar. Zum Glück sah Nobbs nie Nachrichten. Es müsste verboten sein, Kinder vor einem gewissen Alter Nachrichtensendungen anschauen zu lassen, sie gehörten auf den Index jugendgefährdender Medien.

Er gab sich einen Ruck, zog sich an, holte einen Kübel mit Wasser und einen Lappen und machte neben dem Bett sauber. Danach beschloss er, zu Hause anzurufen. In Wien war es jetzt kurz nach sechs Uhr abends – die perfekte Zeit: Janet würde entweder schon auf dem Weg in den Nachtdienst oder mit Kochen beschäftigt sein. Es war Freitag, falls Max oder Mel ausgingen, würden sie das also erst später tun. Ob sie daran interessiert waren, mit ihm zu reden, war fraglich, aber Nobbs würde jedenfalls noch nicht zu müde sein. Er legte sich aufs Sofa, was seinem Magen und seinem Kreislauf zuträglich war, und rief Max' Nummer auf.

Hi, Dad, sagte Max, als wäre Dave im Supermarkt ums Eck und wollte wissen, wie viel Milch sie noch im Haus hatten.

Hi, Max, sagte Dave. Wie geht's?

Geht.
Ich habe gefragt, wie, nicht ob.
So genau willst du's nicht wissen.
Ich glaub eher, du willst nicht drüber reden.
Max ließ ein Geräusch hören, das man mit viel gutem Willen als Lachen interpretieren konnte.
Neuigkeiten von der Zivildienstfront?, fragte Dave.
Das ist ein Widerspruch in sich.
Was?
Zivildienstfront, sagte Max. Entweder Zivildienst oder Front.
Mann, nimm's nicht so genau, du weißt, was ich meine.
Ja. Nein, nichts Neues. Du weißt ja, bei der Rettung gibt's lange Wartelisten.
Kann Janet da nichts tun?
Doch. Aber ich bin auch nicht der einzige Arztsohn, der zur Rettung will.
Bist du sicher, dass du das willst?
Ach Dad, lass uns nicht schon wieder davon anfangen, okay?
Schon gut. Und was machst du so immer?
Schweigen in der Leitung.
Verstehe, sagte Dave. Sag, ist Nobbs da?
Nein, er ist was trinken gegangen.
Was?
Scherz. Natürlich ist er da. Und bevor du fragst: Mom ist nicht da, sie ist mit einer Freundin im Kino. Ich passe heute auf ihn auf.
So genau wollt ich's gar nicht wissen.
Dave hörte, wie Max seine Zimmertür öffnete und schloss, durch die Wohnung ging, nach Nobbs rief, dann Nobbs' Stimme, von der Dave sofort weiche Knie bekam.
Hi, Dad.
Nobbsiiiii! Na, alles okay bei dir?
Klar, sagte Nobbs. Ich habe gerade ein neues Raumschiff aus Lego gebaut.

Oh, super.
Ja, es ist das beste Raumschiff ever. Es sieht so geil aus.
Dave musste grinsen, zum ersten Mal heute. An der Art, wie er redete, konnte Dave heraushören, dass er viel Zeit mit seinen großen Geschwistern verbrachte.
Aber das Tollste ist: Es hat einen Antizerstörungsschild!
Okay, das heißt, es ist unzerstörbar?
Ja! Es kann einfach nicht kaputtgehen, verstehst du?
Aber was ist, wenn es von innen kaputtgeht?
Was meinst du?, fragte Nobbs.
Na ja, Dinge können kaputtgehen, weil sie jemand zerstört, von außen, oder sie funktionieren plötzlich nicht mehr, weil ein Teil innen drin kaputtgeht, weil es schon alt ist und abgenützt, wie ... wie der Faden in einer Glühbirne, das hab ich dir mal erklärt.
Nobbs schwieg, und Dave hatte ein schlechtes Gewissen. Warum musste er ihm seine Freude nehmen? Aber er hatte vergessen, dass es Nobbs war, mit dem er sprach, Noah, der Unverwüstliche, der sogar noch etwas Positives darin fand, wenn sie ohne Schirm im strömenden Regen die Straßenbahn verpassten. Jetzt werden wir ganz sauber, sagte er damals zu Dave, und unsere Klamotten auch gleich, ohne dass du sie in die Waschmaschine stecken musst. Er legte den Kopf in den Nacken und verrieb den Regen in seinem Gesicht, gemeinsam mit der Schminke vom Kinderfasching, von dem ihn Dave gerade abgeholt hatte, dabei drehte und wendete er sich, als stünde er unter der Dusche und lachte. Danach sah er aus, als wäre er vornüber in den Schlamm gefallen.
Du verstehst das nicht, sagte Nobbs in diesem gewissen Ton, der dafür sorgte, dass Dave sich wie ein kompletter Idiot fühlte. Wenn etwas unzerstörbar ist, kann es nicht kaputtgehen, auch nicht von innen. Die Teile werden nicht alt oder genützt.
Abgenützt.

Ja, sie bleiben immer genau wie am Anfang.
Das ist toll, sagte Dave.
Mhm, machte Nobbs und begann, vor sich hin zu summen. Dave sah ihn vor sich, wie er mit dem Telefon in der einen und dem Raumschiff in der anderen Hand durchs Zimmer lief. Mit Erwachsenen waren Gesprächspausen am Telefon peinlich, mit Kindern überhaupt nicht. Worte dienten ihnen noch nicht dazu, eine Stille zu füllen, in der wohlweislich Unausgesprochenes hörbar wurde. Eine Weile hörte er Nobbs einfach nur beim Spielen zu und genoss es. Er schloss die Augen und stellte sich vor, er läge daheim auf dem Sofa im Wohnzimmer und ruhte sich ein wenig aus, während Nobbs spielte. Fast erwartete er, jeden Moment überfallen und so lange genervt zu werden, bis er einwilligte, mit ihm eine Folge *SpongeBob* zu schauen. Doch da sagte Nobbs:
Mom ist nicht da.
Ich weiß, sagte Dave. Max hat es mir gesagt.
Sie ist im Kino.
Ja, auch das hat er mir verraten.
Mit einer Freundin.
Mhm. Dave wusste nicht recht, was er noch sagen sollte.
Weißt du, was sie sich ansieht?
Nobbs sagte nichts, aber Dave war fast sicher, dass er den Kopf schüttelte und nicht daran dachte, dass Dave es nicht sehen konnte.
Stört es dich, dass sie nicht da ist?
Max ist ja da. Er spielt später mit mir so ein Autorennspiel am Computer, das ist urcool.
Verstehe.
Mom ist nicht viel zu Hause und Mel auch nicht. Max ist fast immer da. Er bringt mich auch meistens zum Fußball und holt mich ab, und dann gehen wir Eis essen.
Hat der Eissalon denn schon offen?

Ja. Es gibt ein neues Eis, Crunchy Caramel, urgut.
Mmmmmmh, machte Dave.

Irgendetwas da drüben war nicht in Ordnung. Zwar wirkte Nobbs nach außen wie gewöhnlich sorglos, und auch sonst konnte er sein Gefühl nicht konkret begründen: Janet arbeitete wie immer viel, und Mel war noch mehr auswärts als bisher, weil Max nicht mehr zur Schule ging und Nobbs öfter übernehmen konnte. Und dass Janet ins Kino ging, war zwar selten, aber es kam vor. Doch gerade die beiläufige, neutrale Art, in der Nobbs diese simplen Informationsbrocken von sich gab, machte Dave hellhörig. Kinder waren Seismographen, sie fingen selbst kleinste Erschütterungen in ihrer Umgebung auf. Dave kam der Begriff mikroseismische Unruhe in den Sinn. Genau das war es, was er empfing: minimale Signale eines fernen Bebens, ein Zittern weit weg vom Zentrum. Es erzeugte in ihm selbst eine Unruhe, die alles andere als mikroseismisch war.
Nachdem er das Telefonat beendet hatte, kreiste er sinnlos durch die Wohnung. Er hatte das Gefühl, auszuflippen, wenn er nicht sofort hier rauskam, außerdem brauchte er dringend etwas zu essen. Er ging zu L. A. Burrito weiter unten in seiner Straße und bestellte einen fetten Rinderburrito mit extra Käse und scharfer Salsa. Der Latinosound drinnen war viel zu laut und gnadenlos fröhlich, also aß er ihn auf der kleinen Bank vor dem Laden. Abermals schien die Sonne, doch ein Dunstschleier lag über dem Himmel, die Luft war feucht und schwül. Ein ziemlich dickes, etwa fünfzehnjähriges Mädchen in einem kurzen knallpinken Rock und engem, bauchfreiem T-Shirt setzte sich neben ihn und verspeiste ihren Burrito in weniger als fünf Minuten.
How do you do that?, fragte Dave, der ein langsamer Esser war, vor allem heute.
What?

Eating so quickly.
It's all training, sagte sie. I'm the youngest of six children. You have to go for it, otherwise you don't get anything, you know?
I don't, sagte Dave. I grew up as an only child.
Lucky you, sagte das Mädchen. Have a nice day.
Sie stand auf und ging mit einem bemerkenswerten Hüftschwung die Straße hinunter, eine große, gepunktete Haarschleife wippte bei jedem ihrer Schritte mit. Was für ein Selbstbewusstsein! Entstand es von selbst, wenn man von Anfang an um seinen Platz kämpfen musste wie sie? Bestimmt gab es auch genug Menschen, die in so einer Konstellation untergingen. Er stellte sich die Mutter des Mädchens ein bisschen wie Rosita vor, eine ebenfalls dicke, aber hübsche Mexikanerin, die ihre Tochter dazu anhielt, selbst dafür zu sorgen, dass sie bekam, was sie brauchte, schließlich konnte sie sich unmöglich ständig darum kümmern bei so vielen Kindern. Rosita hatte nie welche bekommen, Bill war in gewisser Weise ihr Kind gewesen, auch wenn er um mehr als zehn Jahre älter war. Wann hatte sich die Liebesbeziehung zwischen ihnen entwickelt? Denn dass es heute eine war, in welcher Form auch immer, daran bestand für Dave kein Zweifel. Es war spürbar in jedem Wort, das der eine über den anderen sprach, in jeder diese Worte begleitenden Geste, im Mienenspiel, eine Mischung aus Zärtlichkeit, Achtung und Dankbarkeit, die in Dave ein solches Sehnen hervorrief, dass es ihn schier zerriss. Es war beschämend, aber ein Teil von ihm beneidete die beiden auf dieselbe Art, wie er dieses Mädchen beneidete – um ihre fünf Geschwister, das Gerangel um die größte Essensportion, heißes Duschwasser, Platz vor dem Badezimmerspiegel. Dave dachte an Kate, die ebenfalls die Jüngste von immerhin vier Geschwistern gewesen war. Aber die Glennards hatten drei Bäder und vier Toiletten, bei den Mahlzeiten herrschte Überfluss, und die Wohnung war so

groß, dass man sich aus dem Weg gehen konnte, wenn man sich nicht begegnen wollte. Dennoch: Kate und Bill hatten einander gehabt, auch James und Gloria, auf ihre Art. Dave hatte Mathilda gehabt und Mathilda Dave, ein geschlossenes System, das sich mit der Zeit hätte öffnen sollen, es aber nicht tat. Erst als Dave längst in der Pubertät war, verließ er es heimlich durch die Hintertür. Ihm war, als hätte sein ganzes weiteres Leben in dem Hinterhof stattgefunden, den er durch diese Tür betreten hatte. Was er stets vermisst hatte, war das Gefühl freien Raums. Es gab einen einzigen Ort auf der Welt, der ihm dieses Gefühl verlässlich vermittelt hatte, jedes einzelne Mal, wenn er dort gewesen war: Rockaway Beach. Der endlose Strand unter dem weiten Himmel, das verschwenderische Licht, die unbegrenzte Sicht auf den Atlantik und den Horizont, die mächtigen Wellen und im Verhältnis dazu Dave, gerade mal einen Meter groß. Aber er hatte sich nicht klein oder unbedeutend gefühlt, sondern frei. Eine Euphorie ergriff von ihm Besitz, schon wenn sie aus dem A Train ausstiegen, die salzige Brise vom Meer herüberwehte und ihm in die Nase stieg. Nie hatte er Ähnliches am Mittelmeer erlebt. Jetzt, vier Jahrzehnte später, zog es ihn mit einer solchen Kraft dorthin, dass er gar nicht anders konnte, als sich auf den Weg zu machen. Er ging zu Fuß bis zur Broadway Junction, das Gehen tat ihm gut, klärte seinen Kopf, der noch immer reichlich benebelt war. Im A Train beobachtete er die Menschen, die sich in Ethnie und sozialer Schicht stark von denen unterschieden, die man auf anderen Streckenabschnitten der längsten U-Bahn-Linie New Yorks vorfand. An der Euclid Avenue stiegen ein Mädchen und ein Junge ein, beide schwarz, wahrscheinlich Geschwister. Sie stellten ihre Schulrucksäcke und eine boom box am Boden ab und starteten die Musik, ein schneller Hip-Hop-Groove, zu dem sie gemeinsam eine gut einstudierte Choreografie tanzten. An einem bestimmten Punkt der Performance zog sich das Mädchen zurück und überließ dem Jungen das Feld für eine akrobatische Einlage an der Haltestange. Dann war sie dran, und der Junge feuerte sie an. Es lag eine große Selbstverständlichkeit in ihrem Auftreten, aber auch der Wille, etwas zu wagen, und der pure Spaß, den sie an der Bewegung selbst hatten, war so ansteckend, dass Dave am liebsten mitgetanzt hätte. Der halbe Waggon filmte mit und alle applaudierten, als sie fertig waren.

Die Subway kam an die Oberfläche und ratterte über den Häusern und Straßen von Ozone Park dahin. An der Station Howard Beach – JFK Airport verließen die Koffermenschen den Waggon. Als Kind hatte Dave die lange Fahrt damit verbracht, sich auszudenken, wo sie jeweils hinreisten, und später, am Strand, ordnete er sie den Flugzeugen zu, die kurz nach dem Start tief über ihn hinwegflogen. Es war ein Teil des Reizes von Rockaway Beach und den Ausflügen dorthin, als wäre die schmale Landzunge ein Sprungbrett zum Rest der Welt. Ein anderer Teil war die Fahrt übers Wasser, dort, wo die Subway auf einer so schmalen Trasse die Jamaica Bay überquerte, dass man das Gefühl hatte, sie sei ein Schiff, das auf dem Meer dahinglitt. Als er jetzt hinausschaute auf die kobaltblaue Fläche, die sich wie ein verknittertes Tuch links und rechts von ihm ausbreitete, erinnerte er sich, dass er seine Mutter einmal gefragt hatte, ob sie nicht in einem der auf Pfählen errichteten, alten Bungalows in Broad Channel wohnen könnten, eine kleine Insel inmitten der Bay, auf der die U-Bahn haltmachte. Mathilda hatte nur gelächelt, ihm nicht wirklich geantwortet, und Dave hatte nicht weitergefragt. Heute wusste er, dass er eine Sehnsucht in ihr angerührt hatte, jene Sehnsucht, die ihr wenig später die Kraft gab, James zum Umzug nach Wien zu überreden. Central Park West war ein Käfig für sie, dem sie entfliehen wollte, doch ein Bungalow in Broad Channel war in gewisser Hinsicht viel weiter weg von der Upper West Side als eine Jugend-

stil-Altbauwohnung in Döbling. Ihr Mann regte sich schon darüber auf, wenn sie mit ihrem gemeinsamen Sohn zum Baden nach Far Rockaway fuhr, damals eine Gegend mit zweifelhaftem Ruf. Rockaway Beach war ihr gemeinsamer Fluchtpunkt gewesen.
Dave wechselte an der Station Broad Channel in den Shuttle und stieg an der Beach 90th Street aus. Er war seit fast vierzig Jahren nicht mehr hier gewesen. Seine Erinnerung an die Straßen und Häuser dort war verschwommen, aber die großen rechteckigen Wohnblöcke, die sich in einer langen Reihe Richtung Osten zogen, hatte es mit Sicherheit schon gegeben. Der Boardwalk war brandneu, den alten hatte Hurrikan Sandy vor zweieinhalb Jahren vollständig abgetragen. Damals war er wie gelähmt vor dem Fernseher gesessen und hatte zugesehen, wie die Wellen den Shore Front Parkway fluteten und die Holzplanken mit sich rissen, auf denen er einst mit seiner Mutter den Strand entlanggegangen war. Tagelang hatte er nicht aufhören können, das Werk der Zerstörung zu verfolgen, das der Sturm hinterließ, Bilder wie aus einem Kriegsgebiet: Skelette von abgebrannten Wohnhäusern, Berge von Schutt und Schlamm, zersplittertem Holz, kaputten Einrichtungsgegenständen, Häuser, von denen ein Teil weggebrochen war, sodass man in die Zimmer sehen konnte wie in ein Puppenhaus, Autos, die aussahen, als wäre ein Riese versehentlich auf sie getreten. In einem wiederkehrenden Traum stand er bis zu den Knien im Wasser auf einer einsamen Straße und versuchte vergeblich, durch die Luft fliegende Dinge aufzufangen, die der Sturm ihm entgegenschleuderte: Stühle, Tische, Bücher und Schulhefte, aber auch Katzen, Hunde, Schweine und Schafe, als wäre er Noah – der Patriarch, nicht sein Sohn – und wollte sie retten.
Der Wind empfing ihn wie ein schwaches Echo dieser Erinnerungen. Von der Katastrophe war hier nichts mehr zu sehen. Auf dem Boardwalk war kaum etwas los, die Saison würde

erst Ende Mai beginnen. Zwei Bagger standen verlassen am Strand, ein Jogger lief an Dave vorbei, ein älteres Paar saß stumm auf einer der Bänke. Wenigstens die waren noch aus Holz, während der Boardwalk selbst nun zur Gänze betoniert war. Dave hatte den alten schöner gefunden, doch der Beton würde den Stürmen der Zukunft besser trotzen. Und die Stürme würden kommen, daran bestand kein Zweifel. Sie würden mehr werden. Die Erde würde ein Antizerstörungsschild brauchen, dachte Dave. Eigentlich hatte sie sogar eins, doch die Menschheit war gerade dabei, es zu ruinieren. Der Planet ging von innen kaputt, nicht durch äußere Angriffe, und das Teil, das alt und abgenützt war und dazu führte, war das menschliche Gehirn. Vielleicht brauchten sie ein neues.
Am nächstgelegenen Abgang nahm er die Stufen hinunter zum Strand, zog Schuhe und Socken aus und lief durch den warmen Sand. Die nur leicht scharfe Meeresbrise war wie eine vertraute Berührung in seinem Gesicht. Er rannte Kreise und Achten und Schlangenlinien und dann an der Wasserlinie entlang, dort, wo der Sand feucht und zusammengepresst war von den Wellen, die darüberleckten und sich wieder zurückzogen in einem endlosen Rhythmus. Mal erreichten sie seine Füße und mal nicht. Als kleiner Junge hatte er ein Spiel daraus gemacht: ihnen auszuweichen oder aber sie zu jagen, was mehr Mut erforderte. Jetzt ließ er es kommen, wie es kam, genoss die Erfrischung, die salzigen Spritzer in seinem Gesicht, wenn eine höhere Welle ihn erreichte. Er spürte, wie sich von sehr tief unten eine Euphorie in ihm Bahn brach, sie blubberte in seinen Adern wie Blasen in einem Geysir, sie pulste in seinen Muskeln, kribbelte unter seiner Haut, und als sie an die Oberfläche kam, konnte er nicht widerstehen: Er stieß einen Schrei aus und lief direkt in die Welle hinein, die gerade auf ihn zukam, mitsamt seiner Kleidung, ließ sich von ihr umwerfen und unter ihr begraben, kam wieder hoch, warf sich auf die nächste, kraulte mit großen, wilden Bewegungen

hinaus aufs Meer, drehte sich übermütig ein paarmal um sich selbst, schwamm auf dem Rücken weiter, bevor sich erneut ein unerwartet hoher Wellenkamm über ihm brach. Und obwohl das Wasser nicht sehr tief und Dave noch relativ nahe dem Strand war, schlug seine Ekstase von einer Sekunde zur anderen in Panik um. In einem völlig falschen Reflex öffnete er den Mund, um zu schreien, diesmal aus Angst, schluckte Wasser, spürte die eisige Kälte des Atlantiks im Frühling und den Sog, mit dem die Welle ihn mit sich zog, er ruderte mit Armen und Beinen, tauchte auf, ging wieder unter. Er versuchte, zu schwimmen, doch seine Gliedmaßen verweigerten die Koordination, bewegten sich unwillkürlich und sinnlos in verschiedene Richtungen, er konnte sie ebenso wenig kontrollieren wie seine Atmung, immer atmete er im falschen Moment ein, nämlich wenn er unter Wasser war, und wenn er wieder an die Oberfläche kam und den tanzenden Strand sah, der jedes Mal weiter wegrückte, war er damit beschäftigt, die salzige Brühe auszuhusten. Sein Herz raste. Die lifeguards, schoss es ihm durch den Kopf, waren noch nicht da, erst am Memorial Day kamen sie, gemeinsam mit den Surfern, den Familien und den Rastas, niemand würde bemerken, dass er am Ertrinken war. Und wie in einem seiner Träume – in welchem? – gab es diesen Moment, in dem er dachte: Na und?, kein richtiger Gedanke, nur ein kleiner weißer Blitz in seinem alten, abgenützten Gehirn, eine elektrische Entladung, die ihn innehalten ließ in seinem chaotischen Kampf mit dem Ozean, er hörte auf, sich zu bewegen, hörte auf, zu atmen, jeglicher Widerstand in ihm erlahmte, und eine unerwartete Entspannung setzte ein, die auf seltsame Art angenehm war. Bilder von intensiver Farbkraft entfalteten sich nacheinander vor seinen Augen, in rascher Folge, zeichneten sich in gestochen scharfen Konturen gegen einen fehlenden Hintergrund ab, als schwebten sie in einem dunklen, unendlichen Raum. Seine Mutter, Violine spielend. Max in der Sandkiste. Janet im Hochzeitskleid, dem echten. Das Gesicht des Nachbarmädchens, kurz vor dem ersten Kuss. Die goldene Uhr am Arm seines Vaters. Der Blick aus seinem Fenster am Central Park West. Mel mit langen geflochtenen Zöpfen und ihrer Schultüte im Arm. Kate und Bill im Washington Square Park. Seine Gitarre in der Küchenecke. Hamid, an der Bar des Blaustern. Janet mit Gimli, dem Kater, auf dem Arm, als er noch ein Baby war. Nobbs, der sein Raumschiff durchs Zimmer flog. Nobbs, wie er durch die Küche tanzte. Nobbs in der Badewanne. Nobbs in seinem Bett unter dem Sternenhimmel. Mel, die Sterne an die Decke klebte. Der Sternenhimmel. Nobbs auf der Leiter. Die Rakete. Nobbs, wie er fiel. Und seine Stimme: Dad? Bist du da? Wo bist du, Dad?

Ich bin bei dir.

Im selben Augenblick nahm Dave etwas wahr, das er später als heftigen Stromstoß beschreiben sollte, und obwohl ihm entgangen war, dass er seinen Körper verlassen hatte, rutschte er nun wieder in ihn hinein wie in ein vertrautes Kleidungsstück. Plötzlich wusste er genau, was er zu tun, wie er sich zu bewegen hatte. Er tauchte auf, würgte das Wasser aus seiner Kehle, hustete, holte tief Luft und begann zu schwimmen, nicht hektisch, sondern langsam und stetig, mit all seiner Kraft, er musste nur regelmäßig atmen, ein und aus, ein und aus, er hatte das geübt. Als er Boden unter sich spürte, war er überrascht. Das Gewicht seines Körpers hängte sich tonnenschwer an ihn, während er aus dem Wasser robbte und noch ein Stück weiter den Strand hinauf, weg vom Meer. Keuchend drehte er sich auf den Rücken und blieb liegen, schaute hinauf in den Himmel, auf dem hellviolette, kreisförmige Muster pulsierten. Das Blut rauschte in seinen Ohren, das Pochen seines Herzschlags war überall. Lange lag er so, reglos, hörte den monotonen Gesang der Wellen und der Möwen, die über ihm kreisten, er fühlte die Sonne, wie sie ihn wärmte und

trocknete, den Sand in seinen Haaren, zwischen den Fingern, sonst gab es nichts. Er war ein leeres Gefäß, ein Raum ohne Möbel, ohne Bilder an den weißen Wänden. In seinem Kopf war die Stille des sehr frühen Morgens, der einsamsten Tageszeit, doch von Einsamkeit wusste er nichts, so wie ein Baum nichts davon weiß oder ein Berg. Die Zeit verging ohne ihn. Irgendwann bemerkte er, dass die Farbe des Himmels sich verändert hatte, er sah einen Stern, dann noch einen und noch einen. Er lächelte.
Ein bärtiges Gesicht erschien über ihm.
Hey, there. Are you okay?
Yeah, sagte Dave, I'm good. Thanks.
Der Mann musterte ihn mit zusammengekniffenen Augen.
You sure?
Yes, versicherte Dave, believe me. I've never been better.

*

Dave richtet sich auf. Rund um ihn schwarzer Sand, winzige, dunkle Kristalle, die in einem bläulichen Licht glitzern. Es ist kalt, eine klamme Kälte, die ihm in die Knochen kriecht. In einiger Entfernung ein paar kahle, bleich schimmernde Erhebungen. Niemand ist zu sehen, aber von irgendwoher hört er monotones, metallisches Hämmern und ein etwas dumpferes Echo davon, kling – klong, kling – klong. Er steht auf, klopft sich den Sand von Hemd und Hose und versucht, das Geräusch zu orten. Dort drüben muss es sein, irgendwo hinter dem höchsten der wesenhaften Felsen, wie ein versteinerter Saurier hockt er da. Dave stapft los, der Sand knirscht unter seinen Füßen, wo ist eigentlich das Meer? War er nicht eben noch am Strand? Er beschließt, den Felsen zu erklimmen, seine Oberfläche ist ein wenig rau und

riecht modrig. Wie im Keller, denkt Dave, es riecht hier wie in unserem Keller, und plötzlich hat er das Gefühl, diesen Ort zu kennen, obwohl er sicher ist, noch nie hier gewesen zu sein. Er klettert weiter bis zum höchsten Punkt. Unter ihm noch mehr schwarzer Sand, langgestreckte Dünen, die am Horizont in die Schwärze des Alls münden. Am Fuß des Felsens steht ein Raumschiff, leuchtend rot, eine lebensgroße Lego-Star-Wars-Science-Fiction-Fantasie, windschief wie aus einer Kinderzeichnung, Dave erkennt es sofort. Er weiß genau, wo er ist. Am Heck des Schiffes steht Ben und hämmert. Vorsichtig klettert Dave zu ihm hinunter, bleibt in einiger Entfernung stehen. Er sieht aus wie ein Roboter aus einem Siebziger-Jahre-Film, mit dem Kopf von Neil Armstrong. Was macht er da bloß? Warum drischt er mit einem Vorschlaghammer vollkommen sinnlos auf sein Raumschiff ein, immer an der gleichen Stelle, mit immer der gleichen Bewegung? Es macht Dave ganz fertig. Er geht näher ran und wedelt mit den Armen, um auf sich aufmerksam zu machen. Ben hält inne und sieht ihn an, ohne ein Zeichen der Überraschung.
Was willst du?, fragt er unwirsch.
Äh, sagt Dave, ich glaube, was du da machst, bringt nichts.
So? Und woher willst du das zu wissen, du Klugscheißer?
Du musst nicht gleich unfreundlich werden, weißt du? Ich bin hier, um dir zu helfen.
Ben lässt ein blechernes Lachen hören. Du? Mir helfen? Du hast doch keine Ahnung.
Erneut hebt er seinen Hammer, aber Dave signalisiert ihm mit einer Geste, dass er noch nicht fertig ist.
Du bist Ben, oder?
Wenigstens kennst du meinen Namen.
Ja, sagte Dave, und du kennst meinen Sohn, Nobbs.
Nobbs? Nie gehört.
Doch, du musst ihn kennen, er hat auch versucht, dir zu hel-

fen. Er ist noch ein Kind, sechs Jahre alt, rotblonde Haare. Nobbs. Oder Noah.
Noah! Erstauntes Wiedererkennen leuchtet in Bens Gesicht auf, und ein paar bunte Lämpchen blinken auf seiner Brust, erlöschen jedoch sofort wieder.
Er hat mich vergessen, sagt Ben düster.
Hat er nicht.
Aber er kommt nicht mehr. Ich glaube, er ist er tot.
Ist er nicht. Aber er glaubt, du bist tot. Oder ohne ihn nach Hause geflogen.
Ben tritt gegen das Raumschiff.
Geht nicht. Kann es nicht reparieren. Er schüttelt den Kopf. Ich wünschte, ich wäre tot. Du könntest mich abschalten. Ist ganz einfach.
Kommt nicht in Frage, sagt Dave.
Ben wirft seinen Hammer weg, setzt sich mit einem traurigen Scheppern seiner Gliedmaßen in den Sand und schlägt sich selbst gegen den Kopf, dann beginnt er zu schluchzen. Selten hat Dave eine so triste Figur gesehen. Er empfindet Mitleid und gleichzeitig heftige Abscheu. Hilflos steht er da, hin- und hergerissen zwischen diesen beiden Empfindungen, weiß nicht, ob er ihn umarmen oder ohrfeigen soll, es macht ihn wütend. Ben macht ihn wütend, sein Selbstmitleid widert ihn an, dieses hartnäckige Beharren auf seinem Unglück, diese Resignation. Er läuft zu ihm, packt ihn an seinen Roboterarmen und schüttelt ihn.
Willst du wirklich auf diesem kalten, stinkenden Scheißplaneten verrecken? Glaubst du, es wird besser, wenn du hier sitzt und heulst oder mit dem Hammer auf dein Raumschiff eindrischst, es noch mehr kaputt machst, als es schon ist?
Ben sieht ihn an wie ein ängstliches Kind. Sein Gesicht ist jetzt sehr nah an Daves und sieht überhaupt nicht mehr aus wie Neil Armstrong. Es erinnert Dave an jemanden, aber er weiß nicht, an wen. Plötzlich kommt ihm ein beunruhigen-

der Verdacht: Was, wenn das hier gar nicht sein eigener Traum ist? Und wenn dem so ist, sollte er sich dann überhaupt hier einmischen? Er verspürt die vertraute Empfindung im Nacken, bevor er aus einem Traum gezogen wird, das Gesicht verschwimmt unaufhaltsam, es wird sehr hell um ihn, und er wacht auf.

Er ist am Strand, allein. Die Wellen rauschen in einem gleichmäßigen Rhythmus. Langsam geht er am Meer entlang, Schritt für Schritt, seine Beine fühlen sich steif an. Als er an sich hinunterschaut, entdeckt er, dass sie aus Metall sind, auch seine Arme und sein Oberkörper. Wo ist sein Raumschiff? Er hat es zurückgelassen, auf diesem kalten Planeten, wo es kein Wasser gibt. Hier ist es warm, die Sonne scheint angenehm auf seine eisigen Glieder, macht sie geschmeidig. Das Meer ist blau und schön. Er möchte hierbleiben, einfach weiter diesen Strand entlanggehen, unter dem hellen Himmel. Ein Gefühl von Lebendigkeit durchströmt seinen Körper, etwas schmilzt in ihm, wird weich und durchlässig, er bleibt stehen und schließt die Augen, genießt dieses Fließen. Als er sie wieder öffnet, sieht er vor sich im Sand einen kleinen Gegenstand liegen, ein mattschwarzes dreieckiges Plättchen. Er bückt sich und hebt es auf, reibt es zwischen den Fingern, es ist glatt wie ein Kiesel ... eine Erinnerung schimmert durch die Zeit, aber er bekommt sie nicht zu fassen. Auf der Rückseite des Plättchens ein weißer Lichtstrahl, der auf ein Prisma trifft und von ihm in alle Farben des Regenbogens aufgefächert wird. *The lunatic is in my head / The lunatic is in my head* ... Jemand lacht. Woher kommt die Musik? Sie ist in seinem Kopf. Sie ist die Erinnerung, nach der er gesucht hat, eine, die sehr weit zurückreicht, weiter, als er denken kann. Wie eine Spirale zieht sie ihn hinein in einen rotierenden Tunnel aus Ultramarin, Indigo, Purpur, Magenta und Musik, losgelöst von der Schwerkraft der Erde, vom Gewicht seines Körpers. Langsam dreht er sich im Flug um die eigene

Achse, eine große Schraube, die sich auf ein Zentrum zubewegt, das ihn unwiderstehlich anzieht. Er versucht, jetzt nicht zu denken, sich zu entspannen, er atmet tief ein und aus, das hat ihm das Leben gerettet. Die Farben um ihn herum spalten sich auf in immer feinere Abstufungen, er selbst ist Farbe, ist Ton, er ist Schwingung und Teilchen, Frequenz und Amplitude, er ist Musik. Immer weiter fliegt er auf das weiß leuchtende Prisma zu, streckt die Arme danach aus, taucht ein in seine gläserne Klarheit, durchdringt es, löst es auf in der Bewegung seines Geistes.
Auf der anderen Seite ist es dunkel. Keine Farben, kein Licht, keine Musik. Kein Körper. Ist er tot? Nein, denn da ist jemand, der das fragt. Wo ist er?
Ich bin bei dir, und du bist bei mir.

*

4. April 2015. Samstag. Silber.

Es war der erste bewölkte Tag seit seiner Ankunft in New York. Es regnete nicht, doch der Himmel war trüb, der Wind hatte kräftig aufgefrischt und bauschte den Store wie ein barockes Kleid. Verschiedene Schichten von Wolken zogen in unterschiedlichen Tempi ihrer Wege, Dave saß aufrecht im Bett, zwei Polster im Rücken wie ein genesender Patient, und beobachtete sie durch das offene Fenster. Die hereindringende Luft war kühl, es war angenehm, seine Hände um die dampfende Kaffeetasse zu legen. Aus dem kleinen Lautsprecher, der auf dem Nachttisch stand, drang Gershwins Klavierkonzert in F. Seine Zehen schauten unter der Bettdecke hervor, er bewegte sie ein wenig, spreizte sie, bog sie nach oben und nach unten, legte die Großzehen über die Zeigezehen, sodass diese nicht mehr zu sehen waren. Als Kind hatte er das gemacht, wenn seine Mutter gerade nicht hinsah, während ihrer Sonntagvormittage im Bett.

Schau mal, Mom, ich hab nur vier Zehen.

Acht, hatte Mathilda ihn jedes Mal korrigiert, und wo sind die restlichen zwei hin?

Die sind schon in den Park gegangen, weil sie nicht warten konnten, bis wir mit dem Frühstück fertig sind, hatte Dave gesagt, auch jedes Mal. Der kindliche Hang zur Wiederholung von Witzen und Gags, deren Pointe keine mehr war, wenn man sie einmal gehört hatte, konnte ziemlich anstrengend sein, wie Dave von seinen eigenen Kindern wusste, doch er war auch liebenswert, in seiner unfreiwillig komischen Art. Nobbs war noch in dem Alter, aber in zwei, drei Jahren würde es vorbei sein. Er schaffte es, an Nobbs zu denken, ohne sich Sorgen zu machen, sich einfach nur auf ihn zu freuen, auf sein rundliches Gesicht mit dem Grübchen auf dem Kinn und den riesigen blauen Augen, von denen man sich nicht vorstellen konnte, dass sie misstrauisch schauen konnten, bis sie es taten, und dann musste man lachen.

Er bekam Lust, Gitarre zu spielen, also drehte er das Klavierkonzert ab, holte das Plektron aus seiner Hosentasche, setzte sich auf den einzigen Stuhl, den es in der Wohnung gab, und packte sein altes Repertoire aus. Nach Monaten des reinen Improvisierens waren Songs wie Zimmer eines Hauses, in dem er einmal gewohnt hatte und in das er wieder zurückkehrte: ein wenig verstaubt und verlassen, aber vertraut und voller Erinnerungen. In manchen verweilte er nur kurz, in anderen länger, spielte und sang alle Strophen durch, als nähme er jeden einzelnen Gegenstand in die Hand und schaute ihn genau an. Immer wieder war er überrascht, dass er die Texte nicht vergaß, besonders von Beatles-Songs. Sie schienen auf seiner Festplatte gespeichert, ein Back-up für die Ewigkeit, oder zumindest für die Dauer seines Lebens. Vor langer Zeit hatte er *I am the walrus* für die Gitarre arrangiert. Es war das erste Mal gewesen, dass er sich an einen Song herangewagt hatte, der nicht auf Gitarre als Hauptinstrument aufgebaut war. Er stimmte die ersten Akkorde an, die er ebenfalls nie vergaß, auch wenn er ihn jahrelang nicht spielte. Was für ein Song! Dieses Intro, das einen sofort in seine Atmosphäre hineinzog, sodass man ihm schon am Beginn der ersten Strophe verfallen war. Die aufgebrochene Songstruktur. Die instrumentale Coda. Die orchestralen Arrangements, der Gruppengesang. Nicht leicht zu adaptieren, aber lohnend. Dave war damals unglaublich stolz auf sich gewesen, was nicht so häufig vorkam. Er stellte es sich schön vor, genau diesen Song im Central Park zu spielen, vielleicht nicht direkt am John-Lennon-Memorial (zu viel Publikum), aber irgendwo in der Nähe, mit Blick auf das Dakota. Ohnehin wollte er noch mal hin, und viel Zeit blieb ihm nicht mehr, in achtundvierzig Stunden würde er wieder im Flugzeug sitzen. Die Ereignisse der letzten Tage hatten ihn so absorbiert, dass er es bisher hatte vermeiden können, an das zu denken, was ihn zu Hause erwartete. Doch noch war er hier, und er wollte nicht zulassen, dass ihm seine Gedanken vorauseilten ins Dort, sodass er nirgendwo wirklich anwesend war. Er wollte seine verbleibende Zeit in New York genießen, Plätze noch einmal aufsuchen und sich verabschieden. Und dann fiel es ihm ein. Es war eines dieser plötzlichen Echos aus dem eigenen Gehirn, die einfach zu spät kamen: Er hatte Iris Changs Konzert versäumt. Vergangenen Abend hatte es stattgefunden, nachdem er fast ertrunken wäre, während er am Rockaway Beach auf dem Rücken im Sand geschlafen und geträumt hatte. Es schien ihm eine besondere Koinzidenz: Iris hatte ihre Harfe gespielt, und er hatte sein Plektron im Sand gefunden. Er war Musik gewesen und Musik war anstatt Iris gewesen. Ihr Blick damals im Park, nachdem sie ihn eingeladen hatte, würde ihn nicht so schnell verlassen. Die Vorstellung, sie nie wiederzusehen, verursachte einen stechenden Schmerz nahe einem Nerv, den Dave für tot gehalten hatte. Die ungewohnte und plötzliche Empfindung überforderte ihn derart, dass er in einem spontanen Impuls sein Handy vom Nachttisch holte und ihren Kontakt löschte, mitsamt der Notiz im Kalender: *Fr 3.4. 6:00 p.m., Concert Morse Recital Hall, Julliard.* Für einen kurzen Moment wurde ihm ganz heiß, und er bereute brennend, was er gerade getan hatte, doch dann war es vorbei. Ihre Begegnung war wie einer dieser besonderen Steine, die man am Strand findet, deren ungewöhnliche Farbe und Glanz verloren gehen, wenn man sie mit nach Hause nimmt.

Entschlossen packte er seine Gitarre in ihre Hülle, verließ das Haus und kehrte in seinem Lieblingscafé ein. Hey, begrüßte ihn das Mädchen mit dem violetten Zopf, die immer die Morgenschicht machte. How are you doing today? Fine, thanks, sagte Dave und dann, weil ihm danach war: Extraordinarily fine, actually. Yeah, sagte das Mädchen und betrachtete ihn genauer, die Hände in die Hüften gestützt, you do look very good, kind of newborn. Kind of, sagte Dave, und sie lachte. Er bestellte ein egg sandwich und setzte sich mit seinem Kaffee an die Bar am Fenster. Während er auf sein Essen wartete, schaute er hinaus auf die Straße, beobachtete die Menschen. Er empfand Wärme für diese Fremden, eine grundlose Verbundenheit, einfach nur weil sie Menschen waren und auf demselben Planeten herumkrabbelten, etwa so, wie man sich auf Reisen manchmal verbunden fühlt, wenn man jemandem aus der Heimat begegnet. Da war eine plötzliche Sympathie für seine eigene Spezies, die groß genug war für alle da draußen, sogar für die jungen bärtigen Weißen mit ihren Hipsterfrisuren und Hipsterbrillen und Hipsterfahrrädern, von denen er noch vor einer Woche zynisch gedacht hatte, dass es ihnen einfach zu gut ging. Sehr wahrscheinlich hatte es mit dem zu tun, was die Kellnerin an ihm als *newborn* wahrgenommen hatte – damit, dass er fast ertrunken wäre.

Was er deutlich spürte, war ein Prozess des Ordnens, der in ihm stattfand. Dinge wurden an ihren Platz gerückt, dorthin, wo sie weder besser noch schlechter waren, aber eben hingehörten und zumindest in seinem eigenen System Sinn ergaben. Das machte ihn ruhig und friedlich, auf eine Art, die er nicht gewohnt war. Dieser Zustand würde nicht anhalten, darüber machte er sich keine Illusionen. Sobald er den Fuß in seine Wiener Wohnung setzte, betrat er ein größeres System, von dem er selbst nur ein Teil war und das ihn häufig überforderte, weil in ihm so viele Geschichten, so unterschiedliche Träume aufeinandertrafen. Wenn es dort eine Ordnung gegeben hatte, so war sie seit geraumer Weile in Auflösung begriffen. Nachdem er jahrelang damit beschäftigt gewesen war, seinen eigenen Platz in ihr zu finden und ihn so auszufüllen, dass er nicht ständig von Gefühlen der Unzulänglichkeit überrollt wurde, korrodierte sie und zerfiel.

Als er aus dem Café kam, nieselte es ganz leicht, Dave hoffte, es würde wieder aufhören, bis er im Park war, oder zumindest nicht stärker werden. In der Subway setzte er sich auf den einzigen freien Platz und stellte seine Gitarre zwischen seinen Beinen ab, dann erst sah er den Mann genau gegenüber von ihm, der ebenfalls eine Gitarre dabeihatte, ein junger Schwarzer mit dunkler Sonnenbrille, der ihn breit angrinste. Dave grinste zurück. Er hatte ganz vergessen, wie das war, mit einem Instrument öffentlich unterwegs zu sein. Das wortlose Einverständnis mit anderen Musikern, als gehörte man zu einer großen Familie. Die neugierigen, teilweise bewundernden Blicke der Nicht-Musiker, wobei man da mit einer Gitarre weniger beachtet wurde als mit einer Tuba oder einem Kontrabass. Je größer und ungewöhnlicher, umso stärker zog man die Aufmerksamkeit auf sich, wie bei allem anderen auch.

Am Union Square stieg er aus, um in den 6 Train zu wechseln. Dave liebte diese Station. Drei große U-Bahn-Stränge kreuzten sich auf übereinanderliegenden Ebenen unter einem der betriebsamsten Plätze New Yorks. Zehntausende Menschen waren täglich hier unterwegs. Sie kamen in Schwärmen aus verschiedenen Himmelsrichtungen, tauchten auf oder unter, eilten von einer Plattform zur anderen, und manche verweilten für ein paar Minuten, hielten kurz inne in ihrem Flug, denn es gab immer etwas zu sehen, zu hören: Musiker spielten, Leute tanzten, jemand hielt eine Rede, die Hare Krishnas chanteten ihre monotonen Mantras. Mehr als irgendwo sonst hatte Dave an diesem Knotenpunkt das Gefühl, im Bauch der Stadt zu sein, und er fühlte sich geborgen in diesem Bauch. Er wusste nicht, ob es daran lag, dass er in New York geboren worden war und seine ersten Jahre hier verbracht hatte, die prägenden, wie es hieß, doch ein Teil von ihm war jedenfalls hier zu Hause, in den dunklen, lauten Eingeweiden Manhattans, und würde es wohl immer sein.

Dave war nach dem Aussteigen auf dem Bahnsteig stehen geblieben, um einem alten Mann zuzuhören, der ein Keyboard auf dem Schoß hatte und sang. *You say the world is spinning around / I say it's upside down.* Er hatte den Text des Jimmy-Cliff-Songs leicht abgewandelt, sang etwas über ein Mädchen und lachte zwischendurch viel. Den Refrain wiederholte er endlose Male, mit solchem Vergnügen, dass Dave irgendwann nicht anders konnte, als mitzusingen, und er war nicht der Einzige. Gegen Ende des Songs hatte sich am Bahnsteig ein kleiner Chor formiert. Dave summte ihn immer noch vor sich hin, als er die Treppen hochging. Im Mezzanin spielten die Underground Horns, eine Brass Band, denen er schon vor ein paar Tagen lange zugehört hatte, also ging er weiter, legte nur ein paar Zwischenschritte im Rhythmus des Swing ein, den sie spielten und den man bis zum Abgang zum 6 Train hören konnte. Erst als Dave unten ankam, nahm er die helle Singstimme und den charakteristischen Klang gezupfter Saiten wahr, die definitiv nicht zu einer Gitarre gehörten. Er blieb

kurz stehen und schloss die Augen. Ja, es bestand kein Zweifel: Am anderen Ende der Plattform spielte jemand Harfe. Dave folgte den Tönen, versuchte zu verstehen, was die Stimme sang, eine sehr klare, durchscheinende Stimme, die ihm zu Leibe rückte. Sie zog ihn an, den Bahnsteig entlang, bis er sie fand, unter der Treppe zur Broadway Line. Dort saß sie und spielte auf einer kleinen keltischen Harfe einen kleinen seltsamen Song, etwas über den Unterschied zwischen einem Spross und einer Bohne, aber Dave konnte dem Text unmöglich folgen. Zu fasziniert war er von der Tatsache, dass er zum dritten Mal in Folge Iris Chang wiederbegegnete, ungeplant, in einer Stadt mit mehr als acht Millionen Einwohnern. Iris, deren Telefonnummer er vor nicht einmal zwei Stunden aus seinen Kontakten gelöscht hatte. Sie sah ihn nicht, war ganz in ihr Spiel versunken, und als sie ihn sah, mitten im Refrain, huschte ein Lächeln über ihren Mund, und ihre Stimme veränderte sich ein wenig, nur kurz, für zwei, drei Töne, so wie man es manchmal auf Aufnahmen hört, wenn jemand beim Singen lächelt. Der Song endete in einem Arpeggio. Ein paar Leute klatschten, Iris schien überrascht, dass sie da waren.
Das war schön, sagte Dave.
Du hast doch gar nicht richtig zugehört, stichelte Iris. Du warst viel zu beschäftigt, mich anzustarren.
Ich habe wirklich nicht damit gerechnet, dich hier zu sehen. Dich überhaupt noch mal zu sehen.
Du hattest meine Telefonnummer.
Es entstand eine peinliche Pause, weil Dave nicht sagen wollte, dass er ihre Nummer gelöscht hatte, und ihm keine plausible Ausrede einfiel, warum er sie nicht angerufen hatte.
Es tut mir leid, dass ich gestern Abend nicht bei deinem Konzert war, sagte er schließlich. Ich war am Rockaway Beach und habe ... die Zeit vergessen.
Klar, war ja ein schöner Tag, der letzte für ’ne Weile, so they say. Wenn ich nicht hätte spielen müssen ...

Es ist nicht, wie du denkst, unterbrach sie Dave.
Sie sah ihn von unten an, in einer verwirrenden Mischung aus Koketterie und Kränkung, Scheu und Provokation.
Was denke ich denn?
Ich ... ich habe keine Ahnung, was du denkst.
Iris nickte, ihr Blick hielt ihn noch einen Moment fest, als wollte sie etwas in ihm verankern. Dann zeigte sie auf seine Gitarre.
Du hast dein Instrument mitgebracht.
Dave nahm sie von seiner Schulter und stellte die beiden einander vor: Gitarre – Iris, Iris – Gitarre.
Nice to meet you, sagte Iris. Was hattest du vor damit, wolltest du in den Park?
Genau.
Iris zupfte ein paar Töne auf ihrer Harfe.
Na komm schon, pack aus. Was wollen wir spielen? Your choice.
Dave hatte es befürchtet. Er begann augenblicklich zu schwitzen, schaute den Bahnsteig hinauf und hinunter auf der Suche nach spontaner Rettung.
Ich dachte, du spielst am liebsten allein?
Nice try, sagte Iris.
Yeah. I'm good at that. Dave seufzte und schälte seine Gitarre aus der Hülle.
Iris hob die Augenbrauen. Wouhoooo, eine Ovation! Ist das eine Pinnacle?
Ja, und sie ist ungefähr so alt wie du. Woher kennst du dich so gut mit Gitarren aus?
Ach ... ich war mal mit ... die Subway kam und verschluckte den Rest ihres Satzes.
Was hast du gesagt?, fragte Dave, als sie zum Stillstand gekommen war.
Iris machte eine wegwerfende Geste. Also, was spielen wir jetzt? Am besten ein Classic, Beatles oder so.

Du bist mir unheimlich, sagte Dave.
That's okay. Sie fing wieder an, zu zupfen.
Dave versuchte es mit ein paar vorsichtigen Akkorden. Die Akustik war eigen, mit einem relativ großen Hall, dennoch sehr dicht und präsent durch die niedrige Decke über ihnen. Er spielte die ersten Takte von *A day in the life* an, doch der Song würde wenig Platz lassen für Iris und ihre Harfe, und obwohl sie sofort einstieg, bog er schnell in eine kleine Improvisation ab. Er war nervös, gleichzeitig spürte er eine freudige Welle in sich hochsteigen. Es war so lange her, dass er mit jemandem zusammengespielt hatte. Wie hatte er nur all die Jahre darauf verzichten können?
Sie nahmen die ein oder andere Melodie auf, ließen sie wieder fallen. Dave entspannte sich. Es war leicht mit Iris. Die Töne liefen ineinander und auseinander und wiederum ineinander, er fühlte sich nicht überfordert oder unter Druck, etwas Besonderes, Großartiges zu vollbringen. Er konnte nicht sagen, wie sie schließlich bei *Strawberry Fields* landeten – auch ein Song, in dem die Gitarre ursprünglich keine große Rolle gespielt hatte. Die Akkorde flossen aus seinen Fingern, als hätten sie nur darauf gewartet, seine Stimme kam ohne jede Anstrengung, Iris stimmte unisono ein, ihr Timbre erzeugte in Kombination mit seinem eine ganz eigene Schwingung, über deren Berge und Täler sie ihre Harfentöne verstreute wie kleine Sterne, die aufleuchteten, verblassten und an anderer Stelle wieder erschienen.

No one I think is in my tree, I mean it must be high or low
That is you can't, you know, tune in

Doch Iris konnte. Was immer es war, das sie beide verband, und selbst wenn sie es nie erfahren und sich nie wiedersehen würden: In diesen zehn Minuten, auf einem Bahnsteig des 6 Train in New York City, wurde es Musik.

Always, no, sometimes think it's me
But you know I know when it's a dream

Sie bekamen Applaus, was sie beide verlegen machte. Dave klemmte sich das Plektron zwischen die Zähne und packte seine Gitarre wieder ein.
Kann ich mal sehen?, fragte sie und zeigte auf seinen Mund.
Er wischte das Plättchen an seiner Hose ab und gab es ihr. Sie sah es sich genau an.
Ich kann mit Pink Floyd nicht viel anfangen, aber ich kannte mal jemanden, der dieses Album sehr mochte.
Sie reichte ihm das Plektron wieder, und er steckte es in seine Hosentasche.
Jemand, der mir nahe war, fügte sie hinzu.
Wo ist er jetzt?, fragte Dave.
The next 6 Train to Brooklyn Bridge – City Hall is now arriving on the Lower Manhattan-bound track. Please stand clear of the platform edge.
Sie, sagte Iris, und ich weiß nicht, wo sie ist. Maybe on the dark side of the moon. Sie lächelte traurig.
Die Subway kam. Dave stand unschlüssig da, wusste nicht, ob er einsteigen sollte oder nicht. Schließlich holte er das Plektron wieder hervor und legte es in die Harfenhülle zu den Dollarscheinen, die die Leute dort hineingeworfen hatten. Iris stellte ihre Harfe ab und stand auf. Sie stellte sich ganz nah vor ihn und lehnte ihren Körper an seinen, überließ ihm ihr ganzes Gewicht, das sich schwerer anfühlte, als er gedacht hätte bei ihrer zierlichen Gestalt. Ihre Wange lag an seiner Brust, als horchte sie auf seinen Herzschlag. So standen sie, während die Leute aus- und einstiegen, zur Treppe drängten, die U-Bahn abfuhr. Dann trat sie von ihm zurück, fast formell, wie nach einer Quadrille. Dave suchte nach den richtigen Worten zum Abschied und fand sie nicht. Er nickte nur, drehte sich um und ging, in seinem Rücken die Töne ihrer

Harfe, die ihm nachliefen und dennoch immer leiser wurden, nach und nach überlagert von den Verdauungsgeräuschen der Union Square Subway Station.
Er ging den Broadway Richtung Süden. Im Central Park hatte er nichts mehr zu suchen, er wollte vor allem gehen, weit und lange. Er wollte gehen, bis er ins Meer fiel, und nach Europa schwimmen, oder ein Schiff besteigen, das zwei Wochen brauchte, um den Ozean zu überqueren und ihn dorthin zu bringen, wo etwas auseinanderfiel, wo jemand auf ihn wartete, wo jemand sich Sorgen um seine Zukunft machte. Wo er einen neuen Platz finden musste.

Teil III: Wien

[…] – was der Mensch bei der Betrachtung der Sterne sieht,
ist immer nur ein Abbild der Vergangenheit.

Wolfgang Hillebrandt, Max-Planck-Institut
für Astrophysik, Garching

7. April 2015. Dienstag. Feuerrot.

Er spürte es, noch bevor er die Eingangstür aufsperrte: Niemand war zu Hause. Die stille Verlassenheit der Wohnung kroch durch den Türspalt, im Vorzimmer roch es ein wenig muffig, weil alle Fenster geschlossen waren. Janet hatte Dienst, das wusste er, wo Mel war, hingegen nicht, es war der letzte Tag der Osterferien an den Schulen. Max hatte Nobbs früh in den Kindergarten gebracht und war danach nicht zurückgekommen, was Dave überraschte. Bei ihren wenigen Telefonaten hatte er den Eindruck gehabt, Max ging kaum aus dem Haus und verbrachte jede Minute außerhalb seiner wenigen Verpflichtungen vor dem Computer.

Er stellte Tasche und Gitarre ab, ging durch die Wohnung und öffnete ein paar Fenster. Es hatte geregnet, als er am Flughafen angekommen war, ein gerader, gleichmäßiger Regen, der nach Alltag schmeckte, die Menschen hatten auf dem Weg zu ihren Autos die Köpfe eingezogen und sich Taschen und Zeitungen über die Köpfe gehalten. Jetzt riss die Wolkendecke auf und gab schnell ihre Form verändernden Flecken blauen Himmels frei, die Luft war frisch und klar, sie roch nach Frühling und Kühen und Österreich, nach irgendeinem gottverlassenen Kaff zwischen Wiesen und Feldern. Es war kühl. Dave blieb am Küchenfenster stehen und rauchte eine Zigarette. Die Küche fühlte sich fremd an, der Tisch, die Spüle, der Toaster, sogar das Fensterbrett, an dem er lehnte. Er kratzte mit dem Fingernagel ein Stück Lack weg, das sich gelöst hatte, alles kam ihm jahrhundertealt vor. Vielleicht war er selbst ein Fremdkörper, der sich hier nicht mehr so einfügte, wie er es lange getan hatte, kaum unterscheidbar von der unbelebten Materie, die ihn umgab. Ob er das gut fand oder nicht, wusste er nicht so genau. Er warf die Espressomaschine an, löste den Siebträger aus der Verankerung, klopfte den alten Kaffee aus dem Sieb, spulte diese unzählige

Male wiederholten Bewegungen ab, um eine Verbindung herzustellen zu dem Leben, das er hier gelebt hatte, doch eine Vertrautheit wollte sich nicht einstellen. Gierig stürzte er den Kaffee hinunter, starrte in die leere Tasse. Das Muster, das die Crema in ihr hinterlassen hatte, sagte ihm nichts. Er war müde und unruhig zugleich, ohnehin durfte er jetzt nicht schlafen, wenn er verhindern wollte, dass sich der Jetlag in eine Endlosschleife aus Erschöpfung und Schlaflosigkeit verwandelte. In vierundzwanzig Stunden würde er einem Haufen Sechzehnjähriger den Unterschied zwischen Einfach- und Doppelrohrblasinstrumenten erklären, was sie nicht im geringsten interessierte. Eine Blinddarmoperation durchzuführen erschien ihm verlockender. Er leerte das amerikanische Kleingeld auf den Küchentisch, steckte die nun leichte und flache Geldbörse wieder ein und verließ die Wohnung. Gehen war seine neue Medizin, sie musste regelmäßig eingenommen werden. Sinnloserweise läutete er auf dem Weg noch bei Hamid, der um diese Zeit natürlich arbeitete, horchte auf das Echo der Klingel in der werktäglichen Einsamkeit des Hauses.

Die Pyrkergasse lag ausgestorben da. Das war nichts Besonderes. Die gepflegte Ödnis zwischen den Jugendstilaltbauten wurde nur durch die Mittelschule durchbrochen, die trotz der geografischen Nähe keines seiner Kinder je besucht hatte, weil Janet der Meinung war, Mittelschulen seien ein Auffanglager für minderbegabte Volksschüler. Dass die Schule auf Berufsorientierung spezialisiert war, interessierte sie nicht. Wozu sollte das gut sein? Man wusste doch, was man wollte! Auch die verpflichtenden Aktivitäten zur Schaffung einer gewaltfreien Atmosphäre hielt sie für Zeitverschwendung. Schließlich gab es in Österreich ordentliche Waffengesetze, und außerdem lebten sie in einem Nobelbezirk, da würden sich die Schüler doch nicht gegenseitig die Köpfe einschlagen? Dave passierte das ferienstille Schulgebäude und schwor sich, nicht nachzugeben, wenn Nobbs so weit war, wenigstens er sollte sich halbwegs frei entfalten können. Schon die Vorstellung, was die Volksschule womöglich alles kaputt machen würde, machte Dave fertig, doch so richtig schlimm wurde es erst danach, wenn die Kinder zu kleinen Lernsoldaten ausgebildet wurden. Woher kam die irrige Ansicht, dass Zehnjährige von einem Monat zum anderen keine Kinder mehr waren, die am besten lernten, wenn ihr Körper in Bewegung war, wenn sie spielen und ihre Fantasie gebrauchen konnten? Diese geballte, in einem Klassenzimmer, einem starren Lehrplan eingesperrte Energie bereitete Dave inzwischen ein derartiges Unbehagen, dass er vor drei Jahren darum gebeten hatte, nicht mehr in der Unterstufe unterrichten zu müssen. Vermutlich war das ein Mitgrund für seine Stundenkürzung gewesen, obwohl er es nicht ganz verstand – die meisten seiner Kollegen unterrichteten lieber in den unteren Klassen, weil die jüngeren Schüler formbarer waren und weniger Widerstand leisteten.

Dave hatte sich lange nicht mehr gedanklich mit den deprimierenden Implikationen seines Jobs beschäftigt. Nobbs' bevorstehende Einschulung im kommenden Herbst brachte ihm seine Partizipation an einem System, an das er nicht glaubte, schmerzhaft zu Bewusstsein. Sein schlafender Kulturpessimismus wurde virulent und weckte in ihm das wilde Bedürfnis nach Auflehnung, wenn schon nicht für sich selbst, dann wenigstens für seinen Sohn. Vielleicht sollte er tatsächlich eine Revolution anzetteln und Nobbs in einem alternativen Schulprojekt anmelden? Immerhin war er Erziehungsberechtigter. Wie würde Janet reagieren? Würde sie noch einmal all ihre Macht versammeln, damit kalkulierend, dass er ihr nicht gewachsen war? Dave versuchte, sich Nobbs als ganz normales Schulkind vorzustellen, mit einer Schultasche auf dem Rücken, stirnrunzelnd über ein Heft gebeugt, in der dritten Reihe am äußersten Platz bei der Tür sitzend, weil er

oft aufs Klo musste, zappelig vom stundenlangen Sitzen. Es brach ihm das Herz. Natürlich musste Nobbs Lesen und Schreiben, Mathe und Geschichte lernen, aber war es wirklich nötig, so viel Lebendigkeit dafür zu opfern? Würde er sich noch mit ausgebreiteten Armen hüpfend im Kreis drehen und yeahyeahyeahyeah singen, wenn er einmal durch diese Mühle gedreht worden war? Dave bezweifelte es.
So weit in die Zukunft zu denken gab ihm das Gefühl, auf einem stark schwankenden Boden zu stehen. Schon der Gedanke an den Sommer machte ihn unsicher. Wie schon vergangenes Jahr hatten sie keinen gemeinsamen Urlaub geplant. Dieser Spagat zwischen mehr oder weniger unvereinbaren Bedürfnissen, der für eine fünfköpfige Familie in der Hochsaison noch dazu Unmengen Geld kostete, war für niemanden eine Erholung. Beim letzten Versuch, einem zweiwöchigen Aufenthalt auf einer griechischen Insel, die von betrunkenen Briten bevölkert war und deren Name Dave vergessen hatte, zog Janet mit Mel nach drei Tagen in ein Apartment am anderen Ende des Ortes, während er mit Nobbs im ursprünglich gemieteten, nun viel zu großen Haus blieb und eine Ralleystrecke aus Strandkieseln für Nobbs' Matchboxautos baute, quer durch alle drei Zimmer. Max schlief die meiste Zeit am Strand. Im Jahr darauf hatte Mel verkündet, sie wolle den ganzen Sommer bei einer Freundin in England verbringen. Janet arbeitete durch, Max büffelte chronisch schlecht gelaunt für seine Nachprüfung, und Dave verbrachte mit Nobbs alle Tage, an denen es nicht durchgehend regnete und unter fünfzehn Grad hatte, im Strandbad Gänsehäufel an der Alten Donau. Für ihn war es gar kein schlechter Sommer gewesen, er hatte es genossen, so viel Zeit mit Nobbs zu verbringen, die Sonne und seine ersten Monate bei Morrison taten ein Übriges: Das große schwarze Ungeheuer schrumpfte vorübergehend, zog sich zurück, nicht bis in den Keller, aber wenigstens in ein schummriges Hinterzimmer, wo es vor sich

hin döste und mit dem Zwielicht verschmolz. Doch die Aussicht, auch diesen Juli und August so zu verbringen, machte Dave ganz mutlos, genau wie die alten Damen, die ihm hier entgegenkamen, mit den Nerzkrägelchen an ihren Übergangsmänteln, ihren Topfhüten und Krokodillederhandtaschen, als hätten sie seit 1970 den Fernseher nicht mehr angemacht. Überhaupt schien die Zeit in diesem Viertel irgendwann um diese Zeit stehen geblieben zu sein: die verlassenen Kleingewerbebetriebe, in die niemals etwas Neues eingezogen war, die Bildbände über Österreich-Ungarn und germanische Kunst der Völkerwanderungszeit in der Auslage der einzigen Buchhandlung im Umkreis, das Sammelsurium aus esoterischen Schutzamuletten, Häkelanleitungen und altrosa Teelichthaltern im Handarbeitsladen, die Boutique, die im Schaufenster die vorgeschriebene Festkleidung für die katholische Privatschule Maria Regina anpries, die wenigen Cafés, die die süßlich-seifige Ausdünstung ihres überalterten Publikums verströmten. All das war Dave schon seit Jahren nicht mehr aufgefallen, er hatte sich mit den Jahren daran gewöhnt, und die Gewohnheit hatte ihn blind gemacht. Die unmittelbare geografische Umgebung war eine Ausdehnung seines eigenen Körpers geworden, der er im Alltag keine besondere Beachtung schenkte. Doch er war weit weg gewesen, und nun fielen ihm ihre Details wieder ins Auge und erzeugten eine höchst unangenehme Dissoziation, als trüge er das Kleidungsstück einer fremden Person, die sich in allem von ihm unterschied: Größe, Figur, Stil. Was tat er hier bloß? Warum lebte er seit so langer Zeit in dieser Gegend? Sie gefiel ihm nicht mal, trotz des Grüns und der kunstvollen, penibel restaurierten Altbauarchitektur. Diese Häuser erdrückten ihn, und die Atmosphäre war eine toxische Mischung aus Wohlerzogenheit, Bigotterie, Bürgerlichkeit und Ignoranz. Der Ausländeranteil ging gegen null, und um acht Uhr abends wurden die Gehsteige hochgeklappt. Janet hatte unbedingt hier wohnen wollen, und er hatte ihre Entscheidung nie hinterfragt, wie so viele andere. Das Krankenhaus und die Schule waren nicht weit weg, und die Wohnung war gut angelegt für eine wachsende Familie, deren Bedürfnisse jahrelang das wichtigste Kriterium für seine Lebensumstände gewesen waren. Es war so selbstverständlich geworden, alle Entscheidungen diesen Bedürfnissen unterzuordnen, dass er gar nicht auf die Idee gekommen war, Dinge wie den Wohnort von seinen persönlichen Wünschen abhängig zu machen. Wo würde er leben, wenn er die freie Wahl hätte, in welcher Nachbarschaft, welcher Stadt, welchem Land? Wie wäre seine Wohnung eingerichtet, welches Auto führe er und hätte er überhaupt eines? Würde er sich von Junkfood ernähren oder zum Veganer werden, in seiner Freizeit Bogenschießen, Felswände hochklettern oder womöglich Computer spielen? Er hatte keine Ahnung, und diese Tatsache gab ihm das Gefühl, ein weißer Fleck auf einer Landkarte zu sein, ein unerforschter Planet. In New York hatte er einen Blick auf ihn erhascht, einen flüchtigen zwar, und doch wusste er nicht so recht, wie er in seine alte Umlaufbahn zurückkehren sollte, um eine Sonne kreisend, die immer mehr erkaltete und langsam ihre Anziehungskraft verlor.

Er setzte sich ins Billroth, das einzige Lokal in der näheren Umgebung, das er mochte, und bestellte eine Melange. Das Café war leer bis auf den Kellner und zwei alte Männer, die um elf Uhr vormittags zum Kaffee einen Schnaps tranken. Ihre rauen Stimmen und die Intimität ihrer raunenden Unterhaltung in der abgewetzten Dunkelheit des Raumes erinnerten Dave an Bill Rice und Taylor Mead in *Coffee and Cigarettes*, Jarmuschs Episodenfilm. Wenn er sich konzentrierte, konnte er die erschöpften Gesten der beiden mit der Unterhaltung aus der Filmszene synchronisieren, konnte sie hören, ganz wie Mead und Rice Janet Baker hörten, wie sie Mahler sang: *Ich bin der Welt abhandengekommen … It resonated right through the whole building*, sagt Mead und fragt, wo sie sich befinden. *In the armory, Taylor*, sagt Rice. *That sounds so heavy and ponderous*, konstatiert Mead, und das war genau, wie sich für Dave alles hier anfühlte, seit er aus dem Taxi gestiegen war: schwer und behäbig.

Als er seinen Kaffee ausgetrunken hatte, ging er in den Supermarkt. Wahllos kaufte er Dinge ein, die sie, wie er später zu Hause feststellte, ohnehin vorrätig hatten, während andere fehlten, die sonst immer da waren, Milch zum Beispiel und Eier, Grundzutaten für Nobbs' Lieblingsgericht, Palatschinken. Da er viel mit Max allein gewesen war, hatte es wohl öfter Tiefkühlpizza gegeben. Dave verstaute den Einkauf und begann, in der Wohnung umherzuwandern. Wie ein Tier nach einem Ortswechsel beschnupperte er jede Ecke, um sich wieder heimisch zu machen. Das örtliche Tier fand er im Wohnzimmer in Janets Lieblingssessel. Gimli sah aus, als wäre er in dessen Senke hineingefallen und dort gestorben, doch er atmete und stank. Der Fernseher lief ohne Ton, jemand hatte vergessen, ihn auszumachen. Dave erinnerte sich an die letzte Zeit vor seiner Reise, als Janet oft mit Gimli auf dem Schoss in diesem Sessel gesessen war und die stummen Bilder teilnahmslos an sich hatte vorüberziehen lassen, sie schienen nicht die leiseste Resonanz in ihrem Inneren hervorzurufen. Es war ihm ein Rätsel, wie sie es machte, aber er glaubte, es war eine Übung für ihren Alltag. Früher einmal hatte sie eine solche Übung nicht gebraucht, ihre natürliche Schutzschicht, stets dicker als seine, hatte ausgereicht. Dann musste etwas passiert sein, von dem Dave nichts mitbekommen hatte, er wusste nicht einmal, ob es ein plötzliches Ereignis oder ein schleichender Prozess gewesen war. Der Beipackzettel des Schlafmittels war bis heute sein einziger wirklicher Anhaltspunkt, wie die Spur in einem unaufgeklärten Verbrechen, ein harter Beweis, aber wofür? Dave hatte keine Lust, den Detektiv zu spielen. Janet hatte die Schachtel an jenem Morgen im

Bad liegen lassen wie einen Köder, auch wenn ihr das nicht bewusst war. Er hatte ihn für Offenheit gehalten und geschluckt, doch es war nur eine Nachlässigkeit in ihrem seelischen Überwachungsapparat gewesen, eine Schwachstelle im System. Dave versuchte, sich zu erinnern: War das vor oder nach Nobbs' Unfall gewesen? Hatte Max seine Schulkarriere davor oder danach endgültig in den Sand gesetzt? Wann hatte Janet angefangen, sich vor den Fernseher zu setzen und ins Leere zu schauen? Dave hatte schon immer dazu geneigt, die Abfolge vergangener Ereignisse durcheinanderzubringen, doch die Chronologie dieses Winters war besonders schwierig. Zu verwoben war sie mit der Architektur seiner Träume, irgendwo in den S-Kurven seines Serotoninhaushalts war sie verloren gegangen. Aber waren die Erklärungen, die einem aufgrund einer zeitlichen Abfolge plausibel erschienen, nicht lediglich verzweifelte Versuche, sich einen Reim zu machen auf das Geschehene, und in Wahrheit immer trügerisch?

Dave streifte nacheinander durch die Zimmer seiner Kinder, auf der Suche nach Zeichen ihres gegenwärtigen Lebens. Auf Max' Schreibtisch das übliche Chaos aus halbleeren Saftpackungen, Zigarettenpapier, Gras- und Tabakbrösel, benutzten Taschentüchern, Kleingeld, Computerzeitschriften, dazwischen Broschüren verschiedener Institute, die Kurse zur Externistenmatura anboten. War das neuerdings ein Thema für ihn? Natürlich hatte Janet sofort nach seinem Schulabgang versucht, ihn zu dieser Möglichkeit zu überreden, doch bis Dave abgereist war, hatte sich Max standhaft dagegen gewehrt. Er wolle erst mal arbeiten, meinte er, und nicht schon wieder Wissen in sich hineinstopfen, Dave konnte das verstehen. Unter einer der Broschüren entdeckte er das Foto eines Mädchens, eine hübsche Dunkelhaarige mit breitem Mund und wachem Blick. War sie diejenige, die sich vor ein paar Monaten gegen Max und für einen anderen entschieden hatte, aus Gründen, für die er sich selbst verantwortlich machte, oder war sie seine neue Freundin? Dave schob das Foto sorgsam wieder unter den Folder und ging hinüber zu Mel, wo eine derart penible Ordnung herrschte, dass man meinen konnte, sie sei ausgezogen, nicht einmal die Klamotten vom Vortag lagen herum. Um aus diesem Zimmer irgendetwas Persönliches herauszulesen, hätte er Schubladen öffnen müssen, und er fühlte sich schon schäbig, weil er auf Max' Schreibtisch herumgekramt hatte. Er strich mit der flachen Hand über die geglättete Bettdecke, fuhr mit dem Finger die Buchrücken in ihrem Regal entlang, so wie sie es tat, wenn sie ein bestimmtes Buch suchte, und flüchtete schließlich, befremdet über sich selbst, ins Wohnzimmer. Er stellte sich in die Mitte des Raumes, der für alle da war, in dem sie sich eigentlich nie gemeinsam aufhielten, und blickte hinauf zur Deckenlampe, ein moderner Leuchter mit acht spinnenartigen Armen aus glänzendem Edelstahl. Dave fand, er sah aus wie ein Objekt, das feindliche Außerirdische zur Exekution einer unerwünschten Spezies auf ihrem Planeten benutzten. Janet diskutierte die Anschaffung von Möbelstücken schon lange nicht mehr mit ihm. Es war ein unausgesprochener Deal: Sie bezahlte, sie entschied. In ihrer ersten gemeinsamen Wohnung waren Möbel nicht so wichtig gewesen. Sie hatten ein größeres Bett gebraucht und eine funktionierende Kaffeemaschine, also hatten sie beides gemeinsam gekauft, an einem vorlesungsfreien Tag. Jeder hatte seinen Schreibtisch mitgebracht, Janet ihr Sofa und Dave seine Gitarren. Als Max zur Welt kam, quetschten sie zwischen all das ein Kinderbett, kauften eine Wickelauflage für die Waschmaschine (eine ohne Störche, da waren sie sich einig gewesen) und montierten Kindersicherungen für die Steckdosen und Schubladen. Nichts war durchdacht gewesen, aber in Daves Augen gemütlich. Erst als Janet mit Mel schwanger war und anfing, nur in bestimmten Gegenden nach einer neuen Wohnung zu suchen, wurde Dave klar, dass sie noch andere Ansprüche hatte als genügend Platz für eine vierköpfige Familie. Ich bin keine Studentin mehr, sagte sie, wenn Dave in einem Einrichtungshaus auf eine Kommode oder einen Kasten zeigte. Er sah das Studentische an diesen Möbeln nicht, nahm aber an, dass es etwas mit ihrem Preis zu tun hatte und vielleicht auch mit einer gewissen Holzmaserung, die Janet nicht mehr zu sehen wünschte. Die Oberflächen mussten glatt und einheitlich sein, am besten weiß oder hellgrau. Dave war mit glatten weißen Oberflächen aufgewachsen, er sehnte sich nach Holzmaserungen, ertrug jedoch den Blick nicht, mit dem Janet sie bedachte – der Ausdruck beinahe körperlicher Abneigung, wenn etwas in ihren Orbit geriet, das sie als unpassend empfand. Also verlegte er sich darauf, mit den Kindern Dinge zu basteln, die der Wohnung in seinen Augen mehr Lebendigkeit verliehen, wie den kleinen Origamikranich zum Beispiel, der von einem Arm des Leuchters baumelte; ein nicht spürbarer Lufthauch bewegte ihn sachte hin und her. Dave erinnerte sich an Mels konzentrierten Blick, als er ihr gezeigt hatte, wie man so einen Vogel faltete, an ihren unbedingten Willen, es ganz alleine zu schaffen, und wie sie dabei vor Anstrengung auf ihrer Zunge herumgekaut hatte. In der Zwischenzeit hatte sie sich das abgewöhnt.

Er wanderte weiter in Nobbs' kleines Reich, das ihn mit seinem vertrauten Geruch begrüßte. Hier war das Bett zerwühlt, auf dem Boden lagen Haufen von Lego-Steinen, gebrauchte Socken und Unterhosen, Matchboxautos, Fußballschuhe, ein Wollschal, mehrere Stofftiere, eine Wasserpistole, ein Jedi-Lichtschwert und, mittendrin, das neue Raumschiff mit dem Antizerstörungsschild. Max hatte Dave ein Foto davon geschickt, als er noch in New York war, mit einer Message von Nobbs: Jetzt ist es noch besser! Ich und Max haben ein Antialterungsmodul eingebaut. Könnt ihr mir so was auch einbauen?, hatte Dave zurückgeschrieben und dafür ein tränenlachendes Emoji geerntet. Dave hob das Raumschiff auf und sah es sich genauer an. Nobbs hatte Teile verschiedener Lego-Star-Wars-Modelle kombiniert und zusätzlich gewöhnliche Lego-Steine dazu benutzt, das Schiff ganz nach seinen Vorstellungen zu gestalten. Für sein Alter war er außergewöhnlich geschickt, und die Akribie, mit der er sich diesen Konstruktionen widmete, stand in krassem Gegensatz zu der Ungeduld und der Tollpatschigkeit, die er bei anderen Dingen an den Tag legen konnte, mit dem Transformer zum Beispiel. Dave verstand es nicht, aber Nobbs hatte immer noch Schwierigkeiten, die richtigen Bewegungen in der vorgesehenen Reihenfolge auszuführen, um aus dem Roboter ein Raumschiff zu machen und umgekehrt, weshalb er das Spielzeug kaum noch in die Hand nahm. Als Dave ihn einmal fragte, was an dem Transformer für ihn so schwierig sei, wo er doch mit viel Komplizierterem problemlos umgehen könne, zuckte Nobbs die Schultern und sagte: Er ist schlecht gebaut. Ich würde es ganz anders machen. Dave musste grinsen, als er daran dachte. Es war eigentlich ganz logisch: Was er selbst baute, bereitete ihm keine Schwierigkeiten, egal, wie komplex es war. Ein vorgefertigter Mechanismus jedoch, den ein fremdes Gehirn nach ihm unverständlichen Kriterien erdacht hatte, machte ihn fertig. Im Grunde lebten sie alle täglich mit diesem Phänomen. Er sah Janet vor sich, wie sie vergeblich versuchte, den Siebträger aus der Kaffeemaschine zu lösen – eine Frau, die laparoskopische Eingriffe im Bauchraum vornahm. An Janet zu denken erzeugte in ihm eine eigenartige Unruhe. Wo sollte er nach ihr suchen? Kinder hatten ihr eigenes Zimmer, Eltern nicht. Privatsphäre war für sie nicht vorgesehen, außer der gemeinsamen im Schlafzimmer. Als Individuen existierten sie in der familiären Innenarchitektur nicht, und Janet gehörte nicht zu den Frauen, die kleine persönliche Altäre errichten, mit Fotos, Steinen, Muscheln, Figürchen, Armbändern mit kaputtem Verschluss, vertrockneten Blumenköpfen, Zettelchen aus Glückskeksen und anderen Objekten, die für niemand sonst eine Bedeutung hatten. Das Einzige, was für sie möglicherweise diesen Stellenwert besaß, war ihre Schmuckschatulle aus Ebenholz, die sie von ihrem Vater zur Matura geschenkt bekommen hatte und in dem kleinen Regal neben dem Bett aufbewahrte. Seit sie es sich leisten konnte, trug sie ausschließlich hochkarätiges Gelbgold teurer Marken, feingliedrige Ketten mit schlichten Anhängern, glatte Armreifen und Creolen, keine Steine, da und dort einzelne Perlen. Dave verspürte den Impuls, hinüberzugehen und sich den Inhalt der Schatulle anzusehen, die Schmuckstücke zu berühren, sie in die Hand zu nehmen, durch seine Finger gleiten zu lassen. Doch er war nicht bereit für das Schlafzimmer. Stattdessen legte er sich vollständig angezogen in Nobbs' Bett, mitsamt dem Raumschiff, das er auf seiner Brust ablegte. Er wollte nicht schlafen, nur ein bisschen hier liegen und sich ausruhen, herunterkommen von dem Trip, der ihn so weit weggeführt hatte von diesem Arm der Galaxie. Am Himmel über ihm blinkten die Sterne, doch bildeten sie keine sinnvollen Figuren, nichts, das ihm bekannt vorkam, weder Schaf noch Giraffe noch Elefantenzahn noch Kürbiskopf, nur ungeordnete Haufen leuchtender Himmelskörper, die sich träge um sich selbst drehten, oder war er es, der sich drehte? Wo war die Rakete? Wenigstens sie musste doch da sein, dachte Dave, ohne die Rakete komme ich nicht nach Hause, ohne Rakete bin ich verloren.

*

Er fliegt. Obwohl er keinerlei Bewegung macht, um in der Luft zu bleiben, ist die körperliche Sensation unzweifelhaft.

Die Gestirne ziehen an ihm vorbei und leuchten in der Dunkelheit, einige näher, andere ferner. Es ist still. Die Arme ausgebreitet, die Beine in breiter Grätsche von sich gestreckt, fühlt er sich selbst wie ein kleiner, friedlicher Stern, der seine angestammte Position verlassen hat. Er weiß nicht, wohin er unterwegs ist, aber das stört ihn nicht. Früher einmal hat er etwas gesucht, in einer Zeit, an die er sich nicht erinnert ... Jetzt ist er ein Stern, an Nobbs' Himmel über seinem Bett, er sieht es von hoch oben, aus der Vogelperspektive, der Sternperspektive, ein Zwergenbett in einem Zwergenzimmer, wer liegt darin? Jemand, der viel zu groß dafür ist. Er seufzt und sinkt. Können Sterne seufzen? Er tut es noch einmal, sinkt weiter, wird schwerer und schwerer, ein großes Bedauern erfasst ihn, lässt ihn ganz zu diesem Seufzen werden, bis er Boden unter den Füßen hat. Wo ist er? Seine Augen müssen sich erst gewöhnen an die Dämmerung, es muss früher Morgen sein. Da ist ein Schrank, dessen Tür leicht offen steht. Dave lugt hinein, er ist leer. Daneben ein Bücherregal ohne Bücher. Jemand ist hier ausgezogen, das Zimmer offenbar unbewohnt, auch auf dem Schreibtisch nichts als die alte Lampe mit dem Glasschirm. Liebevoll streicht er mit einer Hand über seine Rundung, er ist froh, dass die Lampe noch da ist, doch sie leuchtet nicht, das macht ihn traurig. Im Bett auf der anderen Seite des Raumes regt sich jemand. Dave geht hinüber, beugt sich über die Gestalt, die von oben so groß ausgesehen hat. Jetzt wirkt sie klein und zerbrechlich unter der Decke, die sie sich über den Kopf gezogen hat, der Körper liegt seitlich zusammengekrümmt in Embryohaltung. Daves Hand sucht den Kopf, eingezogen wie der einer Schildkröte, das Kinn nah an der Brust, er ahnt das weiche, lange Haar, die Schädelform darunter. Er fasst nach der knochigen Schulter, wandert den erstaunlich dünnen, einst muskulösen Oberarm entlang, über den spitzen, durch den Stoff ein wenig abgerundeten Ellenbogen, die spürbar hervortretende

Speiche hinunter zum Handgelenk, so schmal, viel schmaler, als er es in Erinnerung hat, das muss von der Krankheit kommen. Er will sofort mit einem Arzt sprechen, aber wo soll er hier einen finden? Aus einer Tür neben dem Bett tritt die Krankenschwester mit einem Tablett, auf dem sich ein Glas Wasser und ein Tablettendispenser mit Unterteilungen für die Tageszeiten befinden, sie stellt es auf dem Nachttisch ab und wendet sich ihm zu. Die Patientin muss jetzt ihre Medikamente nehmen, sagt sie streng, nimmt seine Hände und zieht ihn vom Bett weg. Aber das ist meine Frau, sagt Dave, ich kann doch wohl dabei sein, wenn sie ihre Tabletten nimmt, das ist mein gutes Recht! Dein Recht?, fragt die Schwester spöttisch, und jetzt erkennt er sie, ihre runden braunen Augen, die bronzefarbene Haut, das glatte braune Haar unter dem weißen Häubchen, ihr Duft steigt ihm in die Nase und macht ihn augenblicklich geil, feuchtes Gras und Baumharz. Sie rekelt sich am offenen Fenster und beginnt, ihren Kittel aufzuknöpfen, sie ist wahnsinnig, denkt Dave, das kann sie doch nicht machen, hier direkt neben der kranken Janet. Entschlossen dreht er sich weg von ihr und sieht seinen Vater auf der Treppe stehen, in einem weißen Mantel und mit einem Stethoskop um den Hals, das ist ja lächerlich, er sagt es laut: Das ist lächerlich, du bist kein Arzt, was machst du hier? James grinst anzüglich. Und was machst du hier? Vergnügst dich mit der hübschesten Schwester, am Krankenbett deiner Frau? Er lacht gehässig, schüttelt den Kopf. Du bist wie ich, sagt er.

Dave fühlt eine ohnmächtige Wut in sich aufsteigen, so rasch wie davor die Lust, einen urwüchsigen Zorn, der in seinem Körper pulsiert, er möchte, dass Feuer aus seinem Mund kommt, wenn er ihn öffnet, schwarze Galle, weißes Gift, etwas, mit dem er diesen Raum füllen kann zwischen ihm und seinem Vater.

Nein, schreit er, nein, ich bin nicht wie du! Alles ist falsch hier, du bist der Patient, nicht der Arzt! Du solltest dich hinlegen und deine Tabletten nehmen. Janet, sag ihm ... er wendet sich dem Bett zu, aber das Bett ist leer, auch die Krankenschwester ist weg, er ist allein mit seinem Vater, der jetzt ganz starr dasteht wie eine Schaufensterpuppe, bedauernswert in seiner Unbeweglichkeit. Dave stürmt die Treppe zu ihm hoch, nimmt ihm das Stethoskop ab, steckt sich die Bügel in die Ohren und setzt den metallenen Kopf auf James' Brust, hört das Pochen seines Herzschlags, hundertfach verstärkt, zu schnell, viel zu schnell.

Du musst atmen, sagt Dave, tief atmen und dabei zählen. Einatmen: eins zwei drei vier ...

Du könntest mich abschalten, sagt James.

Breathe, flüstert Dave, come on, breathe.

Es ist so kalt hier. James' Stimme klingt hohl, blechern.

Warte, ich hol dir was anzuziehen.

Dave läuft die Treppen hinunter zum Schrank und sucht nach etwas Warmem, doch er findet nur dreckige Armeeoveralls und Uniformjacken mit Orden darauf, zusammengeknüllt und wild durcheinander in die Fächer gestopft. Warum wurden sie nicht gewaschen und ordentlich aufgehängt? Verärgert wühlt er in den Sachen herum, entscheidet sich für eine Jacke, die nicht ganz so schmutzig aussieht, und will zurück zu seinem Vater, doch als er sich nach ihm umdreht, ist er verschwunden. Das Zimmer liegt still da, als wäre seit Jahrhunderten niemand hier gewesen, Staub tanzt in den Sonnenstrahlen, die durchs Fenster fallen und den Schatten des Treppengeländers an die Wand werfen. Dave betrachtet die zerdrückte Uniformjacke in seiner Hand. Er friert, also zieht er sie an. Dann geht er zum Fenster, reißt sich das Stethoskop vom Hals und wirft es hinaus, langsam wie eine Feder trudelt es durch die Luft und schwebt, vom Wind getragen, hinüber in den Park. In der Krone der Ulme sitzt ein großer Vogel, den Kopf zwischen die Flügel gesteckt. Nun reckt er ihn und schaut herüber zu Dave, zwei schwarz glänzende Perlen, die ihn fixieren, mit einem Blick, der ihn durchdringt. Und erst in diesem Moment weiß er mit der Sicherheit seines vollen Bewusstseins, dass er träumt. Er weiß, dass er gleich aufwachen wird, weil er sich nicht von diesen Augen losreißen kann, dass er danach nie wieder von diesem Zimmer träumen wird, und er weiß, dass sein Vater bald sterben wird.

*

Jemand nieste. Dave schlug die Augen auf und sah in Janets Gesicht. Wenigstens stand es nicht auf dem Kopf wie das letzte Mal, als er mit diesem Anblick erwacht war.

Warum liegst du in Nobbs' Bett?, fragte Janet.

Auch hallo, sagte Dave.

Hallo. Janet nahm seine Hand, und Dave dachte einen Augenblick lang, sie würde sie schütteln, aber sie drückte sie nur. Ich küss dich lieber nicht.

Hatte nicht damit gerechnet. Warum bist du zu Hause?

Janets Augen sahen verschwollen aus, ihre Wangen waren unnatürlich gerötet, und auf ihrer Oberlippe standen feine Schweißperlen.

Ich bin krank.

Du bist was?

Krank, und zwar so richtig. Gestern Abend dachte ich noch, ich bin nur erschöpft, und das Niesen kommt von der Allergie. Heute Morgen beim Aufstehen war es kurz besser, aber jetzt hab ich Fieber.

Sie griff sich an die Stirn und seufzte.

Ich musste erst eine Kollegin auftreiben, die mich vertritt ... Ich konnte nicht weitermachen, in dem Zustand bin ich eine Gefahr für meine Patienten.

Klar, sagte Dave. Leg dich ins Bett. Kann ich was tun?
Janet schloss die Augen und schüttelte den Kopf. Nobbs abholen, sagte sie dann, als würde sie es von einer Checkliste ablesen. Ihm abends was kochen.
Das hätte ich sowieso gemacht. Wo sind Max und Mel?
Mel ist bei Jacob. Wo Max ist, weiß ich nicht.
Wer ist Jacob?, fragte Dave.
Ach, Dave, sagte Janet müde und massierte ihre Schläfen, dann öffnete sie die Augen wieder und sah auf ihn hinunter. Warum liegst du in Nobbs' Bett?
Ich ... wollte mich nur kurz ausruhen und bin eingeschlafen. Der Jetlag, du weißt ja.
Janet nickte. Wahrscheinlich ist es besser, du schläfst heute auf dem Sofa im Wohnzimmer. Sie nahm das Raumschiff in die Hand, das von Daves Brust gerutscht war, betrachtete es kurz wie ein prähistorisches Objekt, dessen Zweck sich ihr als modernem Menschen nicht erschloss, stellte es auf den Nachttisch und stand auf. An der Tür drehte sie sich noch einmal um, wie sie es oft tat. Janet sagte gern Dinge, kurz bevor sie einen Raum verließ.
Wie geht es Bill?
Es geht ihm gut, sagte Dave.
Janet blieb an der Tür stehen, die Hand auf der Klinke, und wartete offenbar darauf, dass er noch etwas dazu sagte.
Glaubst du, er und Rosita sind ein Paar?
Ach, Dave, sagte Janet und ging hinaus.
Nach all den Jahren konnte er die verschiedenen Bedeutungen dieses *Ach, Dave* immer noch nicht unterscheiden und deuten. Hieß das nun, sie hielt die beiden für ein Paar oder nicht? Fand sie es so offensichtlich, dass seine Frage für sie nur ein weiterer Beweis seiner Einfältigkeit in Sachen Beziehungen war, oder so abwegig, dass sie sie als typischen Fall männlicher Fixierung einordnete? Was Mel und ihren Jacob betraf, hatte er genau deshalb nachgefragt – um seine fünf-

zehnjährige Tochter nicht automatisch zu sexualisieren. Zwar hatte er ja schon vermutet, dass es da jemanden gab, doch Mel hatte in seiner Gegenwart kein Wort darüber verloren, und das war für ihn entscheidend. Was sie nicht wollte, dass er über ihr Liebesleben wusste, ging ihn nichts an.

Dave blieb noch eine Weile liegen und fädelte seinen Traum von hinten nach vorne auf die Erinnerungskette, beginnend mit der späten und plötzlichen Erkenntnis, dass er träumte und der eindrücklichen Gewissheit über den baldigen Tod seines Vaters. Im Wachzustand schien sie nicht großartig prophetisch – es war klar, dass es nicht mehr allzu lange dauern konnte. Dennoch hatte sie im Traum eine andere Schicht seines Bewusstseins erreicht, war ihm in alle Knochen gefahren. Dort saß sie nun und entfaltete ihren kalten Schrecken. Dave erinnerte sich an die Kälte im Zimmer, über die sein Vater geklagt und die er selbst erst wahrgenommen hatte, nachdem James verschwunden war, an die Uniformjacken und die blutverschmierten Overalls, die schon in einem früheren Traum aufgetaucht waren, ohne Zweifel ein Symbol für Bill und seinen gefallenen Vater, für die Kriege, in denen sie gekämpft hatten. Auch damals hatte er gefroren, nachdem er fast auf ein Kriegsschiff marschiert wäre, sich im letzten Moment die Uniform vom Leib riss. Diesmal hat er sie angezogen, sich an ihr gewärmt. Der Tod ist kalt, das Blut warm. Kate hatte ihres mit Heroin versetzt, weil ihr die Wärme fehlte, die sie nur bei ihrem Vater und bei Bill gefunden hatte, und beide an den Krieg verlor. Sie begriff, dass der Krieg ihrer aller Feind war, nicht die Koreaner oder der Vietcong, und dass dieser Feind unbesiegbar war. Angesichts ihrer und Bills Geschichte erschien Dave sein eigener Kampf gegen seinen Vater, der unversöhnliche Groll, den er gegen ihn hegte, übertrieben und eigensinnig, aber würde er ihn aufgeben können? Die materielle Unterstützung, die James seinem Bruder zuteilwerden ließ, unterschied sich für Dave zwar kaum von jener, mit der sich Grace Glennard einst von der Beziehung zu ihrer abtrünnigen, ungeliebten Tochter freigekauft hatte, doch Bill hatte ihm klargemacht, was er ihm verdankte. So fragwürdig James' Motive auch gewesen sein mochten: Er hatte seinen Bruder nicht im Stich gelassen, als es darauf ankam. Warum hatte er Dave die Existenz seiner jüngeren Schwester und deren Suizid verschwiegen? Wenn man einmal damit anfing, die Geschichte umzuschreiben, war es immer schwierig, wieder damit aufzuhören. Allerdings war es Grace, die damit begonnen hatte, nicht James. Seit er Bill besucht hatte, beschäftigte ihn, ob und wie das Wissen über Kate, hätte er früher darüber verfügt, sein Leben verändert hätte. Er holte seine Geldbörse hervor und sah sich das Foto an. Es waren vor allem ihre Augen, die ihm das Gefühl gaben, nicht völlig allein zu sein, nicht der Einzige in dieser Familie, der die Abgründe von Depression kannte, dem die Selbstverständlichkeit fehlte, in dieser Welt zu Hause zu sein, und der immer wieder an ihr scheiterte. Hätte er von ihrem Scheitern gewusst und die Hintergründe dafür gekannt, als er jung war, wäre es ihm dann möglich gewesen, eine andere, stärkere Kraft des Widerstands zu mobilisieren gegen das schwarze Ungeheuer, gegen die Selbstzweifel, die Einsamkeit, die dunklen Ängste? Er glaubte, ja. Kate war ihm eine Verbündete, eine tote Verbündete, die ihn zum Leben mahnte.

Er klappte die Geldbörse wieder zu und stand auf, um Nobbs vom Kindergarten abzuholen.

Als er schon an der Tür war, fiel ihm etwas ein. Er ging zurück zum Bett und fischte das furchtbare Familienportrait vom Nachttisch, für das Janet einmal einen professionellen Fotografen angeheuert hatte, weil sie es sonst nie alle zusammen auf ein Bild schafften. Nobbs mochte es – im Gegensatz zu allen anderen –, weil er darauf eine seiner Monstergrimassen schnitt, obwohl ihn Janet extra gebeten hatte, es wenigstens auf einem Foto zu unterlassen. Janet selbst hatte zu viel

Make-up aufgetragen und sah aus, als sei sie zehn Jahre älter und geliftet. Mel hatte kurz davor einen Akneausbruch gehabt und schaute in die Kamera, als wäre sie ihr persönlicher Feind. Dave hatte kein Lächeln zustande gebracht, weil er zu müde gewesen war, und Max hatte eindeutig zu viel gekifft. Doch obwohl seine Augen dadurch schmaler waren als sonst und leicht gerötet, erkannte Dave in ihnen Kates Blick, jenen Blick, der ihn viele Jahre zuvor erschreckt hatte, weil er nicht der eines Kindes gewesen war, das in der Sandkiste Burgen baute. Damals hatte er in ihm vor allem sich selbst gesehen, durch Kate bekam dieser Ausdruck eine andere Dimension, eine, die ihn zwar beunruhigte, ihm aber ermöglichte, ihn anders wahrzunehmen und zu deuten. So wie Max ihm aus einer Ecke des Gemäldes in Morrisons Praxis entgegengestarrt hatte, als er über den Traum von der Leiche im Park nachdachte, schwebte nun Kates Gesicht über der Lebenslandschaft seines Sohnes wie der Mond über Manhattan. Sein Licht beschien wie das eines vor Jahren explodierten Sterns die Täler, durch die Max wanderte und zu deren Ureinwohnern Dave gehörte. Im Schein dieses Lichts wollte er ihm neu begegnen, einen anderen Zugang zu ihm finden. Er wollte die Waffen niederlegen, bevor Kates Supernova endgültig erlosch und sich niemand mehr an sie erinnerte, wollte den Krieg beenden, gegen seinen Vater, gegen Janet, gegen sich selbst.

8. April 2015. Mittwoch. Gelb.

Die Rohrblattinstrumente, sagte Dave, während er die Kopien der Grafik austeilte, anhand derer er die Funktionsweise derselben zu erklären gedachte, heißen so, weil die Tonerzeugung bei diesen Instrumenten mittel eines Rohrblatts geschieht.

Er zählte jeweils so viele Blätter ab, wie Schüler in einer Reihe saßen, und drückte sie den am Rand Sitzenden in die Hand, den Fluchtbereiten mit Blasenschwäche oder fortgeschrittener Nikotinsucht, die sie mit der müden Ergebenheit entgegennahmen, die das Ergebnis jahrelangen Schulbesuches ist.
Rohrblätter, fuhr Dave fort, gehören zu den tonerzeugenden Zungen.
Gekicher in der vorletzten Reihe.
Dave hob die Hand. Wartet nur, es wird noch besser. Das einfache Rohrblatt, das bei Klarinetten und Saxophonen verwendet wird, ist eine sogenannte aufschlagende Zunge. Das Doppelrohrblatt der Oboe und des Fagotts hingegen ist eine Gegenschlagzunge.
Gelächter und Gejohle. Jedes Mal. Die Terminologie zur Einteilung der Rohrblattinstrumente verfehlte bei Fünfzehnjährigen nie ihre Wirkung. Und obwohl er sich vorkam wie ein schlechter Comedian, der zum hundertsten Mal denselben Joke brachte, genoss er dieses letzte Stückchen Aufmerksamkeit, das er heute in dieser Klasse bekommen würde.
Instrumente mit einem einzelnen Rohrblatt erzeugen einen Ton, indem der in den Spalt zwischen Rohrblatt und Schnabelmundstück des Instrumentes geblasene Luftstrom durch die Schwingungen des Rohrblattes periodisch unterbrochen wird und so ...
Zu diesem Zeitpunkt hatten sich drei Viertel der Klasse bereits etwas anderem zugewendet: dem Abschreiben der Mathehausübung für die nächste Stunde, dem Nachlesen der Inhaltsangabe des nicht gelesenen Romans für Deutsch auf dem Handy unter der Bank, dem heimlichen Schreiben von WhatsApp-Messages und Facebook-Postings ebendort, dem Aus-dem-Fenster-Schauen und Vor-sich-hin-Dösen.
... den Luftstrom im Instrument zum Schwingen bringt. Beim Schwingen schlägt es auf dem Schnabelmundstück auf.

Wie ihr auf der ersten Grafik seht, wird dazu das Rohrblatt mittels einer Art Schelle und zwei Blattschrauben ...
Dave brach ab und ließ den Blick über die Klasse schweifen. Niemand bemerkte, dass er zu reden aufgehört hatte. Wenn er jetzt einfach ginge, sich ins nächste Kaffeehaus setzte und in aller Ruhe die Zeitung las, machte es nicht den geringsten Unterschied. Sollte sich einer der hier zwangsweise Versammelten irgendwann in seinem Leben für die Funktionsweise von Rohrblattinstrumenten interessieren, konnte er sie jederzeit auf Wikipedia nachlesen. Bei den Tonbeispielen würden drei oder vier vielleicht kurz den Kopf heben, aber das war Dave zu wenig. Er war an dem Punkt, den vermutlich viele Lehrer mehrmals pro Tag überwanden und einfach weitermachten, aber er konnte nicht mehr.
Okay, alle mal herhören, sagte er laut und schlug mit der flachen Hand auf den Lehrertisch.
Drei oder vier Köpfe hoben sich.
Vergesst die Rohrblattinstrumente. Packt die Zettel ein und lernt das Zeug vor dem nächsten Test, dann kriegen wir alle keine Probleme.
Allgemeines Geraschel, verwirrte Blicke.
Wer von euch war schon mal in New York?, fragte Dave.
Zwei Schülerinnen und ein Schüler hoben die Hand.
Und, wie hat es euch gefallen?
New York ist urcool, sagte Leila, eines der Mädchen, ihre Nachbarin nickte zustimmend, obwohl sie nicht aufgezeigt hatte.
Was hast du so cool gefunden?
Ich weiß nicht, einfach alles. Das Empire State Building, wie die Leute angezogen sind, die flashigen billboards am Times Square, den Central Park.
Warst du auch mal in Brooklyn?
Leila schüttelte den Kopf.
Ich war in Brooklyn, sagte Paul, ein großer schlaksiger Junge,

der in Daves Unterricht noch nie den Mund aufgemacht hatte.
Wo genau?, fragte Dave.
In Williamsburg. Mein Vater lebt dort.
Tatsächlich? Dave überkam eine plötzliche Sympathie für diesen Teenager, den er seit fast zwei Jahren unterrichtete, von dem er dennoch nichts wusste.
Ja. Er hat dort ein Produktionsstudio für Musik und Video.
Wow! Dave versuchte, nicht allzu beeindruckt zu klingen. Spielst du ein Instrument?
Natürlich hatte er diese Frage der ganzen Klasse gestellt, als er sie am Beginn der Fünften übernommen hatte, aber er konnte sich unmöglich von allen Schülern in sieben verschiedenen Klassen merken, ob und wie sie musikalisch aktiv waren.
Nicht wirklich, sagte Paul. Ich spiel nur so am Computer rum. Es klang, als würde er sich schämen.
Ist doch gut, sagte Dave, solang's dir Spaß macht. Hat einer von euch in New York Live-Musik gehört?
Ich habe Katy Perry gesehen, meldete sich Raffaela, das andere Mädchen mit New-York-Erfahrung, voller Stolz. Im Madison Square Garden.
Einige in der Klasse verdrehten die Augen, andere gaben bewundernde oder neidische Kommentare von sich. Dave konnte sich gerade noch davon abhalten, zu fragen, wie viel die Tickets gekostet hatten, was Raffaela wahrscheinlich gar nicht wusste. Ihr Vater war irgendein hohes Tier in einer großen Bank, hatte ihm ein Kollege erzählt.
Mein Vater hat mich mal mitgenommen zu einer Hip-Hop-Band, berichtete Paul. Das war in so einem großen ehemaligen Fabrikgebäude, ziemlich alt. Die Typen waren auch schon ein bisschen alt, aber cool, alles Schwarze.
The Roots?, fragte Dave aufs Geratewohl.
Genau, sagte Paul, und sein Gesicht hellte sich auf. Sie kennen die?

Dave nickte. Ich bin ja auch schon ein bisschen alt.
Gekicher.
Waren Sie schon mal in New York?, fragte ihn Leila.
Ich bin da geboren und aufgewachsen, bis ich sechs war.
Es folgten diverse Ausrufe des Erstaunens und der Bewunderung.
Echt?
Coooool.
Und, wie war das so?
Die ganze Klasse hing jetzt an seinen Lippen.
Es war ... anders als heute.
Wie anders?
New York hat sich verändert. Damals war es ... nicht so sauber. Wilder. Gefährlicher. Es gab einige Viertel, wo man besser nicht hinging, vor allem als Weißer.
Mit bewaffneten Gangs und so?
Ja, auch. Aber wisst ihr, was ich an New York am besten finde? Dass es überall Musik gibt, nicht nur in großen Hallen und in Clubs, sondern in den Parks, auf der Straße und in vielen U-Bahn-Stationen. Da spielen oft richtig gute Musiker, und die Leute singen mit und tanzen dazu. Ich war gerade zwei Wochen dort. Einmal sind ein Mädchen und ein Typ mit einer boom box in die U-Bahn eingestiegen und haben über zwei Stationen eine richtige Performance hingelegt, inklusive Akrobatik an der Haltestange.
Ja, so was hab ich mal auf YouTube gesehen, sagte jemand. Total super.
Es wurde jetzt durcheinandergeredet, Handys wurden gezückt, jeder packte seine Erlebnisse mit Musik in der U-Bahn aus.
Hört mal, ich hab eine Idee, sagte Dave laut genug, dass ihm alle wieder zuhörten, im Gegensatz zu sonst funktionierte das. Was hieltet ihr davon, wenn ihr bis nächste Woche ausnahmslos alle U-Bahn-Musiker und alle Straßenmusikerinnen, an denen ihr vorbeikommt, filmt. Jeder von euch.

Sie auch?
Ja, ich auch. Sagen wir, jeweils eine Minute. Ihr schickt mir eure Beiträge, und dann schauen wir uns mal an, was zusammengekommen ist. Was für Musik wo von wem auf welchen Instrumenten gespielt wird. Wir könnten eine kleine Doku draus machen, ein Feature, mit einem peppigen Titel: Music in the Streets oder so, und es auf YouTube stellen.
The Sound of Vienna!
Street Sounds of Vienna!
Sound & the City!
Die Vorschläge flogen durch den Raum wie Pingpongbälle, Dave stand an der Tafel und schrieb sie auf. Zum ersten Mal seit langer Zeit hatte er in einem Klassenzimmer Spaß. Es war seine letzte Stunde an diesem ersten Arbeitstag nach seiner Rückkehr. Als er das Schulgebäude um 14:08 verließ, war er nahezu euphorisiert. Die Luft war mild, ein harmloser Wind blies wenige Cirruswolken über den frühlingsblauen Himmel. Er beschloss, hinauf zum Türkenschanzpark zu spazieren und dort in der Meierei eine Kleinigkeit zu Mittag zu essen, sich ein Bier zu gönnen. Nach dem Essen blieb er noch ein wenig sitzen, beobachtete die Leute rund um ihn, wie sie sich durch ihr engmaschiges Netz aus alltäglichen Wiederholungen, gesellschaftlichen Verpflichtungen und kleinen Freiräumen bewegten, und fand sie um einiges sympathischer als am Tag zuvor. Auf dem Heimweg kaufte er spontan Blumen für Janet, einen dicken Bund Tulpen in Gelb und Orange. Er überlegte, was er abends kochen sollte, möglichst etwas, das Janet besonders gut schmeckte und das sie trotz ihrer krankheitsbedingten Appetitlosigkeit essen würde. Wahrscheinlich war es besser, sie zu fragen und erst einkaufen zu gehen, wenn er Nobbs vom Kindergarten abholte. Während er die Billrothstraße hinunterging, pfiff er eine Melodie vor sich hin, von der ihm partout nicht einfiel, woher sie kam. Er nahm sie mit dem Handy

auf, um sich später an sie zu erinnern und das Rätsel zu lösen.

Als er nach Hause kam, saß Janet in der Küche, mit einem dicken Schal um den Hals und einer Jumbotasse Tee vor sich auf dem Tisch. Ihre Hände hatte sie zwischen den Oberschenkeln gefaltet, die Oberarme fest an den Körper gepresst, den Rücken zum Hohlkreuz durchgedrückt, eine Haltung, die Dave wohlbekannt war, immer ein Zeichen massiven Unbehagens, der Versuch, einen offenbar heftigen Schmerz abzuwehren. Dave küsste ihre Haare und hielt ihr die Blütenköpfe der Tulpen nah vors Gesicht. Janet nieste explosionsartig, Dave zuckte zurück.
Sorry, sagte er, ich wollte nicht ... aber die riechen doch gar nicht. Wieso –
Ich bin krank, schon vergessen?, sagte Janet und gleich darauf, reumütiger, als Dave es gewohnt war: Entschuldige. Die Tulpen sind wirklich schön. Sie putzte sich die Nase lang und geräuschvoll. Dave stellte den Strauß in eine Vase, füllte sie mit Wasser und stellte sie auf den Tisch. Dann machte er sich einen Kaffee und setzte sich ihr gegenüber. Nichts davon war spektakulär, dennoch war die Situation höchst ungewöhnlich – ihre gleichzeitige Anwesenheit in der Küche um diese Uhrzeit, ohne Mahlzeit, ohne Kinder, die sie voneinander ablenkten, ihr Aufeinandertreffen abmilderten. Dave konnte sich nicht erinnern, wann sie zum letzten Mal einfach so einander gegenüber an diesem Tisch gesessen waren. Das Schweigen zwischen ihnen war angefüllt mit all den Dingen, die sie sich nie sagten, und deshalb fühlte es sich leer an. In seiner frühlingshaften Aufbruchsstimmung vorhin hätte er ihr wahrscheinlich von Kate erzählt, aber mit dem Betreten der Küche hatte sich eine ihm nur allzu vertraute pelzige Schicht auf sein Gemüt gelegt, der klebrige Beziehungsstaub stummer Ehejahre. Wie bekam man ihn nur weg? Gab es ein

Lösungsmittel, mit dem man ihn entfernen und zur nackten Haut dessen vordringen konnte, was man einst als Liebe empfunden hatte? Dave verspürte den Impuls, Janet zu berühren, sie zu umarmen, festzuhalten, ihren Körper zu spüren, seinen inneren Widerstand zu überwinden. Er wollte gerade aufstehen, zu ihr gehen und es einfach tun, da sagte sie:

Ich möchte mich scheiden lassen.

Sie sah ihn nicht an dabei, sagte es zu ihren gefalteten Händen, ihren Oberschenkeln, mit einer Stimme, die durch ihre verstopfte Nase und den belegten Hals ganz fremd klang. Dave würde sich später an diesen irren Gedanken erinnern, in den sich sein Gehirn in den ersten Sekunden flüchtete: Das ist nicht meine Frau, die das sagt, nicht ihre Stimme, es muss irgendein anderes Wesen sein, von dem sie besessen ist und das durch sie spricht. Und im selben Augenblick wurde ihm bewusst, dass er sich seit Jahren vor diesem Satz gefürchtet hatte. All seine Ängste waren im Laufe der Jahre aus dieser Urangst herausgekrabbelt wie lauter kleine Spinnen, sie hatten ihre Netze um ihn herum gesponnen, und er hatte sich darin verfangen. Nun hatte Janet diese Netze mit einem Schlag zerstört, sämtliche Netze. Es war weniger die Frage nach den konkreten Gründen für ihren Trennungswunsch als die Fassungslosigkeit über diese Brutalität, die ihn fragen ließ:

Warum?

Einmal ausgesprochen, hörte er sofort, was diese Frage hier und jetzt implizierte, nämlich eine weitgehende Ignoranz oder unfassbare Naivität gegenüber ihren jahrelangen Problemen, deshalb sagte er schnell:

Ich meine, ich weiß, dass es nicht einfach war zwischen uns in den letzten Jahren, dass ich nicht einfach war, mit meinen Depressionen und so weiter, aber die Therapie hilft mir wirklich, es verändert sich gerade ganz schön was, weißt du? Auch

der Trip nach New York war wichtig und mein Besuch bei Bill, ich würde dir gern davon erzählen. Wenn du wieder gesund bist. Vielleicht sollten wir ein Wochenende zusammen wegfahren, nur wir beide, Nobbs kann bei Max und Mel bleiben, das geht schon, er ist ja jetzt schon groß, fast ein Schulkind, und Max hat ja auch viel auf ihn aufgepasst, während ich –
Dave, sagte Janet. Indem sie seinen Namen aussprach, kappte sie seinen Redefluss wie ein Seil, an dessen losem Ende er nun über dem Abgrund hing.
Dave, wiederholte sie, als wollte sie sichergehen, dass ihre Botschaft an die richtige Adresse ging. Ich habe jemanden kennengelernt.
Dave rutschte das Seil aus der Hand.
Wie, jemanden kennengelernt, wann?, fragte er mechanisch, obwohl es überhaupt keine Rolle spielte, wie und wann es passiert war.
Möchtest du wirklich die Details wissen?, fragte Janet.
Dave antwortete nicht. Er war viel zu beschäftigt mit Fallen. Und während er fiel, sah er Bilder, ähnlich wie nur wenige Tage zuvor, als die Wellen des Atlantiks über ihm zusammenschlugen und er glaubte, zu ertrinken. Doch waren es keine Erinnerungen, sondern schnell aufeinanderfolgende, blitzlichtartige Fantasien, die sein überfordertes Gehirn produzierte: Janet in einem Restaurant bei Kerzenschein, ihre Wangen gerötet vom Wein, mit glänzenden Augen in ein angeregtes Gespräch vertieft. Janet, wie sie sich im Bad für ein Date zurechtmachte, den Lippenstift auf ihre dicken Lippen auftrug, das Ergebnis ihrer Bemühungen im Spiegel taxierte. Wie sie in einem neuen Kleid, das Dave noch nicht kannte, das Haus verließ, in ein Taxi stieg. Wie sie an einer Straßenecke den Kopf in den Nacken legte, die Augen schloss, sich von einem fremden Mann küssen ließ. Wie sie in einem Hotelzimmer vor ihm kniete, seine teure Anzughose öffnete und ihm einen blies. Dave konnte nicht glauben, was er sah

und dass er es sah. Er stand auf und ging zum Fenster, öffnete es und zündete sich eine Zigarette an. Janet beschwerte sich nicht mit einem Wort. Daran konnte er sowohl das Ausmaß ihres schlechten Gewissens als auch die Aussichtslosigkeit der Situation ermessen. Es war ihr egal, ob er rauchte. Sie wusste, sie würde nicht mehr lange hier sein, vielmehr: Er würde nicht mehr lange hier sein.
Mit dem Rücken zum Raum stand er ans Fensterbrett gelehnt und blies den Rauch in den kaputten Frühling. Er hörte, wie Janet sich schnäuzte, dann das Knarzen des Stuhls, als sie aufstand, das Quietschen der Tür.
Dave?
Was? Er drehte sich nicht um.
Ich wollte nur sagen, es war ... nie einfach zwischen uns.
Die Tür schloss sich hinter ihm.
Er war allein.

Um 02:47 hämmerte er gegen Hamids Tür, nachdem er etwa eine halbe Minute lang Sturm geläutet hatte. Er versuchte es mit verschiedenen Rhythmen, die ihm allerdings nicht immer gelangen, weil er sturzbetrunken war. Nachdem er Nobbs abgeholt, mit ihm eingekauft, für ihn gekocht und ihn ins Bett gebracht hatte, einen Automatismus abspulend, den er selbst furchterregend fand, der für Nobbs aber zweifellos ein Segen war, hatte er schon einmal bei Hamid geklingelt, nachdem er ihn dreimal angerufen hatte, doch es war nur die Mobilbox drangegangen. Dann war er ins Chelsea gefahren, hatte sich eine österreichische Indie-Band angehört, deren Name er bereits nach der letzten Zugabe vergessen hatte, war an der Bar versackt und hatte nach ungezählten Bieren und Schnäpsen zum recht beatlastigen Sound des diensthabenden DJs zu tanzen angefangen. Leider verlor er dabei die Balance und torkelte in eine Gruppe junger Frauen, die das als Annäherungsversuch werteten, worauf er des Lokals verwiesen wurde. Dave war so weit von einem Annäherungsversuch entfernt wie Syrien vom Frieden. Dave hatte länger nicht mehr an diesen Konflikt gedacht, Hamids hartnäckige Abwesenheit brachte ihn wieder in sein Bewusstsein. Eigentlich hatte er Janet am Nachmittag fragen wollen, wann sie ihn zum letzten Mal gesehen hatte, aber dann war ihm Janets Bekanntgabe des Endes ihrer Ehe dazwischengekommen. Im Grunde hatte sie genau zwei Sätze dafür gebraucht, das fand er unglaublich. Er konnte sich keine Veränderung in seinem Leben vorstellen, die mit zwei Sätzen zu bewerkstelligen wäre. Pam-pam-padam. Pam-padam-pam-pam-padam. Dave horchte. War da ein Geräusch gewesen hinter der Tür, oder kam es aus einer anderen Wohnung? Padadadadam. Ein Schlüssel wurde herumgedreht. Im Türrahmen erschien ein stämmiger Typ in Boxershorts, nicht allzu groß, dennoch ziemlich beeindruckend in seiner körperlichen Präsenz: große dunkle Augen mit buschigen Augenbrauen, eine Menge Haare auf der Brust, wild gelockter, schwarzer Haarschopf, trainierte Muskeln, Tattoos überall.

Gibt's ein Problem, fragte er und musterte Dave aus schmalen Augen. Offenbar hatte er geschlafen. Sein Akzent war bundesdeutsch.

Nein, sagte Dave, also ja, aber nicht mit dir.

Der Mann blieb ruhig, schaute Dave ziemlich direkt in die Augen, was ihm in seinem Zustand unangenehm war.

Ich suche Hamid, sagte Dave.

Da bist du nicht der Einzige, sagte der Mann, löste den Blick von Dave und schaute den Gang hinauf und hinunter, als würde er nach Hamid Ausschau halten oder fürchtete, jemand könnte sie beobachten. Was willst du von ihm?

Ich ..., begann Dave, stockte wegen eines leichten kreislaufbedingten Schwindelanfalls, kriegte sich wieder ein und fuhr fort: ... ich wohne da drüben. Er deutete auf seine Wohnungstür am Ende des Ganges. Hamid ist mein bester Freund. Mit

Mühe unterdrückte er einen bombastischen Rülpser. Ich war jetzt zwei Wochen weg und ... meine Frau verlässt mich.
Du bist betrunken.
Ja.
Der Mann trat zur Seite, Dave wankte in den dunklen Flur und weiter ins Wohnzimmer. Dort ließ er sich aufs Sofa fallen. Dann, in einem plötzlichen Anfall von Besinnung auf zivilisierte Umgangsformen, stand er wieder auf und streckte seinem Gastgeber die Hand hin: Dave, sagte er.
Jaro.
Sie schüttelten sich die Hände, Jaro setzte sich in den Fauteuil und begann, einen Joint zu drehen.
Du weißt also nicht, wo Hamid ist?, begann Dave, weil er es komisch fand, mit einem Fremden hier zu sitzen und zu schweigen.
Jaro schüttelte den Kopf.
Nein, leider. Er zerbröselte eine Marihuanablüte über einem Häufchen Tabak. Wir kennen uns aus Berlin. Vor zwei Wochen bin ich hergekommen, um ihn zu besuchen, weil ich gerade gekündigt wurde und Zeit hatte. Als ich ankam, sagte er mir, er müsse für ein paar Tage nach Damaskus, um Familienangelegenheiten zu regeln, spätestens in einer Woche wäre er zurück. Ob ich in der Zwischenzeit hier in seiner Wohnung bleiben, seine Post rausholen und seine Pflanzen gießen könnte? Na klar, sagte ich, kein Problem, ich schau mir derweilen die Stadt an. War noch nie hier.
Er rollte den Joint zusammen, zündete ihn an und lies den Rauch langsam aus seinem Mund quellen.
Tja, wie gesagt, das war vor zwei Wochen. Seither habe ich nichts von ihm gehört. Er geht nicht ans Telefon, reagiert weder auf E-Mails noch auf Facebook-Messages, und auf WhatsApp war er vor elf Tagen zum letzten Mal online.
Das ist total untypisch, sagte Dave. Hamid ist immer online, außer wenn er arbeitet oder schläft.

Genau, bestätigte Jaro. So haben wir auch Kontakt gehalten, trotz der Entfernung.
Er hielt Dave den Joint hin, doch Dave lehnte dankend ab. Ihm war ohnehin schon schlecht.
Machst du dir Sorgen?, fragte er.
Jaro schnaubte. Weißt du, was da unten los ist?
Ungefähr, sagte Dave.
Jaro nickte. Genau weiß es keiner. Wir sehen ein paar Bilder im Fernsehen und lesen in der Zeitung, wer gerade welche Stadt unter seine Kontrolle gebracht hat, die alltägliche Realität der Menschen kommt da nicht vor. Aber wie du vielleicht weißt, sind Hamids Brüder beide in den letzten zwei Jahren verschwunden. Hast du eine Ahnung, was das bedeutet?
Es könnte –, begann Dave.
Es könnte alle möglichen Gründe haben, unterbrach ihn Jaro. Aber keiner davon ist gut.
Bist du auch Syrer?
Ich bin Kurde.
Dave öffnete den Mund, doch Jaro winkte ab.
Schon gut. Ich bin im Norden von Syrien geboren, in der Nähe der türkischen Grenze. Aber meine Eltern sind schon geflüchtet, als ich fast noch ein Kleinkind war, bald nach den Enteignungen der Kurden in den Siebzigern. Im Grunde bin ich Berliner.
Ich bin in New York geboren, sagte Dave. Meine Eltern kamen hierher, als ich sechs war. Eigentlich habe ich mich immer als Wiener gesehen, aber jetzt, nachdem ich zwei Wochen drüben war, bin ich nicht mehr so sicher.
Ich glaube nicht, dass ich mich dort, wo ich herkomme, noch zu Hause fühlen würde, sagte Jaro.
Meine Mom glaubte das, bevor sie nach Wien ging. Sie war zwei, als meine jüdischen Großeltern von hier flohen. Aber sie wurde enttäuscht, nichts war so, wie sie es sich vorgestellt hatte.

Weißt du, sagte Jaro, ich verstehe ja den Kampf der Kurden um einen eigenen Staat, aber manchmal denke ich, es wäre besser, erst gar keine Heimat zu haben. Dann kann man sie auch nicht verlieren. Die ganze Sache mit den Nationalitäten ist doch sowieso Schwachsinn, oder? Es sollte einfach keine geben. Die Menschen sollten sich frei bewegen können auf dem Erdball und sollten es auch tun. Modernes Nomadentum, verstehst du? Alle paar Jahre weiterziehen, woanders leben. Dann könnten die Leute auch nicht so viel Zeug anhäufen, das wäre dann zu mühsam. Sie wären anpassungsfähiger und würden sich nicht so fürchten vor allem, was fremd ist.
Dave nickte in vager Zustimmung. Er war eindeutig zu müde und zu betrunken für gesellschaftspolitische Diskussionen.
Jaro dämpfte den Joint aus. Ist natürlich 'ne Utopie. Er fuhr sich mit beiden Händen übers Gesicht und seufzte.
Was willst du unternehmen wegen Hamid?, fragte Dave. Willst du überhaupt was unternehmen?
Die Frage ist: Kann ich was unternehmen, sagte Jaro. Ich kenne noch ein paar Leute in Damaskus, die habe ich bereits kontaktiert. Keine Ahnung, ob das was bringt. Aber ich lass dich wissen, wenn ich irgendwas höre.
Danke.
Dave stand auf, er musste dringend ins Bett.
Als sie sich im Flur verabschiedeten, sagte Jaro: Tut mir leid wegen deiner Frau.
Ja, mir auch.
Denkst du, es ist endgültig?
Ich fürchte.
Jaro wiegte den Kopf. Frauen sind unberechenbar.
Meine auf jeden Fall.

Zu Hause, auf seinem Außenposten auf dem Wohnzimmersofa, war er plötzlich gar nicht mehr so müde. Die Nachricht von Hamids Verschwinden hatte ihn ernüchtert, im wörtlichen Sinn. Sich mit den möglichen Implikationen zu beschäftigen war mehr, als er im Moment zu verkraften imstande war. Stattdessen dachte er über den uralten männlichen Gemeinplatz von der Unberechenbarkeit der Frauen nach. Woher kam das hartnäckige Klischee, Frauen seien weniger berechenbar als Männer, und warum wurde Berechenbarkeit überhaupt als Ideal betrachtet? Es musste etwas mit Kontrolle zu tun haben. Was man vorhersagen, womit man kalkulieren konnte, brauchte man weniger zu fürchten – eine Strategie, die Dave nur allzu gut von sich selbst kannte. Es ging also weniger um eine spezifisch weibliche Eigenschaft als um die Abwehr irrationaler Ängste von Männern vor dem in erster Linie körperlich Andersartigen, vor der Macht, mit der sie von etwas angezogen wurden, das sie nicht verstanden. Dave jedoch glaubte, Janet sehr wohl zu verstehen. Sie war nicht unberechenbar, sie handelte im Gegenteil schlüssig und konsequent gemäß ihrer eigenen Logik, wie sie es immer getan hatte. Sie verteidigte ihre Werte gegenüber allen und jedem, der sie in Gefahr brachte. Das konnte man sogar bewundern, so wie Dave das anfangs getan hatte, weil er selbst kaum welche hatte, an denen er nicht zweifelte. Nicht zu zweifeln hatte allerdings einen entscheidenden Nachteil: Man musste die Außenwelt, die sich ja ständig dagegen wehrte, den eigenen Idealen zu entsprechen, immer wieder von Neuem in eine Form zwingen, die man irgendwie akzeptieren konnte. Auch das eigene Innenleben musste beherrscht werden, einem Diktat gehorchen, von dem man irrigerweise annahm, es sei auf dem eigenen Mist gewachsen. Dabei war es über große Strecken der Mist, den der Strom der Geschichte mit sich führte, von Generation zu Generation, ein giftiges Gemisch aus Religionen und Kriegen, Moralvorstellungen und Lügen, Macht und Ohnmacht, Gier, Neid und Unterdrückung, das die Schiffe, auf denen die Menschen und ihre Familien durch die Zeiten navigierten, zu zersetzen drohte. Vielleicht war Janets Art, mit sich und ihrer Umgebung umzugehen, die wirkungsvollere, um diesem Zersetzungsprozess zu widerstehen und persönlich zu überleben. The survival of the fittest. Aber was passierte mit dem Rest? Was hieß es für die menschliche Entwicklung, wenn alle, die nicht so überzeugt waren von Richtig und Falsch, die sich selbst in Frage stellten, untergingen, wenn jede Unsicherheit, jede Zwiespältigkeit und Zaghaftigkeit über Bord geworfen wurde, nur damit das Schiff nicht an Fahrt verlöre? Wie hieß der Hafen, das Ziel, an das Janet unbedingt kommen wollte? Diesen Winter hatte es eine Zeit gegeben, in der Dave sie zweifeln gesehen hatte, Momente, in denen sie ihm einen kurzen Blick auf Schichten gewährte, die er bis dahin nicht gekannt hatte, kleine Flecken unerschlossenen, wüsten Terrains. Vielleicht war sie auch nur zu erschöpft gewesen, um es zu verhindern, und nun musste er dafür büßen. Er hatte verbotenes Gebiet betreten und wurde bestraft, des Landes verwiesen. Ironischerweise hatte ihn das, was er dort sah, Janet ein Stückchen näher gebracht und mit wehmütiger Sehnsucht erfüllt. Wünschte er im Nachhinein, es nicht gesehen zu haben? Während er langsam doch wegdämmerte, sein Bewusstsein immer höhere Kreise zog über seinem erschlaffenden Körper, dem Sofa, das ihn trug, dem Zimmer, das ihn beherbergte – wie lange noch? –, sah er tief unter sich Janets nackten Körper nur ein paar Meter von seinem entfernt in ihrem gemeinsamen Bett liegen. Sie lag auf der linken Seite und schaute zum Fenster hinaus, wo sich die Krone des alten Nussbaumes im Wind wiegte, der seine Arme und Finger nach dem Himmel ausstreckte und gierig nach dem Dach des Nachbarhauses griff.

*

Dave steht am Bug eines Bootes und fährt übers Meer, es ist stürmisch. Auf und ab geht es, auf und ab, ohne Paddel, ohne Motor, Wellen wie kleine Berge, über die er dahinschaukelt. Der Sturm nimmt zu, die Wellen werden höher und immer höher, er fürchtet, dass das Boot kippt, und schon passiert es. Unsanft wird er durch die Luft geschleudert und landet am Fuß eines steilen Berges. Hinauf, er muss hinauf, aber der Hang ist glatt, nicht wie Stein, sondern wie Haut, er findet nirgends Halt, rutscht immer wieder ab. Aus dem Augenwinkel sieht er Max, der sich ebenfalls bergan kämpft, sich verbissen in die Haut des Berges krallt, die ein klein wenig nachgibt unter den Fingern, den Nägeln, aber nicht genug. Sie bräuchten ein Seil, früher einmal hat er ein Seil gehabt, hat es über einen Abgrund gespannt, eigentlich war es seine gerissene E-Saite, ach ... ein Traum! Max, ruft er, lass los, Max, es ist ein Traum! Er selbst lässt los und fällt, fällt, fällt, wird er jemals aufhören zu fallen? Er denkt es und landet mit einem heftigen Aufprall am Boden eines leeren, schmutzigen Raumes. Eine Gefängniszelle? Ein Luftschutzbunker? An der Wand bunte Kreidezeichnungen von Häusern und Bäumen, Strand und Sonne, Planeten und Raketen, seine Kinder haben sie gemacht, aber sie sind nirgends zu sehen. Sind sie gefangen, in Gefahr? Er muss sie finden. Mit seinem ganzen Gewicht lehnt er sich gegen die Wand, sinkt in sie hinein, sein Körper gleitet auf die andere Seite und steht auf einer Mülldeponie. Max, Mel und Nobbs sitzen auf dem Boden zwischen Haufen von Schrott und werfen Münzen in eine verrostete Konservendose. Alle drei sind gleich alt, etwa fünf oder sechs, Dave weiß, das kann nicht stimmen, aber sie tun ihm so leid. Er muss Janet finden, gemeinsam werden sie die Kinder in Sicherheit bringen, weg von diesem trostlosen Ort. Wild entschlossen läuft er die Berge von Müll hinauf und hinunter, rutscht, stolpert, hebt zwischendurch einzelne Teile auf und schleudert sie weit von sich, kaputte Uhren, Schläuche, Infusionsflaschen, gebrauchte Spritzen mit Injektionsnadeln, ein vom Korpus abgetrennter Gitarrenhals, ein abgesägter Gewehrkolben, zerrissene Mäntel, schmutzige Stofftiere, die Schnecke einer Violine, ein Spielzeugroboter ohne Kopf, Pumps ohne Absatz, ein alter Farbkasten, zerfledderte Schulhefte, unendlich viele Lego-Steine, die aussehen, als hätte ein Tier sie angeknabbert ... Dave hat den Eindruck, dass der Müll sich vermehrt, während er einen Berg nach dem anderen erklimmt, hinter jedem Janet zu finden hofft und immer verzweifelter wird, irgendwo hier muss sie doch sein, um Himmels willen, ohne Janet werden sie alle untergehen in diesem Müll! Ach, da ist sie ja ... Erleichtert läuft er auf sie zu, sie trägt einen knallorangefarbenen Overall und hat einen großen Besen in der Hand, mit dem sie herumliegenden Müll zusammenkehrt und in Richtung des nächsten Berges schiebt. So ist das also, denkt Dave, plötzlich zornig, deshalb werden die Berge immer größer. Er wird ihr sagen, dass sie damit aufhören soll, weil die Kinder sonst im Dreck ersticken, die Kinder, schreit er, sie werden ersticken, hörst du? Schrei nicht so, sagt Janet ungerührt, ich mache hier Ordnung, siehst du das nicht? Dave möchte noch viel lauter schreien, deine Ordnung bringt uns um, du verstehst das nicht, hör auf damit, hör endlich auf, aber seine Stimme versagt, und er beginnt zu weinen. Da hebt Janet den Kopf, wendet sich ihm zu, und er sieht, dass es gar nicht Janet ist, sondern Kate. Der Blick ihrer großen, traurigen Augen umfängt und beruhigt ihn, und ihre Stimme ist in seinem Kopf, ein rauchiges, eindringliches Timbre, kräftig und dennoch sanft.

Solange du nicht nach Hause kannst, wachst du nicht auf.

*

10. April 2015. Freitag. Magenta.

Dave und Morrison saßen im dicht gewebten Schweigen nach einer großen Erzählung. Dave hatte sie stark gestrafft und Morrison hatte kaum nachgefragt, trotzdem war die Hälfte der Sitzung vergangen, als er endlich das Gefühl hatte, fertig zu sein. Hatte er etwas Wichtiges vergessen? Diese Frage beschäftigte ihn stets, zumal ihm seine nie bewusst getroffene Selektion des Erzählten und Ausgelassenen zunächst oft willkürlich und unsinnig schien. Erst im Nachhinein enthüllte sich im Laufe des Gesprächs der verborgene Zusammenhang – manchmal, nicht immer. Es kam auch vor, dass er aus lauter Angst vor den richtig heißen Kartoffeln lauter wirklich unwichtiges Zeug daherredete, was er meist daran merkte, dass Morrison vor Langeweile fast einschlief. Diesmal jedoch glaubte er, nichts Wesentliches unterschlagen, keine ablenkenden Belanglosigkeiten eingebaut zu haben. Nachdem er geendet hatte, überkam ihn ein Gefühl der Leere, als hätte er alles gesagt, was er je in diesem Raum zu sagen haben würde. Es hielt nur für einen Moment, doch es war, als hätte er einen schnellen Blick durch eine bis dahin unsichtbare Tür geworfen, hinaus auf eine Landschaft, die sich auf dem Gemälde hinter Morrisons Rücken ein wenig oberhalb der Mitte zwischen zwei schmalen blaugrauen Querstreifen geöffnet hatte. Nun war dort wieder eine ruhige ockerfarbene Fläche, Dave verlor sich in der Struktur der Leinwand. Er war erschöpft, nicht so sehr, weil er die letzten Nächte kaum geschlafen hatte, sondern ganz unmittelbar vom Erzählen. Zu Beginn der Stunde hatte er mit einem Mal das ganze Gewicht seiner Geschichte in ihrer Gesamtheit verspürt, das seit vielen Jahren an ihm hing wie ein viel zu voll gepackter Tramperrucksack, nun hatte er diesen Rucksack endlich abgestellt, geöffnet und im Laufe des Erzählens die Dinge, die zu schwer waren, um sie ständig herumzutragen, ausgepackt. Da lagen sie nun ausgebreitet, und Dave fühlte sich erleichtert und leer zugleich. Das Schweigen tat ihm gut.

Morrison griff nach Block und Stift und notierte sich etwas. Dann schlug er die Beine andersherum übereinander und machte es sich wieder in seinem Fauteuil bequem.

Wie fühlen Sie sich jetzt, Dave?

Nicht so schlecht. Müde. Wie ... nach einem Marathonlauf.

Sind Sie ins Ziel gekommen?

Dave wiegte den Kopf. Kommt drauf an, was man als Ziel bezeichnet.

Und was bezeichnen Sie als Ziel?

Dave beugte er sich vor, stützte die Ellenbogen auf die Knie. Wissen Sie, als Janet mir sagte, sie wolle sich scheiden lassen, wurde mir klar, dass ich mich jahrelang davor gefürchtet hatte, ohne mir dessen bewusst zu sein. Das war die unterirdische Dynamik unserer Ehe: meine Angst und Janets Angst vor meiner Angst. Dadurch haben wir uns immer mehr voneinander entfernt. Mein Ziel, wenn Sie so wollen, war in den letzten Jahren, die große Katastrophe zu verhindern, ohne dass ich eine genaue Vorstellung von diesem Super-GAU gehabt hätte. Es war eine komplizierte und anstrengende Sache, alle möglichen Komponenten in Schach zu halten, die dazu führen konnten, weil ich nie wusste, wo ich hinschauen sollte. Lange Zeit hat mich das Gefühl verfolgt, den Blick immer an der falschen Stelle zu haben, während anderswo etwas Schreckliches vor sich ging, das sich meiner Aufmerksamkeit entzog. Das Entscheidende schien im toten Winkel zu passieren.

Nun, sagte Morrison, in Ihrer Kindheit war das tatsächlich so. Und das Geheimhalten wichtiger Informationen, das Verschleiern existentieller Tatsachen, hat in Ihrer Familie offenbar Tradition.

Verschleiern existentieller Tatsachen, wiederholte Dave mit leicht ironischem Unterton. Sagen Sie doch einfach Tod. Sa-

gen Sie Lügen. Nennen Sie die Dinge beim Namen, Herrgott noch mal.
Morrison öffnete den Mund, doch Dave winkte ab.
Sie wollen, dass ich sie selbst ausspreche, und Sie haben recht. Es tut gut, diese Wörter zu sagen: Tod, Lüge, Betrug, lügen über den Tod.
Ja, sagte Morrison. Auch über den von Ehen und anderen familiären Beziehungen.
Mir fällt dazu ein, was Bill gesagt hat, erinnerte sich Dave, er sagte: Kate war mein blinder Fleck. Hätte ich richtig hingeschaut, dann hätte ich es erkannt.
Was, glauben Sie, meinte er genau damit?
Er meinte, übersehen zu haben, dass sie ein ernsthaftes Problem hatte, erklärte Dave.
Aber er hatte selbst ein ernsthaftes Problem, wandte Morrison ein. Wie Kate hatte er früh den Vater verloren und hatte eine Mutter, die keine Trauer darüber zuließ. Sonst wäre er wohl kaum freiwillig nach Vietnam gegangen.
Möglich. Aber er sagte auch, Kate sei von der Idee besessen gewesen, dass das Resultat dessen, was man tut, einzig davon abhängt, wie sehr man sich bemüht, was man zu leisten imstande ist. Diese Überzeugung, behauptete er, sei eine Art Glennard'scher Doktrin, die man als Mitglied dieser Familie bereits in frühester Kindheit eingepflanzt bekommt wie einen Chip, und dann läuft man herum wie ein bescheuerter Roboter und rackert sich ab, weil man sich einbildet, alles bewerkstelligen zu können, wenn man sich nur genug anstrengt, und wenn man scheitert, glaubt man, defekt zu sein.
Das alles hat er gesagt?, erkundigte sich Morrison.
Nein, das mit dem Chip war von mir. Bill hat nur gesagt, dass Kate letztendlich an diesem krankhaft überhöhten Anspruch zugrunde gegangen sei. Sie warf sich vor, dass sie Bill nicht davon hatte abhalten können, in den Krieg zu ziehen. Sie glaubte, mit den richtigen Argumenten hätte sie ihn überzeu-

gen können, ihn und die ganze Welt. Ihre Formulierung war: Ich muss es nur schaffen, es dir so zu erklären, dass du es verstehst. Doch Bill verstand und ging trotzdem, denn wie Sie sagen: Er hatte sein eigenes Problem. Als er von Kates Selbstmord erfuhr, quälte ihn der Gedanke, er hätte etwas verhindern können, wäre er nicht gegangen.

Morrison schwieg. In Daves Kopf spulte sich zum wiederholten Mal das Gespräch zwischen Bill und Kate im Café Dante ab. Er sah sie deutlich vor sich: Bill in seiner Uniform (obwohl er die womöglich bei ihrem Treffen gar nicht getragen hatte), seine immer noch erstaunlich weichen Zügen, obwohl ein halbes Jahr Army-Training das Jungenhafte schon ein wenig verdrängt und einer gewissen Schwere und Melancholie Platz gemacht hatte. Sein Lächeln und sein demonstrativer Optimismus, mit dem er versuchte, die Angst vor dem Ungewissen, vor dem Verlassen der Heimat und seiner Familie zu überspielen. Sein stures Festhalten an der ehrenhaften Verpflichtung seinem Land, seinem Vater gegenüber. Und Kate in Jeans und einem schwarzen T-Shirt mit Peace-Now!-Aufdruck, ihr dichtes dunkles Haar zum Zopf gebunden, die Zigarette in der zitternden Hand, unablässig auf Bill einredend, in ihrem Ausdruck die herzzerreißende Mischung aus kämpferischem Engagement, Verzweiflung und Angst, die sie zu noch mehr glühendem Eifer antrieb. Ihre fiebrig glänzenden Augen mit den etwas zu kleinen Pupillen, die sie auf ihren Bruder heftete, als könnte sie ihn mit der schieren Kraft ihres Blicks für immer festhalten. Die Faszination, die diese Szene auf Dave ausübte, hatte etwas Obsessives an sich.

Dave?

Er schüttelte sich, um wieder im Hier und Jetzt anzukommen.

Morrison wartete ein wenig, pickte einen Fussel von seiner Anzughose.

Ich möchte Sie etwas fragen: Wollen Sie um Ihre Ehe kämpfen?

Was? Dave riss die Augen auf.
Ich stelle Ihnen diese Frage, weil ich den Eindruck habe, dass Sie diese Möglichkeit bisher gar nicht in Betracht gezogen haben.
Würden Sie daran denken, zu kämpfen, wenn Ihre Frau Ihnen mitteilte, sie wolle sich scheiden lassen, weil sie einen anderen Mann kennengelernt hat?
Hat Sie das gesagt?, fragte Morrison zurück, wie üblich Fragen nach seinem Privatleben und seiner persönlichen Meinung ignorierend.
Das habe ich Ihnen doch gerade vorhin erzählt, sagte Dave verwirrt.
Ich meine, hat Sie tatsächlich diesen kausalen Zusammenhang hergestellt: Ich möchte mich scheiden lassen, *weil* ich jemanden kennengelernt habe?
Dave dachte nach. Er war nicht sicher.
Ist das so wichtig?, fragte er. Jede der Tatsachen für sich ist schlimm genug, finden Sie nicht?
Welche ist schlimmer? Wenn die Möglichkeit bestünde, nur mit einer der beiden konfrontiert zu sein, welche würden Sie wählen?
Hmmmmm, machte Dave, zunehmend genervt, lassen Sie mich überlegen, Krebs oder Aids? Ich kann mich wirklich nicht entscheiden.
Sehen Sie, sagte Morrison ruhig, es geht darum: In dem einen Fall hätten Sie es mit einer Affäre zu tun, die möglicherweise wieder vorbeigeht. In dem anderen wäre es offensichtlich, dass Ihre Frau keinerlei Zukunft für Ihre Ehe mehr sieht.
Und jetzt habe ich eine Kombination, wollte er sagen, doch plötzlich begriff er, was Morrison meinte, und im selben Moment spürte er, wie ein winziger Funken Hoffnung in ihm aufglühte, irgendwo zwischen seinen Rippen, er begrüßte ihn nicht. Er wollte nicht hoffen, nicht kämpfen, nicht enttäuscht werden, auf eine perverse Art war er froh gewesen, in seiner

Beziehung mit Janet an einen Punkt gekommen zu sein, wo Enttäuschung nicht mehr möglich war.
Ich will nicht mehr kämpfen, sagte Dave, ich bin es leid.
Auch das Kämpfen hat eine lange Tradition in Ihrer Familie. Das bedeutet nicht, dass Sie sie fortführen müssen. Sie können entscheiden.
Dave schaute durch das Muster des Teppichs hindurch in die Vergangenheit.
Sie haben alle gegen Windmühlen gekämpft, genau wie ich.
Die Schatten seiner Vorfahren, egal, wie lang oder kurz ihre Kämpfe gedauert hatten und welcher Art sie gewesen waren, zogen durch den Raum, wanderten über die Wände, wurden erst größer und dann kleiner, verschwanden in den Spalten zwischen den Dielen.
Eines verstehe ich nicht, sagte Dave. In meinem Traum, auf dieser Müllhalde ... warum hat sich Janet in Kate verwandelt? Und was sollte dieser Satz bedeuten: *Solange du nicht nach Hause kannst, wachst du nicht auf.* Nobbs hat das mal über Ben gesagt, als ich ihn gefragt habe, ob er glaubt, dass Ben auch träumt. Warum hat Kate ihn an mich adressiert?
Morrison sah hinauf zur Decke und legte seine Fingerspitzen aneinander.
Wenn Sie einmal von den augenfälligen Unterschieden absehen – können Sie auch Gemeinsamkeiten zwischen den beiden erkennen?
Zwischen Nobbs und Ben?
Nein, zwischen Janet und Kate.
Sie meinen die Medizin?
Nicht nur.
Dave schloss die Augen. Er versuchte, die beiden Frauen im Geiste nebeneinanderzustellen, forschte in seinem Gedächtnis nach dem jeweils passenden Bild. Der Vergleich würde ihm leichter fallen, wenn er an die junge Janet dachte, die Medizinstudentin, die mit gehetztem Gesichtsausdruck die

Gänge der Uni entlanghastete, stets in Eile, in ihrem beigen Trenchcoat, der hinter ihr herflatterte.

Dave stand auf. Morrison sah ihn überrascht an.

Wollen Sie schon gehen? Er sah auf die Uhr. Wir haben noch ein wenig Zeit.

Dave setzte sich wieder.

Ich habe ihn vergessen, sagte er fassungslos.

Wen?

Den Trenchcoat. Sie hatte so einen, im letzten Jahr ihres Studiums, und sie hat ihn fast das ganze Jahr getragen, außer wenn es wirklich zu kalt oder zu heiß war. Er war damals so etwas wie ihr Markenzeichen, aber ich hatte ihn vergessen. Oder eben doch nicht, denn ich habe ihn Kate angezogen, als ich anfing, von ihr zu träumen.

Kleidungsstücke, sagte Morrison, sind machtvolle Träger der Eigenschaften ihrer Besitzer und bergen Emotionen, die wir ihnen gegenüber hegen, ähnlich wie Gerüche. Was verbinden Sie mit dem Trenchcoat? Denken Sie nicht lang nach.

Entschlossenheit, begann Dave. Kraft und Willensstärke. Ehrgeiz bis zur Verbissenheit, das Streben nach Anerkennung, gleichzeitig eine gewisse Unnahbarkeit, auch ein Stück Selbstaufgabe – es ist eine Art Uniform, oder? Ich weiß noch, dass ich damals dachte, Janet kann es gar nicht erwarten, die ganze Zeit in einem weißen Mantel herumzulaufen, ich habe sie aufgezogen damit.

Auch Kate hatte ihre Uniform, nicht wahr?, warf Morrison ein.

Ja, sie war ein Teil ihres Protests. Janet hingegen war und ist angepasst, das ist der große Unterschied zu Kate. Was sie verbindet, ist eine Mission: etwas Schlechtes gutzumachen. Der Kampf gegen den einen Feind, der unbesiegbar ist.

Der Tod, sagte Morrison.

Dave nickte.

Haben Sie eine Idee, woher dieses unbedingte Bedürfnis bei Janet kommt?

Bisher dachte ich immer, das ist eben so eine Familie, da hat es schon in den Generationen davor Ärzte gegeben. Soweit ich von Janet weiß, ist keiner ihrer Verwandten in einem Krieg gestorben oder im Konzentrationslager.

Nun ja, Sie haben gerade die Erfahrung gemacht, wie unvollständig das Wissen über die eigene Familiengeschichte sein kann.

Allerdings.

Wissen Sie, es gibt wenig, das Menschen so sehr antreibt wie Schuldgefühle. Sie werden oft über Generationen hinweg weitergegeben und können dabei ganz verschiedene Formen annehmen. In der jüdischen Geschichte des 20. Jahrhunderts spielen sie eine enorme Rolle.

Ich weiß, sagte Dave. Die Geflüchteten fühlten sich schuldig gegenüber den Zurückgelassenen, die Überlebenden gegenüber den Umgekommenen. Im Elternhaus meiner Mutter hing dieses Schuldgefühl bleischwer. Überall die Schatten der Toten, aber ich konnte sie nicht identifizieren. Heute glaube ich, meine Mutter hat sich aus dieser unbewussten Schuld heraus selbst beschränkt und beschnitten. Sie hatte das Gefühl, kein Recht zu haben auf ihr eigenes Leben oder auf Glück. Deshalb hat sie ihre Geige unter dem Ehebett versteckt, in dem sie mit einem Mann lag, der sie die ganze Zeit betrog.

Und wie sieht es mit Ihnen aus?, fragte Morrison in die winzige Pause hinein, in der Dave tief ausatmete. Haben Sie das Gefühl, ein Recht auf Glück zu haben, auf Ihr eigenes Leben?

Dave starrte seinen Therapeuten an. Die Leere, die ihm noch vor einer Viertelstunde angenehm gewesen war, klaffte nun in ihm auf wie ein schwarzes Loch, das ihn zu verschlucken drohte. Wie sollte er es jemals füllen und womit? War es möglich, in sich selbst zu verschwinden? In gewisser Weise war es das, was er die ganze Zeit getan, wie er sein bisheriges Leben gelebt hatte.

Dave? Haben Sie mich gehört?
Da ist ein Ort in mir, sagte Dave, wo es nur schwarz ist und leer. Leer nicht wie in einer ausgeräumten Schublade, sondern wie in einer öden Landschaft, in der niemand lebt und nichts wächst. Schwarz nicht wie die Farbe, sondern als Abwesenheit jeder Farbe, eine formlose Dunkelheit. Es ist kalt dort, kalt, wie nicht durchblutet. Ich kenne diesen Ort schon sehr lange.
So, wie Sie ihn schildern, erinnert er mich an den Planeten, von dem Ihr Sohn immer wieder geträumt hat, sagte Morrison. Der, auf dem sein Roboterfreund Ben mit seinem kaputten Raumschiff gestrandet ist.
Auf dem Bild hinter Morrison tat sich entlang einer dünnen Trennlinie zwischen zwei Farbflächen eine Ebene auf, und Dave stürzte hinein. Er flog über Dünen aus schwarz glitzerndem Sand und kahle Felsen, bis er das rote Raumschiff sah und Ben, wie er darauf einhämmerte, immer an der gleichen Stelle, mit immer der gleichen Bewegung und jener fanatischen, fatalistischen Hartnäckigkeit, die Dave schon im Traum so zugesetzt hatte und ihn auch jetzt wieder mit dieser schier unerträglichen Mischung aus Mitgefühl und Wut zu überschwemmen drohte.
Er zog seinen Blick zurück ins Zimmer und sah Morrison an.
Aber Ben ist nicht Ben.
Er schluckte. Das Schlucken tat weh.
Ben bin ich.
Morrison schwieg.

Sie standen bereits im Vorzimmer, und Dave war dabei, sich die Schuhe zuzubinden, da fragte Morrison beiläufig:
Wie geht es eigentlich Ihrem Vater?
Dave sah hoch und hoffte, dass er nicht rot wurde. Er fühlte sich wie ein Schüler, der seine Hausaufgaben nicht erledigt hatte.

Ich weiß es nicht, sagte Dave. Um ehrlich zu sein, ich habe ihn noch nicht mal angerufen, seit ich zurück bin. Sie wissen ja, die letzten Tage waren ziemlich dicht.
Sie müssen sich nicht rechtfertigen, Dave. Morrison lehnte im Türrahmen zum Praxisraum, die Hände in den Hosentaschen, und schob mit einem Fuß die Fransen des Vorzimmerteppichs zurecht. Es hat mich nur interessiert.

Als Dave nach Hause kam, war er völlig erschöpft. Er dachte daran, sich ein wenig aufs Sofa zu legen und notfalls mit Nobbs *SpongeBob* zu schauen. Davor wollte er sich noch etwas zu trinken holen, sein Hals war ganz trocken und kratzte, vielleicht hatte er sich im Flugzeug verkühlt. In der Küche fand er überraschenderweise Janet, Max und Mel um den Tisch versammelt, die ihn wie auf Kommando anstarrten, als er hereinkam. Dave wusste sofort, was los war.
Wo ist Nobbs?, fragte er.
Bei Jacob, sagte Janet.
Bei deinem Jacob? Dave zeigte auf Mel.
Er ist nicht *mein* Jacob, schnappte Mel.
Nein, sagte Janet, ein Neuer im Kindergarten, der zufällig auch so heißt. Nobbs ist ganz verrückt nach ihm.
Damit das klar ist, sagte Dave, dieses Gespräch findet nicht ohne ihn statt.
Verlegene Blicke seiner Kinder zur Seite.
Janet hustete. Es klang künstlich, trotz ihrer noch nicht ausgestandenen Erkältung.
Es ..., sie hüstelte noch einmal, ... es hat schon stattgefunden.
Wir wissen es schon, Dad, sagte Mel in einem Ton, als hätte sie unbeabsichtigt zwei Tage vor Weihnachten ihre Geschenke entdeckt.
Was wisst ihr?, fragte Dave. Er konnte nicht anders.
Dass ihr euch scheiden lasst. Es war Max, der sich opferte, es auszusprechen. Er sagte es zu der Flasche Orangensaft, von

der er schon die ganze Zeit klitzekleine Fetzchen des Etiketts mit dem Fingernagel herunterkratzte.

Dave ließ sich auf den Stuhl am Kopfende des Tisches fallen, einfach weil es der nächste war. Sonst saß er nie dort. Man hatte die Tür im Rücken, das mochte er nicht.

Janet langte über den Tisch, nahm die Saftflasche und schenkte sich etwas ein.

Max möchte mit einem Freund zusammenziehen, und Mel bleibt bei mir.

Sie machte eine Pause. Dave konnte sehen, dass sie ihre Kraft sammeln musste, um zu sagen, was sie sagen wollte. Dave hätte es ihr abnehmen können, aber dafür fehlte ihm das entscheidende Stück Großzügigkeit.

Ich denke, es ist besser, du nimmst Noah mit. Er kann uns ja regelmäßig besuchen, an meinen freien Tagen. Und Max kann ihn ab und zu vom Kindergarten abholen, mit ihm was unternehmen. Mel natürlich auch. Wenn sie Zeit hat.

Dave sah Janet an. Sie hatte die Hände um ihr Glas gelegt, so wie man sie um eine Teetasse legt, um sich zu wärmen. Doch der Saft war eiskalt. Sie hatte ihre Hände dort, um kühl zu bleiben. Er verspürte einen so jähen, heftigen, lange aufgestauten Hass gegen ihre ewige Beherrschtheit, dass er ihr am liebsten das Glas aus den Händen gerissen, ihr seinen Inhalt über den Kopf geschüttet und es gegen die Wand gepfeffert hätte. Er wollte sie vom Stuhl reißen, schütteln und ohrfeigen, bis sie ihm endlich, endlich zeigte, was unter der Oberfläche, hinter der Fassade war, wovon er wusste, dass es da war, weil er es wahrnahm, weil er weder blind noch taub war, es auch nicht zu sein wünschte. Da war es ihm lieber, zu leiden an dem, was er sah und hörte, es war ihm lieber, zu hoffen und enttäuscht zu werden, Angst zu haben und überfordert zu sein, sich zu verlieren, zu verzweifeln und erneut zu hoffen, als tagaus, tagein in einer Zwangsjacke der Selbstkontrolle und Distanziertheit zu stecken und zu funktionie-

ren, und in diesem Moment fiel aller Neid, den er je seiner Frau gegenüber gehegt hatte, von ihm ab. Er war noch lange nicht so weit, Mitgefühl zu empfinden, höchstens ein von seiner Wut entstelltes, hässliches Mitleid, aber er begriff mit einer absoluten Klarheit, die dem in einem Traum erwachenden Bewusstsein ähnelte, dass Janet ein beschädigter Mensch war, genau wie er. Plötzlich sah er es, in unzähligen kleinen Details ihres Körpers, ihrer Kleidung, ihrer Gesten und Gewohnheiten, die er über zwanzig Jahre hinweg so nah vor sich gehabt hatte, dass er nicht hatte erkennen können, was sich in ihnen ausdrückte: der perfekte Wirbel in der Mitte ihres Haarknotens, die Bewegung ihrer Finger, mit der sie sich eine Strähne hinters Ohr schob, die sich gelöst hatte. Wie sie den Kragen ihrer Bluse zurechtbog. Die Ordnung der Dinge in ihrer Handtasche. Ihr Blick in den Spiegel, bevor sie das Bad verließ. Das Muster der Linien, die dieser Blick in ihr Gesicht eingeschrieben hatte ... Die Beschädigungen mochten anders geartet und anders entstanden sein als bei ihm, der große Unterschied zwischen ihnen jedoch war, dass Janet sie nicht eingestehen konnte, weder sich selbst noch irgendjemand anderem auf dieser Welt. Janet war noch isolierter als er.
Sind wir hier fertig?, fragte Mel und holte sie alle aus ihrer Lähmung. Ich muss nämlich noch lernen.
Ich weiß nicht, sagte Dave und schaute dabei Janet an. Sind wir das? Er wandte sich Max und Mel zu. Möchte niemand sagen, wie es ihm geht?
Ach, Dad, sagte Mel. Wir haben nichts davon, wenn ihr zusammenbleibt, obwohl ihr euch nicht mehr versteht. Außerdem sind wir fast erwachsen.
Du bist fünfzehn und hast noch zwei Jahre Schule vor dir.
Ich bin nächstes Jahr vielleicht sowieso nicht da. Kann ich jetzt gehen?
Dave machte eine unbestimmte Handbewegung, Mel stand auf, und Max folgte sichtlich erleichtert ihrem Beispiel.

Nachdem sie die Küche verlassen hatten, konnte Dave sich nicht länger beherrschen.
Sag mal, was hast du dir eigentlich dabei gedacht?, brach es aus ihm heraus. Findest du nicht, es wäre unsere gemeinsame Aufgabe gewesen, es ihnen zu sagen? Bist du tatsächlich nicht auf die Idee gekommen, vorher mit mir darüber zu reden? Hattest du es so eilig, dass du nicht mal warten konntest, bis ich zu Hause bin? Und wie hast du dir vorgestellt, dass wir es Nobbs sagen, was wir ihm sagen, wie wir ihm erklären, dass er in Hinkunft nicht mehr mit seiner Mutter und seinen Geschwistern zusammenleben wird? Oder möchtest du das auch im Alleingang machen?
Janet drehte das Glas auf dem Tisch, strich dabei mit dem Daumennagel die Rillen entlang, als wollte sie nicht vorhandenen Dreck daraus entfernen, auch so ein Tick, den Dave tausendmal an ihr beobachtet hatte.
Eigentlich dachte ich, du könntest das machen, sagte Janet, aber in ihrer Stimme lag eine Unsicherheit, die Dave zutiefst befriedigte.
Dachtest du, schnaubte Dave, sprang auf und begann, in der Küche auf und ab zu gehen, das Blut pochte in den Adern an seinen Schläfen. Er kochte.
Das Schwierigste willst du also mir überlassen, ja? Das ist okay, ich bin es gewohnt, hier die Drecksarbeit zu machen. Aber weißt du, was nicht okay ist? Dass du dich vor der Verantwortung drückst, auf Kosten deines Sohnes. Er hat es verdient, von dir zu hören, dass du beschlossen hast, nur mehr Teilzeitmutter zu sein, und warum. Er hat es verdient, dir zeigen zu dürfen, was das für Gefühle in ihm auslöst, und eine Reaktion von dir zu bekommen. Er hat es verdient, dass wir seine Eltern bleiben, auch wenn wir kein Paar mehr sind, und das bedeutet, dass wir miteinander reden müssen, aber du redest nicht mit mir, seit Jahren redest du nicht mehr mit mir, warum redest du nicht mit mir, verdammt noch mal?

Bist du fertig?, fragte Janet.
Oh, ich könnte noch stundenlang weitermachen, aber für den Moment: ja.
Gut, dann würde ich dir nämlich gerne ein paar Sachen sagen.
Sie stand auf, holte aus der Schublade, in der nicht mehr benutzte Ladegeräte, Kabel, Netzteile und anderer elektronischer Schrott aufbewahrt wurden, eine Packung Zigaretten, steckte sich eine an, öffnete das Fenster und schob ihren Po aufs Fensterbrett.
Ich fühle mich schuldig, okay?, begann sie. Ich fühle mich schuldig, weil ich dich beschissen habe, aber nicht nur deshalb, sondern auch, weil ich Karriere gemacht habe, weil ich viel mehr verdiene als du, weil ich nie da bin, und wenn ich da bin, oft zu müde bin, um geradeaus zu schauen. Ich fühle mich schuldig, weil ich immer wieder die Namen der Freunde meiner Kinder verwechsle und nicht weiß, welche gerade ihre Lieblingsband ist, weil es mir zu anstrengend ist, Nobbs zuzuhören, wenn er seine Träume schildert, und weil ich vergesse, dass er keine Karotten mag, wenn ich überhaupt mal koche, was so gut wie nie vorkommt. Deswegen fühle ich mich auch schuldig. Und weil meine Patienten manchmal sterben, weil ich nicht jedem helfen kann, weil es vorkommt, dass ich die falschen Entscheidungen treffe, was in meinem Beruf fatale Folgen haben kann. Wenn ich all meine Schuldgefühle entsorgen müsste, bräuchte ich eine eigene Mülldeponie dafür.
Mit spitzem Mund zog sie an ihrer Zigarette und blies ihn senkrecht in die Luft.
Ich habe mit Max und Mel geredet, weil sie gerade da waren und ich mich ihnen gegenüber so scheiße gefühlt habe, dass ich dachte, ich fange mal mit der Drecksarbeit an, wie du dich ausdrückst. Es war ein spontaner Entschluss. Ich fürchtete, wenn ich es jetzt nicht tue, schaffe ich es nie. Und die

Idee, du könntest erst mal alleine mit Nobbs reden, kommt einfach daher, dass du ihm viel näher bist. An den meisten Tagen stehst du morgens mit ihm auf, machst für ihn Frühstück, hilfst ihm beim Anziehen, bringst ihn in den Kindergarten, holst ihn wieder ab, gehst mit ihm einkaufen, kochst für ihn, liest ihm vor, bringst ihn ins Bett, du schaust mit ihm die schwachsinnigen Serien, die er so mag, und baust irgendwelchen Lego-Scheiß zusammen, du redest mit ihm, du weißt, was ihn beschäftigt. Du bist seine wichtigste Bezugsperson und ich bin nur ... Teilzeitmutter.

Aber ... wolltest du das nicht so?

Dave war zu Beginn von Janets Ausbruch auf der anderen Seite des Tisches stehen geblieben und hatte sie buchstäblich mit offenem Mund angestarrt. Jetzt zündete auch er sich eine Zigarette an und lehnte sich gegen die Spüle. Dafür fing Janet nun an, auf und ab zu gehen, eine Hand auf die Hüfte gestützt, eine Geste, die, wie Dave sich plötzlich erinnerte, aus ihrem Repertoire verschwunden war, als sie zu rauchen aufgehört hatte.

Wolltest du das nicht so?, äffte sie ihn nach. Sie hatte überhaupt kein Talent, andere Leute zu imitieren. Sie fuchtelte mit ihrer Zigarette in der Luft herum, die Asche flog durch die Küche. Ich habe keine Ahnung, was ich wollte, vermutlich alles, nicht wahr? Ich wollte den Beruf, der mich erfüllt, und Kinder und einen Mann, der verrückt nach mir ist, und nicht einen, der nur nach der nächsten wissenschaftlichen Auszeichnung geiert, ich wollte, dass unsere Kinder nicht wie mein Bruder und ich mit Nannys aufwachsen, ich wollte nicht betrogen werden wie meine Mutter. Und jetzt habe ich selbst meinen Mann betrogen, wollte ich das? Wollte ich einen Mann, für den die Welt an sechs von sieben Tagen ein dunkelgraues Jammertal ist, einen, der davon besessen ist, dass alles und alle rund um ihn herum gegen ihn sind, der sich selbst für einen Versager hält und der seine Nächte vor dem Fernseher verbringt? Du willst wissen, warum ich nicht mehr mit dir rede? Weil jedes Mal, wenn ich es versucht habe, früher oder später eine Tirade aus deinem Mund gekommen ist, über das Schulsystem, die Ignoranz deiner Kollegen, das Desinteresse deiner Schüler, die österreichische Innenpolitik, die chemischen Zusätze im Essen und die Machenschaften von Monsanto, die Zweiklassenmedizin, die Foltermethoden der CIA und des IS, die Massaker des Boko Haram. Glaubst du wirklich, ich will mir das anhören, nachdem ich stundenlang an den Eingeweiden teilweise lebensbedrohlich kranker Menschen herumgeschnippelt habe? Aber du warst so unglaublich beschäftigt mit dir selbst und deinem Leiden, dass du dir diese Frage gar nicht gestellt hast. Stattdessen hast du mir verworrene Geschichten aus deiner Therapie und deinen Träumen erzählt, die ich nicht verstanden habe. Und als du angefangen hast, unmotiviert in der Wohnung auf und ab zu hüpfen und dauernd deine Hand an irgendeine Wand zu legen, wollte ich nur noch weg. Ursprünglich wollte ich ja über Ostern flüchten, irgendwohin, aber dann hast du gesagt, du fährst nach New York und ... Janets Stimme verlor sich in den Rauchschwaden über dem Küchentisch. Sie drückte ihre Zigarette in der Tasse aus, die noch vom Morgen neben der Kaffeemaschine stand, etwas, das er sie noch nie hatte tun sehen, auch nicht, als sie noch geraucht hatte. Es widersprach so sehr allem, wofür Janet stand, drückte eine derart tiefe Verachtung ihrer eigenen Prinzipien aus, dass Dave innerlich zusammenzuckte. Es störte ihn für sie, nicht für sich selbst.

Eine Weile standen sie da und sagten nichts, Dave spürte seine Erschöpfung von vorhin in multiplizierter Form zurückkehren.

Ist er Arzt?, fragte Dave irgendwann. Er wusste nicht, warum er das fragte, es war eine Art Automatismus, auf den er keinen Einfluss hatte.

Ist das alles, was dich interessiert? Janet schüttelte den Kopf und ging zur Tür.
Jay?
Sie drehte sich um und sah ihn an, und für einen winzigen Augenblick waren alle Filter weg, er sah in ihre blanken Augen, ihre bloße Seele.
Vielleicht solltest du versuchen, herauszufinden, warum du dich wirklich so schuldig fühlst. Möglicherweise ist es etwas, wofür du gar nichts kannst.
Er konnte genau sehen, wie das Fenster sich schloss, im Bruchteil einer Sekunde.
Don't you dare to shrink me, sagte sie und ging.

15. April 2015. Mittwoch. Gelb.

Dave saß auf dem Schornstein und versuchte, keine Panikattacke zu bekommen. Er schaute auf die nächtliche Straße hinunter, atmete tief und zählte, bis sein Atem ruhiger wurde und sein Herz sich beruhigte. In den letzten Tagen war es wiederholt aus dem Tritt geraten, hatte sich verselbstständigt und war davongaloppiert wie ein nervöses Pferd. Zwischen diesen Anfällen war Dave erstaunlich ruhig und konnte sich auf die Dinge konzentrieren, die zu tun waren, zum Beispiel die Wohnungsanzeigen im Internet durchgehen, bei den Vermietern in Frage kommender Angebote anrufen und Termine vereinbaren. Auch hatte er sich am Montagmorgen nicht krankgemeldet, sondern war problemlos aufgestanden, in die Schule gefahren und hatte seinen Job gemacht, und zwar nach seinem eigenen Dafürhalten um einiges besser als sonst. Er hatte sein Projekt über die Straßen- und U-Bahn-Musik auf die 5A und die 7C ausgeweitet und sogar mit dem Direktor darüber gesprochen, anstatt auf einen Rüffel zu warten, weil er vom Lehrplan abwich. Dass sein Vorgesetzter sich gerade abmühte, das etwas verstaubte Image der Schule aufzupolieren, spielte Dave in die Hände, und er bekam seit langer Zeit das erste Mal Beifall von oben, obwohl er sich ziemlich sicher war, dass der alte Pichler noch nie einem Straßenmusiker zugehört oder auch nur einen Cent gegeben hatte und bei einer Umfrage für ein Verbot gestimmt hätte. Aber das konnte ihm egal sein, und wie er überrascht feststellte, war es das auch.

Gestern war sein freier Tag gewesen, und er hatte drei verschiedene Wohnungen besichtigt, von denen er eine sehr wahrscheinlich nehmen würde, eine Zweizimmer-Altbauwohnung im 9. Bezirk mit einem kleinen Essplatz in der Küche und einem winzigen Balkon, der auf einen Lichthof hinausging. Sie war etwas abgewohnt, und er würde nach und nach einiges herrichten müssen, aber sie hatte einen gewissen Charme, er bekam sie günstig direkt vom Vermieter, und es waren nur ein paar Stationen mit der Straßenbahn zu Janet und zur Schule. Janet hatte sich natürlich bemüßigt gefühlt, ihm zu sagen, er solle bei der Wohnung nicht sparen, sie würde sich in jeder Form beteiligen, doch das wollte Dave nicht. Es war in Ordnung, Alimente für Nobbs zu bekommen, aber darüber hinaus zog er es vor, nicht auf ihr Geld angewiesen zu sein. Außerdem war ihm der Gedanke unangenehm, finanzielle Unterstützung anzunehmen, die Janet als Buße für ihre vielfältigen Schuldgefühle diente.

Insgesamt wunderte er sich über seine eigene Zielstrebigkeit und über sein Tempo, sein Herz offenbar auch, aber es würde sich schon daran gewöhnen. Er atmete weiter und dachte an sein Gespräch mit Nobbs vergangenen Sonntag. Es ergab sich auf dem Heimweg vom Fußball in einer Konditorei, über Kakao und Punschkrapfen. Ursprünglich hatte Dave abends im Bett mit ihm darüber reden wollen, um ihn jederzeit knuddeln zu können, wenn Nobbs es brauchte. Oder er selbst.

Aber dann sagte Nobbs plötzlich, während er in seinem Kakao rührte:
Max zieht aus.
Ich weiß, sagte Dave.
Er zieht mit einem Freund in eine andere Wohnung.
Ja, ich weiß, sagte Dave noch einmal.
Damit sie besser zusammen Computer spielen können.
Hat er das gesagt?
Nobbs nickte. Dave lächelte, obwohl er hätte heulen können über Max' rührenden Versuch, seinem kleinen Bruder eine für ihn leicht verdauliche Erklärung für die Veränderungen um ihn herum zu geben. Dann kam ihm eine Idee.
Wir könnten auch in eine andere Wohnung ziehen, du und ich.
Ohne Mel?, fragte Nobbs wie aus der Pistole geschossen.
Mel ist wahrscheinlich das ganze nächste Jahr in Amerika, sagte Dave. Sie geht dort in eine besondere Schule, wo sie ganz viel Mathe lernt. Du weißt doch, Mel mag Mathe.
Und wo wohnt sie in Amerika? Mit einer Freundin zusammen?
Nein, sie wohnt bei einer anderen Familie.
Nobbs trug mit der Kuchengabel und einiger Akribie die Cocktailkirsche von seinem Punschkrapfen ab, während er diese Information verarbeitete. Dave beobachtete, wie er versuchte, die Glasur dabei nicht zu zerstören.
Was ist mit Mom?, fragte er und steckte sich die Kirsche in den Mund.
Mom bleibt bestimmt lieber in unserer alten Wohnung, sagte Dave. Dann stört sie niemand mehr beim Schlafen, wenn sie aus dem Nachtdienst kommt.
Er war ziemlich stolz auf diese Erklärung. Sie war fast so gut wie die von Max.
Du kannst sie ja immer besuchen. Also, wenn sie frei hat.
Nobbs spülte die Kirsche mit einem Schluck Kakao hinunter.

Wenn wir in der anderen Wohnung wohnen, kann ich dann in der Früh Fernsehen schauen, vor dem Kindergarten?
Dave musste lachen, obwohl es eigentlich erschreckend war, wie schnell Nobbs aus der Situation Kapital schlagen konnte.
Nicht jeden Tag, aber ab und zu ja, versprach Dave. Warum nicht.
Yeahyeahyeahyeahyeah, sang Nobbs, schwang seine Kuchengabel und stach dann erbarmungslos in die Mitte des Punschkrapfens.
Dave sah seinen Sohn an und fragte sich, ob er sich in zehn oder fünfzehn Jahren an dieses Gespräch würde erinnern können, an diesen Sonntag, den Anfang vom Rest seiner Kindheit. Doch eines war Dave klar: Wie Nobbs das alles verdaute, wie sehr er es als Verlust empfinden würde oder vielleicht auch als Gewinn, hing entscheidend davon ab, wie Dave damit zurechtkam. Ob er Nobbs' außerirdischer Roboterfreund blieb, der stur auf sein kaputtes Raumschiff eindrosch und Hilfe brauchte, die ihm Nobbs naturgemäß nicht geben konnte, oder ob er es schaffte, sich in einen Vater zu verwandeln, der wusste, wie man sein eigenes Schiff reparierte und es seinem Sohn beibrachte.
Sein Herz hatte sich wieder beruhigt. Er zündete sich eine Zigarette an, schaute hinauf in den sternklaren Himmel und rief sich in Erinnerung, wie ihm sein eigener Vater in seinen Träumen der letzten Monate erschienen war: die starre, maskenhafte Fratze, die ihm in seinem Traumzimmer gegenüberstand, der ausgestreckte Arm, mit dem er Dave so machtvoll auf Distanz hielt, als wäre da eine Wand, die plötzliche Kälte, der Schnee. Sein Vater im Krankenbett, der durch einen verknoteten Schlauch atmete, den er entwirren musste, der falsche Arzt, der ihn verspottete und gleichzeitig vereinnahmte, ihn auf seine Seite ziehen wollte, doch er hatte es ihm gesagt: Ich bin nicht wie du! Schließlich die reglose, frierende Schaufensterpuppe, um die er sich sorgte, deren Herz zu schnell

schlug und die einfach verschwand. Dave fragte sich, ob die Gewissheit über den baldigen Tod seines Vaters am Ende dieses Traumes tatsächlich sein physisches Ableben meinte, ohne dass er eine andere mögliche Bedeutung hätte fassen können. Unerwartet überkam ihn eine ziehende Sehnsucht nach seiner Kindheit, weniger nach Begebenheiten oder Erlebnissen, die er konkret erinnerte, als nach einer gewissen Atmosphäre, einem Geruch, einem Geschmack, in dem er selbst als kleiner Junge gespeichert war, seine ganz eigene, innere Welt, die niemand außer ihm kannte, in der er ganz selbstverständlich zu Hause war. Ihm fiel die Kiste ein, die er seit seinem Auszug bei seinen Eltern von Wohnung zu Wohnung schleppte, eine inzwischen recht ramponierte Pappschachtel, die er damals in der Mitte seines Zimmers aufstellte, in die er alles hineinwarf, was wegzuwerfen er nicht übers Herz brachte, die er mit Tesa zuklebte und mit *childhood crap* beschriftete. Danach hatte er sie nie wieder geöffnet. Sie musste irgendwo im Keller sein, ein Ort, der dieser Tage ohnehin auf ihn wartete. Dave war nicht gut im Ausmisten, aber er würde in der neuen Wohnung nicht so viel Platz haben, und es war ein guter Zeitpunkt, um damit anzufangen. Außerdem war er neugierig. Er hatte keinen blassen Schimmer, was er in dieser Schachtel alles finden würde.

Am Weg durchs Stiegenhaus läutete er mal wieder bei Hamid, aber nichts regte sich hinter der Tür. Im Erdgeschoss traf er auf Max, der gerade nach Hause kam.

Hi, sagte Dave.

Hi. Max hob die Hand, Dave schlug sie ab.

Noch mit Freunden unterwegs gewesen?

Nicht wirklich.

Heißt was?

Na ja ... Max trat von einem Fuß auf den andern, als wäre es ihm peinlich, zu erzählen, woher er kam. Das wunderte Dave, denn normalerweise wäre Max in einem solchen Fall schnel-

ler an ihm vorbei gewesen, als er gute Nacht sagen konnte. Doch offensichtlich hatte er Mitteilungsbedarf.
Ich war gerade in Traiskirchen, sagte er.
Im Flüchtlingslager?
Ja. Ein Freund von mir hat eine Facebook-Gruppe gegründet, wir haben Spenden gesammelt und rausgebracht, Klamotten, Spielsachen, Hygieneartikel und so ... Er sah Dave in die Augen, was er sonst nicht oft tat, bei niemandem. Dad, weißt du, was sich dort abspielt? Die Leute müssen im Freien schlafen, weil es viel zu wenig Platz gibt, sie schlafen auf dem nackten Beton, Kinder, Babys. Es gibt auch nicht genug Duschen und Klos, dafür alle möglichen Infektionen, die Hälfte der Menschen dort sind krank oder unterernährt, sie müssen sich stundenlang für ihr Essen anstellen. Sie haben nichts, werden schlecht behandelt, und dabei werden sie auch noch dort festgehalten, wie im Gefängnis. Es ist furchtbar.
Ich weiß, sagte Dave. Ich habe es im Fernsehen gesehen.
Aber in Wirklichkeit ist es viel schlimmer, sagte Max, die lassen ja keine Journalisten mehr rein. Wir haben mit den Leuten geredet, und sie haben uns erzählt, warum sie geflohen sind, haben uns auf dem Handy Bilder gezeigt von ihren zerstörten Heimatstädten und Dörfern, von ihren ermordeten oder verschwundenen Verwandten. Ich hab gar nicht gewusst, was ich sagen soll.
Max' Augen wanderten nervös umher, als suchte er irgendwo nach einer Antwort auf all die Fragen, die seine Begegnung mit einer grausamen Realität, die so weit weg war von seiner und doch unzweifelhaft Realität, ausgelöst hatten.
Das kann ich sehr gut verstehen, sagte Dave. Was soll man dazu auch schon sagen, außer vielleicht: Es tut mir leid.
Das habe ich andauernd gesagt, und kam mir so doof vor dabei, sagte Max händeringend. I'm sorry, I'm so sorry, I feel sorry for you and your family, aber was nützt ihnen das? Gar nichts.

Dave schüttelte den Kopf.
Auch wenn ich mich nicht in die Lage dieser Menschen hineinversetzen kann, weil das niemand kann, der sie nicht erlebt hat, und auch wenn es ihnen am Notwendigsten fehlt ... ich glaube, es tut trotzdem gut, zu hören, dass sie den Menschen in dem Land, in dem sie Zuflucht suchen, nicht gleichgültig sind, zumindest nicht allen. Und zu helfen nützt sowieso immer. Ich finde es toll, dass du das gemacht hast.
Wurde Max rot? Warum machte ihn sein Lob verlegen?
Wir wollen jetzt öfter rausfahren, sagte er. Wir haben mit einem Typen von einem Verein geredet, die kochen immer wieder für die Flüchtlinge und suchen Leute für die Essensausgabe.
Das ist eine super Idee, sagte Dave. Ich könnte ja mal mitfahren, wenn du nichts dagegen hast.
Ja, warum nicht. Max lächelte ein wenig schief.
Gut. Sag einfach Bescheid, wenn ihr fahrt.
Okay. Gehst du noch weg?
Nein, ich gehe in den Keller und miste mal ein bisschen aus.
Ah ja. Max fing wieder an, von einem Fuß auf den anderen zu treten. Ist alles irgendwie weird im Moment, oder?
Kind of, sagte Dave.
Na dann ... gut' Nacht, Dad.
Gut' Nacht.
Max nahm Anlauf und sprintete die Stiegen hinauf, immer zwei Stufen auf einmal nehmend. Dave sah ihm nach und konnte nicht umhin zu bemerken, dass er um einiges lebendiger wirkte als noch vor ein paar Wochen.

Im Haus seiner Eltern in der Gymnasiumstraße war der Keller für Dave ein romantischer, sagenumwobener Ort gewesen, an dem unter anderem Dinge aufbewahrt wurden, die sie aus New York mitgebracht hatten, die hier in Wien jedoch aus verschiedenen Gründen nie ihren Weg in die Wohnung fanden. Dazu gehörten Lampen, Teppiche, Bücher, Bilder, eine riesige Küchenmaschine, ein Garderobenständer und Spielzeug, von dem seine Mutter sich nicht hatte trennen können, obwohl er es schon vor dem Umzug nicht mehr benutzt hatte. Die Kellerabteile waren richtige kleine Räume, die Wände waren unverputzt, und hier und da sah man eine Maus herumhuschen. Die Beleuchtung war spärlich, was manchen Objekten wie dem Garderobenständer ein wesenhaftes Aussehen verlieh, und wenn man wirklich etwas suchte, tat man gut daran, eine Taschenlampe mitzunehmen. Es war ein Ort der Schatten und der Vergangenheit, die sie drei Stockwerke unter sich verstaut hatten.

Der Keller, der sich ebenfalls drei Stockwerke unter seinem derzeitigen Lebensmittelpunkt befand, hatte nichts mit dem seiner Eltern gemein. Janet war es bei der Wohnungssuche überaus wichtig gewesen, dass es einen ordentlichen Keller gab, einen, in dem es keine Mäuse und undeutliche Schatten gab, in dem man ruhigen Gewissens die jeweils nicht saisongemäßen Klamotten zwischenlagern konnte und wo man jederzeit fand, was man suchte. Das Haus in der Pyrkergasse war kurz vor ihrem Einzug frisch saniert worden, und die Kellerabteile entsprachen genau Janets Ansprüchen: Kojen mit sauberen Betonböden, geweißten Wänden und hellen Kiefernholztürchen mit Vorhängeschloss. Dave suchte den Schlüssel an seinem Bund, schloss auf und machte das Licht an. Es war so hell, dass er kurz die Augen schließen musste. In den Regalen reihten sich wohlgeordnet und tadellos gestapelt hauptsächlich Kunststoffbehälter in verschiedenen Größen. Janet bewahrte alles in Plastik auf, denn trotz aller optischen Makellosigkeit war der Keller, wie wahrscheinlich in allen Wiener Altbauten, nicht hundertprozentig trocken, was sich unter anderem in dem Geruch äußerte, den Nobbs *unterirdisch* genannt hatte. Dave stand da und saugte ihn dankbar ein, um sich in diesem ansonsten nüchternen Raum

in die Stimmung für eine Reise in die Vergangenheit zu bringen.
Seine Kindheitskiste fand er ohne Schwierigkeiten, sie stand im hintersten Regal ganz oben, er musste auf die Trittleiter steigen, um dranzukommen. Sie war nicht schwer und auch viel kleiner, als er sie in Erinnerung hatte. Er überlegte kurz, sie mit in die Wohnung zu nehmen und dort auszupacken, aber dann erschien es ihm passender, sich hier unten auf den nackten Beton zu setzen und die Dinge, die da kommen mochten, im grellen Licht einer Hundert-Watt-Glühbirne zu betrachten.
Das Erste, was ihm entgegenschaute, nachdem er das Tesaband feinsäuberlich mit einem Stanley-Messer durchtrennt hatte, war er selbst, genauer gesagt, sein etwa fünfzehnjähriges Selbst, das an der Seite seiner ersten Freundin wie ein Honigkuchenpferd in die Kamera grinste. Das Foto in A4-Größe steckte in einem unfassbar kitschigen Rahmen mit daraufgeklebten roten Plastikherzen (zwei davon waren bereits abgegangen) und war ein Geschenk von Conny zum Valentinstag gewesen. Es würde der einzige bleiben, den sie miteinander verbrachten. Die Beziehung war von Anfang an zum Scheitern verurteilt, weil Connys musikalischer Horizont bei A-ha begann und bei Duran Duran endete. Doch es half nichts: Sie war das erste Mädchen, mit dem er geschlafen hatte, und deshalb war das Foto in der Kiste gelandet. Dave lächelte bei der Erinnerung an den Nachmittag auf der Wohnzimmercouch ihrer Eltern, an ihre aneinanderklebenden Münder und schüchternen Hände, die Aufregung, die Scham und die Lust, Empfindungen, die damals untrennbar zusammengehört, sich gegenseitig bedingt hatten. Wann hatte sich das verändert?
Direkt darunter stieß er auf einen Stapel aus diversen Jugend- und Musikzeitschriften herausgetrennter Bandplakate, die in einer langen Folge die Wände seines Zimmers geziert hat-

ten und seine bunte musikalische Sozialisation dokumentierten: Da waren The Doors und Nina Hagen, Pink Floyd und Genesis, The Cure und The Smiths, Dire Straits und Talking Heads, Roxy Music, Blondie und R.E.M. Obwohl ihm das meiste davon auch heute noch gefiel, war die Lebensphase, in der man sich Fanplakate aufgehängt hatte, schon zur Zeit seines Schulabschlusses vorbei gewesen. Dennoch hatte er sie damals nicht weggeworfen, und er wusste nicht, ob er es jetzt würde tun können. Er faltete sie liebevoll wieder zusammen und legte den Stapel rechts neben die Kiste.

Als Nächstes stieß er auf eine kleine graue Schachtel, deren Deckel mit einem porösen Gummiband fixiert war, das bei dem Versuch, es abzunehmen, unter seinen Fingern zerbröselte. Sie ähnelte jener, auf die er einmal im Kasten seines Traumzimmers gestoßen war, in der er zwischen bunten Gummibändern das schwarze Plektron mit dem aufgedruckten Prisma gefunden hatte. Plötzlich wusste er, was tatsächlich in dieser Schachtel war. Er hob den Deckel, und da lag sie, zusammengerollt auf die Größe ihres Sarges: seine allererste gerissene Gitarrensaite. Es war eine H-Saite, und sie riss ihm bei dem Versuch, Jimmy Page' Solo aus *Stairway to heaven* zu erlernen. Es angesichts seines damaligen Könnens überhaupt zu versuchen, war ein klarer Fall jugendlicher Selbstüberschätzung, es brachte ihn naturgemäß zur Verzweiflung, und das Reißen der Saite war eine Gnade des Schicksals, die diese Qual beendete. Es verlieh seinem Scheitern an dem Solo einen Hauch von Rock-'n'-Roll-Romantik und erfüllte ihn mit Stolz. Dave erinnerte sich, wie unglaublich verwegen er sich vorgekommen war, und in dem Winkel seines Gehirns, der für pubertären Größenwahn zuständig war, blühte kurz der Gedanke auf, die Saite könnte in ferner Zukunft, wenn er ein berühmter Gitarrist geworden war, unschätzbaren Wert haben. Kein Wunder also, dass er sie aufbewahrte, kein Wunder auch, dass ihm die ganze Sache mit achtzehn bereits peinlich war und die Schachtel in der Abteilung *childhood crap* verschwand. Dave fuhr mit dem Finger die dünne Stahlsaite entlang, immer im Kreis, als könnte er sie zum Schwingen bringen, ihr den Klang seines damaligen Enthusiasmus entlocken. Sie würde Gesellschaft bekommen, beschloss er, von der E-Saite, die ihm in einer bekifften Winternacht vor einem halben Jahr kaputtgegangen war und auf der er in seinen ersten luziden Traum spaziert war. Sorgsam schloss er den Deckel der Schachtel und legte sie auf den Stapel mit den Bandplakaten.

Anschließend widmete er sich einer kleinen Auswahl seiner Lieblingskinderbücher: *Winnie-the-Pooh*, *Karlsson vom Dach*, *The Wonderful Wizard of Oz*, ein zweisprachiges Kinderlexikon, ein Buch über die erste Mondlandung und – das unselige Buch zum Erlernen der Wochentage. Es war ihm ein Rätsel, warum er es aufgehoben hatte. Schon in der Schule hatten die Tage ihre Farben gehabt und sich innerhalb eines Jahres auf die Gegenstände übertragen, die an den jeweiligen Tagen auf dem Stundenplan standen. Am Anfang jedes neuen Schuljahres hatte er Umstellungsschwierigkeiten und packte mitunter morgens die falschen Hefte und Bücher ein. Ziemlich nervig war das, aber vielleicht hatte die übermäßige Endorphinausschüttung nach der bestandenen Matura bei ihm eine merkwürdige Art von Sentimentalität bewirkt. Oder seine Mutter hatte das Buch heimlich in die Kiste geschmuggelt. Entschlossen warf er das Buch auf die linke Seite der Schachtel, wo er eigentlich die Dinge für den Müll sammeln wollte und wo bisher gähnende Leere herrschte. Doch bevor er sich wieder über seine Kindheit beugte, fiel sein Blick noch einmal auf den Buchdeckel, auf dem alle sieben Farbkästchen mit den Namen der entsprechenden Wochentage abgebildet waren. Dave stutzte. War der Montag nicht immer rot gewesen und der Dienstag blau? Auf dem Cover war es umgekehrt. Als er anfing, die Farben der Wochentage in seinen Träumen neu zu programmieren, war das eine der ersten Veränderungen gewesen: der azurblaue Montag, der feuerrote Dienstag! Er war verwirrt. Hatte er die ursprünglichen Farben falsch erinnert? Hatte er als Kind Montag und Dienstag verwechselt und daher mit den falschen Farben assoziiert? Hatte er sich dagegen zu wehren versucht, die Reihenfolge der Wochentage auf diese Weise eingetrichtert zu bekommen, und in einem subversiven Akt die Farben dieser beiden Tage vertauscht? Und war dieser Versuch insofern gescheitert, als er die Farben aus dem Buch eben doch unbewusst gespeichert hatte?

Träum ich oder wach ich?

Er sah weg und noch einmal hin. Nichts hatte sich verändert, weder die Schrift noch die Farben. Entschlossen schnappte er das Buch, lief die Stiegen hinauf zu den Mülleimern, klappte einen der Deckel auf, warf das Buch hinein und ließ ihn wieder zufallen. Mit einem Seufzer drehte er sich um, ging zurück in den Keller und setzte sich wieder auf den Boden, von dem er langsam einen kalten Hintern bekam.

Wieder lugte er in die Schachtel, und eine Welle der Freude breitete sich in ihm aus. Seine Star-Wars-Reliquien! Eine Box mit Plastikfigürchen von Obi-Wan Kenobi, Darth Vader & Co, Gimmicks aus Cereals-Packungen, die er eine Zeit lang akribisch gesammelt hatte, ein Album mit Klebebildern zum zweiten Kinofilm, *The Empire Strikes Back*, sowie einen Schal mit dem Konterfei von Luke Skywalker. Der Schal, ein scheußliches Unding aus hundert Prozent Acryl, das in seinen Händen Funken schlug und für das er einmal den Inhalt seines Sparschweins gegeben hatte, würde jetzt definitiv in den Müll wandern, doch alles andere konnte er Nobbs vererben, wobei er nicht sicher war, wie viel Spaß so ein Album machte, wenn die Jagd nach den fehlenden Bildern und das Einkleben derselben wegfiel. Er blätterte darin herum. Als Achtjähriger hatte er in seinem Zimmer in der Gymnasiumstraße mit den Figuren seine Lieblingsszenen nachgespielt, allen voran das berühmte Duell zwischen Luke und Darth Vader: *The force is with you, young Skywalker. But you are not a Jedi yet.* Wie sehr hatte er sich gewünscht, einer zu sein! Ein furchtloser Krieger, der seine Gegner mit der Macht seines Geistes besiegte anstatt mit Körperkraft, die er nicht besaß, und letztlich auch nicht mit Waffen, obwohl so ein Lichtschwert schon verdammt cool war, ein Objekt, das er sich, wenigstens in seiner Spielzeugausführung, sehr gewünscht, aber nie bekommen hatte. Damals hoffte er inständig, wie sein Vorbild *full of surprises* zu sein, wie Luke es Vader in dieser Szene androhte. Er bewunderte Lukes Widerstandskraft, das emphatische *No!*, das er Vaders Prophezeiung entgegenschleuderte: *Your destiny lies with me, Skywalker.* Der Kampf nahm in dem Album eine Doppelseite ein. Dave erinnerte sich, dass er den Dialog auswendig gekonnt und während des Anschauens mitgesprochen hatte. *Obi-Wan has taught you well. You have controlled your fear ... now release your anger.* Und beim nächsten Bild: *Only your hatred can destroy me.* Doch Luke kann Vader nicht wirklich hassen, jedenfalls nicht genug, um ihn zu töten. Denn auch wenn er es anfangs für unmöglich hält: Vader ist sein Vater. Und auch Vader kann Luke nicht töten. Stattdessen versucht er, ihn für sich und die dunkle Macht zu gewinnen. *Join me, and together we can rule the galaxy as father and son.* Er scheitert, und die beiden kämpfen weiter gegeneinander. Erst am Ende, als Luke sich dem Befehl des Imperators, seinen Vater zu töten, widersetzt und zur Strafe selbst fast getötet wird, ergreift Vader für ihn Partei – und stirbt dabei. Luke triumphiert im Kampf gegen das Imperium, aber alles, was ihm von seinem Vater bleibt, ist sein Leichnam. Ein Happy End war das nicht, wenn man Dave fragte, obwohl es im Film so rüberkam. Als Junge hatte er sich blenden lassen vom galaktischen Hollywood-Festrausch, und der Tod war etwas Abstraktes, das er nur aus Filmen kannte. Der Kampf gegen den eigenen Vater jedoch war ihm vertraut, und Dave vermutete, dass er nicht der einzige Junge war, der sich unter anderem deshalb von *Star Wars* so angezogen gefühlt hatte. Nobbs bettelte ihn seit einem halben Jahr dauernd an, die Filme sehen zu dürfen. Was würde er in dieser Geschichte sehen?

Dave klappte das Album zu und starrte in die leere Kiste. Das waren sie also, die materiellen Überbleibsel seiner ersten achtzehn Jahre. Sie erschienen ihm karg im Vergleich zu der Menge Leben. Würde er heute eine Kiste füllen mit allem, was er aus den letzten achtzehn Jahren aufzuheben wünschte, sie reichte bei weitem nicht aus. Dann fiel ihm ein, dass er genau das demnächst tun musste. Soeben wollte er alles, was am Boden lag, wieder einräumen, als er in einer Ecke der Schachtel noch etwas entdeckte, ein Objekt von der Größe eines Bleistiftspitzers. Dave griff danach und hielt ein kleines Boot in Händen, das nicht sehr naturgetreue und auch nicht sehr hübsche Modell eines Motorbootes aus billigem Plastik, auf dem vorne seitlich St. Lucia stand. Die Tränen kamen so schnell, dass er gar keine Chance hatte, sie zurückzuhalten. Er hatte es vergessen, dieses kitschige Souvenir, das ihm sein Vater im Hafen von Castries gekauft hatte, an dem Abend nach ihrer Fahrt auf dem Karibischen Meer. Es war sein einziges Geschenk an ihn gewesen, über das Dave sich wirklich hatte freuen können, weil es nicht von einer Botschaft beschwert, keine Erwartung daran geknüpft war. Es war keine Belohnung und kein Köder, sondern einfach nur ein Geschenk. Fast vierzig Jahre später saß Dave da und hielt es fest, dieses Schiff, das seine längst verschüttgegangene Liebe für seinen Vater mit sich trug, seine immense, unerfüllte Sehnsucht nach ihm, das, was vor der Angst gewesen war, hinter dem Zorn und dem Ekel, jenseits der unendlichen Distanz.

Er blieb sitzen, bis das Weinen von selbst aufhörte, dann schnäuzte er sich in sein T-Shirt, rieb das Boot trocken, steckte es in seine Hosentasche und verfrachtete seinen *childhood crap* zurück in die Kiste und die Kiste ins Regal. Bevor er den Keller verließ, suchte er noch nach einem Paar orangefarbener Sneakers, die er sich vor ein paar Jahren gekauft, aber kaum getragen hatte, weil Janet damals meinte, diese Schuhe wären ein Scheidungsgrund. Leider fand er sie nicht – er verdächtigte Janet ernsthaft, sie entsorgt zu haben –, dafür fand er etwas anderes: ein Paar schwer ramponierter beigefarbener Pumps. Er hatte sich also nicht getäuscht, sie besaß tatsächlich solche Schuhe. Warum hatte sie sie nicht weggeworfen? Es war völlig untypisch für Janet, Dinge in diesem Stadium des Verfalls aufzuheben, sie musste eine besondere Beziehung zu ihnen haben. Doch die Zeit, in der er sie danach gefragt hätte, war längst vorbei. Er sah eine Weile dieses fremde Paar Schuhe an, dann schloss er den Deckel des Kartons und machte das Licht aus.

Als er im Bett lag, konnte er nicht einschlafen, obwohl er hundemüde war. Er dachte an James, den schwierigen Helden seiner frühen Kindheit, den unbesiegbaren Feind seiner Jugend, den gefährlichen Fremden seines Erwachsenenlebens, den schwer atmenden, alten Mann am Familientisch beim Weihnachtsessen, den an Schläuchen hängenden Patienten im Spitalbett. Wie geht es Ihrem Vater?, hatte Morrison gefragt. Er wusste es nicht, hatte es noch nie gewusst. Was ging in diesem Mann vor? Fürchtete er sich vor dem Sterben, vor dem Tod? So, wie er mit seinem Körper umging, konnte man meinen, er wünschte ihn. Hatte er überhaupt noch Wünsche, unerfüllte Träume, Sehnsüchte? Wie sah er sein Leben im Rückblick? Empfand er Stolz, Zufriedenheit, Reue, Trauer? Hatte er noch Hoffnung, für sich, für andere? War es zu spät, James Glennard kennenzulernen, war es überhaupt möglich? Auf dem Rückflug von New York hatte Dave sich vorgenommen, ihn zu besuchen, ihm von seinem Gespräch mit Bill zu erzählen, ihn mit seinem Wissen über Kate zu konfrontieren.

Doch dann war die Trennungssache über ihn hereingebrochen, und jetzt war die Wut auf seinen Vater irgendwie verpufft und hatte eine Menge Fragen in ihm zurückgelassen. Wie war es James mit all den Dingen ergangen, die er von Bill erfahren hatte? Wie war er mit dem Tod seines Vaters zurechtgekommen, wie mit dem Auftrag seiner Mutter, keine Trauer zu zeigen, mit der Bürde, ihn vor Kate geheim halten zu müssen und ihren Tod vor Bill? Plagte ihn seinem Bruder gegenüber das schlechte Gewissen? Hatte er sich vor seiner Mutter gefürchtet? Warum hatte er sich in eine Frau wie Mathilda Rosenfeld verliebt, und wann hatte er aufgehört, sie zu lieben? Dave verspürte den drängenden Wunsch, Antworten zu bekommen, aber noch mehr wünschte er sich, seinem Vater nah zu sein, nur ein einziges Mal, etwas an ihm wahrzunehmen, womit er sich verbinden konnte. In der Dunkelheit tastete er nach dem Boot, das er beim Ausziehen auf den Nachttisch gelegt hatte. Er nahm es in die Hand, schloss seine Finger darum, und während sein Bewusstsein langsam wegdriftete, fiel ihm noch einmal Luke Skywalker ein, wie er auf Dagobah landet, diesem von Sumpf und Urwald übersäten, vergessenen Planeten, auf dem er hofft, Jedi-Meister Yoda zu finden. *R2, what are we doing here?*, fragt er seinen Roboterfreund. *It's like ... something out of a dream ...*, und als er schließlich auf diese kleine, kauzige Kreatur trifft, die sich wenig später als Yoda entpuppt, sagt er: *I'm looking for a great warrior.*
Und Yoda antwortet: *Wars not make one great.*

*

Undurchdringlicher Nebel, Schweben in waberndem Weiß. Sein Körper liegt im Bett und schläft. Das ist okay, hier braucht er keinen. Wellenrauschen, Kieselklackern, das Knir-

schen von Sand, ein Boot soll zu Wasser gelassen werden. Vielleicht ist er selbst das Boot? Er will davonfahren, aber er braucht einen Steuermann. Wird er einen finden in diesem Nebel? Es ist die Melodie des Meeres, der er folgt.
Wo bist du?
Ich bin hier.
Er hat Angst, weil er nicht sieht. Die Angst ist der Nebel, der Nebel fällt. Über ihm ist nichts. Das Nichts macht ihm keine Angst. Die Wellen branden ihm entgegen, umspülen den Bug, er lässt sich mitziehen von ihrem Sog. Das Meer nimmt ihn auf, trägt ihn.
Wohin fahren wir?
Wohin du möchtest.
Ich will nach Hause.
Wild schaukelt er auf und ab, hin und her, ohne Richtung, wie soll er so nach Hause kommen? Er fühlt sich verloren, allein auf dem unendlichen Ozean.
Du musst uns steuern, sonst kommen wir nirgendwohin.
Aber ich kann nicht! Das hier ist nur ein Traum.
Benutz den Traum!
Kann ein Boot träumen? Nein, aber das Meer. Er muss die Kraft überwinden, die ihn in fester Form hält. Es ist ein Nachgeben, ein Loslassen der Materie, er verflüssigt sich. Er rauscht, flutet, wogt, seine Strömungen treiben das Boot vor sich her.
Ich trage dich. Es ist gut.
Ja, es ist gut.
Das Boot gleitet gleichmäßig dahin, er wird es ans andere Ufer bringen, wo die Sterne hell über dem nächtlichen Strand leuchten. Er fühlt sich glücklich, ihm ist nach singen zumute. Der Rhythmus ist da, er muss nur die Melodie finden, die Schwingung von Wellenkamm zu Wellental zu Wellenkamm ... *Freedom is where he can be / The one beyond the quest for meaning.* Das Ufer kommt näher, er spürt, wie der Boden un-

ter ihm an Tiefe verliert, ahnt das Brechen der Wellen, das zischende, schäumende Auslaufen auf warmem Sand. *It is on top of the elm tree / Where he can trust the ways of dreaming.* Der Bug schiebt sich über die Wasserlinie, zieht eine Schneise in die zusammengepressten Körner, mahlt sie unter sich zu feinem Schlamm. Das Boot steht still, er ist angekommen. Er könnte jetzt aufwachen, aber er spürt neben sich eine Anwesenheit, die ihn im Traum hält. Sie ist größer als er, stärker, wirft einen Schatten neben das Boot, in dessen Schutz er zum Körper wird. Jemand nimmt ihn bei der Hand, gemeinsam gehen sie an Land, den menschenleeren Boardwalk entlang, überqueren den Shore Front Parkway, die Fenster der Wohnblocks sind dunkel und leer.

Sie fahren nach Hause, mit dem A Train. Der Zug rast dahin, er rumpelt und rattert, sein Vater sitzt neben ihm und hält immer noch seine Hand.

Sind wir bald zu Hause?

Ja, bald sind wir da.

Sie gehen den Park entlang, die Sterne leuchten über den Bäumen. Niemand außer ihnen ist auf der Straße, der Wind pfeift durch die kahlen Äste der Ulmen. Sie biegen ab in den Park, setzen sich auf eine Bank, atmen Dampfwolken in die kalte Luft. Eine Frau kehrt mit einem Reisigbesen vertrocknete Blätter auf. Dave greift in seine Manteltasche, holt das Boot hervor und wirft es in die Luft. Es verwandelt sich in einen kleinen Vogel, der sofort auf und davon fliegt.

Hast du das schon immer gekonnt?

Nein, ich habe es mir beigebracht, aus eigener Kraft.

Sein Vater schüttelt den Kopf, wendet sich ihm zu, sieht ihn bedauernd an.

Es tut mir leid, Dave.

Was tut dir leid?

Dave!

James öffnet den Mund, aber es kommt nichts heraus. Er hebt Schultern und Hände in einer Geste vollkommener Hilflosigkeit.

Dave, wach auf! Wach endlich auf!
Er sah in Janets verzerrtes Gesicht, das knapp über seinem schwebte wie ein riesiger Mond. Sie hatte seine Schultern gepackt und schüttelte ihn.
Dave, bist du wach?
Ja, sagte Dave, schon gut, ich bin wach. Was ist denn los, um Himmels willen?
Janet ließ seine Schulter los.
Setz dich auf.
Was? Warum soll ich mich aufsetzen?
Es ist wichtig! Setz dich einfach auf, okay?
Okay.
Stöhnend rappelte er sich hoch. Er war stocksauer, dass sie ihn geweckt hatte.
Also, was ist so wichtig, dass es nicht bis morgen früh warten konnte? Warum bist du überhaupt hier, ich dachte ... Er brach ab, weil er ihren Blick sah. Ein solches Entsetzen hatte er darin kaum je gesehen. Sie kniete vor ihm auf dem Bett, die Hände zwischen den Oberschenkeln festgeklemmt. Die Haltung kannte er, nicht aber das Zittern.
Dave, sagte sie, dein Vater ist tot.
Er starrte sie an. Aber ... er ist doch gerade noch neben mir gesessen. Er hat gesagt ...
Janet sah ihn zweifelnd an, berührte ihn mit den Fingerspitzen an der Schulter.
Dave, bist du wirklich wach?
Langsam schüttelte er den Kopf. Nein, ich glaube nicht. Ich ... Mein Gott, es passiert mir immer wieder. Ich glaube, aufge-

wacht zu sein, alles wirkt so ... real und dann ... ist es doch nur ein neuer Traum. Er fasste sich mit beiden Händen an den Kopf.
Ich muss es überprüfen, ich muss ... Er legte eine Hand an die Wand neben sich, lehnte sich dagegen, klopfte sie ab, fing an, mit der Faust auf sie einzuschlagen.
Nein, Dave, nein! Hör auf! Janet langte nach seinem Arm, zog ihn entschlossen weg von der Wand, hielt ihn fest mit ihrer Hand und ihrem Blick, in dem jetzt Angst lag. Sie schloss die andere Hand um seine.
Du musst mir glauben, Dave, hörst du? Ich war da. Sie haben ihn eingeliefert, aber er war schon tot, als er ankam. Sie haben versucht, ihn zu reanimieren, aber es war zu spät, sie haben ...
Hör auf, schrie Dave und wand sich aus ihrem Griff. Du existierst nicht! Du bist nur eine Traumfigur, das hier ist ein beschissener Traum, aber ich kann ihn verändern! Ich muss nur ... Er sprang auf und begann, sich neben dem Bett um sich selbst zu drehen, einmal und noch einmal, wieder und wieder, er konnte nicht mehr aufhören damit, bis Janet vor ihm stand und ihre Arme um ihn schlang, ihn umarmte mit all ihrer Kraft und etwas in ihm nachgab, all sein Widerstand erlahmte. Sein Kopf sank auf ihre Schulter, seine Arme hingen schlaff herab, während Janet seinen Brustkorb umfasste und an sich presste. Lange standen sie so, er spürte den Kragen ihrer Bluse und die Knöpfe, die sich in seine nackte Haut drückten, sonst spürte er nichts. Doch, da war noch etwas: eine feuchte Stelle an seinem Hals, als hätte er noch einen Rest Meer an sich, ein winziges Meerchen, das sich in der Kuhle hinter seinem Schlüsselbein sammelte, und er wusste, Janet tat, was er nicht konnte: Sie weinte.

28. Juni 2015. Sonntag. Weiß.

Nobbs und Dave lagen nebeneinander auf dem Rücken in Nobbs' Zimmer und sahen hinauf zum Himmel. Früher einmal war an dieser Stelle Nobbs' Bett gestanden, jetzt war der Raum leer, nur die Sterne standen unverändert über einem verlassenen Planeten. Die Sonne schien in schrägem Winkel ins Zimmer und tauchte es in orangefarbenes Licht, die Bäume vor dem Fenster warfen tanzende Schatten an die kahlen Wände. Sie waren erschöpft. Den ganzen Tag hatten sie gebraucht, um ihr Zeug in die neue Wohnung zu übersiedeln, obwohl Max ihnen geholfen hatte. Dave hatte Nobbs' Sachen auf viele kleine Kartons verteilt, damit er sie selbst tragen konnte. Und wie er sie getragen hatte, geschleppt hatte er wie ein Großer und war dann voller Stolz vorne auf dem Beifahrersitz des Kleintransporters gesessen, den Dave für den Umzug gemietet hatte. Jetzt war er doch sichtlich müde, was Dave vor allem daran merkte, dass er nicht redete, sondern einfach nur still dalag. Sie hatten beschlossen, nach der letzten Fuhre noch einmal zurückzukommen und dem Zimmer Tschüs zu sagen. Janet wollte ihr Schlafzimmer hierher verlegen, weil es morgens weniger hell war, und das ehemals gemeinsame Schlafzimmer für Nobbs neu einrichten.

Was Dave betraf, so wollte er, wenn das hier vorbei war, für sehr lange Zeit überhaupt nichts mehr einrichten, umräumen, ausmisten, entsorgen, einpacken, transportieren oder sich auf sonst irgendeine Art mit Materie beschäftigen, die über den notwendigen oder vergnüglichen Gebrauch alltäglicher Gegenstände hinausging. Er hatte die letzten zwei Monate damit zugebracht, die Wohnung seines Vaters – vormals seiner Eltern – auszuräumen, wobei von seiner Mutter nicht mehr viel übrig gewesen war außer ihrem Schmuck, den sein Vater als Wertanlage betrachtet und aufbewahrt hatte. Den Großteil des Hab und Guts seines Vaters hatte Dave verscherbelt, ohne besonders darauf zu achten, dass er einen angemessenen Preis dafür bekam. Er wollte die schweren altdeutschen Möbel und Perserteppiche und Bärenfelle und Antilopengeweihe und vergoldeten Briefbeschwerer und Bilder von Jagdszenen aus dem 19. Jahrhundert einfach nur so schnell wie möglich loswerden. Mit jedem Stück, das aus der Wohnung verschwand, fühlte er sich leichter, buchstäblich befreit von einer Last, als hätte er all diese Einrichtungsgegenstände sein Leben lang auf dem Rücken getragen. Viel schwerer war es ihm gefallen, sich mit der Kleidung zu befassen, zu entscheiden, was davon nur noch weggeworfen und was an die Caritas gegeben oder ins Flüchtlingslager gebracht werden konnte. Bei der Durchsicht der Hemden hatte er das erste Mal geweint, die neuen, makellos gebügelten, die nach Farben sortiert im Schrank hingen, mit den Etiketten des Hemdenservice versehen, rührten ihn ebenso wie die uralten mit den angegrauten, aus der Mode gekommenen Kragen und den abgestoßenen Ärmelkanten, die er sorgfältig zusammengelegt in einer Kommode fand. Noch schlimmer waren die Anzüge: Sie wurden lebendig, wenn er sie berührte. Wie Marionetten in der Gestalt seines Vaters führten sie auf ihren Bügeln groteske kleine Tänze auf, sodass er sich wieder einmal fragte, ob er wach war oder träumte. Aber seit James' Tod träumte er nicht mehr, jedenfalls erinnerte er sich morgens an nichts. Seine Träume hatten sich zurückgezogen wie trauernde Witwen. Die Trauer angesichts der väterlichen Garderobe hatte ein Ende, als er ins Badezimmer wechselte und im Medizinschrank auf seinen Viagra-Vorrat stieß. Seither kam sie in unregelmäßigen Abständen und zu unerwarteten Gelegenheiten, eine Diva, die den klassischen Anlässen zu ihrer Würdigung fernblieb: dem Begräbnis, zu dem Bill und Rosita angereist waren, der nächtlichen Stunde, in der Dave die Parte verfasst hatte, und auch der Eröffnung des Testaments, obwohl dieses einen rührseligen Brief an seinen Bruder und seine Enkelkinder enthielt. Kein Wort an Dave. War er enttäuscht? Eigentlich nicht. Es wäre schwieriger für ihn gewesen, hätte sein Vater posthum eine Beziehung vorgetäuscht, die sie zeit seines Lebens nicht gehabt hatten. So konnte er leichter unterscheiden zwischen dem Menschen, der ihn geprägt und ihm dennoch fremd geblieben war, und der Traumfigur, die ihn am Rockaway Beach an der Hand genommen und sie eine U-Bahn-Fahrt lang gehalten hatte, mit der er nach Hause gefahren war, ein Ort, der auf keiner Landkarte zu finden war.

Auch sonst war das Testament keine große Überraschung gewesen, außer vielleicht hinsichtlich des verbliebenen Vermögens. Es war kleiner, als Dave angenommen hatte. Er hatte nie gewusst, wie viel sein Vater wirklich besaß, und seine vage Vorstellung davon war geprägt von den goldenen Jahren auf der Upper West Side, vor dem Niedergang des Glennard'schen Immobilien-Imperiums, aber auch vom Nimbus des Reichtums, den James bis zum Schluss verströmt hatte. Tatsache war, dass sein Lebensstil sich nie geändert und in den letzten Jahren gewaltig an seinen Rücklagen geknabbert hatte. Was davon übrig war, hatte er zu gleichen Teilen Bill, Dave und seinen Enkelkindern vererbt, mit der Auflage, dass deren Anteil bis zu ihrem fünfundzwanzigsten Lebensjahr eingefroren wurde. Daves Erbe machte sein Leben ein wenig sorgenfreier und unabhängiger von Janet, ohne viel zu verändern. Das war ihm recht so. Sehr viel mehr hätte ihn nur belastet.

Mathildas Schmuck sollte Janet bekommen. Sie wollte ihn nicht. Jetzt ruhte die aufwendig geschnitzte hölzerne Kassette, in der Mathilda selbst den Schmuck nie aufbewahrt hatte (sie lagerte ihn stets lose in der Schublade ihres Nachtkästchens), am Grunde eines Umzugskartons, und Dave hätte sie am liebsten dort belassen.

Das Licht wurde schwächer, die Schatten der Bäume an der Wand verschwammen. Bald würden sie ganz verschwinden, wie Dinge, die in Vergessenheit gerieten, weil das Licht woanders hin wanderte. Dave genoss die Stille. Er war froh, dass niemand zu Hause war. Übertriebene Geschäftigkeit und vorgetäuschte Normalität hätte er ebenso wenig ertragen wie unschlüssiges Herumstehen und betretene Blicke. So konnte er sich in aller Ruhe verabschieden von dem, was er tatsächlich hinter sich ließ: einen Ort.
Er betrachtete die Sterne, suchte die Rakete. Da war sie, in all ihrer absurden Zufälligkeit.
Nobbs?
Mhm.
Schläfst du?
Nein, ich bin ganz wach, guck. Zum Beweis streckte er Arme und Beine in die Luft und zappelte wie ein Käfer, der auf dem Rücken lag.
Okay, okay, ich glaube dir.
Nobbs ließ seine Gliedmaßen wieder fallen und kuschelte sich an Dave.
Fahren wir bald nach Hause? Äh, ich meine, in die neue Wohnung.
Dave lächelte. Ich weiß, was du meinst. Bist du denn schon fertig hier mit Tschüs sagen?
Hmmmm, machte Nobbs, ich glaub schon.
Ich wollte dir noch was erzählen, sagte Dave, schon lange, eigentlich.
Was denn?
Stell dir vor: Als ich in New York war, hab ich von Ben geträumt.
Eeeeeecht?
Ja. Ich war am Strand, weißt du, und bin ein bisschen geschwommen ...
Im Traum?

Nein, da war ich noch wach.
In New York gibt es einen Strand?
Sogar mehrere.
Können wir mal hinfahren?
Klar, das machen wir. Bald. Hatte ich sowieso vor.
Und dort hast du Ben getroffen?
Nein, sagte Dave. Aber nach dem Schwimmen war ich so müde, dass ich am Strand eingeschlafen bin, und dann hab ich geträumt, ich bin auf dem fremden Planeten, wo es nur schwarzen Sand gibt und keine Sonne und kein Meer. Du hattest recht, es riecht total nach Keller dort.
Hab ich doch gesagt! Eklig, oder?
So schlimm fand ich's nicht. Ich bin ein bisschen herumspaziert, über so einen komischen Hügel geklettert, und dann hab ich Ben entdeckt. Er stand da mit einem riesigen Hammer und hat die ganze Zeit auf sein Raumschiff eingedroschen.
Das rote?
Ja, das rote. Es sah nicht so aus, als versuchte er, es zu reparieren. Eher, als wollte er es endgültig kaputt schlagen.
Na ja, sagte Nobbs, das mach ich auch manchmal, wenn was nicht funktioniert und ich ganz wütend bin.
Stimmt. Ich auch.
Hast du mit ihm geredet?
Ja, sagte Dave. Ich hab ihm gesagt, was er da macht, bringt nichts.
Haha, das sagst du zu mir auch immer.
Mhm. Bringt meistens auch nichts.
Sie lachten. Dave drückte Nobbs' gar nicht mehr so kleinen Körper an sich.
Erzähl weiter, bat Nobbs. Was ist dann passiert?
Dave überlegte. Ich wollte ihn von dir grüßen lassen. Komischerweise hat er deinen Spitznamen nicht gekannt. Aber er wusste, wer Noah ist.

Ja, sagte Nobbs gleichmütig, ich hab ihm gesagt, dass ich so heiße.
Möchtest du vielleicht nicht mehr Nobbs genannt werden? Bist du schon zu groß dafür?
Ach, Nobbs ist okay. Solange du nicht mehr Kleiner zu mir sagst.
Ich hab schon versucht, mir das abzugewöhnen. Ist nicht so einfach.
Du schaffst das, Dad. Er klopfte Dave beruhigend auf die Brust.
Dave grinste. Na, wenn du das sagst ... jedenfalls, Ben hat geglaubt, du bist tot.
Aber ich hab doch geglaubt, *er* ist tot.
Ich weiß, Kleiner.
Nobbs boxte ihn in die Seite.
Sorry, tut mir echt leid.
Und hast du ihm helfen können mit seinem Raumschiff? Habt ihr es repariert?
Nicht wirklich. Ich war mir auf einmal nicht mehr sicher, ob Ben wirklich Ben ist, und dann war ich plötzlich wieder am Strand –
Bist du aufgewacht?
Nein, ich hab immer noch geträumt. Ich war jetzt selbst ein Roboter, meine Arme und Beine waren aus Metall, mein ganzer Körper, aber das Metall ist in der Sonne geschmolzen, und dann bin ich geflogen, einfach so, ganz ohne Raumschiff, durch einen Tunnel aus Farben. Und ich hab Musik gehört.
Du hörst Musik, wenn du träumst?
Ja, oft. Du nicht?
Nein.
Eine Weile schien Nobbs nachzudenken, dann sagte er:
Du hast komische Träume, Dad.
Ich weiß, sagte Dave.

Inzwischen lag das Zimmer im Dunkeln, und die Sterne leuchteten über ihren Köpfen. Dave fühlte sich leicht, als hätten sie es bereits hinter sich gelassen, gemeinsam mit der Schwerkraft, als säßen sie in der Rakete und schauten hinaus ins All. Und es waren Myriaden von Sternen um sie herum, die vielleicht längst verglüht waren, nur ihr Licht war noch unterwegs durchs Universum und leuchtete ihnen auf ihrem Weg nach Hause, ein Ort, der auf keiner Landkarte zu finden war.

Umschlaggestaltung: Laura J Gerlach
unter Verwendung eines Motivs von © iStockphoto/piskunov
Herstellung: Laura J Gerlach
Satz: psb, Berlin
Druck und Bindung: GGP Media GmbH, Pößneck
Printed in Germany
ISBN 978-3-627-00249-7